BASTEI
LÜBBE

Die Saga vom magischen Land Xanth
im BASTEI-LÜBBE-Programm:

Band 1	20156	Chamäleon-Zauber
Band 2	20158	Zauber-Suche
Band 3	20160	Zauber-Schloß
Band 4	20162	Zentauren-Fahrt
Band 5	20164	Elfen-Jagd
Band 6	20166	Nacht-Mähre
Band 7	20168	Drachen-Mädchen
Band 8	20230	Ritter-Geist
Band 9	20232	Turm-Fräulein
Band 10	20236	Helden-Maus
Band 11	20139	Himmels-Taler
Band 12	20154	Welten-Reise
Band 13	20177	Mond-Elfe
Band 14	20204	Höllen-Mädchen
Band 15	20227	Meeres-Braut
Band 16	20253	Dämonen-Spiel
Band 17	20266	Harpyen-Träume

Die Saga vom magischen Land

XANTH

PIERS ANTHONY

WASSER-SPEIER

Fantasy-Roman

Ins Deutsche übertragen
von Ralph Tegtmeier

Mit Illustrationen
von Johann Peterka

BASTEI
LÜBBE

BASTEI-LÜBBE-TASCHENBUCH
Band 20279

Erste Auflage:
April 1996

Deutsche Lizenzausgabe 1996
Bastei-Verlag
Gustav H. Lübbe GmbH & Co.,
Bergisch Gladbach
Originaltitel:
Geis of the Gargoyle
Lektorat:
Wolfgang Neuhaus/Stefan Bauer
Titelbild: Don Maitz
Umschlaggestaltung:
Quadro Grafik, Bensberg
Satz: Fotosatz Schell, Hagen a.T.W.
Druck und Verarbeitung:
Brodard & Taupin,
La Flèche, Frankreich
Printed in France

ISBN 3-404-20279-1

Der Preis dieses Bandes
versteht sich einschließlich der
gesetzlichen Mehrwertsteuer.

1

Gary Gar

Zuerst bildete die Dämonin sich zu einer Rauchmasse aus, dann zu einer unwiderstehlich hübschen Menschenfrau (sofern man auf diesen Typ stand). Ihr Gesicht war unaussprechlich schön; ihr Haar strömte wie Honig über die Schultern, und ihr Busen war so üppig und gut entwickelt, daß es wahrscheinlich schon einer Sünde gleichkam, ihn auch nur anzublicken, und gleiches galt, in sogar noch höherem Maße, für den Rest ihres Körpers. Nur ihre Kleidung wirkte irgendwie merkwürdig.

Die Dämonin beäugte die Kreatur, die im ausgetrockneten Flußbett hockte und in so ziemlich jeder Hinsicht ihr genaues Gegenteil war, wie es gegenteiliger gar nicht sein konnte. »Junge, Junge, bist du aber ein häßlicher Kunde!«, bemerkte sie.

»Danke«, erwiderte das Ding gruffig.

»Du kannst ja reden!« sagte sie überrascht.

»Nur, wenn ich mich anstrenge.«

Die Dämonin schritt um das Wesen herum. Ihre niedlichen zarten Füße berührten dabei zwar nicht ganz den Boden; aber der war an dieser Stelle so rissig und schmutzig, daß es so ohnehin besser war. Aufmerksam musterte sie jede Einzelheit. »Dein Gesicht sieht wie das von einer Kreuzung zwischen Löwe und Affe aus. Es hat von beiden die schlimmsten Merkmale abbekommen. Vor allem dieser scheußlich große Mund, der ständig ein O bildet. Und dieser groteske gestauchte Körper mit dem angedeuteten Schwanz und den vier klobigen Füßen. Und dann erst diese häßlichen ledrigen Stummelflügel! Wenn ich es mir recht überlege, kann ich mir gar kein gräßlicher aussehendes Wesen vorstellen.«

»Danke. Du dagegen bist unerträglich ästhetisch.«

»Was bin ich?« fragte sie stirnrunzelnd.

»Abscheulich hübsch.«

»Ach so. Danke.«

»Das sollte eigentlich kein Kompliment sein.«

»Na ja, meine Bemerkung ja auch nicht! Tja, ich habe da auch nur drei Fragen, die ich dir stellen will, Ungeheuer.«

»Und dann haust du ab?«

Die Dämonin wackelte mit einem zartgliedrigen, aber entschlossenen wirkenden Zeigefinger. »Beantworte mir meine Fragen, dann bekommst du auch auf deine eine Antwort, du Geisterbahnflüchtling. Was bist du?«

»Ich bin ein Wasserspeier.«

»Wer bist du?«

»Gary Gar.«

»Und was tust du da, Gary Wasserspeier?«

»Ich verhalte mich gemäß meinem *Geis*.«

»Was ist denn ein *Geis*?«

»Das schmink dir mal ab, Dämonin! Du hast mir versprochen, meine Frage erst dann zu beantworten, wenn *du* deine drei Fragen gestellt hast.«

Sie runzelte allerliebst die Stirn. »Also gut, Gary Garfisch. Dann stell doch deine blöde Frage.« Ein großer Becher erschien in ihrer Hand. »Möchtest du vielleicht erst einen Schluck aus diesem Einsteinbecher?«

»Was ist denn ein …«, begann er zu fragen, beherrschte

sich aber gerade noch. Sie versuchte nur, ihn hereinzulegen, damit er seine blöde Frage vergeudete. »Nein, ich weiß nicht, was das ist. Deshalb werde ich es auch nicht riskieren, daraus zu trinken.«

»Zu schade«, meinte sie. »Ein Schluck hätte dich zur schlauesten Kreatur von ganz Xanth gemacht, die noch dazu imstande gewesen wäre zu folgern, daß Eeeh gleich Emmcee zum Quadrat ist.« Der Becher verschwand wieder.

»Auf diese Binsenweisheit kann ich getrost verzichten«, erwiderte er. »Wer bist du?«

Sie zappelte umher und verlor dabei ein wenig an Kontur. »Das ist schwer zu beantworten.«

»Dann streng dich gefälligst an, Qualmgesicht.«

Ihre Gesichtszüge bildeten sich wieder aus, hübscher denn je. »Ich bin D. Mentia, aber das ist nur die halbe Wahrheit.«

»Was ist dann die andere Hälfte der Wahrheit?«

»Ich bin das Aiterego der Dämonin Metria. Sie hat etwas ganz Abscheuliches getan; deshalb bin ich jetzt allein unterwegs.«

»Was hat sie denn gemacht?«

»Sie hat geheiratet, eine halbe Seele abbekommen und sich verliebt – genau in dieser Reihenfolge. Und jetzt ist sie so nett geworden, daß ich sie nicht mehr ausstehen kann.«

»Dämonen, die heiraten?«

»Vergiß es, Wasserhahn! Ich habe dir schon drei Fragen beantwortet. Jetzt bin ich wieder dran. Was ist denn nun ein *Geis*?«

»Eine Ehrschuld.«

»Was versteht denn ein so häßlicher Typ wie du von einem so hehren Begriff wie Ehre?«

»Das ist schon deine vierte Frage. Erst kommt meine:

Warum trägst du einen Rock mit der Öffnung nach oben und eine Bluse, die mit dem Oberteil nach unten hängt?«

Mentia blickte an sich herab. Die Kleidung verblaßte und ließ dabei einen Körper von solch unverhohlener Üppigkeit zurück, daß jeder gewöhnliche Mann, der ihn erspäht hätte, schon einen halben Moment später in Ohnmacht gefallen wäre. »Das ist schwer zu erklären.«

»Dann streng dich mal ein bißchen an, Kahlvisage«, erwiderte Gary und blickte leicht gelangweilt drein, obwohl ihr Gesicht ja nun wirklich den allergeringsten Anteil an ihrer Kahlheit hatte.

»Na ja, meine bessere Hälfte – ich meine, D. Metria – hat gewisse Schwierigkeiten mit Wörtern. Beispielsweise würde sie sagen, daß du wirklich nicht besonders aerodynamisch aussiehst, und darauf würdest du antworten …«

»Nicht besonders *was*?«

»Und sie würde antworten: Federn, Auftrieb, Flattern, Himmel, Schwingen …«

»Flugtauglich?«

»Und dann würde sie antworten: Wie dem auch sei. Und zwar verärgert.«

»Ist denn das die Bedeutung von ›aerodynamisch‹?«

»Nichts da, Garfield! Jetzt habe ich dir schon wieder drei Fragen beantwortet. Wie war das nun mit der Ehre?«

Gary seufzte. Das war eine beachtliche Leistung; denn sein steinerner Körper war überwiegend hohl. »Seit grauer Urzeit ist meine Familie von Wasserspeiern für einen Fluß verantwortlich, den Schwanenknie, der aus dem gefürchteten Mundania nach Xanth strömt, wie du sehen kannst.« Er deutete mit einem Flügel darauf. Und tatsächlich, im Norden wand sich das trockene Flußbett unglücklich durch eine wahrhaft öde Landschaft. Die Grenzlinie – dort, wo die Magie Xanths zur Wirkung gelangte – war von zunehmend magisch werdender Vegetation gekennzeichnet, zum Beispiel Schuhbäume, Pantoffelsträucher und Eicheln. Ihre mundanischen Gegenstücke wirkten im Vergleich regelrecht armselig. »Normalerweise strömt das Wasser gen Süden, und unser *Geis* hat seine Reinheit stets garantiert, damit Xanth nicht von mundanischem Schmutz heimgesucht wird.

Das Wasser war überwiegend sauber; deshalb hat es uns keine großen Schwierigkeiten bereitet. Aber im Laufe der letzten Jahrzehnte ist es immer schmutziger geworden, bis regelrechter Dreckschlamm daraus wurde. Das war vielleicht furchtbar, das alles wieder sauber zu machen! Aber im Augenblick herrscht Dürre. Jetzt gibt es überhaupt kein Wasser mehr – und das ist sogar noch schlimmer. Ich hoffe, daß es wieder ein bißchen sauberer wird, wenn der Regen zurückkehrt und der Strom erneut seine Aufgabe wahrnimmt, damit ich nicht immer einen so miesen Geschmack im Mund zurückbehalte. Aber egal wie, ich werde es tun, weil meine Erblinie eben dazu verpflichtet ist, die Qualität dieses Wassers zu sichern. Kein watender Schwan soll in *diesem* Fluß schmutzige Knie bekommen.«

»Das ist ja interessant«, meinte Mentia und blickte dabei fast ebenso gelangweilt drein wie er, als sie ihre Kleider verloren hatte. »Aber weshalb vergeudest du deine Zeit hier, obwohl du diese Aufgabe doch genausogut ohne solche Umständlichkeiten bewältigen könntest?«

Worauf der Wasserspeier zum erstenmal gefühlsmäßig ein wenig berührt zu sein schien. »Was soll das heißen, ich würde meine Zeit vergeuden? Das hier ist schließlich mein *Beruf*, Dämonin!«

»Na schön, ist es eben dein Beruf. Aber warum machst du es dir damit nicht leichter?«

»Weil ich keine andere Möglichkeit kenne, meinen Job auszuüben.« Er hielt inne und zählte. »Jetzt habe ich schon wieder drei Fragen beantwortet. Ich bin dran. Wie könnte ich es mir denn leichter machen?«

»Woher soll ich das wissen, Sprühschnauze?«

»Du weißt es gar nicht?«

»Ganz genau, Kleckermaul.«

Gary hielt inne, als ihm klar wurde, daß er aufgrund der ziemlich wahnwitzigen Spielregeln wieder zwei seiner Fragen verschleudert hatte. Er war bereits bei dem Versuch gescheitert zu erfahren, weshalb ihre Kleider so durcheinander gewesen waren; nun wollte er nicht schon wieder auf die Nase fallen, da es galt, in Erfahrung zu bringen, wie er seine Aufgabe auf leichte Art und Weise bewältigen könnte. Also formulierte er seine nächste Frage mit äußerster Sorgfalt. »Wie kommst du darauf, daß es eine leichtere Möglichkeit gibt, meinen beruflichen Verpflichtungen nachzukommen?«

Mentia zuckte die Schultern, eine Bewegung, die ihren gesamten vorderen Körperbereich und die Arme wellenförmig durchstieß. »Es *muß* einen geben. Denn wenn du zum Guten Magier gehen würdest, um ihn danach zu fragen, würde er auch die Antwort darauf wissen.«

Der Gute Magier! An den hatte Gary noch gar nicht gedacht. Doch er begriff auch, daß es für ihn nicht unbedingt klug gewesen wäre. »Ich könnte gar nicht losziehen, um den Guten Magier zu fragen. Denn sobald es zu regnen anfängt, setzt der Fluß seinen Strom wieder fort, und dann werde ich hier gebraucht, um ihn zu reinigen. Außerdem habe ich gehört, daß er ein reichlich knurriger alter Kerl sein soll. Und ich weiß auch gar nicht, wo er wohnt.«

»Warum baust du nicht einen Damm, damit das Wasser gestaut wird, bis du zurück bist, um es zu reinigen? Und was kann an ein paar Minuten Gruffigkeit denn so schlimm sein, wenn du damit von einem lebenslänglichen *Geis* befreit wirst? Und warum fragst du mich nicht einfach, ob ich dir den Weg dorthin zeige?«

Schon wieder drei Fragen. Gary überlegte; dann schritt er zur Antwort. »Einen Damm könnte ich bauen. Und das mit der Gruffigkeit scheint mir tatsächlich ein ziemlich gutes Geschäft zu sein, wenn ich's aus deiner Warte betrachte. Und ich werde dich nicht bitten, mit den Weg dorthin zu zeigen, weil du eine Dämonin bist, die mit Sicherheit nur Böses im Schilde führt.«

Sie dachte darüber nach. »Jetzt bist du wieder mit dem Fragen an der Reihe. Warum fragst du mich nicht, ob ich vorhabe, dich in die Irre zu führen?«

Er schien interessiert. »Und? Hast du es vor?«

»Nein.«

»Weshalb nicht?«

»Weil mein Dämonencharakter einen Defekt aufweist: Ich bin nämlich ein bißchen verrückt. Deshalb war meine Kleidung auch so durcheinander.« Ihre Bluse und der Rock erschienen aufs neue, diesmal jedoch ordentlich an Ort und

Stelle, wo sie hingehörten. »Das habe ich mit meiner besseren Hälfte gemein: Ich liebe es, unterhalten zu werden, und du kommst mir recht unterhaltsam vor. Natürlich habe ich nichts für dich persönlich übrig, aber ich verabscheue nun mal jegliche Langeweile.«

Diese Antwort leuchtete ihm durchaus ein. Also wagte Gary sein Glück und stellte die erwartete Frage: »Wirst du mich sicher zum Schloß des Guten Magiers begleiten?«

»Ja.«

»Also gut. Dann werde ich jetzt den Damm bauen.«

Er machte sich ans Werk. Ganz in der Nähe wuchsen ein paar Mauerblümchen, von denen er einige ins Flußbett umsetzen konnte. Doch das stellte ihn vor ein neues Problem: Die Blumen brauchten Wasser, um zu erblühen; aber es gab kein Wasser.

»Na, dann such doch einfach ein paar Wasserlilien oder Wassermelonen oder ein bißchen Brunnenkresse«, schlug Mentia ungeduldig vor.

»Es sind aber weit und breit keine zu sehen«, wandte Gary ein. »Ich kenne nur die Pflanzen, die in Sichtweite sind, weil ich jetzt schon seit etwa hundert Jahren an meinen Posten am Fluß gebunden bin.«

»Ach, zum Henker!« rief sie. »Dann suche ich eben welche.« Ihr unterer Teil löste sich auf und formte sich zu einem merkwürdigen Radfahrzeug.

»Was ist das denn?« fragte Gary verblüfft.

»Hast du noch nie ein Nu gesehen?« Da pupste ein schmutziges Geräusch aus der Schwanzröhre des Dings; die Räder begannen sich zu drehen, und es schoß mit magischer Schnelligkeit davon: Mentia stand im Begriff, im Nu zu verschwinden.

»Nanu?« sagte Gary verdutzt.

Da kam das Ding auch schon genauso schnell wieder zurückgehuscht, um direkt vor seiner Nase anzuhalten. »Sei bloß froh, daß es kein Puh ist!« sagte die Dämonin und verschwand wieder.

Gary war angemessen dankbar. Er hatte nicht allzuviel Erfahrung mit Dämonen; aber dieses Exemplar schien einigermaßen erträglich zu sein – wenn man mal davon absah, daß es für seinen Geschmack viel zu hübsch war.

Bald darauf kehrte sie zurück, einen schachtelförmigen Gegenstand in der Hand.

»Das sieht mir aber nicht wie eine Wasserpflanze aus«, bemerkte Gary sekptisch.

»Natürlich nicht«, stimmte sie zu und setzte es im Flußbett neben ein paar felsähnlichen Kissen ab. »Das ist ein Klosett.«

»Was sollen wir denn mit einem Klosett? Wir brauchen Wasser!«

»Ein Wasserklosett«, erläuterte sie. Sie öffnete die Tür, und ein Strom leuchtendblauer Flüssigkeit schoß hervor.

»Das ist aber dreckig!« rief Gary. Er sprang hinunter und baute sich vor dem Strom auf. Dann saugte er das Wasser auf, um es wieder hervorzuspeien. »Oh – das ist ja Wasserfarbe.«

»Was auch immer«, bestätigte sie. »Aber es genügt doch, oder?«

Er überlegte, während er noch mehr von dem Wasser probierte, das sich erst rot, dann grün färbte. Schon versickerte einiges davon im Boden um die Mauerblümchen, die auch prompt zu wachsen begannen. »Ja, schon. Solange es nicht von hier wegfließt.«

»Dann bau doch einfach noch einen kleinen Damm.« Hastig kratzte Gary Erdreich und Geröll zusammen, um es dem Strom in den Weg zu schaufeln, worauf dieser eine Pfütze bildete. Jetzt blieb dem Wasser nichts anderes übrig, als im Boden um die Blume zu versickern. Die reagierten, indem sie blaue, rote, grüne und andersfarbige Mauern erblühen ließen, abhängig von der jeweiligen Wasserfarbe. Die Mauern versperrten den Zugang zum Hauptflußbett. Damit war die Aufgabe erledigt.

»Tja, dann wollen wir uns mal auf den Weg machen«, sagte die Dämonin und schwebte in die Höhe. Sie hatte wieder ihre volle Menschengestalt angenommen und war auch korrekt gekleidet.

Doch Gary zögerte. »Ich bin mir nicht sicher, ob das schicklich ist.«

Sie schwebte über ihm und wurde in ihrer mäßigen Empörtheit immer hübscher. »Warum nicht, Knofelschlund?«

»Weil meine Flugfähigkeit sehr begrenzt ist. Ich wiege soviel, weil ich hauptsächlich aus Gestein bestehe. Deshalb kann ich immer nur fliegen, wenn ich einen steilen Abhang oder eine Stromböe ausnutzen kann. Folglich werde ich wohl den Landweg nehmen müssen.«

»Na und? Worauf wartest du noch, Garstein? Das heißt doch noch lange nicht, daß auch *ich* zu Fuß gehen muß.«

»Das glaub' ich aber doch.«

»Wieso?«

»Weil ich von hier unten aus wahrscheinlich deine Höschen sehen könnte.«

Sie explodierte in einer wabernden Rauchwolke. Flammen umzüngelten sie, und als ihre Stimme ertönte, klang sie ausgesprochen rußig. »Es gehört sich nicht, daß du da hinlugst, du Wasserfreier!«

»Ich habe ja auch gar nicht geguckt. Aber ich glaube, wenn ich es täte ...«

»Ach so.« Die Wolke sank zu Boden und verdichtete sich wieder zu einer üppigen Menschengestalt – diesmal in rote Jeans gekleidet. »Also gut, du hast gewonnen. Wenn du zu Fuß gehst, werde ich es auch tun. Danke, daß du nicht hingesehen hast.«

»Danke, daß du meinen Namen endlich richtig aussprichst.«

Sie stockte und nahm für kurze Zeit leicht unscharfe Konturen an, bis sie sich wieder verfestigte. »Kapiert, Gary Wasserspeier.« Sie musterte ihn nachdenklich. »Ich werde den Eindruck nicht los, daß du doch nicht ganz so dumm bist, wie du aussiehst.«

»Ich sehe nicht dumm aus. Ich sehe einfach nur häßlich aus, genau, wie es sich gehört. Und ich für meinen Teil werde den Eindruck nicht los, daß du ganz und gar nicht so achtlos bist, wie du scheinst.«

»Weißt du was? Wenn du nicht so häßlich wärst, könnte ich glatt der Versuchung erliegen, darüber nachzudenken, dich irgendwann vielleicht sogar zu mögen.«

»Und wenn du weniger hübsch wärst, würde ich vielleicht in Versuchung geraten, dich nicht zu verabscheuen.«

Wieder lösten sich ihre Konturen auf. »Du magst es also häßlich?« rief sie. »Wie passend!«

»Ich bin schließlich ein Wasserspeier. Wir sind die häßlichsten Kreaturen Xanths – und rechtschaffen stolz darauf.«

»Und was ist mit den Ogern?»

Gary überlegte. »Na ja, die könnte man wahrscheinlich auch als häßlich bezeichnen. Sofern man den Typ nicht mag«, räumte er mürrisch ein.

»Vielleicht treffen wir unterwegs ja welche. Dann können wir selbst sehen.« Da fiel ihr etwas anderes ein.» Du bist ebensowenig menschlich wie ich. Warum sollten dir Höschen also etwas ausmachen?«

»Tun sie ja gar nicht. Aber dir offensichtlich.«

»Na ja, wenn man Menschengestalt annimmt, gibt es einen ganzen Haufen von Verhaltensregeln, die man beachten muß, sonst bleibt die Nachahmung unvollkommen. Ah! Das bringt mich auf eine Idee.« Sie löste ihre Umrisse auf und erschien wieder als weiblicher Wasserspeier von schier überwältigender Häßlichkeit. »Und wie gefalle ich dir jetzt, Gary?«

Er musterte sie. »Ich wünschte, du wärst echt. Dann könnten wir zusammen ein bißchen Wasser speien.«

»Ha! Heißt das, ich kann dich in dieser Gestalt in Versuchung führen und damit endlos quälen? Das verspricht ja doch noch ziemlich interessant und unterhaltsam zu werden!«

»Machen wir uns lieber auf den Weg«, erwiderte Gary kurz angebunden.

»Das Flußbett hinunter«, ergänzte sie. »Das führt uns zum Südrand des Golfs.«

»Aber ich kann doch nicht schwimmen«, protestierte er. »Ich würde glatt in den Tiefen versinken.«

»Dann meiden wir das Wasser eben. Wir gehen einfach

die Küste entlang. Außer ...« Sie hielt inne und wartete offensichtlich auf Garys Frage.

»Außer was?« erkundigte er sich pflichtschuldig.

»Außer der Spalte. Die zu überqueren dürfte dir schwerfallen.« Da hellte ihre Miene sich wieder auf. »Aber vielleicht finde ich ja noch einen Ausweg. Vorwärts!«

»Vorwärts«, stimmte er zu.

Und so machten sie sich auf den Fußweg, das Flußbett entlang, Sprung um Sprung, wobei sie mit ihren kleinen Flügeln die Sprünge aussteuerten, wie Wasserspeier es eben so tun.

Es dauerte nicht lange, da färbten sich die Flußufer und wurden gelb. Gary machte eine Pause. »Was ist mit dem Boden los?«

Mentia blickte genauer hin. »Nichts. Der macht nur, was er immer macht.«

»Aber er ist doch von einem ganz kränklichen Gelb!«

»Nein, ist er nicht.« Sie fuhr mit einer Klaue durch das Erdreich. Goldmünzen kullerten in den Kanal hinab. »Das ist nur eine Uferbank. Und dort drüben ist eine Pfeffermünze.« Sie zeigte auf eine Pflanze mit merkwürdigen, länglichen grünen Blättern und runden Goldblüten, deren Ränder Einkerbungen aufwiesen. »Das ist die Bank, wo das Geld herkommt.«

»Das Geld? Was macht man damit?«

»Nichts Gutes, soweit ich weiß. Aber ich hab' gehört, daß man in Mundania ganz wild darauf ist.«

»Wirklich?«

»Es heißt, die Liebe zum Geld sei die Wurzel allen Übels.« Sie betrachtete die Münzwurzeln, die tatsächlich ziemlich schlimm aussahen, wenn auch nicht ausgesprochen übel.

»Aber das würde ja bedeuten, daß man in Mundania das Geld für etwas Schlechtes hält.«

»Nein. Mundania ist so scheußlich, daß man dort alles Üble einfach lieben muß.«

Gary nickte. »Das leuchtet ein.«

Sie schritten weiter, bis sie an ein Schild kamen:

WARNUNG: IM MORAST DER HUND DICH FASST.

»Ich sehe keinen Morast«, wandte Gary ein.

»Und ich sehe keinen Hund. Aber vielleicht macht das ja nichts. Es sind nur Knittelverse.«

Auf der Uferbank erschien eine neue Baumart. Sie vernahmen Gebell. »Hundeholz«, erklärte Mentia. »Es ist harmlos, solange man sich nicht an der Bellrinde reibt. Die ist nämlich schlimmer als der Biß.«

Doch dann erschienen auch echte Hunde. »Ich dachte, in Xanth gäbe es überhaupt keine Hunde«, bemerkte Gary.

»Wir befinden uns in Grenznähe; wahrscheinlich ist eine Meute herübergekommen, und die Hunde hatten einfach noch nicht genug Zeit, um magisch zu werden. So was kommt vor.«

Die Hunde kamen knurrend näher.

»Sie scheinen nicht besonders gut drauf zu sein«, meinte Gary.

»Wen kümmert das schon? Uns können sie nichts anhaben. Ich bin eine Dämonin, und du bestehst doch hauptsächlich aus Stein.«

Und so schritten sie weiter, ohne die Hunde zu beachten. Doch die Tiere verfolgten sie mit hündischer Treue.

Nach und nach wurde alles schlimmer. Vor ihnen stand bald eine undurchdringliche Kette von Hunden. Es war unmöglich, durch diese Schar hindurchzuhüpfen. Also blieben sie vor der großen Hündin in der Mitte stehen.

»Wer bist du, und was willst du?« fragte Gary, obwohl er eigentlich nicht mit einer Antwort rechnete.

»Ich bin Dogma«, erwiderte sie. »Ich will eure Hundemarken.«

»So was haben wir nicht dabei.«

»Dann müssen wir euch fressen.«

»Nur weil wir diese scheiß Marken nicht besitzen?« fragte Gary leicht gereizt.

»Ich bin eben eine echt schlimme Hündin«, sagte sie.

»Dann müssen wir wohl mit euch kämpfen«, sagte Gary. »Denn ich bin ein echt schlimmer Wasserspeier. Bist du schon mal von steinernen Zähnen gebissen worden?«

Dogma überlegte es sich lieber anders. »Ich bin eigentlich nicht besonders dogmatisch. *Was* bist du?«

»Ein Wasserspeier. Ich mache das Wasser sauber, das diesen Fluß entlangströmt. Aber zur Zeit versuche ich, eine bessere Methode dafür herauszufinden.«

»Herrje«, beklagte sie sich, »warum hast du das nicht gleich gesagt? Wir dachten, du wolltest dich für einen Hund ausgeben.«

»Warum sollte denn irgend jemand, der noch bei Trost ist, ein Hund sein wollen?« verlangte Mentia zu wissen.

Dogma wandte sich den anderen zu. »Laßt sie ziehen, Hundeschnauzen«, knurrte sie. »Mit Wasserspeiern haben wir keinen Streit. Außerdem wollen wir nicht, daß unser Fluß verschmutzt wird. Dann würden die Schwäne abhauen.«

Die Hunde blickten angewidert drein, machten aber den Weg frei, und so schritten die beiden Gefährten wieder den Flußkanal entlang. Doch kaum hatten sie das Hundegebiet hinter sich gelassen, als ihnen noch Schlimmeres begegnete.

»Noch mehr Hunde?« fragte Gary, als er die Kreaturen herannahen sah.

»Nein. Wölfe.«

»Wo ist da der Unterschied? Sind Wölfe nicht einfach nur wilde Hunde?«

»In Xanth nicht.«

Sie kamen zum Stehen, als die Wölfe sie umringten.

»Was wollt ihr Kreaturen?« fragte Gary. Allmählich erfüllten ihn diese ständigen Unterbrechungen mit Ungeduld. Wenn das so weiterging, würde er es kaum schaffen, dem Guten Magier sein Anliegen vorzutragen und noch vor Einbruch der Nacht wieder nach Hause zurückzukehren.

»Wir sind der Wolfclan«, sagte die Leitwölfin und nahm menschliche Gestalt an. »Ich bin Virginia Wolf.«

»Ihr seid ja … Werwölfe!« rief Gary überrascht.

»Wir sind keine *Wär*wölfe, sondern *Sind*wölfe«, widersprach sie. »Wir wären nicht etwa Wölfe, sondern sind welche und werden auch morgen welche sein.«

»Ich meinte ja nur, daß ihr eure Gestalt wandelt«, sagte Gary verlegen.

Virginia Wolf schaute sich um. »Tun wir das? Wo denn?«

»Genau hier.«

»Hier, dort, überall – wer schert sich schon darum, wo die Wölfe sind?« Immer mehr Wölfe waren gerade damit beschäftigt, Menschengestalt anzunehmen.

»Ich meinte, ihr seid magisch. Ihr seid keine richtigen Wölfe.«

Virginia schüttelte den Kopf. »Man soll den Wolf nie beschreien«, ermahnte sie ihn.

»Sie zieht dich doch nur auf«, warf Mentia ein.

Das hatte Gary inzwischen auch schon begriffen. »Ich bin der Wasserspeier, der das Wasser des Schwanenknie reinigt. Ich möchte, daß der Gute Magier mir eine bessere Möglichkeit erklärt, wie ich meinem *Geis* entsprechen kann.«

»Das hatten wir schon vermutet«, erwiderte Virginia. »Sonst hätte das Hunderudel euch nicht durchgelassen. Aber du weißt ja wohl, daß das ein langer Weg ist?«

»Ach ja? Weiß ich das? Wie weit ist es denn genau?«

»Mehrere Tagesmärsche. Dazu kommt noch die Spalte.«

»Die was?«

»Weißt du denn gar nichts von der Spalte?«

»Ich bin noch nie südlich der Grenze gewesen«, antwortete Gary verärgert. »Was ist denn mit dieser Spalte los?«

»Das ist eine große Erdspalte, die sich durch Xanth zieht«, erklärte Virginia. »Früher ruhte ein Vergessenszauber auf ihr; deshalb konnte sich niemand an sie erinnern. Aber heute wissen die meisten Leute davon. Du siehst mir so aus, als wärst du zu schwer, um allzuweit zu fliegen. Deshalb wirst du möglicherweise auch nicht von hier aus hinfliegen können.«

Gary wandte sich an Mentia. »Davon hast du mir gar nichts erzählt!« sagte er anklagend.

»Das wäre ja auch nicht besonders unterhaltsam geworden«, konterte sie.

»Was soll das überhaupt heißen, mehrere Tage?«

»Du hast mich nicht danach gefragt!«

»Dann kriege ich die Sache doch nie auf die Reihe, bevor der Regen einsetzt!«

»Dafür hast du ja den Damm gebaut.«

Das saß.

»Trotzdem ... wenn ich die Spalte gar nicht überqueren kann ...«

»Ich habe eine Idee, wie das gehen könnte.«

Gary war zwar verärgert, entschied sich aber zum Weitergehen. Vielleicht war es ja doch noch möglich. Aus irgendeinem Grund behagte ihm der Gedanke nicht mehr sonderlich, in sein ausgetrocknetes Flußbett zurückzukehren, um dort auf immer mehr mundanischen Schlamm zu warten. »Laßt ihr uns jetzt durch?« fragte er Virginia.

»Das sollten wir wohl. Wir mögen nämlich auch kein schmutziges Wasser. Das würde unsere Kleidung beflekken.«

»Eure Kleidung?« fragte er verständnislos.

»Wir sind Unterwäschenwerwölfe«, erklärte sie. »Wir trainieren gerade, um die gemeinen Ungeheuer unter den Kinderbetten zu vertreiben und somit zu einem bequemeren Leben beizutragen.«

Erst jetzt wurde Gary klar, daß das, was er für ein spezialisiertes Kostüm ihrer Menschengestalt gehalten hatte, in Wirklichkeit Unterwäsche war. Tatsächlich trug Virginia Höschen. Nur gut, daß Gary kein Mensch war, sonst hätte er glatt die Fassung verloren, denn ebendies war ja das Wesen des Höschenzaubers.

Sie setzten ihre Sprünge fort. Zwar kamen sie ganz gut voran, doch die Strecke ragte weit vor ihnen in die Ferne, und schon bald wurden sie von der Nacht eingeholt.

»Schlafen Wasserspeier eigentlich?« erkundigte sich Mentia.

»Nur, wenn wir uns langweilen.«

»Und? Langweilst du dich?«

»Nein.« Er war zwar frustriert, aber nicht gelangweilt.

»Dann laß uns weiterziehen. Ich kenne den Weg.«

Gary war nur zu froh, Mentias Rat zu folgen. So sprangen sie weiter durch die Dunkelheit. Zwar gab es gewiß auch in der Nacht Raubtiere, doch es war nicht zu verkennen, daß diese es vorzogen, die Dämonin und den Wasserspeier in Ruhe zu lassen. Als schließlich der Morgen anbrach, gelangten sie vor ein Gebäude, das nach einem Stall aussah, den man zu einem Haus umgebaut hatte.

»Was ist das denn?« fragte Gary.

»Ein Stall, den man zu einem Haus umgebaut hat.«

»Ich meine, was tun wir hier?«

»Eintreffen.«

Manchmal konnten Dämonen ziemlich nervtötend werden. »Wird uns das helfen, die Spalte zu überqueren?«

»Nein.«

»Weshalb sind wir dann ...?«

»Die Bewohner könnten uns vielleicht helfen«, erklärte sie. »Häuser scheinen sich nicht allzuviel aus Erdspalten zu machen, die Zentauren dagegen schon.«

Die Tür ging auf. Ein geflügeltes Zentaurenfohlen von etwa neun Jahren spähte hinaus. »Iiiieeeh!« kreischte es. »Ein unglaublich häßliches Ungeheuer!«

»Ach, halt die Klappe, Cynthia«, fauchte die Dämonin. »Ich bin's doch nur, Mentia, Metrias schlechtere Hälfte.«

»Aber Metria ist doch verheiratet und stellt draußen keinen Unfug mehr an«, protestierte das Fohlen.

»Ich weiß. Richtig widerlich. Deswegen bin *ich* ja jetzt auch draußen.« Mentia nahm Menschengestalt an. »Eine Dämonin auf Achse. Sag Chex, daß ich was dafür übrig hätte, wenn sie mir einen Gefallen tun würde.«

Kurz darauf trat eine ausgewachsene Flügelzentaurin heraus, ihr feuchtes Haar zurückbindend. Offensichtlich hatten die Ankömmlinge sie unterbrochen, als sie sich gerade die Haare wusch. »Metria hat eine gespaltene Persönlichkeit?« erkundigte sie sich.

»So etwas kann durch Gefühlsaufruhr kommen«, erklärte Mentia. »Ich konnte ihre halbbeseelte, liebevolle Einstellung nicht mehr ertragen, deshalb habe ich mich von ihr abgespalten. Jetzt bin *ich* für das Unheil zuständig. Aber dabei wurde ich von diesem häßlichen Unhold abgelenkt. Deshalb führe ich ihn nun zum Schloß des Guten Magiers. Doch die Spalte versperrt uns den Weg, und dieser häßliche Vogel ist zu schwergewichtig, um zu fliegen, deshalb ...«

Chex musterte Gary. »Du bist doch ein Wasserspeier, nicht wahr?« fragte sie. »Von deiner Sorte kriegen wir hier in der Gegend selten ein Exemplar zu sehen.«

»Weil die meisten von uns das Wasser reinigen, das von Mundania einströmt, wie es unserem *Geis* entspricht«, erklärte Gary. »Wenn ich allerdings eine bessere Methode wüßte, um ...«

»Natürlich«, erwiderte sie sofort. Gary fiel ein, daß Zentauren ausgesprochen helle waren. »Und dafür mußt du die Spalte überfliegen. Schön, dabei kann ich dir bestimmt helfen.«

»Wirklich?« fragte er erstaunt. »Aber mein Gewicht ...«

Sie drehte sich um und berührte ihn mit einem kurzen Schnippen ihres Schweifs. Plötzlich fühlte er sich ganz leicht an Kopf und Leib. Probehalber ließ er die Flügel schwingen und stieg sofort in die Lüfte auf. Sie hatte ihn so leicht gemacht, daß er fliegen konnte!

»Danke«, sagte Mentia. »Dafür werde ich eines Tages mal darauf verzichten, dir was Böses anzutun, wenn sich die Gelegenheit bietet.«

Chex lächelte. »Das scheint mir ein guter Tausch zu sein. Außerdem brauchen wir sauberes Wasser. Und überhaupt – wir Flügelungeheuer müssen einander unterstützen.«

Mentia erhob sich in die Lüfte. »Das habe ich gewußt«, sagte sie. Und dann, an Gary gewandt: »Bewegung, Ungeheuer! Du willst doch wohl nicht, daß der Zauber ausgerechnet in dem Augenblick nachläßt, wo du mitten über der Spalte schwebst!«

»Wie groß ist diese Spalte überhaupt?« wollte er wissen.

»Du wirst schon sehen.«

Sie flogen nach Süden weiter, während die Sonne im Osten ein Nest aus Farben baute und sich aus den Wolken hob. Plötzlich klaffte unter ihnen eine gewaltige Erdspalte. Sie war so breit und so tief, daß einige der rosa Morgenwölkchen darin nisteten. Gary konnte nicht bis zum Spaltenboden hinuntersehen, denn dieser war immer noch von

Dunkelheit umhüllt. Doch er verspürte ein zunehmendes Drängen, auf die andere Seite zu gelangen; er spürte schon, wie er langsam schwerer wurde.

Sie landeten auf der gegenüberliegenden Seite der Spalte und sanken auf etwas herunter, von dem die Dämonin Gary versicherte, es sei ein verzauberter Weg. Er konnte nur von Leuten benutzt werden, die in rechtmäßigen Angelegenheiten unterwegs waren; und solange sie sich auf diesem Weg befanden, blieben sie von Ungeheuern verschont.

»Aber ich bin doch *selbst* ein Ungeheuer!« protestierte Gary.

»Dann mußt du zur Abwechselung eben mal ein nettes Ungeheuer sein. Meinst du, das stehst du durch?

»Ich war noch nie ein fieses Ungeheuer. Nur ein häßliches.«

»Dann dürftest du auch keine Schwierigkeiten damit haben. Wir werden schon bald am Schloß sein.«

»Ich bin froh, wenn ich die Sache hinter mir habe.«

Sie warf ihm einen schrägen Blick zu. »Da sind noch ein bis zwei Kleinigkeiten, die ich vielleicht noch nicht erwähnt habe.«

»Die letzten ein bis zwei Kleinigkeiten, die du nicht erwähnt hast, waren die Entfernung und die Spalte. Ich hoffe, die hier sind nicht ganz so schlimm.«

»Nein, nicht ganz so schlimm«, versicherte sie lächelnd. »Schlimmer.«

»Schlimmer! Warum hast du mir das nicht vorher gesagt, du verrückte Kreatur?«

»Danke. Ich hab' mir gedacht, so würde es interessanter. Du mußt nämlich wissen, daß man nicht einfach ins Schloß des Guten Magiers hineinspazieren kann. Dazu mußt du erst drei Prüfungen bestehen, weil der Gute Magier sich nicht gern von Leuten stören läßt, die es eigentlich gar nicht richtig ernst meinen.«

»Wenn ich das gewußt hätte ...«

»Gewiß«, stimmte sie ihm in einem derart lieblichen Tonfall zu, daß auf ihrer Hautoberfläche Zuckerflocken kristallisierten.

Gary mühte sich, seine störrischen Wallungen in den Griff zu bekommen. »Und was ist das für eine weitere Kleinigkeit?«

»Der Gute Magier hat seinen Preis.«

»Seinen Preis?«

»Einen Jahresverdienst pro Frage, die er beantworten soll.«

»Einen Jahresverdienst!« wiederholte er empört. »Das ist doch lächerlich!«

»Ganz gewiß«, pflichtete sie ihm noch lieblicher bei. Jetzt troff sogar klebriger Sirup aus ihren Poren. »Na ja, jedenfalls führt dieser Weg direkt ans Ziel. Du kannst dich also nicht mehr verirren. Ich muß jetzt weg, um mich mit meiner besseren Hälfte wiederzuvereinigen. Tschüß.«

»He, nun warte doch mal einen Augenblick!« sagte Gary.

Doch da war sie bereits verschwunden.

2

Guter Magier

Gary betrachtete das Schloß. Es sah ganz normal aus und glich in etwa dem Bild, das er sich im voraus davon gemacht hatte. Da gab es Mauern und Zinnen und Brüstungen und alles andere, was eben so zu einem Schloß gehörte. Nur in einer Hinsicht war es ganz anders: Der Schloßgraben war leer. Offensichtlich hatte die Dürre inzwischen auch dieses Gebiet heimgesucht. Das war sehr traurig. Ohne Wassergraben war ein Schloß kein richtiges Schloß mehr.

D. Mentia hatte Gary gesagt, daß ihm drei Herausforderungen oder Prüfungen bevorstünden. Sie war zwar ein bißchen verrückt, schien aber bisher immer die Wahrheit gesagt zu haben, wenn sie auch gelegentlich einige wichtige Einzelheiten auszulassen pflegte. Deshalb würde er sich vorsichtshalber schon mal darauf einstellen.

An der Seite des Schlosses war etwas, das nach einer Zugbrücke aussah. Gary sprang darauf zu, denn das erschien ihm eine bessere Lösung, als durch den verklebten, zusammengebackenen Matsch am Boden des funktionsuntüchtigen Schloßgrabens zu stapfen.

Um ihn herum schloß sich die Vegetation zu einem dichten Dornengestrüpp. Dornen konnten Garys steinerner Haut zwar ebensowenig anhaben wie Hundebisse, doch er wollte sich nicht die Politur zerkratzen. So folgte er dem Pfad, der sich ihm anbot. Der führte zwar in einer Kurve vom Schloß fort, aber Gary ging davon aus, daß er bald wieder zurück zur Zugbrücke führen würde. So gelangte er in einen kleinen Wald aus Stöcken in jeder erdenklichen Farbe: ein recht hübscher Anblick.

Er kam auf eine Lichtung. Dort war ein gepanzerter Krieger damit beschäftigt, mühsam einige der Stäbe abzuernten. Er wirkte ein wenig erschöpft und verschwitzt. Vielleicht handelte es sich ja um jemanden, der beim Guten Magier seinen Dienst ableistete. Möglicherweise konnte Gary von ihm mehr in Erfahrung bringen.

Gary sprang auf ihn zu. »Hallo, Herr Krieger«, sagte er höflich. Er hatte gelernt, daß Menschen es liebten, mit Titeln angesprochen zu werden, und da es ihn nichts kostete, ihren Marotten zu entsprechen, hielt er sich daran.

Die Gestalt unterbrach ihr Tun und fuhr zu ihm herum. »Nenn mich nicht ›Herr‹!« brüllte sie. »Ich bin kein Mann.«

Gary reagiete ziemlich verblüfft. »Entschuldigung«, sagte er reumütig. »Ich habe dich für einen Menschen gehalten.«

»Ich bin eine Menschin«, sagte sie und richtete sich zu einer kämpferischen Pose auf. Er bemerkte, daß ihr Metallpanzer auf der Vorderseite Kurven aufwies, die an Mentias Dekolleté erinnerten, wenn die Dämonin sich gerade ein solches zugelegt hatte. Das war ein Hinweis darauf, daß die Gestalt von menschlichem Geschlecht sein mußte. »Ich bin Hannah Barbarin, und wenn du ein frecher Geck von einem Mann sein solltest, schneide ich dir drei von deinen Beinen genauso schnell ab wie diese Sputstäbe.«

»Sputstäbe?«

»Die benutzt man als Spazierstöcke«, sagte sie unwirsch. »Aber sie bringen einen dazu, sich beim Gehen sehr zu sputen. Ich bin mir zwar sicher, daß sie ziemlich nützlich sind, aber es ist mühsam, sie in der Hand zu halten.« Und tatsächlich – der Stab, den Hannah soeben abgeschnitten hatte, peitschte heftig umher, als wollte er sich aus ihrem Griff befreien, während das verschnürte Bündel am Boden herumhopste und verzweifelt versuchte, den Standort zu wechseln.

»Vielleicht könnte ich dir ja bei der Arbeit ein wenig zur Hand gehen«, erbot sich Gary.

Das schien sie nur noch wütender zu machen. »Ich brauche keine Hilfe von irgendeinem dahergelaufenen Mann! Und nun verschwinde, bevor ich mich vergesse und dir irgend etwas Feministisches antue.« Bedrohlich begann der Stock in ihrer Hand zu wirbeln.

Gary sprang hastig weiter. Er hatte zwar immer nur gehört, daß menschliche Weibchen in der Regel liebenswürdig und sanft waren, aber da war er offensichtlich falsch unterrichtet worden. Vielleicht war das ja eine von den Kleinigkeiten, die Mentia nicht erwähnt hatte.

Der Weg machte eine Kurve und führte Gary wieder zur Zugbrücke, vor der zwei junge Menschenmänner standen. Mit einem Satz kam auch Gary zum Stehen. »Hallo«, sagte er und ließ dabei das »Herr« vorsichtigerweise weg, um niemanden zu verärgern.

Die beiden beäugten ihn säuerlich. »Selber hallo«, erwiderte der eine mürrisch.

»Du bist aber eine furchtbar häßliche Kreatur«, fügte der ander unverblümt hinzu.

»Danke«, erwiderte Gary. Er hatte begriffen, daß Menschen Komplimente liebten; also revanchierte er sich: »Du siehst auch nicht gerade blendend aus.« Im Grunde war das etwas übertrieben, da der Mann nicht mal im entferntesten an den Maßstab für Häßlichkeit heranreichte, wie man ihn unter Wasserspeiern anlegte, doch war das nun einmal ein Gebot gesellschaftlicher Umgangsformen.

Der zweite Mann zog eine Grimasse. »Vielleicht sollten wir uns einander erst einmal vorstellen. Ich bin Frank. Das da ist Kurt.«

»Ich bin Gary«, erwiderte Gary.

»Das ist auch nicht gerade der originellste aller Vornamen«, meinte Frank.

»Der ist doch bloß ein Tier«, warf Kurt brüsk ein.

»Das stimmt ja alles«, bestätigte Gary unschuldig. »Wenn ihr jetzt vielleicht mal beiseite treten würdet? Ich möchte nämlich über diese Zugbrücke.«

»Kommt gar nicht in Frage!« widersprach Kurt heftig.

»Ich muß dir geradeheraus mitteilen, daß wir hier sind, um dich daran zu hindern, unbefugt ins Schloß einzudringen«, gestand Frank offenherzig.

»Aber ich muß doch den Guten Magier aufsuchen!« erwiderte Gary verwundert.

»Pech«, meinte Kurt knapp.

»Vielleicht hast du mich nicht richtig verstanden«, fügte Frank frei heraus hinzu. »Das hier ist eine Prüfung!«

»Ach so«, erwiderte Gary. »Das habe ich nicht gewußt.«

»Vielleicht liegt es daran, daß du nicht besonders intelligent bist«, meinte Frank kühn.

»Du bist bescheuert *und* häßlich«, platzte Kurt heraus.

»Letzteres bin ich mit Sicherheit«, stimmte Gary nachdenklich zu. Ihm war klar, daß die beiden eine Aufgabe zu erfüllen hatten, und daß seine eigene Aufgabe darin bestand, die aus dem Weg zu räumen. Er hätte zwar einfach vorwärtspreschen können, um die beiden in den stinkenden Schleim des Grabens zu stürzen, doch wenn Garys Haut auch aus Stein war – sein Herz war butterweich, und so brachte er es einfach nicht über sich. Deshalb wandte er sich von diesem Gedanken ab und überlegte sich Alternativen.

»Was für ein Blödmann«, bemerkte Kurt gruffig.

»Die Prüfungen von heute sind auch nicht mehr das, was sie mal waren«, stimmte Frank ihm zu.

Gary wanderte weiter um den Graben. Wenige Schritte später hörte der Weg auf – offensichtlich war er müde geworden. Gary mußte stehenbleiben, um nicht auf irgendwelche T-förmigen Pflanzen zu treten, die hier kegelartig angeordnet wuchsen und irgend etwas trugen, das wie Erbsen aussah. Gary nahm eine reife Erbse und steckte sie in den

Mund. Sofort fing er an zu kichern. Dann mußten das hier also Kichererbsen sein.

Allerdings half ihm das Kichern nicht über den Graben. Gary wollte aber auch nicht durch den Schlamm waten, also kehrte er dem Kichererbsenbeet den Schwanz zu und kehrte zur Zugbrücke zurück. »Seid ihr sicher, daß ihr mich nicht in Frieden vorbeilassen wollt?« erkundigte er sich kichernd.

»Absolut«, antwortete Kurt.

»Das gehört nicht zu unseren Tätigkeitsmerkmalen«, antwortete Frank in aller Offenheit.

Gary wollte immer noch friedlich bleiben; deshalb folgte er dem Weg zurück bis zu den Stöcken. Dort kam gerade ein steifer Wind auf; die Stöcke schwankten bedenklich, und Hannah hatte es jetzt noch schwerer als zuvor. Ihr militarisierter Haarschnitt wurde völlig vom Winde verweht, und der Amazonenrock flatterte so schlimm, daß er ihre steifen Knie entblößte. Sie schien darüber alles andere als erfreut zu sein.

»Hallo«, sagte Gary zögernd.

Sie fuhr zu ihm herum, in jeder Hand einen sich heftig wehrenden Stock. »Du schon wieder? Was willst du?«

»Nichts«, erwiderte er vorsichtig. »Es ist nur, daß ich ein Beet mit Kichererbsen entdeckt habe. Vielleicht fühlst du dich ein bißchen besser, wenn du mal ein paar ißt.«

Hannah erstarrte mitten im Herumfahren. »Vielleicht hast du recht. Ich bin furchtbar hungrig von dieser windigen Tätigkeit. Wo ist denn dieses Beet?«

»Den Pfad entlang bis zur Zugbrücke, dann nach rechts abbiegen. Du kannst es nicht verfehlen.«

Sie beäugte ihn. »Und wo gehst du jetzt hin?«

Gary zuckte die Schultern. »Es sieht so aus, als hätte ich nichts aufzuweisen, was man braucht, um ins Schloß des Guten Magiers zu gelangen. Deshalb werde ich vielleicht nach Hause zurückkehren, sofern ich den Weg finde. Aber ich bin immer noch bereit, dir dabei zu helfen, Stöcke einzusammeln, falls ich mich irgendwie nützlich machen kann.«

»Du bist aber kein besonders typisches Männchen«, bemerkte sie.

»Ich hatte noch nicht viel Übung«, gestand er. »Ich habe mein Leben lang nur allein gearbeitet.«

Für einen halben Augenblick schien Hannah geradezu unmilitant zu werden, obwohl dies wahrscheinlich nur eine Fehldeutung ihrer Stimmung war. »Das Gefühl kenne ich. Komm ruhig mit, Wasserspeier. Vielleicht nehme ich deine Hilfe ja doch noch an, nachdem ich Kichererbsen gegessen habe.« Sie marschierte den Weg entlang in Richtung Zugbrücke.

Gary folgte ihr achselzuckend. Er hoffte, daß ihm noch irgendeine Möglichkeit einfiel, wie er den Graben überqueren konnte, denn er mochte es nicht besonders, aufzugeben. Außerdem war er nicht allzu sehr darauf erpicht, den großen Graben überqueren zu müssen, den man die Spalte nannte, um mit leeren Händen von seinem Ausflug zurückzukehren.

Hannah erblickte die Zugbrücke. Dort standen immer noch Frank und Kurt.

»Schau mal!« rief Kurt. »Eine Torte!«

»Die Schnalle sieht ja echt ätzend aus«, meinte Frank unverhohlen. »Ein albernes Militärkostüm, einen klobigen Stock in der Hand, und ihr Haar – wie ein zerfetzter Mop.«

»Da haben wir ja ein echt hübsches Pärchen typischer Macker!« rief Hannah. »Gut, daß ich ohnehin schon wütend war.« Sie schritt vorwärts, wobei sie heftig ihren Stock schwenkte. »Von Witzfiguren habe ich mir noch nie etwas bieten lassen.«

»Na, was ist los, Süße?« fragte Kurt sexistisch.

»Stellst uns ja glatt vor Rätsel, Mäuschen«, meinte Frank. »Ich frage mich, ob du unter diesem Metallrock wohl auch ein Paar ...«

Da hatte Hannah sie endlich erreicht. Es gab zwei dumpfe Stöße und ein plötzliches Platschen, als würden Säcke voller Geröll in den Schlamm stürzen. Die ganze Sache dauerte kaum ein Augenzucken lang, und als Gary damit fertig war, hielt Hannah Barbarin bereits auf das Beet mit den Kichererbsen zu, während die Zugbrücke stumm und leer dastand.

Gary begriff, daß er da wohl gerade ein Hindernis aus dem Weg geräumt hatte, ohne es zu wollen. Hannah, die widerliche Männer nicht allzusehr mochte, hatte die Aufgabe erledigt, vor der Gary sich gedrückt hatte. Da schien es nur vernünftig, die Zugbrücke zu überqueren, solange sich die Gelegenheit dazu bot.

Doch als Gary gerade darauf zusprang, erschien auch schon eine weitere Gestalt. Sie wirkte zwar menschlich, leuchtete aber leise vor sich hin. Und sie versprerrte ihm den Weg. »Bist du etwa auch so eine Prüfung?« fragte Gary und blieb stehen.

»Und ob ich das bin! Ich bin Fiera. Mein Talent ist die Beherrschung des Feuers.« Sie hob die Hände und warf einen Feuerball hin und her. »Wenn du vorbeizukommen versuchst, verbrenn' ich dich.«

»Feuer«, meinte Gary beeindruckt. »Ich bin noch nie jemandem begegnet, der so was konnte, ohne Salamander zu sein.«

»Mein Bruder Fiero ist genauso heiß wie ich, und gemeinsam sind wir sogar noch viel heißer«, antwortete sie stolz. »Wir sind Xanths heißeste Nummer.«

Feuer konnte Garys Leib zwar ebensowenig anhaben wie Dornen oder Zähne, aber er verspürte keine Lust, eine so hüsche Menschenfrau wie Fiera in den Schlamm zu schmeißen, und so wich er lieber erst einmal wieder zurück.

Diesmal entdeckte er einen Weg, der den Graben in entgegengesetzter Richtung umrundete. Er führte ihn schon bald in einen kleinen Kreis aus glasigem Gestein. In der Mitte des Kreises lag eine große Feder. Gary hob sie auf, um nicht daraufzutreten; denn es war ein recht hübsches Exemplar. Doch nun wußte er nicht so recht, was er damit anfangen sollte. Die Feder könnte ja wieder auf den Weg zurückgeweht werden, und dann würde vielleicht ein anderer darauftreten. Also steckte er sie in die Steinwolle zwischen seinen Hörnern, um sie dort in Sicherheit zu bringen. Sollte er jemandem begegnen, der etwas für hübsche Federn übrig hatte, könnte er sie ihm ja schenken.

Da bemerkte Gary, daß einer der glasigen Steine aus dem

Kreis gefallen war, vielleicht vom Winde verweht. Gary versuchte, ihn mit den Pranken wieder zurückzubewegen, doch plötzlich spritzte der Stein mit irgend etwas um sich. Verblüfft sprang Gary zurück – worauf der Stein zusammensackte und sich auf den Boden ergoß. Der Stein war in Wahrheit ein Wasserbehälter!

Gary durfte nicht untätig zusehen, wie der Behälter sich leerte. Schließlich herrschte Dürre in Xanth, und Wasser war kostbar. Also kehrte Gary zurück und versuchte, mit seinen Pranken die ursprüngliche Gestalt des Behälters wiederherzustellen, doch der verlor immer noch platschend sein Wasser. Die Seitenwände waren nachgiebig, und das Oberteil wies ein Loch auf; deshalb sackte der Behälter so schnell in sich zusammen und gab dabei Wasser von sich. Wahrscheinlich war es Garys Schuld – er mußte den Behälter unbeabsichtigt umgestoßen haben, und jetzt war er nicht mehr dicht. Was sollte er tun?

Gary führte sein Maul an die Kante und nahm die Wand zwischen die Zähne. Sanft biß er zu, gerade fest genug, um ordentlichen Halt zu finden und den Behälter hochzuheben. Das setzte dem Lecken ein Ende. Doch gerade wollte er das Gefäß wieder loslassen, da sackte es erneut zusammen. Jetzt konnte Gary es nicht mehr freigeben, ohne es vollends zu zerstören.

Vielleicht wußte ja Fiera, was zu tun war. Schließlich war sie ein Bestandteil dieser ganzen Situation. Also schlug Gary die Zähne vorsichtig ins Gestein und zerrte das Stück langsam den Weg entlang, wobei er sorgfältig darauf achtete, kein Wasser mehr zu vergießen.

»Was machst du denn mit dem Quarz da?« wollte Fiera wissen, als Gary schließlich wieder zur Zugbrücke gelangte.

»Quarz?« fragte er verständnislos. Und während er fragte, ließen seine Zähne den Stein fahren, so daß dieser wieder zusammensackte und zu lecken begann. Gary schnappte danach, versuchte, dem Verschütten ein Ende zu setzen, fand aber nicht den rechten Halt.

»Ja, du hast eine Quarz voll Wasser«, sagte Fiera bestürzt.

»Stimmt, das Wasser leckt, und ich wollte eigentlich gern

wissen, ob du mir sagen kannst, was man dagegen tun soll.« Vorsichtig schnappte er wieder nach der Kante, verfehlte sie aber aufs neue. Dabei fiel ihm die Feder vom Kopf und landete auf dem Wasser.

Da geschah etwas Merkwürdiges. Die Feder richtete sich auf und versprühte ein wenig Wasser. Ein Strahl schoß in die Höhe und bog sich der Frau entgegen.

»IIIEEHH!!« kreischte Fiera und wich zurück. »Ein Spritzfüller!!« Sie war so aufgeregt, daß ihr sogar doppelte Ausrufezeichen gelangen. Ihr strammes Hinterteil landete auf der hölzernen Zugbrücke und setzte sie sofort in Brand. Doch der Füller spritzte weiter vor sich hin und nutzte das Wasserreservoir im Quarz. Fiera versuchte zu fliehen und sprang auf, um schließlich mit einem feurigen Blitz an Gary vorbeizuschießen.

»Es tut mir leid!« rief Gary und schickte sich an, ihr nachzuspringen. Doch da war Fiera auch schon außer Sichtweite, während der Füller immer noch vor sich hin spritzte. Also mußte Gary wieder zurück und die Feder herausziehen, wobei ihn eine volle Breitseite an der Schnauze traf. Als er die Feder endlich aus dem Wasser gezogen hatte, versiegte der Strahl sofort.

Gary sah sich um. Die Bohlen der Brücke umloderten immer noch den gesäßförmigen Abdruck, wo Fiera zu Boden gegangen war. Sie mußte für einen Augenblick die Kontrolle über ihr Feuer verloren haben. Gary könnte es zwar löschen, würde dafür aber das restliche Wasser im Quarz verbrauchen müssen – und das wollte er nicht. Deshalb zerrte er den halbvollen Stein zurück zum Steinkreis. Diesmal gelang es Gary, ihn aufzurichten, ohne dabei weiteres Wasser zu verlieren. Er hoffte nur, daß er mit der Zeit verheilen würde. Da hatte er wirklich ganz schön was angerichtet!

Als er zur Zugbrücke zurückkehrte, stellte er fest, daß das Feuer inzwischen niedergebrannt war. Doch die verbliebenen Bohlen waren verkohlt, und er bezweifelte, daß sie sein Gewicht tragen konnten. Ihm wurde klar, daß er die Brücke hätte überqueren und die Prüfung damit bestehen können, wäre er bereit gewesen, das restliche Wasser dafür zu opfern. Aber er war nun mal ein Steinwesen und hatte eine besondere Beziehung zu Gestein; deshalb war es ihm unmöglich, den Quarz derart zu mißhandeln. Offensichtlich gehörte er nicht zu jener Art von Kreaturen, die der Gute Magier zu empfangen bereit war.

Dennoch – wenn er jetzt aufgab, würde das auch nicht viel bringen. Da könnte er eigentlich ebensogut weitermachen, selbst wenn der Magier ihn schließlich doch nicht hereinlassen sollte.

Einmal mehr musterte Gary den Schloßgraben. Nun bemerkte er, daß im Schlamm am Boden Fische hausten. Die Dürre müßte sie hierher verschlagen haben. Das war gar nicht gut. Natürlich wollte Gary die Fische nicht zertrampeln; aber er konnte auch nicht mitansehen, wie sie weiter litten. Sie brauchten unbedingt Wasser, und zwar jede Menge!

Vielleicht waren die Quarzsteine ja genau dafür gedacht – um den Graben wieder aufzufüllen, falls er mal austrocknete. Andererseits enthielten die Steine nicht genug Flüssigkeit, um diese Aufgabe zu bewältigen. Gary mußte also eine andere Möglichkeit finden.

Er kauerte vor dem Graben nieder und schob den Kopf über die Kante. »Ich will euch zwar helfen, aber dafür müßt ihr mir auch helfen«, sagte er. »Weiß irgendeiner von euch Fischen, wo ich genug Wasser finde, um diesen Graben aufzufüllen?«

Unten im Schlamm begann ein großer Fisch zu zappeln. »Regenwolke«, keuchte er.

Regenwolke? Jetzt war Gary immer noch nicht klüger. Doch der Fisch hatte seinen letzten Japser getan; für jedes weitere Gespräch fehlte ihm die Kraft. Für einen Fisch war es ohnehin alles andere als angenehm, sich außerhalb des Wassers aufhalten zu müssen, und das Sprechen machte alles noch viel schlimmer.

Immerhin – jetzt hatte Gary wenigstens einen Hinweis darauf, daß es hier irgendwo tatsächlich Wasser geben mußte. Er brauchte es nur noch zu finden. So konnte er wenigstens noch den Fischen helfen, bevor er wieder heimkehrte.

Gary sprang den Pfad zurück. Er entdeckte eine weitere Gabelung, die von der Lichtung im Stockwald fortführte. Der Wind blies immer noch kräftig, doch Gary war zu schwer, als daß er sich davon hätte stören lassen. So folgte er dem neuen Weg.

Der führte ihn auf einen kleinen Berg. Auf dem Gipfel hielt Gary Ausschau nach Hinweisen: irgend etwas, das mit Regenwolken zu tun hatte. Plötzlich peitschte der Wind zu einem Sturm hoch. Nebel bildete sich aus und legte sich in dichten Schwaden über den Schloßgraben. Hinter dem Horizont stieg eine Wolke auf, von den heftigen Böen getragen. Gary musterte sie genauer. Diese Wolke kannte er! Das war Fracto Cumulo Nimbus, der es liebte, vorüberzutreiben und immer, wenn es kritisch war, seinen Regen zurückzuhalten. Dies war mit eine Ursache für die Dürre. Fracto mußte allerdings durch seinen eigenen *Geis* gebunden sein; denn offensichtlich zwang Garys Besteigen des Berges ihn dazu, diesem zu folgen. Gary war mehr oder weniger zufällig darüber gestolpert, hatte die Lage aber grundsätzlich richtig erfaßt.

Er kehrte zum Schloßgraben zurück, während Fracto derweil über dem Schloß schwebte und sich in einen Wutanfall hineinsteigerte. Da löste sich die Bodenklappe, und das Wasser stürzte aus der Wolke. Und schon begann der Graben sich zu füllen.

Der große Fisch kam herbeigeschwommen. »Danke«, blubberte er, diesmal ohne zu keuchen. »Du hast uns das Leben gerettet!«

»Gern geschehen«, erwiderte Gary. »Ich kann es nicht mit ansehen, wenn andere Wesen leiden. Ich bin ohnehin überrascht, daß es so viele von euch geschafft haben, in einem so kleinen Wasserflecken zu überleben.«

»Normalerweise ist es hier auch nicht so voll«, gestand der Fisch. »Wir sind alle wegen des Endspiels hier.«

»Wegen des Endspiels?«

»Ich weiß, daß es kaum bekannt ist, Trockenwesen«, sagte

der Fisch. »Aber wir im Feuchtreich hegen eine heimliche Vorliebe für Barsch-Kett-Ball. Wir haben uns hier in Xanth zur Meisterschaft versammelt – da erwischte uns ausgerechnet die Dürre. Wir haben wirklich großes Glück, daß du sie vertreiben konntest.«

»Ja, jetzt könnt ihr wieder ins Meer zurückschwimmen«, erwiderte Gary.

»Kommt gar nicht in Frage! Jetzt spielen wir erst mal die Meisterschaften zu Ende. Es war die reinste Folter für uns, das Finale abbrechen zu müssen und keine Siegermannschaft bestimmen zu können. Ah, ich glaube, jetzt ist der Graben wieder voll genug. Tja, dann werde ich mal wieder meinen offischiellen Aufgaben nachgehen. Danke und auf Wiedersehen. Ich schicke dir noch Naia vorbei.« Damit schwamm der Fisch davon.

Gary fand kaum die Zeit, darüber nachzudenken, was er als nächstes tun sollte, als eine andere Art Fisch herbeigeschwommen kam: eine Meerjungfrau. »Hallo, Flügelungeheuer. Ich bin Najade. Zur Feier des Tages trage ich meinen Schwanz.« Sie drehte sich ein wenig und zeigte Gary ein Stück Schwanz. »Der große Fisch hat mir aufgetragen, dich über den Graben zu führen, damit du deinen Termin beim Guten Magier wahrnehmen kannst.«

»Meinen Termin?«

»Jeder, der die Prüfungen meistert, darf ihn aufsuchen. Wußtest du das nicht?«

»Aber ich habe sie doch gar nicht gemeistert!« protestierte er.

Sie zuckte die Schultern. »Mußt du wohl doch. Na, komm schon, großer Held.«

Zutiefst verwundert, trat Gary ins Wasser, das inzwischen fast bis zur Oberkante des Grabens reichte. Weil Gary dichter als Wasser war, sank er zu Boden. Dort unten war es ziemlich wolkig, weil der Schlamm inzwischen stark aufgewühlt war, doch die Najade schwamm dicht genug vor ihm her, daß er ihren Schwanz erkennen konnte. Tatsächlich erkannte er manchmal noch einiges mehr als nur ihren Schwanz, denn sie bog sich immer wieder zurück, um nach

Gary zu sehen. Aber da er ja kein Mensch war, machten ihm diese Körperteile auch nicht weiter zu schaffen. Allerdings ging ihm durch den Kopf, daß diese Kreaturen offenbar äußerst begabt sein mußten, wenn es darum ging, ihre Säuglinge zu stillen.

Naia führte Gary ans andere Ufer. Unter Wasser konnte er zwar nicht besonders gut springen, kam aber doch schnell genug voran, indem er statt dessen mit seinen Flügeln schlug. Dann kletterte er wieder ins Freie, schüttelte Körper und Flügel trocken und wollte sich nach Naia umsehen, um sich bei ihr zu bedanken. Doch sie war schon wieder verschwunden. Die Wasseroberfläche des Grabens war gekräuselt, während das Gewitter langsam verebbte; die Fische waren schon wieder mit ihrem Endspiel beschäftigt.

Gary sprang zur Zugbrücke hinüber und von dort hinauf zum Schloßtor. Als er dort eintraf, öffnete es sich prompt vor ihm. Er erblickte eine junge Menschenfrau von ungefähr Zwanzig. »Hallo«, sagte sie und schaute dabei an ihm vorbei.

»Hallo. Ich bin Gary Wasserspeier. Ich bin mir nicht sicher, ob ...«

»Ach, ja! Wir haben dich schon erwartet. Ich bin Wira, die Schwiegertochter des Guten Magiers. Komm rein.«

»Na ja, ich bin noch ein bißchen feucht, wie du siehst, und ...«

»Ich kann zwar nicht sehen, aber ich weiß, wie Wasserspeier ausschauen. Und ich bin ganz sicher, daß ein paar Tröpfchen Wasser nichts schaden werden. Mutter Gorgone möchte mit dir reden.« Sie machte sich auf den Weg und führte Gary durch den Gang.

Vorsichtig sprang er ihr nach. Sein Zustand der Verwunderung schien langsam chronisch zu werden. »Wer? Deine Mutter?« fragte er.

»Die Mutter meines Mannes Hugo. Sie ist sehr nett, aber ihr Blick verwandelt Leute in Stein. Jedenfalls war das früher immer so, bevor Humfrey ihr Gesicht unsichtbar machte und mit der Illusion eines anderen Gesichts versah. Sie sagt, sie habe eine Vorliebe für versteinerte Kreaturen. Deshalb ist sie eigens hergekommen.«

Die Sache mit dem unsichtbaren Illusionsgesicht war etwas zuviel für Gary; deshalb konzentrierte er sich lieber auf etwas Einfacheres. »Ein Steinwesen bin ich wirklich, ja.«

Sie gelangten in einen hübschen Innenraum mit Steinmauern und steinernem Mobiliar. Gary fand das Zimmer recht gemütlich. Dann trat eine Menschenfrau gehobenen Alters vor. »Freut mich, dich kennenzulernen, Gary Wasserspeier«, sagte sie. »Ich bin die Gorgone. Wir müssen uns unterhalten.«

»Wie du möchtest«, willigte er ein. »Aber ich bin mir nicht sicher, ob ich überhaupt hier sein darf. Ich habe doch gar nicht ...«

»Du hast die drei Prüfungen auf deine eigene, mitfühlende Art und Weise gemeistert. Du bist eine gute Kreatur und hast die Antwort des Guten Magiers wahrhaft verdient. Aber weißt du denn auch, daß du dafür einen Dienst ableisten mußt?«

»Das habe ich unterwegs erfahren«, gestand er wehmütig. »Ich glaube kaum, daß ich die Zeit dazu habe. Du mußt nämlich wissen, daß der Damm bald überschwappt, wenn es in Mundania regnet und der Schwanenkniefluß wieder zu strömen beginnt. Und dann muß ich dort sein, um meinem *Geis* zu dienen.«

»Genau darüber wollte ich mit dir reden. In deinem Fall ist ein Jahresdienst völlig unmöglich, denn du mußt anderweitig deine Pflicht erfüllen. Statt dessen wird der Magier sich auf einen einzigen Dienst von kürzerer Dauer beschränken, sofern es dir recht ist.«

In Gary stieg die Ahnung auf, daß sein Vorhaben möglicherweise doch noch zu bewältigen war. »Wenn ich rechtzeitig zurückkehren kann, ist das völlig in Ordnung.«

»Aber es handelt sich um einen ungewöhnlichen Dienst, und es könnte sein, daß du ihn lieber doch nicht erbringen möchtest«, warf sie ein. »Deshalb möchte ich auch zuerst mit dir darüber sprechen. Die Antwort des Magiers ist zwar eine Sache, die Dienstbedingungen jedoch eine andere. Solltest du nicht dazu bereit sein, hat es keinen Zweck, Humfrey überhaupt erst aufzusuchen.«

»Ich bin dazu bereit, sofern es nicht allzu lange dauert. Worum geht es denn?«

»Darum, ein verwöhntes Menschenkind zu unterweisen. Ein Mädchen.«

»Aber ich verstehe doch überhaupt nichts von Menschen, und noch viel weniger von ihren Kindern!« protestierte er.

»Das stimmt. Aber es handelt sich auch nicht um ein gewöhnliches Kind. Es wird außerordentlich schwierig sein, richtig mit ihr umzugehen.«

»Ich bin doch ein Flügelungeheuer! Sie wird Angst haben, daß ich sie auffressen will! Es muß doch mindestens hundert bessere Lehrer für sie geben als mich.«

»Offenbar gibt es nur einen einzigen, der dieser Aufgabe gewachsen ist. Ich räume ein, daß die Anweisungen meines Ehemannes mir nicht immer einleuchten, aber er hat stets und ausnahmslos recht. Wir brauchen nun einmal dich für diese Aufgabe.«

Sosehr Gary sich auch bemühte – ihm fiel kein brauchbares Argument ein, daß er dagegen hätte anbringen können. Wieder ließ sein weiches Herz ihn im Stich. »Na schön, wenn sie wirklich meine Hilfe braucht ...«

»Oh, ja! Aber es steckt noch mehr dahinter.«

Es schien immer noch »mehr dahinter« zu stecken. »Was denn noch?« fragte Gary vorsichtig.

»Du wirst dich so lange in einen Menschen verwandeln lassen müssen.«

»In menschliche Gestalt?« rief er entsetzt.

»Ich weiß, daß es ein großes Opfer für dich ist, aber es ist ja nur vorübergehend. Der Magier Trent wird dich verwandeln. Und nachdem der Auftrag ausgeführt ist, wird er die Verwandlung wieder rückgängig machen.«

»Na schön, solange es nur vorübergehend ist, werde ich es wohl ertragen«, willigte er widerstrebend ein. Doch insgeheim fragte er sich, ob er wirklich gut daran getan hatte, auf D. Mentia zu hören, die ihn in diese verrückte Lage gebracht hatte.

»Da gibt es aber noch mehr«, sagte sie in diesem gewissen Tonfall.

»Versuchst du etwa gerade, mir die Sache auszureden?«

»Nein, im Gegenteil. Ich hoffe sehr, daß du das Angebot annimmst. Aber es ist ein Gebot der Fairneß, dich vorzuwarnen. In menschlicher Gestalt wirst du nicht so kompetent und tüchtig sein, wie du es von Natur aus bist, und dein Fleisch ist dann nicht aus Stein. Es könnte geschehen, daß deine gewohnten Reflexe dich in Schwierigkeiten bringen. Beispielsweise könntest du glauben, daß Dornen dir nicht wehtun oder Drachenbisse dir nichts anhaben können. Bis zu deiner Rückverwandlung wirst du also eines Schutzes der Magierklasse bedürfen.«

»Aber wenn ihr doch schon einen Magier dafür zur Verfügung habt, warum kann *der* denn nicht das Kind belehren?«

»Es ist kein Er. Es ist eine Sie. Sie weigert sich kategorisch, allein auf ein Kind aufzupassen. Vielleicht hat sie ja ihre Gründe dafür. Immerhin ist sie dreiundneunzig Jahre alt.«

»Mit dreiundneunzig ist eine Menschenfrau völlig gebrechlich! Fleisch altert sehr viel schneller als Gestein.«

»Sie wird so weit verjüngt werden, daß sie dem Alter von etwa dreiundzwanzig Jahren entspricht. Für eine Menschenfrau ist das die allerbeste Zeit.«

Achselzuckend meinte Gary: »Dann begreife ich das Problem nicht.«

»Es könnte zu Persönlichkeitskonflikten kommen. Man sagt ihr nach, daß sie im Umgang ziemlich schwierig sein soll.«

Gary zermarterte sein steinernes Gehirn, um sich ins Gedächtnis zu rufen, was über menschliche Zauberinnen darin gespeichert war. Dabei fiel ihm nur ein einziger schlimmer Name ein. »Solange es nicht die Zauberin Iris ist! Von der erzählt man sich, daß niemand außer ihrer Familie sie länger als zwei Augenblicke erträgt.«

Die Gorgone sah ihn nur stumm an. Ihr Illusionsgesicht wirkte ernüchternd echt.

Oh, nein, nicht auch noch das!

Nach einer Weile beugte er sich dem Unausweichlichen.

»Na ja, vielleicht, wenn der Dienst wirklich nicht allzu lange dauert …«

»Das dürfte eigentlich nicht der Fall sein. Ich wiederhole, die Anweisungen meines Mannes wirken manchmal etwas merkwürdig, aber es steckt immer ein vernünftiger Grund dahinter. Es ist durchaus möglich, daß du noch froh über diese Erfahrung sein wirst, sobald du sie erst einmal gemacht hast.«

»An diese Hoffnung will ich mich gern klammern«, sagte Gary kläglich.

»Hervorragend. Nun ist die Zeit gekommen, Humfrey aufzusuchen.«

»Ich bringe ihn hin«, erbot sich Wira. Gary hatte sie schon ganz vergessen.

Er folgte der jungen Frau endlos geschwungene Treppen hinauf, bis sie tief im Innern des Schlosses in eine düstere Kammer gelangten. Dort saß ein gnomenhafter Mann vor einem Schreibtisch, die Nase in eine monströse Schwarte vergraben. Das war der Gute Magier Humfrey – kein anderer hätte es sein können. Er sah aus, als wäre er mindestens hundert Jahre alt.

»Vater Humfrey, hier ist Gary Wasserspeier«, sagte Wira.

»Na, dann mal raus mit deiner Frage«, knurrte der Gnom.

»Wie kann ich das Wasser schneller reinigen?«

»Besorge dir einen Philter.« Das Gesicht versenkte sich wieder im Buch.

»Aber …«

»Nun versuch bloß nicht, dich mit ihm zu streiten«, ermahnte Wira ihn. »Das macht ihn nur noch grummeliger.«

»Aber ich habe nicht die leiseste Ahnung, wo …«

»Frag Hiatus«, fügte Humfrey hinzu, ohne den Blick von den Seiten zu heben.

»Wer ist Hiatus?« fragte Gary, als Wira ihn über die Treppe zurückführte.

»Lacunas Zwillingsbruder. Der läßt Nasen und ähnliche Dinge auf allen möglichen Oberflächen wachsen. Hiatus muß wissen, wo der Philter ist.«

»Aber wie soll ich den ausfindig machen, wenn ich doch dieses Kind unterweisen soll?« fragte Gary jammernd.

»Du nimmst sie einfach mit!« ertönte die verärgerte Stimme des Guten Magiers hinter ihnen.

»Ja, das kann ich wohl tun«, stimmte Gary zu. »Trotzdem finde ich das immer noch schrecklich verwirrend.«

»Zum Schluß wird meistens alles wieder gut«, beruhigte Wira ihn. »Irgendwie. Selbst wenn der Zufall, das Glück und der gesunde Menschenverstand sich vorher manchmal die furchtbarsten Strapazen gefallen lassen müssen.«

Gary hoffte nur, daß dies auch in seinem Fall gelten mochte. Einmal mehr wünschte er sich, die Dämonin hätte ihn in Frieden gelassen. Sein Leben war vorher so einfach gewesen! Jetzt aber schien es ihm unvergleichlich komplizierter zu sein. Allerdings mußte er einräumen, daß sein Leben in eher langweiligen Bahnen verlaufen war, während es jetzt seine durchaus interessanten Seiten hatte.

3

Iris

Plötzlich fand Gary sich draußen vor dem Schloß wieder. Er hatte nicht die leiseste Ahnung, wohin er sich als nächstes wenden sollte. In dem Durcheinander der stets mißmutig gewährten Antwortfetzen des Guten Magiers hatte Gary vollkommen vergessen, sich auch um die weniger bedeutsamen Informationen zu kümmern, die er ebenfalls brauchte. Beispielsweise darum, wo er den Magier Trent oder die Zauberin Iris suchen sollte.

Er ließ den Blick über den Schloßgraben und die abwechslungsreiche Landschaft dahinter schweifen. Ob er etwa auf ebenso umständliche Weise seinen Weg hinaus finden mußte, wie er hereingekommen war? Um dann erst noch mühsam die Leute zu suchen, derer er bedurfte? Das alles war ja vielleicht ein Durcheinander!

»Du siehst aber reichlich durcheinander aus«, sagte jemand hinter ihm. »So was gefällt mir.«

Gary machte sich gar nicht erst die Mühe, sich umzublikken, denn er kannte die Stimme. »Entweder du nimmst feste Gestalt an, oder du kannst dich gleich verdrücken, Mentia«, erwiderte er brummig.

Eine kleine, zottige braune Wolke trieb in sein Blickfeld. »Woher weißt du, daß es mir an fester Gestalt fehlt?« fragte die Dämonin verärgert.

»Dein Aussehen ist mir gleichgültig«, erwiderte er. »Ich meinte nur – wenn du nicht gekommen sein solltest, um mir zu helfen, will ich auch nichts mit dir zu tun haben. Ich habe so schon Probleme genug – dank deiner Einmischung.«

»Meine *Einmischung*!« antwortete die Wolke und bildete ein riesiges, rauchiges Ausrufezeichen. »Ist das der Dank dafür, daß ich versucht habe, dir zu helfen?«

»Dank möchtest du? Bitte schön: Danke, daß du in meiner Gegenwart nicht auch noch rauchst!«

Der Rauch verdichtete sich zum vorgeblich natürlichen menschlichem Abbild der Dämonin. »Bist du wirklich wütend auf mich?« fragte sie und blickte ihn dabei furchtbar bestürzt an.

Gary wußte zwar, daß es nur gespielt war, ging aber trotzdem darauf ein. »Ich schätze, nein. Ich weiß, daß du geglaubt hast, du würdest mir zu helfen versuchen. Aber nun hänge ich da und weiß nicht, wohin ich gehen soll. Nicht nur, daß ich weit entfernt von meinem heimischen Fluß bin – ich bin dem Guten Magier jetzt auch noch einen Dienst schuldig. Ich wünschte, wir wären uns nie begegnet!«

Mentia seufzte. »Schätze, es war wirklich verrückt von mir zu glauben, du könntest dankbar sein. Aber ich bin nun mal eine verrückte Kreatur. Vielleicht sollte ich dir noch ein bißchen mehr helfen.«

»Bloß nicht!« rief Gary entsetzt.

»Nicht einmal, indem ich dir zeigte, wie du den Magier Trent finden kannst?«

»Nicht einmal ...« Er stockte. »Würdest du das wirklich tun?«

»Und die Zauberin Iris dazu«, erwiderte sie zuckersüß.

»Falls es dazu beitragen könnte, deine Meinung über mich zu berichtigen.«

»Warum solltest du dir etwas aus meiner Meinung machen?«

»Sollte ich gar nicht. Aber ich bin nun mal ein bißchen verrückt, wie du weißt. Im Grunde bin ich gar keine schlechte Kreatur, und du bist ein interessanter Typ. Also könnte ich ja mal versuchen, dich aus deiner Verwirrung zu befreien.«

Gary traute der Sache zwar nicht; andererseits hatte er keine Alternative anzubieten. »Na gut. Dann zeig mir, wo ich Trent finde.«

Sie hielt inne, um zu überlegen, wobei ihre Füße ganz dicht über dem Boden schwebten. »Die alten Leute erwarten dich unten im Teich der Gehirnkoralle. Deshalb müssen wir dorthin.«

»Was ist das für ein Teich?«

»Oh, du weißt nichts darüber? Ich dachte immer, ihr Wasserspeier wüßtet alles über Wasser.«

»Wir reinigen lediglich *fließendes* Wasser«, antwortete Gary leicht verärgert. »Mit Teichen haben wir nichts am Hut.«

»Diesen Teich sollte man aber lieber nicht außer acht lassen. Die Gehirnkoralle ist ein sehr merkwürdiges und unbeliebtes Wesen, das alle möglichen Dinge sammelt. Lebewesen, zum Beispiel die es dann in seinem tiefen, unterirdischen Teich am Leben erhält. Ungefähr einmal alle zehn Jahre läßt sie dann ein Wesen frei, sofern es einen wirklich triftigen Grund dafür gibt. Dann kehrt dieses Wesen in genau demselben Alter zurück, in dem es ursprünglich in den Teich gelangt ist, selbst wenn es sich dort jahrhundertelang aufgehalten hat. Natürlich ist damals, im Jahre 1043, in der Zeit Ohne Magie, alles ziemlich durcheinandergeraten, wodurch einige der Gefangenen entkamen. Das war Jahrzehnte, bevor die Gehirnkoralle ihre Inventur abgeschlossen hatte und genau bestimmen konnte, wer alles verschwunden war.« Mentia zuckte wie eine sich bewegende Raupe: erst der Kopf, dann die Schultern, die Brüste, der Rumpf, der Hüftbereich, die Oberschenkel, die Waden und schließlich die Füße. Wäre Gary ein Menschenmann gewesen, hätte er dieses Bild sicherlich recht interessant gefunden. »Bis dahin war es natürlich schon ein bißchen zu spät. Trotzdem, in diesen tiefen Wassern lagert noch manch Gutes, und im Augenblick befinden sich auch der Magier Trent und die Zauberin Iris darin.«

»Die sind im Teich? Im Schwebezustand?«

»Natürlich. Meinst du etwa, die würden lieber in der normalen Welt mitansehen, wie sie mit jedem Augenblick älter werden? Iris hat in dieser Hinsicht ohnehin schon viel zu viele Probleme.«

»Ach, ja? Was ist denn daran verkehrt, älter zu werden? Tut das nicht jeder?«

»Jeder Nichtdämon, vermute ich.« Diesmal zuckte Mentias rechte Seite in die eine, die linke in die andere Richtung. Das fand Gary nun tatsächlich interessant. Erst recht, als ihre Augen bei der Rückkehr einander kreuzten und über ihr Ziel hinausschossen. »Aber Iris ist immerhin schon dreiundneunzig Jahre. Das ist uralt und gebrechlich für einen Durchschnittsmenschen.«

»Der Magier Trent muß doch auch schon ziemlich alt sein. Das dürfte sich dann ja ausgleichen.«

»Trent ist siebenundneunzig, um genau zu sein. Aber er wurde letztes Jahr auf etwa fünfundzwanzig verjüngt und ist nun ein außerordentlich attraktives Exemplar Menschenmann. Warum sollte er sich da mit einer Frau abgeben, die körperlich das Alter einer Urgroßmutter hat?«

»Macht das denn was aus?«

»Für Menschen, ja. Der Mann kann zwar so alt sein, wie er will, aber die Frau muß jung sein, sonst ist sie nutzlos. So ist das bei den Menschen nun mal. Also wird Iris ein Verjüngungselixir einnehmen, um etwa siebzig Jahre ihres Alters loszuwerden; das ist ihre Belohnung dafür, daß sie dir hilft. Und danach – wer weiß, was sie dann im Schilde führt? Immerhin ist sie eine Frau, die schon recht lange nicht mehr zum Zuge gekommen ist.« Mentias Kleidung wurde für einen Augenblick undurchsichtig und offenbarte ihre beträchtlich kurvigen Außenkonturen.

Gary schüttelte den Kopf. »Du behauptest zwar, ein bißchen verrückt zu sein, Mentia, aber irgendwie scheinst du mir nicht schlimmer zu sein als die normalen Menschen.«

Das Kompliment traf die Dämonin überraschend, und so errötete sie gebührend. Der Inhalt ihres Schädels zerschmolz zu einer roten Flüssigkeit und strömte die Röhren ihres Halses hinab, wobei eine hohle, durchsichtige Schale zurückblieb. Gurgelnd schoß die Flüssigkeit durch ihren Körper und sammelte sich in den Füßen, die daraufhin gewaltig anschwollen. Dann füllte sich ihr Kopf nach und nach wieder, als die Flüssigkeit von unten nach oben stieg, bis er wieder vollständig war und sie ihre Aktivitäten wieder aufnehmen konnte. »Danke«, sagte sie, als ihre Lippen voll ausgeformt waren.

Gary begriff, daß Mentia sich – trotz all ihrer Dementis – zumindest ein kleines bißchen daraus machte, was andere Wesen von ihr hielten. Aber das war ja nun wirklich kein besonders schlimmer Fehler. »Wie alt bist du denn, Mentia?«

»Einhundertunddreiundneunzig. Aber wer zählt schon die Jahre? Bei Dämonen hat das nichts zu sagen.« Sie zog die Luft ein, und ihr Busen schwoll gewaltig an, bis er aus seinem Halter platzte. Gary verstand natürlich nichts von solchen Dingen, hegte aber den Verdacht, daß ein Menschenmann sie jetzt wohl ziemlich attraktiv finden würde. »Oder auch nur ein Jahr, je nachdem, wie man es zählen will. Allzulange bin ich als Metrias Alterego ja noch gar nicht unterwegs.«

Das war eine durchaus annehmbare doppelzüngige Antwort. »Dann hat diese dreiundneunzigjährige uralte Frau, in ihre Zwanziger zurückverjüngt, also die Aufgabe, mich bei meiner Mission zu unterstützen«, bemerkte Gary leicht niedergeschlagen. »Ich sollte es wohl besser möglichst schnell hinter mich bringen.«

»Genau das hatte ich auch vor. Ich selbst kann mich zwar in Augenschnelle in den Teich begeben, aber du nicht. Du brauchst einen physischen Transport. Kannst du singen?«

Da mußte wohl wieder ihr Wahnsinn gesprochen haben. »Nein.«

»Schade. Dann hättest du nämlich auf einem Graber reiten können. Die befördern die Leute durchs Felsgestein, wenn man ihnen ein Lied singt.« Sie dachte nach, wobei ihr Körper stark ausfranste. »Vielleicht ein Pfiffer.«

»Ein was?«

»Das ist eine Spielart der Wühlmäuse. Ein Pfiffer will immer nur eins – einen Pfifferling. Also gibst du ihm keinen.«

Das wurde ja immer verrückter! »Man gibt ihm *nicht*, was er verlangt?«

»Genau. Denn wenn er seinen Pfifferling bekommt, frißt er ihn auf und geht nach Hause, um ein Nickerchen zu machen.«

»Warum verspricht man ihm dann keinen Pfifferling, *nachdem* er einem geholfen hat?«

»So funktioniert das nicht. Pfiffer planen nicht in die Zukunft. Sie wollen immer alles *jetzt* haben.«

»Aber man darf ihnen den Pfifferling nicht jetzt geben.«

Sie lächelte. »Langsam scheinst du zu kapieren, Steinfrätzchen.«

»Folglich können wir auch keinen Pfiffer in Anspruch nehmen.«

»O doch, das können wir sehr wohl.«

Gary wußte, daß sie ihn nur aufzog, aber da er nun einmal in der Sache drin steckte, stellte er die naheliegende Frage: »Und wie?«

»Indem wir ihm mitteilen, was wir ihm nicht geben werden.«

»Das verstehe ich nicht.«

»Na ja, du bist ja auch nur ein Steintierchen. Dann werde ich jetzt mal einen Pfiffer herbeirufen, damit wir auf ihm reiten können.«

D. Mentia war wirklich verrückt! Aber was blieb ihm anderes übrig?

Mentia steckte zwei Finger in den Mund und atmete so tief durch, daß sie beinahe geplatzt wäre. Dann stieß sie einen gellenden Pfiff aus, der Garys Ohren fast in den Wahnsinn trieb. Es folgte ein Rumpeln im Boden, und schon zweieinhalb Momente später schob sich die wurmähnliche Schnauze eines riesigen unterirdischen Wesens aus dem Erdreich. »Pffiffff?« fragte das schlabbrige Maul.

»Na, von uns bekommst du nicht mal einen linken Schuh«, versetzte Mentia. »Aber wenn du uns zum Teich der Gehirnkoralle bringst – wer weiß, was wir dir *dann* vielleicht geben?«

Der Pfiffer überlegte nach Wurmart: Es war nicht zu übersehen, daß seine Gedanken mächtige Windungen nahmen. »Pffiffff?« wiederholte er.

Gary sah ein, daß er wohl besser langsam mit dem Kapieren anfangen sollte. »Von uns bekommst du keine Burg«, sagte er.

Mentia stieg auf den breiten, rundlichen Rücken der Kreatur und umklammerte sie mit ihren festen, fleischigen Waden. Gary tat es ihr gleich, so gut er konnte, indem er das Wesen auf allen vieren bestieg. Es war so stark gebaut, daß es sich nicht einmal annähernd so wacklig anfühlte, wie es aussah.

»Zum Teiiiich«, sagte die Kreatur. »Dann Pffiffff?«

»Von uns bekommst du nicht einen Sonnenschirm«, antwortete Mentia.

Die Schnauze des Wesens schoß in die Tiefe, als bestünde das Erdreich aus Wasser. Mit sehnigen Bewegungen folgte der Rest des Leibes. Gary fragte sich, ob er beunruhigt sein sollte, doch noch ehe er zu einer Entscheidung gelangen konnte, schossen sie bereits immer tiefer ins Erdreich. Es war kaum etwas zu spüren; alles fühlte sich so an, als würde nur ein schmutziger Nebel an ihnen vorbeistreichen. Doch schon einen Augenblick später verdichtete sich der Nebel und nahm das ungefähre Aussehen von Schlamm an. »Zügle deinen Mund«, sagte Mentia. »Und nichts wiederholen. Das verwirrt ihn nur.«

Aha. »Wir geben dir keinen Purpurstein«, sagte Gary, und schon wurde der Schlamm um sie herum wieder dünner. Er wollte lieber nicht miterleben, wie der Pfiffer tief unten im Boden verwirrt wurde.

»Oder ein grünes Paar Socken«, fügte Mentia hinzu.

Langsam erwärmte Gary sich für die Sache. »Wir geben dir nicht das Talent, Dinge aus dem Nichts herbeizuzaubern«, sagte er, als der Boden um sie herum wieder fester zu werden begann.

»Oder Stanley Dampfers Geburtstag, der zufälligerweise am vierundzwanzigsten Tee-Dember ist«, ergänzte Mentia.

So ging es immer weiter. Der Pfiffer schien es zufrieden zu sein, solange sie ihm nur versicherten, daß sie ihm nichts anderes als einen Pfifferling geben würden; denn dadurch deuteten sie an, daß er vielleicht einen solchen erhalten würde. Die Tatsache, daß es eine schier endlose Zahl von Dingen gab, die keine Pfifferlinge waren, schien dabei keine Rolle zu spielen; Intelligenz war nicht gerade die Stärke des Pfiffers. Und so erwähnte sie Schuhe und Schiffe und Siegelwachs, Kohlköpfe und Könige, Äpfel und Ideen, dazu Eicheln und Berge und Bilder von Dingen, die hier besser nicht beschrieben werden sollten. Und die ganze Zeit fuhr der Pfiffer unermüdlich durch Stock und Stein und alles andere.

Schon lange, bevor ihnen nichts mehr einfiel, was sie dem Pfiffer nicht geben wollten, trafen sie am Teich der Gehirnkoralle ein. Sie glitten durch Gesteinsschichten, als die Umgebung plötzlich ausdünnte und Gary schockhaft erkannte, daß sie sich in freier Luft befanden. Hier gab es einen flachen Höhlenboden, und dahinter befand sich ein tiefer, dunkler Höhlensee, der von einem langsamen, träge dahinströmenden Fluß gespeist wurde. Wände und Wasser leuchteten matt, so daß alles deutlich zu erkennen war. Eigentlich war es recht nett hier; doch Wasserspeier betrachteten natürlich alle Gegenden als nett, sofern dort reichlich Wasser floß.

»Jetzt müssen wir unserem Reittier geben, was wir ihm nicht versprochen haben«, verkündete Mentia.

»Ja, die Zeit ist gekommen«, stimmte Gary ihr zu. »Gib ihm den Pfifferling.«

»Pffiffff!« rief der Pfiffer und kringelte sich vor aufgeregter Erwartung.

Die Dämonin krümmte sich und ahmte ihn dabei nach. »Ich? Ich hab' keinen Pfifferling. Hast du denn keinen?«

»*Pffiffff!*« wiederholte die Kreatur gierig.

»Natürlich nicht! Woher sollte ich denn wissen, daß dieses Vieh ausgerechnet einen Pfifferling haben will?«

»Pffiffff!« Selbst das Felsgestein begann vor Erregung zu beben, und die Oberfläche des Teiches kräuselte sich unruhig.

»Na, da solltest du aber besser schleunigst einen besorgen«, bemerkte Mentia in einem seltenen Anfall geistiger Klarsicht, »denn Pfiffer werden reichlich ungeduldig, wenn man das Zahlungsziel nicht einhält.«

Es sah ganz so aus. »Was passiert denn, wenn der Pfiffer nicht seinen ... Wasauchimmer bekommt?«

»Oh, versuch lieber nicht, das herauszufinden.« Tatsächlich peitschte die Kreatur immer heftiger um sich, und da ein Teil von ihr im Felsgestein verankert war, brachte sie damit die ganze Höhle zum Beben. Gary hatte schon mal von Erdbeben gehört und begriff jetzt, wodurch sie ausgelöst wurden.

Aber was sollten sie tun? Sie hatten doch keinerlei Pfifferlinge zur Verfügung!

Ein Steinbrocken löste sich aus der Decke und fiel platschend ins Wasser. Risse öffneten sich im Steinfußboden. Die Wände sahen verschwommen aus – nicht etwa, weil Garys Sehvermögen gestört gewesen wäre, sondern weil sie so heftig zitterten.

In seiner Verzweiflung hatte Gary einen Einfall. »Mentia – du bist doch eine Dämonin!« rief er.

Sie formte die Lippen zu einem Schmollmund, der so groß wurde, daß ihr Gesicht sich ins Birnenförmige verzog. »Ist dir das schon aufgefallen?«

»Und du kannst jede beliebige Form annehmen«, fuhr er fort.

»Ich dachte, das wäre inzwischen klar.« Ihr Kopf dehnte sich aus, bis er einer Wassermelone glich, während der Rest ihres Körpers zusammenschrumpfte, bis schließlich nur noch winzige Arme und Beine aus der riesigen Frucht ragten.

»Und Sterbliche können dir nichts anhaben.«

»Körperlich nicht«, stimmte sie zu. »Geistig übrigens auch nicht. Allerdings können Sterbliche einem Dämon emotional etwas antun, sofern dieser dumm genug ist, sich eine halbe Seele zu beschaffen.«

»Dann werde doch zu einem Pfifferling!« sagte er.

Die Augen der Wassermelone weiteten sich vor Erstaunen. Dann schrumpfte die riesige, saftige Frucht zu einem vertrockneten kleinen Pilz zusammen.

Gary griff mit einer Vorderpfote danach und hob ihn auf. »Hier ist dein Pfifferling«, sagte er zu dem sich windenden Pfiffer. »Bon appetit.«

Die Kreatur schnappte den Pfifferling auf und sprang mit einem Satz in die Mauer – so schnell, daß alles, was auch nur annähernd so lange hätte dauern können wie ein Augenblick, glatt dabei verlorengegangen wäre. Plötzlich stand Gary allein in der stillen Höhle. Und er wußte genau, daß er eins niemals im Leben mehr so ohne weiteres dahinsagen würde: »Darauf gebe ich keinen Pfifferling.«

Nun mußte er den Magier Trent und die Zauberin Iris suchen. Das konnte nicht allzu schwierig sein, denn er durfte immerhin davon ausgehen, daß es sich bei ihnen um Menschenwesen handelte. Gary marschierte den Rand des Teiches entlang. Doch es war niemand in der Nähe, weder von tierischer noch von menschlicher Gestalt.

Da fiel ihm wieder ein, daß ja alles *im* Teich eingelagert war, im alterungsbeständigen Schwebezustand. Das wiederum erklärt, weshalb es hier draußen so still war. Er würde sich also in den Teich selbst begeben müssen, um die Gesuchten zu finden. Er entdeckte eine seichte Stelle und stieg vorsichtig ins Wasser. Der Teich war weder kalt noch heiß, er wirkte vollkommen neutral. Natürlich machte Gary das nichts aus, da er ja aus Gestein bestand; aber für die Wesen, die im Teich lagerten, mochte es durchaus von

Bedeutung sein. Schließlich würden sie nicht allzu gern Hunderte von Jahren vor Kälte zittern wollen.

Gary bewegte sich immer tiefer ins Wasser, bis es über seinem Kopf zusammenschlug. Das machte ihm nichts aus; er brauchte ja nicht zu atmen. Allerdings fragte er sich, wie die Wesen aus Fleisch und Blut damit zurechtkamen.

Da fiel ihm etwas auf. Es sah wie ein Holzbau aus. Vielleicht war es ja ein Büro. Doch als er näher kam, mußte er feststellen, daß es sich nur um einen Stapel Bretter handelte, die in einem ziemlichen Durcheinander aufgeschichtet dalagen. Gary war zwar kein Pedant, doch ihm kam der Gedanke, daß die Bretter viel weniger Platz beanspruchen würden, wenn man sie sorgfältiger aufschichtete. So beschloß er, dies schnell noch zu erledigen, bevor er weiterging.

Er packte eins der Bretter. »He!« protestierte das Brett.

Erschrocken hielt Gary inne. »Hast du was gesagt?« fragte er.

»Siehst du vielleicht irgendwelche anderen häßlichen Steinungeheueridioten hier in der Nähe?« fragte das Brett in verzerrtem Tonfall. »Was fällt dir überhaupt ein?«

»Ich wollte euch nur ein bißchen sorgfältiger aufschichten, damit ihr nicht überall herumliegt«, erklärte Gary.

»Na, dann möchte ich doch um die Freundlichkeit bitten, dich nicht in die Besprechung unseres Bretterausschusses einzumischen«, erwiderte das Brett. »Wir möchten nämlich gern fertig werden, bevor wir abgelagert sind, mußt du wissen.«

»Tut mir leid«, sagte Gary und bewegte sich hastig weiter. Er hatte gar nicht gewußt, daß Bretter sprechen konnten oder sich versammelten, und seine Unwissenheit war ihm peinlich.

Er kam zu einem Mann, der in einem Buch las. Vielleicht wußte der Mann, wo der Magier Trent sich befand. »Darf ich dich einen Augenblick stören?« erkundigte Gary sich vorsichtig.

»Das wäre mir sehr lieb«, sagte der Mann, ohne dabei den Kopf zu heben. Seine Stimme klang ein wenig gedämpft.

»Ich suche den Magier Trent. Der soll sich hier irgendwo im Teich aufhalten. Könntest du mir sagen, wo ich ihn finden kann?«

»Das würde ich liebend gern tun. Aber ich kann nicht.«

»Du kannst nicht?«

Der Mann hob das Gesicht. Das Buch hob sich dabei mit und bedeckte seine Augen. »Meine Nase klebt an diesem Buch fest. Deshalb kann ich nicht an ihm vorbeischauen.«

Das sah aber wirklich nach einem Problem aus! »Kann ich dir helfen, es abzumachen?« erbot Gary sich hilfsbereit.

»Nein. Wenn du das Buch wegziehst, reißt mir das die Nase aus dem Gesicht. Es sei denn, du wüßtest, wo es irgendein Lösungsmittel gibt.«

»Das weiß ich zwar nicht, aber ich kann ja mal danach suchen gehen.« Gary blickte sich um und entdeckte ein Stück tiefer im Wasser einen Baum, der dort ganz normal wuchs, so als befände er sich auf freiem Land. Um ihn herum waren zahlreiche Anzeichen von Aktivität auszumachen, obwohl sich im Augenblick nichts bewegte. Gary ging auf den Baum zu. »Hast du zufällig Lösungsmittel?« fragte er.

»Natürlich habe ich Lösungsmittel«, erwiderte der Baum. »Ich bin schließlich ein Baummarkt. So etwas braucht man für die verschiedensten Bau- und Konstruktionsarbeiten.«

Schon bald hatte Gary eine Dose Lösungsmittel von einem Ast des Baummarkts gepflückt. Er gab einen Tropfen davon auf das Buch, das an der Nase des Manns klebte, worauf es sich löste. »Oh, danke, Fremder«, sagte der Mann. »Es war auf die Dauer furchtbar langweilig, nicht umblättern zu können.« Nachdem der Mann dies nachgeholt hatte, vergrub er das Gesicht wieder im Buch, und zwar so fest, daß es wohl nicht allzu lange dauern würde, bis die Nase wieder festklebte. Dem Mann war nicht einmal aufgefallen, daß Gary kein Mensch war.

Er kehrte zu dem Baummarkt zurück. »Kannst du mir sagen, wo ...«

»Das erste Muster war gratis«, antwortete der Baum streng. »Alles weitere muß bezahlt werden. Oder glaubst du vielleicht, ich wäre nur aus gesundheitlichen Gründen im Geschäft?«

Gary hatte gar nicht gewußt, daß der Baummarkt überhaupt im Geschäft war. Wieder einmal peinlich berührt, machte er sich auf den Rückzug. Das war wirklich eine merkwürdige Gegend! Offensichtlich waren nicht alle Dinge hier im Schwebezustand, da er sich völlig ungehindert mit ihnen unterhalten konnte, auch wenn sie sich nicht als besonders nützlich erwiesen hatten.

Gary schritt weiter. Als er Musik vernahm, hielt er darauf zu. Schließlich entdeckte er eine Harpyie mit furchtbar steifen, gereckten Schwanzfedern; sie hatte sich nach hinten gebeugt und zupfte mit den Krallen daran, was eine hübsche Melodie hervorbrachte.

Gary dachte sich, daß er vielleicht Hilfe bei einem tierischen Wesen finden würde, wenn schon ein Menschenmann ihm nicht geholfen hatte – ebensowenig wie ein unbelebtes Brett und ein Baum. Andererseits wußte er aber auch, daß Harpyien pervers waren. Deshalb verlangte die Angelegenheit ein wenig Geschick.

Er trat auf die Harpyie zu. »Das ist ja eine scheußliche Musik«, sagte er knurrig.

»Oh, danke!« kreischte sie geschmeichelt. »Ich bin Harpyienistin und liebe es, die Leute zu ärgern.«

»Das gelingt dir wirklich ausgezeichnet. Und ich weiß auch genau, daß du mir nie verraten wirst, wo ich den Magier Trent finde.«

»Genau. *Niemals* werde ich dir mitteilen, daß du nach zwanzig Schritten links abbiegen mußt«, kreischte sie und zupfte noch ein paar Noten.

»Verflucht sollst du sein, du erbärmliche Kreatur«, rief Gary und wandte sich nach links. Die Harpyie hatte seinen Kommentar zu ihrer Musik wirklich sehr genossen; deshalb hatte sie seine Frage auf die einzige Weise beantwortet, die es ihr möglich machte, ihren schlechten Ruf zu wahren, nämlich negativ.

Zwanzig Schritt weiter entdeckte Gary einen stattlichen jungen Mann, der, an einen Kissenstrauch gelehnt, vor sich hinschlummerte. Gary erinnerte sich, daß der Magier Trent verjüngt worden war; deshalb könnte er es durchaus sein. Einerseits wollte er den Magier nicht stören, andererseits blieb ihm nicht viel anderes übrig. »Magier Trent?« fragte er zögernd.

Der Mann erwachte. »Ja. Hast du dich verlaufen? Laß dich einfach irgendwo nieder, wo es dir gefällt. Sobald du dich entspannt hast, verlierst du das Bewußtsein. Dann vergehen die Jahre oder Jahrhunderte im Nu.«

»Nein. Ich hatte mich zwar tatsächlich verlaufen, aber jetzt bin ich endlich am Ziel. Das heißt, ich habe dich gefunden. Ich bin Gary Wasserspeier.«

»Hallo, Gary«, sagte der Magier höflich. »Du hast mich gesucht?«

»Hat der Gute Magier es dir nicht mitgeteilt?«

»Humfrey vergeudet niemals Informationen, wenn er es vermeiden kann. Was hat er dir denn gesagt?«

»Eigentlich hat er mir praktisch gar nichts gesagt. Aber andere im Schloß haben mir erklärt. Glaube ich jedenfalls.«

»Und was haben sie dir erklärt?« erkundigte der Magier sich geduldig.

Gary zog eine Grimasse. »Daß du mich für die Dauer meiner Queste in Menschengestalt verwandeln würdest. Daß ich auf ein schwieriges Menschenkind aufpassen muß.«

»Ach ja. Überraschung. Das ist ein ganz hübscher Brokken.«

»Und daß die Zauberin Iris mich begleiten soll.«

Der Magier seufzte. »Oh, Mann. Da kommt aber einiges auf dich zu. Iris wollte tatsächlich auf eine Queste ausziehen, um sich nützlich zu machen. Tja, dann wollen wir ihr mal Bescheid sagen.«

Gary war erstaunt. »Der Gute Magier hat dir wirklich nichts von mir erzählt? Du bist in dieser ganzen Sache allein auf Treu und Glauben angewiesen?«

Der Magier Trent lächelte. Es war ein sehr warmherziges Lächeln und wirkte recht tröstlich. »Ich kenne Humfrey schon seit langem. Ich weiß, wie er vorgeht. Das ist typisch für ihn. Komm, wir gehen meine Frau wecken.« Geschmeidig stand er auf und schritt voran, den Tiefen des Teiches entgegen.

Gary folgte ihm verwundert. Trent führte ihn in eine merkwürdige Höhle, die aus altem, gekochten Getreide zu bestehen schien. »Sie ist schon in recht fortgeschrittenem Alter«, bemerkte der Magier mit einem Blick über die Schulter. »Deshalb zieht sie eine bequeme, weiche Unterkunft vor.«

In der Unterkunft befand sich ein Breibett, auf dem eine furchtbar uralte Frau lag und schlief. »Iris«, sagte der Magier, »deine Queste ist da.«

Die Vettel schlug die Augen auf. »Ist es schon Morgen?« fragte sie schläfrig.

»Wer weiß?« erwiderte der Magier mit leisem Lächeln. »Deine Queste ist da.«

Da geschah noch etwas Seltsames. Plötzlich befanden die drei sich nicht mehr in einem breiigen Raum in düsterem Gewässer, sondern im Empfangssaal eines wunderschönen Palasts. Genaugenommen befanden sich Gary und der Magier darinnen, denn anstelle der Vettel hatten sie nun eine wunderschöne Königin – offenbar in mittleren Jahren – vor sich. Gary wußte, daß es sich um eine Königin handelte, denn sie trug eine Krone und ein reichverziertes Königinnengewand.

Die Königin blickte sich um. »Wo ist denn nun die Questen-Person?« fragte sie, und ein königliches Runzeln durchfuhr ihre edlen Gesichtszüge.

»Gestatte mir, dir Gary Wasserspeier vorzustellen«, antwortete der Magier Trent und zeigte dabei auf Gary.

Die Königin musterte Gary und blinzelte. »Aber ich kann Wasserspeier doch nicht ausstehen!« protestierte sie. »Das sind furchtbar feuchte, häßliche Steinungeheuer.«

»Und das hier«, fuhr der Magier in pompösem Tonfall fort, »ist die Königin a.D. Iris, die Zauberin der Illusion. Alles, was du hier im Augenblick siehst, ist ihr Werk.«

Gary staunte. Er hatte zwar von Illusionen gehört, aber diese hier überstieg seine Vorstellung bei weitem. Es war regelrecht einschüchternd. Das alles sollte das Werk der hutzeligen alten Frau sein? Dabei wirkte es so echt!

»Freut mich, dich kennenzulernen, Wasserspeier«, sagte die Königin.

»Ganz meinerseits, Majestät«, erwiderte Gary mit sehr viel mehr Überzeugungskraft.

»Natürlich soll ich ihn in einen Menschen verwandeln«, fügte Trent hinzu. Iris wirkte erleichtert. »Und Humfrey hat mir etwas Jugendelixir dagelassen – genug, um dir siebzig von deinen Körperjahren zu nehmen, meine Liebe, wenn die Zeit dafür gekommen ist. Und die ist nun gekommen.«

Iris blickte ihn entzückt an. »Dann werde ich ja wieder dreiundzwanzig sein!«

»Ich wünsche mir, ich bräuchte mich nicht verwandeln zu lassen«, warf Gary ein. »Aber wenigstens kann ich ja nach Abschluß meiner Queste wieder meine natürliche Gestalt annehmen.«

»Ich kann dir versichern, daß eine solche Verwandlung nur eine Verbesserung ... äh, daß du dich schon daran gewöhnen wirst«, sagte Iris in dem nicht zu überhörenden Versuch, einigermaßen höflich zu sein.

»Ich habe den Eindruck, du magst mich nicht besonders«, sagte Gary. »Ich kann dir versichern, daß dieses Gefühl auf Gegenseitigkeit ...«

»Eindrücke sind flüchtige Gesellen«, warf Trent hastig ein. »Es ist stets das Klügste, sich bei seinen Urteilen ausschließlich auf die unmittelbare Erfahrung zu stützen.«

Iris nickte. »Ich entschuldige mich für meine Vorurteile, Gary Wasserspeier. Ich habe vor längerer Zeit mal sehr schlechte Erfahrungen gemacht, die auch mit einem Wasserspeier zusammenhingen. Aber im Grunde genommen hat dieses Wesen mir gar nichts getan, und außerdem bin ich mir sicher, daß du ganz anders bist.«

»Das hoffe ich auch«, erwiderte Gary vorsichtig.

»Um was für eine Queste geht es denn genau?« wollte Iris wissen.

»Ich soll ein Kind unterrichten.«

»Ein Kind der Meerleute?« fragte sie. »Soweit ich weiß, verstehen die Wasserspeier ja einiges vom Wasser.«

»Es geht um die kleine Tochter von Grundy Golem und Rapunzel«, erklärte Trent. »Ein kleines Ding namens Überraschung.«

»Ich wußte gar nicht, daß sie ein Baby bekommen haben«, erwiderte Iris. »Das muß nach meiner Zeit gewesen sein.«

»Ja, war es auch«, bestätigte Trent. »Sie haben die Kleine vor etwa anderthalb Jahren bekommen.«

»Ein schreiendes Baby!« sagte Iris angewidert. »Was soll ein Wasserspeier ihr denn beibringen? Schwimmen vielleicht?«

»Sie ist schon sechs Jahre alt«, widersprach Trent.

Iris wandte sich ihm zu. »Willst du mich veräppeln, Magier? Ich habe genau gehört, wie du gesagt hast, daß sie erst vor anderthalb Jahren gekommen ist!«

»Stimmt. Aber als sie geliefert wurde, war sie bereits fünf«, erwiderte er.

Gary und Iris starrten ihn an. Die Zauberin war dermaßen verblüfft, daß der illusionäre Palast unscharf zu werden begann.

»Und das ist noch nicht mal das Erstaunlichste an ihr«, fuhr Trent fort. »Sie besitzt nämlich ein unmögliches Talent.«

»Nichts ist unmöglich«, versetzte Iris und riß sich und ihre Illusion mit wechselndem Erfolg zusammen. »Nur, daß niemand mehr als ein einziges Talent haben kann.«

»Sie scheint aber eine unbegrenzte Zahl von Talenten zu haben«, antwortete Trent.

»Woher willst du das wissen?« fragte sie. »Das muß eine Illusion sein.«

»Ich habe Unmöglich im Laufe meiner eigenen Queste kennengelernt, als ich Gloha Kobold-Harpyie bei der Suche nach ihrem idealen Ehemann geholfen habe.«

»Oh! Gibt es tatsächlich einen fliegenden Koboldmann?« fragte Iris. »Ich dachte immer, Gloha wäre einzigartig.«

»Inzwischen gibt es einen. Ich habe ihn verwandelt. Vorher war er ein unsichtbarer Riese.«

»Sie hat einen Riesen geheiratet? Wie, um alles in der Welt, sind die denn zusammengekommen?«

»Das ist eine Sache, die in einen anderen Band gehört. In dieser Geschichte hier geht es um ein bemerkenswertes Kind, das ein ganz schöner Brocken sein wird – wie kein zweiter. Ich habe zwar keine Ahnung, weshalb ausgerechnet ein Wasserspeier sich um sie kümmern muß, aber ich vermute, daß es das reinste Abenteuer werden dürfte, dies herauszufinden.«

Iris seufzte. »Das hätte ich mir gleich denken können, daß die Verjüngung ihren Preis hat! Noch dazu einen ziemlich hohen. Aber ich würde glatt die Hälfte meiner Seele dafür hergeben, um körperlich wieder jung zu werden, und diese Lösung scheint dem zu entsprechen. Also schön, bringen wir es hinter uns.«

»Wie du möchtest, meine Liebe. Dann laß mich erst mal Gary Wasserspeier verwandeln. Schließlich geht es um seine Queste.«

»Oh, ich kann warten«, erwiderte Gary, der ebensowenig darauf erpicht war, seine Gestalt zu wandeln, wie die Zauberin. Doch noch während er sprach, geschah etwas wahrhaft Grauenhaftes mit ihm.

Plötzlich stand er auf seinen beiden Hinterläufen, während die Vorderbeine ihre Grundausrichtung veränderten, ein ganzes Stück kürzer wurden und beträchtlich an Stämmigkeit einbüßten. Sein Kopf verkleinerte sich, und die Zähne schrumpften zu winzigen, stumpfen Stummeln, bis sie für den Nahkampf fast unbrauchbar geworden waren. Seine Vorderpranken verwandelten sich in schwache, fleischige Finger mit blassen, platten Nägeln. Und seine Flügel – wie entsetzlich! – verschwanden sogar gänzlich. Er kam sich völlig nackt vor. Doch das war er in Wirklichkeit nicht; denn von seinem Rumpf hing Stoff herab.

Iris musterte ihn. »Na, schon besser! Gibt ja einen halbwegs anziehenden jungen Mann ab.« Sie wandte sich an Trent. »Jetzt bin ich an der Reihe.«

»Gewiß.« Trent überreichte ihr ein Fläschchen mit einer klaren Flüssigkeit. »Trink und sei fröhlich, meine Teuerste.«

Sie riß ihm das Fläschchen beinahe aus den Fingern, hielt es an den Mund und stürzte die Flüssigkeit gierig herunter. Dann richtete sie sich auf – und war völlig unverändert.

»Vielleicht sollten wir zur Abwechslung mal auf die Illusion verzichten«, schlug Trent vor.

»Ach so. Ja«, stimmte sie zu.

Da erschien wieder der breiige Raum um sie herum, dazu das Wasser des Teiches. Doch die verschrumpelte alte Vettel war verschwunden. Statt dessen stand nun eine Frau in der strahlendsten Kraft menschlicher Jugend da. Die Wirkung litt ein wenig unter ihrer Kleidung, die an manchen Körperstellen schlaff herunterhing, während sie an anderen von geradezu schmerzlicher Enge zu sein schien.

»Vielleicht solltest du dich mal umziehen«, schlug Trent mit einem Dreiviertellächeln vor.

Iris blickte an sich herab. »Ja. Raus mit euch, während ich mich darum kümmere!«

»Oh, wir hätten bestimmt nichts dagegen, solltest du es vorziehen, dich gleich an Ort und Stelle auszuziehen und deine Kleidung zu richten«, antwortete Trent spitzbübisch.

»Raus!« schrie sie.

»Frauen neigen manchmal dazu, völlig grundlos unvernünftig zu werden«, bemerkte der Magier Trent, als sie hinaustraten und vernahmen, wie die breiige Tür mit einem schmatzenden Geräusch hinter ihnen zugeschlagen wurde.

Doch Gary hatte seine eigenen Sorgen. Kaum versuchte er mit seinen beiden neuen Beinen einen Schritt, als er auch schon das Gleichgewicht verlor. Er war den aufrechten Gang eben noch nicht gewöhnt.

Trent stützte ihn mit einer Hand. »Du schaffst das schon«, sagte er beruhigend. »Die meisten meiner Verwandlungen haben keine Probleme damit. Der Körper erledigt das von selbst. Aber deine natürliche Gestalt hast du eben schon einige Jahrhunderte lang; deshalb bist du vielleicht ein wenig eingefahren. Ahme mich einfach nach.« Er tat ein paar Schritte, machte kehrt und kam zurück.

Gary versuchte es mit einem Schritt, kippte nach vorn, fing sich aber gerade noch rechtzeitig und schwankte sofort in die Gegenrichtung. Doch schon wenige Schritte später hatte er es einigermaßen begriffen. Es war also tatsächlich möglich, sich auf diese Weise zu bewegen, so umständlich es auch aussah.

»Nicht lange, und du wirst den Unterschied gar nicht mehr bemerken«, versicherte der Magier. »Allerdings könnte die geistige Umstellung ein bißchen schwieriger werden. Du besitzt jetzt zwar menschliche Gestalt, aber dein Geist bleibt nach wie vor der eines Wasserspeiers.«

Gary lernte bereits dazu. Er machte die Entdeckung, daß es das Beste war, einfach seinem Körper die Bewegung zu überlassen, anstatt ihm Vorschriften zu machen. Die menschliche Gestalt verlangte ständig nach Aussteuerung, schien aber immerhin die dafür erforderlichen Mechanismen zu besitzen. Darüber hinaus stellte er fest, daß er auf seine Kleidung achten mußte, da diese sich gern an allen möglichen Gegenständen verhakte, was bei Garys Steinfell nicht der Fall gewesen war. Er hätte es eigentlich vorgezogen, die Kleidung abzulegen und sich im natürlichen Zustand fortzubewegen, genau wie früher, doch er wußte, daß dies nicht der Menschenart entsprach. Alle Menschen, denen er je begegnet war, hatten Kleidung getragen, und wenn dabei auch immer wieder Teile ihrer Haut zu sehen gewesen waren, blieb ihr Rumpf doch meist bedeckt.

Die Tür ging auf, und Iris trat heraus. Jetzt saß die Kleidung genau und schmiegte sich eng an ihre schmale Hüfte, während sie den Oberkörper etwas lockerer umhüllte und sich um die schlanken Beine bauschte. Gary verstand natürlich nicht viel von menschlicher Anatomie, vermutete aber, daß Iris nun ein halbwegs ästhetisches Exemplar ihrer Gattung darstellte.

»Du siehst bezaubernd aus, meine Liebe«, sagte der Magier Trent höflich. »Die Jugend steht dir gut.«

»Danke«, erwiderte Iris und lächelte ihn an. Für ein Menschenwesen sah sie dabei eigentlich recht nett aus. Selbst ihr Haar, das ohne Beeinflussung durch Illusion grau und strähnig gewirkt hatte, war von einem üppigen Rötlichbraun und ergoß sich in wallenden Locken über ihre Schultern.

»So, und jetzt solltet ihr euch besser auf den Weg machen«, meinte der Magier. »Wir wissen nämlich nicht, ob wir es auch mit irgendwelchen Fristen zu tun haben.«

Iris machte den Eindruck, als würde sie es vorziehen, sich noch ein wenig im Teich aufzuhalten, widersprach aber nicht. »Wo finden wir die Behausung des Golems?« fragte sie.

»Ich bin sicher, die Dämonin kann sie ausfindig machen, sobald ihr erst mal an der Oberfläche seid.« Trent wandte sich an Gary. »Und du müßtest die Dämonin herbeirufen können, indem du einfach nur ihren Namen aussprichst. Sie scheint sich ja für dich zu interessieren, da dürfte sie wohl erscheinen.«

»Aber noch sind wir nicht an der Oberfläche«, antwortete Gary, wobei er zum erstenmal seinen komischen menschlichen Mund benutzte. »Dazu müssen wir uns erst mal einen zweiten Pfiffer suchen.«

»Einen Pfiffer?« rief Iris. »Ich habe nicht die geringste Lust, einen von diesen übergroßen Würmern zu besteigen!«

»Es dürfte eine etwas einfachere Möglichkeit geben«, meinte Trent. »Ich glaube, die Gehirnkoralle besitzt einen Aufzug, in dem sie freigesetzte Lebewesen nach oben befördert.«

Er hob das Kinn. »Koralle?«

Vor ihnen erschien ein goldenes Glühen. Es hatte die Form eines Weges, der in die Ferne führte.

Trent lächelte. »Folgt einfach dem gelben geraden Weg«, sagte er.

»Ja, das sollten wir wohl«, bestätigte Iris. »Komm schon, Wasserspeier-Mann. Wir haben eine Queste hinter uns zu bringen.«

Gary zuckte die Menschenschultern und folgte ihr. Er war zwar immer noch nicht davon überzeugt, daß diese Queste eine besonders gute Idee war, aber es schien ihm nun mal nichts anderes übrig zu bleiben.

4

Überraschung

Der Weg führte sie aus dem Teich und über den trockenen Höhlenboden. Weder Gary noch Iris kamen naß aus dem Wasser hervor, sondern trocken. Gary erkannte, daß der Teich in vielerlei Hinsicht magischer Natur sein mußte.

Doch als er nun plötzlich ohne erkennbaren Halt durch die Luft spazierte und nicht mehr durch das Wasser, brachte diese Veränderung seine Orientierung doch ein wenig aus dem Lot, und er geriet ins Stolpern. Beinahe wäre er gegen Iris gestürzt.

»Was ist denn los mit dir?« fragte sie in scharfem Tonfall. »Du versuchst doch wohl nicht, mich mit deinen Pranken zu begrabbeln?«

»Wenn ich meine Pranken noch hätte, würde ich wohl kaum stolpern«, erwiderte Gary verlegen.

»Ach so, stimmt. Für dich ist die Menschengestalt ja genauso neu wie für mich die Jugend«, erwiderte sie. »Außerdem bist du ein Tier. Da hat das mit den Pranken sowieso keine Bedeutung für dich.«

»Sollte es denn?« fragte er verblüfft.

»Du brauchst nur dem Weg zu folgen und dich zu bemühen, das Gleichgewicht zu halten.«

Es dauerte zwei, vielleicht auch drei Momente, dann hatte Gary sich an das unvertraute Gefühl gewöhnt, sein Gleichgewicht in freier Luft zu halten. So konnte er schließlich weitergehen, ohne zu stolpern.

»Du kannst ja mal versuchen, mit den Händen zu schwingen«, schlug Iris vor.

»Mit den Händen schwingen?«

»Das hilft, beim Gehen das Gleichgewicht zu halten.«

Beim nächsten Schritt bewegte Gary die Hände in Kreisen; aber das war keine große Hilfe.

»Sieh her«, sagte Iris. »So etwa.« Forsch schritt sie voran, wobei sie kräftig die Arme schwang.

Gary versuchte es nachzuahmen; aber das machte alles nur noch schlimmer.

»Gegenläufig, du Dummkopf«, schimpfte sie.

»Gegenläufig?« fragte er verständnislos. Das alles war furchtbar verwirrend! Als Vierbeiner hatte er sich stets so fortbewegt, daß er immer erst den Hintelauf aufsetzte, bevor er den Vorderlauf auf derselben Körperseite hob.

»So.« Iris klang ärgerlich. Sie stellte sich hinter ihm auf und legte die Hände an seine Menschenellenbogen. »Dieser Fuß – und diese Hand.« Mit dem linken Bein preßte sie gegen das seine, während sie zugleich seinen rechten Ellenbogen vorschob.

Gary versuchte es, stellte den linken Fuß vor und hielt dabei mit dem Arm das Gleichgewicht.

»Und jetzt die beiden anderen«, sagte Iris und preßte gegen sein Bein und den linken Ellenbogen. »Gleichzeitig schwingst du mit dem anderen Arm zurück. Aber diesmal bleibst du nicht stehen, sondern gehst einfach weiter.«

»Ich werde stürzen«, sagte er, sich der Unbeholfenheit seiner Bewegungen bewußt.

»Nein, wirst du nicht. Versuch es einfach mal.«

Er versuchte es, brachte aber alles durcheinander. Er drohte umzufallen, doch Iris hatte ihn untergehakt. Sie stemmte die Beine zwischen die seinen und schwang die Arme um seinen Brustkorb, riß ihn wieder in die Aufrechte. Dann schwankten sie für kurze Zeit bedrohlich, bevor sie schließlich gemeinsam das Gleichgewicht wiedererlangten.

»Du hattest recht«, keuchte Iris. »Du hast versucht zu stürzen.«

Doch nun, da Gary nicht mehr schwankte, fiel ihm etwas anderes auf. »Deine Vorderseite ist ja ganz weich.«

Sie ließ ihn los und trat zurück. »So geht das nicht. Koordinierst du deine Gliedmaßen denn überhaupt nicht, wenn du vierbeinig läufst? Ich verstehe wirklich nicht, warum dir das solche Schwierigkeiten bereiten sollte.«

»Ja. Wenn ich gehe, geschieht das im Vierteltakt, beim Traben im Zweiertakt, beim schnellen Trab im Dreiertakt ...«

»Zweiertakt!« wiederholte sie. »Das ist die Lösung! Beweg die Arme einfach so, als würdest du traben.«

Gary versuchte es – und plötzlich klappte alles wie am Schnürchen. »Dann traben Menschen also, wenn sie gehen«, sagte er staunend. »Aber was tun sie dann, wenn sie *traben* wollen?«

»Dann traben sie eben«, erwiderte Iris.

»Und was ist mit dem schnellen Trab?«

»Den traben sie auch«, erwiderte sie entschieden.

»Sie haben keine andere Gangart? Aber wenn sie galoppieren ...«

»Nein! Sie traben in jeder Geschwindigkeit. Sie sind ständig auf Trab.« Plötzlich blickte sie ziemlich überrascht drein, berichtigte ihre Aussage aber nicht.

»Auf Trab«, stimmte Gary zu und machte die Feststellung, daß er mit derselben Koordination von Armen und Beinen jede beliebige Geschwindigkeit erreichen konnte. Iris hatte ihm geholfen, sein Problem zu lösen. »Danke.«

»Bitte«, erwiderte sie.

Nun fiel es ihnen um einiges leichter, dem leuchtenden Weg zu folgen. Kurz darauf erreichten sie eine kahle Mauer. Der Weg mündete nach Art einer Sackgasse in einer quadratischen Höhle. »Was nun?« fragte Gary.

»Wir müssen irgend etwas unternehmen.« Iris musterte

die Mauer. Sie wies mehrere leuchtende Flecken auf. Iris berührte den untersten davon.

Hinter ihnen ertönte ein knirschendes Scheppern. Erschrocken drehte Gary sich um. Plötzlich gab der Boden unter ihnen nach. Gary und Iris klammerten sich vor Schreck im Sturz aneinander fest. Jetzt preßte sich Iris' Weichheit gegen Garys Oberkörper, doch er hatte nichts dagegen, weil sie gemeinsam ihr Gleichgewicht besser zu halten schienen als allein.

Der Boden stürzte noch immer in die Tiefe, ebenso die Wände. Es war, als befänden Gary und Iris sich in einem Käfig, der in die Tiefe raste. Es war sogar eine Wand hinter ihnen zu erkennen, wo vorher keine gewesen war. Sie wies ein Fenster auf, durch das sie eine matt beleuchtete Mauer sehen konnten, die rasend schnell nach oben jagte.

Schließlich wurde die Kabine langsamer, und sie fühlten sich seltsam schwer. Scheppernd bremste sie ab; dann spaltete sich die Fensterwand, und die Hälften verschwanden zu beiden Seiten in den Wänden. Iris und Gary standen vor einer weiteren Sackgassenhöhle.

Sie lösten sich voneinander und traten in den Gang hinaus. Hier gab es keinen leuchtenden Weg mehr. »Das sieht mir aber nicht nach Oberfläche aus«, bemerkte Iris.

Sie vernahmen ein rumpelndes Grollen, als würde irgendein riesiges, furchtbar schweres Tier ihnen widersprechen. Die Wände bebten.

Gary hatte plötzlich keine Lust mehr, noch allzu lange hier unten zu verweilen – vor allem nicht, solange er auf seinen natürlichen Steinkörper verzichten mußte.

»Meinst du, ich habe den falschen Fleck berührt?« fragte Iris.

Insgeheim war Gary erleichtert, daß die Zauberin in dieser Situation nicht minder ratlos zu sein schien als er selbst. »Vielleicht hat das untere Leuchten und nach unten befördert, während das obere uns nach oben gebracht hätte.«

Sie kehrten in die Sackgasse zurück. Diesmal berührte Iris das obere Leuchten. Jetzt konnte Gary ausmachen, was geschah: Die beiden Wandhälften fuhren seitlich hervor und schlugen scheppernd aneinander. Dann hob sich der neugebildete Käfig in die Höhe und führte sie beide nach oben.

Der Käfig gewann rasch an Geschwindigkeit, und sie sahen, wie draußen vor dem kleinen Fenster matte Lichter in die Tiefe sausten. Manchmal schienen sie an Löchern in der Wand vorbeizukommen. Gary begriff, daß es sich dabei um weitere Gänge handelte. Offensichtlich besaß diese Höhle viele Stockwerke. Dann wurde der Käfig wieder langsamer, bis er zum Stehen kam und die Wände sich erneut teilten.

Diesmal lag eine offene, baumbewachsene Landschaft vor ihnen. Sie hatten endlich die Oberfläche erreicht.

Iris und Gary traten hinaus. Scheppernd schlossen sich die Wände hinter ihnen. Gary drehte sich um – und stand vor der kahlen Wand einer Klippe, die zu einem Berg gehörte. Von einem Aufzug oder einer Höhle war nicht das geringste zu sehen. Die Macht des unterirdischen Reiches war in der Tat rätselhaft!

»Wir müssen uns irgendwo südlich der Spalte befinden«, bemerkte Iris, als sie sich umblickte. »Und östlich von Schloß Roogna. Aber ich habe nicht die leiseste Ahnung, wo der Golem lebt. Ich fürchte, seit meiner Pensionierung habe ich solchen Kleinigkeiten nicht mehr allzu viel Aufmerksamkeit geschenkt.«

»Deiner Pensionierung?«

»Ich war alt und gebrechlich und mit meinen dreiundneunzig Jahren von zänkischem Wesen. Jetzt habe ich siebzig Jahre abgelegt, und mein Verstand ist wieder hellwach. Da wird mir klar, wieviel ich eigentlich verpaßt habe. Ich glaube, es ist an der Zeit, deine Dämonenfreundin herbeizurufen, um festzustellen, ob sie uns helfen kann.«

Gary nickte. »D. Mentia!« rief er. »Bist du da?«

Eine purpurne Rauchwolke bildete sich aus. »Wer will das wissen?« erkundigte sie sich.

»Ach, laß das, Mentia«, antwortete Gary. »Du hast mich in diese Lage gebracht. Da mußt du mir jetzt auch helfen, die Sache durchzustehen.«

Die Wolke verdichtete sich zu der inzwischen vertrauten

Gestalt der leicht verrückten Dämonin. »Ja, weißt du den überhaupt, in was *du* mich gebracht hast? In Wurmeingeweide! War ganz interessant. Ich bin noch nie verdaut worden.«

»Kennen wir uns von irgendwoher?« fragte Iris.

»Das bezweifle ich. Ich existiere erst knapp anderthalb Jahre als halb getrenntes Wesen, und außerdem erkenne ich dein Gesicht nicht wieder.«

»Ich bin die Zauberin Iris.«

»Das bezweifle ich ebenfalls. Iris ist eine alte, gebrechliche Vettel, die sich kaum noch darum kümmert, was in der Außenwelt passiert.«

»Durch Verjüngung auf stramme dreiundzwanzig Jahre zurückgeführt«, ergänzte Iris. »Und so habe ich vorher ausgesehen.« Plötzlich nahm sie wieder das Aussehen der uralten Frau an.

»Oh, ja, diese alte Vettel würde ich immer wiedererkennen! Aber so hast du eigentlich nie ausgesehen.«

»Weil ich meine Illusion dazu verwendet habe, um eher so wie jetzt zu erscheinen«, bemerkte Iris gelassen und nahm wieder ihr wirkliches Aussehen an. »Aber das brauche ich jetzt nicht mehr. Ich genieße meine neugewonnene Jugendlichkeit. Also, zeigst du uns nun den Weg zur Wohnung Grundy Golem?«

Mentia überlegte. »Warum sollte ich?«

»Weil das mit Sicherheit interessanter werden wird«, antwortete Gary.

»Ein guter Einwand. Also schön, dann folgt mir.« Die Dämonin hielt sich in ungefährer westlicher Richtung und trat dabei durch einen Baum.

»Ach, großartig«, meinte Iris säuerlich.

»Sie ist ein bißchen verrückt«, erklärte Gary. Dann rief er der Dämonin zu: »Mentia, wenn du möchtest, daß wir interessant sind, mußt du uns schon einen Weg zeigen, den wir auch tatsächlich nehmen können.«

Wieder erschien die Dämonin, diesmal ganz dicht neben ihnen. »Ach so.« Sie stellte die Füße auf den Boden und ging um den Baum herum. Dahinter lag ein nur schwach erkennbarer Weg. Dem folgten sie in Richtung Westen, an unauffälligen Bäumen und Sträuchern vorbei. Gary entdeckte einen Brotfruchtbaum und bekam plötzlich ein merkwürdiges Gefühl. Es war eine Art Zerren, ein Stück unterhalb seiner neuen Körpermitte. Seine fleischigen Eingeweide blubberten.

»Du mußt hungrig sein«, bemerkte Iris.

»Hungrig?«

»Wann hast du das letzte Mal etwas gegessen?«

»Wasserspeier essen nicht. Schließlich bestehen wir ja aus Stein.«

»Du jetzt nicht mehr.« Iris trat vom Weg und pflückte einen Laib Brot vom Baum. Dann machte sie einen weiteren Schritt und zupfte eine Butternuß von einem Butternußstrauch. »Brot und Butter. Versuch es mal.«

Doch er zögerte, weil er nicht wußte, was er mit den Gegenständen anfangen sollte, die sie ihm da gebracht hatte. »Ach, herrje«, sagte sie. »Offensichtlich muß ich dir sogar noch beibringen, wie man ißt, stimmt's?«

»Ja.«

Sie nahm eine Scheibe Brot aus dem Laib und zerquetschte die Butternuß, bis die Butter sich über die Oberfläche verteilte. Dann hob sie die Kante der Scheibe an den Mund und biß hinein. Sie rümpfte die Nase. »Da fehlt noch was«, entschied sie. Sie schaute sich um, bis sie am Boden ein orangefarbenes Ei erspähte. »Gut – ein Marmeladenei.« Sie nahm das Ei auf und quetschte etwas davon auf die gebutterte Brotscheibe. Dann nahm sie einen zweiten Bissen. »Ja, so ist es besser.«

Nun bereitete sie für Gary eine ähnliche Scheibe zu. »Einfach nur hineinbeißen und dann kauen«, sagte sie.

Gary tat, wie ihm geheißen. Zu seiner Überraschung schmeckte die merkwürdige Kombination tatsächlich recht gut. Er kaute, schluckte und nahm einen weiteren Happen. Ja, das Essen war ganz in Ordnung.

Bald darauf hatten sie den Brotlaib, die Butternuß und das Marmeladenei verzehrt. »Ich vergesse immer, wie hungrig junge, gesunde Leute werden können«, meinte Iris und fuhr sich mit dem Handrücken übers Gesicht.

»Und ich habe nie gewußt, wie hungrig Leute aus Fleisch und Blut werden können«, unterstrich Gary.

Sie beendeten ihr Mahl mit etwas Flüssigkeit von einem herabhängenden Bierfaßbaum. Irgend jemand hatte ihn dankenswerterweise mit einem Zapfhahn versehen, und in der Nähe wuchsen einige Bechersträucher, die ihnen hübsche Trinkgefäße spendeten. Das Gebräu war dunkel und schäumte, schmeckte aber gut, und Gary leerte gleich mehrere Becher voll. Danach fühlte er sich besser denn je, wenn auch etwas wacklig auf den Beinen.

Sie setzten ihren Marsch fort. Doch es dauerte nicht lange, da vernahmen sie ein Knurren. »Das hört sich nach einem Drachen an«, meinte Iris. Ihrem Tonfall zufolge war sie nicht sonderlich erbaut davon.

»Natürlich ist es ein Drache«, versetze Mentia. »Was glaubst du wohl, wessen Weg das hier ist?«

»Das nenne ich Unheil stiften«, brummte Iris.

»Isch gehe vor und bresche ihm die Schäne auschm Maul – die kann er sisch gern an mir auschbeischen«, schlug Gary vor.

»Du hast leider vergessen, daß du kein Steintier mehr bist, sondern ein Mann aus Fleisch und Blut«, sagte Iris. »Und ich bin auch keine ledrige, ausgemergelte Hülse mehr, sondern ein saftiges junges Ding. Nein, mein Lieber, jetzt stehen wir vor einem echten Problem.«

Aus irgendeinem Grund waren Garys Denkprozesse plötzlich ein wenig verworren, doch begriff er immerhin, daß Iris recht hatte. Der Drache würde sie auffressen wollen – und zwar beide. »Vielleicht sollten wir versch ... von scheinem Weg verschwinden.«

»Zu spät«, warf Mentia fröhlich ein. »Da kommt der Drache schon!«

»Warum hast du uns nicht vorher gesagt, daß das ein Drachenweg ist?« wollte Iris wissen.

»Ihr habt mich ja nicht gefragt.«

»Das klingt viel zu vernünftig, als daß es der wirkliche Grund sein könnte.«

»Du hast recht. Für vernünftige Gründe bin ich zu verrückt.«

Inzwischen kam der Drache auf sie zugejagt. Gary wußte nicht so recht, was für ein Exemplar es war – ein Raucher, ein Dampfer oder ein Feueratmer; denn um sein Maul hingen Rauchwölkchen, während aus seinen Ohren zischende Dampfschwaden hervorfuhren und in den Augen Feuer blitzte. Die riesigen Vorderklauen rissen tiefe Furchen ins Erdreich. Schon sperrte er das gewaltige Maul auf, um seine ersten Opfer zu verschlingen – und das war zufälligerweise Mentia.

Natürlich funktionierte es nicht. Die Zähne fuhren wirkungslos durch die Dämonin hindurch. »Was soll das denn?« fragte sie und hauchte dabei gelangweilt auf ihre Fingernägel.

Der Drache stieß ein feuriges, angewidertes Schnauben aus, als er begriff, womit er es zu tun hatte. Dann richtete er seine Aufmerksamkeit kurzerhand auf den nächsten Happen – nämlich Iris.

Plötzlich trat eine Riesenschlange an die Stelle der jungen Frau. Sie war von gewaltiger Statur und knallgrün, hob den unförmigen Kopf und bleckte die säbelartigen Zähne. Das Maul war groß genug, um den ganzen Schädel des Drachen zu verschlingen. »Wasss ssoll dasss?« zischte das Untier.

Der Drache erbleichte, und sein Feuer erlosch. »Tschuldigung, Naga«, erwiderte er zischend. Dann machte er schleunigst kehrt, und schon einen Dreivierteläugenblick später war er verschwunden.

»Aber du gehörst doch gar nicht zum Volk der Naga!« protestierte Gary leicht verwirrt.

Iris erschien aufs neue, kaum daß die Schlange verschwunden war. »Woher sollte der Drache das wissen? Er hat nur gesehen, wie eine Frau sich in eine Schlange verwandelte, genau wie die Naga es zu tun pflegen. Ich glaube, seine Schlußfolgerung war durchaus stimmig.«

Das hatte sie allein mit ihrer Illusion vollbracht! »Du hast uns das Leben gerettet«, bemerkte Gary matt.

»Ach, ich wollte nur nicht zulassen, daß das Ding uns auffrißt«, erwiderte sie. »Wozu sollte das gut sein – sich auf einer Queste auffressen zu lassen?«

Gary begriff, daß es durchaus seine Vorteile hatte, eine Zauberin dabei zu haben. Ihre Macht der Illusion konnte ihnen ebenso gute Schutzdienste leisten wie alle wirklichen Waffen, sofern der Feind nicht den Unterschied erkannte.

Sie gingen weiter, doch da zeigte sich auch schon die nächste Gefahr: Ein hungriger Rokh erspähte sie, als sie gerade eine kleine Ebene überquerten. Er legte die Flügel aneinander und stürzte auf sie zu. Doch da erschien um sie herum plötzlich ein Felsbrocken. Gary befand sich im Innern des Brockens; trotzdem wirkte er durchaus echt. Der Rokh blinzelte, zuckte mit den Schnabel und wich dem Stein aus – offenbar in dem Glauben, sich getäuscht zu haben.

»Vögel sind nicht gerade übermäßig schlau«, bemerkte Iris.

Das konnte Gary zwar nachvollziehen – andererseits wäre auch er lieber ausgewichen, wäre er der Vogel gewesen; denn der Felsbrocken sah wirklich furchtbar echt aus. Andererseits fragte er sich, was passieren würde, sollte irgendeine Kreatur den Bluff durchschauen und einfach durch den Illusionsschleier hindurchstoßen.

Sie gelangten in ein tiefes Tal. In der Mitte befand sich eine Schlucht, vielleicht ein Seitenarm oder -bein der großen Spalte Xanth, deren Abzweige sich weitläufig verteilen.

»Wie sollen wir diese Schlucht überqueren?« fragte Gary, als sie schließlich am Rand standen. Inzwischen schwindelte ihm etwas weniger, was auch gut so war; denn es wäre alles andere als günstig gewesen, hätte er ausgerechnet jetzt das Gleichgewicht verloren und wäre in die Tiefe gestürzt.

»Es muß hier irgendwo eine Brücke geben«, bemerkte Iris. »Stimmt's Dämonin?«

Mentia erschien. »Sicher. Direkt hinter der Baumgruppe im Norden.«

Doch da erschien eine weitere Bedrohung. Diesmal handelte es sich um eine wahrhaft furchtbare Kreatur mit dem Kopf einer Schlange, dem Körper eines Löwen, gespaltenen Hufen und einem gewaltigen Stachel. Als das Untier sie erspähte, stieß es ein gräßliches Geräusch aus.

»Das ist Lästermaul«, bemerkte Mentia interessiert. »Es hat tausend Zungen und läßt nichts gelten, nicht einmal eine Naga oder einen Felsbrocken. Tja, welche Illusion soll euch jetzt noch helfen?«

»Das wirst du schon sehen«, versetzte Iris. Sie blickte sich um. »Dieser Spaltenabzweig ist höchst unregelmäßig.«

»So ist das nun mal bei Spaltenabzweigungen«, stimmte Gary ihr zu und behielt das Untier dabei ängstlich im Auge. Als er noch aus Stein bestand, hatten solche Kreaturen ihn kaum interessiert, doch jetzt, in seiner schwächlichen Fleischgestalt als Mensch, fühlte er sich äußerst schutzlos.

»Gehen wir mal um den Zacken da vorn herum«, schlug Iris vor.

»Wird das Ungeheuer nicht einfach dem Rand folgen, wie wir es tun, und uns dann doch noch erwischen, vielleicht mit ein bißchen Verzögerung?«

»Wir müssen's versuchen.«

Schnell umschritten sie den Zacken, bis die Kluft zwischen ihnen und dem Untier lag; dann drehten sie sich um. Gary reagierte überrascht: Offensichtlich hatte er die Lage der zackigen Kluft falsch eingeschätzt, denn sie hatten sie anscheinend doch nicht hinter sich gelassen. »Wir sollten lieber ein Stück weitergehen«, meinte er.

»Nein, das genügt schon«, erwiderte Iris.

»Aber ...«

»Vertrau mir, Steintier.«

Gary traute ihrem Urteilsvermögen zwar nicht; aber da es ja kaum einen Unterschied machte, blieb er bei ihr stehen, um Lästermaul zu erwarten. Das Ungeheuer war gräßlich, vor allem wegen des Getöses, das es veranstaltete. Es schien wirklich den Mund voller Zungen zu haben, von denen jede einzelne gellende Schreie ausstieß. Kein Zweifel – das Wesen hatte es auf Tohuwabohu abgesehen.

Es kam direkt auf sie zugeschossen. Gary blickte sich verzweifelt um und versuchte, irgend etwas ausfindig zu machen, das er in seinem armseligen Menschenkörper als Waffe hätte benutzen können, doch es war nichts zu sehen als Erdreich, das seitlich bis zum Rand der Kluft führte.

Die Schreie des Untiers nahmen eine ohrenbetäubende Lautstärke an. Jetzt war es nur noch drei Sätze und zehn Schritte von ihnen entfernt, und es gab nichts, das es noch hätte aufhalten können, nicht einmal die Illusion einer Wand. Dennoch wirkte Iris völlig unbekümmert. Sie hob sogar die gespreizte Hand, legte den Daumen an die Nase und zeigte dem Ungeheuer die wackelnden Finger.

Das schien Lästermaul noch wütender zu machen. Es legte an Geschwindigkeit zu und jagte über den glatten Sand auf sie zu.

Und verschwand plötzlich. Nur seine Schreie hallten noch aus dem Erdreich hervor.

Dann löste Iris ihre Illusion wieder auf. Die zackige Kluft erschien aufs neue, genau dort, wo Gary sie zuerst vermutet hatte. Die Zauberin hatte sie mit einer Illusion aus Sand zugedeckt. Das Ungeheuer war darauf hereingefallen und kopfüber in die Tiefe gestürzt.

»Lästermäuler sind laut, aber nicht besonders schlau«, bemerkte die Zauberin und setzte ihren Marsch in Richtung Norden fort.

Gary fiel auf, daß er selbst auch nicht gerade mit Klugheit geglänzt hatte. Er war gar nicht darauf gekommen, daß die Illusion auch etwas abdecken konnte, was überhaupt nicht da war – so, wie sie Nichtvorhandenes erscheinen lassen konnte.

Im Gehen stellte Gary fest, daß er im mittleren Körperbereich schon wieder Unbehagen verspürte. Diesmal aber war es kein Hunger, und er versuchte, gar nicht darauf zu achten.

Bald hatten sie die Brücke erreicht und überquerten sie. Der Weg führte weiterhin in ungefähr westliche Richtung. Offenbar hatten sie den Drachenweg inzwischen hinter sich gelassen und befanden sich nun auf einer weniger gefährlichen Route.

»Jetzt erkenne ich ihn wieder!« rief Iris. »Das ist einer der verzauberten Pfade.«

»Ja. Wir sind an der Brücke auf das verzauberte Wegenetz gestoßen«, bestätigte Mentia.

»Und ich habe mir die ganze Zeit Gedanken gemacht, wie ich die nächsten Ungeheuer abwehren soll. Warum hast du uns nichts davon gesagt?«

Mentia zuckte die Schultern. »Warum habt ihr mich nicht gefragt?«

Iris beschloß, diese Gegenfrage zu ignorieren. »Und wo befindet sich nun das Heim des Golems?«

»Unmittelbar nördlich der Spalte. Sie leben in einem Keulenhaus.«

»Nördlich der Spalte!« Gary war davon ausgegangen, daß es sich südlich der Spalte befinden mußte. Hätten sie sich sonst mit Ungeheuern abgeplagt, wenn sie eine viel kürzere, gefahrlosere Strecke hätten nehmen können? Gary machte sich im Geiste eine Notiz, der Dämonin nicht mehr blind zu vertrauen – es war zu riskant.

Derweil hatte sich das Unbehagen in seinem mittleren Körperbereich verstärkt. Vielleicht war sein schwacher Menschenkörper ja einfach nur müde.

Sie erreichten eine Lagerstelle. »Wir können genausogut hier Halt machen«, meinte Iris. »Es ist schon spät am Tag.«

»Ja«, erwiderte Gary.

Sie musterte ihn. »Du siehst aus, als wäre dir nicht besonders wohl.«

»Das stimmt. Aber Hunger habe ich nicht.«

Iris überlegte. »Bist du wirklich noch nie ein Fleischwesen geworden? Hast du noch nie etwas essen müssen?«

»Nein, nie.«

»Dann weiß ich vielleicht, was dir zu schaffen macht. Du solltest dich mal zu dem Toilettenbaum dort hinten begeben und die Sache erledigen.«

»Welche Sache erledigen?« wollte Gary wissen. »Ich habe wirklich keine große Lust, jetzt auch noch irgend etwas Anstrengendes zu tun.«

»Dann geh einfach dorthin. Vielleicht kommst du ja selbst

darauf.« Da fiel ihr noch etwas anderes ein. »Es wäre wohl besser, vorher die Kleidung abzulegen.«

»Was hat meine Kleidung denn damit zu tun?«

Sie zuckte die Schultern. »Das wirst du schon selbst herausfinden müssen.«

Also begab Gary sich zu dem Toilettenbaum, trat dahinter und zog sich die sperrigen Kleider aus. Ihm war immer noch unbehaglich zumute.

Da sah er etwas vorbeitreiben. Es sah aus wie ein Fleck. Ihm folgte ein zweiter Fleck, dann ein dritter.

»Fühlst du dich jetzt besser?« fragte Iris, als Gary sich in der Mitte der Lagerstelle wieder zu ihr gesellte.

»Viel besser.« Und so war es auch. Merkwürdig daran war nur, daß er sich nicht daran erinnern konnte, was am Toilettenbaum passiert war. Erst hatte er drei dahintreibende Flekken erblickt, und nun war er plötzlich wieder hier, vollständig bekleidet und ohne irgendwelche Beschwerden. Offensichtlich hatten diese Flecken ihn vergessen lassen, was immer dort geschehen war – sofern überhaupt irgend etwas stattgefunden hatte.

»Dann mußt du auch die Ellipsen gesehen haben«, meinte Iris.

»Die Ellipsen?«

»Die drei Flecken. Die überdecken alles, was unaussprechlich ist. Zum Beispiel das Herbeirufen des Storchs oder die natürlichen Körperfunktionen. Das macht es uns möglich zu leben, ohne ständig erröten zu müssen.«

Das erklärte die Sache natürlich. Doch inzwischen war Gary wieder hungrig. Glücklicherweise wuchs direkt am Lager ein Pastetenstrauch, an dem vielerlei verschiedene Pasteten hingen, und auch Milchschoten gab es. Sie hatten alles, was sie brauchten.

Als die Sonne unterging, bereiteten sie Ruhestätten aus Kissen und Decken, die sie frisch von ihren Sträuchern gepflückt hatten, und legten sich zur Nacht nieder. Gary hatte nie verstanden, welchen Zweck Kissen eigentlich erfüllten, doch nun, da er aus Fleisch war, wußte er ihre Bequemlichkeit durchaus zu schätzen. Entspannt streckte er sich aus – und fand sich in einem merkwürdigen anderen Reich wieder.

»Ho!« rief er erschreckt.

»Was ist denn nun schon wieder?« fragte Iris schläfrig von ihrer Bettstätte aus.

»Ich bin irgendwo anders gewesen, da war alles ganz zersplittert und durcheinander.«

»Ach, du hast nur geträumt.«

»Geträumt?«

»So was tun Lebewesen nun mal im Schlaf.«

»Aber ich habe lauter komische Dinge gesehen und getan. Und dabei war ich ganz wach.«

»Im Traum warst du zwar wach, aber im wirklichen Leben hast du geschlafen. Wenn du träumst, betritt deine Seele das Kürbisreich. Dort bekommst du die Träume, die man für dich angefertigt hat. Du brauchst sie bloß wieder zu vergessen, wenn du aufwachst.«

»Sie vergessen? Soll das heißen, sie spielen keine Rolle?«

»Jedenfalls keine so große, daß wir uns an sie erinnern müßten. Du kannst also getrost alles vergessen, was im Schlaf passiert. Das tun übrigens die meisten Lebewesen.«

Was für eine Erleichterung! Gary streckte sich wieder auf seinen Kissen aus, und falls er noch einmal geträumt haben sollte, konnte er sich hinterher nicht mehr daran erinnern. Wenn man den Dreh erst einmal heraus hatte, ließ es sich auch als Fleischwesen ganz gut überleben.

»Was war das denn?« fragte Gary unruhig.

»Was war was?«

»Dieses dahinjagende Etwas, das soeben hier vorbeigekommen ist.«

»Ach so. Das war nur ein Zeitsprung«, erklärte Iris. »Die sind dazu da, daß wir uns nicht die ganze Zeit in allen möglichen Einzelheiten verlieren. Genau wie die Ellipsen, nur noch stärker.«

»Ach so.« Gary beruhigte sich wieder. Ihm wurde klar, daß er früher schon Ähnliches gesehen hatte, ohne jedoch sonderlich darauf zu achten. Jetzt aber, da sein Körper aus verletzlichem Fleisch bestand, beschäftigten ihn praktisch alle Einzelheiten, solange er nicht wußte, ob sie eine Gefahr darstellen oder nicht.

Sie frühstückten und verbrauchten ein paar weitere Ellipsen; dann setzten sie den Marsch fort. Die Dämonin Mentia war nirgends zu sehen. Offensichtlich langweilte sie sich, wenn nichts passierte, und verschwand dann einfach. Gary war es froh, sich nicht mit ihr befassen zu müssen, nun, da sie einem gesicherten Weg folgen konnten.

Sie stießen auf einen weiteren Pfad, der nach Norden führte, und folgten ihm bis zu der unsichtbaren Brücke über die Spalte. Iris betrat die Brücke ohne jedes Zögern, und so tat Gary es ihr gleich, obwohl die Brücke aussah wie das absolute Nichts. Schließlich gelangten sie auf die andere Seite des gähnenden Abgrunds. Gary reagierte zuerst erstaunt; dann aber kam er darauf, daß ja auch die Spalte Langeweile empfinden und schläfrig werden könnte, falls nicht allzuviel los war, so daß ihm das Gähnen des Abgrunds plötzlich nicht weiter verwunderlich erschien.

Endlich erreichten sie das Keulenhaus des Golems. Die Keule lag allerdings umgestürzt am Boden. Die Familie schien erst kürzlich in eine etwas üblichere Behausung umgezogen zu sein. Und da war sie auch schon: eine kleine Fabrikhütte. Sie sah aus wie eine Kreuzung zwischen dem Fabrikbaum, den Gary ja schon kennengelernt hatte, und einem großen Käse.

Gary trat an den Baumstamm und klopfte an die Tür. Kurz darauf öffnete eine winzige Frau mit außerordentlich langen Haaren. »Wir möchten ja nicht unfreundlich sein, Fremder, aber diese Gegend hier ist nichts für Besucher«, sagte sie mit vergrämter Miene.

»Ich bin Gary Wasserspeier in Menschgestalt«, antwortete Gary. »Und das hier ist die Zauberin Iris in Jugendgestalt. Der Gute Magier hat uns geschickt, um Überraschung zu unterweisen.«

»Ach, du bist das!« rief die kleine Frau. »Wie wunderbar! Wir kommen einfach nicht mehr mit ihr zurecht. Sie ist völlig außer Rand und Band geraten. Ich bin ihre Mutter, Rapunzel. Ah, da ist sie ja.« Sie griff ins Innere des Baumes und holte ein kleines Bündel hervor.

»Aber ...« Doch Garys Einwand verstummte abrupt, denn plötzlich hielt er das Bündel in den Händen. Es schien ein wirklich winziges, kleines Mädchen zu sein. Und die Haustür war plötzlich verschlossen.

»Aber sie ist doch noch so klein«, meinte Iris, der die Sache offenbar ebenso merkwürdig vorkam wie Gary.

»Überraschung!« rief das Kleine. Die winzigen Augen begannen zu schielen. Plötzlich war sie ein ganz normales, sechjähriges Mädchen, das linkisch in Garys Armen lag. Sie küßte ihn auf die Wange. »Magst du mich?«

»Hm, ich weiß noch nicht so recht«, erwiderte Gary, als er sie vorsichtig absetzte. »Bist du denn zum Mögen?«

»Klar, wenn ich will. Willst du lieber interessant sein oder langweilig?«

»Keine Ahnung.«

»Das ist ja interessant«, erwiderte Überraschung. »Gehen wir.«

»Aber wir können dich doch nicht einfach deiner Familie wegnehmen«, protestierte Gary. »Zuerst müssen wir mit deinen Eltern sprechen.« Da bemerkte er, daß Überraschung gar nicht mehr vor ihm stand. »Wo bist du denn?«

Irgendwo ertönte ein Kichern. Gary schaute sich um. Iris tat es ihm gleich. Doch sie konnten den Ursprung des Kicherns nicht ausmachen. Also klopfte Gary wieder an die Tür.

Die ging auf. »Ja?« fragte Rapunzel, als wären sie sich noch nie begegnet.

»Wir scheinen deine Tochter verloren zu haben«, verkündete Gary verlegen.

»Ach, das geht schon in Ordnung. Wir verlieren sie ständig. Da ist eins ihrer Talente.«

»Eins ihrer ...?«

»Wenn sie nicht will, daß man sie findet, findet sie niemand«, erklärte Rapunzel. »Sie hat verschiedene Methoden, um verlorenzugehen.«

»Aber wie sollen wir sie denn dann finden?«

»Ihr müßt einfach dafür sorgen, daß sie gefunden werden will. Habt ihr irgend etwas, das sie interessieren könnte?«

Gary fiel nichts dazu ein, doch Iris kam ihm zu Hilfe. »Ich kann sehr interesante Illusionen hervorbringen.«

Da erschien Überraschung aufs neue. »Kannst du das? Zeig mal!«

Vor der Zauberin erschien das winzige Abbild der Golemhütte mitten in der Luft, komplett mit winzigen Figuren aller vier Beteiligten. Die ganze Sache sah äußerst wirklichkeitsgetreu aus.

»He!« rief das Kind und begann zu schielen. »Das gefällt mir!« Und plötzlich erschien vor dem Mädchen ein noch winzigeres Abbild mit noch winzigeren Gestalten.

Iris starrte sie fassungslos an. »Aber ich bin doch die einzige, die solche Illusionen hervorbringen kann!« rief sie.

»Das tut mir aber leid«, sagte Überraschung, und ihr Abbild verschwand.

»Sie tut ebenfalls alles, was sie will«, erklärte Rapunzel. »Wir lieben sie wirklich, aber wir werden einfach nicht mit ihr fertig. Als sie dann noch in einem Anfall von Übermut unser Keulenhaus umgeworfen hat, haben wir es aufgegeben und den Guten Magier um Hilfe ersucht. Er sagte, er würde uns einen Erzieher schicken. Wir sind wirklich froh, daß du gekommen bist! Bring die Kleine zurück, wenn sie gezähmt ist.« Dann schloß Rapunzel wieder die Tür.

»Aber ...«, begann Gary hilflos. Doch er begriff, daß es zwecklos war. Dies war sein Dienst für den Guten Magier, und es blieb ihm nichts anderes übrig, als seiner Aufgabe gerecht zu werden, so gut es ging. Obwohl er völlig unfähig dazu war. Das kleine Mädchen war nicht einmal bösartig, nur völlig verwildert.

»Und ich soll dir eine Hilfe sein«, bemerkte Iris düster. »Ist die Jugend das wert?«

»Jugend!« rief Überraschung und kreuzte die Augen. Plötzlich sah Iris so alt aus wie sie selbst: sechs. Um sie herum lag ein Haufen Kleider, die offensichtlich nicht mit ihr zusammen geschrumpft waren. Aber die Sachen hätten Iris sowieso nicht gepaßt, weil sie nun völlig andere Proportionen besaß.

Sie brauchte nur eine Augenblick, um zu begreifen, was geschehen war. »Überraschung, stell mich sofort wieder her!« sagte sie streng.

»Na gut«, meinte das kleine Mädchen reumütig. Iris erschien wieder in ihrer vollen Größe. Doch nun knubbelte ihre Kleidung sich in der Taille und ließ den Oberkörper frei. Seit er selbst Menschengestalt angenommen hatte, hatte Gary keinen nackten weiblichen Oberkörper zu sehen bekommen, und er fand ihn recht interessant.

»Gary! Schau sofort weg!« kreischte Iris. »Überraschung, stell auch meine Kleidung wieder her!«

Gary wollte sich abwenden und der gebieterischen Stimme gehorchen, doch noch bevor er damit fertig war, befand die Kleidung der Zauberin sich wieder an Ort und Stelle, was jedes weitere Vorgehen unnötig machte.

»Warum hast du dich nicht einfach selbst mit Illusion gekleidet?« fragte Gary, während Iris ihre Kleidung zurechtrückte.

»Ich habe nicht daran gedacht«, gestand sie. »Aber die Angelegenheit muß genauer besprochen werden!« Sie wandte sich dem Kind zu. »Überraschung! So darfst du nicht mit anderen Leuten umspringen! Das ist nicht nett.«

»Warum nicht?« fragte Überraschung, und ihre süße kleine Stirn furchte sich verwundert.

»Ich hab's doch gerade gesagt: Es ist nicht nett. Versprich mir, so was nicht wieder zu tun.«

Überraschung runzelte die Stirn. »Es macht aber Spaß.«

Gary wurde klar, daß sie wirklich vor einem Problem standen, wenn sie einem Kind mit Logik kommen wollten. Er erinnerte sich daran, wie man junge Wasserspeier zur Vernunft brachte. »Wenn du das noch einmal machst«, sagte er entschieden, »wird die Zauberin die Illusion eines Ungeheuers hervorbringen, das aussieht wie ein ...« Er zögerte und überlegte, was ein Menschenkind ordentlich erschrecken konnte, und griff nach dem erstbesten Strohhalm. »... wie ein großer, steinerner Wasserspeier.«

Iris unterstützte ihn sofort, indem sie die Illusion einer Kreatur erschuf, die genauso aussah wie Gary vor seiner Transformation. Er konnte nicht anders, er mußte die Zauberin dafür bewundern – er hatte selbst gar nicht gewußt, was für ein Prachtexemplar er gewesen war!

Eingeschüchtert starrte Überraschung den Wasserspeier an. Dann nahm sie all ihren kindlichen Mut zusammen. »Och, der kann mir keine Angst ...«

Der Wasserspeier sperrte sein gewaltiges, geschecktes Maul aus Mamor auf und stieß eine Wasserfontäne hervor.

»Iiiieeehh!« kreischte Überraschung und streckte die Waffen. »Ich verspreche es! Bitte, keine kalte Dusche!«

Der Wasserspeier verschwand wieder. »So ist es brav«, meinte Iris großmütig. Sie warf Gary einen Blick zu, um ihm für seine Unterstützung zu danken. Langsam wurde ihm klar, weshalb man sie beide dazu auserkoren hatte, diese Mission anzutreten. Gemeinsam war es ihnen soeben gelungen, die erste Hürde zu nehmen, dieses wilde, ungestüme Kind in den Griff zu bekommen.

Doch was sollte er Überraschung beibringen? Gary bezweifelte, daß sie etwas mit dem Wissen anfangen könnte, wie man Wasser reinigte; und er war sich auch ganz sicher, daß sie nicht die Geduld aufbringen würde, hundert Jahre lang still dazuliegen und Wasser auszuspeien. Sein Wissen beschränkte sich auf Gebiete, die schwerlich etwas mit den Bedürfnissen eines Menschenkindes zu tun hatten.

Und dennoch glaubte man allenthalben, daß der Gute Magier niemals eine falschen Antwort gab, so unwahrscheinlich oder unzutreffend sie zu Anfang auch scheinen mochte. Gary hoffte inständig, daß nicht ausgerechnet er es mit einer Ausnahme von dieser Regel zu tun hatte.

»So, jetzt sollten wir lieber woanders hingehen«, entschied Iris. »Ich glaube nicht, daß die Eltern dieses Kind zurückhaben wollen, bevor es nicht ordentlich ... äh, ausgebildet ist.«

»Der Gute Magier hat gesagt, ich soll sie auf meiner Suche

nach einem Philter mitnehmen«, versetzte Gary. »Von mir aus können wir uns gleich auf den Weg machen.«

»Du suchst einen Philter?« fragte Iris. »Wofür denn?«

»Um das ganze Wasser Xanths zu reinigen, damit aus Mundania keine Schmutzstoffe mehr eindringen können.«

Iris blickte Überraschung vielsagend an. »Vielleicht könnte ja jemand diesen Philter für dich finden oder herstellen.«

»Was ist denn ein Philter?« fragte Überraschung.

»... vielleicht aber auch nicht«, schloß Iris.

»Der Gute Magier meinte außerdem, daß Hiatus weiß, wo er ist. Glaube ich jedenfalls.«

»Hiatus? Der Bruder von Lacuna?« fragte Iris in scharfem Tonfall.

»An diese beiden ungezogenen Blagen kann ich mich noch gut erinnern! Die waren völlig verantwortungslos, hatten nichts als Flausen im Kopf. Weißt du, was sie bei der Hochzeit von Humfrey und der Gorgone angestellt haben?«

»Nein«, gestand Gary. »War das interessant?«

»Empörend war es! Sie haben ihre Talente dazu benutzt, die ganzen Feierlichkeiten durcheinanderzubringen. Sie ...«

»Oh«, meldete das Kind sich interessiert zu Wort.

Iris warf Überraschung einen weiteren Blick zu und überlegte es sich offensichtlich anders. Gary wußte, warum: Das Kind neigte einfach zu sehr dazu, jedes Talent nachzuahmen, das irgend jemand erwähnte. »Na ja, spielt auch keine Rolle. Inzwischen dürfte Hiatus zweifellos ein wenig reifer geworden sein. Ist ja schon ein paar Jahre her. Also müssen wir uns seiner Hilfe versichern, um deine Queste zu erfüllen.«

»Ja. Aber ich weiß nicht, wo ich Hiatus finden kann.«

»Wahrscheinlich ist er auf Schloß Zombie. Und wenn nicht, wissen der Zombiemeister oder Millie das Gespenst bestimmt, wo er zu finden ist.«

»Es gibt ein Gespenst unter den Zombies?«

»Ein Gespenst!« rief Überraschung. Ihre Augen begannen zu schielen. Plötzlich erschien eine menschengroße, durchsichtige Spukgestalt vor ihnen, mit dunklen, leeren Augenhöhlen und einem Mund, der soeben das Wort »Buh!« zu formen schien.

Iris hielt inne. »Harmlos«, murmelte sie. »Einfach nicht beachten.«

Das Gespenst schien gleichermaßen überrascht zu sein wie Iris und Gary. Ein bißchen verwirrt schwebte es schließlich davon. Gary begriff, daß dies wahrscheinlich die beste Methode, mit Überraschung magischen Tricks umzugehen: einfach ignorieren. »Schloß Zombie?«

»Ich weiß, wo das ist. Aber es ist ein langer Fußmarsch dorthin. Ich wünschte, wir hätten einen Teppich, auf dem wir fliegen könnten. »Teppich?« sagte das Kind, und tatsächlich erschien ein Teppich, auf dem zahlreiche Socken herumlagen.

Iris musterte ihn. »Wo kommt der denn her?«

»Aus Mundania«, erklärte Überraschung.

»Das Talent, Dinge aus Mundania herbeizuzaubern. So, so«, murmelte Iris mit einer Gelassenheit, die sie in Wirklichkeit höchstwahrscheinlich gar nicht besaß. »Ein Teppich mit allem, was gerade darauf herumlag. Das erklärt, weshalb die Mundanier ständig ihre Socken verlieren. Aber eigentlich hatte ich ja an etwas anderes gedacht, Liebes.«

»Ach?« Teppich und Socken verschwanden. »An was denn?«

»Na, du einen fliegenden Teppich, natürlich.« Sofort machte Iris einen Rückzieher. »Aber fang jetzt bloß nicht ...«

»Ein fliegender Teppich!« rief Überraschung fröhlich, während ihre Augen zu schielen begannen. Und schon erschien ein Teppich, der etwa auf Kniehöhe vor ihnen schweben blieb.

»Dürfen wir dem trauen?« fragte Gary vorsichtig.

Iris musterte das Ding prüfend. »Das scheint der Teppich des Guten Magiers zu sein. Ich erkenne ihn. Der ist zuverlässig. Aber wir sollten ihn wieder zurückgeben – nachdem wir damit fertig sind.« Sie setzte sich auf den Teppichrand, der sich unter ihrem Gewicht ein Stück ausbeulte, bis er sich wieder verfestigt hatte. Dann schwang sie die Beine auf den Teppich und drapierte ihr Kleid darum. »Steigt auf. Ich werde dich festhalten, Überraschung.«

Gary stieg von hinten auf den Teppich und zog die Knie genauso an, wie Iris es getan hatte. Am liebsten hätte er sich niedergekauert, wie es Art der Wasserspeier gewesen wäre, doch seine menschliche Gestalt schien dafür ungeeignet zu sein. Das kleine Mädchen setzte sich auf den Schoß der älteren Frau, und Iris legte die Arme um das Kind.

»Teppich, erhebe dich langsam«, befahl die Zauberin. Der Teppich reagierte und stieg ähnlich wie der Aufzug in die Höhe, bis er schließlich über den Baumwipfeln schwebte. Gary fragte sich, was passiert wäre, hätte Iris ihn nicht zur Vorsicht ermahnt. Möglicherweise hätte der Teppich einen heftigen Satz gemacht, und sie wären in die Tiefe geplumpst.

»Teppich, flieg in gemächlichem Tempo zum Schloß Zombie«, befahl Iris. Der Teppich flog eine Kurve; dann hielt er sich in Richtung Süden.

Gary hatte nie allzuviel für große Höhen übrig gehabt, weil Gestein durch einen heftigen Sturz zerbrechen konnte. Nun aber machte er die Feststellung, daß er sich auf dem Teppich ziemlich sicher fühlte. Die Magie des Teppichs hielt ihn an Ort und Stelle, ohne ihn zu fesseln, so daß keine Gefahr bestand, herunterzustürzen. Gary sah, wie unten die Bäume vorbeizogen. Dann kam die Spalte; dann folgten weitere Bäume, dazu Kreuzwege, die sich durch Wälder und Felder erstreckten. Von oben betrachtet, war Xanth recht interessant. Gary versuchte auszumachen, welche Strecke sie gekommen waren, konnte die unsichtbare Brücke aber nicht erkennen und war sich nicht sicher, ob er die Wege überhaupt richtig zuordnete. Er konnte nicht einmal genau bestimmen, welche Abzweigung der Spalte sie überquert hatten, nachdem das Lästermaul in die Tiefe gestürzt war. Trotzdem machte es Spaß, das Land von oben zu betrachten.

Es dauerte nicht lange, da erblickten sie vor sich ein Schloß. Es wirkte ein wenig schleimig, und das Gemäuer besaß einen grünlichen Farbton, während der Graben etwas verklumpt aussah. Kein Zweifel, das mußte Schloß Zombie sein.

Sie landeten vor der Zugbrücke und stiegen ab. »Teppich, kehre nach Hause zurück«, befahl Iris, worauf der Teppich ohne seine Passagiere geschmeidig abhob, sich im Spiralflug in den Himmel schraubte und nach Nordosten davonflog. »Es war wirklich nützlich, den Teppich herbeizurufen«, sagte Iris zu dem kleinen Mädchen. »Wenn deine ganze Magie erst einmal so nützlich für andere ist, kannst du wieder nach Hause zurück.«

»Aber ich habe angefangen, mich zu langweilen«, versetze Überraschung schmollend.

Gary begriff, daß der Flug doch um einiges riskanter gewesen war, als es den Anschein gehabt hatte. Hätte Überraschung irgendein Unheil angerichtet – beispielsweise einen Basiliken dazu eingeladen, ihnen auf dem Teppich Gesellschaft zu leisten, wäre das auf sehr gefährliche Weise interessant geworden. Wahrscheinlich standen ihnen die Schwierigkeiten bei diesem Abenteuer erst noch bevor.

Iris nahm das Mädchen bei der Hand und marschierte über die einsturzgefährdeten Planken der Zugbrücke. Gary zögerte. Er befürchtete, die Brücke könnte sein steinernes Gewicht nicht tragen. Iris wandte sich um, sah ihn – und schon nahm die Zugbrücke das Aussehen einer stabilen Brücke aus Stein und Eisen an. Gary wußte zwar, daß es nur eine Illusion sein konnte; trotzdem war es ihm eine Hilfe. Er folgte den beiden anderen.

Am Torgewölbe des Schlosses stellte sich ihnen ein Zombiewächter in den Weg. »Weeer?« wollte er wissen und bewegte die verfaulenden Arme, um eine ebenso verfaulende Lanze in Anschlag zu bringen.

»Oh«, meinte Überraschung entzückt, »ein richtiger Zombie!«

»Laß mich das mal machen, Liebes«, murmelte Iris hastig. Und dann, an den Wächter gewandt: »Königin a.D. Zauberin Iris wünscht Millie das Gespenst zu sprechen.«

Kurz darauf trat eine überraschend attraktive ältere Frau heraus. »Iris?« fragte sie. »Du siehst ja gar nicht aus wie ...«

»So vielleicht, Millie?« fragte Iris und umhüllte sich mit Illusion, um das Aussehen ihres wirklichen Alters anzunehmen.

»Iris!« rief Millie. »Du bist es wirklich! Was für eine wundervolle Überraschung! Ich dachte, du wärst auf einer Verblassungsfeier?«

»War ich auch, zusammen mit dem Magier Trent, mit Bink, Chamäleon, Crombie und der Nymphe Juwel. Aber dann gab es Komplikationen.«

»Offensichtlich«, meinte Millie. »Kommt rein, dann bringen wir uns gegenseitig auf den neuesten Stand der Dinge. Wer ist denn dein Freund dort? Und ein Kind hast du ja auch noch dabei!«

Sie gesellten sich zu Millie (die ganz eindeutig kein Gespenst war) in ihren hübschen Gemächern, die völlig frei von jeder Fäulnis waren, wie sie sonst überall im Schloß vorherrschte. Überraschung spielte mit einem Zombie-Werwolf, wobei sie ständig ihre Gestalt veränderte, um es ihm gleichzutun. Da an dieser Art von Abwechselung nichts auszusetzen war, ignorierten Gary und Iris die Mädchen geflissentlich.

Iris erklärte, daß ihre Verblassungsfeier verschoben worden war. Das Ziel dieser Feier hatte tatsächlich darin bestanden, den Teilnehmern zu ermöglichen, sich in Würde vom derzeitigen Xanth zu verabschieden, damit es nicht von zu vielen alten Leuten übervölkert würde. Gloha Kobold-Harpyie befand sich auf der Suche nach einem geeigneten Ehemann, weil sie die einzige Kreuzung ihrer Art war; deshalb war dem Magiert Trent aufgetragen worden, Gloha zu helfen und sie zu beschützen, bis sie den richtigen Mann gefunden hatte. Da er mit sechsundneunzig Jahren eigentlich zu alt für ein solches Abenteuer gewesen war, hatte man ihn verjüngt. Nachdem er Iris davon erzählte, hatte dies auch in ihr das Verlangen erweckt, es ihm gleichzutun. Deshalb leistete sie nun im Gegenzug für ihre Verjüngung ihren Dienst ab, indem sie Gary Wasserspeier half, Überraschung zu erziehen.

»Aber dazu müssen wir uns mit Hiatus beraten«, schloß sie. »Wir hatten gehofft, daß er hier sein würde, Millie.«

»Oh, das ist er auch«, erwiderte Millie ein wenig traurig. »Aber leider hat er kein bißchen Ehrgeiz. Irgendwas fehlt ihm; er scheint kein Lebensziel zu haben. Ich weiß wirklich nicht, inwieweit er euch helfen kann.«

Iris schürzte die Lippen. »Die Pläne des Guten Magiers folgen oft verwobenen, undurchsichtigen Bahnen«, meinte sie. »Meinst du, wir könnten für Hiatus vielleicht eine Art Ermunterung darstellen?«

»Vielleicht«, antwortete Millie und blickte ein wenig hoffnungsfroher drein. »Aber ich befürchte, es gibt kein Heilmittel für ihn. Doch es wäre wunderbar, wenn er Interesse daran hätte, zu heiraten und Enkel zu bekommen, wie seine Schwester Lacuna es ja auch getan hat, nachdem sie schrecklich unter der Leere ihres Lebens gelitten hat. Ihr könntet ja wenigstens mal mit Hiatus reden.«

»Wenigstens das«, stimmte Iris zu. Gary fragte sich, was für ein Problem Hiatus haben mochte. Hoffentlich war es ihm kein Hindernis bei seiner Suche nach dem Philter.

Millie schickte einen Zombie los, um Hiatus zu rufen. Bald darauf erschien er: ein Mann um die vierzig, mit struppigem Haar und düsterer Miene. Millie stellte ihm die anderen vor – mit Ausnahme von Überraschung, die gerade damit beschäftigt war, winzige Zombietiere herbeizuzaubern und auf dem Boden herumlaufen zu lassen. In stummem Einvernehmen ließen die anderen sie gewähren. »Vielleicht solltest du ihnen einmal deine Geschichte erzählen, mein Lieber«, schlug Millie in liebevollem Ton vor.

»Interessiert die das denn überhaupt?« fragte Hiatus zerstreut.

Gary begriff, daß der Mann ihm niemals auf seiner Queste würde nützlich sein können, solange sie nicht wußten, mit welchem Problem er zu kämpfen hatte. »Aber ja doch!«

Also nahm Hiatus auf einem freien Stuhl Platz und begann zu erzählen.

5

Hiatus

Ich war ein wildes, ungestümes Kind, und meine Zwillingsschwester Lacuna hatte eine Vorliebe für Streiche. Gemeinsam trieben wir unsere arme Mutter fast in den Wahnsinn. Millie war zwar gar kein Gespenst mehr, zog diesen Titel aber der Bezeichnung »Zombie« vor. Natürlich war keiner von uns ein Zombie; aber Millie war die Ehefrau und wir die Kinder des Zombiemeisters. Deshalb vermuteten die Leute, wir müßten wenigstens ein bißchen Zombieschleim in den Adern haben.

In Wirklichkeit aber war Millie eine der wunderschönsten Frauen Xanths – oder war es zumindest gewesen, bevor meine Schwester und ich ihr den letzten Nerv geraubt hatten. Wir stellten einen schweren Schlag für ihren gemächlichen, geregelten Lebensrhythmus dar. Wir brachten wirklich *alles* durcheinander.

Lacunas Talent bestand darin, überall gedruckte Schrift erscheinen zu lassen, zum Beispiel auf Wänden oder Dekken, ja, sogar auf bereits bestehender Druckschrift, wodurch sie den Text einer gedruckten Seite verändern konnte. Natürlich verblaßte Lacunas Druckschrift wieder, ohne irgendwelche Schäden anzurichten, sobald sie die Konzentration verlor; trotzdem konnte sie damit gelegentlich ganz schönes Unheil anrichten. Zum Beispiel, wenn sie auf dem Hintern eines dicken Mannes, der sich gerade nach einem schweren Stein bückte, in Gegenwart eines Zombies, der immer alles ganz wörtlich nahm, die Worte TRITT MICH erscheinen ließ.

Mein eigenes Talent bestand darin, aus verschiedenen Oberflächen alle möglichen Organe hervorwachsen zu lassen, beispielsweise Augen, Ohren oder Nasen aus Fenstern, Baumstämmen oder Steinen. Ich habe nie so recht verstanden, warum manche Erwachsenen sich furchtbar aufregten, wenn eine meiner Nasen wuchs und kräftig nieste, während sie vorbeispazierten, oder wenn sich eins meiner Augen an der Zimmerdecke oder auf dem Fußboden bildete, um einer Dame in den Ausschnitt oder unter den Rock zu spähen und zu zwinkern. Das alles war doch nur ein ganz harmloser, lustiger Spaß. Aber irgendwie waren Lacuna und ich auf offiziellen Veranstaltungen wie Hochzeiten oder Beerdigungen nicht allzu beliebt. Heute weiß ich zwar, warum – aber heute bin ich ja auch sehr viel erfahrener und verantwortungsbewußter als früher, da ich noch ein Kind war.

Ich weiß selbst nicht mehr so genau, was ich eigentlich an jenem besonderen Tag getan habe, der mir in diesem Zusammenhang gerade einfällt; aber im nachhinein bin ich mir sicher, daß meine Mutter durchaus im Recht gewesen sein mußte, als sie mich keifend aus dem Haus jagte und die Tür zuschlug. Ich war damals gerade elf oder zwölf Jahre alt, und ich glaubte, ganz Xanth sei mir jede Menge Unterhaltung schuldig. Maßlos empört wegen ihrer Überreaktion auf einen harmlosen Streich, beschloß ich, von zu Hause auszureißen. Also rief ich Doofus herbei, unseren Zombiedrachen, und bestieg ihn. Dann forderte ich ihn auf, so weit davonzugaloppieren, wie er nur konnte. Doofus war nicht besonders klug – das sind ohnehin nur wenige Zombies, weil ihre Schädel zum größten Teil mit widerlichem Schleim gefüllt sind – aber seine Beine und sein Rücken waren ziemlich kräftig, und so galoppierte er in die Richtung davon, in die er zufällig gerade blickte, was einem ungefähren Südostkurs entsprach. Mir war es gleich. Ich wollte nur so weit fort wie möglich, damit man mich nie wiederfinden konnte.

Doch nach einer Weile wurde Doofus merklich langsamer. »Bist du etwa schon müde?« wollte ich wissen. Er schnaubte nur ein bißchen klammen Rauch. Mir fiel ein, daß man Doofus eingeschärft hatte, sich nicht allzu weit von Schloß Zombie zu entfernen; deshalb verlor er an der Grenze seines Reviers seine Antriebskraft. Diese Befehle konnte ich nicht übergehen; denn sie waren Doofus von meinem Vater persönlich erteilt worden, dem Zombiemeister, dem alle Zombies die höchste Treue schuldeten. Doofus gehorchte mir also nur so lange, wie meine Anweisungen nicht in Widerspruch zu jenen Befehlen standen, die ihm noch viel schärfer eingeprägt worden waren.

Schließlich blieb der Drache einfach stehen, und ich stieg enttäuscht ab. »Also gut, dann geh doch nach Hause zurück, du faule Kreatur!« rief ich. Doofus gehorchte sofort und galoppierte in die ungefähre Richtung von Schloß Zombie davon.

Da stand ich nun allein in einem fremden Land. Ich schaute mich um, und allmählich wich mein Zorn einer gewissen Bangigkeit. Ich wußte schließlich, daß es an fremden Orten gefährlich werden konnte. Doch ich sah nur Bäume, dazu einige Steine und Felsen, aber leider nichts zu essen.

Plötzlich hörte ich Musik. Ich hoffte, daß ich dort, wo die Musik erklang, auf ein paar Leute treffen würde. Doch als ich mich ein Stück durch den Wald bewegt hatte, machte ich die Entdeckung, daß das Geräusch von Felsen stammte. Genauer gesagt von einem sehr nett aussehenden Tier, das gerade an einem Felsen knabberte. Es mußte ein Steinbeißer sein. Mit jedem Biß explodierten die Steine, was eine recht anziehende Musik ergab. Nur war ich mir nicht so sicher, ob ich von dem Puffgeröll essen sollte, sosehr es dem Steinbeißer auch zu schmecken schien.

Also hielt ich mich in die Richtung, in die er gerade schaute. Ich wußte zwar nicht, wohin ich ging, doch irgendwo mußte ich ja ankommen.

»Kind«, rief eine Frauenstimme mir zu. Ich blieb stehen und ortete den Klang. Und dann sah ich an einem ausladenden Eichelbaum eine Frau stehen. Sie trug ein braunes Kleid, und sie schien erwachsen zu sein.

Das war der Punkt, da mich langsam der Mut verließ. Ich war höchst begierig auf irgendeinen Vorwand, nach Hause zurückkehren zu können. Oder mir ein anderes Zuhause zu suchen, sollte das nicht gehen. Ich wollte wieder ein Heim, wo jemand wie meine Mutter mich fütterte, mir ein sicheres Plätzchen zum Schlafen zuwies und sich um mich kümmerte. Natürlich durfte ich das niemals zugeben, nicht einmal vor mir selbst. Trotzdem durfte es meine Reaktion beeinflußt haben.

Ich ging zu der Frau. »Ich ... ich ... Könntest du mir sagen, wo ich das nächste Menschendorf finde?« fragte ich höflich. »Ich glaube, ich hab' mich ... mich ...«

» ... verlaufen?« vollendete sie sanft.

Ich nickte verlegen.

»Wie bist du überhaupt in diese Gegend gekommen?« fragte sie mich nun in jenem Tonfall unbewußter Autorität, wie alle Erwachsenen ihn von Natur aus annehmen.

Natürlich mußte ich ihr darauf antworten. »Ich bin auf meinem Zombie-Hausdrachen geritten. Aber der ist nach Hause zurückgekehrt.«

»Vielleicht solltest du auch nach Hause zurückkehren«, schlug sie vor, und wieder mit jener notwendigen Autorität, daß der Vorschlag mir sogar irgendwie ganz vernünftig vorkam.

»Ich ... äh, wahrscheinlich wär's das beste«, stimmte ich zögernd zu.

»Wo ist denn dein Zuhause?«

»Ich ... äh, wohne auf ... auf Schloß Zombie«, stammelte

ich, denn eigentlich wäre es mir lieber gewesen, ungenannt zu bleiben.

»Ach? Dann mußt du der kleine Junge des Zombiemeisters sein«, sagte sie freundlich.

»Ich bin nicht klein!« protestierte ich tapfer. »Ich bin schon elf!«

Sie gewährte mir einen Blick, daß ich mir vorkam, als wäre ich neun – aber ohne mich wirklich zu beleidigen. »Natürlich. Wie heißt du denn?«

»Hiatus.«

»Hiatus«, wiederholte sie. »Hast du nicht auch eine Schwester?«

»Lacuna«, bestätigte ich. »Unsere Namen bedeuten dasselbe: eine Lücke oder ein fehlendes Teil. Unsere Eltern hielten das für schick.«

»Das war wirklich klug von ihnen. Ich bin Desiree Dryade.«

Ich besann mich auf meine gute Kinderstube. »Freut mich, dich kennenzulernen, Dryade.«

Sie nickte. »Schön, Hiatus. Bist du jetzt bereit, nach Hause zurückzukehren?«

Ich scharrte mit den Füßen.»Ich glaube schon.«

»Zufällig kenne ich einen hübschen magischen Weg, der dich noch vor Einbruch der Dunkelheit dorthin führen wird. Du wirst wohl kaum etwas dafür übrig haben, die Nacht in diesem Wald zu verbringen, nicht wahr?«

Das war mir auf eine ziemlich unbehagliche Weise nur zu bewußt! »Ich schätze, ich sollte den Weg wohl besser nehmen.«

Desiree musterte mich ein weiteres Mal. »Aber nicht, ohne etwas zu essen. Ich möchte nicht, daß deine Mutter glaubt, ich hätte dich hungrig zurück nach Hause geschickt. Ich habe noch einige Kekse und Gebäckfinger und -zehen.« Sie verschwand hinter dem Baum und kehrte kurz darauf mit einem Teller voll davon zurück: genau die Sorte furchtbar gesunder Nahrung, auf die ich nicht gerade versessen war. Aber ich war zu klug, um dagegen zu protestieren; denn das ist ja immer die sicherste Methode, dafür zu sorgen, daß die Erwachsenen nur noch sturer werden. So griff ich statt dessen nach den Keksen.

»Vorher solltest du den Toilettenbaum dort hinten aufsuchen und dich ein bißchen frischmachen«, meinte sie, und ihre Stimme duldete keinen Widerspruch.

»Ach so. Ja.« Also begab ich mich an den Baum und machte mich frisch. Danach nahm ich ihr den Teller ab und verputzte das Essen. Es schmeckte erstaunlich gut, nachdem ich mich erst einmal daran gewöhnt hatte, auch wenn ich viel lieber ein Drachensteak und etwas Schokoladenmilchkraut zu mir genommen hätte.

In meiner naiven, kindlichen Verschlagenheit versuchte ich trotzdem, mich ein bißchen durchzumogeln. »Ich habe Durst!« rief ich. »Hast du vielleicht etwas Soda oder Bierbaumsaft da?« Ich wußte zwar, daß sie mir dies niemals gestatten würde; aber vielleicht könnten wir uns ja wenigstens auf Milchkraut mit Geschmack einigen.

»Nein, Hiatus«, erwiderte sie sanft. »Nur einen guten Schluck wundervolles Wasser aus dem kleinen Quell dort hinten.« Sie zeigte auf eine hübsche Erdmulde, die mir noch gar nicht aufgefallen war. Dort war ein klares Wasserfleckchen zu erkennen.

Hm. Jetzt blieb mir nichts anderes übrig, als mich dorthin zu begeben und etwas von dem geschmacklosen Zeug zu mir zu nehmen. Eigentlich war es nicht besonders schlimm. Ich hatte gar nicht gewußt, daß richtig frisches Wasser den Durst so gut stillen konnte.

Ich rülpste kräftig und kehrte schließlich zu Desiree zurück, den feuchten Mund am Ärmel abtrocknend. »Ich schätze, ich sollte jetzt wohl besser gehen«, meinte ich. »Wo ist denn dieser Weg?«

Sie runzelte die Stirn. »Es gibt vielleicht eine etwas höflichere Art, jemanden um einen Gefallen zu bitten«, bemerkte sie, scheinbar an niemanden im besonderen gewandt.

Mir wurde klar, daß sie mir damit irgend etwas mitteilen wollte. »Hä?«

Sie rührte sich kurz. »Sagst du denn nie ›bitte‹?«

Ach so, das schon wieder! Also unterwarf ich mich dem Erwachsenenprotokoll. »Zeig mir doch bitte, wo der Weg ist«, sagte ich.

Sie lächelte so, als wäre es ein aufrichtiges Lächeln. Das können Erwachsene sehr gut. »Aber gern. Genau dort entlang.« Sie machte eine Geste.

Ich spähte in die angezeigte Richtung, konnte aber nur ein Dickicht ausmachen. »Wo denn?«

Sie blieb stumm, und nach einiger Zeit wurde mir klar, daß ich dies als Andeutung verstehen durfte, an meiner Formulierung etwas zu verbessern. In solchen Dingen waren Erwachsene immer ziemlich seltsam. »Ich meine, zeig mir doch bitte ein bißchen deutlicher, wo der Weg sich befindet, Frau Dryade.«

Sie lächelte wieder und drehte sich erneut zu mir um. In diesem Augenblick wurde mir klar, daß sie kein bißchen größer war als ich und wahrscheinlich weniger wog, obwohl ich nur ein Junge und sie eine erwachsene Frau war. Das überraschte mich ein wenig, weil Erwachsene ja schon von der Definition her eigentlich immer größer sind als Kinder. »Der Weg liegt hinter Laubwerk versteckt, wie die meisten Privatwege. Wenn du direkt zwischen diesen beiden Lorbeersträuchern da hinten hindurchgehst, wirst du ihn finden. Und wenn du ihn erst mal betreten hast, kannst du ihn auch deutlicher erkennen. Aber achte stets darauf, ihn niemals zu verlassen, bevor du nicht dein heimisches Schloß vor Augen hast. Denn sobald du das tust, wirst du den Weg nicht wieder betreten können.«

»Oh, ein unsichtbarer Weg!« rief ich entzückt.

»Gewissermaßen«, stimmte sie mir zu. Sie schien irgend etwas daran erheiternd zu finden. »Wir verstehen es allerdings lieber so, daß der Weg nur für jene sichtbar ist, die die Natur zu würdigen wissen.«

Ich wollte schon mit meinem Protest loslegen, daß ich die Natur sehr wohl zu würdigen wüßte, als mir einfiel, daß sie mit ihrer Bemerkung wahrscheinlich nur langweiliges Gemüse, farbloses Wasser und so etwas gemeint hatte. »Danke«, sagte ich statt dessen in einem leicht zweifelnden

Tonfall, denn dort hinten sah es ja nun wirklich nicht nach irgendeinem Weg aus.

»Vielleicht sollte ich dich lieber hinführen«, schlug Desiree vor.

»Oh, ja, gern!« willigte ich sofort ein.

Sie begab sich in die angezeigte Richtung, und ich folgte ihr. Ich staunte über ihre Winzigkeit, denn davon abgesehen hatte sie durchaus den geschmeidigen Gang einer erwachsenen Frau. Erwachsene wirken nämlich immer so, als wären ihre Knochen irgendwie dehnungsfreundlicher.

Als wir die beiden Lorbeersträucher erreichten, erblickten wir plötzlich einen hübschen kleinen Weg vor uns, der sich durch den Wald wand. Ich blinzelte und fragte mich, wie ich ihn hatte übersehen können.

Desiree wandte sich zu mir um. Sie bemerkte meine Verwirrtheit. »Wenn du einen Schritt zurücktrittst, verschwindet der Weg wieder«, meinte sie.

Ich tat es, und tatsächlich – das Gestrüpp schloß sich, und es war weit und breit kein Weg mehr zu sehen! »Ach so, das ist ein Zauberweg«, sagte ich und begriff endlich, was Sache war.

»Das, was wir Situationsmagie nennen«, bestätigte sie. Erwachsene hatten ja immer komplizierte Ausdrücke für die einfachsten Sachen bei der Hand. »Hätte ich ihn dir nicht gezeigt, hättest du ihn möglicherweise selbst dann nicht bemerkt, wenn du schon darauf gegangen wärst. Du solltest also lieber nicht der Versuchung erliegen, irgendwelche Dauerlutscherpflanzen am Wegesrand zu pflücken. Die könnten das größte Unheil bedeuten.«

»Ja«, stimmte ich beeindruckt zu. »Da werde ich wohl besser nicht vom Weg weggehen, als bis ich zu Hause bin.«

»Ja, den Weg solltest du wohl besser nicht verlassen, bevor du nicht zu Hause bist«, bestätigte sie. Mir wurde klar, daß sie damit meinen Satzbau korrigierte – auf jene widerlich undurchsichtige Art, wie die Erwachsenen sie an sich hatten. Andererseits hatte sie mir etwas zu essen gegeben und mir den Weg nach Hause gezeigt; da mußte ich ihr einfach die Erwachsenenmarotten verzeihen.

»Danke, Frau Dryade«, sagte ich also und wollte schon losgehen. »Ich bin zwar nur ein Kind, aber ich weiß deine Gefälligkeiten durchaus zu schätzen. Du bist eine nette Frau. Für eine Erwachsene.«

Der merkwürdige Anflug einer Gefühlswallung huschte über ihr Gesicht. Vielleicht begriff sie ja, daß ich mir ernsthaft und ehrlich Mühe gab, mich – nach Maßstab der Erwachsenen – anständig aufzuführen. Daß ich kein schlechter Junge war, sondern nur ein ganz gewöhnliches Kind, zwar noch ein bißchen rauh an den Kanten, dafür aber schon im Begriff, nach und nach glattpoliert zu werden.

»Hiatus, was versprichst du dir von der Zukunft?« erkundigte sie sich.

»Oh, das ist leicht zu beantworten«, erwiderte ich voller Begeisterung. »Ich werde groß und berühmt, weil ich überall und ständig große Augen und Ohren und Nasen hervorwachsen lasse, und alle, alle Leute werden staunen.«

»Das ist ja ein interessantes Lebensziel«, meinte sie. »Aber was ist mit der Romantik?«

»Hä? Ich wollte sagen – bitte?«

»Normalerweise werden Jungen irgendwann erwachsen, und dann interessieren sie sich für Mädchen. Irgendwann heiraten sie und gründen eigene Familien. Hast du denn gar keine Absichten in dieser Richtung?«

»Ach so. Na klar, ich glaube schon«, bestätigte ich, als mir klar wurde, worauf sie hinauswollte. Mädchen interessieren sich ja sowieso immer mehr für diesen Kram als Jungen. Meine Schwester war in diesem Punkt genauso doof. »Ich werde das schönste Mädchen in Xanth heiraten und ihr die Hausarbeit überlassen.«

»Das ist alles?« Irgend etwas bekümmerte sie, aber ich konnte nicht erkennen, was genau es war.

»Nö. Ich werde den ganzen Tag draußen sein und Nasen an Bäumen und anderen Dingen wachsen lassen, die ich dann zum Niesen bringe«, ergänzte ich.

»An Bäumen!«

»Klar. Bäume sehen mit Nasen echt komisch aus. Macht unheimlich Spaß, 'nem Baum einen mundanischen Elefantenrüssel zu verpassen.« Ich mußte selbst über meinen Einfallsreichtum lachen.

Aus irgendeinem Grund wirkte sie verärgert, ging aber nicht näher darauf ein. »Und was wird mit deiner Frau?«

»Mit der? Keine Ahnung. Schätze, sie wird tun, was Frauen eben alle so machen. Du weißt schon, die Wäsche, das Kochen, das Nähen, das Bettenmachen, das Staubwischen, das Putzen – eben diesen ganzen langweiligen Kram, den die so mögen.«

Desiree schien noch immer ein kleines, unterschwelliges Problem zu haben. »Bist du dir ganz sicher, daß Mädchen so etwas mögen?«

»Na ja, vielleicht auch nicht. Aber wen interessiert das schon? Mami beschwert sich jedenfalls nie deswegen.«

Desiree überlegte. »Wenn ich mich recht entsinne, war deine Mutter achthundert Jahre lang ein Gespenst. Vielleicht hatte sie ja genug von der Freiheit und war froh, wieder sterblich sein zu dürfen, auch wenn das bedeutete, öde Alltagsarbeit in Kauf nehmen zu müssen. Aber dankst du ihr denn nie für all die Arbeit, die sie für dich tut?«

»Hä?«

Die Dryade schien eine Entscheidung getroffen zu haben. »Vielleicht wäre es besser, du würdest nicht heiraten«, bemerkte sie beiläufig. »Besser für die Frauen, jedenfalls.«

Ich zuckte die Schultern. »Ich werde schon jemanden finden. Denn ich werde ganz furchtbar gut aussehen, so daß alle mich heiraten wollen«, erwiderte ich zuversichtlich.

»Vielleicht«, stimmte sie mir zu, widersprach dann aber sich selbst: »Vielleicht aber auch nicht.«

»Hä?«

Desiree blickte mir geradeheraus ins Gesicht. »Schau mich an Kind«, sagte sie. »Schau mir tief in die Augen und auf mein Haar und auf alles andere an mir.«

Neugierig geworden, tat ich, wie mir geheißen. Mein Blick traf den ihren.

Und es geschah etwas.

Ihre Augen waren grün und so tief wie der Quell, von dem ich getrunken hatte – wie zwei grasbewachsene Teiche. Ich spürte, wie ich in sie hineinglitt, mal schwimmend, mal treibend, mal sinkend, und wie ihr Wesen mich völlig umfaßte. Ihr Haar war von rötlichem Braun, mit Laub darauf wie ein Baum im Herbst. Mir war, als stünde ich inmitten eines stillen Zauberwaldes, wo ich sie nur stumm betrachtete. Es war einfach wunderbar – auf eine Weise, wie ich es noch nie erlebt und zu schätzen gelernt hatte.

»Wenn du erst mal zum Mann geworden bist«, sagte sie mit leiser Überzeugungskraft, »wirst du nie ein so schönes Mädchen kennenlernen.«

Und ich begriff, daß sie tatsächlich schön war, ja, mehr als schön: Sie war das allerschönste Wesen, das ich mir je hätte ausmalen können. Seltsam, daß mir das vorher gar nicht aufgefallen war. Aber vielleicht war es ja ähnlich wie mit dem verzauberten Weg: Den hatte ich ja auch erst erkennen können, nachdem Desiree ihn mir gezeigt hatte. In ganz Xanth gab es einfach nichts, das es an Schönheit mit diesem Waldmädchen hätte aufnehmen können. Ich hatte zwar schon immer gewußt, daß Dryaden hübsche Kreaturen waren, hatte es aber noch nie mit eigenen Augen gesehen und am eigenen Leib erfahren. Jetzt wußte ich es ein für alle Mal.

Sie bewegte die winzigen Hände. Sie wirkten wie zartes Laub, das in der Brise flattert. Sie drehte sich ein Stück zur Seite, und zum Erstaunen sah ich, wie schlank und doch wohlgeformt ihr Körper war. Noch nie im Leben hatte ich auf solche Dinge geachtet. Sie hob die Arme hoch über den Kopf und schwankte im Wind; es sah aus, als wäre sie ein anmutiger Farn oder ein dünner Baum, der sich kurz der Kraft des Windes beugte und danach wieder sein Gleichgewicht fand.

Dann hielt sie inne und schaute mir wieder in die Augen. »Und was sagst du jetzt, Hiatus?« fragte sie leise.

»Oh, wenn ich erstmal ein Mann geworden bin, werde ich ein Mädchen haben, das genauso ist wie du!« schwor ich.

»Das bezweifle ich.« Sie lächelte, und mir schien, als läge eine Spur von Trauer darin. »Jedenfalls wirst du dich meiner stets erinnern – dein Leben lang.« Und dann ging sie einfach fort.

Ich wollte ihr folgen, denn ich wurde plötzlich von einem heftigen Unwillen überfallen, sie einfach aus den Augen zu lassen. Was da doch für eine Verwandlung stattgefunden hatte! Zuerst war sie mir wie eine ganz gewöhnliche Frau erschienen; nun aber hatte sie sich in etwas Lieblicheres und Kostbareres verwandelt als alles, von dem ich jemals nur zu träumen gewagt hätte.

Sie umschritt den Baum, wo ich sie zum erstenmal hatte stehen sehen, und verschwand hinter dem Stamm, ohne zu meinem Erstaunen auf der anderen Seite wieder aufzutauchen. Ich lief los, rannte um den Baum herum – doch sie war verschwunden.

»Desiree!« rief ich in plötzlicher Niedergeschlagenheit. »Wo bist du?« Doch inzwischen war mir schon klar geworden, daß sie eine magische Kreatur war, eine Dryade nämlich, eine Waldnymphe, und daß sie nur ihrem eigenen Willen und nicht dem meinen gehorchen würde, wenn es darum ging, zu erscheinen. Sie war fertig mit mir.

Also kehrte ich zu den beiden Lorbeersträuchern zurück, und wieder erschien mir der Weg. Ich warf einen letzten Blick zu Desirees Baum hinüber und prägte mir seine genaue Lage ein. Dann hielt ich schnurstracks auf mein Zuhause zu.

Der magische Weg führte mich prompt nach Schloß Zombie. Vielleicht wuchsen daneben ja tatsächlich Dauerlutscher; doch falls es so war, fielen sie mir nicht auf. Ich war noch immer völlig benommen vom Anblick des Mädchens im Wald. Wie unaussprechlich schön sie doch plötzlich geworden war! Nie im Leben würde ich wieder einer Dryade begegnen, ohne daran erinnert zu werden.

Ich verließ den Weg und ging zum Schloß hinüber. Plötzlich fiel mir ein, mir die genaue Lage des Weges einzuprägen, damit ich ihm eines späteren Tages wieder folgen konnte. Doch ich fand ihn nicht mehr, obwohl ich ihn mehrmals vor und zurück überquert haben muß. Der Weg war verschwunden, genau wie die Dryade. So blieb mir nichts anderes übrig, als ins Schloß zurückzukehren und aus dem Rest meines Lebens das Beste zu machen.

Am nächsten Tag suchte ich noch einmal nach dem Weg; ich probierte es damit, meine eigenen Fußstapfen zurückzuverfolgen, doch ohne jeden Erfolg. Ich begriff, wie töricht es war, etwas Magisches suchen zu wollen – denn ohne die Hilfe einer magischen Kreatur durfte kein Sterblicher darauf hoffen, derlei wiederzufinden. Trotzdem gab ich nicht auf. Tag um Tag suchte ich, bis schließlich auch mein Herz begriff, was mein Verstand schon lange erfaßt hatte. Traurig stellte ich meine Bemühungen ein. Und noch eine ganze Weile schlief ich Abend für Abend weinend ein.

Ich weiß nicht, weshalb ich nicht auf den Gedanken kam, den Baum der Dryade zu suchen. Ich hätte ja einfach nur denselben Weg nehmen können, dem ich ursprünglich gefolgt war. Vielleicht lag ein Zauber auf mir, der bewirkte, daß ich das Offensichtlichste einfach übersah. Doch möglicherweise wäre auch das nicht machbar gewesen; denn als ich von zu Hause weglief, hatte ich nicht auf Einzelheiten geachtet; schließlich hatte Doofus Drache mich ja ziellos weiterbefördert. Der hatte anschließend zwar nach Hause zurückgefunden, war aber viel zu dumm, um irgend etwas anderes zu suchen. Es wäre durchaus wahrscheinlich gewesen, daß er mich in die genau entgegengesetzte Richtung gebracht hätte, wenn ich es noch einmal mit ihm versucht hätte – und dabei wäre ich nicht einmal in der Lage gewesen, den Unterschied zu bemerken.

So blieb ich in meinem Kummer zu Hause und erzählte niemandem davon, nicht einmal meiner Zwillingsschwester Lacuna. Denn wer würde mich schon verstehen? Ich verstand es ja selbst nicht. Ich wußte nur, daß ich Desiree unbedingt wiedersehen wollte. Warum, wußte ich nicht, und ich hätte nicht gewußt, was ich zu ihr sagen sollte; ich wollte einfach nur bei ihr sein, auch wenn sie mich weiterhin mit Gesundkost abgefüttert hätte. Offengestanden machte ich die Feststellung, daß mir das Zeug plötzlich zu munden begann; ebenso das reine Quellwasser, vor allem, wenn es aus grünen, grasüberwachsenen Teichen entsprang. Und die Vorliebe für Eichelbäume in Herbstfarben hatte ich inzwischen auch entwickelt.

Desiree war schließlich eine Dryade, eine Baumnymphe. Sie glich den Dingen des Waldes, und gewiß veränderte ihr Haar seine Farbe im Einklang mit den Jahreszeiten. Natürlich hatte ich vorher schon von Dryaden gewußt, doch erst jetzt machte ich mir etwas aus ihnen. Man könnte sich natürlich fragen, weshalb ich nicht einfach irgendeine andere Dryade aufsuchte; doch die Antwort darauf lautet, daß nicht in jedem Baum eine Dryade wohnt, ja, sie sind vergleichsweise selten. Außerdem wollte ich nur mit dieser einen, besonderen Dryade zusammensein, und keiner anderen.

Ich war schrecklich verliebt, war aber noch zu jung, um dies zu erkennen. Desiree hatte mich fasziniert, hatte mir ihre Schönheit offenbart, und nun war es mein Schicksal, mich für den Rest meines Lebens an sie zu erinnern, so wie sie es verkündet hatte.

Die Zeit verging, und ich wuchs zum Mann heran. Genau wie ich es erwartet hatte, wurde ich ein schmuckes Mannsbild, und die Mädchen rissen sich nur so um mich. Doch bei der Erinnerung an das Mädchen im Wald blieben sie für mich allesamt uninteressant. Keine von ihnen hätte es auch nur annähernd mit Desiree aufnehmen können. Keine von ihnen besaß diese wilde Schönheit, die nur ich zu schauen vermochte. Es war, als würde das Gesicht der Dryade sich auf das Gesicht jedes Mädchens legen, das ich erblickte, als Maßstab der Vollkommenheit, der kein sterbliches Antlitz je erreichen konnte. Dasselbe galt für die Körper der Mädchen. Sie wirkten allesamt plump und unvollkommen, wie Skulpturen eines unbegabten Bildhauers. Sie stießen mich ab. Und obwohl ich gern eine Ehe geschlossen hätte, konnte ich es einfach nicht; ja, ich verspürte nicht einmal das Verlangen, ein gewöhnliches Mädchen auch nur zu *berühren*.

Je mehr Zeit verging, desto besorgter wurden meine Mutter und meine Schwester. Meine Mutter versuchte, ihre Sorge stets diskret vorzutragen, meine Schwester Lacuna dagegen ging sehr grobschlächtig vor. Eines Tages erschien vor mir auf dem Tisch die Druckschrift: MAGST DU KEINE MÄDCHEN?

Genau das war die Frage. »Ich kenne schon ein Mädchen, das ich mag«, erklärte ich. »Ich kann es nur nicht finden.«

Dann erzählte ich meiner Mutter und Lacuna die ganze Geschichte. Meine Mutter war entsetzt. »Eine Dryade! Wie konntest du nur?«

»Ich wußte doch gar nicht, was da auf mich zukam«, entgegnete ich. »Für mich war sie nur eine Frau, eine Erwachsene, die mich wie ein Kind behandelte. Sie fragte mich, was ich später mal mit meinem Leben anfangen wolle, wenn ich erwachsen sei. Also hab' ich's ihr gesagt, worauf sie mir ihre Schönheit offenbarte und verschwand.«

»Du hast ihr davon erzählt, was für eine schlechte Meinung du von Frauen hast«, meinte meine Schwester vorwurfsvoll. »Daß wir nur gut genug dafür sind, Teller zu spülen und das Haus sauberzuhalten.«

»Na klar. Das stimmt ja auch, oder nicht?«

Millie und Lucana wechselten einen Blick, der schon annähernd zweieinhalb Blicke lang war. Dann fuhr meine Schwester fort: »Deshalb gelangte sie zu dem Schluß, daß du wahrscheinlich nicht gerade der Traum aller Frauen Xanths bist und deshalb lieber gar nicht erst heiraten solltest. Und genau dafür hat sie nun gesorgt. Wie man sieht, mit Erfolg.«

Allmählich ging mir ein Licht auf. So nymphengleich sie auch gewesen sein mochte – Desiree war schließlich eine Frau. »Dann bin ich wohl zum Junggesellendasein verdammt«, erklärte ich. »Weil es keine sterbliche Frau gibt, die ich heiraten möchte.« Andererseits war ich inzwischen an einem Punkt angelangt, da ich mir wünschte, daß Desiree mich niemals so angesehen und mir ihre Schönheit offenbart hätte. Tatsächlich hatte sich damit jede spätere Liebschaft unmöglich gemacht, auf die ich mich sonst vielleicht eingelassen hätte. Keine sterbliche Frau sollte unter meiner Weltanschauung zu leiden haben.

Millie seufzte. »Es scheint keinen anderen Ausweg zu geben. Du mußt sie einfach finden.«

Wie gern ich das getan hätte! »Aber wie? Ich finde den Weg nicht wieder!«

»Es hat auch keinen Zweck, jetzt jeden Eichelbaum in

Xanth abzusuchen«, fügte Lacuna hinzu. »Es könnte gut passieren, daß du glatt daran vorbeigehst, ohne ihn zu bemerken, nur weil sie ihn dir nicht persönlich zeigt.«

»Aber ich habe mir ihren Baum doch genau angesehen«, wandte ich ein. »Ich würde ihn schon wiedererkennen, wenn ich ihn nur fände. Und ich kenne auch die ungefähre Gegend, wo er steht – südwestlich von hier, so weit, wie Doofus eben laufen kann.«

»Dann gibt es vielleicht doch noch eine Chance. Nimm Doofus und reite dorthin. Dann laß ein paar Augen und Ohren wachsen, damit sie dir mitteilen, was sie gehört und gesehen haben.«

»Daran habe ich ja noch gar nicht gedacht!« rief ich.

»Weil sie es nicht wollte«, erklärte Lacuna. »Du solltest dich zwar an *sie* erinnern, nicht aber daran, wo sie lebt. Doch inzwischen ist einige Zeit vergangen, und die Nebenmagie hat sich abgenutzt. Deshalb hast du jetzt eine Vorstellung davon, wie es doch gehen könnte. Aber selbst wenn du ihren Baum ausfindig machen solltest, heißt das noch lange nicht, daß sie sich dir zeigt.«

»Wenn ich den Baum einmal gefunden habe, werde ich mich einfach dorthin begeben und sie anflehen, sich zu mir zu gesellen«, sagte ich. »Sie wird mich erhören müssen!«

»Und wenn sie es nicht tut«, ergänzte Lacuna bösartig, »kannst du ja damit drohen, ihren Baum zu fällen!«

Mir war, als hätte sich plötzlich ein Pfeil in mein Herz gebohrt. »O nein, das würde ich niemals fertigbringen! Nie könnte ich ihr wehtun! Ich liebe sie doch!«

»Ich habe ja nicht gesagt, daß du es auch *tun* sollst!« versetzte Lacuna. »Ich habe nur gesagt, du sollst ihr damit *drohen*. Damit sie sich dir zeigt.«

»Ich könnte ihr nicht einmal drohen«, antwortete ich, denn der Schmerz wollte nicht nachlassen.

»Also gut, dann eben ohne Drohungen«, entschied Millie. »Aber du könntest wenigstens versuchen, den Baum ausfindig zu machen. Vielleicht erscheint sie ja doch, wenn du sie darum bittest. Es hört sich nicht so an, als wäre sie von der schlimmen Sorte. Im Grunde verstehe ich ihre Einstellung sogar. Wenn du sie ausfindig machst und dich entschuldigst, macht sie vielleicht einen Rückzieher.« Stirnrunzelnd schaute sie mich an. »Aber du mußt auch wissen, daß eine Dryade ihren Baum normalerweise nie verlassen kann. Sie muß sich stets in seinem Innern oder wenigstens in seiner Nähe aufhalten. Falls du also mit Desiree zusammen sein willst – und falls sie einverstanden ist – wirst du dort bleiben müssen.«

»Es ist mir egal, wo ich bin, solange es nur in ihrer Nähe ist«, erwiderte ich.

Also organisierten wir die Suche, und ich ritt auf Doofus so weit südwestlich, wie er nur laufen konnte. Allmählich gelangte ich in vertrautes Gebiet. Meine Aufregung wuchs. Schon glaubte ich, meine Suche würde tatsächlich von Erfolg gekrönt werden. Dann aber kam die Katastrophe – etwas, mit dem niemand von uns gerechnet hatte.

Der Baum der Dryade befand sich in einem anderen Gebiet hochkarätiger Magie. Es war nicht mehr besonders weit bis zur Region des Wahnsinns, wo so viel Magie herrschte, daß dort alles überschnappte. Ich machte die Feststellung, daß der Wahnsinn sich ausgedehnt, vielleicht auch nur verschoben hatte – möglicherweise aufgrund eines Wechsels der vorherrschenden Winde –, und daß der Waldabschnitt der Dryade sich nun innerhalb seines Wirkungsbereiches befand. Obwohl ich es hätte besser wissen müssen, war mein Verlangen nach Desiree doch so stark, daß ich den Ausläufer des Wahnsinns betrat, und das alles nur in der Hoffnung, sie zu finden. Natürlich verirrte ich mich heillos und scheiterte kläglich. Ich begegnete einer Gliederschleife, die wie ein Baumast mit Zierbändern aussah. Tatsächlich waren die Äste sämtlicher Bäume hier mit Zierbändern geschmückt, die zu riesigen Schleifen gebunden waren. Diese machten zuerst einen harmlosen Eindruck, bis sie sich plötzlich lösten und nach mir griffen. Da lief ich den Weg zurück, den ich gekommen war.

Doch ich hatte mich verlaufen; je mehr ich rannte, desto unbekannter wurde alles für mich. Also zwang ich mich, stehenzubleiben; schließlich war ich ja kein Kind mehr. Ich beschloß, auf einem Felsbrocken ein Ohr und ein Auge auswachsen zu lassen, um mich nach dem Rückweg zu erkundigen und mit Hilfe des Auges in die richtige Richtung zu blikken. Doch zu meinem Entsetzen mußte ich feststellen, daß ich weder Auge noch Ohr ausbilden konnte. Statt dessen verwandelte sich der Fels in eine üble purpurne Ausflußmasse mit wabernden grünen Tentakeln. Was war denn hier los? So etwas hatte ich ja noch nie erlebt!

Da vernahm ich eine Stimme. Sie klang ziemlich hölzern; aber schließlich befand ich mich ja in einem Wald. Ich ging auf die Stimme zu und erblickte einen Mann, der unter einem Sitz stand und mit einer kahlen Lichtung sprach. »Die Versammlung wird zur Ordnung gerufen«, sagte er gerade streng. »Die Versammlung wird zur Ordnung gerufen.«

Ich wollte die Versammlung zwar nicht unterbrechen; aber in Wirklichkeit fand gar keine Versammlung statt. Also betrat ich die Lichtung und ging auf den Mann zu, in der Hoffnung, daß er mir einen Rat geben könnte, wie ich am besten wieder von hier wegkäme. Plötzlich blieb ich so abrupt stehen, daß ich beinahe vornüber aufs Gesicht gestürzt wäre; denn es handelte sich um keinen gewöhnlichen Mann. Er stand nicht etwa unter dem Sitz, wie ich zuerst geglaubt hatte; vielmehr bestand sein ganzer oberer Teil aus einem Sitz: Er hatte einen Sitz anstelle eines Kopfs. Ich versuchte, mich zu entfernen.

Doch da hatte er mich schon erblickt. »Ich habe alle zur Ordnung gerufen«, fauchte er, wobei eine seiner Kopfstangen das Gesagte durch entsprechendes Geschepper unterstrich.

»Äh, tut mir leid«, sagte ich und nahm hastig auf einem Baumstumpf Platz. »Wer bist du?«

»Ich bin der Vorsitzende! Wer denn sonst?« erwiderte er gereizt. »Jetzt, wo du da bist, kann die Versammlung beginnen.«

»Ich suche doch nur einen Ausweg«, warf ich ein.

»Der Ausgang ist dort hinten«, erwiderte er und zeigte darauf. »Die Versammlung ist beendet.«

Ich erhob mich und setzte mich in die gezeigte Richtung in

Bewegung, mehr als begierig, endlich von hier weg zu kommen. »Danke.«

»Warte!« rief der Vorsitzende mir nach. »Hast du schon die Stumpfgebühr bezahlt?«

Ich blieb stehen; denn ich wußte nicht, was geschehen würde, wenn ich weiterging. »Die was?«

»Du hast auf einem Stumpf gesessen. Damit wird eine Stumpfgebühr fällig.«

Mir war nicht nach Streit zumute. Was würde ein Stumpf wohl verlangen? Bestimmt nichts Menschliches. Ich kramte in meinen Taschen und entdeckte einen Zweig, den ich wohl abgerissen haben mußte, als ich achtlos durchs Gestrüpp gebrochen war. Ich holte den Zweig hervor und ließ ihn auf den Baumstumpf zu rollen. »Da ist sie«, sagte ich. Dann mache ich kehrt und rannte von der Lichtung, ohne daß der Vorsitzende noch einmal versuchte, mich daran zu hindern.

Doch noch hatte ich den Wald nicht hinter mich gebracht. Beinahe wäre ich über einen weiteren Sitz gestolpert. Aber es war kein gewöhnlicher Sitz; denn er bestand ausschließlich aus Menschenarmen. »Du mußt mit dem Vorsitzenden verwandt sein«, meinte ich und versuchte, vorsichtig am Stuhl vorbeizukommen.

»Natürlich bin ich das«, erwiderte er. »Ich will an der Versammlung teilnehmen.«

Mir kam der Gedanke, daß es reichlich merkwürdig war, einen solchen Stuhl sprechen zu hören. Andererseits hatte der Vorsitzende ja auch gesprochen; also mußte es wohl etwas ganz Normales sein. »Der Versammlungsort befindet sich auf der Lichtung hinter mir«, erklärte ich.

»Danke.« Der Armstuhl bewegte die Finger an seinen nach unten deutenden Armen und spazierte darauf zur Lichtung. Doch plötzlich hielt er inne. »Versuchst du, von hier fortzukommen?« erkundigte er sich.

»Ja«, antwortete ich. »Woher weißt du das?«

»Ohne beleidigend werden zu wollen, möchte ich doch darauf hinweisen, daß du ein sehr seltsames Wesen bist. Deshalb hab' ich sofort gewußt, daß du nicht hierher gehörst. Aber da du so höflich warst, mir weiterzuhelfen, will ich es ebenfalls tun. – Du mußt eine Armweste tragen, wenn du hier rauswillst.«

»Eine Armweste?« fragte ich verständnislos.

»Ja. Es ist schwierig, dieses Gebiet zu verlassen, wenn man nicht mit genügend Armen ausgerüstet ist. Du hast nur zwei. Aber hinter dir hängt zufällig eine solche Weste. Zieh sie einfach an, dann müßte alles in Ordnung gehen.«

Ich blickte mich um und wäre vor Schreck fast aus den Schuhen gesprungen: Da hing tatsächlich eine Masse von Armen, die mich beinahe berührten.

Dann aber wurde mir klar, daß dies keine normale Situation war. Also nahm ich all meinen Mut zusammen und packte die Masse. Die Arme waren miteinander verbunden und bildeten eine grobe Weste. Die warf ich mir über die Schultern. Sie war zwar schwer, aber nicht unbequem.

»Danke schön«, sagte ich zu dem Armstuhl.

Dann schlug ich die Richtung ein, von der ich hoffte, daß sie mich ins Freie führen würde. Doch kurz darauf stürmten Gestrüpp und Laubwerk so dicht auf mich ein, daß jedes Weiterkommen unmöglich wurde. Da aber reagierte meine Armweste. Die Arme zappelten und griffen um sich, packten Zweige, Äste, Disteln, Dornen und Stacheln ebenso wie nicht identifizierbare Hindernisse, um sie für mich aus dem Weg zu schieben, zu biegen, zu drehen, zu stemmen und zu reißen. Ich schritt vorwärts, immer geradewegs in die Bresche hinein. Bald hatte ich das normalerweise undurchdringliche Dickicht hinter mir gelassen.

»Danke, Armweste«, sagte ich erleichtert und blickte an mir herab. Doch meine Weste hatte sich inzwischen verwandelt und bestand nur noch aus miteinander verflochtenen Stöcken und Zweigen.

Nach kurzer Verwirrung wurde mir klar, was geschehen war: Die Weste hatte ihre eigenartige Magie eingebüßt. Das wiederum mußte bedeuten, daß ich das Gebiet des Wahnsinns hinter mir gelassen hatte. Die Armweste hatte ihr Leben dafür gegeben, mich ins Freie zu bringen.

Ich streifte sie ab, wobei ich sorgfältig darauf achtete, nichts zu beschädigen. »Ich werde für dich das gleiche tun, was du für mich getan hast«, erklärte ich. »Ich werde dich in deine heimische Umgebung zurückbringen.« Dann schleuderte ich sie in Richtung zurück, aus der ich gekommen war.

Ich sah, wie die Weste zu Boden fiel. Doch schon während der Landung veränderte sie sich in eine Masse aus menschlichen Beinen. Sie war zu einer Beinweste geworden. Vielleicht hatte der Wind innerhalb des Wahnsinns ja gedreht und eine andere Spielart der Magie herbeigeweht. Eins der Beine trat, wie es schien, in wogenförmigen Bewegungen aus; dann rannte die Weste auch schon ins Dickicht davon.

Ich hatte es also geschafft, dem Gebiet des Wahnsinns zu entkommen. Doch es gab keinen Zweifel daran, daß ich großes Glück gehabt hatte. Ich war zu klug, als daß ich noch einmal in das Gebiet vorgedrungen wäre. Das nächste Mal würden die verrückten Dinge möglicherweise nicht mehr so freundlich mit mir umspringen.

Ich konnte Desiree also nicht erreichen. Das bekümmerte mich zwar sehr; andererseits machte ich mir über meine Niederlage nichts vor. Schweren Herzens begab ich mich auf den Nachhauseweg.

Und so blieb ganze Weile alles beim alten. Ich fand mich damit ab, für den Rest meines Lebens zum Junggesellendasein verurteilt zu sein. Bis meine Schwester den Guten Magier Humfrey aufsuchte, sich im nachhinein verheiratete und mit einer Familie versah. In ihren Dreißigern war sie ziemlich betulich geworden. Nun aber war sie beschäftigt und glücklich. »He, ich habe eine tolle Idee!« teilte sie mir eines Tages mit.« Warum suchst du nicht auch den Guten Magier auf und fragst ihn, wie du Desiree Dryade finden kannst?«

»Der knüpft einem dafür doch glatt einen vollen Jahresdienst ab«, wandte ich ein. »Und es ist schrecklich umständlich, ihn auch nur aufzusuchen. Außerdem sind seine Antworten immer so rätselhaft und verschlüsselt, daß man sich hinterher meistens wünscht, man hätte sich die Mühe gespart.«

»Aber er hat immer recht«, konterte sie.

Das stimmte. Also suchte ich Humfrey auf. Es war wirklich äußerst umständlich, an ihn heranzukommen, und zu allem Überfluß gab er mir nicht einmal eine Antwort. Er forderte mich lediglich auf, nach Hause zurückzukehren und auf meine Queste zu warten, die ich anstelle meines Jahresdienstes absolvieren sollte.

»Welche Queste?« fragte ich.

»Es geht um eine Überraschung«, erwiderte er. Ansonsten rückte er mit keinem weiteren Wort heraus. »Also warte ich nun hier, mürrisch und unzufrieden, auf die große Überraschung. Ihr wißt auch nicht, um was es sich dabei handeln könnte, oder?«

6

Wahnsinn

»Überraschung!« rief Überraschung, als sie plötzlich von dem Gespräch Notiz nahm.

»Das scheint tatsächlich die Antwort zu sein«, meinte Gary. »Der Gute Magier hat dir aufgetragen, auf deine Queste zu warten. Du hast geglaubt, er meine damit irgend etwas, das als Überraschung daherkäme. Statt dessen handelt es sich aber um dieses Kind, das nur den Namen Überraschung trägt und sich bei uns befindet. Ich soll sie unterrichten, während ich mich auf meiner eigenen Queste befinde. Komm doch einfach mit, dann wollen wir versuchen, das Rätsel des Guten Magiers zu lösen.«

Hiatus schüttelte verwundert den Kopf. »Ein Kind! Das ist wirklich eine Überraschung. Aber du hast recht – das *muß* es sein.«

»Und höchstwahrscheinlich wird Desiree auch wissen, wo man den Philter finden kann«, ergänzte Iris. »Also werden wir dir dabei helfen, sie zu finden. Dann kann *sie* uns dabei helfen, den Philter zu suchen. In der Zwischenzeit werden wir Überraschung die Selbstbeherrschung beibringen, damit sie lernt, was sie im Leben braucht.«

»Warum kann das Kind denn nicht zu Hause erzogen werden?« wollte Hiatus wissen.

»Weil ich außer Rand und Band bin«, erklärte Überraschung fröhlich. »Deshalb darf ich auf ein Teuer.«

»Ein Abenteuer, ja«, bestätigte Iris vorsichtig. »Und jetzt sollten wir uns lieber auf den Weg machen, bevor sich ein gewisses Etwas noch zu langweilen beginnt.«

»Langeweile!« rief Überraschung, und schon erschienen auf dem Boden lauter lange Wellen.

»Ganz genau«, bekräftigte Gary. Sie mußten dafür sorgen, daß die Dinge interessant blieben, sonst würde das Kind die Sache noch selbst in die Hand nehmen.«

Hiatus, der zuerst noch gestaunt hatte, begann langsam zu begreifen, um was es ging. Aber das mußte Stückwerk bleiben; denn in allerjüngster Zeit hatte Überraschung nichts anderes getan, als irgendwelche Gegenstände herbeizuzaubern. »Ja, gehen wir.«

»Ich dachte, ihr würdet eine Zeitlang bei mir zu Besuch bleiben«, protestierte Millie.

»Würden wir ja gern«, erwiderte Iris. »Aber das ist einfach zu U N S I C H E R.«

»Uhennessihzehhaheer!« rief Überraschung und schielte. Plötzlich erschien eine Schriftrolle mit der Aufschrift »UHENNESSIHZEHHAHEER«.

Millie schürzte die Lippen, als ihr klar wurde, zu welchen Peinlichkeiten die Anwesenheit des Kindes möglicherweise führen könnte. »Na ja, wenn ihr unbedingt gehen müßt ...«

»Müssen wir«, bestätigte Hiatus. »Unbedingt.«

So verließen sie hastig das Schloß. Ihre Gruppe war inzwischen auf vier Mitglieder angewachsen, und ihr Abenteuer duldete keinen Aufschub mehr.

»Natürlich käme es mir nicht im entferntesten in den Sinn, mich zu beklagen«, bemerkte Iris, als sie sich auf ihren Reittieren fortbewegten, »aber ich kann beim besten Willen nicht behaupten, daß es mir besonders viel Vergnügen bereitet, auf einem Zombie-Chameleoparden zu reiten. Manche Kreuzungen sind doch um einiges merkwürdiger als andere.«

»Kreuzung!« rief Überraschung. Plötzlich hatte sie sich in ein Menschenkind verwandelt, doch der Fischschwanz erschwerte ihr das Reiten beträchtlich. Also verwandelte sie sich in ein Harpyienküken, doch die Vogelbeine waren auch keine merkliche Verbesserung. Daher wechselte sie in die Gestalt eines umgedrehten Naga-Kindes, mit dem Kopf einer Schlange und den Beinen eines Menschen. Offensichtlich bestand ihr derzeitiges Talent aus der Fähigkeit, jede menschliche Mischform anzunehmen, ob existent oder nur eingebildet.

»Ich glaube, deine gewohnte Gestalt dürfte mit Abstand die bequemste sein, mein Liebes«, warf Iris in sanftem Tonfall ein.

Das Kind nahm wieder seine normale Gestalt an.

Gary war zwar derselben Meinung wie Iris, was die Merkwürdigkeit ihrer Reittiere betraf, mochte dies aber nicht gleich zum Problem erheben. Schließlich hatte der Zombiemeister es ja gut gemeint, als er ihnen Transportmöglichkeiten zum Gebiet des Wahnsinns zur Verfügung gestellt hatte, um ihnen den anstrengenden Fußmarsch zu ersparen.

»Warum auch nicht?« fragte Hiatus von seinem Zombie-Einhorn aus. »Sie haben gute Manieren, und man erreicht mit ihnen, was man will.«

»Aber sie sind ein bißchen klebrig. Am Sitz meines Rocks pappt schon Schleim. Ich wünschte, wir könnten sie ein bißchen austrocknen.«

»Austrocknen!« rief Überraschung auf ihrem Zombie-Werkatzenreittier und stellte die Augen auf Schielen. Plötzlich trocknete das Wesen aus. Da es leider zum größten Teil aus zähem Schleim bestand, verwandelte es sich nun in ein straubtrockenes Knochengerippe und war als Reittier nunmehr ungeeignet.

»Nicht doch, Liebes!« sagte Iris hastig. Gary war höchst beeindruckt vom Ausmaß ihrer Selbstbeherrschung. Iris hatte nicht den Wunsch gehabt, sich um das Kind zu kümmern, bewältigte ihre Aufgabe aber ganz hervorragend, wenn man bedachte, welch gewaltige Herausforderung es bedeutete. Gary hatte anfangs nichts mit Iris zu tun haben wollen, begriff aber langsam, daß sie außerordentlich wertvolle Dienste leistete. »Es ist nicht nett, die Zombies auszutrocknen. Das mögen die nicht. Du solltest lieber bei mir mitreiten.« Sie hob das kleine Mädchen auf den Chameleoparden.

»Aber ich habe doch gesehen, wie dieses Kind Gegenstände herbeizauberte«, warf Hiatus ein. »Da kann sie unmöglich auch noch andere Magie bewirken!«

»Äh, vielleicht sollte man es lieber nicht erwähnen ...«, begann Gary.

»Andere Magie!« rief Überraschung. Sie verwandelte sich in einen mädchengroßen Teddybären.

»Aber das ist doch Prinz Dolphs Talent der Selbstverwandlung«, wandte Hiatus ein. »Das kann sie doch unmöglich beherrschen!«

»Vielleicht solltest du dich lieber zurückverwandeln, Liebes«, sagte Iris sanft. »Du möchtest doch nicht etwa in dieser Gestalt bleiben, oder?« Und das Mädchen verwandelte sich tatsächlich zurück.

»Sie kann ganz überraschende Dinge tun«, erklärte Gary leise. »Wir versuchen allerdings, sie nicht dazu zu ermuntern, weil ...«

»Etwas anderes verwandeln?« fragte Überraschung. Sie schaute zu einem Kissenstrauch in der Nähe, worauf die Kissen zu Steinen wurden und prompt im Boden versanken.

»Aber das kann doch nicht sein!« wandte Hiatus vergeblich ein. »Niemand besitzt mehrere Talente auf einmal!«

»Niemand besitzt mehrere *kontrollierte* Talente auf einmal«, berichtigte Iris ihn. »Überraschung dagegen verfügt über viele unkontrollierte Talente. Wir müssen ihr beibringen, wie sie diese Talente beherrschen kann.«

Inzwischen musterte Überraschung mit schielenden Augen die Kissensteine, die daraufhin unsichtbar wurden.

Nun sah auch Hiatus ein, daß es stimmte: Überraschung besaß tatsächlich gleich mehrere Talente auf einmal.

»So etwas habe ich noch nie gesehen«, bemerkte er. »Eine solche Vielfalt! Sie ist ja eine richtige kleine Zauberin.«

»Zauberin!« wiederholte das Mädchen. Ihr Haar wechselte Farbe und Beschaffenheit, bis es Iris' Haar glich.

Nach einer Weile hatte Hiatus sich so weit gefangen, daß er der Angelegenheit weiter nachgehen konnte. »Über eine gewisse Beherrschung scheint sie aber doch zu verfügen«, meinte er. »Überraschung, kannst du ein bißchen von dem Getreide dort mähen?« Sie kamen gerade an einem Feld vorbei, auf dem Weizen, Hafer und Roggen wuchsen.

»Ich würde lieber nicht ...«, begann Iris.

»Na klar!« rief Überraschung und kreuzte die Augen. Plötzlich kippte das gesamte Ährenfeld um – alle Stengel waren von unsichtbarer Hand niedergemäht worden.

»Du bist ja eine richtige Kornvernichterin«, meinte Hiatus, aufs neue erstaunt. »Kannst du sogar eine Verwandlung ...«

»Das genügt!« rief Iris, die (aus wahrhaft berechtigtem!) Grund nun immer unruhiger wurde.

»Klar«, wiederholte Überraschung. Eine Hase, der sie bei ihrem Tun beobachtet hatte, verwandelte sich auf der Stelle in einen Stein.

Hiatus, der nicht besonders helle war, sperrte soeben den Mund auf, um noch etwas zu sagen, doch Gary kam ihm zuvor. »Kannst du ihn auch dämpfen?« fragte er Überraschung.

»Klar.« Wieder begann sie zu schielen, und schon erschien ein Dämpfer auf Hiatus' Kopf, der ihn wirkungsvoll zum Verstummen brachte. Dann schlief das Kind plötzlich gelangweilt ein, wie es nur die ganz Jungen zu tun vermochten.

Endlich konnten Gary und Iris sich ein bißchen ausruhen.

»Weißt du, ich habe mich immer nach Jugendlichkeit, Abenteuer und Romantik gesehnt«, bemerkte Iris. »Die Jugendlichkeit habe ich bekommen, und das Abenteuer bekomme ich auch gerade geliefert, aber nicht ganz von jener Art, wie ich sie mir vorgestellt habe.«

»Romantik?« fragte Gary. »Was ist das denn?«

»Das ist, wenn ein Junge und ein Mädchen zusammenkommen und einander faszinierend finden«, erwiderte sie und warf ihm einen faszinierenden Blick zu.

Doch Gary, der von derlei Dingen nichts verstand, ließ ihren Blick einfach wirkungsvoll von sich abgleiten. »Ich dachte immer, alte, verheiratete Menschen würden so was nicht mehr tun.«

»Das stimmt«, bestätigte sie. Aber meine Ehe mit Trent war mehr von Politik als von Romantik bestimmt. Er hat mich nie geliebt. Er wollte mich immer unter Kontrolle haben. Nur deshalb hat er mich geheiratet.« Sie furchte die Stirn. »Das war auch eine wirkungsvolle Taktik. Wir haben es nur mit Mühe geschafft, den Storch herbeizurufen, der uns Irene brachte, unsere Tochter. Ich wußte ja schon immer, daß ich etwas sehr Wichtiges im Leben verpaßt hatte.«

»Ich weiß genau, wie das ist«, meldete Hiatus sich zu Wort.

»Und nun, da ich wieder jung bin und ein Abenteuer erlebe, habe ich auch vor, alles nachzuholen, was mir entgangen ist. Das hier ist für mich die beste Gelegenheit.«

»Aber bist du denn nicht immer noch mit dem Magier Trent verheiratet?« erkundigte sich Gary. »Ich meine, selbst wenn es nichts Romantisches ist – hat deine Art nicht Vorbehalte gegen die Verbindung mit anderen?«

»Ich habe Trent geheiratet, als ich einundvierzig Jahre alt war«, erklärte sie grimmig. »Natürlich habe ich damals dafür gesorgt, daß ich *so* aussehe.« Plötzlich war sie von Illusion umhüllt und besaß das Äußere einer wunderbar kurvigen Menschenfrau von etwa dreißig Jahren, die eine goldene Krone und ein mit Edelsteinen besetztes Kleid trug, das vorn etwas offen stand, so daß die oberen Hälften zweier äußerst üppiger Brüste zu sehen waren.

Gary fand diese Aufmachung ziemlich interessant. Er konnte die Edelsteine einen nach dem anderen identifizieren: gestreifte Brillanten, grüne Rubine, blaue Smaragde, Feuerwasseropale und andere, noch exotischere Exemplare. »Fazinierend«, bemerkte er, ohne den Blick davon zu nehmen.

»Danke«, erwiderte Iris und atmete tief ein. Das Kleid öffnete sich noch ein Stück. Leider versperrte das langweilige Fleisch nun den Blick auf einen Teil der wirklich faszinierenden Edelsteine. »Aber jetzt bin ich dreiundzwanzig, und in diesem Sinne bleibe ich ja noch achtzehn Jahre lang unverheiratet. Daher betrachte ich mich selbst als frei und romantikfähig.« Sie warf Gary einen weiteren Blick zu, der allerdings ebenfalls sein Ziel verfehlte.

Da erschien plötzlich vor ihnen ein Rauchstrudel. »Ist hier irgendwas Interessantes los?« fragte der Strudel.

»Überhaupt nichts, Mentia«, erwiderte Gary sofort.

»Ich merke immer ganz genau, wenn du flunkerst, Wasserspeier«, versetzte D. Mentia und nahm ihre übliche Gestalt an.

Überraschung erwachte. »Dämonin!« rief sie und verwandelte sich selbst in strudelnden Rauch.

»Hör auf damit!« rief Iris irritiert.

Selbst Mentia hielt einen Augenblick inne, und ihre Gestalt verzerrte sich, als sie vergaß, sich darauf zu konzentrieren. »Du hast ein Dämonenkind?«

Überraschungs Rauch verwandelte sich in eine kleinere Ausgabe von Mentia. »Hihi!« lachte sie.

»Das sind bloß wilde Talente«, erklärte Iris. »Das interessiert dich bestimmt gar nicht.«

Mentia nahm wieder ordentliche Gestalt an. »Kannst du das hier auch?« fragte sie das Kind und ließ ein Auge klein, das andere dagegen riesig werden.

Nachdem Überraschung die Augen gekreuzt hatte, machte sie es Mentia nach.

»Und wie ist es hiermit?« Die Dämonin nahm die doppelte Körpergröße an, behielt aber die ursprünglichen Größenverhältnisse bei.

Überraschung wurde viermal so groß wie üblich, bis sie

ganz genau zur Dämonin paßte. Nun schwebten gleich zwei üppige Menschenfrauengestalten dicht über dem Weg.

»Äh ...«, begann Iris.

»Ach, komm schon. Ich tu' ihr doch nicht weh«, versetzte Mentia stirnrunzelnd, und die Gestalt neben ihr legte auf ganz ähnliche Weise die Stirn in Falten. »Wir gönnen uns nur ein bißchen Spaß. Wir kommen bald zurück.«

»Vielleicht ist es ja ganz in Ordnung«, murmelte Gary. »Vor allem, da wir sie sowieso nicht daran hindern können.«

Iris besaß eine rasche Auffassungsgabe. »Also schön. Dann seid in einer Stunde wieder da.« Damit hatte sie die Kontrolle über die Situation zurückerlangt: Schließlich hatte sie ihre Erlaubnis dazu gegeben.

»Dann komm, Überraschung«, sagte Mentia. »Segeln wir doch mal über den Berggipfel.« Sie sauste davon, und ihr Abbild folgte kichernd.

Iris wandte sich den anderen zu. »Das ist ja noch viel riskanter, als ich dachte. Wenn das Kind verschollen geht oder zu Schaden kommt, sind wir dafür verantwortlich.«

»Ich weiß«, erwiderte Gary. »Aber solange wir noch keine Möglichkeit gefunden haben, sie an die Leine zu nehmen, bleibt uns nichts anderes übrig, als das Spiel mitzumachen. Auf diese Weise wird das Kind sich mindestens eine Stunde unterhalten. Vielleicht ist sie danach müde genug, um zu schlafen.«

»Ich begreife euer Problem«, meinte Hiatus. »Dieses Kind ist wirklich ein ganz schöner Brocken.«

»Genau wie du und deine Schwester, als ihr noch jung wart«, warf Iris grimmig ein.

»Ich weiß. Im nachhinein bedaure ich das auch aufrichtig. Andererseits haben wir es ja dadurch wiedergutgemacht, indem wir zu ziemlich nichtssagenden, langweiligen Erwachsenen geworden sind.«

Gary hatte sich inzwischen umgeblickt. »Ich glaube, wir stehen vor einem kleinen Problem«, warf er ein. »Haben wir uns verirrt?«

Iris machte sich ein Bild von der Gegend. »Nein, wir reiten

lediglich durch ein hohes Getreidefeld. Wir werden es gleich hinter uns haben.«

»Aber mir kommt es wie ein Puzzle vor«, widersprach Gary.

»Das ist auch kein normales Getreide – es ist Labyrinthweizen«, meinte Hiatus. »Wir wären ihm besser aus dem Weg gegangen.«

»Labyrinthweizen!« rief Iris. »Du hast recht. Jetzt haben wir uns doch noch in diesem Puzzle verlaufen!«

Tatsächlich schienen sie nun in einem furchtbaren Durcheinander von Pfaden festzustecken, die sich zwischen den Getreidereihen dahinschlängelten und ins Nichts führten.

»Ich kann aber einen Ausweg suchen«, sagte Hiatus. »Ich lasse auf allen Ähren Augen wachsen, die ihn dann für mich ausspionieren.« Er ritt im Kreis umher, und wo immer er vorbeikam, bildeten sich Augen aus. »Und auch Nasen, die den Weg ins Freie erschnüffeln können«, fügte er hinzu, und schon sprossen auch diese. »Und Münder, die uns Mitteilung darüber machen, wie wir ins Freie kommen.«

Schon bald trug seine Kriegslist Früchte. »Raus, raus«, sagte ein Mund, und sie hielten auf ihn zu, steuerten von dort den nächsten an, ignorierten jene, die immer nur: »Geht nicht, geht nicht!« von sich gaben. Es hatte den Anschein, als könnten die Organe, die Hiatus entstehen ließ, sich verständigen, vielleicht auf irgendeine Art schüffelnder oder zwinkernder Geheimsprache, weshalb die Münder davon erfuhren.

So dauerte es nicht allzu lange, bis sie schließlich aus dem Labyrinth herausgefunden hatten. »Ich muß zugeben, Hiatus, daß dein Talent auch seinen Nutzen hat«, bemerkte Iris.

»Ich hoffe, daß ich noch genügend nützliche Dinge tun kann, um all die Streiche wiedergutzumachen, mit denen ich als Kind anderen geschadet habe«, versetzte Hiatus.

»Das ist wahrscheinlich nicht möglich«, meinte sie. »Aber immerhin ein löbliches Lebensziel.«

Sie ritten weiter und kamen ein gutes Stück schneller voran, da sie nicht auch noch auf Überraschung aufpassen mußten. So erreichten sie schon bald das Gebiet des Wahnsinns. Gary erkannte es daran, daß das Gelände vor ihnen immer seltsamer wurde: Die Bäume wiesen grüne Stämme und braunes Laub auf, während die Waldtiere im Boden verwurzelt zu sein schienen.

Hiatus bemerkte es und schluckte schwer. »Ja, das ist das Gebiet des Wahnsinns. Es sieht anders aus als beim letzten Mal, aber ich vermute, es verändert sich wohl ständig. Ich ... ich habe eigentlich keine allzu große Lust, wieder dort einzudringen.«

»Auch ich sehe der Sache alles andere als gelassen entgegen«, bemerkte Iris. »Vor allem in Anbetracht einer wilden, unbeherrschten Begleiterin wie Überraschung.«

»Langsam kapier' ich«, sagte Hiatus. »Nicht ihre Talente sind unkontrolliert – *sie selbst* ist unbeherrscht.«

»Ganz genau. Sie scheint durchaus in der Lage zu sein, zu erreichen, was sie will, aber sie ist eben nur ein Kind. Sie sieht keinen Sinn darin, sich anständig aufzuführen. Wir müssen sie davon überzeugen, daß es durchaus einen Sinn hat. Deshalb wurde Gary ja zu ihrem Lehrer bestimmt.«

»Und ich habe immer noch keine Ahnung, wie ich sie dazu bringen soll«, erklärte Gary. »Es ist schon schlimm genug, Menschengestalt tragen zu müssen. Aber dieses Durcheinander macht alles noch schlimmer.«

»Menschengestalt?« wiederholte Hiatus.

»Ja. Denk daran, ich bin eigentlich ein steinerner Wasserspeier. Der Magier Trent hat mich für diese Queste verwandelt, und ich glaube, er wird mich erst wieder zurückverwandeln, nachdem ich sie erfolgreich hinter mich gebracht habe. Deshalb bin ich regelrecht dazu *gezwungen,* Erfolg zu haben.«

»Ein Wasserspeier«, wiederholte Hiatus. »Iris hat mir zwar davon erzählt, aber ich hatte es schon wieder vergessen. Wir sind ja wirklich ein bunter Haufen!«

»Ja, und in einem unmöglichen Auftrag unterwegs«, ergänzte Iris. »Ich glaube, diesmal hat Humfrey sich übernommen.«

Da erschienen zwei Rauchwolken vor ihnen. »Wir sind zurühück!« sagte die größere der beiden.

»Es hat Spahaß gemacht«, fügte die kleinere hinzu.
»Gut, daß ihr zurückgekommen seid, bevor wir ins Gebiet des Wahnsinns eingedrungen sind«, meinte Iris.
»Ach, müßt ihr etwa dort hinein?« fragte die größere Zauberwolke und bildete sich zu Mentia aus.
»Das ist ein fieser Ort«, bemerkte die kleinere Zauberwolke. Dann kreuzten sich zwei augenähnliche Strudel, bevor sie Überraschungs Gestalt annahmen. »Wir haben uns nicht hineingetraut.«
Es gab also tatsächlich ein Gebiet, das von Dämonen gemieden wurde. Gary merkte es sich; vielleicht war diese Information ihm eines Tages ja von Nutzen.
»Das ist nun mal die Gegend, in der die Dryade wohnt«, erklärte Iris. »Und die müssen wir aufspüren.«
»Ihr werdet euch verirren«, bemerkte die Dämonin. »Da drin ist alles durcheinander.«
»Das weiß ich nur zu gut«, bestätigte Hiatus. »Aber wie sollen wir sie finden, wenn wir uns nicht hineinbegeben?«
Mentia überlegte. »Ihr könntet ja die Randbewohner fragen.«
»Wen?« wollte Gary wissen.
»Richard und Janet«, erklärte Überraschung. »Wir haben sie kennengelernt. Die sind nett.«
»Sind das Menschen?« fragte Iris verunsichert.
»Klar«, antwortete das Kind. »Sie wohnen direkt am Rand des Wahnsinns, und weil der Wind manchmal dreht und ihn über die beiden hinwegweht, wissen sie auch, wie das ist.«
Gary wechselte zwei Blicke mit Iris und Hiatus. »Vielleicht wissen sie ja irgend etwas Nützliches«, meinte er.
Iris und Hiatus wirkten sehr erleichtert. »Ja, wir wollen uns erst mit ihnen beraten«, entschied Iris.
Sie wendeten die Zombietiere und ritten am Rand des Wahnsinns weiter, statt in das Gebiet selbst einzudringen. Allerdings verlief die Grenze nicht ganz scharf und glatt; immer wieder ragten Fäden des Wahnsinns hervor, und es gab Risse im Boden, die ins gefährliche Gebiet hineinführten. Die Reisenden hielten gebührenden Abstand, weil jede verirrte Brise sie mit Wahnsinn hätte zudecken können. Sie

konnten beobachten, wie die Pflanzen ganz seltsam wurden, sobald sie von den Fäden des Wahnsinns berührt worden waren.

Dann erreichen sie einen Riesenkürbis mit fauligen Rändern. »Das ist ein Hypnokürbis!« rief Hiatus und machte vor dem riesigen Guckloch Halt, wobei er die Augen mit den Händen bedeckte. »Ein Zombiekürbis. Ich wußte gar nicht, daß es auch hier einen davon gibt.«

»Warum nicht?« sagte Iris und bedeckte dabei selbst die Augen, um nicht von dem Zauber gebannt zu werden. »Wenn Magie durchdreht, kann alles passieren.«

»Das stimmt. Er muß im Gebiet des Wahnsinns aufgewachsen sein. Dann ist der Wahnsinn ein Stückchen gewichen und hat den Kürbis hier draußen zurückgelassen. Ich muß meinem Vater davon erzählen, wenn ich wieder zu Hause bin. Denn der kann ihn benutzen, um damit zu reisen.«

»Zu reisen?« wiederholte Gary. Als steinerner Wasserspeier hatte er sich noch nie Gedanken über Kürbisse gemacht; nun aber beherzigte er die Hinweise, die ihm die anderen durch ihr Verhalten gaben, und blickte auch nicht direkt in das Guckloch hinein.

»Wenn man den Weg kennt, kann man den einen Kürbis betreten, um aus dem anderen am gegenüberliegenden Ende Xanths wieder hervorzukommen«, erklärte Hiatus. »Mein Vater markiert die Strecken, damit er sie ungehindert bereisen kann.«

»Aber ich dachte immer, im Innern des Kürbisses sei das Traumreich«, wandte Gary ein. »Daß man es gar nicht körperlich betreten kann.«

»Wenn die Kürbisse groß genug sind, kann man das sehr wohl«, versicherte Hiatus ihm. »Es ist nur nicht angeraten, wenn man keine markierten Wege verwenden kann, weil das Traumreich ... na ja, es hat eine große Ähnlichkeit mit dem Wahnsinn. Dort kann einfach alles passieren.«

Sie vernahmen ein Rasseln zu ihren Füßen. Da erschien eine Schlange und biß den Chameleoparden ins Bein. Das

Wesen machte einen Satz, um die Schlange abzuschütteln, die daraufhin hastig im Innern des Kürbisses verschwand.

»Oh! Jetzt habe ich auch noch mein Reittier verloren«, bemerkte Iris gereizt.

Doch der Chameleopard brach nicht zusammen. Ja, er wirkte sogar ein bißchen gesünder als vorher. »Ach, so eine Schlange ist das«, meinte Hiatus. »Ihr Biß kuriert die Zombies. Das verabscheuen die.«

»Anstatt die Zombies umzubringen, macht der Biß sie lebendig?« fragte Gary erstaunt.

»Oh, ich kenne jemanden, der würde sich nur zu gern beißen lassen«, bemerkte Iris. »Zora Zombie. Die ist fast so lebendig wie ich. Ich muß ihr unbedingt davon erzählen, bevor ich wieder in den Höhlen verschwinde. Ihr Mann Xavier wird auch sehr froh darüber sein.«

»Eine Zombie hat einen lebenden Menschen geheiratet?« wollte Gary wissen.

»Na ja, Zora war noch nicht allzu lange hinüber«, erklärte Iris. »Und für ein Wesen in ihrem Zustand ist sie bemerkenswert gut erhalten.«

Sie setzten sich wieder in Marsch und ließen den Riesenkürbis zurück. Iris' Chameleopard schritt mit erneuerter Lebenskraft voran und war inzwischen schon fast völlig lebendig geworden. Gary war sicher, daß Iris sich wahrscheinlich insgeheim darüber freute, daß ihr Reittier nicht mehr so schleimig-klebrig war.

Als der Tag sich seinem Ende näherte, erreichten sie das Haus von Richard und Janet. Es war eine schmucke Hütte, umgeben von Krötenschemelgruppen und Blumen. »Ach, das sind ja Iris!« rief Iris entzückt. »Und noch richtig schöne!«

Sie saßen ab und gingen auf die Hütte zu. »He, Leute, kommt raus!« rief Mentia, die plötzlich wieder sichtbar geworden war.

Ein Mann erschien in der Tür. »Oh. Da ist ja wieder die Dämonin«, sagte er. »Und das Dämonenkind.«

»Und noch ein paar richtige, lebendige Leute«, ergänzte

Überraschung, wurde rauchig und schwebte in die Höhe, um sich zu Mentia zu gesellen.

Nun trat eine Frau neben den Mann in der Tür, und gemeinsam kamen sie heraus. »Hallo«, sagte der Mann. »Ich bin Richard, und das hier ist meine Frau Janet. Wir stammen ursprünglich aus Mundania, aber hier gefällt es uns besser. Seid ihr Einheimische?«

»Ja«, erwiderte Iris und trat vor. »Ich bin die Zauberin Iris, und das hier sind Gary und Hiatus. Wir möchten euch nicht belästigen, aber wir dachten, ihr könntet uns vielleicht helfen, etwas Bestimmtes zu finden. Wie uns mitgeteilt wurde, wißt ihr einiges darüber, was hinter dem Schleier des Wahnsinns los ist.«

»Wir sind noch nicht so lange in Xanth«, widersprach Janet. »Höchstens ein Jahr ... Es fällt uns schwer, uns genauer zu erinnern. Am Anfang konnte ich nicht allzu gut sehen; deshalb bin ich nicht viel gereist. Ich fürchte, ich werde euch keine große Hilfe sein.«

»Gereist bin ich auch nicht«, erklärte Richard. »Nur weit genug, um die unmittelbare Umgebung zu erkunden und um Janet zu begegnen. Aber ich habe mich mit Leuten unterhalten, die auf der Durchreise vorbeigekommen sind, und wir haben Erzählungen ausgetauscht. Vielleicht habe ich ja irgendwas gehört, das euch nützlich sein könnte.«

»Wir suchen Desiree Dryade«, erklärte Gary. »Das ist eine Baumnymphe. Wir hoffen natürlich, daß sie weiß, wo wir einen Philter finden können.«

Janets Miene hellte sich auf. »Ach ja! Der sind wir vor gar nicht allzu langer Zeit begegnet, als der Wahnsinn sich von ihrem Baum zurückgezogen hat.«

»Wir versuchen nämlich, den Wahnsinn zu meiden«, erläuterte Richard. »Da drinnen ist alles wahnsinnig komisch.«

»Komisch!« rief eine Stimme, als plötzlich zwei Rauchwolken erschienen, eine kleiner als die andere.

»Oh, der Wahnsinn kehrt zurück!« sagte Janet beunruhigt.

»Nein, das sind nur die beiden anderen Mitglieder unserer Gruppe«, widersprach Iris und schnitt dabei eine Grimasse. »Die sind schon komisch genug.« Sie wandte sich den Wolken zu. »Mentia! Überraschung! Nun macht euch mal ordentlich zurecht, damit ihr euch vorstellen könnt.«

Die Frauengestalt und die Mädchengestalt nahmen Form an, um die förmliche Vorstellung absolvieren zu können. »Ich bin die Dämonin Mentia. Ich bin ein bißchen verrückt.«

»Ich bin Überraschung Golem. Ich bin außer Rand und Band.«

»Freut mich, euch auch ganz offiziell kennenzulernen«, meinte Janet in zweifelndem Tonfall.

»Möchtet ihr was zu essen?« fragte Richard. »Im Augenblick haben wir zwar nur Orangenbeeren, aber die schmekken gut.« Er trat ins Haus und brachte eine Schüssel heraus.

»Ich will aber eine Eiskrembeere«, sagte Überraschung.

»Wenn ich wüßte, wo ich welche finde, würde ich sie dir ja holen«, begann Richard – und dann fielen ihm fast die Augen aus dem Kopf. Denn das Kind hielt bereits eine Eiskrembeere mit Waffel in der Hand und leckte begeistert daran.

Gary begann langsam den Nutzen der Diplomatie zu ergründen. »Vielleicht möchten die anderen ja auch Eiskrembeeren«, sagte er.

»Ach so, na klar«, sagte Überraschung. Ihre Augen kreuzten sich. Plötzlich war Richards Schüssel mit schokoladenüberzogenen Eiskrembeeren gefüllt.

»Sie kann ja eine Frucht in eine andere verwandeln!« rief Richard erstaunt.

»Unter anderem«, bestätigte Gary. »Wir sollten sie lieber aufessen, bevor sie schmelzen.«

Das taten sie dann auch. Unter ihrem Schokoladenüberzug schmeckte jede Beere anders, aber sie alle waren köstlich.

»Ihr habt euch nach Desiree Dryade erkundigt«, meinte Richard schließlich. »Wenn der Wahnsinn sich zurückzieht, ist ihr Baum von hier aus erreichbar. Aber die meiste Zeit befindet er sich im Gebiet des Wahnsinns. Desiree ist nicht besonders glücklich darüber.«

»Was tut er ihr denn an?« fragte Hiatus mühsam beherrscht. Plötzlich hatte die Erregung ihn übermannt. Doch er befürchtete, sich gleich allzu große Hoffnungen zu machen.

»Nichts Direktes«, erklärte Janet. »Aber er wirkt sich auf ihren Baum aus und damit indirekt auf sie selbst. So verpaßte er ihrem Baum beispielsweise Quadratwurzeln, die nicht so gut funktionieren, und dann leidet der Baum darunter. Würde der Wahnsinn sich nicht ab und zu zurückziehen, wäre der Baum wohl längst schon abgestorben.«

»Abgestorben!« rief Hiatus entsetzt.

Richard und Janet blickten ihn verwundert an. »Er hat Desiree kennengelernt, bevor der Wahnsinn vorrückte«, erläuterte Iris. »Er liebt sie, kann sie aber nicht erreichen – eben wegen des Wahnsinns.«

»Aber Baumnymphen heiraten doch normalerweise keine gewöhnlichen Männer«, wandte Richard ein. »Sie verdrehen ihnen nur gern den Kopf, sofern sie sich überhaupt zeigen. Sie mögen keine Erwachsenen. Am besten kommen sie mit Kindern aus.«

»Kinder!« rief Überraschung. Ihre Augen begannen zu schielen. Doch ausnahmsweise geschah nichts weiter, denn sie war ja schon ein Kind.

»Aber wie habt ihr mit Desiree sprechen können, wenn sie Erwachsene meidet?« wollte Gary wissen.

»Was Xanth angeht, sind wir selbst ein bißchen kindlich«, gestand Janet errötend. »Wir brauchen ein wenig Zeit, um alles zu glauben, was wir hier zu sehen bekommen. Wir wußten gar nicht, daß Desiree anders ist, bis sie es uns erklärte.«

»Ich glaube, sie war ein bißchen einsam, nach dem Einbruch des Wahnsinns«, fuhr Richard fort. »Vielleicht auch etwas verwirrt. Als sie bemerkte, wie wenig wir wußten, war sie froh, sich unterhalten zu können. Aber ihr Baum leidet. Wir wünschten, wir könnten ihr helfen, aber im Gebiet des Wahnsinns würden wir uns verlaufen. Deshalb besuchen wir Desiree nur, wenn der Wahnsinn sich gerade mal ein Stück zurückgezogen hat.«

»Wenn er bis hierher kommt, verstecken wir uns im Haus und rühren uns kaum von der Stelle«, erzählte Janet. »Glücklicherweise bleibt er meist nicht lange. Wir schlafen dann durch und haben bloß komische Träume.«

»Das hört sich ja so an, als würde der Wahnsinn sich ständig verändern«, bemerkte Gary. »Wie bewegt er sich denn?«

»Hauptsächlich durch den Wind«, erklärte Richard. »Bei Sturm wird er herübergetrieben, während ein Wind aus der entgegengesetzten Richtung ihn wieder vertreibt. Deshalb achten wir sehr genau auf das Wetter.«

»Manchmal wünschten wir uns, wir könnten das Wetter beherrschen«, sagte Janet. »Aber das kann natürlich niemand.«

»Wetter!« rief Überraschung. Plötzlich erschien über ihrem Kopf ein Wolkenstrudel. Er dehnte sich zu einem winzigen Gewitter aus, mit kleinen Blitzen, die in den Boden einschlugen und verstreutes Trockenlaub zum Hüpfen brachten. Dann ging auch etwas Regen auf ein kleines Stück Boden nieder.

»Wie ich sehe, muß ich wohl noch einiges lernen, was Xanth angeht«, bemerkte Richard. »Eigentlich habe ich immer geglaubt, daß jeder hier immer nur ein einziges Talent besitzt.«

Iris lächelte. Es sah allerdings ein bißchen gequält aus. »Das haben eine ganze Menge von uns ebenfalls geglaubt. Im allgemeinen scheint es auch immer zu stimmen, aber es ist keine feste Regel, ebensowenig wie die Nichtwiederholbarkeit von Talenten. Gelegentlich wiederholen Talente sich eben doch, und nun hat es den Anschein, daß sie auch gebündelt auftreten können. Überraschung scheint immer nur ein einziges Talent auf einmal zu haben; aber das kann praktisch alles sein, was sie gerade haben *möchte*. Wir versuchen sie zu ermuntern, ihre Magie klug zu gebrauchen und dabei nicht nur ihr Vergnügen und irgendwelchen Unfug im Kopf zu haben – bisher allerdings mit mäßigem Erfolg.«

Gary hatte eine Idee. »Angenommen, Überraschung läßt ein Gewitter entstehen, das den Wahnsinn von Desirees Baum vertreibt?«

»Das halte ich nicht für besonders klug«, wandte Richard ein. »Gewitter sind unberechenbar. Es könnte ebensogut passieren, daß es noch mehr Wahnsinn eindringen läßt, oder daß es euch gefangensetzt, obwohl ihr glaubt, es hätte sich gelegt. Außerdem würde die Wirkung nicht lange vorhalten.«

»Es sei denn, Überraschung könnte eine etwas gründlichere Kontrolle über die Elemente des Wetters herstellen«, überlegte Hiatus. »Um das ganze Klima hier in der Gegend zu verändern, damit der Wahnsinn fernbleibt.«

Iris schüttelte den Kopf, während sie das Kind musterte, das gerade die Irisblüten inspizierte. Tatsächlich hatte eine davon bereits eine Pupille sprießen lassen; es war wirklich nicht klug, das Kind der Langeweile preiszugeben. »Sie hätte niemals die erforderliche Geduld. Ihre Aufmerksamkeitsspanne ist außerordentlich kurz. Sie ist eine richtige kleine Range, fast wie ein Junge.«

»Junge!« rief Überraschung, als sie es mitbekam. Und plötzlich hatte sie sich in einen schielenden kleinen Jungen verwandelt.

Richard stieß einen lautlosen Pfiff aus. »Das ist aber wirklich ein bemerkenswertes Kind!«

»Die Untertreibung des Monats«, brummte Iris. »Wir sollten uns lieber wieder auf den Weg machen, bevor sie hier noch weiteren Unfug anstellt. Wir werden es eben mit dem Wahnsinn aufnehmen müssen. In welcher Richtung befindet sich Desirees Baum?«

»Dort entlang.« Richard wies mit der Hand die Richtung. »Aber ich wünschte, ihr würdet es euch noch einmal überlegen, ob ihr wirklich in den Wahnsinn eintreten wollt.«

»Ich weiß schon, was du meinst«, erwiderte Hiatus. »Aber es sieht nicht so aus, als hätten wir die Wahl. Ich werde ein paar Nasen an den Bäumen wachsen lassen, um uns den Weg zu zeigen.«

Plötzlich ragte aus einem Baumstamm in der Nähe eine Menschennase hervor, die in die gezeigte Richtung deutete. Gary hatte Hiatus' Talent noch nicht in Aktion erlebt und war beeindruckt.

Sie suchten nach ihren Zombiereittieren, doch diese waren inzwischen davongewandert. »Die wären sowieso nicht allzu gern in den Wahnsinn eingetreten«, meinte Hiatus. »Da ist es das beste, wir lassen sie ungehindert nach Hause zurückkehren.«

»Komm, Kind«, sagte Iris forsch zu dem Überraschungsjungen, der gerade Ausschau nach Schnecken und Würmern hielt. Als er sie ignorierte, griff sie nach seinem Arm – doch ihre Hand stieß ohne Widerstand durch seinen Körper. Er war ungreifbar geworden, genau wie ein Dämon.

»So, das reicht jetzt aber!« rief Iris. Plötzlich erschien ein Wasserspeier vor dem Jungen und sperrte das Maul auf, als wollte er ihn mit sauberem Wasser überschütten.

»Ich komme schon!« rief Überraschung, die im Nu wieder ihr natürliches Geschlecht und ihre feste Gestalt angenommen hatte. Iris' Illusion hatte sie in den Gehorsam zurückgeschreckt. Doch Gary fragte sich, wie lange das wohl wirken mochte. Sie brauchten eine bessere Methode, um das Kind zu zügeln.

Sie verabschiedeten sich von Richard und Janet und folgten den Nasen. Schon bald langweilte der Fußmarsch Überraschung, und so verwandelte sie ihre Arme in Flügel. Die schlug sie so heftig, bis sie abhob, doch ihr Flug hatte keine Stabilität; deshalb versuchte sie, einen Schwanz auszuformen. Doch dabei störten sie ihre Kleider; also landete sie und verwandelte die Arme zurück, um sie ganz weit auszustrecken, bis sie einen Schößling zu packen bekam. Dann ließ sie die Arme mit einem Ruck wieder in ihre ursprüngliche Länge zurückschnellen, wodurch sie mit einem Satz nach vorn befördert wurde. Doch da stolperte und stürzte sie und schürfte sich dabei die kleinen Knie auf, worauf sie einen jammernden Schrei ausstieß.

»Wir brauchen Heilelixier«, bemerkte Iris nüchtern.

»Ich habe aber keins dabei«, warf Hiatus ein.

Gary entdeckte eine Pfütze. Er schöpfte eine Handvoll Wasser daraus – eine Aktion, zu der er in seinem natürlichen Körper gar nicht fähig gewesen wäre. »Bitte verwandle das in Heilelixier«, sagte er, an Überraschung gewandt.

Das Mädchen warf der Flüssigkeit nur einen kurzen Blick zu. Doch schon spürte Gary, wie sie sich in seinen Händen veränderte; alle kleinen Abschürfungen waren plötzlich verschwunden. Er spritzte etwas von dem Elixier auf die zerschundenen Knie des Mädchens, die daraufhin sofort verheilten.

»Das ist wirklich stark«, sagte Iris staunend.

»Oh, ja«, rief Überraschung. Sie sprang auf, und plötzlich wirkten ihre Muskeln sehr viel stärker. »Ich sehe einen ganz komischen Käfer«, meinte sie und schaute nach vorn.

Die anderen folgten ihrem Blick, konnten aber nur einen kleinen Baum entdecken, der in einiger Entfernung vor ihnen stand. »Wo denn?« wollte Gary wissen.

»Auf dem obersten Ast dieses Baumes dort.«

Die Gefährten begaben sich dorthin. Auf dem obersten Ast befand sich tatsächlich ein Käfer – so winzig, daß er mit bloßem Auge kaum zu sehen war.

»Ich höre einen ganz komischen Vogel!«

»Wo denn?« wiederholte Gary.

»Hoch am Himmel«, sagte Überraschung und deutete nach oben.

Sie blickten hinauf. Bald darauf erschien eine Gestalt und kam auf sie zugeflogen. Es war tatsächlich ein Vogel. Als er über sie hinwegflog, gab er ein leises Flöten von sich, eine ungewöhnliche Melodie.

»Die Kleine hat zugleich mit ihren Muskeln auch ihr Seh- und Hörvermögen gestärkt«, erklärte Iris, als würde es sich um etwas ganz Normales handeln. Gary wußte, warum sie das tat – sie befürchtete, daß das Kind etwas noch Unbeherrschteres tun könnte, falls sie allzu viel Aufhebens davon machte.

Nun erreichten die Gefährten den Außenrand des Wahnsinns. Er war an der Linie der Seltsamkeit zu erkennen, die vor ihnen verlief. Hier hatten die Bäume von Natur aus Nasen, Münder und Ohren, nur daß sie hier, am Rand des Wahnsinns, eher wie Maschinen aussahen. Sie wiesen sogar kleine Räder und Kolben auf, die sich ständig bewegten. »Was ist denn das?« wollte Gary wissen.

»Es sollte eigentlich ein Ohr werden«, erklärte Hiatus. »Aber jetzt ist ein Gerät daraus geworden.«

»Dann eben ein Hörgerät«, warf Iris ungeduldig ein. »Also, stürzen wir uns nun in den Wahnsinn, oder wollen wir noch länger hier draußen unsere Zeit verplempern?«

Da erschien Mentia. »Wollt ihr es wirklich tun?« fragte sie. »Das dürfte ja echt interessant werden!«

»Geh du voran, Dämonin«, erwiderte Iris grimmig. »Wir folgen.«

»Nein, geht ihr voran, dann folge ich«, widersprach Mentia. »Ich bin zwar ein bißchen verrückt, aber *so* verrückt nun auch wieder nicht.«

»Dann gehen wir eben zusammen«, verkündete Gary in einem Anfall von Entscheidungsfreude. Er nahm Mentia bei der Hand, ebenso Iris. Nach kurzem Zögern nahm Mentia Hiatus beim Arm, während Iris Überraschungs Hand nahm. Solcherart miteinander verbunden, traten die fünf vor.

Gary stockte der Atem. Es gab hier zwar Luft, aber sie war irgendwie anders. Ihm war, als würde er vom Grund eines Teichs in die Höhe blicken oder vom Gipfel eines Berges in die Tiefe spähen. Die Landschaft war von einer quellenden, kurvigen Form, als blickte er durch das Auge eines Fisches. Als er einen Schritt nach vorn machte, war ihm, als würde er eine riesige Strecke zurücklegen, ohne sich dabei merklich zu bewegen.

Er wandte sich Mentia zu seiner Linken zu. Sie wirkte durchaus gefaßt. Da man schon leicht verrückt sein mußte, um sich in diesem Wahnsinn wohlzufühlen, leuchtete ihm das sogar ein. Er musterte Iris zu seiner Rechten. Sie hatte sich in Illusion gehüllt und sah aus, als befände sie sich in den mittleren Jahren; vielleicht hatte sie in ihrer Verwirrung ganz vergessen, daß ihre körperliche Gestalt inzwischen ja sehr viel jünger war.

Sie lösten die Hände und musterten einander. »Das ist anders als beim letztenmal«, bemerkte Hiatus. »Nicht ganz so schlimm.«

»Vielleicht sind wir ja vom Glück gezeichnet«, warf Iris unsicher ein.

»Zeichnen!« sagte Überraschung und begann zu schielen. Sie nahm ein dünnes Stöckchen auf und zeichnete eine Gestalt auf den Boden: ein Strichmännchen mit Ballonkopf.

»Ich würde nicht ...«, begann Hiatus. Aber das kam natürlich zu spät.

Das Strichmännchen sprang vom Boden auf, ohne dabei Spuren zu hinterlassen.

Überraschung zeichnete ein einfaches Haus, ganz, wie es ihrem Alter entsprach: ein schlichtes Quadrat mit einer Tür und Fenstern und einem Giebeldach. Sie berührte es mit der freien Hand und hob es auf. Es sah aus wie ein Drahtgestell, zweidimensional, aber stabil. Nun zeichnete sie ein Tier, mit kastenähnlichem Körper, vier Strichbeinen, einem gekringelten Schwanz und einem runden Kopf, aus dem zwei Ohren in die Höhe schossen. Das Tier sprang auf und huschte sofort aus dem Bild, denn es besaß zwar Höhe und Länge, aber keine Tiefe.

»Hat ihr Talent sich verändert?« fragte Hiatus.

»Schwer zu sagen«, erwiderte Gary. »Dieses Talent haben wir außerhalb des Wahnsinns bisher noch nicht zu Gesicht bekommen.«

»Wir sollten lieber weitergehen«, meinte Iris. »Hiatus, laß doch noch ein paar Nasen wachsen, damit wir die Richtung halten.«

Hiatus konzentrierte sich. An den Bäumen erschienen Gegenstände. »Das sind aber gar keine Nasen!« meinte er.

»Das ist mir auch schon aufgefallen«, erwiderte Iris. »Vielleicht Nasenhaare?«

Hiatus trat näher, um eins der Dinger zu inspizieren. »Sieht mir eher nach einer Wurzel aus«, meldete er. »Ich versuche es noch einmal.«

Diesmal erschienen runde, flache grüne Dinger auf den Stämmen.

»Ich glaube, das sind Blätter«, meinte Gary.

»Aber ich kann doch gar keine Blätter wachsen lassen«, beschwerte Hiatus sich verwirrt.

»Hier im Wahnsinn offensichtlich schon«, bemerkte Mentia. »Klingt mir eigentlich nach einem ganz vernünftigen Talent.«

»Aber ich habe doch sonst immer nur Ohren, Nasen, Münder und Augen wachsen lassen«, fuhr Hiatus mit seiner Klage fort. »Was soll ich denn mit Blättern?«

»Blätter, Blätter, Blätter! Wen interessiert denn das?« fauchte Iris.

»Wetter, Wetter, Wetter!« rief Überraschung. Plötzlich waren sie ringsum von Riesen im Erdreich umgeben.

»Das ist aber kein Wetter!« wandte Hiatus ein. »Das sind Ritzen.«

»Also hat ihr Talent sich *doch* verändert«, meinte Gary. »Sie hat es mit Wetter versucht, aber nur Ritzen zustande gebracht. Der Wahnsinn hat demnach unsere Talente beeinträchtigt.«

»Was ist denn mit deinem?«

»In dieser Gestalt habe ich keins. In meiner natürlichen Form würde ich jetzt wahrscheinlich Wasser verschmutzen, statt es zu reinigen.«

»Und was ist mit Mentia?«

»Meine Talente sind eher inwendiger Art«, meinte die Dämonin. »Ich kann immer noch die üblichen dämonischen Dinge tun.«

»Aber du wirkst überhaupt nicht mehr verrückt.«

»Oh!« machte sie entsetzt. »Du hast recht. Ich bin völlig normal. Das ist ja schrecklich!«

»Wie wär's, wenn wir unsere Reise fortsetzen?« warf Iris ungeduldig ein. Dann stapfte sie davon, ohne auf die anderen zu warten.

»Vielleicht ist *sie* jetzt ein bißchen verrückt«, brummte Hiatus.

Sie gelangten durch ein Gebiet, das nicht ganz so schlimm war, wie sie befürchtet hatten. Es mochte daran liegen, daß sie sich hier noch am Außenrand des Wahnsinns befanden, wo die Auswirkungen noch nicht so stark waren. Eine Zeitlang herrschte Stille, als die Gefährten durch ein Feld Taubrosen kamen; dann mußten sie Haken schlagen, um einer

Gruppe hopsender Pflanzen zu entkommen, die sich als Hasenläufe erwiesen; und schließlich mußten sie sich außer Sichtweite ducken, als sie einer Beulenpest begegneten, die durch die Gegend peste und in alles Beulen schlug, was sich nicht wehrte. »Die Messingmenschen müssen ja eine Wahnsinnswut auf das Ding haben«, bemerkte Hiatus, als sie noch in der Ferne das Scheppern der Beulen vernahmen. »Die bestehen ganz aus Messing, und Beulen verderben ihr Aussehen wirklich völlig.«

»Das hier mögen sie bestimmt auch nicht besonders«, warf Gary ein. Denn nun stießen sie auf mehrere Metallschafe, die an Eisenholzlaub und -zweigen sowie an Eisenwurz knabberten. Sie waren mit Stahlwolle bedeckt.

Endlich erreichten die Gefährten den Baum der Dryade. Sie erkannten ihn daran, daß die Wurzeln und Blätter, die anstelle von Ohren und Nasen aus den Baumstämmen wuchsen, direkt darauf zeigten. Am Baumstamm lehnte eine ziemlich hagere Dryade.

»Desiree!« rief Hiatus. »Endlich habe ich sie gefunden! Seht doch mal, wie schön sie ist!«

Gary, Iris, Mentia und Überraschung wechselten eine ganze Kombination von Blicken. Schön? Das ließ sich von der Nymphe in ihrem derzeitigen Zustand nun wirklich nicht behaupten.

»Ich glaube, wir haben da ein Problem«, murmelte Iris, und die anderen nickten zustimmend.

7

Ruinen

Doch Hiatus stürmte bereits vor, und so blieb den anderen nichts weiter übrig, als ihm zu folgen. »Desiree!« rief er. »Endlich habe ich dich gefunden!«

Die Dryade erblickte ihn und wollte sich verstecken, doch beide, Dryade wie Baum, waren so hager, daß dies völlig unmöglich war. Also lehnte die Nymphe sich statt dessen an den verwachsenen Stamm und musterte Hiatus in erschöpfter Resignation. »Bitte, geh weiter, Fremder«, sagte sie. »Ich habe mit Erwachsenen nichts zu schaffen.«

»Kennst du mich denn nicht mehr? Ich bin Hiatus!«

Desiree blickte ihn verständnislos an. »Es tut mir leid, aber ich kenne weder dich noch deine Begleiter. Bitte, geh weg, denn ich bin sehr schüchtern, und ich sehe scheußlich aus, und ich besitze nicht die Kraft, mich unsichtbar zu machen, und außerdem habe ich Angst, du könntest meinem Baum etwas antun.«

Da trat Iris vor. »Darf ich mich vorstellen? Ich bin die Zauberin Iris, und ich habe die Macht der Illusion.« Sie veränderte die Szene, bis der Wald einer riesigen, verschleimten Müllhalde glich. »Oh, das hatte ich eigentlich nicht vor«, sagte sie. Die Szene verwandelte sich in eine öde Ebene. »Das auch nicht! Was ist denn nur los mit mir? Ich wollte eine hübsche fette Weide haben.«

»Dein Talent wird durch den Wahnsinn gestört, genau wie die Talente der anderen«, erklärte Mentia. »Versuch es doch mal mit einer grausigen Szene.«

»Dann will ich die Hölle selbst entstehen lassen«, beschloß Iris. Um sie herum aber entstand der Himmel – ein ganz wundervoller Ort mit behauenen Wolkenbänken; im Hintergrund spielte liebliche Musik.

»Was die Zauberin gerade erklären wollte ... wir sind eine Gruppe, die sich auf einer ganz besonderen Suche befindet«, teilte Mentia der Dryade mit. »Vielleicht können wir dir ja dazu verhelfen, wieder so auszusehen wie früher.«

»Macht euch um mich keine Sorgen«, entgegnete Desiree. »Macht lieber meinen Baum schöner.«

Iris konzentrierte sich auf den Baum. Dessen Aussehen verschlimmerte sich erst, bis er einer verfaulenden Säule glich. Die Dryade wurde zu einer abscheulichen Vettel. »Hoppla.« Dann wurde der Baum wieder schön, mit einem üppig braunen Stamm und einem gewaltigen, ausladenden Laubdach. Die Dryade strahlte plötzlich vor Schönheit. Gary begriff, daß Desiree nur ein Spiegelbild ihres Baumes war und sogar innerhalb dieser Illusion mit dem Baum litt oder gedieh. Nun wurde auch deutlich, wie er sich auf der Stelle in Desiree hatte verlieben können, denn jetzt war sie so schön, wie eine menschliche Gestalt es nur sein konnte. Gary selbst zwar zwar nur ein Wasserspeier, der kaum ein Auge für Schönheit besaß; aber vielleicht wirkte sich der Wahnsinn ja auch darauf aus, denn er empfand das Äußere der Dryade als ganz unzweifelhaft anziehend.

»Und was Hiatus sagen möchte«, fuhr Mentia fort, »ist, daß er noch ein Kind von elf oder zwölf Jahren war, als er dir begegnete. Das war vor siebenundzwanzig Jahren.«

»Ach so, damals«, meinte Desiree. »Aber inzwischen ist er erwachsen. Das ist doch etwas anderes.«

»Du hast mir gesagt, daß ich niemals einem Mädchen begegnen würde, das so wunderschön ist wie du«, erinnerte Hiatus sie. »Und du hast recht behalten! Deshalb möchte ich dich jetzt heiraten.«

»Heiraten?« rief Desiree bestürzt. »Dryaden heiraten nicht. Erst recht keine Sterblichen.«

»Aber du …«

»Ich habe nie versprochen, daß ich irgend jemanden heiraten würde«, erwiderte sie mit der ganzen Entschiedenheit ihres derzeitigen Aussehens. »Ich habe nur gesagt, daß du nie einem sterblichen Mädchen begegnen würdest, das so schön ist.«

Hiatus wirkte leicht verwirrt. »Aber ich dachte …«

»Sie hat recht«, warf Iris ein. »In deiner Schilderung hast du kein einziges Mal erwähnt, daß sie behauptet hätte, dich heiraten oder auch nur wiedersehen zu wollen. Sie hat dich zum besten gehalten!«

»Aber …«

»Waber!« rief Überraschung und kreuzte die Augen. Eine Gruppe ballonähnlicher Gesichter erschien und trieb wieder davon. Ihre Magie war vom Wahnsinn verbogen worden. Gary überlegte sich, daß es wahrscheinlich auch besser so war.

»So etwas tun Dryaden nun mal«, meinte Mentia. »Genau wie Dämoninnen. Dummen Kerlen den Kopf zu verdrehen, ist amüsant, weil sie sich so gern vom Äußeren täuschen lassen. Für die eigentlichen Werte haben sie überhaupt keinen Sinn.«

»Ich habe sehr wohl einen Sinn für die eigentlichen Werte«, widersprach Hiatus. »Ich möchte sie umarmen und küssen und ihre eigentlichen Werte an mir spüren.«

»Und was ist mit ihrer Persönlichkeit?« wollte Iris wissen.

»Ihrer was?«

»Was zu beweisen war«, bemerkte Mentia. »Hiatus, ich fürchte, dein Traum ist genauso hohl wie deine eigene Persönlichkeit. Die Dryade interessiert sich nicht für dich.«

»Aber es gibt doch sonst niemanden«, jammerte er. »Sie hat mich für sämtliche sterblichen Frauen verdorben!«

»Genau, wie sie es vorhatte«, stimmte Mentia ihm nüchtern zu.

»Es muß doch irgendeinen Ausweg geben!« rief er verzweifelt.

Mentioa zuckte die Schultern. »Gibt es einen Ausweg?« fragte sie die Dryade.

»Keinen Ausweg«, erwiderte Desiree knapp.

»Ein Ausweg!« rief Überraschung und verstellte wieder die Augen. Der Baum der Dryade leuchtete auf.

»Was für einen Ausweg?« fragte Hiatus das Kind.

»Rette ihren Baum.«

Mentia wandte sich wieder an Desiree. »Würdest du Hiatus heiraten, wenn er deinen Baum rettet?«

»Ich würde alles tun, ganz gleich, wie abscheulich, um meinen Baum zu retten«, erwiderte die Dryade. »Denn ohne meinen Baum höre ich zu existieren auf.«

»Da hast du es«, warf Iris mit einem Lächeln ein. »Rette ihren Baum, Hiatus, dann wird sie die Abscheulichkeit begehen, dich zu heiraten.«

»Jawohl! Ich rette ihren Baum«, erklärte er begeistert. »Und wie soll ich das anstellen?«

»Indem du den Wahnsinn vertreibst«, erklärte Desiree. »Seit der Wahnsinn vorgerückt ist, welkt mein Baum und verliert seine Blätter. Die Wurzeln sind quadratisch geworden. Ich fürchte, er wird bald absterben, wenn der Wahnsinn nicht verschwindet.«

»Und wie soll ich das bewirken?«

»Das wüßte ich selbst gern«, antwortete Desiree traurig. »Der Wahnsinn hat sich ausgedehnt und beansprucht inzwischen sehr viel mehr Raum als früher. Ich habe es zwar kommen sehen, hatte aber darauf gehofft, daß irgend jemand ihn aufhalten würde. Jedes Jahr rückte der Wahnsinn näher, bis er schließlich hier eintraf. Seitdem muß mein armer Baum darunter leiden.«

»Dann kann das aber nicht nur an den Launen des Windes

liegen«, bemerkte Mentia. »Es muß mehr Wahnsinn als früher geben.«

»Aber der Wahnsinn ist doch nur die Verstärkung der Magie in der Nähe der Stelle, wo der magische Staub aus dem Boden tritt«, warf Iris ein. »Je weiter er sich verteilt, um so mehr müßte er sich auflösen, nicht wahr?«

»Der Wahnsinn ist eine Verstärkung der Magie?« fragte Gary. »Würde das nicht bedeuten, daß du deine Magie jetzt sehr viel besser ausüben kannst?«

»Eigentlich schon. Aber aus irgendeinem Grund ist dem nicht so. Statt dessen macht er alles zunichte.«

»Das ist doch unlogisch«, bemerkte Gary.

Mentia nickte. »Im Gebiet des Wahnsinns ist so ziemlich alles unlogisch.«

»Dann sollten wir unsere Queste wohl fortsetzen«, sagte Gary. Ihm war unbehaglich zumute. Es widerstrebte ihm, die Dryade ihrem Schicksal zu überlassen; doch er wußte keine Alternative.

»Aber dafür brauchen wir Desirees Hilfe«, erinnerte Hiatus ihn. »Weshalb hätte der Gute Magier uns sonst zusammenführen sollen?«

Also sagte Gary zur Dryade: »Ich muß den Philter finden. Weißt du, wo der ist?«

»Nicht genau«, erwiderte sie. »Soweit ich weiß, befindet er sich in den Ruinen, hinter einem Schleier.«

»In Ruinen?« rief Gary. »Ich brauche aber einen guten Philter und keinen zerbrochenen.«

»In *den* Ruinen, hat sie gesagt«, berichtigte Mentia ihn. »Hinter einem Reiher.«

»Schleier«, warf Desiree ein.

Mentia runzelte die Stirn. »Was auch immer.«

»Wo sind denn diese Ruinen?«

»Früher habe ich das mal gewußt, bevor der Wahnsinn alles verändert hat«, antwortete Desiree.

»Wie kannst du mir dann helfen?« wollte Gary wissen.

»Ich könnte dir den Weg zu dem gestürzten Riesen zeigen.«

»Was soll das nützen?«

»Der weiß vielleicht, wo die Ruinen sind. Er ist ziemlich viel herumgestolpert, bevor er stürzte.«

»Dann zeig mir den Weg zum Riesen.«

»Welches Tauschgeschäft schlägst du vor?«

»Was meinst du damit, welches Tauschgeschäft?« fragte Gary irritiert.

»Wenn ich dir helfe, solltest du mir ebenfalls helfen.«

»Ach so. Was möchtest du denn?«

»Rette meinen Baum.«

»Ich weiß doch nicht, wie ich deinen Baum retten soll! Ich kann den Wahnsinn nicht vertreiben.«

Mentia trat dazwischen und sagte mit sachlicher Stimme: »Wir wissen ja nicht, ob Desirees Information dir wirklich helfen wird, den Philter zu finden. Vielleicht erinnert der Riese sich ja nicht mehr an die Ruinen, oder wir finden den Philter dort gar nicht. Deshalb können wir den tatsächlichen Wert ihrer Hilfe nur nach Treu und Glauben schätzen.«

»Was das Tauschgeschäft noch schlechter macht«, sagte Gary.

»Ebensowenig weißt du aber auch, wie ihr Baum zu retten ist«, fuhr die vernünftige Dämonin fort. »Deshalb kannst du auch nicht einwilligen. Aber du könntest durchaus plausibel versprechen, dich darum zu *bemühen*, einen Ausweg zu finden, so, wie Desiree dir plausibel die Information geben kann, die du vielleicht für deine Queste brauchst. Aus diesem Grund scheint mir das doch ein recht anständiges Geschäft zu sein.«

»Tatsächlich, das ist es auch«, bestätigte Iris. »Jeder *versucht*, dem anderen zu helfen, allerdings ohne sich seines Erfolges sicher zu sein.«

Gary schaute zu der Dryade auf. »Leuchtet dir das ein?«

Desiree überlegte. »Bist du ein Ehrenmann?«

»Ich bin überhaupt kein Mann. Ich bin nur ein Wasserspeier in Mannsgestalt.«

»Ja, dann ist es in Ordnung. Wasserspeier sind sehr verläßlich.«

»Aber wenn Gary ihren Baum rettet, wird sie mich nicht mehr heiraten«, wandte Hiatus ein.

»Gary wird es doch nur versuchen«, erklärte Mentia vernünftig. »Und du wirst es auch versuchen. Und wer als erster Erfolg hat, der erhält auch seine Belohnung. Während Desiree auf diese Weise gleich zwei Chancen bekommt zu überleben.«

»Aber ...«

»Angenommen, du scheiterst, während Gary erfolgreich ist. Wäre es dir lieber, daß ihr Baum stirbt, als daß er vom Falschen gerettet wird?«

Hiatus blickte sie bestürzt an. »Nein, natürlich nicht! Ich möchte nur, daß es ihr und ihrem Baum gutgeht, selbst wenn ich persönlich nichts davon haben sollte.«

Die Dryade musterte ihn erstaunt. Das erste matte Flakkern mädchenhaften Interesses legte sich auf ihre Miene.

»Dann will ich versuchen, eine Weg zu finden, um deinen Baum zu retten«, entschied Gary.

»Der Pfad ist dort drüben«, sagte sie und zeigte darauf.

»Dort drüben ist doch nur ein Nesselgestrüpp!«

»Ich vertraue ihr«, sagte Hiatus. Er marschierte in die Nesseln hinein – und durch sie hindurch, ohne sich dabei zu verhaken. Mittlerweile suchte schon das zweite Aufflackern von Interesse die Dryade heim, während die Illusion um sie herum verblaßte und sie und ihr Baum wieder hager wurden.

Die anderen folgten Hiatus. Und tatsächlich – dort war ein Weg! Gary bildete die Nachhut. »Ich werde es versuchen«, wiederholte er. »Ich habe zwar keine Ahnung, was man braucht, um dir zu helfen, aber ich werde versuchen, es ausfindig zu machen und es dir zu bringen.«

»Danke«, rief sie, und es schien fast, als würde ihr Baum ihm mit einem Ast zuwinken, aber das war wohl nur ein Windstoß.

Nach einem kurzen, angemessenen Wahnsinnsmarsch stolperten die Gefährten über den Riesen, was daran lag, daß er unsichtbar war, wie die meisten Riesen Xanths. Er lag am

Boden, und sein riesiger Umriß wurde von dem Laubwerk markiert, das um ihn herum zu wachsen begonnen hatte.

»Holla, Riese!« rief Mentia. »Wo ist denn dein Kopf?«

»Hier drüben«, erwiderte der Riese.

Das Strauchwerk war so dicht, daß die Gefährten nicht durchkamen; also bestiegen sie statt dessen das Riesenbein und marschierten auf seinen fernen Kopf zu. Es hatte den Anschein, als würden sie schweben, obwohl der Boden so fest war wie immer; denn sie befanden sich auf halber Höhe der sie umgebenden Bäume, während unter ihnen nur Luft auszumachen war. In Wirklichkeit war es natürlich keine Luft, sondern Riesenfleisch. Die ganze Sache hätte höchst furchterregend wirken können, wäre das Bein nicht so fest gewesen. Der Riese war wirklich außerordentlich riesig.

Sie erreichten den Brustkorb, der sich beim Atmen erdbebenartig hob und senkte, und entschieden, daß sie nun nahe genug seien.

»Bist du verletzt?« fragte Iris.

»Nein, nur verwirrt«, erwiderte der große, kopfförmige Raum mit einem Schwall warmer Luft, der so roch, als wäre er soeben über eine brennende Müllkippe geweht, die ihren schlechten Tag hatte. »Ich finde nicht aus diesem ganzen Wahnsinn heraus, deshalb ruhe ich mich lieber etwas aus. Ich bin Jethro Riese.«

»Wir sind eine Gruppe, die aus einer Dämonin, einem Wasserspeier, einem Kind, einer Zauberin und einem gewöhnlichen Mann besteht«, erklärte Iris. »Wir suchen die Ruinen.«

»Da bin ich durchgestolpert«, antwortete Jethro. »Ihr braucht nur meine Fußabdrücke zurückzuverfolgen.«

»Hast du dort einen Schleier gesehen?« fragte Mentia.

»Keinen Weiher, nein. Es ist dort ziemlich trocken. Genügt das?«

»Ich meinte aber gar keinen Weiher«, präzisierte Mentia, »sondern einen Schleier, wie ihn zum Beispiel Mädchen tragen.«

»Oh. Nein. Keine Mädchen dort. Ist viel zu unwirtlich für Mädchen.«

»Willst du denn gar kein Tauschgeschäft abschließen?« fragte Überraschung.

»Geschäft?«

»Im Gegenzug für deine Mitteilung«, bemerkte Iris und bedachte das kleine Mädchen mit einer Grimasse.

»Sollte ich das?« erkundigte sich Jethro.

»Die Dryade hat es auch getan«, meinte Gary. »Wir dachten, vielleicht sollten wir einen Weg für dich finden, der hier herausführt ... oder irgendwas in der Art.«

»Nein. Mit der Zeit werde ich ganz bestimmt wieder irgendwie hier herausstolpern, wie ich ja auch hereingestolpert bin«, antwortete der Riese. »Wenn ich mich erst einmal ausgeruht und meine brutale Kraft erneuert habe. Ich werde aber warten, bis ihr genügend Abstand gewonnen habt, damit ich euch nicht aus Versehen zertrample.«

»Das ist nett. Danke«, erwiderte Mentia. »Aber wirst du mir vielleicht auch eine Frage beantworten?«

»Ich werde mich bemühen«, erwiderte Jethro. »Aber mein Verstand ist nicht annähernd so groß oder so kräftig wie mein Körper oder mein Atem; deshalb könnte es sein, daß ich nicht klarkomme.«

»Weshalb bist du so groß?«

»Na ja, alle Riesen sind groß. Sonst wären sie ja keine Riesen.«

»Das weiß ich auch! Aber meine bessere Hälfte Metria ist schon seit einigen Jahrhunderten im Geschäft, und da ist sie gelegentlich irgendwelchen unsichtbaren Riesen begegnet. Vor fünfzig Jahren hat sie sich mit einem unterhalten, und der war nur ein Zehntel so groß wie du. Bist du vielleicht ein Riese unter den Riesen?«

»Aber nein«, widersprach Jethro, und es klang verwundert. »Soweit ich weiß, bin ich genauso groß wie alle anderen unsichtbaren Riesen. Wir können einander natürlich nicht sehen, aber unsere Fußabdrücke sind von vergleichbarer Größe. Vor fünfzig Jahren war ich noch ein Junge von etwa vierzig, und da war ich genauso groß wie meine Freunde.«

»Du bist neunzig Jahrc alt?« fragte Iris überrascht. »Wann bist du denn gebracht worden?«

»Im Jahr 1001.«

»Da bin ich auch gebracht worden! Dann sind wir ja gleichaltrig.«

Das gewaltige Gesicht mußte zu blinzeln versucht haben. »Ich möchte dir ja nicht zu nahe treten, Zauberin, aber wie dreiundneunzig siehst du nicht aus. Ich hätte eher auf dreiundzwanzig geschätzt. Oder benutzt du gerade Illusionen?«

»Nein, ich bin verjüngt worden. Aber da Mentia es schon erwähnt – auch ich habe Umgang mit Riesen gepflegt. Ich erinnere mich, daß sie damals, als ich noch mädchenhafte vierzig war, ungefähr zehnmal so groß waren wie ein normaler Mann. Aber du mußt mindestens hundertmal so groß sein wie ein Menschenmann. Wie erklärst du dir das?«

»Dann muß ich wohl weitergewachsen sein«, erwiderte Jethro. »Jetzt, da ihr es erwähnt, fällt mir wieder ein, daß die Bäume und Häuser tatsächlich kleiner aussehen als früher. Normalerweise wachsen Riesen aber nicht mehr sonderlich viel, nachdem sie erst einmal die Reife erlangt haben. Die Sache kommt mir doch ein bißchen merkwürdig vor.«

»Äußerst merkwürdig«, stimmte Mentia zu. »Eins von mehreren merkwürdigen Dingen.«

»Gibt es denn noch weitere?« wollte Gary wissen.

»Ein paar. Zum Beispiel die Zentauren: Die haben früher langsamer gelebt als normales Menschenvolk. Deshalb haben sie auch ungefähr viermal so lange gebraucht, um im hohen Alter zu verblassen. Doch inzwischen scheinen sie in gleichem Tempo zu altern. Und Sphingen waren eigentlich schon vor Jahrhunderten verblaßt. Inzwischen sind sie aber wieder da, als wären sie nie verschwunden. Das sind merkwürdige Geschehnisse, die nach einer Erklärung verlangen.«

»Da hast du recht«, antwortete Iris. »Ich bin selbst alt genug, um mich an einiges davon erinnern zu können. Die Dinge haben sich verändert.«

»Und der Wahnsinn hat sich weiter ausgedehnt«, ergänzte Hiatus. »Ob es da vielleicht einen Zusammenhang gibt?«

»Das stimmt«, sagte Mentia. »Der Wahnsinn scheint sich

schon eine ganze Weile ausgedehnt zu haben – aber erst in diesem Jahrhundert. Alle diese Veränderungen scheinen erst vor kurzem eingetreten zu sein. Ich frage mich, warum.«

»Wenn wir das herausfinden könnten«, meinte Hiatus und zeigte Spuren von Erregung, »erfahren wir vielleicht auch, wie der Wahnsinn umzukehren ist.«

»Das würde uns helfen, die Verwandlungskraft zu bestimmen«, bestätigte Iris. »Ich meine, daß die Dinge damals, als ich noch auf der Insel der Illusion lebte, stabil waren. Aber nachdem ich Trent heiratete und auf Schloß Roogna zog, wurde alles anders. Bis zum jetzigen Zeitpunkt habe ich noch nie richtig darüber nachgedacht.«

»Das entspricht auch meinem Eindruck«, pflichtete Mentia ihr bei. »Meine bessere Hälfte hat sich nie allzu viele Gedanken wegen der Riesen gemacht, weil sie ja unsichtbar waren; aber jedesmal, wenn sie einem begegnet ist, war er größer als der letzte.«

»Ist da vielleicht irgendwas Besonderes passiert?« wollte Gary wissen. »Ich meine, irgend etwas, das ganz Xanth betraf, zum Beispiel, wie die Zeit Ohne Magie oder ...«

»Die Zeit Ohne Magie!« riefen Iris und Mentia im Chor.

»Das muß es gewesen sein«, entschied Jethro. »Damals sind Zehntausende der alten Zauber zuschanden gekommen, darunter auch der Vergessenszauber, der auf der Spalte lag. Deshalb können wir uns heute an sie erinnern. Wer weiß, was das noch alles für Folgen hatte.«

»Ja, wer weiß«, hauchte Iris andächtig. »Alle Männer, die vom Blick der Gorgone versteinert wurden, kehrten ins Leben und zu ihren Frauen zurück ...« Ihr Kieferlade klappte herunter. »Und danach reifte das Talent der Gorgone noch etwas heran. Sie begann, nicht nur Männer, sondern auch Frauen zu versteinern. Damals glaubten wir, es sei alles nur eine Frage wachsender Kompetenz im Alter, aber inzwischen habe ich meine Zweifel.«

»Aber hätte die Zeit Ohne Magie denn tatsächlich bewirken können, daß der Wahnsinn sich weiter ausdehnt?«

fragte Gary. »Das scheint mir doch ziemlich weit hergeholt zu sein.«

»Nicht, wenn es irgendeinen uralten Zauber gegeben haben sollte, der den Wahnsinn ursprünglich in Schach hielt«, widersprach Mentia. »Einen, der durch die Zeit Ohne Magie ausgelöscht wurde, so daß sich das Unheil ausbreiten konnte. Da der Wahnsinn nur ein Effekt von konzentriertem magischen Staub ist, könnte die weitere Verbreitung dieses Staubes die unterschiedlichsten Auswirkungen gehabt haben – beispielsweise die Wachstumssteigerung bei Riesen oder die Herabsenkung der Zentaurenlebensspanne auf jene des Menschen, oder auch die Intensivierung mancher Talente wie jenes der Gorgone. Es könnte Hunderte von kleineren Auswirkungen gehabt haben, die den Leuten nicht einmal aufgefallen sind. Denn die Veränderungen liefen ja sehr langsam ab. Die Zeit Ohne Magie war im Jahre 1043, also vor einundfünfzig Jahren, und diese Veränderungen sind noch immer im Gange. Wem würden schon die Veränderungen eines einzigen Jahres auffallen? Aber es sieht ganz danach aus, daß so etwas geschehen ist – und das mag tatsächlich der Schlüssel zu unserem Dilemma sein.«

»Tatsächlich?« fragte Gary. Die Dämonin klang inzwischen so vernünftig, daß er ihr kaum noch zu folgen vermochte.

»Im Laufe derselben Periode bist du allmählich von der mundanischen Verschmutzung im Wasser überrannt worden, Gary«, erläuterte Mentia. »Deshalb brauchst du jetzt den Philter, um damit Schritt halten zu können. Möglicherweise ist auch deine Queste nur eine Folge der Zeit Ohne Magie.«

Das klang wirklich recht überzeugend. »Aber der Philter ist nur für Wasser geeignet. Wie sollen wir da einen unbekannten Zauber wiederherstellen, der früher mal den Wahnsinn in Schach hielt?«

»Genau das werden wir herausfinden müssen«, meinte Mentia. »Wir können nur hoffen, daß diese Ruinen mehr zu bieten haben als deinen Philter.«

»Mir scheinen die Ruinen ziemlich kahl zu sein«, warf

Jethro ein. »Allerdings habe ich ja auch nicht nach irgendwas Bestimmtem Ausschau gehalten.«

»Das werden wir aber tun müssen«, erwiderte Iris. Sie wandte sich dem unsichtbaren Riesengesicht zu. »Danke für deine wertvolle Hilfe in dieser Angelegenheit, Jethro. Möglicherweise bist du nämlich uns und dem ganzen Land Xanth eine sehr viel größere Hilfe, als irgendeiner je von uns je erwartet hat.«

»Hach«, machte der Riese erfreut.

Sie kletterten an seinem Arm herab und kehrten auf den Erdboden zurück. Dann folgten sie Jethros riesiger Spur zurück ins Herz des Wahnsinns. Zwar kam es zu den üblichen merkwürdigen Effekten und Verwirrungen, doch Gary hatte frischen Mut geschöpft, und er wußte, daß dies auch für seine Gefährten galt.

Doch es war schon spät am Tag, und dieses Gebiet war nicht für Nachtmärsche geeignet. Also suchten sie sich eine einigermaßen ruhige Nische aus Mauernüssen, sammelten Pasteten und Säfte und bereiteten ihr Nachtlager vor.

Jedenfalls versuchten sie es. Aber schließlich war dies hier das Gebiet des Wahnsinns, und es ließ sie nicht allzu lange in Ruhe. Überraschung, die von den Ereignissen des Tages ziemlich müde war, blieb davon unbehelligt; sie schwebte einfach über den Boden und schlief tief und fest. Gary und die anderen dagegen brauchten länger, bis sie Ruhe fanden.

Die Bäume nahmen fremdartige Gestalt an und schienen in aller Stille immer näher zu rücken, wobei sie zugleich hakenbewehrte Äste ausfuhren. Gary glaubte zuerst, sich das nur einzubilden, bis ihn plötzlich ein solcher Ast am Ärmel seines Menschenkleides zupfte. Er wußte genau, daß dieser Ast vorher noch nicht so nahe gewesen war. Doch er sagte nichts, weil er keine Lust verspürte, irgend etwas aufzubauschen. Es handelte sich schließlich nicht um einen Gewirrbaum; wahrscheinlich war ja alles ganz harmlos.

Er zog seine Menschenschuhe aus, die seine Menschenzehen genau nach Vorschrift gezwickt hatten, und stellte sie vor sich ab. Die Schuhe stießen zwei kleine Seufzer aus, und winzige Dampfwölkchen stiegen aus ihrem Innern auf.

»Was ist das denn?« fragte Gary.

Hiatus musterte ihn. »Das sind die Seelensohlen deiner Schuhe«, sagte er. »Denen wird ziemlich unbehaglich zumute, nachdem sie den ganzen Tag dein Gewicht tragen mußten, und sie haben nur in der Nacht Gelegenheit, sich ein bißchen zu entspannen. Laß sie in Ruhe. Sie werden alle Kräfte für den morgigen Marsch brauchen.«

»Ich wußte gar nicht, daß Schuhe eine Seele haben«, meinte Gary. »Ich dachte immer, nur Lebewesen hätten Seelen.«

»Schuhe sind etwas Besonderes«, versicherte Hiatus ihm. »Die müssen besonders hart arbeiten.«

»Genaugenommen haben nur Menschenwesen eine Seele«, erklärte Iris. »Oder teilmenschliche Kreaturen wie beispielsweise Harpyien oder Zentauren. Die Schuhe müssen ihre Seelen wohl durch Kontaktinfektion bekommen haben.«

»Nur menschenverwandte Kreaturen haben eine Seele?« fragte Gary beunruhigt. »Was ist denn dann mit Wasserspeiern?«

»Stammt ihr irgendwie von Menschen ab?«

»Nicht, daß ich wüßte.«

»Dann habt ihr keine Seele.«

»Er *muß* eine Seele haben«, widersprach Mentia auf ihre vernünftige Weise. »Weil seine Schuhe auch eine haben. Die hätten sich ihre Seele nicht durch Kontaktinfektion holen können, wenn da überhaupt nichts gewesen wäre.«

»Na ja, Gary hat ja auch Menschengestalt«, wandte Iris ein.

»Die Gestalt allein zählt nicht. Wir Dämonen können jede beliebige Gestalt annehmen.« Sie unterstrich es, indem sie sich in einen Krötenschemel verwandelte, komplett mit einem darauf hockenden Frosch. Der Frosch krächzte überrascht und hopste herunter. »Eigentlich sollte ich eine Kröte werden«, sagte er angewidert.

»Der Wahnsinn macht sich wieder bemerkbar«, sagte Iris.

»Haben Dämonen denn eine Seele?« wollte Gary wissen.

»Wir *sind* Seelen«, erläuterte Mentia und nahm wieder

ihre normale Gestalt an. »Deshalb *haben* wir auch keine Seele, Nicht, daß sie uns fehlen würde.«

»Aber was ist dann mit deiner besseren Hälfte?«

Die Dämonin schnitt eine Grimasse. »Die hat eine halbe Seele abbekommen, als sie heiratete, und plötzlich kannte sie Liebe, Gewissen, Treue, Selbstaufopferung und all die anderen, besseren menschlichen Eigenschaften. Es war widerlich. Deshalb mußten wir uns auch trennen. Ich bin ihr seelenloses Überbleibsel. Wenigstens ich bin noch von dämonischer Reinheit.«

»Aber wenn ihr doch Seelen seid, solltet ihr da nicht auch all die guten Eigenschaften haben?« fragte Gary und entledigte sich mit einem Schulterzucken eines weiteren aufdringlichen Astes.

»Nein. Wir haben unsere gesamte Kraft darauf verwendet, unsere Existenz beizubehalten«, widersprach Mentia. »Da haben wir für diese klobigen Dinger nichts mehr übrig. Man braucht einen physischen Körper, bevor die Seele sich auf dieses ganze weinerliche Zeugs einlassen kann.«

»Was ist dann mit den Kreuzungen zwischen Menschen und Dämonen?« wollte Iris wissen.

Metria zuckte die Schultern. »Es ließe sich durchaus der Standpunkt vertreten, daß die zwei Seelen haben. Ihr Dämonenaspekt ist die eine, und ihr menschlicher Aspekt kann eine weitere besitzen. Möglicherweise könnten sie sogar zwei Talente haben, weil jede Seele ihr eigenes Talent besitzen kann.«

Ihre Blicke fuhren zu dem schlafenden Kind hinüber. »Interessante Frage«, murmelte Iris.

»Nein, eine Dämonin ist sie nicht«, erklärte Mentia. »Das würde ich wissen. Sie ist bloß ein Kind mit wilden Talenten. Sie wird mit Sicherheit weitaus weniger interessant, wenn sie die Talente erst einmal unter Kontrolle gebracht hat.«

»Aber ihre Familie wird dann erleichtert sein«, meinte Gary. Diesmal mußte er gleich zwei Äste abschütteln, die an seiner Kleidung zupften. »Bilde ich mir das nur ein, oder versucht dieser Baum tatsächlich, nach mir zu grabschen?«

»Er versucht, dir die Kleider vom Leib zu klauben«,

erklärte Hiatus. »Ein anderer hat bei mir gerade das gleiche versucht. Aber ich schrecke ihn ab, indem ich warzige Auswüchse bilde. Auf diese Weise hat mein verzerrtes Talent doch noch seinen Nutzen.«

»Auf meine Kleider hat's ebenfalls ein Baum abgesehen«, warf Mentia ein. »Aber erfolglos, da ich mich im Augenblick in rauchiger Gestalt befinde.«

»Kleider klauben?« fragte Iris. »Huch! Einer hat mir meine Bluse gestohlen! So langsam, daß ich's gar nicht mal bemerkt habe.«

»Es ist dunkel genug. Da können wir dich sowieso nicht erkennen«, meinte Hiatus beruhigend.

»Aber jetzt muß ich mich teilweise in Illusion hüllen«, versetzte Iris verärgert. »Und Illusionen sind einfach nicht warm genug.«

»Ich werde einen Deckenbaum suchen«, erklärte Gary. »Mit einer Decke sollte dir eigentlich geholfen sein.« Tatsächlich wurde ihm selbst langsam kühl.

»Ich werde dir helfen«, verkündete Iris. Ein Licht flammte auf, und Gary stellte fest, daß sie eine Lampe in der Hand hielt, die ihren nur noch mit einem Hemdchen bekleideten Oberkörper beleuchtete.

»Du hast eine Lampe heraufbeschworen?« fragte Hiatus überrascht.

»Nein, das ist eine Illusion«, erklärte Iris.

»Eine Illusionslampe, die echtes Licht von sich gibt?« fragte Gary. Nun war es an ihm, sich zu wundern.

»Das Licht ist auch eine Illusion«, sagte sie. »Komm schon, suchen wir den Deckenbaum.«

Im illusorischen Licht traten sie hinaus. Es war hell genug, um zu verhindern, daß sie gegen Bäume prallten oder in Erdkuhlen stolperten. Gary beschloß, die Angelegenheit nicht weiterzuverfolgen. Denn er befürchtete, anderenfalls die spitzen Steine und die Stöcke, die hier draußen seinen nackten Menschenfüßen auflauerten, nicht mehr deutlich genug ausmachen zu können.

Weit und breit schien es weder Deckenbäume noch Kissensträucher zu geben. Statt dessen erspähte Iris eine tiefliegende Wolke. »Vielleicht genügt ja ein Stück davon«, meinte sie und hielt darauf zu.

»Aber das ist doch bloß Nebel«, protestierte Gary. »Der hat keine Substanz.«

»Das ist nicht unbedingt gesagt. Wolken können immerhin feststofflich genug sein, um Wasserpfützen aufzunehmen. Erst wenn man sie schräg kippt oder schüttelt, kommt das Wasser als Regen herunter. Außerdem befinden wir uns hier im Reich des Wahnsinns, was sich vermutlich auch auswirken dürfte.« Iris griff nach der Wolke und bekam sie mit der freien Hand zu packen. Dann stellte sie sich die Lampe auf den Kopf, um beide Hände frei zu haben. Eine große Schwade aus Wolkennebel löste sich und verblieb in ihren Armen. »Ja, das ist genau das Richtige. Hilf mir, genug davon zu sammeln, Gary.«

Gary streckte seine Menschenhände aus und berührte die Wolke. Sie fühlte sich wie flauschige Baumwolle an. Er riß daran, und ein beinahe gewichtsloser Brocken löste sich von der Hauptmasse.

Er folgte Iris zurück zum Mauernußbaum. »Ich werde mein Stück auf den Boden legen, dann benutzen wir deins als Abdeckung«, entschied sie. »Loslassen dürfen wir das Zeug allerdings nicht, sonst schwebt es davon.«

»Das hier hab' ich für dich mitgebracht«, sagte er. »Dann gehe ich jetzt und hol' mir selbst welches.«

»Sei nicht albern. In der Dunkelheit verläufst du dich doch bloß. Wir werden sie uns teilen.«

»Aber was ist mit Hiatus und Mentia? Frieren die nicht auch?«

»Ich glaube nicht«, sagte sie. Sie hob die Lampe, und in ihrem Licht sah Gary, daß Hiatus inzwischen bequem auf einem Federbett unter Überraschung lag, die immer noch im Schlaf schwebte.

»Wo kommt das denn her?« fragte er. »Und wo ist Mentia?«

Das Bett bildete an der Seite einen Mund aus. »Werd nicht albern, Wasserspeier«, sagte es.

Er begriff, daß die Dämonin die Gestalt eines Bettes angenommen hatte. Trotzdem blieb da immer noch eine Frage: »Wenn deine Magie doch von der Magie hier beeinträchtigt wird, wie hast du das dann fertiggebracht?«

»Indem ich versucht habe, mich in einen Betonblock zu verwandeln«, erklärte das Bett. »Man kann den Wahnsinn durchaus steuern, wenn man ihn erst einmal begriffen hat – und ich, die ich ohnehin ein bißchen wahnsinnig bin, habe da keine großen Probleme, eine Beziehung zu ihm herzustellen, obwohl ich dabei leider unbehaglich vernünftig bleibe.«

Also nahm Gary auf der Bodenwolke Platz. Es war ziemlich bequem. Er streckte sich aus, und es war himmlisch weich, ohne daß er dabei jedoch den Boden berührt hätte. Der Wolkenstoff hatte noch ein wenig von der Tageswärme gespeichert, und Gary begriff, daß er für diese Zwecke wahrscheinlich viel geeigneter war als jede Decke es hätte sein können.

Iris nahm neben ihm Platz und deckte beide mit dem zweiten Nebelstück zu. Ihr Körper war ebenfalls warm und weich und ganz nahe. »Aber ...«, begann Gary.

»Ach ja, stimmt ... Ich habe das Licht angelassen«, sagte sie. Die Lampe verschwand und ließ sie im Dunkeln zurück. »Gemütlich genug?«

»Aber ... du hast ja gar nichts an, glaube ich.«

»Es besteht keine Notwendigkeit, in der Dunkelheit noch Illusionskleider zu tragen«, erwiderte sie. »Ich werde mir am Morgen neue Illusionskleidung machen und aus den Überresten dieser Wolke vielleicht eine neue Bluse anfertigen.«

»Aber dein Körper ist so nah an meinem.«

»Ja, stimmt«, sagte sie, als wäre sie selbst davon überrascht. »Laß mich aber bitte darauf hinweisen, daß ich keiner Illusionen mehr bedarf, um meine uralten Knochen jung erscheinen zu lassen. Ich bin jetzt körperlich dreiundzwanzig Jahre alt, was in etwa deinem menschlichen Alter entsprechen dürfte. Ich finde, wir passen ganz gut zusammen.«

»Zusammenpassen? Wozu denn?«

»Na ja, wir könnten ja vielleicht mal mit einem Kuß aufs Ohr anfangen«, sagte sie und ließ den Worten Taten folgen.

Gary war so überrascht, daß er glatt von der Wolkendecke rutschte und auf dem kalten harten Boden aufschlug.

»Ach, komm schon«, sagte Iris und zerrte ihn zwischen die Decken zurück. Dabei kam ihm ihr Körper noch näher als zuvor.

»Was hast du vor?« wollte er wissen.

»Ist das nicht offensichtlich? Ich versuche, dich zu verführen.«

Gary staunte. »Mich ... *was?*«

Sie lachte. »Hast du denn gar kein Interesse?«

»Nein. Ich begreife das alles nicht.«

Es folgte eine Pause von etwa zweieinhalb Momenten. »Ich bin so lange so alt gewesen, daß es mir eine echte Erleichterung ist, körperlich wieder jung zu sein«, meinte sie schließlich. »Aber was nützt die Jugend, wenn man nicht auch ihr Potential nutzen kann?«

»Das weiß ich nicht. Was ist denn das Potential der Jugend?«

Wieder eine Pause, diesmal nicht ganz so lang. »Vielleicht scheust du dich nur, dich mit einer verheirateten Frau einzulassen? Ich kann dir versichern, daß ich niemals darüber sprechen werde. Mir geht es nur um ein flottes, flüchtiges Vergnügen, um persönliche Abwechslung.«

»Mich worauf einzulassen?« fragte er verwundert.

»Den Storch zu rufen, du Idiot!« fauchte sie.

Langsam ahnte er ansatzweise, worauf sie hinauswollte. »Den Storch? Aber dafür würde ich doch eine Frau brauchen.«

»Und was, um alles in Xanth, bin ich? Ein Walroß vielleicht?«

»Na, du bist doch ein Mensch«, erwiderte er, verwundert über ihre Heftigkeit.

»Ganz genau. Also, was hast du noch für Einwände?«

»Ich bin ein Wasserspeier. Ich habe keine Storcheninteressen an anderen Rassen.«

»Du meine Güte! Im Augenblick besitzt du aber Menschengestalt.«

»Trotzdem«, sagte Gary, »bin ich in Wirklichkeit ein Wasserspeier, so wie du in Wirklichkeit eine uralte Vettel bist. Zwischen uns gibt es nun mal keine menschliche Beziehung.«

Diesmal dauerte die Pause so viele Momente, daß Gary friedlich einschlief. Er vermutete, daß Iris dasselbe tat.

Am Morgen suchten sie nach Pampelmusen und Passionsfrüchten. Die Musen schmeckten sehr gut, aber das andere Obst rührte Gary nicht an. Er erinnerte sich, daß das Wolkenbett, in das er sich mit Iris geteilt hatte, auf Passionsranken gestanden hatte. Das erklärte wohl auch Iris' Anliegen, wie Gary erst jetzt klar wurde. Er würde in Zukunft versuchen, diese Ranken zu meiden, um besser schlafen zu können. Allerdings wäre es ganz nett gewesen, hätte es sich um ein Wasserspeiermädchen gehandelt. In der Zwischenzeit zauberte Überraschung mehrere Lebern herbei, blickte angewidert drein und bekam schließlich, was sie wollte, indem sie statt dessen *versuchte,* die widerlichsten Leberwarzen heraufzubeschwören, die sie sich nur vorstellen konnte: So erhielt sie eine Pampelpastete und einen Honigkamm. Den Honig goß sie auf die Pastete und steckte sich den Kamm danach ins Haar, damit es nicht herumschlabberte. Dann verputzte sie die Pastete mit einem Appetit, der jedem Kobold zur Ehre gereicht hätte.

Die Zauberin Iris wirkte ein wenig desorientiert. Gary begriff, daß es wohl höflicher gewesen wäre, wenigstens so zu tun, als hätte er Interesse an ihr gehabt, und zwar von jener Art, wie es ein Menschenmann in Garys scheinbarem Alter und Gesundheitszustand wohl entwickelt hätte. Doch es ließ sich nun einmal nicht leugnen, daß Iris kein Wasserspeier war.

»Die Torheiten der menschlichen Rasse können uns Dämonen immer wieder belustigen«, bemerkte Mentia mit einem Blick auf die Passionsranken. »Möchtest du vielleicht, daß ich die Gestalt eines Wasserspeiers annehme?«

»Natürlich nicht. Wir Wasserspeier verwechseln nie eine

andere Kreatur mit unseresgleichen. An unsere beeindruk-kende Häßlichkeit reicht ja doch niemand heran.«

»Bestimmt nicht«, stimmte die Dämonin ihm zu. Sie wirkte immer noch belustigt.

Sie folgten den Fußstapfen des Riesen, die sie nun, wie es schien, ins tiefste Kernland des Wahnsinns führten. Mentia widersprach dieser Auffassung allerdings und erklärte, daß in der Mitte dieses Gebiets das Dorf des Magischen Staubs liege. Das änderte freilich nichts an den wahnsinnigen Effekten: So begannen die Bäume gewaltigen Seeungeheuern zu gleichen, und manche von ihnen verhielten sich auch so. Iris mußte immer wieder ihre Illusionen einsetzen, um sie abzuwehren, während Hiatus emsig damit beschäftigt war, widerliche Haarauswüchse von jenen Ästen sprießen zu lassen, die sich nicht von den Illusionen beeindrucken ließen. Versagten beide Maßnahmen, nahm Mentia die Gestalt eines baumfressenden Riesensauriers an und zermalmte das vorwitzige, gierige Geäst.

Jedenfalls waren sie alle froh, als der Urwald schließlich etwas ausdünnte. Die Gefährten stiegen durch eine sanfte Hügelkette. Die Hügel widersetzten sich allerdings ihrem Marsch, indem sie sich in Berge verwandelten und ihre Hänge unerwartet fallen ließen, so daß die Reisenden gegen Baumstämme oder Felsbrocken stolperten und sich die Nasen aufschlugen.

»Ich glaube, diese Hügel kenne ich«, meinte Mentia. »Man bezeichnet sie als Nasenstübergebirge.«

Schließlich gelangten sie auf eine Ebene. Das war eine große Erleichterung, weil ihre Nasen inzwischen schon ziemlich wund geworden waren. Doch sie blieben auf der Hut; denn sie wußten genau, daß sich schon bald die nächste Gefahr materialisieren dürfte.

Hier wirkten die Bäume ziemlich mickrig, obwohl der Wahnsinn von schrecklichster Kraft war. Gary, der sich ja auf Steine spezialisiert hatte, erkannte den Grund dafür: »Hier gibt es kaum eine Stelle, wo ihre Wurzeln fassen könnten. Der Boden ist mit Gestein bedeckt.«

»Besteht nicht das allermeiste Land aus Gestein?« wollte Hiatus wissen.

»Tief unten schon«, bestätigte Gary. »Aber meistens ist es von Sand und Erdreich bedeckt, wodurch die Pflanzen Halt finden. Hier scheint es sich aber um künstlich geschnittenes Gestein zu handeln, vielleicht um irgendwelche Teile von eingestürzten Gebäuden. Manche sehen so aus, als würden sie alte Straßen bilden. Es ist einfach nicht genug Erdreich vorhanden; deshalb können die Pflanzen sich nicht richtig entwickeln. Das ist unser Glück, denn die allermeisten Gewächse scheinen feindselig zu sein.«

»Da bin ich mir nicht so sicher«, überlegte Iris. »Die Bäume und Pflanzen um Schloß Roogna tun auch ihr Bestes, um unfreundliche Fremde abzuschrecken. Aber das ist keine Bösartigkeit. Sie sind einfach nur angewiesen worden, das Schloß zu beschützen. Sie haben auch ihr Bestes getan, um es allen Magiern so leicht wie möglich zu machen, dort zu bleiben. Es könnte also sein, daß wir diese Pflanzen hier einfach nicht richtig verstehen.« In diesem Augenblick versuchte eine Nesselschlinge, sich um ihren Fußknöchel zu ranken und sie in ein Distelnest zu zerren. »Ich könnte mich allerdings auch irren«, fügte Iris hastig hinzu.

»Was immer sie in der Vergangenheit gewesen sein mögen, inzwischen müssen sie jedenfalls anders geworden sein«, warf Hiatus ein. »Weil der Wahnsinn ja alles verändert.«

Überraschung entdeckte einen Stein, der die ungefähre Form eines Sessels hatte. Sie stellte die Augen schief, worauf er zu zittern begann und losspazierte. Das Kind sprang auf den Sesselstein und ritt auf diese Weise ein ganzes Stück umher, bis eins der Stuhlbeine über eine Unebenheit stolperte, der belebte Sessel umkippte und Überraschung hinauspurzelte.

Die Gefährten folgten weiterhin den Fußspuren des Riesen. Die Steine im Boden wurden immer größer, bis sich einige von ihnen an die Oberfläche erhoben und zerzauste Silhouetten bildeten. »Die sind ganz eindeutig künstlichen Ursprungs«, erklärte Gary. »Sie wurden in einem Steinbruch geschlagen und hierhergebracht. So langsam kann ich die Umrisse von großen Gebäuden erkennen.«

»Dann müssen das hier wohl die Ruinen sein, die wir suchen«, sagte Mentia. »Vielleicht ist unsere Queste ja schon bald zu Ende.«

»Das wäre schön«, stimmte Gary ihr zweifelnd zu. »Aber die Ruinen zu finden, ist nur ein Schritt von vielen. Vor allem brauchen wir den Philter. Und wir müssen eine Möglichkeit finden, um Desirees Baum zu retten. Im Augenblick sehe ich jedoch weder das eine noch das andere.«

Iris ließ den Blick über die kahle Ebene schweifen. »Das ist wirklich Ödland! Man sollte doch eigentlich annehmen, daß der Philter Wasser reinigen und eine Oase erschaffen würde oder so etwas, wenn er hier wäre. Statt dessen sehe ich immer nur weitere Ruinen.«

Gary mußte ihr recht geben. Doch was blieb ihnen anderes übrig, als die Ruinen zu durchsuchen, so gut es ging – in der schwachen Hoffnung, dabei auf das Gewünschte zu stoßen?

»Das ist aber merkwürdig«, warf Mentia plötzlich ein. Sie betrachtete soeben einen besonders großen Stein, der mit einem Ende in den Boden hineinragte.

Die anderen folgten ihrem Blick. Gary sah, daß er aus zwei Steinen zu bestehen schien, die oben durch ein Band aus anderem Gestein verbunden waren. »Merkwürdig?« wiederholte Hiatus. »Das ist regelrecht gespenstisch! Warum sollte man zwei Steine so zusammenpfropfen?«

»Vielleicht, um einen Bogen zu erschaffen?« schlug Iris vor.

»Zu schmal dafür«, widersprach Mentia. »Viel zu schmal. Diese Steine stehen ganz dicht beieinander, so daß niemand hindurch kann. Man könnte auch sonst nichts Nützliches dazwischen aufstellen.«

Überraschung trat an die Steine heran. Plötzlich fuhren Klauen aus ihren Händen hervor, gruben sich in das Gestein und zogen sie in die Höhe, bis sie die Spitze erreicht hatte, dort, wo die Steine miteinander verbunden waren. Das Mädchen untersuchte die Fuge. »Scharnier!« verkündete sie dann.

»Ein steinernes Scharnier?« fragte Iris. »Das ist doch lächerlich!« Doch schnell überlegte sie es sich anders. »Trotzdem, es sieht genauso aus. Ein Scharnier aus Stein, das die beiden Steine miteinander verbindet.«

»Warum sollte man einen Stein mit einem Scharnier versehen?« wollte Hiatus wissen. »Um auch nur einen dieser Steine zu heben, würde man einen Riesen oder zwei Oger brauchen. Schließlich ist jeder einzelne schon so groß wie ein kleines Gebäude.«

»Und weder Riesen noch Oger betätigen sich als Baumeister«, ergänzte Mentia. »Das tun in der Regel nur Menschen und Termiten, wobei Termiten für gewöhnlich nicht in Stein arbeiten.«

Gary ging die Sache im Geiste durch. »Wasserspeier arbeiten auch nicht in Stein«, warf er ein, »aber wir haben eine Vorliebe dafür. Ich würde sagen, das hier stellt die Stütze eines komplizierten Gebäudes dar. Ein Stein ist tief in den Boden eingelassen, während der andere oben auf der Oberfläche ruht; den könnte man in die Waagerechte heben und mit dieser weiteren Steinsäule hier verbinden.« Er legte die Hand auf eine Säule, die in der Nähe stand. »Mit anderen Steinen könnte man dann ähnlich verfahren, um auf diese Weise ein festes Dach für das Gebäude zu erhalten. Wie ich sehe, stehen überall an den richtigen Stellen Säulen herum.«

»Das siehst du?« fragte Hiatus. »Ich kann nichts anderes erkennen als Haufen aus zerbrochenem Gestein.«

»Sie sind zwar zerbrochen, bilden aber zusammen ein Muster. Schau mal, hier ist noch eine Scharniersäule. Und dort hinten ist eine, deren Steinscharnier abgebrochen ist. Diese Stadt mag zwar von Zeit und Wetter zerstört worden sein, aber früher bestand sie mal aus wunderschönen Bauten.«

Die anderen schüttelten den Kopf, weil sie es nicht erkennen konnten. Doch für Gary war alles deutlich genug. Er wünschte sich, er wäre in der Lage, den Gefährten seine

Vision des Steins zu zeigen. Aber die anderen waren eben keine Wasserspeier.

Sie durchstreiften die Ruinen, ohne irgend etwas Besonderes zu entdecken. Selbst wenn hier vormals Größe geherrscht haben mochte, war sie inzwischen in Vergessenheit geraten – und zwar schon lange, bevor der Wahnsinn sie überlagert hatte. Außerdem war weit und breit kein Philter zu finden. Sie suchten den ganzen Tag danach, doch alles, was sie erreichten, waren noch tiefere Erschöpfung und noch größere Niedergeschlagenheit. Selbst Überraschung wirkte gelangweilt und passiv.

In der Mitte der Ebene befand sich ein schlammiger Teich. Er war überwuchert von übellaunigen Schimpfkräutern, die jeden anzischten, der versuchte, etwas Wasser zu schöpfen; doch Hiatus ließ ihnen einige wahrhaft abscheuliche Auswüchse angedeihen, bis sie verstummten. Als Lagerplatz für die Nacht war der Ort so gut wie jeder andere in dieser Gegend.

Diesmal versuchte Iris nicht, Gary zu behelligen – zu seiner großen Erleichterung! Zwar versuchte sie, Hiatus ein wenig abzulenken, doch dem stand der Sinn allen nach Desiree. Schließlich schuf Iris sich einen hübschen Pavillon aus Illusion und zog sich zusammen mit Überraschung zurück, die darin ihren eigenen, kleineren Pavillon entstehen ließ.

Gary lag auf seinem Menschenrücken und blickte zu den Sternen empor. Er kannte die Sternbilder gut; schließlich hatte er sie im Laufe der Jahrhunderte oft genug betrachten können. Doch heute nacht stimmte irgend etwas nicht. Gary konnte keines der Sternbilder wiedererkennen. Statt dessen erblickte er einen Meermann, der durch ein Feld grasender Mäuse schwamm. Der Meermann bemerkte, wie Gary ihn beobachtete, und rief ihm lautlos zu: WAS GAFFST DU ZU UNS HOCH, WASSERSPEIER?

»Wo sind denn die normalen Sternbilder?« wollte Gary wissen.

»*Wir* sind die normalen Sternbilder«, erwiderte der Meermann zornig.

»Aber nicht dort, wo ich herkomme.«

»Du bist auch nicht dort, wo du herkommst, Steinherz.«

Und sowohl Meermann als auch Mäuse funkelten ihn böse an. »Du kommst von der langweiligen Seite des Schleiers.«

Gary dachte darüber nach und gelangte zu dem Schluß, daß es stimmte. »Dies hier ist das Gebiet des Wahnsinns. Da kann es nicht verwundern, wenn es sich um Wahnsinnssternbilder handelt.«

»Das hast du richtig begriffen, Menschenrumpf.«

»Wie lange bist du denn schon da, Fischschwanz?« zahlte Gary es ihm mit gleicher Münze heim.

Der Meermann beruhigte sich ein winziges bißchen. Vielleicht war es schon eine ganze Weile her, seit irgend jemand ihn ernst genommen hatte. »Solange, wie der Wahnsinn vorherrscht.«

»Dann mußt du diese Ruinen ja gesehen haben, als sie noch eine prächtige steinerne Stadt waren.«

»Woher weißt du davon?« fragte der Meermann.

»Ich bin ein Wasserspeier. Wir bewundern Gestein. Ich wünschte, ich könnte diese Anlage in ihrer früheren Größe schauen. Vielleicht gab es dort auch Wasserspeier.«

»Die gab es, genau wie alle möglichen anderen Wesen. Aber sie war zum Untergang verdammt.«

»Ob sie wohl den Philter hatten?« meinte Gary nachdenklich.

»Den Philter!« rief der Meermann. »Hinter dem bist du her?«

»Ja, das ist meine Queste. Weißt du, wo er ist?«

»Hol ihn bloß nicht!« rief der Meermann bestürzt. »Der ist gefährlich. Kehr auf deine Seite des Schleiers zurück!«

»Dann war er also tatsächlich hier!« jubelte Gary. »Und er muß noch immer hier sein, weil er nicht sterblich ist wie das fleischerne Volk. Ich muß ihn unbedingt haben!«

»Laß ab von diesem Unheil«, sagte der Meermann. »Ich werde dir nicht dabei helfen, dieses Ding zu bergen.« Dann schwamm er mit solcher Wucht davon, daß sein Schwanz das gesamte Mäusefeld aufwühlte und die Szene sich in Unschärfe auflöste.

Doch Gary wußte jetzt wenigstens, daß seine Queste nicht vergeblich war. Der Philter befand sich tatsächlich hier zwischen den Ruinen – er mußte ihn nur noch finden.

8

Belebung

Am Morgen waren die anderen bereit, von der Queste abzulassen – bis auf Überraschung, die emsig nach farbigen Kieseln suchte. Doch Gary ließ nicht mit sich reden. »Ich weiß, daß der Philter hier ist«, verkündete er.

»Woher willst du das wissen?« fragte Iris abfällig.

»Das Sternbild hat es mir gesagt.«

»Das was?«

»Das Meermann-Sternbild, das ich letzte Nacht am Himmel sah. Der Meermann hat die Stadt gekannt, bevor sie verfiel, und er sagte, daß der Philter dort war. Außerdem hat er mir aufgetragen, ihn nicht zu holen.«

»Ein sprechendes Sternbild?« fragte Hiatus verwundert.

»Vergiß nicht, wir befinden uns im Gebiet des Wahnsinns«, warf Mentia ein. »So was kommt vor.«

Iris seufzte. »Das stimmt. Ich glaube mich erinnern zu können, wie Bink auch einmal von sprechenden Sternbildern erzählte. Allerdings war auf die kein Verlaß.«

»Aber dieses Sternbild hat versucht, mich daran zu hindern, den Philter zu finden! Folglich muß er dort sein, wo ich ihn finden *könnte*.«

»Verrückte Logik«, warf Mentia ein. »Wie sollen wir den Philter denn finden, nachdem wir schon alles erfolglos abgesucht haben?«

»Das Geheimnis muß in dem Gestein liegen«, meinte Gary. »Ich kann Steine lesen. Ich muß nur den richtigen finden.«

»Meinst du einen Obelisken?« erkundigte sich Iris. »Einen Stein mit einer Inschrift?«

»Nicht unbedingt. Ich brauche lediglich einen Stein, der zur richtigen Zeit die richtigen Dinge gesehen hat.«

»Was ist denn das schon wieder für ein Unsinn? Steine können doch nicht sehen!«

»Nicht, wie wir es tun«, bestätigte Gary. »Aber sehen können sie schon, und Wasserspeier können das Gesehene lesen. Aber das ist ein sehr langsamer Vorgang, und er ist völlig sinnlos, wenn der Stein nicht das Gewünschte geschaut hat.«

»Und ist nun genau das Gewünschte?« wollte Iris wissen.

»Der Philter, natürlich. Aber es könnte ebenso schwierig werden, einen Stein zu finden, der ihn gesehen hat, wie den Philter *selbst* zu suchen. Deshalb will ich erst nach einem Stein suchen, der die alte Stadt auf ihrem Höhepunkt geschaut hat. Vielleicht bekomme ich ja von dem einen Hinweis.«

»Jetzt hör mir mal gut zu«, sagte Iris ungeduldig. »Ist nicht jeder einzelne Stein hier Bestandteil dieser Stadt gewesen? Dann müssen sie doch alle den Philter gesehen haben, oder nicht?«

»Nein, denn manche Steine haben nach innen geblickt. Sie konnten nur sehen, was im Innern des Gebäudes vorging; möglicherweise also nur die Rückseite von irgendwelchen Teppichen, die an den Innenwänden gehangen haben. Und die Mauern, deren Steine nach außen blickten, haben vielleicht nur Seitengassen zu sehen bekommen oder irgendwelche Gegenstände, die man vor ihnen aufgehäuft hat. Ich dagegen brauche einen Stein, der die ganze Stadt geschaut hat, oder wenigstens genug davon, damit ich sie ebenfalls schauen kann.«

»Damit du sie ebenfalls schauen kannst?« fragte Iris zweifelnd. »Mit Hilfe dieser geheimnisvollen Inschrift?«

»Oh, eine Schrift dürfte sich nicht darauf befinden, es sei denn, ein Mensch hat sie angebracht. Nein, ich lese den Stein selbst.«

Iris spreizte die Hände. »Ich geb's auf! Das ist ja noch schlimmer als der Wahnsinn.«

»Da bin ich mir nicht so sicher«, versetzte Mentia mit sachlicher Stimme. »Wasserspeier verstehen etwas von Steinen, wie sie auch etwas von Wasser verstehen, und Gary spricht wie jemand, der durchaus weiß, wovon er redet. Gary, wie liest du die Steine denn überhaupt?«

»Ich schaue sie mir genau an und verändere meine Augenstellung, bis ich die Bilder hinter der Oberfläche sehen kann. Die deute ich dann auf, und ...« Plötzlich hielt er inne. »O je! Ich bin mir gar nicht sicher, daß ich das in diesem Menschenkörper überhaupt tun kann! Ständig vergesse ich, wie beschränkt der ist.«

»Und welche Möglichkeiten er hat«, brummte Iris von der Seite.

»Du mußt eben den Versuch wagen«, sagte Mentia ernst. »Erst dann können wir genau wissen, ob es funktioniert oder nicht.«

»Aber wenn ich keinen guten Stein zur Verfügung habe, werde ich auch nichts Nützliches in Erfahrung bringen«, wandte Gary ein.

»Um deine Fähigkeit zu prüfen, brauchst du keine nützlichen Informationen. Wenn du erst einmal festgestellt hast, daß du in dieser Menschengestalt tatsächlich Gestein lesen kannst, machen wir uns auch auf die Suche nach dem gebildetsten Stein auf der ganzen Erde.«

»Ja, das ist gut!« stimmte Gary ihr zu. »Du bist wirklich bemerkenswert vernünftig geworden, Mentia.«

Sie schnitt eine Grimasse. »Bestimmt nicht freiwillig, Wasserspeier. Wenn wir diese Mission erst mal hinter uns gebracht haben, können wir endlich diesen Wahnsinn abschütteln, und dann kann ich wieder normal werden.«

»Du bist doch eine Dämonin«, warf Hiatus ein. »Warum hast du dich da nicht schon längst verdrückt?«

Die Grimasse löste sich von Mentias Gesicht und ließ es ohne Mund zurück. Trotzdem hatte sie keine Schwierigkeiten beim Sprechen. »Weil der Wahnsinn auch meine natürliche Verantwortungslosigkeit umgekehrt hat. Es wäre nicht anständig, euch in dieser Stunde der Not im Stich zu lassen, deshalb tue ich es auch nicht. Ich darf euch versichern, daß mir diese Grundeinstellung fast ebenso großes Unbehagen bereitet wie das gute Gewissen, das meine bessere Hälfte sich zugelegt hat. Da hätte ich ebensogut bei ihr bleiben können.«

Für einen Dämon ist ein Gewissen dasselbe wie Wahnsinn«, bestätigte Gary. »Aber ich muß schon sagen, daß du mir in diesem Zustand besser gefällst und daß ich froh über deine Anwesenheit bin.«

»Dabei gibt sie sich nicht einmal die geringste Mühe, verführerisch zu sein!« versetzte Iris verärgert.

»Ganz genau«, bekräftigte Gary.

»Was für ein Ärgernis!«

»Ärgernis!« wiederholte Überraschung und schielte. Sie hatte eine Handvoll hübscher bunter Kieselsteine entdeckt. Jetzt schwebten sie in die Höhe und bildeten ein Muster in der Luft.

»Aber das ist doch kein Ärgernis«, wandte Iris ein. »Das sind nur hübsche Steine.«

»Das ist ja da Wesen des Ärgernisses«, meinte Mentia. »Überraschung hat dasselbe Leiden wie ich. Sie wird verantwortungsbewußter. Leih dir doch mal einen von diesen kleinen Steinen aus, um deine Fähigkeit auf die Probe zu stellen, Gary.«

»Den hier«, sagte Überraschung. Ein Granitsplitter in Gestalt eines Lächelgesichts löste sich von der Gruppe und sprang ihm in die Hand. »Der gefällt mir.«

Also hielt Gary den Stein fest und konzentrierte sich darauf, suchte nach der Botschaft in seinem Innern. Seine

Menschenaugen verloren ihren Scharfblick, um ihn auf völlig andre Weise wiederherzustellen. Er las die Muster auf der Oberfläche des Steins und beschwor seine Bilder herauf.

»Vielleicht geht es besser, wenn du die Augen schräg stellst«, schlug Überraschung vor.

»Hier sind nichts als jüngere Ereignisse verzeichnet«, erklärte Gary. »Weil dies ein Splitter aus einem größeren Stück ist, und weil er vorher, bevor er abgeschlagen wurde, nur den restlichen Stein um sich herum geschaut hat. Als er zu Boden fiel, erblickte er wachsende Pflanzen und jagende Käfer sowie den Umriß der Säule, von der er sich gelöst hatte. Nichts, was von Interesse für uns wäre.«

»Aber lesen kannst du ihn tatsächlich!« erklärte Mentia. »Und *das* ist durchaus von Interesse für uns!«

»He, stimmt ja«, bestätigte Gary verblüfft. »Genauso ist es.«

»Also müssen wir jetzt irgendeinen Stein finden, der etwas von Bedeutung mitangesehen hat. Einen, der den Schleier der Zeit durchschauen kann.«

»Ja. Aber es gilt, eine ziemlich große Zeitspanne und einen sehr großen Raum zu überprüfen. Das kann langwierig und mühevoll werden.«

»Ich habe schon genug von Langwierigkeit und Mühe!« fauchte Iris. »Dieses ganze Abenteuer ist bisher tödlich langweilig gewesen. Gibt es keine Möglichkeit, die Sache ein wenig zu beschleunigen?«

Mentia blickte nachdenklich drein. »Wenn ich es mir genau überlege, muß ich feststellen, daß wir uns in einem Flaschenhals befinden. Gary ist nämlich der einzige von uns, der die Steinmuster lesen kann. Wenn wir eine Möglichkeit fänden, ihn dabei zu unterstützen und schneller zu werden ...«

»Wie denn?« fragte Iris begierig.

»Ich weiß es nicht genau. Aber vielleicht wäre es ja möglich, die Bilder zu beleben, die Gary beschreibt, damit wir alle sie sehen können. Dann könnten wir ihm auch bei seiner Suche helfen.«

»Beleben?« fragte Hiatus. »Aber wer von uns verfügt denn über eine solche Magie?«

»Iris«, antwortete Mentia. »Ihre gewaltige Illusionskraft kann alles erscheinen lassen.«

»Ja, aber meine Illusionen lassen die Dinge nicht tatsächlich existent werden«, widersprach Iris. »Sie werden einfach nur so, wie ich sie sehe, sei es nun richtig oder falsch.«

»Aber wenn Gary dir eine hinreichend genaue Beschreibung dessen gibt, was er schaut, damit du es in eine Illusion umsetzt, müßten wir es schaffen. Wir wissen ja selbst, daß es nicht wirklich ist – jedenfalls heute nicht. Aber wenn wir auf diese Weise dafür sorgen könnten, daß wir wenigstens schauen, was in der Vergangenheit geschehen ist und wo der Philter zurückgelassen wurde ...«

»Das klingt vernünftig«, bestätigte Iris. »Also gut. Sucht ihr den vollkommenen Stein, dann versuche ich, mich genau genug auf Gary einzuschwingen, um seine Bilder unverzögert in Illusionen umzusetzen. Aber vergeßt nicht – hier im Reich des Wahnsinns neigen meine Illusionen dazu, verkehrt herum herauszukommen. Deshalb werde ich geradezu zwangsläufig einige Fehler machen, bevor ich den Bogen heraushabe.«

Gary gefiel die Sache zwar nicht besonders; aber es hörte sich ganz vernünftig an, so daß er nichts dagegen einwenden konnte.

»Üben wir doch erst mal mit diesem Kiesel«, schlug Iris vor. »Du hast Pflanzen wachsen gesehen? Was denn für welche?«

Gary spähte erneut in den Stein hinein und beschrieb die Pflanzen. Zuest erschienen ganz andere Pflanzenarten, weil der Wahnsinn Iris' Talent verzerrte. Doch sie stieß rasch ein fieses Wort aus und versuchte es noch einmal. Kurz darauf wuchsen um sie herum jede Menge hohe Pflanzen, genau, wie der kleine Kiesel sie geschaut hatte. Dann kamen auch die Käfer vorbei und wurden mit einer Einzelheit nach der anderen ausgestattet, je genauer Gary Iris' Abbilder berichtigte.

»Es funktioniert also«, meinte sie schließlich. »Aber nicht

gut genug, wie ich finde. Mal sehen, ob wir einander nicht näherkommen können.« Sie legte ihre Hand auf die seine.

»Aber ...«

»Im Augenblick steht mir bestimmt nicht der Sinn danach, dich zu verführen. Dafür kann ich aber auf diese Weise mittels deiner Körperreaktionen einige deiner Eindrücke mitbekommen. Das könnte mir dabei helfen, auch ohne große mündliche Berichtigung die gewünschten Abbilder herzustellen. Ich könnte meine Instinkte umgehen, weil diese die Bilder ständig auf den Kopf stellen. Wenn ich mich also ein bißchen genauer auf deine Bilder einschwinge, müßte alles viel deutlicher herauskommen. Illusionen sind mein Beruf, und ich bin sehr gut auf diesem Gebiet, wenn man mich gewähren läßt.«

Also arbeiteten sie weiter daran, und Gary mußte zu seinem Erstaunen feststellen, daß Iris recht behielt. Sie war mehr als nur gut – sie war ein wahres Genie der Illusion. Die Fehler wurden immer seltener, bis sie schließlich völlig verschwanden. Jede Einzelheit dessen, was Iris optisch wahrnehmbar machte, entsprach genau der Vorgabe Garys und reagierte auch auf Garys Korrekturen. Wenn er einen verstreichenden Tag beschrieb, bewegten die Schatten sich genau wie im richtigen Leben. Schilderte er den Lauf einer Jahreszeit, verloren die Bäume ihr Laub und ließen frische Blätter sprießen. Wenn es regnete und kurzzeitig Bäche vorbeiströmten, erschienen sie in voller Belebtheit in der Szene. Die Illusionsmagie hatte Möglichkeiten, von denen Gary noch gar nichts gewußt hatte – beispielsweise eine dünne Scheibe, die ihm ein durchsichtiges Skizzenbild der Szene auf dem Stein zeigte, ohne dieselbe zu verdecken. Jetzt brauchte er nicht ständig seinen Blick zu den Illusionen zu heben, um die Fehler zu berichtigen, sondern konnte sich voll und ganz auf den Stein konzentrieren, konnte ganz allgemein schildern, was er dort sah, während es um die anderen herum in den allermeisten Einzelheiten entstand. Manchmal erschien auch ein winziges Illusionsbild von Iris selbst, die mal auf den einen, mal auf den anderen Abschnitt einer Szene zeigte, damit Gary ihr entsprechende Anweisungen geben konnte. So entwickelten sie sich nach und nach zu einer immer schlagkräftigeren Mannschaft. Gary hatte Iris ursprünglich nicht sonderlich gemocht, doch inzwischen war sie in seiner Wertschätzung gestiegen. Sie konnte wirklich sehr saubere Arbeit leisten, wenn sie sich nur anstrengte.

Schließlich hob Gary den Blick und löste sich aus seiner träumerischen Betrachtung des Steins – doch das Illusionsbild blieb in sämtlichen Einzelheiten erhalten. »Das ist sehr gut«, sagte er. »Wenn wir den richtigen Stein gefunden haben, können wir die ganze Geschichte selbst wiederherstellen.«

Iris lächelte. »Ja, das können wir wohl. Du hast wirklich eine bemerkenswerte Gabe, das Geheimnis des Gesteins zu ergründen.«

Gary machte die Entdeckung, daß seine stumme Abneigung gegen Iris zu verblassen begann. Sie hatte zwar ihre Umgebung in Illusion gehüllt, an ihrem eigenen Aussehen aber nichts verändert. So sah Gary eine gutgebaute, jugendlich-reife Menschenfrau vor sich und begann langsam zu ahnen, welchen Reiz dies doch ausüben konnte.

Da erschien D. Mentia. »Ich glaube, wir haben einen guten Stein gefunden«, verkündete sie. »Er befindet sich hoch genug, um die gesamte Ebene zu überblicken, jedenfalls alles, was sich innerhalb des Hügelkreises befindet. Die anderen bauen schon an einem Gerüst, damit ihr hinaufsteigen und ihn lesen könnt.«

»Haben sie denn genug totes Holz dafür gefunden?« wollte Iris wissen, während sie sich in Bewegung setzten.

»Nein. Überraschung hat die Holzstücke geschaffen, dazu Nylonseil zum Verzurren. Es scheint, daß Hiatus weiß, wie man so etwas konstruiert.«

»Was ist denn Nylon?« wollte Gary wissen.

»Das ist ein Stoff, der aus den Strümpfen von Nymphen gewonnen wird«, erklärte Mentia. »Deren Strümpfe sind ja etwas Besonderes. Deshalb haben sie auch so schöne Beine und können so gut laufen.« Während sie sprach, verwandelte sie sich selbst in eine Nymphe mit schlanken Beinen.

»Manchmal haben die Strümpfe sogar die Masche, für sich allein zu laufen, aber das hat niemand gern. Laufmaschen mag wirklich keiner. Jedenfalls werden die Strümpfe so fest miteinander verdreht, daß sie ein kräftiges Seil ergeben, so lang und so fest, wie man es nur haben will. Soviel ich weiß, bilden die Strümpfe eine einzige zähe, feste Masse, sofern man sie fest genug zusammenpreßt. Und das alles entspringt der Magie, die eigentlich für Nymphenbeine gedacht war.«

»Wirklich erstaunlich. Wie fängt man denn die Nymphen, um ihnen die Strümpfe wegzunehmen?«

»Das weiß ich nicht so genau. Es muß ziemlich schwierig sein; denn normalerweise verstehen sie sich darauf, zwar ganz dicht heranzutänzeln, aber immer gerade außerhalb der Reichweite der Männer zu bleiben, die sie verfolgen. Nur Faune fangen regelmäßig Nymphen ein; aber das liegt daran, daß Faune zur selben Art gehören und außerdem Ziegenfüße haben, die sie schneller machen. Außerdem versuchen die Nymphen gar nicht ernsthaft, den Faunen zu entkommen. Vielleicht besticht ja jemand die Faune, um an die Strümpfe heranzukommen.«

»Ein solches Paar Strümpfe könnte ich auch gebrauchen«, bemerkte Iris. »Dann müßte ich meine Beine nicht mehr mit Illusion behandeln, wenn ich wieder älter werde. Gibt es auch irgendwas Vergleichbares für die oberen Körperbereiche?«

Doch sie bekam keine Antwort mehr, weil sie im selben Augenblick ans Ziel gelangten. Hier war der größte aller stehenden Steine überhaupt. Trotz seines Scharniers ragte er hoch in den Himmel. Inzwischen war er von einem Gerüst eingekleidet worden. Dazu gab es eine hölzerne Leiter, damit Gary die Holzplattform besteigen konne, die sich spiralförmig um den Stein nach oben wand. Die beiden hatten ganze Arbeit geleistet!

»Dann sag es ihnen auch«, murmelte Mentia.

»Woher weißt du, was ich gerade denke?« wollte Gary wissen.

»Gesunder Menschenverstand – etwas, von dem ich im Augenblick viel zuviel habe. Der sagt mir übrigens auch, daß die Leute zufriedener und hilfsbereiter werden, wenn man ihre Leistungen lobt.«

Darauf war Gary noch gar nicht gekommen. Doch hier, im Gebiet des Wahnsinns, respektierte er Mentias Urteilsvermögen, und so versuchte er es. »Hiatus und Überraschung, da habt ihr aber wirklich saubere Arbeit geleistet! Das ist genau das, was ich brauche.«

Das Ergebnis war beeindruckend. Hiatus lächelte breit, und Überaschung ließ sich glückselig auf eine kleine rosa Wolke sinken, welche die Gestalt der Zahl 9 annahm und dann sanft umherkreiste. Offensichtlich wußten sie sein Kompliment zu schätzen.

Gary fiel auf, daß er auch der Zauberin Iris vorhin unbeabsichtigterweise ein Kompliment in bezug auf ihre Illusionskunst gemacht hatte, woraufhin sie ihm ihrerseits ein Kompliment zu seiner Fähigkeit machte, mit Gestein umzugehen. Danach hatte Gary sich recht wohl gefühlt, und seine Abneigung gegen sie hatte abgenommen. Dies war wirklich eine interessante Form der Magie, die vom Wahnsinn offensichtlich nicht beeinträchtig wurde. Das wollte er sich merken, denn Magie, zu der jedermann fähig war, war ausgesprochen selten.

Dann kam ihm noch ein Gedanke: Wenn der Stein zu seiner Blütezeit tatsächlich an seinem Scharnier aufrecht gehangen hatte, würde er das, was er am dringendsten brauchte, wohl genau hier unten, auf ebener Erde erfahren, indem er einfach den zweiten Stein las. Aber das konnte warten, denn Gary wollte nicht den Eindruck erwecken, als wüßte er das Holzgerüst nicht zu würdigen. Also kletterte er die Leiter zur Plattform hinauf, gefolgt von Iris. Bald darauf versammelten sich alle dort oben und genossen die Aussicht. Gary konnte mühelos die ganze Ebene überschauen, und der Ring der Gebirgskette zeichnete sich ganz deutlich ab. Nun konnte er auch feststellen, wie viele aufrecht stehende Steine des gab; sie waren noch viel weiter über die ganze Fläche verstreut, als er es sich vorgestellt hatte. Wie gewaltig diese Stadt gewesen sein mußte!

Gary suchte sich willkürlich einen Fleck auf dem Stein aus

und verstellte seinen Blick. Das ging recht schnell, nun, da er es mit seinen menschlichen Augäpfeln bereits eingeübt hatte. Schon sprangen die ersten Bilder auf. Zu Anfang waren sie ziemlich trist und düster und zeigten nur die trostlose Umgebung; doch das verdeckte nur die früheren Eindrücke. So stieß Gary bis zu den allerersten Bildern vor, als der Stein aufgerichtet worden war und an dieser Stelle das Licht des Tages geschaut hatte.

Diese allerersten Bilder waren Stückwerk. Sie schienen mit dem Behauen im Steinbruch, der Weiterbearbeitung und dem Transport des Steins zu tun zu haben. Es dauerte eine Weile, bis ein solches Steinbild sich ausformte. Und wenn ein Mensch – und sei es auch nur für kurze Zeit – ins Gesichtsfeld trat, war das Bild verschwommen und gespenstisch. War die Szene dagegen dauerhaft, wie etwa im Fall der ihn umgebenden Landschaftsmerkmale, war sie auch deutlicher auszumachen. Aber die Szenen aus dem Steinbruch waren ohnehin nicht so wichtig. Gary wollte nur die lebendige Stadt schauen.

Doch es stellte sich heraus, daß der Stein zu einem Fundament gehörte, das von anderen Steinen und Holz bedeckt wurde und daher keine aufschlußreiche Sicht bescherte. Bis er ganz plötzlich von vorbeihuschenden, gespenstischen Gestalten freigelegt wurde – zu jener Zeit, als man das Gebäude abtrug und im Stich ließ. Danach war nur noch dasselbe Bild zu sehen wie heute, nur daß die meisten der eingefallenen Bauten noch standen.

»Dieser Stein hat nicht zu bieten, was wir brauchen«, sagte Gary bedauernd. »Er war bedeckt, solange das Gebäude benutzt wurde, und muß einer der letzten gewesen sein, die man abgetragen hat. Deshalb hat er die aktive Stadt auch nicht zu Gesicht bekommen.«

»Dann müssen wir uns eben einen besseren Stein suchen«, meinte Mentia.

»Aber mir gefällt der Gedanke nicht, daß dieses schöne Gerüst umsonst gewesen sein soll.«

»Das Gerüst können wir transportieren«, warf Hiatus ein.

»Wir haben es so gebaut, daß wir es jederzeit auseinandernehmen und wieder zusammensetzen können.«

Also stiegen sie von der Plattform und demontierten das Gerüst. Mentia hatte inzwischen einen Stein mit einem Doppelscharnier entdeckt, dessen unterer Teil aus einem massiven Fundament bestand, auf dem ein oberer Abschnitt eingeknickt war, der in einen eingestürzten Turm mündete. »Das war kein Wohngebäude«, meinte sie. »Das war ein Aussichtsturm. Der müßte die Stadt eigentlich gut und deutlich gesehen haben.«

Gary stimmte ihr zu. Sie bauten das Gerüst wieder auf und bestiegen einmal mehr die Plattform. Nun untersuchte Gary die stumpfe Spitze des Turmes.

»Oh!« flüsterte er beeindruckt.

»Erzähl es mir!« drängte Iris. »Laß mich es zum Leben erwecken.«

Ihr Illusionsbildschirm erschien, bereit, auf Garys Worte und Reaktionen zu antworten.

Gary begann zu sprechen. »Ich sehe eine Stadt, die im Bau befindlich ist – so riesig, daß sie die ganze Ebene innerhalb des Hügelkettenrings bedeckt, und so neu, daß sie im Sonnenlicht noch strahlt; so prunkvoll, wie Xanth es seitdem nie wieder gesehen hat. Es ist, als wäre jedes Gebäude ein Palast für sich. Auf den fernen Hügeln befinden sich Burgen, die mit Mauern von solcher Größe miteinander verbunden sind, daß sie selbst schon wie Berge aussehen ...«

Die Illusion nahm Gestalt an, erst auf dem Bildschirm zwischen Gary und der Steinoberfläche, wo er sie sofort korrigieren und ausbessern konnte; dann um die Gefährten herum, so daß alle sie sahen. Hiatus, Überraschung und Mentia stießen ein ebenso ehrfürchtiges Murmeln aus wie Gary selbst, als sie beobachteten, wie ein Keilausschnitt der riesigen Stadt aus der fernen Vergangenheit um sie herum Gestalt annahm. Das alles mochte zwar nur Illusion sein, fußte aber auf der Wirklichkeit längst vergangener Zeiten.

Langsam umschritt Gary den Stein und las dabei dessen Bilder – und je länger er dies tat, um so mehr breitete sich die Illusionsstadt auch in andere Richtungen aus, genau so, wie der Stein sie auf der entsprechenden Seite geschaut hatte. Als Gary schließlich seine Umrundung beendet hatte, befand sich um sie herum eine vollständige, uralte Stadt, in allen Einzelheiten aus Illusion gegossen. Iris' Talent hatte allem eine Stabilität verliehen, die Garys Augen naturgemäß fehlte; doch war das Bild erst einmal erschaffen, vermochte Iris es auch dauerhaft aufrechtzuerhalten.

»Nun müssen wir die Stadt nach dem Philter absuchen«, sagte Mentia. »Wir können zwar nichts anfassen, vermögen dafür aber alles zu sehen. Schaut doch, die Illusion ist dreidimensional – wir können sogar die gegenüberliegenden Seiten der Gebäude erkennen.«

»Nicht, solange wir hier oben bleiben«, warf Hiatus ein.

»Dann müssen wir eben hinuntersteigen. Aber seid vorsichtig, weil die Illusionsstadt ja die wirklichen Dinge verbirgt, so daß wir dagegenstoßen können. Wir müssen uns immer vor Augen halten, daß das, was wir hier sehen, nicht mehr der Gegenwart entspricht.«

»Könntest du für uns den Weg ertasten?« fragte Hiatus. »Uns führen, damit wir alles gründlich betrachten können, ohne dabei ins Stolpern zu geraten?«

»Ja, das ist eine gute Idee. Ich werde mich in einen Nebel verwandeln und vor euch den Boden abtasten. Dort, wo ihr unbeschadet weitergehen könnt, lasse ich einen grünen Streifen erscheinen.«

Die anderen machten sich auf den Weg, während Gary und Iris allein zurückblieben und weiter an dem Abbild arbeiteten. Gary war immer noch damit beschäftigt, das Abbild zu untersuchen; er konzentrierte sich mal auf die eine, mal auf die andere Einzelheit. Währenddessen arbeitete Iris die Illusion entsprechend aus. So wurden die vormals nur in groben Umrissen erkennbaren Bauten immer deutlicher.

»Diese Gebäude sind ja hohl!« rief Überraschung von unten.

»Oh«, sagte Gary. »Ich hätte wissen müssen, daß der Stein nur erkennen kann, was in seinem Sichtfeld lag. Das, was er nie zu sehen bekommen hat, konnte er natürlich auch nicht abbilden.«

»Aber nachdem wir erst einmal erfaßt haben, was dieser Stein zu bieten hat«, versetzte Iris, »können wir uns weiteren Steinen widmen und auf diese Weise andere Perspektiven gewinnen. So werden wir die Stadt nach und nach vervollständigen.«

»Aber wenn wir das tun, sind wir nicht mehr in der Lage, die Entwicklung auch noch in der Zeit zu verfolgen, um festzustellen, was mit dem Philter passiert«, sagte Gary.

»Wir sollten damit solange warten, bis wir den Philter entdeckt haben«, meinte Mentia. »Zunächst einmal ist es das Wichtigste, ein möglichst vollständiges Abbild der Stadt herzustellen, damit uns nichts entgehen kann.«

Sie hatte recht. Also setzte Gary sein Werk fort, die Beschreibung der Stadt aus der Sicht des Steines zu vervollständigen. Anschließend stiegen sie wieder von der Plattform und schritten durch die Illusion hindurch, wobei sie einem grünen Streifen folgten. Die Gebäude waren tatsächlich leer – doch war es verhältnismäßig einfach, sie mit Hilfe einer Befragung weiterer Steine auszufüllen. Es war gar nicht erforderlich, die Gebäude zu diesem Zweck zu besteigen, denn für ihren begrenzten Bedarf genügte es vollauf, die Sicht aus der Bodenperspektive zu rekonstruieren. Dazu war nur erforderlich, Projektionen auf jenen Steinen ausfindig zu machen, die nicht hinter Abdeckungen gelegen oder mit Farbe bedeckt gewesen waren. Die einzelnen Sichtausschnitte waren zwar begrenzt, aber ausreichend.

So arbeiteten sie alle den ganzen Tag weiter, jeder an seiner eigenen Aufgabe: Gary las einen Stein nach dem anderen; Iris erschuf die gewaltigste Illusion ihres alten/jungen Lebens; Hiatus und Überraschung durchsuchten emsig jede Straße und jedes Gebäude, das hinreichend definiert war, während Mentia alles koordinierte und steuerte. Doch als der Tag sich schließlich seinem Ende neigte, wußten sie nur zweierlei: daß sie den Philter nicht einmal ahnungsweise zu Gesicht bekommen hatten und daß sie schrecklich hungrig waren.

»Es sind überhaupt keine Leute da«, beklagte sich Hiatus. »Wir können nicht sehen, was sie *tun*, sondern nur, was sie *getan* haben.«

Gary erklärte ihm den Mechanismus der steinernen Wahrnehmung und daß die Leute sich länger in der Umgebung eines Steines hätten aufhalten müssen, um einen Eindruck darauf zu hinterlassen. »Steinbilder sind meist nicht besonders scharf, was Lebewesen betrifft. Ich könnte vielleicht einige herbeizitieren, wenn ich mich auf eine außerordentlich feine Definition konzentriere, aber das würde seine Zeit dauern, und das Ergebnis wäre wahrscheinlich nicht so gut wie das gröbere Bild.«

»Halten wir uns vorläufig nicht damit auf«, entschied Mentia. »Wenn wir erst mal einen wirklich vielversprechenden Ausschnitt entdeckt haben, können wir uns immer noch an die Feinabstimmung machen. Es hat keinen Sinn, nutzlosen und übermäßigen Aufwand zu betreiben.«

»Es tut mir richtig weh, diese wunderbare Restauration jetzt beenden zu müssen«, erwiderte Gary. »Aber wir müssen uns endlich mal ausruhen und ein bißchen Schlaf finden.«

»Ich kann die Illusion aufrechterhalten«, meinte Iris.

»Wie? Selbst im Schlaf noch?« fragte Gary verwundert.

»Ich habe dir doch gesagt, daß ich in Sachen Illusion sehr gut bin. Wenn ich erst mal eine hergestellt habe, kann ich sie mit ganz geringer Mühe aufrechterhalten.«

Er schüttelte den Menschenkopf. »Ich glaube, mir ist noch nie ganz klar gewesen, wozu die Macht einer Zauberin imstande ist. So etwas hätte ich mir nicht einmal träumen lassen.«

»Was werdet ihr Sterblichen heute abend essen?« wollte Mentia wissen. »Wir haben nämlich schon das allermeiste abgegrast, was in diesem Ödland an Beeren und anderem Eßbaren zu finden war.«

»Essen!« wiederholte Überraschung und begann zu schielen. Plötzlich erschien eine Tonne voller Fischleber. Sie roch schrecklich. Das kleine Mädchen starrte sie bestürzt an. »Aber ich habe doch versucht, einen riesigen Schokoladenkuchen zu beschwören!« sagte sie. »Keinen Lebertran! Ich hasse Lebertran!«

»Deine Magie ist wieder in ihr Gegenteil umgekippt«, erklärte Mentia.

»Ich lasse das Zeug sofort verschwinden!«

»Nein!« widersprach Mentia. »Behalte es. Für dich ist das eine gute Nahrung. Und wer weiß – vielleicht ist das nächste, das du herbeizauberst, sogar noch schlimmer.«

»Bäh!« rief Überraschung, genauso, wie es nur Kinder tun konnten.

Die Dämonin wandte sich an Iris. »Kannst du ein bißchen Illusionskraft entbehren, ohne dabei die Stadt zu verlieren?«

»Ein bißchen«, stimmte Iris vorsichtig zu.

»Kannst du dafür sorgen, daß diese Fischleber so aussieht, sich so anfühlt und auch so schmeckt wie Schokoladenkuchen?«

»Ja. Das läßt sich machen.« Iris musterte die Tonne, worauf sie sich in einen riesigen Kuchen mit Schokoladenguß verwandelte.

»Oh!« rief Überraschung entzückt. »Deine Magie ist ja toll!«

»Danke, Liebes«, erwiderte Iris schmunzelnd.

Dann schuf Iris für alle einen Illusionspavillon, und zwar im Schutz der Steine, die zusammen ein A bildeten. Schließlich sammelten sie trockenes Gras und Laub für das Nachtlager, worauf Iris zum Schein daunige Matratzen schuf. Dann schliefen sie bequem, tief und fest, jeder in seinem eigenen Zimmer.

Jedenfalls vermutete Gary, daß die anderen es taten. Er selbst dagegen sah sich von einer wachsenden Bangigkeit heimgesucht, die aber nicht von irgendeiner Gefahr herrührte, sondern ein Produkt seiner eigenen Verwirrung war. Seine Träume wurden regelrecht abstrus. Er erinnerte sich an die zum Leben erwachten Sternbilder und fürchtete schon, sie könnten es noch einmal tun. Glücklicherweise schirmte die Illusionskuppel der Zauberin ihn aber vom Nachthimmel ab, was den Sternbild-Meermann daran hinderte, *ihn* zu sehen. Aber unheimlich blieb die ganze Sache dennoch.

Am Morgen beratschlagten die Gefährten sich wieder und kamen zu dem Schluß, daß nunmehr die Zeit gekommen sei, etwas genauer zu werden. »Was wir vor allem brauchen, ist eine Möglichkeit, mit den Bewohnern dieser alten Scharnierstadt zu reden«, erklärte Mentia.

»Ich habe geträumt, ich *hätte* mit ihnen geredet«, berichtete Hiatus. »Ich habe einen Mann gefragt, wie die Stadt heißt, und er hat gesagt, Scharnier.«

»Ich habe auch etwas geträumt«, berichtete Iris. »Aber ich habe nur komische Kreuzungen gesehen – Meerhühner, zum Beispiel, und Mäusefanten. Ich habe eins der Exemplare danach befragt und die Erklärung erhalten, daß sie nicht in der Lage seien, sich vom Liebesborn fernzuhalten.«

»Und ich habe geträumt, daß ich lähmend normal war«, erzählte Überraschung und schmollte dabei allerliebst.

»Dämonen träumen zum Glück nicht«, meldete Mentia sich zu Wort. »Aber diese lebenden Sternbilder jagen mir einen Schauer über den Rücken.«

Das verunsicherte Gary noch mehr. »Ich habe das Gefühl, daß uns alle irgend etwas beeinflußt«, meinte er.

»Natürlich«, bestätigte Mentia. »Das ist der zusätzliche Wahnsinnsschwall, der heute nacht hier durchströmte. Der setzt uns allen zu.«

Und so nahmen sie sich einen wichtigen Punkt der Stadt vor, wo alte Metallschienen an einem ganz besonderen Steingebäude vorbeigeführt hatten. Gary und Iris konzentrierten sich darauf, wiederherzustellen, was immer dort gewesen sein mochte. Sie wollten die Arbeit auf jeden Fall zu Ende bringen, bevor der Wahnsinn sich noch tiefer in ihre Körper hineingefressen hatte und noch mehr beeinflußte als nur ihre Träume.

Doch Gary fand kein Bild von einer Person oder irgendwelchen Leuten vor. Vielmehr schaute er eine Art riesigen Wagen oder Fahrzeug, verbunden mit einem zweiten. Genaugenommen schien es sich um eine ganze Kette zu handeln, und jedes Gefährt war genauso groß und sperrig wie das andere. Was konnte das sein?

»Eine Gedankenbahn!« rief Überraschung und klatschte in die Hände. »Damit will ich fahren!«

»Das ist keine Bahn, in der man fahren kann«, ermahnte Mentia das Kind. Doch als der Zug schließlich Gestalt annahm, überlegte sie es sich noch einmal. »Andererseits, hier im Gebiet des Wahnsinns ist es vielleicht doch möglich.«

»Es ist nur ein Illusionszug«, erinnerte Iris die beiden. »Ein Bild aus der Vergangenheit. Wir können es lediglich betrachten.«

Doch je mehr Gary die Einzelheiten erforschte und Iris das Bild vervollständigte, um so wirklicher schien das Fahrzeug zu werden.

An einem entfernten Ende befand sich eine dampfende Maschine, die so heiß zu sein schien wie der Spaltendrache; am anderen Ende dagegen war ein Bremswagen mit einer roten Lampe. Dazwischen befand sich eine Kette geräderter Fahrzeuge mit Fensterreihen.

»Das ist genau wie in den Geschichten, die manche Reisende von mundanischen Zügen erzählt haben«, meinte Iris. »Trent hat auch mal davon gesprochen, daß er in der Zeit seines Exils einen solchen Zug gesehen hat. Meint ihr, daß diese Züge ins Gebiet des Wahnsinns gekommen sind, als sie ausstarben?«

»Möglich scheint das schon«, bestätigte Mentia. »Diese Stadt Scharnier ist ein ziemlich seltsamer Ort, da stehen ihr auch seltsame Fahrzeuge zu. Vielleicht hat ja ein solcher Zug den Philter irgendwohin gebracht.«

»Den Philter!« wiederholte Gary. »Glaubst du wirklich?«

»Es ist wohl wahrscheinlicher, daß der Zug die Leute zu dem Philter gebracht hat«, warf Hiatus ein. »Oder wo immer sie sonst hinwollten. Ich finde zwar, daß Zombietiere für solche Transporte besser geeignet wären, aber es ist nicht zu übersehen, daß sie einen ziemlich merkwürdigen Geschmack hatten.«

»Iris' Mundwinkel zuckten. »Ganz klar«, bestätigte sie. »Vielleicht können wir diesem Zug ja auf seiner Reise folgen und schauen, ob er an dem Philter vorbeikommt.«

»Ich werde mit ihm fahren«, entschied Mentia. Sie schwebte in die Höhe und bewegte sich auf die Treppe zum nächststehenden Wagen zu.

»Ich auch!« rief Überraschung und klatschte dabei in die Hände. Sie rannte auf die Stufen zu und stürmte hinauf.

»Das darfst du nicht!« schrie Iris und rannte hinter dem Kind her.

»Ha, ha! Mich fängst du nicht!« rief Überaschung und huschte ins Innere des Wagens.

»Das wollen wir doch mal sehen!« versetzte Iris grimmig. Sie folgte dem Kind die Stufen hinauf.

Hiatus wechselte einen Blick mit Gary. »Wir wissen natürlich, daß das alles gar nicht möglich ist«, meinte er schließlich.

»Trotzdem sollten wir dafür sorgen, daß die drei Frauen nicht in Schwierigkeiten geraten«, erwiderte Gary.

Und so folgten sie den anderen die Treppen hinauf in den länglichen Wagen. »Das ist der schiere Wahnsinn«, meinte Hiatus.

»Genau am richtigen Ort«, bekräftigte Gary.

Iris und Überraschung befanden sich im Hauptabteil des Wagens. Das Kind flitzte den langen Mittelgang auf und ab, während Iris in einem der bequemen Liegesessel saß. Sie drehte sich gerade um und erblickte die Männer. »Nehmt Platz, Freunde«, schlug sie vor. »Wenn ich schon in eine meiner eigenen Illusionen steigen kann, warum solltet ihr es nicht auch können?«

Sie gesellten sich zu ihr. »Du weißt doch wohl, daß das total verrückt ist«, meinte Gary.

Da erschien Mentia. »Das ist eine Eigenschaft kollektiver Einbildungskraft«, erklärte sie. »Ich vermute, der Wahnsinn hat der Illusion der Zauberin Substanz verliehen. Folglich ist das, was wir hier gerade erleben, so etwas wie eine Teilwahrheit.«

Plötzlich erschütterte ein Ruck den ganzen Wagen. »Der Zug setzt sich in Bewegung!« rief Hiatus. »Wir müssen sofort aussteigen!«

Iris zuckte die Schultern. »Wozu? Wenn das ohnehin alles nur Einbildung ist, warum sollen wir da nicht mitfahren?«

Hiatus musterte sie überrascht. »Ja, warum eigentlich nicht?« Er spähte aus dem Fenster. »Draußen zieht die Stadt vorbei.«

»Das dürfte es uns leichter machen, sie abzusuchen«, meinte Iris. »Genießen wir es doch einfach.«

Sie blickten aus dem Fenster, während die Gedankenbahn immer schneller wurde. Die Gebäude schienen sich rückwärts zu bewegen, der Zug dagegen schien zu stehen. Doch Gary wußte, daß es nur eine Täuschung war. Da ja alles nur in der Einbildung stattfand, wie Iris richtig bemerkt hatte, machte es ohnehin kaum einen Unterschied. Aber wohin glaubten sie zu fahren?

Gary dachte darüber nach, während er beobachtete, wie die Gebäude immer spärlicher wurden, abgelöst von Bäumen und Feldern; die Landschaft wurde gelegentlich von einem kleinen See unterbrochen. Ziel seiner Queste war der Philter. Würde diese Gedankenbahn ihn dort hinbringen – sofern er daran denken sollte, daß sie es tun müßte? Sobald sich der Philter erst einmal in seinem Besitz befand, würde es ihm egal sein, wie er das zustande gebracht hatte. Deshalb konzentrierte Gary sich darauf: *Philter, Philter, Philter.*

Der Zug bremste ab. »Wir treffen gerade irgendwo ein«, bemerkte Iris.

Ob sich dort wohl der Philter befand? Gary hielt den Gedanken aufrecht und tat sein Bestes, den Zug zum Reagieren zu bewegen.

Quietschend kam der Zug zum Stehen. »Ich glaube, wir sind am Ziel«, meinte Mentia. »Ich bin mir allerdings alles andere als sicher, ob wir uns dort besonders wohlfühlen werden. Hier ist mir für meinen Geschmack entschieden zuviel Wahnsinn im Spiel.«

»Sobald wir es leid sind«, warf Iris ein, »kann ich die Illusion ja einfach abbrechen. Dann werden wir uns zwischen den Ruinen wiederfinden.«

»Vielleicht«, meinte Mentia grimmig.

Das bekümmerte Gary ein wenig; denn im Augenblick war Mentia das geistig stabilste Mitglied der Gruppe. Andererseits mochte er die Illusion nicht verlassen, bevor er nicht den Philter ausfindig gemacht hatte.

Sie erhoben sich von ihren Sesseln und begaben sich im Gänsemarsch zum Ausgang.

9

Scharnier

Gary verließ als erster den Zug, in banger Erwartung, was er draußen wohl vorfinden würde. Die Illusion der alten Stadt war zwar noch da; aber er war sich nicht sicher, ob sie tatsächlich irgendwohin gereist waren. Und falls doch: Wohin hatte die Gedankenbahn sie dann gebracht? Hier im Gebiet des Wahnsinns konnte alles eine Gefahr sein, oder nichtexistent, oder auch beides.

Draußen auf dem Bahnsteig stand eine Gruppe von Leuten. Ein Mitglied der Gruppe, eine Frau, erkannte Gary offensichtlich, denn sie trat forsch vor. Sie war bewaffnet, und ihr Haar wies einen kriegerischen Schnitt auf.

»Hannah Barbarin!« rief Gary bestürzt. »Was tust du denn hier?«

»Mein Gebieter belieben zu scherzen«, erwiderte sie unterwürfig.

Hatte er sich geirrt? Sie sah genauso aus wie die aggressive Frau, der er am Schloß des Guten Magiers begegnet war, verhielt sich aber nicht so. »Verwechsle ich dich vielleicht mit jemandem?«

Sie lächelte, was an sich schon beunruhigend genug war. »Mein Gebieter, Gar der Gute! Du weißt doch, daß ich nur bin, um dir zu Diensten zu sein. Laß mich dir die Treppe herunterhelfen. Gewiß bist du von mühseliger Fahrt erschöpft.« Und sie nahm seinen Ellenbogen in festen Griff und stützte ihn beim Abstieg.

Gary erkannte, daß dies entweder mit der Illusion oder mit dem Wahnsinn zu tun haben mußte. »Ich gestehe, daß ich ein wenig verwirrt bin. Hab Geduld mit mir. Dein Name ist …?«

»Hanna die Handmagd, natürlich, mein Gebieter, wie er es schon immer war. Ich stelle fest, daß du dringend meiner Dienste bedarfst.«

Es schien Gary das Beste zu sein, lieber mit der Illusion zu gehen, als dagegen anzukämpfen. Vielleicht hielt die Zauberin Iris ihn ja auch nur ein bißchen zum Besten.

Doch Iris war die nächste, die aus dem Zug stieg. »Was ist das denn?« fragte sie verblüfft.

»O Königin Iri, hast du mich vergessen?« fragte Hanna. »Ich bin die Handmagd meines Gebieters Gar des Guten, treu und unterwürfig.«

»Unterwürfig?« fragte Gary, aufs neue überrascht.

»Mein Gebieter, dein Necken ist gar grausam«, erwiderte Hanna und blickte kummervoll drein. »Wann war ich jemals etwas anderes als deine demütigste und gehorsamste Dienerin?«

»Dieses Bild habe ich aber nicht herbeigerufen«, meinte Iris. Sie wirkte verstört und ein kleines bißchen beunruhigt. »Dieser Wahnsinn gerät langsam aus allen Fugen.«

»Nicht ohne guten Grund heißt man sie Iri die Irritierte«, murmelte Hanna, an Gary gewandt. Und dann, strahlend lächelnd, sagte sie zu Iris: »Meine Gebieterin, ich bitte untertänigst um Verzeihung, daß ich dich erzürnt habe.«

»Ich sprach von Wahnsinn, nicht von Zorn«, versetzte Iris. Doch sie schien zu derselben Entscheidung gelangt zu sein wie Gary – das Spiel mitzumachen, bis sie Genaueres in Erfahrung gebracht hatten.

Als nächstes erschien Überraschung. »Wie schön ist es doch, dich wiederzusehen, Prinzessin Übi die Überragende«, sagte Hanna. »Ich hoffe, deine geschätzte Mutter, die Königin, hat ihren Zorn nicht auch gegen dich gerichtet.«

Das Kind stutzte, dann wechselte es die Farbe und wurde grellgrün. »Übi die Überragende?« wiederholte das Mädchen. »Das gefällt mir!«

Iris warf einen Blick zurück. »Liebes, du solltest dich lieber wieder zurückverwandeln, bevor es noch jemandem auffällt«, sagte sie verhalten.

Überraschung wurde erst blau; dann nahm sie wieder ihre normale Färbung an. »Überragend!« wiederholte sie lächelnd.

»Mein Gebieter, ermunterst du sie etwa dazu?« erkundigte Hanna sich besorgt.

»Sie ermuntern?« fragte Gary verständnislos. »Wie soll ich sie denn daran hindern zu tun, was sie will?«

»Aber du bist doch ihr Lehrer, mein Gebieter. Da obliegt es dir, sie in allen Fragen des Benehmens und der Zauberei zu unterweisen, auf daß sie ihre Kräfte nicht vergeuden möge.«

»Ihre Kräfte vergeuden?« Gary war immer noch ziemlich orientierungslos.

»Du weißt so gut wie wir alle, daß Übi, die einzige Anwärterin auf die Krone Xanths, zwar über mehr Magie gebietet als jeder andere, daß sie aber auch jeden Aspekt derselben nur ein einziges Mal beschwören kann. Daher ist es ein furchtbarer Frevel, die Magie zu vergeuden, bis sie gar zur allerletzten Beschwörung nicht mehr zur Verfügung steht.«

»Nur einmal?« fragte Gary und stellte fest, daß Iris ebenso erstaunt darüber war wie er selbst. »Ist das möglich?«

Doch da verließ bereits der nächste Passagier den Zug. Es war Mentia.

»Ah, meine Gebieterin Menti die Mentorin«, sagte Hanna. »Und es ist mir gleichermaßen eine Freudc, auch dich wiederzusehen.«

»Mentorin von wem?« fragte Iris mit sorgfältig beherrschter Stimme.

»Der Prinzessin Übi, natürlich. Bedarf sie doch ständiger Aufmerksamkeit, während du, ihre Mutter, häufig viel zu beschäftigt bist, dich darum zu kümmern.«

Iris runzelte zwar die Stirn, erwiderte aber nichts. Mentia, die in ihrem vernünftigen Zustand von sehr rascher Auffassungsgabe war, nickte lediglich. »Selbstverständlich«, bestätigte sie.

Als Hiatus erschien, trat eine weitere Person aus der Gruppe hervor. »Mein Gebieter Hiat!« rief sie. »Was bin ich froh, dich wohlbehalten nach Hause zurückkehren zu sehen!«

»Desiree!« rief er verwundert. Denn tatsächlich – sie war es.

»Desi die Desolate«, bestätigte sie. »Gewiß hast du doch nicht so bald die Dryade vergessen, die du vor dem Bösen errettet und zu deiner Freundin gemacht hast, so daß sie dir hinfürt auf jede Weise dient, die du gestattest?«

»Aber ...«, begann er.

»Es scheint, als hätten wir hier alle unsere eigenen Titel oder Beschreibungsmerkmale«, teilte Gary ihm mit. »Wir halten es für das beste, sie lieber nicht anzufechten.«

»Beschreibungsmerkmale?«

»Hiat der Hedonist«, entbot Hanna sich hilfsbereit.

»So habe ich dich nie genannt!« protestierte Desi. »Ich ehre dich als Onkel der Prinzessin Übi, als allernächster nach ihr in der königlichen Erblinie, und als kühner und stattlicher Mann.«

Hiatus wirkte von dieser Beschreibung zwar etwas benommen, aber keineswegs verärgert. Langsam begann auch er zu begreifen, daß hier etwas Merkwürdiges vorging. »Ich freue mich, wieder bei dir zu sein, Desiree – ich meine, Desi.«

»Und nun, da wir einander begrüßt und vorgestellt haben«, warf Iris ein, »sollten wir uns vielleicht ans Ziel begeben.«

»Ja, zum Palast, natürlich«, sagte Hanna. »Wir wissen

sehr wohl, daß ihr alle erschöpft seid von eurem Auslandsaufenthalt.«

»Auslandsaufenthalt?« fragte Gary.

»Im äußerst unmagischen Außenrand von Xanth, wo die furchtbaren Mundanier dräuen, uns zu überlaufen«, erläuterte Hanna. »Gewiß eine sehr erschöpfende Reise.«

»Nur zu wahr«, bestätigte Iris hastig. »Und jetzt müssen wir wirklich nach Hause, um uns eine Weile auszuruhen. Bitte, bring uns auf dem schnellsten Weg dorthin.«

»Dazu bedarf es lediglich des Überquerens der Straße«, erwiderte Hanna. »Wie klug meine Gebieterin das auszudrücken vermag.« Doch ihr nüchterner Gesichtsausdruck legte nahe, daß sie die Königin in Wahrheit für alles andere als klug hielt.

Also folgten sie Hanna aus dem Bahnhof und über die Straße, auf der sich eine Vielzahl von Mischwesen tummelten. Eine kleine Sphinx zog eine Wagenladung Obst, während eine Reinigungsharpyie damit beschäftigt war, mit kräftigem Flügelschlag die Straße von Abfall und Schmutz zu säubern. Ein Oger putzte mit einem Sortiment von Schwämmen, die an langen Stangen befestigt waren, die Palastfenster.

Gary staunte. Er hatte noch nie von Sphinxen gehört, die als Zugtiere zu dienen bereit waren; auch nicht davon, daß eine Harpyie jemals im Leben etwas sauber gemacht hätte, ganz zu schweigen von Ogern, die sanft mit Fenstern umzugehen vermochten. Natürlich waren es Illusionsgestalten; andererseits spiegelten Illusionen auch meist das Wesen der Kreatur, die sie darstellten. Er warf Iris einen Blick zu.

»Schau mich nicht so an«, brummte sie. »Diese Leute und die Wesen sind allesamt nicht mein Werk.«

Hiatus bekam die Bemerkung mit. »Sind sie nicht? Wer macht sie dann?«

»Woher soll ich das wissen?« erwiderte sie gereizt. »Ich dachte eigentlich, ich sei die einzige, die Illusionen dieses Formats hervorbringen kann.«

»Vielleicht sind sie ja *wirklich*«, meinte Mentia.

»Nein, es sind Illusionen«, widersprach Iris. »Du darfst

dich schon darauf verlassen, so etwas kann ich beurteilen. Es sind nur nicht meine.«

»Ich wußte ja, daß Desi zu gut war, um wahr zu sein«, bemerkte Hiatus mürrisch. »Denn die echte Desiree hat kein Interesse an mir.«

»Und die wirkliche Hannah ist eine militante Feministin«, ergänzte Gary. »Ganz anders als Hanna die Handmagd.«

»Hier geschieht wirklich sehr Seltsames«, sagte Mentia. »Das ist natürlich alles eine Folge des gesteigerten Wahnsinns, aber von einer Sorte, wie sie mir bisher völlig unbekannt war.«

»Das ist spaßig!« meinte Überraschung.

Iris wirkte nachdenklich. »Mein Mann Trent hat mal erzählt, wie er ins Gebiet des Wahnsinns eingedrungen ist und dort Gestalten aus seiner Vergangenheit in Mundania begegnete. Die schienen ihm durchaus real zu sein, und sie verhielten sich auch so wie damals, als er sie gekannt hatte. Tatsächlich aber waren es Schöpfungen seiner Gefährten, die ihn auf seiner Queste begleiteten.«

»Darunter auch meine bessere Hälfte, Metria«, erinnerte sich Mentia. »Die wurde unter dem Einfluß des Wahnsinns völlig nüchtern, genau wie ich, und fand Geschmack an der Liebe. Das war ja gerade das Unheil, das mich vertrieben hat – und nun entdecke ich selber etwas davon an mir. Vielleicht handelt es sich hierbei ja doch nur um den normalen Lauf des Wahnsinns.«

»Aber was ist mit den Leuten und Wesen, an die wir uns gerade *nicht* erinnern oder die wir uns *nicht* einbilden?« wollte Iris wissen. »Die sind doch ganz anders als jene, die wir kannten, wenn man mal vom Äußeren absieht.«

»Das bleibt nach wie vor ein Rätsel«, stimmte die Dämonin ihr zu.

Sie gelangten ans Palasttor. Gary bewunderte den prachtvollen Bau, der einige seltene Merkmale aufwies, darunter auch eine sich selbst reinigende Platte aus Sauberstein. Liebend gern hätte er sie genauer studiert, wollte sich aber nicht von der Gruppe trennen.

Das Innere des Palasts war natürlich palasthaft, mit hoch

gewölbten Decken und geräumigen Zimmern. Die Gruppe wurde eine reichverzierte steinerne Wendeltreppe emporgeführt, über die sie in den Wohntrakt gelangten. Hier drängten sich offenbar auch ihre Gemächer. Gary sah, wie Desi Hiatus zu ihrem gemeinsamen Gemach führte, nachdem sie Iris und Überraschung zu dem ihren geleitet hatte, während Hanna erst Mentia zu ihrer Unterkunft brachte, um schließlich Gary zu der seinen zu bringen.

»Ich muß deinen erschöpften Körper massieren, mein Gebieter«, sagte Hanna fürsorglich. »Weiß ich doch darum, wie unaussprechlich erschöpfend das Reisen für dich ist.«

»Ich bin eigentlich nicht sehr weit gereist«, meinte Gary. »Und im Zug war es ziemlich bequem.«

»Zunächst einmal müssen wir diese schmutzigen Kleider von dir abstreifen«, fuhr sie fort, als hätte er überhaupt nichts gesagt. Ihm wurde klar, daß sie als illusionäres Personenimitat wahrscheinlich nicht allzu viel eigene Persönlichkeit besaß. Doch ihre Hände wirkten erstaunlich feststofflich, als sie ihm erst die Jacke, dann die Schuhe und schließlich die Hose auszog. Zwar mußte er bereits, daß Illusionen aus einem beachtlichen Stoff bestanden, doch war er bisher nicht darauf gekommen, daß sie sich nicht nur deutlich sehen und vernehmen ließen, sondern ebenso fest anzufassen waren.

Hanna ließ Gary sich auf eine Steinplatte ausstrecken; dann walkte und knetete sie seine menschlichen Schultern und den Rücken. Plötzlich merkte er, wie erschöpft er tatsächlich war und wie wunderbar entspannend diese Massage wirkte. Hanna die Handmagd war eine Magd, die ihre Hände wirklich zu gebrauchen wußte.

Andererseitss wußte Gary aber auch, daß er es sich nicht erlauben konnte, im Geiste loszulassen. Es gab hier jede Menge merkwürdiger Dinge, die durchaus gefährlich sein konnten, und er hatte eine Queste durchzuführen. Er wußte nicht, wie lange diese traumgleiche Illusion vorhalten würde, und so wollte er sie ausnutzen, den Philter ausfindig zu machen, so schnell es nur ging.

»Hanna, wie sieht unsere Beziehung eigentlich genau aus?« erkundigte er sich.

»Aber mein Gebieter Gar! Ich bin doch deine immer treue und gehorsame Dienerin«, erwiderte sie, während ihre sachkundigen Hände seinen Leib entlangfuhren. »Ich tue alles, was du von mir verlangst.«

»Warum hast du mich Gar den Guten genannt?«

»So lautet nun einmal deine Bezeichnung. Jedermann weiß doch, daß du der gutwilligste unter den wenigen verbliebenen Menschen in Xanth bist, und daß du nur die alleredelsten Absichten verfolgst. Darum wurdest du auch auserkoren, Übi die Überragende zu unterweisen, auf daß sie ihre großen magischen Kräfte nicht mißbrauche und unsere Sache dadurch dem Verderben ausliefere.«

»Hegen die anderen denn keine guten Absichten?«

»Doch, einige schon, aber es gebricht ihnen an Diskretion oder Temperament oder Sachkunde. Prinzessin Übi ist ein ungezügeltes Kind, und Königin Iris ist berüchtigt für ihre Zornesausbrüche. Menti gibt sich zwar jede erdenkliche Mühe, die beiden zu beschwichtigen; aber sie ist nur ein Dämonenkindermädchen ohne eigenes Sagen. Und was den Gebieter Hiat den Hedonisten angeht – falls es irgendeine Art selbstsüchtiger Schwelgerei geben sollte, die er noch nicht entdeckt hat, so liegt es zumindest nicht daran, daß er es an Versuchen hätte fehlen lassen.« Sie hielt inne, während ihre Hände seine Beine durchkneteten. »Obwohl er sich in letzter Zeit verfinstert hat, was mich beunruhigt.«

Eine Illusion konnte unruhig werden? »Wie das?«

»Noch immer unterstützt er zwar die Sache, doch scheint seine Unterstützung mir wohlbemessen, als entspränge sie weniger dem Herzen als vielmehr der geschulten Überlegung des Verstandes. Ich traue ihm nicht – wie auch dem schlimmen Einfluß nicht, den er auf die Prinzessin ausübt.«

Das wurde ja immer interessanter – und beunruhigender. »Was für ein schlimmer Einfluß?«

»Er versucht unentwegt, sie zum Genuß um seiner selbst willen zu verführen, indem er ihr nahelegt, ihre Macht dazu zu verwenden, die eigenen Begierden zu erfüllen: etwa unendlich viel Kuchen oder Eiskrem, statt sie für die Sache aufzuheben, um die es wirklich geht. Und da sie noch ein Kind ist, neigt sie dazu, ihm Aufmerksamkeit zu zollen. Bislang ist es dir zwar gelungen, gegenzuhalten, mein Gebieter, doch fürchte ich, daß du im Begriff stehst, an Boden zu verlieren.«

»Was ist das für eine Sache?«

Sie lachte, während sie seine Füße bearbeitete. »So hast du mich schon seit Ewigkeiten nicht mehr geneckt, mein Gebieter! Den Unwissenden zu mimen, wo du doch tatsächlich unser gebildetster verbliebener Reinrassiger bist. Es ist die Sache, die es sich zum Ziel gesetzt hat, das Wesen und die Unverletzlichkeit Xanths zu bewahren, damit es weder von den tierhaften Barbaren Mundanias überrannt wird noch gänzlich seiner Menschen verlustig geht. Fürwahr, es gibt kein edleres Unterfangen – und doch hängt der Erfolg an einem seidenen Faden. Bei der Verfolgung dieses Zieles müssen wir uns gänzlich einig sein, doch das sind wir nicht – wegen der subtilen Bösartigkeit des Gebieters Hiat. Wann hat es jemals schlimmer ausgesehen?« Sie war mit seinen Füßen fertig. »Nun bin ich am Ende, mein Gebieter, und werde dich aufs neue kleiden, auf daß du bereit seist für die letzte Mühe.«

Gary schwang sich vom Tisch. Er fühlte sich wunderbar erfrischt. »Die letzte Mühe?«

Sie brachte ihm einen Kittel aus kostbarem Tuch. »Es ist Zeit, den Meisterzauber zusammenzufügen, der Xanth auf alle Zeit erhalten soll. Danach wird es nicht mehr von Bedeutung sein, ob unser armseliger Menschheitsrest ausgelöscht werden sollte oder nicht – denn das Xanth, wie wir es kannten, wird bestehen bleiben.«

Gary legte den Kittel an. Er paßte ihm wie maßgeschneidert. »Unsere Art ist von der Ausrottung bedroht?« Er hielt es nicht für klug, ausgerechnet jetzt darauf hinzuweisen, daß er ja eigentlich gar kein Mensch war.

Sie lachte, doch es klang etwas wehmütig. »Als hättest du nicht selbst bemerkt, daß nur noch dieser Palast von seinen Menschen bewohnt wird, als einziger in der gesamten riesigen Stadt! Wenn wir gehen, werden nur noch Kreuzungen verweilen. Doch auch diese werden kaum länger bleiben, da sie es vorziehen, mit den Mitgliedern ihrer immer größer werdenden eigenen Art zu verkehren. Xanth wird erneut durch Mundanier besiedelt werden müssen – doch wenigstens werden sie Xanth dabei nicht zerstören, sobald der Meisterzauber erst vollendet wurde.«

»Aber in welcher Gefahr schweben wir denn?« wollte er wissen. »Sind wir in dieser prachtvollen Stadt etwa nicht in Sicherheit?«

»In Sicherheit vor allem vor uns selbst«, erwiderte sie traurig. »Jedesmal, wenn einer von uns der Verlockung erliegt, von dem ungeschützten Born zu trinken, verlieren wir ihn. Nachdem der Meisterzauber verhängt wurde, wird das keine Rolle mehr spielen. Doch allzu viele hielten es nicht für nötig, bis dahin zu warten.«

»Ein ungeschützter Born?«

»Die Wasserspeierin muß von Born zu Born reisen, da es sonst niemanden gibt, der willens wäre, es mit dem Wahnsinn aufzunehmen. So müssen wir unser Trinken auf die Zeiten beschränken, da sie anwesend ist, damit wir nicht verzaubert werden und die Zukunft unserer Art aufs Spiel setzen.«

Gary stürzte sich auf das Stichwort. »Wasserspeierin?«

»Und jetzt behauptest du gar noch, dich nicht der sanften Gayle Wasserspeier zu erinnern, die noch immer dem Wohlergehen der Stadt Scharnier dient, wie es ihrer Art entspricht? Ohne sie könnten wir niemals durchhalten.«

Gary war so überrascht und freudig erregt zugleich, daß er für einen Augenblick nichts mehr sagte. In diesem Moment ging Hanna zum nächsten Anliegen über. »Ich muß den Bediensteten bei der Vorbereitung auf das Willkommensbankett helfen, mein Gebieter. Mögest du erfrischt ruhen.« Und bevor er auch nur einen Einwand hätte vorbringen können, hatte sie schon die Tür geöffnet und war verschwunden.

Kaum war er allein, als er auch schon nicht mehr allein war: Die Dämonin Mentia erschien. »Ich dachte schon, die würde nie mehr gehen«, murrte sie. »Ist dir eigentlich klar, in welcher Zeit du dich befindest?«

»In der Stadt gibt es eine Wasserspeierin«, erwiderte er benommen.

»Dies ist das Jahr 1000 minus«, fuhr Mentia fort. »Es liegt noch vor der bekannten Menschheitsgeschichte. Dies hier sind die letzten Überreste einer vorgeschichtlichen menschlichen Kolonie.«

Das erregte tatsächlich seine Aufmerksamkeit. »Die Dämmerung der Zeit? Die unbekannt gebliebene Periode Xanths?«

»Ganz genau. Die Zeit, da die Bühne bereit war für das, was wir für die Besiedelung Xanths hielten – für die Erstwelle der menschlichen Besiedlung. Die natürlich erst in eintausend Jahren stattfinden wird – aber wer will da schon kleinlich sein? Dies ist die Zeit, da alles überhaupt erst möglich gemacht wurde.«

»Aber es kann doch keine Geschichte vor der Morgenröte der Geschichte geben!« wandte er ein.

»Phantastische Geschichte hat es schon immer gegeben. Sie ist lediglich zugunsten späteren Wissens in Vergessenheit geraten. Wir aber können sie nun aufs neue entdecken.«

»Durch ein illusionäres Abbild? Das bilden wir uns doch alles nur ein!«

»Das glaube ich nicht, Gary. So wie Iris ihre Illusion kennt, so kenne ich die Wirklichkeit, da ich ein Wesen bin, das ihr nur selten verpflichtet ist. Der Urgrund dieser Stadt ist nicht die Einbildungskraft, sondern die Wirklichkeit. Sie existiert tatsächlich, so wie das, was wir jetzt erleben, auch tatsächlich einmal stattgefunden hat. Wir müssen so viel darüber in Erfahrung bringen, wie wir nur können. Denn wenn wir erst einmal in unsere Zeit zurückgekehrt sind, werden wir die einzigen sein, die diese Geschichte überhaupt wiedergeben können.«

»Wir sind aber doch nicht hierher gekommen, um verschollenes Geschichtswissen aufzuspüren«, protestierte Gary. »Wir sind hier, um den Philter zu suchen.«

»Ja, das auch«, bestätigte sie. »Aber da ist noch etwas, das eine dieser Illusionen verraten hat. Hast du gehört, daß Überraschung jede einzelne Variante ihrer Magie nur einmal aufrufen kann?«

»Ja, darüber habe ich mir auch schon Gedanken gemacht«, erwiderte er. »Kann das denn stimmen? Falls dem so sein sollte, brauchen wir uns nicht mehr darum zu sorgen, das Kind zu zähmen. Überraschung wird bald gar keine Magie mehr zur Verfügung haben, die einer Zähmung bedarf!«

»Das kann noch eine ganze Weile dauern. Es scheint nicht so zu sein, als würde sie gleich ganze Disziplinen der Magie einbüßen, sondern nur die Einzelvarianten. Sie hat schon viele Dinge herbeigezaubert, obwohl wir stets nur miterlebt haben, wie sie eine bestimmte Sache immer nur einmal heraufbeschwor. Trotzdem wird sie das früher oder später ganz unmißverständlich einschränken. Was ich mich allerdings frage – wieso können bloße Illusionen uns so etwas mitteilen? Wenn die Personen nicht wirklich wären, dürften sie eigentlich auch nicht das geringste wissen. Sind sie aber belebte Personen der fernen Vergangenheit, dürften sie nichts über die Gegenwart wissen. Und trotzdem habe ich das Gefühl, daß sie sehr wohl darum wissen, und daß es *genau das* ist, was Überraschung einschränkt. Aber ich weiß nicht, ob ich mit ihrer Mutter darüber reden soll.«

»Du meinst doch wohl nicht etwa Rapunzel? Die ist doch gar nicht da!«

»Königin Iri.« Metia hielt inne; dann schlug sie sich mit der Handfläche gegen den Kopf, daß aus dem gegenüberliegenden Ohr etwas Eigelb hervorkleckerte. »Iris, wollte ich sagen. Jetzt verfalle ich schon selbst in eine Rolle, ohne es zu wollen. Ich dachte ursprünglich, eine Mutter würde sich nur sehr ungern etwas über einen solchen Mangel bei ihrem eigenen Kind anhören. Aber ich glaube, daß Iris schon damit zurechtkommen wird.«

»Aber wir wissen doch noch gar nicht, ob es überhaupt stimmt! Das sollten wir lieber erst einmal herausbekommen.«

»Ja.« Einen langen, gedehnten Moment blieb Mentia an

Ort und Stelle schweben, offensichtlich von Unbehagen erfüllt. »Aber ich bin ihre Gouvernante. Ich möchte dem armen Kind nicht das Herz brechen, indem ich so etwas in die Welt setze.«

»Willst du, daß ich es tue?« fragte Gary, der inzwischen aus keinem erkennbaren Grund ziemlich unruhig geworden war.

»Du bist ihr Lehrer. Da ist es auch deine Aufgabe, ihr Dinge beizubringen.«

Gary begriff, daß dies innerhalb des Rahmens der derzeitigen Episode durchaus stimmte. Es war seine Pflicht, das Kind auszubilden und zu erziehen. Ja, es galt auch für die Gegenwart; denn er war zu ihrem Lehrer bestimmt worden. Bisher hatte er sich bei der Erfüllung dieser Aufgabe nicht gerade mit Ruhm bekleckert. »Dann sollte ich es wohl besser tun«, willigte er ein.

»Großartig! Begib dich auf ihr Zimmer und tu es.« Mentia verblaßte, ganz eindeutig erleichtert, auch wenn ihr Abbild dabei unscharf wurde.

Gary nahm seinen Mut zusammen und verließ das Zimmer. Er ging durch den Gang hinüber zum Gemach der Königin und Prinzessin. Dort klopfte er an.

Einen Moment später öffnete Iris die Tür. Sie hatte sich ebenfalls umgezogen und trug nun ein Kleid, das ebensoviel von ihrem Oberkörper freigab wie neulich, als sie versucht hatte, Gary zu verführen. Inzwischen fand er das Fleisch sehr viel interessanter als beim erstenmal. »Oh, Gar der Gute«, sagte sie lächelnd.

»Ich komme in einer ernsten Angelegenheit«, erklärte er. »Ich fürchte, Überraschung kann jede einzelne Form der Magie nur einmal herstellen.«

»Das erzählen sich die Einheimischen«, bestätigte sie. »Allerdings sollten wir es lieber erst einmal überprüfen.« Sie öffnete die Tür ein weiteres Stück, um ihn einzulassen. »Ich weiß nicht, wie sie darauf reagieren wird.«

Gary begriff, daß ein schwer enttäuschtes oder aufgewühltes Kind zu einer wirklich heftigen Magie fähig sein könnte – falls es nämlich versuchen sollte, solche Beschränkungen seines Talents einfach abzustreiten. Er mußte sich also etwas umwegiger an die Angelegenheit herantasten.

Überraschung schlief gerade. Sie lag auf einem prinzessinnengroßen Bett und sah wie ein Engel aus. Schuldgefühle überkamen Gary beim Gedanken daran, was er vorhatte. Doch es ließ sich nicht vermeiden.

Er wollte sie zwar nicht wecken, vermutete andererseits aber auch, daß sie etwas leichter schlief, als es den Anschein hatte. Also sprach er das Bett an.

»Kannst du die Magie denn wiederholen?« erkundigte er sich im Plauderton.

Am Fußende öffnete sich ein Auge und lugte ihn an. Dann formte es sich zu einem Mund. »Siehst du nicht, daß die Prinzessin schläft?« fragte der Mund gereizt.

Gary musterte Iris, die prompt den Kopf schüttelte. Nein, es war nicht ihre Illusion. »Ich bin auch gern bereit, statt dessen mit dir vorlieb zu nehmen, Wundauge«, sagte er. »Ich möchte nur wissen, ob es stimmt, was die törichte Illusionshandmagd gesagt hat. Um sie zu widerlegen, brauchst du nur dein Auge noch einmal auszubilden.«

Der Mund verwandelte sich in ein Ohr. »Wie?« machte das Ohr. »Ich bin ein bißchen hartholzhörig.«

»Bilde das Auge wieder aus.«

Das Ohr verschob sich zu einem Auge, das Gary gelassen musterte. Dann schürzte es die Lider zu einer Art Mund. »So etwa, meinst du?« fragte es.

Gary wechselte einen raschen Blick mit Iris. »Das ist sehr gut«, bemerkte er. Doch ihm fiel ein, daß jegliche Magie eine gewisse Lebensdauer hatte; folglich war es auch nicht ausgeschlossen, daß es sich hierbei in Wirklichkeit doch nur um eine einzige Zauberepisode handelte und nicht um eine echte Wiederholung. »Kannst du dich selbst auch völlig auslöschen und danach aufs neue erscheinen?«

Das Auge verschwand. Nun war nichts mehr von ihm übrig außer der polierten Maserung des Holzes. Da erschien das Auge plötzlich erneut.

»Hm, das sieht mir aber wirklich nach einer Wiederholung aus«, meinte Gary mit gemischten Gefühlen.

»Ist es nicht«, meinte Iris. »Das ist eine Illusion.«

Und von Illusionen verstand sie etwas. Also handelte es sich um eine ganz andere Magie.

»Ich meine, ein richtiges Auge«, sagte Gary.

Das Illusionsauge verschwand. Es gab eine Pause. Dann kräuselte sich die Maserung des Holzes zu einer Augenform.

»Das ist nicht dasselbe«, widersprach Gary.

Die Luft vor dem Fußboden des Bettes geriet in Bewegung. Nebel erschien und drehte sich zur Form eines Auges zusammen.

»Immer noch nicht dasselbe«, wiederholte Gary. Langsam überkam ihn eine betrübliche Gewißheit: Zwar führte Überraschung ihnen soeben eine bemerkenswerte Vielzahl ähnlicher Effekte vor, doch nachdem eine bestimmte Form der Magie erst einmal verbraucht war, kehrte sie nicht mehr wieder. Der Nebel löste sich auf, ganz wie Dämonen es taten. Dann platzte plötzlich ein Augapfel aus dem Nichts. Kurz darauf wurde er von einem oberen und einem unteren Augenlid bedeckt.

»Immer noch nicht dasselbe«, wiederholte Gary. »Ich fürchte, wir haben die gesuchte Antwort.«

Überraschung brach in Tränen aus. Die Tränen verströmten, bildeten eine sich ausdehnende Kugel und durchnäßten alles im Zimmer, Gary und Iris eingeschlossen. Die Tränen waren heiß und salzig.

Iris trat ans Bett, um das Kind zu trösten. »Es tut mir ja so leid, Liebes. Aber wir mußten es unbedingt in Erfahrung bringen.«

»Du mußt deine Magie aufsparen«, ergänzte Gary. »Für Zeiten, da du sie wirklich brauchst. Du hast genug davon, um ein Leben lang auszukommen, sofern du sparsam damit umgehst. Du darfst sie eben nicht vergeuden.«

Überraschung wirkte niedergeschlagen. Zum erstenmal verstand sie ihre eigene Beschränktheit. Sie hatte einen gewaltigen Reifungsprozeß durchlaufen, aber auf die allerschmerzlichste Weise.

Gary machte kehrt und verließ betrübt den Raum. Er hatte

seine Aufgabe als Lehrer erfüllt: Er hatte einem Kind das Herz gebrochen.

Mentia erschien, als er gerade seine eigenen Gemächer betrat. »Jetzt wird sie kein Problem mehr sein, wenn sie wieder nach Hause zurückgekehrt ist«, sagte sie. »Sie wird ihre Magie nicht mehr unbeherrscht einsetzen.«

»Es ist so, als hätte ich sie geschlagen.«

»Das siehst du richtig«, stimmte Mentia ihm zu. Ihre Augen liefen rot an. »Es tut mir leid, daß ich dich darum gebeten habe.«

»Es mußte sein.« Aber jetzt verschwamm ihm selbst der Blick.

»Dämonen weinen übrigens nie«, bemerkte sie völlig unzusammenhängend.

»Wasserspeier auch nicht.«

Dann drückten sie sich aneinander, hielten sich fest und weinten gemeinsam. Was hätten sie sonst auch tun sollen?

Später kehrte Hanna zurück. Sie hatte sich umgezogen und trug nun ein prächtiges Abendkleid, das jede Andeutung des Militärischen zunichte machte, die noch an ihr gehaftet haben mochte. »Das Abendessen ist serviert«, verkündete sie.

Gary starrte sie an. Allmählich begriff er die Anziehungskraft menschlicher Frauen. Wie ihr gelöstes Haar sich nach Art eines kleinen Mantels um die Architektur ihrer Schultern und ihres Busens ergoß, und wie schon das bloße Atmen ihre Konturen verschieben konnte ...

»Bin ich häßlich anzusehen?« erkundigte Hanna sich einen Moment später.

»Ganz und gar nicht«, widersprach Gary hastig. »Ich habe nur über die Veränderung gestaunt.«

»Vielleicht werde ich mich später noch einmal für dich verändern«, murmelte sie. Dann machte sie kehrt und verließ das Zimmer, wodurch sie unter Beweis stellte, daß sich auch die Konturen ihrer Hinterseite verschieben konnten. Auch das war Gary bisher bei keiner Frau aufgefallen. Bei genauerer Betrachtung erwiesen ihre Konturen sich tatsächlich als sehr viel faszinierender, als er sich hatte eingestehen wollen.

Sie blieb stehen und wandte sich anmutig ein Stück nach ihm um. »Kommst du, Gebieter Gar?«

Nachdenklich folgte er ihr. Er hätte nie gedacht, daß Hannah Barbarin auch diesen Aspekt aufzubieten hätte. Die Menschen überraschten ihn ständig aufs neue, und sie interessierten ihn auch immer mehr.

Draußen im Gang schlossen sich die anderen ihm an. Iris und Überraschung trugen wohlgeschnittene Königinnen- und Prinzessinnenkleider, während Mentia unaufdringlich, aber recht attraktiv gekleidet war. Gary wußte ja, daß sie als Dämonin jede gewünschte Gestalt annehmen konnte, doch hier galt es für sie, eine bestimmte Rolle zu spielen, und das tat sie auf vollkommene Weise. Sie war die Gouvernante des Kindes; daher mußte sie diszipliniert und proper wirken, ohne jedoch an ästhetischer Anziehungskraft einzubüßen. Vereinfacht ausgedrückt: Sie sah großartig aus für eine Menschenfrau – die sie natürlich gar nicht war. Hiatus trug inzwischen einen maßgeschneiderten Anzug, dessen hochgestellter Kragen und fallende Rockschöße recht elegant wirkten; er hatte sich plötzlich in einen etwas düsteren, aber anziehenden Mann verwandelt.

Der Speisesaal war zur Feier des Tages geschmückt. An den Wänden hingen reichverzierte Webteppiche, während üppige Läufer den Boden bedeckten. In der Mitte des Saales stand ein gewaltiger Tisch, mit einem Kranz blauer und grüner Rosen geschmückt und für fünf Personen gedeckt.

»Oh, ich darf aber nicht am Tisch mit Platz nehmen«, protestierte die bescheidene Menti.

»Unsinn«, widersprach Iris. »Du mußt dafür sorgen, daß die Prinzessin sich benimmt. Glaubst du etwa, daß ich mich auch noch darum kümmern will?«

Außerdem, begriff Gary, war es besser, wenn ihre kleine Gruppe zusammenblieb. Vielleicht waren die Illusionsleute ja ihre Freunde, vielleicht aber auch nicht. Mentia, die zur Zeit die Vernünftigste und Verantwortungsbewußteste von allen war, mußte unbedingt in der Nähe bleiben. Iris hatte ganz offensichtlich noch nicht vergessen, daß sie sich im Reich des Wahnsinns befanden, wo sich alles, was gerade noch angenehm zu sein schien, plötzlich ins Gegenteil verkehren konnte.

Zu fünft nahmen sie an dem großen ovalen Tisch Platz, während Desi und Hanna eine Reihe herrlicher Gänge auftrugen. Es gab auch Weißwein in eleganten Kelchen in Form kleiner Koboldköpfe. Sowohl Kopf- als auch Schwanzsalat wurde aufgetragen; dazu Pumpernickel in Form von Schuhen und Münzen, während Butterfliegen abwarteten, bis sie sich darauf ausbreiten durften. Dann servierte man Lenden aus fernen Lendereien, die ganz köstlich schmeckten. Und ganz zum Schluß gab es ganz schnell noch einen Hastpudding.

Als die Illusionsdienstmädchen den Raum verlassen hatten, ergriff Gary die Gelegenheit, mit Iris zu sprechen. »Was haben wir in Wirklichkeit gegessen?« fragte er.

»Abgestandenen Kürbisbrei und schales Wasser«, erwiderte sie und schnitt eine Grimasse.

Das hatte Gary bereits geargwöhnt. Die Illusion behagte ihm mehr.

Als das Mahl zu Ende war, deckten die Dienstmädchen den Tisch ab. »Wünscht ihr eure übliche Unterhaltung?« erkundigte sich Hanna.

»Auf jeden Fall«, platzte Hiatus heraus, bevor die anderen mit dem hinreichenden Maß an Vorsicht hätten reagieren können.

Hanna und Desi spragen auf den Tisch und begannen zu tanzen. Erst nahm die eine gewissermaßen die ganze Bühne ein, dann die andere. Sie waren barfuß, und ihre Röcke weiteten sich bei jeder Drehung, um zarte, schöne Waden preiszugeben. Ja, je schneller sie sich um ihre eigenen Achsen drehten, um so mehr Oberschenkel war auch zu sehen. Gary fand den Anblick zunehmend faszinierend. Aus diesem Blickwinkel sollte es eigentlich bald möglich sein, auch ihre …

»Genug von diesem Unsinn!« fauchte Iris. »Gibt es denn nichts Besseres zu sehen?«

»Ja. Je weiter der Tanz Fortschritte macht«, erklärte Desi und hielt inne. »Wenn wir Stück für Stück unsere Kostüme ablegen.«

»Das habe ich nicht gemeint«, versetzte Iris, die immer gereizter wurde. »Ich bin mir sicher, daß sich niemand um eure Kostüme schert.«

»Da sprichst du aber nur für dich allein, Königin Iris«, widersprach Hiatus. »Ich finde den Anblick ganz entzükkend und will mir auch gern den Rest anschauen. Ja, sogar bis zu ihren unanständigen Höschen.«

Nachdem Hiatus das provozierende Wort ausgesprochen hatte, hing die leise Andeutung eines Errötens in der Luft. Die Augen des Kindes wurden immer größer.

Wütend blickte Iris die anderen an. »Wer möchte sich noch dieses armselige Spektakel anschauen?«

Fröhlich klatschte Überraschung in die Hände. »Ich!« Es hatte den Anschein, als wäre sie bereits im Begriff, selbst auf den Tisch zu klettern.

»Das wäre aber nicht prinzessinnenhaft«, ermahnte Mentia sie.

»Ach, bäh! Warum muß ich denn unbedingt prinzessinnenhaft sein? Ich will auch mal tanzen und meine Kleider wegwerfen und meine ...«

»Prinzessin!« sagte Menti in scharfem Tonfall.

Übi erkannte, daß sie zu weit gegangen war. Sie kuschte.

»Wer noch?« fragte Iris grimmig.

Gary hätte sich auch ganz gern den Rest des Tanzes angeschaut; denn allmählich begann er die Freuden der menschlichen Gestalt zu schätzen. Doch ihm war klar, daß er eine Mehrheitsentscheidung herbeiführen würde, sollte er ebenfalls dafür stimmen, was Iris in Verlegenheit gebracht hätte. Das aber wollte er nicht. Deshalb übte er sich statt dessen in Diplomatie: »Was haben wir denn sonst noch zur Auswahl?«

Die beiden Mägde überlegten. »Na ja, wir könnten euch eine Geschichte erzählen«, schlug Desi vor. »Aber meistens haben die Menschen es vorgezogen, uns tanzen zu sehen, um danach ...«

»Ist doch ganz egal, was danach kam!« rief Iris. »Was für eine Geschichte meint ihr?«

»Wir kennen zahlreiche Geschichten, die von Drachen und Damselln handeln«, erwiderte Hanna. »Aber die meisten enden natürlich sehr traurig.«

»Und was ist mit der Historien-Geschichte?« wollte Mentia wissen.

»Historien-Geschichte?« Beide Mägde schauten sie verwundert an.

»Die Geschichte der Menschheit in Xanth, von den frühesten Anfängen bis zur Gegenwart«, erläuterte Iris.

Plötzlich begriff Gary, worauf sie hinauswollte. Schließlich waren sie ja hier, um den Philter ausfindig zu machen, und um das schaffen zu können, mußten sie etwas über die Geschichte dieser uralten Stadt in Erfahrung bringen. Doch statt dessen hatten sie gerade im Begriff gestanden, sich in irgendwelchen Vergnügungen zu verlieren. Es war wirklich an der Zeit, sich wieder um ihre Queste zu kümmern. »Ja, die Geschichte der Stadt Scharnier«, fügte Gary hinzu.

»Aber die ist doch so langweilig!« protestierte Hanna.

»Drachen und Tanzen sind viel interessanter«, meinte auch Desi.

»Au ja!« stimmte Überraschung ihnen begeistert zu.

»Historie!« Iris bestand darauf.

»Bilder!« warf Überraschung ein.

»Man kann sie ja beleben«, schlug Mentia vor. »Ihr erzählt sie am besten von Anfang an, zusammenfassend, wobei ihr die langweiligen Abschnitte einfach überspringt.«

»Angefangen beim Dämonen X(A/N)th«, stimmte Gary ihr zu.

Die beiden Mägde reagierten mit einem Achselzucken. Dann formte sich um sie herum ein Bild und nahm die Tischmitte ein. Es zeigte eine verlassene Halbinsel. »Vor langer Zeit, als es 4000 Jahre minus war, plusminus vielleicht zehntausend – bevor die Chronologie Xanths also richtig begann –, traf der Dämon X(A/N)th an diesem trüben und isolierten Ort ein«, erzählte Hannas Stimme irgendwoher aus dem Innern der Szene. »Er ließ sich im Felsgestein in der

Tiefe nieder und verlor sich in Kontemplation. Seine Gedanken sickerten durch die Höhlen und ließen sie äußerst seltsam werden.« Das Bild zeigte einen riesigen Dämon, der tief unter der Erde auf einem Felsbrocken saß, den Kopf in eine Hand gestützt, umgeben von zappelnden, schlangengleichen Gedanken.

»Er nahm seine Umgebung nicht mehr wahr«, setzte nun Desis Stimme ein. »Tausende von Jahren bewegte er sich nicht. Doch die Sache hatte eine Nebenwirkung: Seine Magie strahlte allmählich von seinem Leib ab, durchdrang das Felsgestein und ließ die Bewohner dieser Region magisch werden. So entwickelten sich Nickelfüßler, Wühlmäuse und Felsdrachen. Dann waberte der magische Fels empor und erreichte die Oberfläche.« Die Szene zeigte einen Vulkan, der gerade heißes Gestein ausspie. »Als nächstes wurden auch die Lebewesen und die Pflanzen an der Oberfläche magisch.« Im Wasser erschienen Seeschlangen, an Land Gewirrbäume.

»Um das Jahr 2200 minus traf eine Kolonie von Menschen aus jenem Land ein, das man später Mundania nannte«, fuhr Hannas Stimme fort. Das Bild zeigte eine zerlumpte Gruppe von Männern und Frauen, dazu ihre Kinder, die sich an sie klammerten. »Es gebrach ihnen an Magie; deshalb hatten sie es zunächst sehr schwer.« In dem Bild glitt eine Schlange aus einem Teich, begegnete einem Mann, starrte ihm ins Auge, bis der Versteinerungszauber ihn gepackt hatte, beatmete ihn mit schleimigen Dampf und verschlang ihn danach am Stück. »Doch ihre Kinder, in Xanth geboren, wurden mit magischen Talenten gesegnet, und das war eine große Hilfe.« Eine riesige Schlange hob den Kopf, um ein Kind anzustarren, doch der kleine Junge blähte den eigenen Kopf so weit auf, bis er zu groß geworden war, um ihn zu verschlingen, worauf das Reptil sein Unterfangen angewidert aufgeben mußte.

»Und so wanderten einige hundert Jahre lang immer mehr Menschen in das magische Land ein und zogen es vor, dort wohnen zu bleiben, nachdem sie erst einmal gelernt hatten, wie sie dort überleben konnten«, verkündete Desis Stimme.

»Sie zogen ins Gebiet der größten Magie, heute unter der Bezeichnung Gebiet des Wahnsinns bekannt, und ihre Nachkommen entwickelten starke magische Talente. Ja, es war sogar eine Anzahl vollwertiger Magier und Zauberinnen darunter. Nicht alle waren besonders nette Leute; eine davon, die man die Seevettel nannte, wurde schließlich sogar aus der menschlichen Gemeinschaft verstoßen, worauf sie für mehrere Jahrtausende verschwand. Doch die meisten dienten dem Wohl der Hauptkolonie.«

»Allerdings«, setzte Hannas Stimme ein, »verlief diese Einwanderung nicht immer friedlich. Für jene, die gelernt hatten, sich von Drachen und ähnlichen Kreaturen fernzuhalten, wurde das Leben in Xanth recht einfach, weil Nahrungsmittel sich problemlos herbeizaubern oder mühelos von willigen Bäumen pflücken ließen.« Das Bild zeigte eine Frau, die einen frischen Kirschpastetenbaum aberntete. »Und so wurden die Bewohner Xanths schon bald zu einigermaßen sanften Leuten.« Die Leute in dem Bild entspannten sich unter hübschen Bäumen.

»Doch die eindringlichen Mundanier hatten Hunger, waren gewalttätig und oft grausam«, fuhr Desi fort. In dem Bild vertrieben brutale Männer mit Schwertern die sich ausruhenden Leute und nahmen ihnen die Bäume ab – um sie prompt zu fällen. »Natürlich hätten die Leute mit der Magie sie daran hindern können, aber oft zogen sie es vor, zu weichen und sich zurückzuziehen, anstatt zu kämpfen. Also begaben sie sich ins Hinterland, vertrieben von ihren barbarischen Nachbarn.«

»Wie beispielsweise meine eigenen Vorfahren es waren«, bemerkte Hannah Barbarin tadelnd. »Und dann wurde Xanth zu einer Insel.« Das Bild zeigte, wie das Meer einen Arm über das obere Ende der Landzunge streckte und das darunterliegende Gebiet abschnitt. »Wir sind uns nicht sicher, ob der Dämon $X(A/N)^{th}$ das alles so eingerichtet hat, um ungestörter zu bleiben, oder ob es purer Zufall war. Jedenfalls wurde auf diese Weise der Zustrom reinrassiger Menschen und anderer mundanischer Kreaturen unterbrochen, und der Friede war wiederhergestellt.«

Doch es stellte sich heraus, daß die Bewohner Xanths sich Sorgen machten, daß ihr Land nicht immer eine Insel bleiben könnte. Sollte Xanth wieder zu einer Halbinsel werden, würde es zu weiteren brutalen Invasionen kommen, die um so schlimmer verlaufen würden, als das Land schon lange ohne Gefährdung hatte überleben können. Sie gelangten zu dem Schluß, daß es töricht sei, die Angelegenheit einfach zu ignorieren oder immer nur auf das Beste zu hoffen; denn es könnte sehr wohl sein, daß ihre Kinder oder Enkel dafür einst einen schrecklichen Preis würden bezahlen müssen. Ja, es mochte sogar dann geschehen, wenn Xanth für immer eine Insel bliebe, da die Mundanier ja auch Schiffe benutzen könnten, um überzusetzen. Also versammelten sie sich und überlegten sich Möglichkeiten, sich vor einer Invasion zu schützen.

Und doch brachte der Inselstatus für Xanth auch Probleme mit sich. Die menschliche Population schwand. Zuerst fiel es niemanden auf; denn man begriff die Ursache dafür noch nicht. Doch schließlich verstand man auch diesen Prozeß: Die Menschheit teilte sich in Kreuzungen auf. Es gab zahlreiche magische Quellen, darunter auch solche mit Liebeselixier. Jeder Mensch, der davon trank, verliebte sich leidenschaftlich in das nächstbeste Lebewesen vom anderen Geschlecht, dem er danach begegnete, um mit diesem zusammen sofort den Storch herbeizurufen. Die Störche, die stets alles wörtlich nahmen, brachten daraufhin prompt Babys, die sich gleichmäßig auf beide Rassen verteilten. Nachdem die Babys aufgewachsen waren, zogen sie Mischformen vor, wie sie es selbst waren. So erschienen auf magische Weise immer neue Arten. Manche Menschen veränderten geringfügig ihre Größe oder ihre äußere Form, auch ohne sich zu kreuzen. Zu dieser Zeit erschienen die ersten Harpyien, Meerleute, Naga, Sphingen, Faune, Nymphen, Oger, Kobolde, Elfen, Feen, Wer-Leute und weitere Mischformen und Varianten. Alle waren sie zumindest teilweise menschlicher Herkunft. Viele zogen es allerdings vor, sich nicht einzugestehen, daß ihr Erbe dadurch verkümmert war und sich verschlechtert hatte; statt dessen wurden sie zu erbitterten Gegnern der reinen Menschen.

Manchen Menschengemeinden gelang es, mit Wasserspeiern Abmachungen zu treffen, ihr Wasser zu reinigen, damit ihnen keine Mitglieder mehr verloren gingen. (An diesem Punkt der Geschichtserzählung wurde Gary wieder seiner eigenen Identität gewahr.) Manchmal gab es auch Mißverständnisse oder Streitigkeiten. Dann zogen die Wasserspeier weiter. Es kam aber auch vor, daß törichte junge Menschen absichtlich von den Liebesquellen tranken, weil sie glaubten, gegen ihre Wirkung gefeit zu sein. Manchmal handelte es sich dabei auch um eine Mutprobe. Was immer der Grund im einzelnen sein mochte, am Ende stand jedenfalls die Tatsache, daß ihre Nachkommen für die menschliche Art verloren waren. Und so schrumpfte die menschliche Population mit der Zeit immer mehr zusammen, langsam, aber stetig.

Schließlich begriffen die verbliebenen Menschen, daß sie dieses Problem anpacken mußten. Sie beschlossen, die verbliebenen reinen Menschen zusammenzuführen und sich in eine völlig geschützte Region zu begeben, damit die Art sich nicht länger aufspaltete. Dennoch blieb die Sorge über die andere Bedrohung, nämlich die Invasion aus Mundania; denn die Leute stellten fest, daß das Wasser im Norden sich langsam zurückzog. Mit der Zeit würde es wieder eine Landverbindung geben, und dann würden die brutalen Mundanier erneut ihre grausamen Überfälle beginnen, Xanth überrennen und die dort bereits ansässigen magischen Menschen unterjochen. Andererseits wollten sie aber auch nicht *jegliche* Einwanderung verhindern, weil sie verzweifelt frisches, reines Blut brauchten, um damit zu ersetzen, was durch Kreuzungen verlorengegangen war. Doch wie sollten sie dieses Problem des Zuviel und Zuwenig in den Griff bekommen?

Die Lösung sollte den Lauf der Geschichte Xanths nachhaltig beeinflussen. Sie entschieden, ein gemischtes Bollwerk aus Illusion und Verwirrung zu errichten, das Xanth von Mundania abschnitt, ausgehend von einer ganz besonderen Stadt in dem einzigen Landstrich, in dem sich so etwas verwirklichen ließ: im Gebiet des Wahnsinns. Denn nur hier war die Magie intesiv genug, um dieses geplante Bollwerk mit der erforderlichen Kraft zu versorgen. In dieser Gegend dürfte es nur wenige andere Arten geben, und überdies würden die Menschen dafür sorgen, daß ein Wasserspeier ihren Wasserzustrom reinigte. Sie würden die Stadt mit einer Mauer umgeben, damit die törichten Jugendlichen nicht ohne weiteres hinauskamen, um Unheil zu stiften, und um gefährliche Lebewesen von außen abzuhalten. Denn Gefahren gab es hier sehr wohl – schlimmere sogar als nur die tödlichen. Es war also eine äußerst mutige Entscheidung, die von der Menschengemeinde gefällt wurde, die sich hier niederließ.

Und so entstand die größte und außergewöhnlichste Stadt in der ganzen Geschichte Xanths: Scharnier.

Das Bild verblaßte. »Aber wie wir sehen, seid ihr inzwischen müde und schläfrig«, meinte Hanna. »So ist es unsere Pflicht, dafür zu sorgen, daß ihr euch zurückziehen könnt. Wir werden diese Geschichte ein anderes Mal fortsetzen.«

Gary war es zufrieden. Zwar fand er die Geschichte durchaus faszinierend – vor allem jene Teile, wo es um Wasserspeier ging; andererseits brauchte er tatsächlich etwas Menschenschlaf und Zeit, um alles zu überdenken, bevor er bereit war, zu neuen Taten zu schreiten. Er bemerkte, daß es den anderen ähnlich zu ergehen schien.

Und so verließen sie in gemeinsamer Übereinstimmung den Speisesaal und begaben sich nach oben in ihre Gemächer. Überraschung war bereits eingeschlafen; Mentia mußte sie hinauftragen.

Gary betrat seine Gemächer, und bevor er wußte, wie ihm geschah, lag er auch schon eingeschlafen auf dem Bett. Er hatte es kaum bemerkt, wie Hanna ihm dorthin geholfen hatte. Sein menschlicher Körper hatte ein Verlangen nach Ruhe, wie sein wirklicher Körper es gar nicht kannte.

10

Schlüsselstein

Erfrischt wachte Gary am Morgen auf. Allerdings lag neben ihm jemand im Bett. Verwundert hob er die Bettdecke und stellte fest, daß es Hanna, die Handmagd war. Nicht nur, daß sie fest schlief, sie hatte wohl auch ihre Nachtkleider verloren. Gary war gar nicht auf den Gedanken gekommen, daß Hanna keinen Platz zum Schlafen haben könnte; sonst hätte er ihr doch gern sein Bett überlassen, wenn sie ihn nur darum gefragt hätte. Er war es gewöhnt, auf dem Boden zu schlafen – wenngleich der menschliche Körper etwas Polsterung brauchte, nach der sein natürlicher Körper eigentlich nicht verlangte.

Vorsichtig stand Gary auf, um Hanna nicht zu wecken, und kümmerte sich um die verschiedenen Unbequemlichkeiten der Grundverfassung menschlichen Fleisches. Doch fragte er sich beiläufig, wie es überhaupt sein konnte, daß eine Illusion schlief. Eigentlich hätte sie sich doch in Nichts auflösen müssen, wenn sie nicht bei Bewußtsein war –

sofern sie überhaupt über irgendein echtes Bewußtsein verfügte. Und selbst wenn dem so wäre, weshalb schlief sie dann ausgerechnet in seinem Bett? Wenn sie Schlaf brauchte, mußte sie doch bestimmt ihre eigene Schlafstätte haben.

Plötzlich wurde ihm mit einem Anflug von Schuldgefühl klar, daß sie ihm wahrscheinlich ihr eigenes Zimmer zur Verfügung gestellt hatte. Deshalb hatte sie jetzt keinen Platz mehr für sich allein. Das erklärte übrigens auch, weshalb es hier drinnen so hübsch war. Er würde sie um Verzeihung bitten müssen, daß er sie vertrieben hatte, ohne es zu wissen.

Nachdem Gary sich angekleidet und auf den Tag vorbereitet hatte, baute er sich neben dem Bett auf und musterte Mentia. Sie war nach menschlichen Maßstäben ein wirklich äußerst ästhetisches Geschöpf, mit einem Oberkörper, der an eine Sanduhr erinnerte, dazu mit feinen, langen dunklen Zöpfen, festen Waden und sinnlichen Zügen. Merkwürdigerweise ließ der Anblick ihn an fliegende Störche denken – und zwar an ganze Storchenschwärme.

»Das ist aber wirklich eine kunstvolle Pose«, bemerkte Mentia und erschien an Garys Seite. »Wer immer sie herstellt, scheint recht genau zu wissen, was er tut.«

»Sie herstellt?« fragte Gary verständnislos.

»Du hast doch wohl nicht geglaubt, daß Illusionen sich selbst erschaffen, oder? Irgend jemand projiziert hier gerade die Abbilder von Hanna und Desi, und er versteht sein Geschäft. Natürlich kann er sie nicht beide gleichzeitig beleben.«

»Nicht? Aber gestern abend waren sie doch zusammen.«

»Ist dir denn gar nicht aufgefallen, daß sie sich beim Tanzen und Erzählen stets abgewechselt haben? Es war immer nur eine von beiden wirklich belebt, während die andere auf Autopilot geschaltet blieb.«

»Auf was?«

»Das ist ein Ausdruck der Pilotfische, die sich recht gut auf Navigation verstehen. Die können das im Schlaf. Ein schlafender Fisch kann sich zwar bewegen, reagiert dabei aber nicht auf andere. Und genauso haben es die beiden

Mägde gemacht. Im Augenblick ist Desi nämlich aktiv und verführt gerade Hiatus; deshalb befindet Hanna sich im Bereitschaftszustand.« Sie warf ihm einen Seitenblick zu, wobei die Augen sich in ihrem Gesicht so weit verschoben, daß sie den Kopf nicht zu wenden brauchte. »Es könnte vielleicht ganz interessant werden, solltest du ihr Verführungsangebot ausgerechnet jetzt annehmen. Dann würden wir schon sehen, was passiert. Es ist durchaus möglich, daß deine Hand einfach durch ihren Körper führt. Vielleicht aber wacht sie auch von der Berührung auf. Das würde in Wirklichkeit natürlich nur bedeuten, daß ihr Meister seine Aufmerksamkeit nunmehr dir widmet, wozu er sie dann beleben würde. Dann müßte Desi allerdings unter Umständen mitten im Geschehen abbrechen.«

»Verführung?«

Mentia lachte. »Und dabei hast du es nicht einmal bemerkt. Genau wie bei Iris nicht! Weil du eben ein Wasserspeier bist. Aber da wir uns hier in ernster Mission befinden, möglicherweise noch dazu in Gefahr, sollte ich dich wohl besser aufklären. Keine Menschenfrau zeigt jemals aus Versehen Teile ihres Körpers zwischen Ellenbogen, Knien und Hals. Jedenfalls nicht, wenn ein Mann anwesend ist. Je mehr sie aber zeigt, um so interessierter ist sie an seiner Reaktion.« Ihre Augen verschoben sich wieder in den vorderen Teil ihres Gesichts. »Ich würde vermuten, daß Illusionshanna sich so sehr für dich interessiert, wie es nur möglich ist, denn das hier stufen wir Dämonen schon als nicht jugendfrei ein. Sie hat ja nicht mal Höschen an.«

»Na ja, ich hätte auch niemals hingesehen, wenn sie Höschen angehabt hätte!« erwiderte Gary empört. »Ich kenne doch die menschlichen Sitten.«

»Vielleicht nicht genug. Höschen stellen die Grenze dessen dar, was ein nicht verwandter Mann *nicht* sehen soll. Was Hanna dir zeigt, liegt weit jenseits dieser Grenze.«

»Das verstehe ich nicht.«

Sie lächelte, und es schien eine Spur von Wehmut darin zu liegen. »Die Unschuld ist ja so ein kostbares Gut«, sagte sie völlig unzusammenhängend. »Fürs erste solltest du einfach nur hinnehmen, was ich gesagt habe: Hanna ist *sehr* an dir interessiert.«

»Aber wie soll eine Illusion sich für irgend jemand oder irgend etwas interessieren können?«

»Tja, genau da liegt das Problem«, meinte sie und kratzte sich am Kopf, der prompt an dieser Stelle verschwand. »Illusionen besitzen kein Bewußtsein und daher auch keinen Willen. Es bedeutet ganz einfach, daß der- oder diejenige, die Hanna gerade erschafft, dich verführen will, weil er oder sie dein wahres Wesen nicht kennt. Vielleicht ist es ja irgendeine magisch talentierte Frau, die dich deines Aussehens wegen bewundert.«

»Eine Frau wie Iris?«

»Noch so ein Problem«, meinte sie und kratzte sich dabei ein weiteres Stück vom Kopf ab. »Iris ist die Zauberin der Illusion, und was Art und Umfang ihres Talents betrifft, ist sie einzigartig unter den Menschenfrauen. Es gibt keine zweite wie sie. Aber es ist möglich, daß es eine andere Art von Frau mit einem ähnlichen, wenn auch gewiß nicht identischen Talent der Illusion gibt. Kann sein, daß sie dich mag. Vielleicht hat sie aber auch begriffen, daß du dich in ihrer wahren Gestalt nicht für sie interessieren würdest. Deshalb versucht sie jetzt, dich mit Hilfe menschlicher Illusion zu verführen.«

»Und das könnte nicht Iris selbst sein?«

»Doch, das könnte sie durchaus sein; aber ich bin mir fast sicher, daß sie es nicht ist. Im Augenblick schläft Iris tief und fest, was wiederum bedeutet, daß ihre Illusionen auf Automatik geschaltet sind. Nun ist mir zwar klar, daß dies Hanna nicht ausschließen muß, die ja ebenfalls gerade auf Automatik läuft. Aber es erklärt nicht Desi, die zur Zeit faszinierende Aktivitäten entfaltet. Wenn der Gebieter Hiat nicht zufällig aus härterem Holz geschnitzt sein sollte, als ich vermute, wird er schon bald selbst die Entdeckung machen, wie weit eine Illusion tatsächlich reicht. Außerdem habe ich beobachtet, daß Iris leugnet, diese Illusionen hier erschaffen zu haben, wie sie auch bestreitet, daß sie die Mahlzeit gestern abend erschaffen habe. Und ich wüßte wirklich keinen Grund, weshalb ich ihr keinen Glauben schenken sollte. Insgeheim ist sie ziemlich neugierig und auch ärgerlich wegen dieser rivalisierenden Illusionen, die es doch immerhin, was Kraft und Finesse anbelangt, fast mit ihrer eigenen aufnehmen kann. Deshalb halte ich Iris auch für unschuldig; ganz abgesehen davon, daß sie keinerlei Interesse an Hiatus gezeigt hat. Der ist ja auch ein ziemlich langweiliger Bursche, den sie noch als unausstehliches Kind kannte.«

»Wer könnte es dann sein?«

»Oder *was* könnte es dann sein. Ich fürchte, wir haben es hier mit etwas zu tun, das uns den Verstand rauben könnte. Der einzige Grund, weshalb es das nicht tut, dürfte darin bestehen, daß wir so gut wie keinerlei Vorstellung von seinem wahren Wesen haben.«

»Und was sollen wir jetzt tun?«

»Das Spiel mitmachen, bis es uns tatsächlich den Verstand geraubt hat.«

»Aber ich bin doch nicht hier, um mich berauben zu lassen! Ich bin hier, weil ich den Philter suche.«

»Und wir sind alle hier, um dir dabei zu helfen, auch wenn jeder von uns gleichzeitig eigene Ziele dabei verfolgt. Und in dieser hilfsbereiten Verfassung möchte ich dir anraten, nichts Törichtes zu unternehmen – zum Beispiel, dieses massive Bauwerk aus Illusionen zu zerstören. Denn das würde höchstwahrscheinlich nicht nur deine Queste beeinträchtigen, es könnte für sich allein genommen schon äußerst gefährlich werden. Bevor wir irgend etwas Kühnes oder Raffiniertes unternehmen, müssen wir uns zunächst mehr Klarheit über das Wesen verschaffen, mit dem wir es dabei zu tun haben.«

Wie immer klang das, was sie sagte, äußerst vernünftig.

»Dann spielen wir also mit und bleiben auf der Hut«, entschied Gary.

»Und versuchen, nicht preiszugeben, was wir dabei in Erfahrung bringen«, ergänzte sie. »Ich halte es im Augenblick auch nur deswegen für einigermaßen sicher, in aller Offenheit mit dir darüber zu sprechen, weil ich mich davon überzeugen konnte, daß dieses Wesen seine Aufmerksamkeit derzeit woanders konzentriert hat.«

Hanna rührte sich. Gary und Mentia wechselten einen hastigen Blick; dann machte die Dämonin eine Geste, als würde sie ihren Mund zuschnüren. Schließlich verblaßte sie.

Hiatus' Verführung war also entweder schon vollzogen oder aus irgendeinem Grund unterbrochen worden. Jedenfalls erwachte nun Hanna zum Leben. Was sollte er nur tun?

Gary kam zu dem Schluß, daß es besser und sicherer war, selbst die Initiative zu ergreifen, als es ihr zu überlassen. »Ach, du bist wach«, sagte er freundlich. »Es hat mich gefreut zuzusehen, wie tief und fest du schläfst, nach allem, was du gestern getan hast. Dann können wir ja jetzt frühstücken gehen.«

Hanna wirkte eine Spur verstört. »Ja, natürlich«, sagte sie nach kurzem Stocken. Sie stieg aus dem Bett, wobei sie die nackten Beine in seine Richtung streckte. Als Gary höflich den Blick abwandte, stieß sie einen leisen kurzen Schrei aus. »Oh! Ich bin ja völlig ungewollt in einem furchtbar unanständigen Zustand! Danke, daß du nicht hinsiehst.« Nun bildeten sich Höschen aus (wie Gary aus dem Augenwinkel beobachten konnte); dann umhüllte sie auch schon ein züchtiges Tageskleid.

Sie traten in den Gang hinaus. Dort wurden sie bereits von Hiatus erwartet, dem ziemlich unbehaglich zumute zu sein schien. »Was ist denn los?« fragte Gary.

Hiatus schüttelte den Kopf. »Wenn sie doch nur wirklich gewesen wäre! Ich hätte es glatt getan«, murmelte er. »Aber ich weiß ja, daß die echte Desiree sich nie so verhalten würde. Jedenfalls nicht, ohne vorher zu heiraten.«

Bevor sie sich zu den anderen gesellen konnten, um gemeinsam eine zweifellos sehr üppige Morgenmahlzeit zu sich zu nehmen, begann die Szene merkwürdig zu wabern. »Oh«, machte Hanna. »Ein Gewitter zieht auf.«

Mentia erschien. »Gerade ist etwas Seltsames ... ach so, ihr habt es schon festgestellt.«

»Hanna sagt, daß ein Gewitter aufzieht«, teilte Gary ihr mit.

Hiatus zuckte die Schultern. »Einem Steinbau sollte ein Gewitter doch nicht allzuviel anhaben können.«

»Ein Wahnsinnsgewitter«, erläuterte Hanna. »Wir müssen in Verteidigungsstellung gehen. Schnell, wir dürfen nicht im Gebäude bleiben!« Sie stürzte förmlich voran und lief die Treppe hinunter.

»Ich wecke Iris und Überraschung«, erklärte Mentia und verschwand.

Gary und Hiatus folgten Hanna aus dem Palast. Draußen stapfte ein Oger heran. »Die anderen kommen gleich«, teilte Hanna ihm mit. »Du kannst schon anfangen.«

Der Oger begab sich zur Außenmauer der Burg und schlug mit der Faust gegen eine Steinplatte. Der Stein zerbrach, und der ganze Palast geriet ins Schwanken. Überall waren Klickgeräusche zu vernehmen.

Iris und Überraschung kamen heraus; sie folgten einem hopsenden Ball. Der Ball machte einen letzten Satz; dann ließ er Arme und Beine sprießen. Kurz darauf entstand auch ein dazugehöriger Körper. »Jetzt sind alle draußen, bis auf Desi«, verkündete Mentia.

Da erschien auch Desi. »Ich bin hier«, sagte sie.

Verstohlen blickte Gary zu Hanna hinüber. Die stand still und ausdruckslos da. Sie lief wohl gerade, wie Mentia ja erklärt hatte, auf Autopilot. Es war also immer nur ein und dasselbe Wesen, das sich mal so und mal anders darstellte.

Gary musterte die wirklichen Leute. Iris sah verständlicherweise abgehetzt aus, doch das Kind blieb ungewöhnlich still. Vielleicht war Überraschung immer noch niedergeschlagen wegen der Offenbarung ihrer Beschränktheit. Sie hatte geglaubt, zu allem fähig zu sein, völlig grenzenlos, und nun mußte sie damit fertig werden, daß sie in Wirklichkeit alles doch nur einmal tun konnte. Vielleicht hatte Gary damit seine Ausbilderpflicht bereits erfüllt und Überraschung war jetzt soweit, nach Hause zurückzukehren, sobald sie den Philter gefunden hatten.

Der Oger riß an dem überstehenden Teil des Palastdaches.

Das Dach löste sich, und die immer breiteren Risse fuhren mal zum Giebel hinauf, mal wieder herunter. Dann drückte der Oger gegen die Bedeckung, worauf sich der Rest des Daches zu Boden neigte und das darunterliegende Zimmer flach zusammenklappte. Die anderen Teile des Palastes schlossen sich auf ähnliche Weise. Eigentlich hatten Gary und seine Begleiter geglaubt, daß es zweier Oger bedürfte, um die Steine zusammenzufalten; aber vielleicht war dieser hier ja ganz besonders stark. Möglicherweise genügte aber auch ein Oger pro Palast, der ja ohnehin zu einem großen Teil aus Illusion bestand.

Gary musterte wieder unauffällig die Illusionsmägde und stellte fest, daß jetzt beide bewegungslos dastanden. Die Belebung konzentrierte sich im Augenblick auf den Oger und den Palast. Also ging dieses Spektakel, so beeindrukkend es auch war, keineswegs so weit, wie es den Anschein hatte – außerdem bestand der größte Teil der Szene sowieso nur aus Illusionen.

Hanna erwachte wieder zum Leben. »Wir müssen uns in den Mittelkreis begeben«, sagte sie. »Dort sind wir in Sicherheit.«

Sie folgten ihr, fort vom einstürzenden Palast, eine Straße von großen Steingebäuden gesäumt entlang, die nun auf gleiche Weise zusammenklappten. Die ganze riesige Stadt verwandelte sich in einen einzigen Haufen aufeinandergeschichteter, zusammengeklappter Steine. Doch Gary bemerkte, daß alle anderen Oger, die sich an den Gebäuden zu schaffen machten, genau demselben Muster folgten wie der erste Oger, der den Palast bearbeitet hatte. Sie befanden sich gewissermaßen im Gleichschritt oder im »Gleichbild«. Noch mehr Autopilotentum. Und sie arbeiteten auch nur, solange Hanna einer schnurgeraden Linie folgte und dabei weder sprach noch gestikulierte.

Diese Illusion hatte also ihre Grenzen, genau wie Mentia erklärt hatte. Aber wer steuerte sie? Und aus welchem Grund? Das ganze hatte mit Iris' Abbild der alten Stadt begonnen, das wiederum auf Garys Lesen der Gesteinsbilder beruht hatte. Nur, daß sich jetzt eben noch eine weitere

Partei einschaltete. Aber warum? Und welche Gefahr konnte das für sie alle bedeuten?

Mittlerweile mehrten sich die Anzeichen des drohenden Gewitters. Windböen zargten an fernen Zinnen, und Staub verstrudelte sich zu Wolken, die weiter entfernte Gebäude einhüllten. Sie vernahmen ein schwaches Wehgeschrei, das nach und nach immer lauter wurde. Der Himmel war verhangen und wurde zunehmend unruhiger.

In der Mitte der Stadt befand sich eine freie Stelle, in deren Mitte wiederum ein runder Teich aus klarem Wasser zu erkennen war. Hanna beruhigte sich ein wenig. »Hier sind wir vor dem Gewitter in Sicherheit«, verkündete sie.

»Wieso das?« wollte Mentia wissen. »Die zusammengeklappten Bauten können doch einiges an Sturm vertragen. Hier dagegen stehen wir ungeschützt im Freien.«

»Der Ansturm ist nur teilweise körperlicher Art«, erläuterte Desi. »Es ist der Wahnsinn, der sie angreifbar macht. Schau mal.« Desi gestikulierte, und die anderen bemerkten, daß eins der Gebäude ausgelassen worden war. Entweder waren nicht genug Oger für alle da, oder jeder Oger mußte sich um mehrere Bauten kümmern, und es war noch niemand bis zu diesem Gebäude gekommen.

Der staubgeschwängerte Wind umstrudelte den Bau – worauf dieser sich veränderte: Der Stein wurde durchsichtig, nahm eine mattroas Tönung an. Als eine stärkere Windböe gegen das Gebäude drückte, gab es plötzlich nach wie ein Klumpen Gelatine.

»Der Wahnsinn verändert die Dinge«, erklärte Hanna. »Deshalb können wir uns auch nicht auf die Festigkeit von Gestein verlassen. Der Bau wird sich zwar wieder in Stein verwandeln, sobald das Gewitter vorbeigezogen ist, aber selbst wenn er intakt bleiben sollten, könnte es sein, daß er dabei eine völlig andere, verzerrte Form annimmt.«

»Und das wiederum ist für die Leute in diesem Gebäude wahrscheinlich alles andere als spaßig«, versetzte Iris und schnitt eine Grimasse.

»Das stimmt«, bestätigte Desi. »Es könnte sein, daß sie ums Leben kommen oder um den Verstand. Dann werden sie nach dem Abklingen des Gewitters auch nicht wieder normal.«

»Das erklärt aber immer noch nicht, weshalb es hier besser sein soll«, warf Iris ein.

»Dieser innere Kreis ist sicher«, erwiderte Hanna. »Denn die Stadt Scharnier ist so konstruiert, daß die zusammengeklappten Gebäude gemeinsam ein Muster bilden, das hier, an dieser Stelle eine wahnsinnsfreie Zone erzeugt. Die Magie ist im Innern des Kreises meist von normaler bis unterdurchschnittlicher Stärke, je nach Heftigkeit des Gewitters selbst.«

»Warum lebt man dann nicht einfach im Innern des Kreises?« wollte Hiatus wissen.

»Weil es im Innern des Kreises nur eine sehr schwache Magie gibt, solange kein Gewitter vorherrscht«, erklärte Desi. »Die Talente funktionieren dort nicht. Die Oger verlieren ihre Kraft, und die Mischlinge werden krank, weil ihr Körper versucht, sich in die Einzelteile seines ursprünglichen Erbes aufzulösen. Magische Pflanzen verwelken oder sterben ab.«

»Kurzum, es ist wie Mundania«, meinte Mentia. »Ein gräßlicher Ort ohne Magie.«

»Ja«, bestätigte Hanna. »Und Dämonen funktionieren überhaupt nicht mehr.«

Mentia schnitt eine Grimasse. Das war sehr beeindrukkend: Ihr gesamtes Gesicht zog sich zurück und faltete sich nach innen, bis es schließlich Nase, Augen und Mund hinterherzog. »Ich werde nicht länger hierbleiben, sobald der Stein fort ist«, sagte sie von der anderen Seite ihres Kopfes aus.

»Aber wenn du während des Gewitters hinausgehst«, wandte Desi ein, »wirst du dich mit Magie überladen. Dann könnte es durchaus sein, daß du in einer Wolke des Wahnsinns explodierst.«

Gary blickte sich um. »Deshalb ist diese Stadt also voller Scharniere. Damit man sie während der Wahnsinnsgewitter einklappen kann, um sie danach mühelos wieder aufzubauen.«

»Ja«, bestätigte Hanna. »Wir erleiden während der Gewitter nur sehr wenige Verluste, und die lassen sich ausgleichen. So können wir zu allen anderen Zeiten hervorragende Arbeit leisten. Scharnier beschützt uns sowohl innerhalb als auch außerhalb des Wahnsinns.«

»Das ist ja sehr raffiniert«, meinte Iris anerkennend.

»Haben die einzelnen Bauten eine ähnliche Wirkung?« wollte Gary wissen. »Ich meine, verringern sie den Wahnsinn?«

»Ja«, bestätigte Desi. »Sie mildern die Wirkung des allgemeinen Hintergrundwahnsinns. Aber das ist begrenzt. Werden sie nicht eingeklappt, können sie keinem Gewitter standhalten.«

Iris musterte ihn scharf. »Wie bist du darauf gekommen?«

»Ich habe bemerkt, daß Mentia wieder normal zu werden begann. Als ich heute morgen mit ihr sprach, haben ihre Augen eine Reise durch ihr Gesicht unternommen, und gerade eben hat ihr Gesicht sich eingestülpt. Das ist Teil ihres normalen Wahnsinns; so etwas tut sie sonst, ohne es überhaupt zu bemerken. Aber sobald der Wahnsinn uns umfängt, erlaubt sie sich normalerweise keine derartigen Torheiten, nicht einmal unbewußt.«

Hiatus nickte verstehend. »Gary, du bist wirklich klüger als der durchschnittliche ...«

»... der durchschnittliche junge Menschenmann«, beendete Iris den Satz für ihn. Im Reich des Wahnsinns mochte sie vielleicht ein bißchen verrückt gewesen sein, aber hier und jetzt war sie wieder ganz ihr vernünftiges Selbst, genau wie im Palast. Hiatus war auf seine etwas nichtssagende Unschuld zurückgekommen und hatte daher vergessen, daß sie eigentlich Garys wahres Wesen nicht in aller Öffentlichkeit besprechen wollten.

»Sag mal, eigentlich interessiert sich der durchschnittliche Menschenmann aber doch für wohlgeformte junge Frauen, oder nicht?« erkundigte sich Hanna.

»Ja, aber manchmal ist er eben ein bißchen schüchtern«, versetzte Mentia und sprang ihm ebenso bei, wie Iris es schon getan hatte. »Kannst du dir vorstellen, daß es sogar welche gibt, die sich doch glatt in aller Seelenruhe ein splitternacktes Mädchen anschauen können, ohne dabei sofort an den Storch zu denken?«

»Allerdings«, warf Iris ein wenig säuerlich ein.

»Ich habe Durst«, erklärte Überraschung, löste sich von Iris und rannte zu dem Teich hinüber. Sie hatte ihre normale Impulsivität zurück erlangt. Gary hatte ursprünglich geglaubt, daß ihr gutes Benehmen auf die Entdeckung der Beschränktheit ihres Talentes zurückzuführen sei, begriff aber nun, daß auch der allumfassende Wahnsinn dafür verantwortlich gewesen sein könnte.

»Warte, Liebes!« rief Iris und lief ihr nach. »Wir wissen nicht, was das für Wasser ist. Vielleicht ist es ja verzaubert oder giftig.«

»Tatsächlich handelt es sich um einen Liebesborn«, erklärte Desi.

»Ein Liebesborn!« kreischte Iris. Sie grabschte nach dem Kind – doch zu spät. Überraschung hatte sich bereits am Rande des Teichs zu Boden geworfen und das Gesicht ins Wasser getaucht.

»Aber das ist doch der städtische Wasservorrat«, wandte Hiatus ein. »Da müßte das Wasser eigentlich rein sein.«

Gary benetzte einen Finger mit dem Wasser. »Ja, es ist rein«, bestätigte er aufgeregt.

Hanna sah ihn scharf an. »Woher weißt du das?«

Doch Gary war zu klug, sein wahres Wesen preiszugeben. »Ich habe das Talent, Wasser zu lesen«, sagte er. »Ich erkenne, wenn es rein ist. Dieses hier ist von einer ganz außerordentlichen Reinheit.«

Überraschung hob das Gesicht. »Ja, für Wasser ist es ganz phtsch.«

Hiatus starrte Hanna an. »Du hast dir einen kleinen Scherz mit uns erlaubt, stimmt's?«

»Ja«, bestätigte Desi. »Ich wollte mir einen Scherz mit euch erlauben.«

Hiatus schnitt eine Grimasse. »Es gibt verschiedene Arten von Scherzen.«

»Dann ist das also ein Born, dem der umgebende Wahnsinn nichts anhaben kann?« erkundigte Iris sich zweifelnd.

»Ja, er steigt am Schlüsselstein mitten auf der Insel auf«, antwortete Hanna.

»Schlüsselstein?« fragte Überraschung.

»Bitte keine Magie machen, Liebes«, teilte Iris ihr hastig mit.

»Ja, der Schlüsselstein befindet sich genau im Zentrum von Scharnier«, ergänzte Desi. »Solange er an Ort und Stelle bleibt, ist alles in Ordnung.«

»Das ist unmöglich«, sagte Gary. »Dieses Wasser ist viel zu rein, um unmittelbar aus den Tiefen aufgestiegen zu sein.«

Mentia musterte ihn scharf. »Was willst du damit sagen?«

»Ich will damit sagen, daß hier ein Wasserspeier im Spiel sein muß.«

»Oh! Das will ich überprüfen.« Mentia spazierte über das Wasser zu der kleinen Insel in der Mitte des Teiches. Dort gab es einen hübschen Springbrunnen, aus dem das Wasser in den Teich strömte. »Richtig«, rief sie einen Augenblick später zurück. »Hier ist tatsächlich ein Wasserspeier.«

Gary sprang ins Wasser und schwamm nach tolpatschiger Menschenart zur Insel hinüber. Der Springbrunnen befand sich auf einem hohen Steinfundament, auf dem seine Düse ruhte. Gary schritt um ihn herum, bis er eine Tür entdeckte. Die war verschlossen, öffnete sich aber sofort nach außen, als er daran zog. Im Innern wand sich ein kurzer Gang in die Höhe. Gary folgte ihm und entdeckte schließlich, was sich in der Mitte befand.

»Von wegen Schlüsselstein!« rief er. Doch war er alles andere als enttäuscht. Er hatte die Bestätigung für seinen Verdacht gefunden und gleichzeitig eine wunderbare Entdeckung gemacht.

Es war ein grauenerregender steinerner Wasserspeier, der da das Wasser von sich gab. Ein weibliches Exemplar. Gary ließ den Blick über ihre furchtbar häßlichen Gesichtszüge und die steinernen Konturen fahren und verliebte sich auf der Stelle in sie.

»Immer mit der Ruhe, Gary«, murmelte Mentia. »Sag jetzt bloß nichts, was wir alle noch bereuen könnten.« Sie wirkte inzwischen ganz vernünftig und nüchtern.

Mentia meinte damit, daß er seine eigene, wahre Natur nicht preisgeben sollte – für den Fall, daß die Illusionsleute von Scharnier es mitbekämen. Gary begriff zwar nicht so recht, weshalb irgend jemand sich etwas daraus machen sollte, daß er ein verwandelter Wasserspeier war, doch respektierte er die Ermahnung der Dämonin und nickte.

Da erblickte die Wasserspeierin die Gefährten. Sie sperrte ihre Kehle zu und unterbrach den sauberen Wasserstrom. »Hallo, Fremde«, sagte sie. »Seid ihr wirklich oder nur Illusion?«

»Ein bißchen von beidem«, meldete Mentia sich schnell zu Wort. »Wir sind nicht unbedingt das, was wir zu sein scheinen. Ich zum Beispiel sehe zwar menschlich aus, bin aber in Wirklichkeit eine Dämonin.« Für einen kurzen Augenblick nahm sie die Form einer gestreiften grünen Wolke an, um das Gesagte zu unterstreichen; dann wurde sie wieder zu einem Menschen. »Aber davon abgesehen sind wir durchaus wirklich. Wir gehören zu einer Gruppe von insgesamt fünf Leuten, die gerade in der steinernen Stadt Scharnier zu Besuch weilen.«

»Da bin ich aber erleichtert«, meinte die Wasserspeierin. »Es ist schon sehr lange her, seit ich mal etwas anderes als Illusionsleute zu Gesicht bekommen habe.« Sie zuckte mit den Barthaaren. »Ich bin Gayle Wasserspeier.«

»Ich bin D. Mentia.«

»Und ich bin Gary Gar.«

Gayles Blick heftete sich auf Gary. Doch bevor sie etwas sagen konnte, ergriff Mentia erneut das Wort. »Wir ziehen es vor, es dabei zu belassen – jedenfalls fürs erste. Keine weitere Vorstellung erforderlich.«

Gayle nickte, obwohl ihre Augen sich verengt hatten. »Das ist wahrscheinlich das Beste. Doch möchte ich euch um einen Gefallen bitten. Ich mag es nämlich nicht, von Illusionen zum Narren gehalten zu werden. Würdest du mich vielleicht einmal anfassen, Gary, damit ich mich davon überzeugen kann, daß ihr wirklich greifbar und feststofflich seid?«

»Aber gern«, erwiderte Gary. Er trat vor und legte seine fleischerne Menschenhand auf ihre Steinlöwentatze.

Die Berührung jagte ihm einen Schauer durch den Leib. Nicht nur, daß Gayle wirklich war – nach den Normen seiner Art war sie auch höchst begehrenswert. Und Gary wußte, daß sie durch die Berührung sein wahres Wesen erfaßte, denn Wasserspeier erkannten einander stets. Und sie mochte ihn!

Laß sie nicht dein wahres Wesen erkennen.

Sie hatte im Geist zu ihm gesprochen! Er hatte gar nicht gewußt, daß Wasserspeier so etwas konnten. Andererseits war es auch schon Jahrhunderte her, seit er zum letztenmal einem Mitglied seiner eigenen Art begegnet war. Vielleicht hatte er es ja nur vergessen.

Es ist diese intensive Magie, die meine Natur verstärkt. Trau den Illusionen nicht.

Da erschien Hanna. »Ah, da seid ihr ja! Ein Treffen mit dem Wasserspeier.«

Zögernd nahm Gary die Hand wieder zurück. »Ja, ich wollte mich davon überzeugen, daß sie … nicht auch eine Illusion ist.«

»Um sicherzugehen, daß das Wasser tatsächlich rein ist«, fügte Mentia hinzu.

»Wenn dieser Springbrunnen noch derselbe wäre wie ursprünglich, würdet ihr beide längst nicht mehr so weit voneinander entfernt dastehen«, bemerkte Hanna lächelnd.

»Liebeselixier kann Dämonen nichts anhaben«, versetzte Mentia eine Spur schnippisch.

»Dieser Born vielleicht doch. Hier herrscht schließlich eine äußerst starke Magie.«

Nun wurde Gary ihrer gewahr: eine Aura wie die des Wahnsinns, nur noch schlimmer. Er war so fasziniert von der Wasserspeierin gewesen, daß ihm überhaupt nicht klargeworden war, wieviel der Zauber ihrer Berührung alldem zu verdanken hatte.

»Aber du hast doch gesagt, daß dies hier ein Schutzkreis ist«, wandte Mentia ein.

»Genaugenommen ist es ein Schutzgürtel«, erläuterte Hanna. »Kennt ihr das Prinzip des Vergrößerungsglases?«

»Oh, meinst du etwa diese magische Scheibe, mit der man Dinge entzünden kann?« fragte Mentia.

»Genau die. Ihre Magie bündelt das Sonnenlicht zu einem sehr kleinen, heißen Zentrum. Aber um diesen Mittelpunkt herum nimmt sie Licht weg. Deshalb liegt dieser Teil auch im Schatten. Ganz ähnlich entnimmt der Mittelkreis von Scharnier dem größten Teil dieses Gebiets die Magie und bündelt sie hier auf der Insel. Deshalb bietet das Kreisinnere während der Gewitter den meisten Leuten Schutz, aber die Insel selbst ist hochgradig gefährlich.«

»Nicht für mich«, versetzte Gayle. »Belebtem Gestein kann sie nicht viel anhaben, und daß bißchen, was übrigbleibt, kann ich schon aus eigener Kraft reinigen.«

Die Dämonin betrachtete die Illusion. »Also erschafft ihr euch euren Schutzraum, indem ihr die überschüssige Magie dort abladet, wo sie niemandem wehtut«, meinte Mentia.

»Ja. Das ist der Schlüsselstein zu unserer Verteidigung«, bestätigte Hanna. »Gayle ist schon seit ein paar tausend Jahren hier und reinigt treu das Wasser.«

»Na ja, das ist eben der *Geis* des Wasserspeiers«, erwiderte Gayle bescheiden. »Irgend jemand muß es ja tun.« Sie zappelte mit einem Ohr. »Wenn ihr nichts dagegen habt, würde ich jetzt gern wieder an die Arbeit zurückkehren, denn die Magie staut sich inzwischen auf. Hier ist sie ziemlich stark.«

Das war wohl die Unterteibung des Jahrtausends! Die Stärke der Magie an diesem Ort war erschreckend. Gary wußte, daß er es nur der Tatsache zu verdanken hatte, daß er ein Wasserspeier war – und Mentia dem Zufall, daß sie Dämonin war –, wenn sie diese Magie überlebten, ohne darüber völlig wahnsinnig zu werden. Ja, wenn er nicht bald von hier fortkam, würde sein Menschenkörper ihr letztendlich doch noch zum Opfer fallen. Und er konnte nicht dafür garantieren, was danach aus ihm werden würde. »Aber gern«, sagte Gary. »Ich gratuliere dir zu deiner Beharrlichkeit.«

Sie verließen den Springbrunnenbau und schlossen die Tür von außen. Dann schwamm Gary über den Teich, während Hanna und Mentia zu Fuß übers Wasser gingen.

»Und was habt ihr entdeckt?« wollte Hiatus wissen.

»Einen Wasserspeier«, antwortete Mentia und bildete gleich einen solchen nach. »Groß, häßlich und Wasser speiend. Nichts, das einen von uns interessieren könnte.« Ihre Gestalt wurde ein wenig unscharf, als wäre sie nicht ganz wahrheitsgetreu.

»Ganz genau«, bestätigte Iris. »Gary hatte also recht, als er vermutete, daß das Wasser auf diese Weise gereinigt wird. Sonst wäre es auch äußerst riskant für uns, davon zu trinken.«

Gary trat aus dem Teich. Er stellte fest, daß er sich irgendwie anders fühlte. Natürlich war er immer noch aufgeregt von der Entdeckung Gayle Wasserspeiers; doch es steckte noch mehr dahinter. Die Magie hatte nachgelassen. Während sie vorhin noch sehr intensiv wirkte, hatte sie inzwischen wieder ein ganz normales Niveau erreicht. Doch da war noch etwas anderes.

»Du bist ja in voll bekleidetem Zustand geschwommen«, bemerkte Iris streng. »Und völlig durchnäßt.«

Ach so. Ja, das war er tatsächlich!

»Na, nun steig schon aus den Sachen«, fuhr Iris fort. »Sonst holst du dir noch was.«

»Ja, zeig dich uns doch mal im Naturzustand«, warf Mentia ein und rollte dabei so heftig die Augen, daß sie ihr über den Scheitel kullerten.

»Wir befinden uns doch alle im Naturzustand«, protestierte Gary. Er wußte ja, daß man von Menschen erwartete, angekleidet zu bleiben.

»Ich kleide dich in Illusion«, erklärte Iris. »Darunter kannst du dann deine Sachen ausziehen.«

Plötzlich erschien um ihn herum eine Tonne. Die war zwar nicht wirklich, denn er konnte mit den Händen ganz einfach hindurchgreifen, sah aber dafür sehr solide aus. In ihrem

Schutz streifte Gary seine Kleider ab. Er mußte zugeben, daß die Sachen wirklich sehr unbequem geworden waren. In seinem Naturzustand trug er niemals Kleidung; deshalb hatte er sie auch ganz vergessen.

Iris beugte sich vor, um die am Boden liegenden durchnäßten Sachen aufzuheben. »Kein klammheimliches Lugen!« sagte Mentia und fuhr die Augen auf Stengeln aus, wie eine Schnecke.

Stirnrunzelnd wandte die Zauberin das Gesicht von der Tonne ab, in der Gary steckte. Er überlegte, daß Iris vielleicht wirklich hatte lugen wollen. In diesem Umfeld geminderter Magie befand sie sich ja ebenfalls in ihrem Normalzustand – was wiederum bedeutete, daß es ihr um die Aufregung und Verantwortungslosigkeit der Jugend zu tun war. Trotzdem benahm sie sich wie eine Mutter, die eine störrische Tochter aufgezogen hatte, indem sie nämlich darauf bestand, daß man nasse Kleider auch zu wechseln habe. Wenn der Wahnsinn sich verstärkte, würde Iris eher wieder wie die Tochter und weniger wie die Mutter werden. Und vielleicht geschah das sogar in diesem Augenblick, denn Gary konnte erkennen, wie das Gewitter jenseits des Kreisrandes immer heftiger tobte.

Tatsächlich wehte plötzlich ein scharfer Windstoß durch den Kreis. Er fuhr durch Garys Tonne, als wäre sie gar nicht da, und ließ sein Fleisch bis auf die Knochen gefrieren. Gary begann zu zittern und begriff, daß dies wohl die Reaktion seines Menschenkörpers auf das Unbehagen war.

»Ach, du armes Ding«, meinte Mentia. »Du brauchst eine warme Decke.« Sie löste sich in Dampf auf, der sich wiederum in eine Decke mit strahlenden Polkatupfern verwandelte und dann langsam zu Boden sank, um sich mit sehnigen Wellenbewegungen an ihn heranzuschleichen. Die Decke kroch unter die Tonne und wickelte sich um Garys kalten, nackten Leib. Eine ihrer Falten zwickte ihn in den Hintern. Eigentlich wollte Gary protestieren, mußte aber doch einräumen, daß die Decke wirklich eine behagliche Wärme ausstrahlte.

»Dann brauchen wir die Tonne ja nicht mehr«, sagte Iris

verärgert. Die Tonne verschwand, und nun stand Gary in seine Decke eingehüllt da. »Aber wir müssen diese Kleider trocken kriegen.«

»Wir haben einen Sonnenschirm«, erbot sich Hanna. Und schon erschien ein kleiner, quadratischer Schirm, der matt vor sich hinleuchtete. Desi nahm ihn auf und stellte ihn an den Rand des Schutzkreises.

»Einen Sonnenschirm?« fragte Gary verwundert.

»Was glaubst du wohl, wohin die Sonne sich begibt, wenn sie nicht gerade Dienst tut?« fragte Desi rhetorisch. »Sie zieht sich in ihren Sonnenstand aus Sonnenziegeln zurück und schlürft dort sonnige Cocktails aus Sonnengläsern. Wir haben uns nur das Muster eines ihrer Schirme ausgeliehen. Sie wird es gar nicht vermissen.«

»Ihr könnt euch von der Sonne Dinge ausleihen?« fragte Hiatus, den diese Schilderung ebenso erstaunte wie die anderen.

»Wir Illusionen sind, was Einbildungskraft und ihre Umsetzungsmöglichkeiten angeht, längst nicht so beschränkt wie ihr nichtillusionären Leute«, erklärte Hanna. »Das hier ist natürlich nur eine Illusionskopie des Schirms.«

Garys Decke öffnete einen Mund. »Wie kann denn ein Illusionsschirm echte Kleider trocknen?«

»Es ist eben eine ziemlich starke Illusion«, erläuterte Desi.

Dies leuchtete Gary durchaus ein, der sich daran erinnerte, wie Iris' Illusionslampe ja auch wirkliches Licht erzeugt hatte.

Iris zuckte die Schultern und brachte die Kleidungsstücke zum Schirm hinüber. Dann hob sie Garys schlaffes Hemd in die Höhe und streckte es glatt.

Der Sonnenschirm leuchtete auf. Tatsächlich wurde er so hell, daß es schon wehtat, hinzusehen. Deshalb richtete Gary seinen Blick lieber auf das Hemd. Von dem Kleidungsstück stieg Dampf auf.

Da ließ Iris es plötzlich fallen. »Aua!« rief sie. »Ich habe mir die Hände verbrannt!«

»Glücklicherweise ist es schon trocken«, meinte Hanna

und nahm das Hemd auf. »Komm und zieh es an, Gary.« Sie stand am Außenrand des Kreises und hielt das trockene Hemd hoch.

»Und wieso kann eine Illusion einen wirklichen Gegenstand aufnehmen?« wollte die Decke wissen.

»Auch wir sind jetzt ziemlich starke Illusionen«, erwiderte Desi und hob die Unterhose auf. Diese hielt sie vor den Sonnenschirm, der sofort wieder aufleuchtete.

Gary ging zu Hanna hinüber. »Oh«, machte die Decke. »Diese Magie ist ja vielleicht stark an ihrem Außenrand! Die ist ja richtig gefährlich.«

»Aber das Hemd ist warm und trocken«, versetzte Hanna und streckte es vor. »Laß mich es dir anlegen.«

Gary baute sich vor ihr auf, ließ die Decke ein Stück herabgleichten; dann zog Hanna ihm das Hemd erst über den einen,dann über den anderen Arm. Ihre Hände waren fest und sanft.

Inzwischen war auch die Unterhose getrocknet. Sedi brachte sie herüber. Hanna nahm sie entgegen und half Gary beim Ankleiden. »Das ist ja gespenstisch«, meinte die Decke und schwebte davon.

Schließlich war auch die Hose fertig. Gary bestand allerdings darauf, sie selbst anzuziehen. Sie war ebenfalls warm und trocken.

Mentia nahm wieder ihr gewohntes Aussehen an. »Was geht hier vor?« verlangte sie zu wissen. »Wieso könnt ihr beiden Illusionen körperlich sein? Eine stärkere Illusion ist lediglich deutlicher, detaillierter, aber doch nicht gleich feststofflich!«

»Denk daran, daß wir hier am Außenrand des Kreises stehen«, erwiderte Desi. »Das Gewitter hat die Magie verstärkt, und jetzt ist sie außerhalb des Kreises mächtiger, als ein gewöhnlicher Mensch sie ertragen würde. So mächtig sogar, daß sie manchen Illusionen Ähnlichkeit mit feststofflicher Substanz verleiht.«

Das hörte sich vernünftig an. Doch da fiel Gary wieder ein, wie Hanna ihn in seinem Zimmer im Palast massiert hatte. Auch da hatten ihre Hände sich ganz fest angefühlt.

Außerdem war das Bettuch am Morgen nicht einfach durch ihren Körper auf die Matratze gesunken. Sie mochte vielleicht auf Autopilot geschaltet gewesen sein, aber hätte ihre Substanz dabei nicht eigentlich verblassen müssen? Die Illusionen waren ganz offensichtlich auch dann zu einer gewissen Feststofflichkeit fähig, wenn sie sich gerade nicht am Rande eines Gewitters aufhielten.

Mentia stellte sich am äußersten Kreisrand auf. Dann fuhr sie mit einem Arm in den dahinterliegenden Wahnsinn hinein. »Draußen ist es stärker«, meinte sie. »Aber nicht annähernd so stark wie in der Kammer des Wasserspeiers.«

»Es gibt nichts, was es mit der dortigen Stärke aufnehmen könnte«, sagte Hanna. »Die hängt zwar auch von der Umgebungsmagie ab, ist aber stets die bei weitem stärkste Magie von ganz Xanth. Immerhin ermöglicht sie es dem Wasserspeier sogar, hochverzaubertes Wasser zu reinigen. So machen wir aus dem Exzeß eine Tugend: Die Magie, die wir im Hauptschutzkreis nicht haben wollen, nutzen wir dazu, das Wasser herzustellen, das den Kreis schützt.«

Mittlerweile hatte Hiatus den Blick über die Stadt schweifen lassen. »Da draußen ist es wirklich seltsam«, meinte er.

Die anderen taten es ihm gleich. Und es war wirklich befremdend: Alle Gebäude befanden sich mittlerweile im Bann des Wahnsinns. Durch das Zusammenklappen hatten sie sich zwar verdichtet; trotzdem schwankten und zitterten sie in den stürmischen Böen des Gewitters. Ihre Farbe veränderte sich ständig, und manche von ihnen streckten sich und zappelten, wie von einer unsichtbaren Riesenhand gezogen oder gestoßen. In einem Abschnitt wirbelte Schnee umher, der sich um die Bauten auftürmte und sie in Grün, Rot, Gelb und Plaid bedeckte. In einem anderen Abschnitt bildete sich Eis, das die Steine so dicht überzog, daß sie schillerten. Woanders wiederum schienen die strudelnden Wolken schwarzweißen Sand hervorzubringen, der die spitzen Winkel der Steine unterstrich, so daß sie sich in einem scharf gezogenen Relief hervorhoben.

Das Gewitter fuhr bis an den Rand des Kreises heran, konnte ihn allerdings nicht durchdringen. Die Steinbauten wirkten wie das Fundament einer unsichtbaren Kuppel, die sich über Land, Teich und Insel erhob und deren Außenränder sich am plötzlichen Abbremsen des Gewitters definierten. Die wütenden Winde formten sich zu einer Art Trichter, oben breit und unten schmal – und seine Spitze befand sich direkt auf der Insel. Innerhalb dieses Trichters war die Farbe des Wahnsinns zu erkennen: allzu verlockend, um sie auch nur länger als einen einzigen Augenblick zu betrachten, während außerhalb das ruhige Schutzgebiet lag.

»Diese Konstruktion ist ein echtes Wunder«, murmelte Iris anerkennend. »Ich hätte mir niemals träumen lassen, daß es eine solche Stadt überhaupt geben könnte.«

»Natürlich nicht«, versetzte Desi. »Scharnier ist ja auch vom Reich der Träume ausgeschlossen. Träume sind ohnehin schon verrückt genug, da bedürfen sie keiner zusätzlichen Störung durch Wahnsinnsgewitter.«

»Wie lange dauern denn diese Gewitter?« wollte Hiatus wissen.

»Nicht lange«, antwortete Hanna. »Auch dieses hier läßt bereits nach.«

»Bald werden wir die Stadt wiederherstellen und uns in eine etwas gemütlichere Umgebung begeben können«, erklärte Hanna.

Irgend etwas hatte Gary bekümmert, und nun trat es endlich an die Oberfläche. »Das alles ist zwar sehr interessant«, meinte er, »aber es führt uns leider nicht ans Ziel.«

»Was habt ihr denn für ein Ziel?« wollte Desi wissen.

»Wir suchen den Philter.«

Beide Illusionen erstarrten für einen kurzen Moment. Dann erwachten sie wieder zum Leben. »Wir dachten eigentlich, ihr würdet euch für die Geschichte Xanths interessieren«, bemerkte Hanna.

»Tun wir auch«, bestätigte Iris. »Aber das ist nur ein Mittel zum Zweck. Am Ende steht der Philter, der die Wasserspeier von ihrem *Geis* befreien wird. Soweit wir wissen, befindet der Philter sich irgendwo in dieser Stadt.«

Hanna wechselte einen Blick mit Desi. Beide wirkten ziemlich bestürzt. Gary fragte sich erneut, wieso Illusionen

Gefühle und Empfindungen haben konnten. Außerdem fiel ihm auf, daß die beiden sich zwar immer noch beim Sprechen abwechselten, sich ansonsten aber gleichzeitig bewegten. Die verstärkte Magie am Außenrand des Kreises unterstützte offenbar auch sie auf mannigfache Weise.

»Davon wissen wir nichts«, sagte Desi schließlich. »Aber vielleicht können wir euch ja dabei helfen.«

»Wie denn?« fragte Gary eifrig.

Hannas Blick traf den seinen; ihre Miene war ernst. »Du weißt, daß Desi und ich Illusionen sind. Unsere Rolle ist sehr begrenzt. Wir können dir nur zeigen, was wir selbst wissen. Wenn ihr mehr wissen wollt, müßt ihr euch ernsthafter in eure Rollen vertiefen.«

»Wovon redest du da?« fragte Mentia vom Kreisrand aus. Es klang ebenfalls sehr ernst.

»Die Rollen stehen euch zwar zur Verfügung, aber ihr versetzt euch nicht wirklich hinein«, erläuterte Desi. »Ihr lebt sie nicht.«

»Die Rollen«, wiederholte Hiatus. »Meint ihr damit beispielsweise die Rolle, in der ich Hiatus der Hedonist bin?«

»Ja«, bestätigte Hanna. »Ein finsterer Mann, der zwar Eigeninteresse vorhält, dessen wirkliche Loyalität aber im Dunkeln bleibt.«

»Und Iris die Irritierte«, warf Iris ein. »Die gebieterische Königin.«

»Menti die Mentorin«, sagte Überraschung. »Das treue Kindermädchen von Übi, der Überragenden!«

»Gouvernante, nicht Kindermädchen«, widersprach Mentia heftig.

»Und Gar der Gute«, fügte Gary hinzu. »Obwohl ich wirklich nicht einsehe, daß eine derartige Rolle ausgerechnet zu mir passen soll.«

»Das sind nun mal die Rollen, die die Xanth-Schnittstelle erschaffen hat«, erklärte Desi. »Wenn ihr tatsächlich ihr Leben führt, werdet ihr vielleicht bekommen, was ihr begehrt.«

»Nicht so hastig«, warf Iris ein. »Wo kommt ihr beiden

Illusionen denn genau her? Warum führt ihr uns hier herum und erklärt uns alles mögliche?«

»Wir sind Animationen des Wahnsinns«, erwiderte Hanna, »Abbilder zweier Leute, die gerade an euch dachten, als man uns erschuf. Wir wissen, daß ihr eine Aufgabe zu erledigen habt, und wir sind hier, um euch dabei zu helfen.«

»Was für eine Aufgabe ist es denn genau?« verlangte Iris zu wissen.

»Das können wir nicht erklären«, gab Desi zur Antwort. »Aber es ist mit Sicherheit wichtig, sonst wärt ihr nicht hierhergekommen.«

»Wir sind gekommen, um den Philter zu suchen«, wiederholte Gary.

Beide Illusionen schüttelten den Kopf. »Das mögt ihr vielleicht geglaubt haben, aber es muß ein noch tieferer Sinn dahinterstehen«, widersprach Hanna. »Diesen Sinn müßt ihr herausbekommen und verwirklichen.«

Metria wirkte nachdenklich. »Du hast vom Guten Magier eine Aufgabe zugewiesen bekommen, Gary. Der verfolgt immer irgendwelche verzwickten Hintergedanken, von denen er so gut wie nie irgend jemanden etwas wissen läßt. Vielleicht befinden wir uns hier ja tatsächlich auf einer Mission, die wir bisher noch gar nicht richig durchschaut haben.«

Auf obskure Weise klang das durchaus sinnvoll. »Dann tun wir eben, was wir tun müssen, um es hinter uns zu bringen«, entschied Gary.

Beide Illusionen lächelten. »Tut es, nachdem ihr in den Palast zurückgekehrt seid«, schlug Desi vor. »Möglicherweise macht ihr ja die Feststellung, daß es eine sehr bedeutsame Erfahrung ist.« Sie schoß Hiatus einen Blick zu, und Gary glaubte beinahe erkennen zu können, wie die Storchenflügel ihn beschleunigten. Es war nicht zu übersehen, daß sie den Gebieter Hiat noch lange nicht aufgegeben hatte.

Dann musterte er Hanna und nahm tatsächlich die Flügel an ihrem Antwortblick wahr. Doch er war nicht interessiert, denn er hatte ja inzwischen eine Wasserspeierin gefunden. Das Gewitter flaute ab, und schon bald waren die Oger wieder unterwegs, um die Gebäude aufs neue aufzuklappen. Nichts schien zu Schaden gekommen zu sein, und nach und nach kehrte die Stadt zu ihrer urspünglichen Pracht zurück. Wenigstens kannten sie jetzt den Grund für ihre merkwürdige Bauweise.

Es war an der Zeit, zurückzukehren. Gary warf einen letzten, verstohlenen, sehnsüchtigen Blick zu der Insel hinüber, wo Gayle Wasserspeier sich verbarg. Er hatte die Absicht, sie auf jeden Fall wiederzusehen, wenn es nur irgendwie in seiner Macht stand.

11

Schnittstelle

Als sie den Palast betraten, erinnerte Gar ein Grollen seines Menschenmagens daran, daß sie schon lange nichts mehr gegessen hatten. Das Gewitter hatte sie ja abgelenkt, als sie gerade zum Frühstück unterwegs gewesen waren. »Gehen wir gleich in den Speisesaal«, schlug er vor.

»Ein brillanter Einfall«, bemerkte Iris ohne jede Ironie, was bei ihr ziemlich ungewöhnlich war. »Ich bin völlig ausgehungert.«

»Das Spätfrühstück wird gleich serviert«, verkündete Hanna. »Nehmt einfach Platz.« Dann verschwand sie mit Desi in der Küche.

Die fünf Gefährten setzten sich um den riesigen Tisch. Iris schaute den beiden Illusionen vielsagend nach und fragte leise: »Können wir ihnen vertauen?«

»Nein«, erwiderte Gar, dem sofort Gayle Wasserspeiers Warnung in den Sinn kam.

»Ich werde sie ausspionieren«, entschied Menti. »Um

dafür zu sorgen, daß sie außer Hörweite sind.« Sie verschwand.

Gar zuckte die Schultern und schlüpfte in seine Rolle des Gebildeten. »Es ist doch nicht so, als könnten wir unser Tun vor den Domestiken verbergen«, wandte er ein. »Und weshalb sollten uns ihre Motive überhaupt interessieren?«

Hiats Lächeln glich schon beinahe einer Hohnfratze. »Immer alles positiv sehen, wie, Gar?« bemerkte er.

Gar verbarg seine Gereiztheit, um seinen Ruf nicht zu gefährden. In einem anderen Zusammenhang hätte er dem Mann jetzt nur zu gern einen Gegenstand überreicht, den er einmal gesehen hatte: einen Schlagsack. Das war eine harmlos aussehende Papiertüte, die den Anschein erweckte, als würde sie irgend etwas Interessantes enthalten; machte man sie aber auf, schoß ein Boxhandschuh hervor und verpaßte einem einen Nasenstüber. »Auf jeden Fall ist es das Beste, wenn wir unseren Auftrag möglichst schnell hinter uns bringen. Dazu werden wir die Unterstützung der Dienstboten brauchen, weil wir uns nicht um sämtliche Einzelheiten selbst kümmern können. Dazu sind wir einfach zu wenige.«

»Das liegt nur an dieser furchtbaren Kreuzerei«, meinte die Königin stirnrunzelnd. »Es gibt nicht die leiseste Entschuldigung dafür, denn der Wasserspeier ist absolut zuverlässig, so daß nichts von dem vergifteten Elixier in die Stadt gelangt. Diese Narren müssen sich wohl heimlich aus der Stadt schleichen, um draußen völlig verantwortungslos Liebesbornwasser zu sich zu nehmen. Die halten die ganze Sache für ein Märchen oder glauben, sie seien gefeit dagegen. Vielleicht sind sie aber auch einfach nur desinteressiert und gleichgültig.«

Hiat erwiderte achselzuckend: »So ist die Jugend eben, wild und ungezügelt, alles auf eine Karte setzend und voller starker Säfte.« Er musterte Iri anzüglich. »Du siehst doch selbst ganz jung aus, Base. Empfindest du den Drang etwa nicht?«

Iri errötete zornig. »Deine Unverschämtheit belustigt uns ganz und gar nicht, Vetter! Wäre dein Beitrag zu unserem

Vorhaben nicht unverzichtbar – ich würde sofort einen Vorwand finden, dich in die Verbannung zu schicken.«

Hiat stieß einen etwas zu heftigen, gespielten Seufzer aus. »Immer diese nörgelnden königlichen Hoheiten! Ist es denn wirklich eine Unverschämtheit, die Andeutung zu machen, daß du vielleicht bei der einen oder anderen seltenen Gelegenheit ein wenig abspannen solltest? Es wäre deiner Stimmung jedenfalls sehr zuträglich.«

Königin Iri sah ihn nur stumm an. Doch Prinzessin Übi tat ihre eigene Belustigung mit mädchenhaftem Kichern kund. Es machte einfach Spaß, zuzuhören, wie die Erwachsenen sich mit Worten schnitten.

Menti erschien wieder. »Vorsicht! Das Spätfrühstück trifft gerade ein.« Dann nahm sie Platz.

Hanna und Desi erschienen mit abgedeckten Tabletts. Es stellte sich heraus, daß das Mahl aus Spiegelscherbeneiern bestand, dazu Mäusespeck, Friedefreudeeierpfannkuchen, Zimtfinger und rote und gelbe Orangensäfte. Gar beschloß, lieber auf Nachfragen zu verzichten, weil er den Verdacht hegte, daß ihm die Antwort nicht sonderlich behagen würde. Menti nahm zwar nichts zu sich, doch das fiel nicht weiter auf, weil sie damit beschäfigt war, sich um die Prinzessin zu kümmern. Hiat und Iri schienen ihre Mahlzeit jedenfalls zu genießen.

Als sie fertig waren, trat Desi näher. »Sind meine Gebieter bereit, sich ins Observatorium zurückzuziehen, um dort die Tageslektion zu absolvieren?«

»Natürlich!« fauchte Iri. »Denkt ihr etwa, wir wollten Warzen sammeln gehen?«

»Ich bin mir ganz sicher, daß sie das nicht dachten«, warf Hiat in einem Tonfall ein, der andeutete, daß höchstens ein Vollidiot auf so etwas hätte kommen können. »Die Zeit der War-Zen ist vorbei. Im Augenblick gäbe es höchstens Sind-Zen zu ernten.«

Die kleine Prinzessin kicherte, und der Gebieter Hiat gewährte ihr ein verschwörerisches Lächeln. Es war nicht zu übersehen, daß die beiden gut miteinander auskamen, und zwar auf Kosten der anderen Gruppenmitglieder. Das schwarze Schaf der Familie und das Kind des Hauses.

Das Observatorium war eine Kuppel im oberen Teil des Palasts, die wie ein riesiger Augapfel geformt war. Sie konnten ihn auf beinahe alles richten, was sich innerhalb des Gesichtsfelds befand, und das war ein recht großer Teil von Xanth, wie sich herausstellte, weil er sich hoch über der Stadtmauer befand. So war es ihnen möglich, über das Gebiet des Wahnsinns hinaus zu den Felsen und Schluchten des normalen Xanth hinüberzublicken, wo Harpyien in Bäumen nisteten und Meerleute in Flüssen und Seen schwammen, während sich noch viele andere Kreuzungen und Varianten dort tummelten. Doch nirgends waren gewöhnliche Menschen zu sehen. Denn diese waren durch Vermischung aus Xanth verschwunden, abgesehen von ihren griesgrämigen Überresten hier in der Stadt Scharnier.

Hanna erschien. »Und hier sind die Aufzeichnungen meines Gebieters«, verkündete sie und öffnete einen Sekretär voller Schriftrollen.

»Danke«, erwiderte Gar gruffig. Er wandte sich an Übi. »Weißt du noch, was wir gestern behandelt haben?«

»Überhaupt nicht, Meisterlehrer«, erwiderte das Kind feixend.

»Ahem. Dann müssen wir alles noch einmal durchgehen.« Er öffnete eine Schriftrolle.

»Ich würde lieber War-Zen ernten gehen.«

»Still, Kind«, murmelte Menti. »Sei nicht so frech zum Gebieter Gar!«

Übi musterte sie in dreister Unschuld mit aufgerissenen Augen. »Wenn ich nicht *so* frech zu ihm werden soll, *wie* denn dann, Amme?«

»Gouvernante«, antwortete Menti geduldig.

»Vielleicht könnte ich ja einen Vorschlag machen«, warf Hiat ein, und sein heimtückisches Lächeln verhieß nichts Gutes.

»Vielleicht kannst du ihn dir aber auch in die Nase schieben«, versetzte die Königin.

»Ahem«, wiederholte Gary wichtigtuerisch. »Ich werde jetzt noch einmal die Lektion durchgehen.«

Die Prinzessin wollte schon wieder frech werden und öffnete gerade den Mund, als der finstere Blick der Königin sie zum Schweigen brachte. Hiat wandte sich ab und tat so, als würde die ganze Sache ihn nur langweilen. Menti entspannte sich ein wenig, als sie feststellen konnte, daß der Unterricht endlich losging.

Bei der Lektion ging es um die richtige Formulierung des Zaubers für die Schnittstelle von Xanth. Die Künstler und Handwerker der Stadt Scharnier hatten schon seit Jahrhunderten daran gearbeitet und selbst die unwichtigsten Kleinigkeiten vervollkommnet, so daß der Zauber jetzt endlich bereitstand, um aktiviert zu werden. Dieser Zauber bestand aus einem dünnen Schleier der Abschreckung um die West-, Süd- und Ostküste der Halbinsel Xanth, damit kein Mundanier auch nur auf den Gedanken kommen sollte, zu diesem magischen Gebiet überzusetzen. Ja, die Mundanier würden nicht einmal erkennen, daß sie sich von ihm abgewandt hatten. Sie würden es einfach nur melden, in der Gewißheit, daß es dort nichts Interessantes geben konnte. Oder sie würden es als eine Art Nichts betrachten, als Schauergefühl, etwas Angsteinflößendes oder Unheimliches. Von jenen Booten, denen es gelungen war, ins magische Gebiet überzusetzen, würde man annehmen, daß sie im Sturm gekentert seien. Das war ein guter Schutz.

»Wie langweilig«, murrte die Prinzessin gähnend. Es war offensichtlich, daß sie nicht gerade die fleißigste aller Schülerinnen war, und daß es hier nichts gab, was sie interessierte. Es schien fast, als wäre sie von einem eigenen Schleier der Ablehnung umgeben.

Der nördliche Teil Xanths, der sich aufgrund der austrocknenden Meerzunge gerade wieder mit dem häßlichen Festland von Mundania vereinte, sollte durch einen etwas anderen Schleier bedeckt werden: Illusion. Der würde den Eindruck erwecken, als sei Xanth noch immer eine Insel, durch haiverseuchte Gewässer von der mundanischen Küste getrennt. Haie waren das mundanische Gegenstück zu kleinen Seeschlangen. Echte Seeschlangen ließen sich dafür nicht einsetzen, weil es magische Geschöpfe waren, man andererseits aber nicht die leiseste Andeutung von Magie zulassen wollte, damit nicht irgendein idiotischer Mundanier irgendwann einmal zwei und zwei zusammenzählte und darauf kam, daß Magie tatsächlich existierte. Aber da es wahrscheinlich nicht völlig möglich war, den Hauch von Magie zu eliminieren, würde der Zauber seine scheinbare Position leicht verschieben, damit man die Magie allenfalls östlich von Xanth vermutete, also mitten im Meer. Auch das würde ein banges Gefühl hervorrufen …

»Brr, Modder!« rief Übi und vergaß für einen kurzen Augenblick ihre Langeweile.

Besser diese Reaktion als völlige Verstocktheit, sagte sich Gar. »Ja, ein Brr-Modder-Dreieck mitten im Meer, damit die Mundanier Angst vor diesem Gebiet bekommen, ohne jemals ergründen zu können, weshalb eigentlich. Sehr gut, Übi!«

»Brr-Modder-Dreieck«, wiederholte sie erfreut.

Aber weil sie andererseits den Mundaniern auch einen begrenzten Zugang ermöglichen mußten, um die menschliche Rasse in Xanth aufzustocken – so unangenehm der Gedanke daran auch war –, sollte es auch ein kleines Gebiet geben, wo ein solcher Zugang sichtbar blieb. Dieses Gebiet sollte an der Nordwestspitze Xanths liegen, so weit vom Rest der Halbinsel entfernt wie möglich. Denn man hoffte, daß dies den Mundaniern Gelegenheit geben würde, sich erst ein wenig mit Xanth vertraut zu machen, während sie in das Land hineinstolperten, um Kinder mit magischen Talenten zu bekommen, die dann echte Einheimische Xanths wären. Bis diese neuen Kolonisten sich nach Zentralxanth durchgeschlagen hätten, wären sie vielleicht sogar einigermaßen erträglich geworden. Natürlich würden viele von ihnen unterwegs von Drachen aufgefressen werden, was auch ein gewisser Trost war.

»Drachenfutter!« rief die Prinzessin und klatschte in die Hände. »Mampf, mampf!« Langsam begann ihr die Lektion zu gefallen.

Doch selbst dieser stark beschränkte Zugang mußte noch weiter eingegrenzt werden, sonst hätte man nur die Wirkung eines Topfs mit einem Loch hergestellt: Ständig wäre etwas ungehindert hindurchgesickert. Und hier setzte auch der raffinierteste Teil der Schnittstelle an. Man wollte die Eindringlinge weder verscheuchen noch anlocken; statt dessen sollten sie ein wenig in der Zeit verschoben werden. So würden sie beim Betreten Xanths verwirrt sein und es wahrscheinlich auch nicht schaffen, in großen Scharen einzudringen. Und da er so klein sein sollte, würde es auch nicht leicht sein, diesen Teil der Schnittstelle ausfindig zu machen, und seine Wirkung sollte stets trügerisch sein.

»Trügerisch?« fragte Hiat und begann sich trotz seiner grundsätzlichen Verachtung ein wenig für das Vorhaben zu erwärmen. »Die Leute werden doch einfach nur durchschreiten. Schön, auf der anderen Seite herrscht eine andere Zeit – aber woher sollten sie es erfahren? Und weshalb sollte es den Leuten etwas ausmachen?«

Das fragte Gary sich auch. Er las von der Rolle ab. »Weil die Wirkung unterschiedlich ist und davon abhängt, von welcher Seite aus man losgeht«, erklärte er. »Ein Mundanier, der in Xanth eindringt, hat keinen Einfluß darauf, in welchem Abschnitt der Geschichte Xanths er sich wiederfindet. Kehrt er aber zurück, hat er auch keine Kontrolle darüber, an welchem Ort und in welcher Zeit Mundanias er herauskommt. Die ganze Sache scheint völlig willkürlich zu sein. Das bewirkt, daß der Betreffende sich höchstwahrscheinlich verirrt. Er kann nicht einfach in Xanth eindringen, nach Hause zurückkehren, seine Familie oder Freunde holen und danach wieder in dasselbe Xanth zurückkehren, das er schon einmal betreten hat. So wird es den Mundaniern erschwert, das Land in großen Scharen zu überschwemmen.«

»Was ist denn mit den Wellen?« wollte Menti wissen.

»Ach, sei doch still, du ignorante Amme«, brummte Iri. »Wellen wird es doch frühestens in tausend Jahren geben!«

»Gouvernante«, erwiderte Menti kleinlaut.

»Natürlich könnte es auch vorkommen, daß ganze Gruppen von Mundaniern die Grenze gleich gemeinsam überschreiten«, fuhr Gar fort. »Damit auch Familien nach Xanth gelangen können, ohne voneinander getrennt zu werden. Aber sie können nicht einfach zurück und wieder hinein, ohne dabei gewaltige Verwirrung zu riskieren. Das dürfte ein vernünftiger Kompromiß zwischen der völligen Eindämmung des mundanischen Zustroms und der Duldung eines begrenzten Teils davon sein.«

»Hört sich immer noch nicht besonders trügerisch an«, grollte Hiat.

Doch darauf wußte die Schriftrolle eine Antwort: Wenn Einheimische Xanths, die über magische Talente verfügten, die Schnittstelle überquerten, konnten sie innerhalb bestimmter Grenzen jede beliebige Epoche und jeden gewünschten Ort in Mundania aufsuchen. So mußte es sich beispielsweise stets um eine mundanische Halbinsel handeln, weil die Schnittstelle an der Halbinsel von Xanth festgemacht war und eine natürliche Affinität zu dieser Landform besaß. Außerdem war es erforderlich, auf das Meer in der Nähe der Schnittstelle zu achten, das dort nämlich seine Farbe veränderte. War es rot, würde man bei der Überquerung auf eine Halbinsel in der Nähe eines roten Meeres oder einer roten Flut in Mundania gelangen. Hatte es sich schwarz gefärbt, würde man an einem schwarzen Meer herauskommen. War es grün, stand ein grünes Meer in Aussicht, vielleicht aber auch Grünland an einer Meeresküste.

»Ich will aber an ein Plaid-Meer!« warf Übi ein.

»Werd' nicht anachronistisch«, tadelte Iri sie. »Es wird noch dreitausend Jahre dauern, bevor Plaid in Xanth einen nennenswerten Eindruck hinterläßt.«

Das Kind, das von dem schier unmöglich komplizierten Wort ›anachronistisch‹ (das schließlich niemand verstehen konnte, der noch bei Trost war) gebührend eingeschüchtert war, kehrte lieber zu seinem guten Benehmen zurück.

Darüber hinaus würde die Schnittstelle sich an den Einheimischen Xanths heften, so daß diese Person, sobald sie nach einem Ausflug irgendwo und irgendwann in Mundania zurückkehrte, sich an genau derselben Stelle und in derselben Epoche Xanths wiederfinden würde, von der sie gestartet war. Verbrachte sie beispielsweise einen Tag in Mundania, würde sie einen Tag später nach Xanth zurückkehren. Verbrachte sie ein ganzes Jahr dort, kehrte sie eben erst ein Jahr später zurück. Auf diese Weise würde das Überqueren der Schnittstelle weder sie noch ihre Bekannten in Xanth durcheinanderbringen; alles würde genauso sein, als hätte sie für die fragliche Zeit einfach nur einen anderen Teil Xanths besucht. Es sei denn, daß sie es aus irgendeinem komplizierten Grund vorzog, in eine andere Epoche zurückzukehren, was mit etwas Glück auch möglich sein sollte. Kurzum, die Schnittstelle würde gut zu Xanth-Bewohnern sein.

»Aber wo bleibt denn da der Trug?« wollte Hiat wissen. Er schien sich regelrecht in dieses Thema verbissen zu haben.

Gar studierte noch einmal die Schriftrolle. »Darin, daß die Schnittstelle Xanth-Einwohner anders behandelt als Mundanier«, erklärte er. »Wenn ein Einheimischer Xanths nach Mundania überwechselt, wird er sagen, daß die Rückkehr kein Problem darstellt – was für ihn ja auch tatsächlich stimmt. Überschreitet der Mundanier daraufhin die Grenze nach Xanth, und kehrt er danach wieder zurück, wird er sich völlig in der Zeit oder Gegend verirren.«

»Oho!« machte Hiat. Die Vorstellung gefiel ihm.

Doch als Gar weiterlas, begriff er noch einen weiteren Aspekt der Angelegenheit. Es schien, daß die Mundanier unterschiedliche Sprachen benutzten. Es war zwar nicht klar, weshalb sie sich auf diese Weise selbst das Leben schwer machten, doch blieb es eine Tatsache, daß ein Mundanier aus der einen Gegend nur selten mit den Bewohnern eines anderen Gebiets sprechen konnte. Wenn ein Einheimischer Xanths nach Mundania kam, sollte er jedenfalls in der Lage sein, die örtliche Sprache zu verstehen. Gelangte ein Mundanier aber nach Xanth, sprach er die dort übliche Sprache, was durch eine magische Übersetzung ermöglicht wurde. So würde der Trug wahrscheinlich dann stattfinden, wenn ein Mundanier sich in Xanth mit einem Einheimischen unterhielt, der natürlich der Auffassung war, daß es keine

Gefahr darstelle, die Grenze mal in die eine, mal in die andere Richtung zu überqueren. Kehrte der Mundanier dann aber zurück, würde er sich wünschen, es nie getan zu haben.

»Ja, das ist gut«, bestätigte Hiat. »Wirklich eine sehr hübsche Eigenart. Äußerst trügerisch!« Königin Iris schoß ihm einen finsteren Blick zu, den Hiat jedoch mühelos abwehrte.

Die Bewohner der Stadt Scharnier hatten einige Jahrhunderte darauf verwandt, die Einzelheiten der Schnittstelle immer genauer zu definieren. Es war eine schier endlos komplizierte Arbeit gewesen, jeden Aspekt herauszuarbeiten und zu polieren, und manches Mal erwies sich ein gewählter Ansatz als irreführend. So hatten die Einwohner beispielsweise verschiedene Prototypen der Schnittstelle hergestellt und überprüft, indem sie die Leute mehrfach die Grenzen überschreiten ließen, um festzustellen, wie sich dies genau auswirkte. Sie hatten ursprünglich erwartet, die Mitglieder einer Gruppe würden in dichtem Abstand über die Grenze kommen; doch wenn ein »mundanisches« Mitglied auch nur ein kleines Stück zurückblieb, um sich eine interessante Blume anzusehen, war es auch schon in einem Meer aus mundanischem Blaugras gelandet und nicht im blaubehimmelten Gebiet, in dem sich die anderen wiederfanden. Daher mußte ein eigener Einzelheitenzauber entwickelt werden, der es der Schnittstelle ermöglichte, die verschiedenen Mitglieder einer Gruppe von Xanth-Bewohnern als solche zu erkennen und dafür zu sorgen, daß sie zusammenblieben, auch wenn sie körperlich oder zeitlich nicht ganz dicht aufeinander folgten. Ein großer Teil der Pergamentrolle befaßte sich mit der Feinarbeit an solchen Einzelheiten.

Und nun war die Zeit gekommen, den Hauptzauber für die Schnittstelle zu aktivieren; denn wenn sie auch nur noch einen einzigen weiteren Menschen verlieren sollten, wäre das ganze Projekt zum Scheitern verurteilt. Königin Iri würde sich um den Illusionspart kümmern, während Gebieter Hiat die Wurzeln herstellen sollte, welche die Schnittstelle ausfahren würde, um sich fest zu verankern, dazu noch die Antennen, derer sie bedurfte, um festzustellen, wer sie durchquerte. Die Dämonin Menti sollte die erforderliche dämonische Substanz beisteuern und immer wieder vor- und zurückspringen, um sich zu vergewissern, daß die Schnittstelle auch wirklich ordnungsgemäß errichtet wurde. Denn sie konnte etwas tun, was den anderen unmöglich war: die tatsächliche Position sämtlicher Teile der Schnittstelle um ganz Xanth bestimmen, während sie sich gerade ausformten. Prinzessin Übi war zwar dic kleinste, verfügte dafür aber über die größte Magie. Sie sollte die magischen Rohessenz der Schnittstelle herstellen und ihr die Kraft verleihen, bis in alle Ewigkeit zu funktionieren und zu überdauern. Gar wiederum war der Organisator, der dafür sorgte, daß die anderen abgestimmt vorgingen und daß der Zauber genau nach Vorschrift aktiviert wurde.

Das war auch unverzichtbar; denn wenn er erst einmal eingerichtet war, würde der Zauber festgeschrieben sein und sich erst im Laufe von vielen tausend Jahren wieder verändern lassen. Dies sollte dazu dienen, daß niemand sich nach der Installation noch einmal achtlos an dem Zauber zu schaffen machte. Wenn sie bei der Zusammensetzung des Zaubers auch nur den winzigsten Fehler begingen, würde dieser der Schnittstelle auf beinahe ewige Zeit anhaften; denn es konnte ja schließlich auch sein, daß es nie wieder eine Gruppe von Menschen geben würde, die überhaupt dazu in der Lage waren, ihn zu bereinigen. Begingen sie einen größeren Fehler, war damit möglicherweise die Arbeit von Jahrhunderten zunichte gemacht. Das war auch der Hauptgrund, weshalb der Erziehung der Prinzessin eine solche Bedeutung zukam: Sie verfügte über die mächtigste Magie, war aber zugleich auch das verantwortungsloseste Mitglied der Gruppe. So stellte sie in einer Person ihre größte Stärke und ihre schlimmste Schwachstelle dar.

»Begreifst du also, wie wichtig deine Beteiligung ist, Prinzessin?« fragte Gar streng. »Nachdem wir die Schnittstelle hergestellt haben, ist unsere Arbeit erledigt. Dann können wir uns alle wieder ausruhen. Dann kannst du soviel spielen, wie du möchtest, und was du möchtest. Aber erst einmal müssen wir Xanth vor einer möglichen mundanischen Invasion retten.«

Er rechnete mit Widerstand, doch zu seiner Überraschung stimmte das Kind ihm zu. »Ich kann jedes Talent nur ein einziges Mal benutzen. Also muß ich dafür sorgen, daß meine Magie die größtmögliche Wirkung erzielt«, erwiderte Übi. »So muß es sein.«

»Aber Prinzessin!« protestierte Hiat. »Das dürfte den größten Teil deiner Magie verbrauchen! Danach wirst du, magisch gesprochen, höchstens noch eine leere Hülse, ein bloßer Abklatsch deines früheren Selbsts sein. Dann wird dir nichts anderes mehr übrigbleiben, als zu einer genauso langweiligen, reizbaren Erwachsenen zu werden wie deine Mutter. Willst du dir deine Magie nicht lieber aufsparen, um dir damit ein vergnügliches Leben zu sichern?«

»Was zum %%%% redest du da, und auf welcher Seite stehst du überhaupt, Vetter?« schnauzte Iri und verwendete dabei eins der gefürchteten Wörter mit vier Buchstaben, die man doch vor Kinderohren zu verbergen hatte. Andererseits, begriff Gar, befanden sie sich ja in der finsteren Vorgeschichte Xanths, bevor die Erwachsenenverschwörung sich hatte breitmachen können. Die primitiven Menschen der damaligen Zeit wußten es einfach nicht besser. »Versuchst du absichtlich, die Bemühungen von Jahrhunderten zunichte zu machen?«

»Welche Seite?« fragte Übi, fasziniert von den kleinen Brandspuren und dem übelriechenden Qualm, den das verbotene Wort zurückgelassen hatte.

»Keine Seite, Liebes«, warf Menti ein. »Meine Gebieterin, die Königin, hat sich lediglich versprochen.« Sie warf Iri einen angemessenen unterwürfigen, aber warnenden Blick zu.

»Ich stehe auf der Seite des aufgeklärten Eigennutzes und des gesunden Menschenverstandes«, erklärte der Gebieter Hiat.

»Und was dieses Wort betrifft, %% ...«

»Mein Gebieter Hiat beliebt, frivol zu werden«, warf Gar hastig ein. »Das heißt, er scherzt nur. Selbstverständlich unterstützt er dieses gewaltige und wichtige Vorhaben.« Er warf Hiat einen herausfordernden Blick zu, doch der wandte sich gerade noch rechtzeitig ab, so daß er wirkungsvoll von seinem Hinterkopf abprallte.

Doch insgeheim fragte Gar sich: Was war denn nur mit dem Gebieter Hiat los, daß er ständig versuchte, Übi von ihrer unverzichtbaren Treue zu ihrem gemeinsamen Vorhaben abzubringen? Die ganze Geschichte war doch so schon kompliziert genug, auch ohne eine derartige Einmischung!

»Ich bin verwirrt«, verkündete Übi.

»Das wärst du nicht, Liebes, wenn du es mit meinen Augen sehen könntest«, erwiderte Iri.

»Na schön.« Übi begann zu schielen.

»Nicht!« rief Gar, doch es war zu spät.

Die Augen der Königin Iri begannen ebenfalls zu schielen, und für einen Moment sah sie beinahe so aus wie das Kind. Was ging da vor?

Da meldete Übi sich wieder zu Wort. »Oh, jetzt verstehe ich, nachdem ich es mit deinen Augen gesehen habe! Du versuchst, das Richtige zu tun, und es scheint dir, als würde der Gebieter Hiat etwas ganz anderes wollen. Aber vielleicht meint er es ja gar nicht wirklich so. Das hoffst du jedenfalls.«

»Ja, Liebes«, bestätigte Iri. Sie wirkte gleichzeitig beunruhigt und beeindruckt. »Du hast es wirklich mit meinen Augen gesehen. Aber, bitte, verbrauche deine Magie nicht mehr so leichtfertig.«

»Ja, du hast recht. Gut, daß ich nicht das Talent benutzt habe, mit dir die Plätze zu tauschen.«

»Ausgezeichnet«, bekräftigte Iri hastig.

»Auf jeden Fall werden wir das heute auch nicht mehr zustande bringen«, warf Hiat ein. »Wir dürfen die Sache nur auf dem Höhepunkt eines magischen Gewitters angehen.«

»Und wir müssen uns dabei im Zentrum des magischen Brennpunkts befinden«, bestätigte Gar. »Wo der Wasserspeier ist.« Ach, welch wunderbarer Gedanke – sie wieder besuchen zu dürfen!

»Doch nun müßt ihr euch ausruhen«, sagte Hanna. »Um

für die große Anstrengung gerüstet zu sein, wenn die Zeit gekommen ist.«

Gar pflichtete ihr nur zu gern bei. Diese Lehrveranstaltungen waren doch sehr erschöpfend; außerdem wußte die Prinzessin jetzt, was von ihr verlangt wurde. Sobald das nächste Gewitter kam, würden sie zu handeln bereit sein.

Also zogen sie sich in ihre jeweiligen Gemächer zurück, um sich erst später wieder zum Abendessen zu versammeln. Während Gars Abwesenheit hatte man sein Zimmer saubergemacht. Er sah noch, wie der letzte Teppichdackel mit wedelnder Rute von seinem nunmehr makellosen Läufer kroch. Gar war ganz danach zumute, sich auf dem Bett auszustrecken – doch Hanna kam ihm zuvor, nachdem sie irgendwie schon wieder alle ihre Kleider verloren hatte.

»Hast du denn kein eigenes Bett, Handmagd?« fragte Gar sie ziemlich barsch. »Sollte ich deins in Beschlag genommen haben, entschuldige ich mich dafür und suche mir eine andere Ruhestätte.«

»Wozu sollte ich ein Bett brauchen?« war ihre Gegenfrage. »Ich bin doch eine Illusion.«

»Was tust du dann in meinem Bett?«

»Ich möchte dir helfen, dich zu entspannen.«

»Indem du mich dazu bringst, mit mir zusammen den Storch zu rufen? Ich kann mich aber besser entspannen, wenn du nicht dabei bist.«

»Nein, kannst du nicht. Du bist von der Anstrengung der Lehrveranstaltung viel zu aufgeregt und verspannt. Du brauchst mich, um voll und ganz abschalten zu können.«

»Nein, tue ich nicht. O nein!«

Sie setze sich auf, worauf ihr Oberkörper prompt seine Umrisse veränderte. Gar mußte tatsächlich an Störche denken; außerdem gewann die ganze Vorstellung plötzlich zunehmend an Anziehungskraft. Schließlich befand er sich ja in einem menschlichen Körper, da sollte er vielleicht auch dessen Möglichkeiten erkunden. »Doch, brauchst du wohl. O ja!«

Vielleicht wäre es das einfachste, ihr einfach nachzugeben. Doch da waren gleich mehrere Dinge, die ihn mißtrauisch machten. Zum einen war sie eine Illusion, so daß ihr Anteil an der Aktivität nicht real sein würde, selbst wenn es ihm anders erscheinen sollte. Und wie sollte es ihm real erscheinen, wenn er sie nicht richtig anfassen konnte? (Andererseits hatte sie ihn schon mehr als einmal angefaßt. Das war auch so ein Rätsel! Die Erklärung ›starke Magie‹ befriedigte ihn nicht, denn im Augenblick befand die Magie sich auf einem ganz normalen Niveau.) Zum zweiten war er ein Wasserspeier, und es gab da eine Wasserspeierin, mit der er sehr viel lieber zusammen gewesen wäre, sei es, um den Storch zu rufen oder aus irgendeinem anderen beliebigen Grund. Wenn er doch nur seinen natürlichen Steinkörper wieder hätte! Zum dritten traute er ihren Absichten nicht über den Weg. Gab es denn keine anderen Möglichkeiten, ihm zur Entspannung zu verhelfen? Warum bestand sie ausgerechnet auf diese Methode?

Je mehr Gar darüber nachdachte, um so mehr wuchsen seine Zweifel. Was wußte er denn schon über diese Illusion? Irgend jemand mußte sie schließlich erschaffen haben, und er war inzwischen davon überzeugt, daß es nicht die Königin sein konnte. Wenn Iri ihn tatsächlich jetzt hätte verführen wollen, wäre sie in ihrem eigenen, jungen Körper zu ihm gekommen. Er wollte das Spiel der Illusionen nicht mitmachen, ohne wenigstens zu wissen, was sie damit bezweckte.

»Vielleicht hast du recht«, meinte er. »Trotzdem ziehe ich es vor, mich auf meine Weise zu entspannen. Und wenn du mich nicht allein ausruhen läßt, werde ich dich jetzt einfach nicht mehr beachten.« Er schritt zum Bett hinüber, streckte sich neben ihr aus und schloß diesmal die Augen.

»Dann werde ich dich massieren«, erwiderte sie. Sie legte ihm die Hände auf die Schultern und begann zu kneten.

Es fühlte sich gut an, äußerst gut. Also wälzte er sich herum, damit sie auch seinen Rücken bearbeiten konnte. Doch das erinnerte ihn an eine seiner Fragen. »Wie kommt es, daß du mich berühren kannst? Wo du doch selbst zugibst eine Illusion zu sein. Und noch dazu hier, wo die Magie ihre normale Stärke hat?«

Sie lachte. »Du kannst mich auch berühren, wenn du

möchtest. Wir befinden uns im Gebiet des Wahnsinns, und wenn der Palast auch die Kraft der Magie ein wenig mindert, damit dir nicht unbehaglich wird, bedienen wir uns ihrer doch, um unsere Ziele zu erreichen, zum Beispiel, indem wir das Essen zubereiten und euch helfen. Im Augenblick lasse ich nur meine Hände feststofflich werden, aber mit etwas Anstrengung könnte ich auch den größten Teil meines Oberkörpers verfestigen. Jedenfalls für kurze Zeit, falls du ihn mal anfassen möchtest.«

Das beantwortete zwar eine seiner Fragen, aber noch nicht die anderen. Deshalb versuchte er es nun auch damit. »Warum willst du mich verführen?«

»Ich versuche nur, dich zu befriedigen. Wenn du eine Massage haben willst, soll das auch genügen. Solltest du es dir anders überlegen, kann ich wirklich zu allem werden, was du dir wünscht.«

Das bezweifelte er. Dann aber gerieten seine Zweifel gleich wieder ins Wanken. Sie war eine Illusion in Menschengestalt. Könnte sie da nicht auch eine andere Gestalt annehmen? Angenommen, sie würde beschließen, wie eine Wasserspeierin auszusehen? Doch er wollte nicht, daß sie das tat. Denn er wußte bereits, mit welcher Wasserspeierin er zusammensein wollte. Und da kam auch schon seine dritte Frage: »Eine Massage reicht durchaus, danke. Wer erschafft dich eigentlich?«

»Desi und ich sind nur deine Dienerinnen«, sagte sie und fuhr ihm mit den Händen den Rücken hinunter. »Wir möchten nur ...«

»Laß die Rolle mal einen Augenblick beiseite«, unterbrach er sie. »Ihr helft uns zwar dabei, die ferne Vergangenheit zum Leben zu erwecken, aber was ist mit der Gegenwart?«

»Wir sind Animationen des uns umgebenden Wahnsinns«, erwiderte sie. »Wir sind hier, um euch zu helfen ...«

»Das hast du schon einmal gesagt. Aber ich bezweifle, daß der Wahnsinn sich selbst belebt, nur um irgendwelche Eindringlinge zu erfreuen. Es muß irgendeine Person geben, die euch belebt, die eure Bilder und Reaktionen lenkt. Wer ist diese Person?«

»Eine andere Person?« fragte sie, und es hörte sich verwirrt an.

»Du bist eine Illusion. Du besitzt kein eigenes Wesen. Du bist lediglich ein Abbild, eine Stimme und ein paar Hände, die zu meinem Nutzen projiziert werden. Aber wer projiziert dich?«

»Das kann ich genausowenig beantworten, wie du sagen kannst, wer dich projiziert. Ich kenne meinen Schöpfer ebensowenig wie du den deinen.«

Gar dachte darüber nach und mußte einräumen, daß sie recht hatte. Wer unter den Lebenden konnte schon den wahren Ursprung seines eigenen Lebens erkennen? Und obwohl ihre Antwort ihn nicht befiedigte, wurde ihm klar, daß sie damit einen Fluchtpunkt gefunden hatte, wo sie vor seiner Neugier in Sicherheit war.

»Wir haben viel über den Ursprung und den Zweck der alten Steinstadt Scharnier erfahren«, sagte er schließlich. »Aber das hat uns der Erfüllung unserer Mission nicht nähergebracht.«

»Aber sicher hat es das«, widersprach sie, während sie seine Beine bearbeitete. Das konnte sie wirklich gut! »Ihr habt eine Menge verstehen gelernt. Wenn ihr es erst einmal alles erfaßt habt, werdet ihr auch die Antwort auf eure Queste erkennen.«

»Vielleicht«, meinte er, ohne jedoch ganz zufrieden zu sein. Illusionen, die seinen Fragen auswichen, behagten ihm einfach nicht. Doch ihre Hände wirkten so beruhigend, daß er schon bald einschlief.

Einige Tage später zog wieder ein Gewitter auf. Sie waren vorbereitet. Zu fünft eilten sie hinaus, während die Stadt zu ihrem Schutz wieder eingeklappt wurde, und begaben sich in den Schutzkreis, wo sie gleich die verrückte Insel aufsuchen wollten. Gary hatte schon früher einmal hingewollt, doch jedesmal, wenn er geglaubt hatte, die Gelegenheit zu haben, sich fortzustehlen, war zufällig eine der Illusionen vorbeigekommen. Da er seine wahre Natur nicht preisgeben wollte, durfte er sich auch nicht vor ihren Augen dorthin begeben. Das war ziemlich frustierend. Doch jetzt gab es ja einen plausiblen Grund, der es ihm ermöglichte, Gayle Wasserspeier wiederzusehen.

Das Gewitter war sehr heftig. Die Gefährten schafften es gerade noch in den Schutzkreis, als die Gebäude auch schon steinerne Tentakel ausfuhren und versuchten, wie die Gewirrbäume nach ihnen zu greifen. Die Oger hatten alle Händevoll zu tun, die Gebäude rechtzeitig zusammenzuklappen.

Selbst der Schutzkreis war stark aufgeladen. Alle spürten, wie der Wahnsinn sie belagerte. Das war ja wirklich ein furchtbar heftiges Gewitter! Wie würde es wohl erst auf der Insel werden?

»Wir müssen uns ganz fest an den Händen fassen«, entschied Menti grimmig. »Solange wir einander unterstützen, können wir den geballten Wahnsinn überstehen. Aber wenn nur ein einziger losläßt, sind wir verloren.«

Die anderen nickten, denn sie wußten ja selbst, daß es stimmte. Also faßten sie sich an den Händen und bildeten einen Kreis. Gar stand neben Menti und Iri; dann folgten Hiat und Übi. Der ungreifbaren Druck ließ sofort nach. Es war beinahe so, als wären sie selbst versteinert und als hätten sie sich ihren eigenen geschützten Raum erschaffen. Zwar hämmerte der Wahnsinn auf ihre Rücken ein, doch ihre Mienen blieben gelassen.

So erreichten sie den Teich. »Wir können aber nicht schwimmen, wenn wir uns an den Händen halten«, meinte Gar.

»Das brauchen wir auch gar nicht«, antwortete Menti. »Übi, jetzt ist die Zeit für diesen Fleckenzauber gekommen, über den wir schon gesprochen haben.«

»Ja«, erwiderte das Kind. Das Mädchen schien weder zu Streichen aufgelegt zu sein, noch wirkte es irgendwie kindisch; sie war vom selben tödlichen Ernst erfaßt wie die Erwachsenen. Sie drehte den Kopf und blickte mit schielenden Augen auf den Teich. »Schon erledigt.«

»Hier entlang«, befahl Iri und trat auf das Wasser. Die anderen folgten.

Das Wasser war fest, wie eine nachgiebige Matte. Immer noch ihren Kreis aufrechterhaltend, schritten sie zur Insel hinüber.

Dort angekommen, mußten sie den Kreis ein wenig abflachen, um zusammen in den Innengang zu passen. Gar fand sich Aug' in Aug' Iri gegenüber, doch daran war nichts, was auch nur im entferntesten verführerisch gewirkt hätte. Ihr Gesicht war angespannt, und ihre Pupillen weiteten sich gewaltig, um sofort wieder zu winzigen Nadelköpfen zu werden – ein ständiges Hin und Her. Er nahm an, daß es ihm selbst nicht anders erging.

Sie betraten den Innenraum. Gayle hörte sofort mit dem Speien auf. »Ihr seid da«, sagte sie.

»Du befindest dich im Mittelpunkt«, erklärte Menti. »Wir müssen dich umstellen.«

»Aber dazu müssen wir den Kreis durchbrechen«, wandte Gar ein.

»Legt eure Hände auf mich«, schlug Gayle vor. »Ich bin gegen den Wahnsinn gefeit und werde euch dieses eine Mal vor ihm schützen.«

Vorsichtig brachen sie den Kreis auf, legten dabei die Hände auf Gayle und bewegten sich um sie herum, bis sie sich im Mittelpunkt eines neuen Kreises befand. Nun prasselte die allerstärkste Macht des Wahnsinns gegen ihre Gesichter und strahlte nach außen ab wie ein Hochofen. Gary begriff, daß sie dies nicht lange würden durchstehen können. Aber das war auch gar nicht erforderlich.

»Jetzt werde ich die Illusion des Schemas herstellen«, verkündete Königin Iri. Mitten im Kreis erschien eine senkrechte, durchschimmernde Säule, die Gayle wie eine Mauer umschloß.

»Nun verleihe ich ihr Substanz«, erklärte Übi und konzentrierte sich. Die Illusion wurde greifbar und schillerte plötzlich wie ein Lebewesen. Der Wahnsinn ließ nach; er wurde von der kreisrunden Mauer aufgesaugt.

»Nun verleihe ich ihr Wurzeln und Antennen«, kündigte Hiat an, und die Mauer wurde im unteren Teil fester, im oberen empfindlicher.

»Nun verleihe ich ihr dämonisches Bewußtsein, um sie an

ihr Ziel zu führen«, erklärte Menti, und die Säule wirkte plötzlich noch belebter.

»Und jetzt befehle ich ihr, sich auszudehnen und Xanth selbst zu umfassen«, sagte Gar. »Bei drei werden wir alle sie dorthin verfügen.« Er machte eine kurze Pause, um sicherzugehen, daß alle bereit waren. »Eins. Zwei. DREI.«

Mit einem Satz dehnte die Säule sich aus. Sie fuhr durch sie hindurch und verschwand sofort; doch konnten die Gefährten aufgrund ihrer dämonischen Bewußtheit deutlich spüren, welche Fortschritte sie machte. Kurz darauf überfiel die ganze Gruppe ein kurzes Zittern; dann hatte der Zauber sich gesetzt.

»Es ist vollbracht«, verkündete Menti. »Die Schnittstelle ist installiert.«

»Ja«, bestätigte Gar. »Und jetzt müssen wir uns selbst befreien, so gut wir können.« Denn obwohl die Schnittstelle einen großen Teil der Energie aufgesaugt hatte, war der Wahnsinn noch immer sehr intensiv.

»Müßt ihr schon so bald wieder gehen?« fragte Gayle traurig.

»Das müssen wir«, erklärte Menti. »Wir können diesen Wahnsinn nicht lange ertragen.«

»Aber vielleicht kann ich ja mal vorbeikommen, wenn das Gewitter sich gelegt hat«, schlug Gar vor.

»Das wäre sehr schön«, meinte Gayle.

Sie verschoben ihre Position, brachen den Kreis und bildeten sofort dachnach wieder einen neuen, um sich erneut umständlich auf den Teich hinauszubegeben. Sie überquerten ihn und bauten sich innerhalb des Schutzkreises wieder auf. Es war eine Erleichterung, sich wieder an einem Ort zu befinden, wo die Magie nicht ihre volle Wucht entfalten konnte.

Das Gewitter klang ab. Die Gefährten blieben stehen und sahen zu, wie die Oger die Gebäude erneut aufklappten. Dann kehrten sie zusammen in den Palast zurück. Gar wußte zwar, daß sie etwas wahrhaft Bedeutsames vollbrachte hatten, doch würde er mindestens eine Nacht ordentlich darüber schlafen und mehrere Tage darüber nachdenken müssen, bis er es wirklich voll erfaßt hatte.

12

Entdeckung

»Ich husche mal eben weg, um nachzusehen, ob die Schnittstelle wirklich in Ordnung ist«, sagte Menti und war auch schon verschwunden.

»Und ihr anderen könnt euch ganz einfach ausruhen und entspannen«, meinte Desi und nahm Hiatus bei der Hand. Die beide Illusionen hatten sie nicht ins Zentrum der Magie begleitet. Gary fragte sich, ob sie wohl die Gunst der Stunde genutzt haben mochten, sich einmal ungestört auszutauschen. Er vermutete aber, daß sie solange einfach nur verblaßt waren.

Gary zog sich in sein Zimmer zurück, tief erschöpft von der gemeinsamen magischen Anstrengung. Doch als er sich gerade auf seinem Bett ausstrecken wollte, erschien Königin Iris. »Pst«, machte sie und legte ihm den Finger auf die Lippen. »Ich will mich kurz mit dir unterhalten, während Desi sich gerade mit Hiatus beschäftigt. Hanna ist im Augenblick nicht aktiv, oder?«

»Ich glaube, schon«, bestätigte er. »Sie ist gerade nicht da – und selbst wenn sie es wäre, wäre sie wahrscheinlich nicht belebt. Sie lassen sich ja meistens nicht gleichzeitig beleben.«

»Ich weiß. Es sei denn, die Magie wird stärker. Deshalb verwende ich auch meine eigene Illusion, um Kontakt mit dir aufzunehmen.«

Gary war überrascht. »Du bist nur eine Illusion? Ich hätte schwören können, daß du wirklich bist!«

»Danke.« Sie trat vor und streckte eine Hand aus. Er wollte sie berühren – und fuhr durch sie hindurch. »Aber wenn du es vorziehst, kann ich auch die Illusion in meinem Zimmer zurücklassen und persönlich herkommen.«

»Nicht nötig.« Er wußte nicht so recht, was sie vorhatte, und hoffte nur, daß sie in ihrer Illusionsgestalt weniger Unheil stiften würde.

»Wir haben eine Menge in Erfahrung gebracht, und das weiß ich zu schätzen«, sagte Iris. »Ich komme auch ganz gut mit meiner jetzigen Rolle zurecht. Aber unseren eigentlichen Auftrag haben wir nicht erfüllt.«

»Das stimmt«, bestätigte Gary. »Wir haben den Philter nicht gefunden.«

»Und ich glaube auch nicht, daß wir ihn jemals finden werden, solange wir uns auf die beiden fremden Illusionen verlassen. Sie haben alles mögliche unternommen, um dafür zu sorgen, daß wir alles Erdenkliche erfahren, bis auf diesen einen Punkt. Das haben sie so raffiniert gemacht, daß es uns nicht einmal aufgefallen ist.«

»Ja!« Er begriff, daß sie recht hatte. »Hanna hat jeden Abend versucht, mich abzulenken.«

»Mit Erfolg.«

»Nein, es hat keine Verführung stattgefunden.«

»Erfolgreich insofern, als sie deine Aufmerksamkeit abgelenkt hat«, erklärte Iris. Sie blickte nachdenklich drein. »Ich wüßte ja zu gern, welche Technik sie anwendet.«

»Beharrlichkeit«, erwiderte er. »Du hast nur einmal versucht, mich zu verführen, und deine Bemühungen eingestellt, als ich mich weigerte. Sie verpaßt mir lediglich eine

Massage und versucht es am nächsten Tag einfach aufs neue. Und dann sorgt sie auch dafür, daß ich möglichst oft ihren nackten Köper zu sehen bekomme, und zwar immer wie zufällig.«

»Ach, so etwa?« fragte Iris und ließ ihr Kleid verblassen.

Gary studierte ihren nackten Oberkörper. »Ja, genau so. Ich muß schon sagen, dein Körper ist ja noch besser geformt, als ich dachte.«

»Ich habe ihn ein bißchen geschönt«, gestand sie. »Mein echter Körper sieht eher so aus.« Die üppigen Konturen bekamen eine etwas schlichtere Linienführung.

»Trotzdem recht anziehend für eine Menschenfrau«, meinte er. »Wenn ich Gayle nicht begegnet wäre …«

»Beharrlichkeit«, wiederholte sie und ließ ihr Kleid aufs neue erscheinen. »Danke. Aber im Augenblick bin ich rein geschäftlich hier. Ich möchte, daß wir unseren Auftrag ausführen, und dazu müssen wir die Illusionen ablenken, falls wir Erfolg haben wollen.« Sie machte eine Pause und musterte ihn nachdenklich. »Wäre es zuviel von dir verlangt, Hanna gewähren zu lassen?«

»Du meinst …?«

»Dich von ihr verführen zu lassen. Damit ihre Aufmerksamkeit gefesselt bleibt, während Menti und ich uns mal gründlich auf die Suche machen.«

»Du glaubst, ihr könntet den Philter aufspüren?«

»Ich bin mir nicht sicher. Aber ich glaube, daß wir ihn niemals finden werden, solange wir uns immer nur auf zwei Illusionen verlassen, um an Informationen zu kommen.«

Das war nicht zu bestreiten. »Aber wie wäre es denn jetzt? Desi ist gerade bei Hiatus, und …«

»… und hat ihn auf heimtückische Weise beeinflußt. Hast du es noch nicht bemerkt? In dieser Hinsicht dürfen wir uns nicht auf ihn verlassen.«

Da hatte sie schon wieder recht. »Ich bin wirklich nicht sehr …«

Mentia erschien. »Es gibt ein Problem mit der Schnittstelle«, verkündete sie ernst. »Sie …«

»Hoppla«, machte Iris. Dann verschwanden plötzlich beide.

Gary sah sich um. Hanna war erschienen. »Ich habe dich vernachlässigt, mein Gebieter«, sagte sie mit falschem Lächeln.

Gary hoffte, daß es Iris und Mentia gelungen war, unbemerkt zu verschwinden. Er hätte sich zwar gern noch ein bißchen länger mit ihnen unterhalten, doch immerhin wußte er jetzt, was sie bekümmerte, und er teilte ihre Einschätzung der Situation. Sie brauchten unbedingt eine Gelegenheit, in dieser uralten Welt nach dem Philter zu suchen, und sie mußten die Schnittstelle genau überprüfen, ohne daß die beiden Illusionen des Wahnsinns sich einmischen konnten.

Desi war offensichtlich mit Hiatus fertig. Nachdem er eingeschlafen war, konnte Hanna sich nun auf Gary konzentrieren. Er mußte ihre Aufmerksamkeit fesseln, damit Iris und Mentia ihre Suche ungestört fortsetzen konnten. Doch der Gedanke, sich von Hanna verführen zu lassen, behagte ihm einfach nicht; er wollte nur noch mit Gayle zusammen sein. Andererseits wollte er seine wahre Natur aber auch nicht offenbaren, indem er sich ungeschminkt dazu bekannte. Schließlich hatte Gayle selbst ihn ja davor gewarnt.

Er musterte die Illusion. Was sollte er tun?

»Ich weiß, wie erschöpft du nach eurer anstrengenden Arbeit bist«, meinte Hanna und kam dabei auf ihn zu. »Und ich weiß auch genau, wie ich dir zur Entspannung verhelfen kann.« Ihr Kleid wurde erst halb-, dann völlig durchsichtig und offenbarte ihm jene Form, die trotz besseren Wissens eine immer größere Anziehungskraft auf ihn auszuüben begann. Er wurde wohl langsam viel zu menschlich – jedenfalls mehr, als ihm guttat.

Sie wollte ihn ablenken, und er wollte sie seinerseits ebenfalls ablenken. Dazu brauchte er sie eigentlich nur gewähren zu lassen. Doch fehlte es ihm an Verlangen – mehr oder weniger. »Ich weiß nicht so recht ...«

Sie trat auf ihn zu und küßte ihn plötzlich auf den Mund.

Das geschah völlig überraschend und brachte ihn fast aus dem Gleichgewicht, und so griff er nach ihr, um sich wieder zu fangen. Seine Hände fanden Halt auf ihrem schmalen Rücken und dem rundlichen Hinterteil. Beides war auf seine Weise recht interessant. Sie hatte ja schon gesagt, daß sie sich in dem Maße feststofflich machen konnte, wie es erforderlich war, und genau das tat sie gerade. Die Illusion der Berührung ergänzte nun die optische. Mochte schon sein, daß ihr gesamter Körper nur eine leere Hülse ohne jedes Eingeweide war, und daß auch ihr Geist nicht wirklich existierte; aber im Augenblick schien das keinen allzu großen Unterschied mehr zu machen.

Doch es war ihr Mund, der Garys Aufmerksamkeit am meisten fesselte. Was für ein interessantes Gefühl, dieses feste Pressen von Lippen auf Lippen! Er hatte nie gewußt, wie angenehm dies sein konnte.

Sie wich ein Stück zurück. »Laß mich dir die Kleider ausziehen«, murmelte sie. Ihre Hände machten sich ans Werk, zogen ihm den Kittel von den Schultern und vom Leib. Während sie das tat, musterte er den vorderen Teil ihres Körpers und merkte, wie faszinierend der war. Gary hatte geglaubt, kein Verlangen zu haben, doch in Wahrheit hatte er ihm einfach keinen Raum gegeben. Die ganze Sache war alles andere als unangenehm. Sie gewähren zu lassen? Er würde ihr sogar noch dabei helfen!

Kurz darauf hatte sie ihn ausgezogen und umarmte ihn aufs neue. Nun erwachte sein Interesse und verschärfte sich, gleich einem Wahnsinnsgewitter. All seine Vorsicht verblaßte wie eine flüchtige Illusion. Er wollte einfach nur noch alles über sich ergehen lassen, was sie mit ihm vorhatte.

»Vielleicht besser auf dem Bett«, murmelte sie ihm ins Ohr.

Ins Bett? Hätte sie es jetzt vorgeschlagen, er wäre mit ihr zusammen auch glatt aus dem Fenster gesprungen! Hastig lief er zum Bett hinüber und warf sich mit ihr zusammen auf das Lager.

Plötzlich bekamen sie Gesellschaft: Die Königin und die Gouvernante waren zurückgekehrt.

»Nix da«, meinte Iris.

»Verschwindet, ihr stört«, konterte Gary.

»Löst euch«, sagte Mentia und zerrte an ihm.

»Geht weg!« schrie Hanna, die noch verärgerter zu sein schien als Gary. »Das geht euch nichts an!«

»Tut es wohl«, widersprach Iris und legte der Handmagd die Hände auf die nackten Schultern. Doch die fuhren wirkungslos durch das scheinbaren Fleisch. Gleich, ob Iris im Augenblick Illusion war oder nicht – Hanna war es jedenfalls mit Sicherheit. Sie ließ sich stets nur berühren, wann und wo sie wollte.

»Trenn dich von ihr«, sagte Mentia zu Gary. »Sie ist ganz einfach nichts für dich!«

»Woher willst du das wissen?« fragte er und sträubte sich gegen ihren Griff. »Dämonen lieben doch nicht.«

»Deshalb können wir die Sache auch vernunftbetonter betrachten. Dieses Pseudowesen ist tödlich.« Mentia riß noch stärker an ihm; dabei bot sie beträchtliche Kraft auf.

»Hau ab!« kreischte Hanna.

»Vielleicht kann ich dich nicht überall anfassen«, meinte Iris, »aber ich kann dich auf jeden Fall daran hindern, *ihn* dort zu berühren, wo es drauf ankommt!« Sie legte die Hände auf den Leib der Illusion. Natürlich fuhren sie durch den Körper hindurch, bis sie Gary packten. Nun konnte Gary Hannas Oberkörper auch nicht mehr spüren. Hanna konnte zwar einem Teil ihres Körpers Festigkeit verleihen, aber die war nicht auf eine einzige andere Person beschränkt. Das hatte zur Folge, daß Gary jetzt nichts mehr festhielt und Mentia ihn endlich fortreißen konnte.

»****!« schrillte Hanna, daß die Luft gallig wurde. »Dann sollst du statt dessen eben *das hier* spüren!« Ihre Hände verwandelten sich in lange, spitze Krallen, und aus ihrem Gesicht schossen Fangzähne hervor. Sie sprang auf Iris zu.

Doch da löste Mentia sich plötzlich von Gary und erschien wieder zwischen Iris und Hanna. Die Krallen versanken im Dämonenfleisch und verhakten sich darin wie in einer dikken Matte. »Mir kannst du nichts anhaben, du Schreckensgebilde«, sagte die Dämonin. »Aber ich dir, wenn du nicht sofort losläßt! Ich breche dir die Nägel ab.« Sie griff nach den Krallen, wobei sich ihre Hände in metallene Zangen verwandelten. »Ich werd' dir die Zähne ausreißen!« Ihr Kopf wurde zu einer riesigen Zange.

»§§§§!« zischte Hanna und verschwand. Der Gestank des Wortes war schlimmer als brennender Abfall.

Als Mentia Gary hatte fahrenlassen, war er zu Boden gestürzt, hatte es aber kaum gespürt. »Was ist hier los?« wollte er wissen. »Warum habt ihr uns unterbrochen, obwohl ich doch genau das getan habe, was ihr von mir wolltet?«

»Erklär du es ihm«, sagte Mentia zu Iris. »Ich muß Überraschung beschützen.« Sie verschwand.

»Weil wir erkannt haben, wie töricht unsere Strategie war«, sagte Iris und trat näher, um ihm beim Aufstehen behilflich zu sein. Sie war vollauf feststofflich – es war also die richtige Königin. »Wir hätten dir beinahe schlimmen Schaden zugefügt.«

»Schaden? Es fing gerade an, mir Spaß zu machen!«

»Ganz gewiß«, meinte die Königin und schnitt dabei eine Grimasse. »Und wenn du mit mir zusammen gewesen wärest, hättest du auch weitermachen und dabei eine grandiose Erfahrung machen können. Vielleicht kommen wir ja irgendwann einmal dazu. Aber wir haben festgestellt, daß diese beiden hübschen Illusionen tatsächlich unsere tödlichen Gegner sind. Und jetzt, da wir das wissen, dürfte der Ärger erst richtig losgehen.«

Gary begriff allmählich, daß die Königin und die Dämonin sich nicht einfach nur leichtfertig eingemischt hatten. Eigentlich hätte er auch von selbst darauf kommen können, als Hanna die nicht wiederzugebenden, vierbuchstabigen Wörter ausgespien und Krallen und Fangzähne ausgefahren hatte. Da hatte sie viel eher Hannah, der Barbarin, geglichen, wie er sie von früher kannte. »Was wollte sie mir denn antun?« fragte er.

»Sie war im Begriff, dir die Seele zu rauben.«

Das kam so unerwartet, daß Gary einen Augenblick brauchte, um das Gehörte zu begreifen. »Die was?«

Iris hob seine Kleider auf und reichte sie ihm, damit er sich wieder anziehen konnte. »Da bist du platt, was? Uns hat es auch erschreckt. Als wir es herausfanden, wußten wir, daß wir sofort handeln mußten. Was alle Illusionen begehren, sind Substanz und Seele. Substanz können sie in gewissem Umfang aus dem Wahnsinn gewinnen; offensichtlich ist die Magie in seinem Innern so stark verdichtet, daß sie sich vorübergehend in Feststofflichkeit überführen läßt. Aber nicht so weit, um damit auch die Substanz von Seelen herzustellen. Und deshalb müssen sie die Seelen auch stehlen, falls sie jemals wirklich werden wollen.«

»Aber Illusionen sind doch gar nicht wirklich!« protestierte Gary. »Wie können sie überhaupt so etwas wie ein Verlangen haben?«

»Wahre Illusionen haben kein Verlangen; das können sie nicht. Aber diese beiden verlangt es nach Substanz und Seele«, erwiderte sie. »Das übertrifft natürlich die Illusionen, wie ich sie herstelle. Deshalb habe ich so lange gebraucht, um dahinterzukommen. Ich bin davon ausgegangen, daß alle Illusionen so sein müßten wie meine, die ja in Wirklichkeit nur ein Teil von mir sind. Aber *ich* habe ja Substanz und Seele; sie auch. Nun aber hat sich herausgestellt, daß Illusionen, die nicht darüber verfügen, ganz anders sind. Mag sein, daß es solche Illusionen nur im Gebiet des Wahnsinns geben kann – doch es ist nicht zu verkennen, daß sie hier *tatsächlich* existieren.«

»Aber werden sie denn nicht von irgend jemandem projiziert?« fragte Gary, immer noch verwirrt. »Die Art, wie sie sich beim Sprechen und in ihrer Belebtheit abwechseln, wenn der Wahnsinn nicht gerade verstärkt auftritt – liegt das denn nicht daran, daß die betreffende Person sich nicht gleichzeitig auf zwei Belebungen konzentrieren kann?«

»Möglicherweise werden sie ja von jemandem belebt, der keine Seele besitzt«, antwortete Iris. »Sollte dem so sein, war Hanna lediglich im Begriff, deine Seele für ihren Herrn oder ihrer Herrin einzuheimsen. Die Folgen wären für dich allerdings die gleichen gewesen.«

»Jemand ohne Seele?«

Sie reichte ihm ein weiteres Kleidungsstück. »Es gibt eine ganze Anzahl von Kreaturen ohne Seele. Den meisten Tieren scheint eine zu fehlen; sie vermissen sie aber nicht. Doch alle Wesen, die menschliche Vorfahren haben, wie entfernt sie auch sein mögen, besitzen Seelen und schätzen sie hoch. So auch die Kreuzungen zwischen Mensch und Tier. Es ist also denkbar, daß sich hier im Gebiet des Wahnsinns ein intelligentes seelenloses Tier verbirgt, beispielsweise ein Drache. Der könnte uns zwar fressen, doch würden ihm unsere Seelen dann entwischen, weil die Seele frei wird, sobald man ihren Wirtskörper tötet. Deshalb geht dieses Wesen auch vorsichtiger vor. Es will erst unsere Seelen freisetzen; anschließend kann es uns dann ungehindert auffressen. Und nun, da wir diesen Plan vereitelt haben, könnte es gut sein, daß dieses Wesen beschließt, uns trotzdem zu fressen. Aus diesem Grunde könnte die Situation, die ja bisher noch von Höflichkeit geprägt war, jetzt ausgesprochen gefährlich werden.«

»Ein Drache – der sich im Gebiet des Wahnsinns versteckt?« wiederholte Gary, und seine Angst wuchs. »Klug genug, um Illusionen zu erschaffen, die uns nachahmen und sich mit uns intelligent unterhalten können?«

»Das ist eine beängstigende Vorstellung«, bestätigte sie. »Aber um deine Frage zu beantworten: Ja, wir glauben, daß wir es mit etwas in dieser Art zu tun haben. Mit einem Drachen – oder etwas noch Schlimmerem.«

»Dann sollten wir aber möglichst schnell von hier verschwinden!«

»Das halte ich nicht für klug.« Sie reichte ihm sein letztes Kleidungsstück.

»Aber wenn dieses Wesen uns doch auffressen will ...«

»Wir vermuten, daß es uns so lange nicht fressen wird, wie es noch Hoffnung hegt, wenigstens einer unserer Seelen habhaft zu werden. Die Seele ist für dieses Wesen von ungeheurem Wert, genau wie für uns. Wenn wir aber das Gebiet des Wahnsinns verlassen, gehen wir ihm verloren. Höchstwahrscheinlich würde es uns also eher auffressen, als uns ziehen zu lassen. Dann wäre ein körperlicher Angriff also am wahrscheinlichsten. Wir dürfen nicht riskieren, auch nur einen Fluchtversuch zu unternehmen, bevor wir nicht einiges mehr über unseren Gegner herausbekommen haben. Selbst dann müssen wir unbedingt ganz überraschend handeln, um ihn zu überrumpeln. Wenn wir allerdings so tun, als würden wir bleiben, wird dieses Wesen wahrscheinlich eher verhalten reagieren. Schließlich hat es sich bisher noch gar nicht um meine oder um Überraschungs Seele bemüht.«

»Dafür müßte es wahrscheinlich auch erst die beiden weiblichen Illusionen vernichten und statt dessen männliche erschaffen«, meinte Gary.

»Ja. Und vielleicht weiß es auch, daß Frauen weniger töricht sind als Männer und sich deshalb nicht so leicht verführen lassen. Bei dir hätte es ja fast geklappt – genau wie bei Hiatus.«

»Was ist denn mit dem passiert?«

»So sind wir überhaupt dahintergekommen. Er ist in Desiree verliebt, und Desi ist ihm eine echte Versuchung. Aber er weiß, daß sie nur ein Abbild ist, und er will nun mal unbedingt das Original haben. Er ist zwar bereit, mit dem Abbild bis zu einem gewissen Punkt zu gehen, weil Männer nun einmal töricht sind, was Nymphen und ähnliche Wesen betrifft, doch er hat seinen Verstand dabei nicht völlig ausgeschaltet. Und schließlich hat er Desi dazu gebracht, zuzugeben, was sie in Wirklichkeit haben wollte.«

»Warum hat sie es ihm denn erzählt?«

»Hiatus' ist als Gebieter Hiat eine ziemlich raffinierte, heimtückische Persönlichkeit. Er ließ die Andeutung fallen, daß er vielleicht leichter zu verführen wäre, wenn er wüßte, daß Desi ihn wirklich liebt. Sie wiederum meinte, daß sie ihn wirklich lieben könnte, wenn sie eine Seele bekäme. Das war der entscheidende Hinweis. Er hat es Mentia erzählt, die hat es mir erzählt, und dann war uns plötzlich auch klar, was Hanna von dir wollte.«

»Ich bin nie darauf gekommen«, sagte Gary und erschauerte. »Sie hat immer nur gesagt, daß sie mir helfen will, mich zu entspannen.«

»Ja, damit du um so leichter von deiner Seele abläßt.«

»Wie ... wie hätte sie meine Seele denn überhaupt an sich reißen können?«

»Das wissen wir auch nicht genau. Aber wir glauben, daß sich die Seele beim Herbeirufen des Storchs, im Augenblick des Höhepunkts, etwas lockert. Es liegt wohl an dem Verlangen, mit dem Partner eins zu werden. Die beiden Seelen wollen sich ebenso fest umarmen, wie die Körper es tun. Und dieser Augenblick der Offenheit kann von einem skrupellosen Partner ausgenutzt werden, sich der Seele des anderen zu bemächtigen. Ist das erst einmal geschehen, ist es auch schon vorbei. Ich denke, es würde dir sehr schwerfallen, sie jemals wieder zurückzugewinnen.«

»Ich glaube, ich schulde dir wohl allergrößten Dank, daß du dich zusammen mit Mentia eingemischt hast«, meinte Gary. Die Knie wurden ihm weich.

Iris lächelte. Wenn sie das tat, wirkte sie stets überraschend anziehend. »Tu einfach nur dasselbe für mich, sollte das jemals erforderlich werden.«

»Aber du bist doch jetzt vorgewarnt! Du wirst doch deine Seele niemals fahren lassen.«

»Dieses Ding ist schlau, äußerst schlau. Mit Sicherheit heckt es gerade einen neuen Plan aus. Der aber dürfte möglicherweise ebenso schwer zu durchschauen und zu kontern sein wie der letzte. Bei seiner Beherrschung der Illusionskunst dürften wir auch kaum erkennen, was wirklich ist und was nicht.«

»Das ist auch so eine Sache. Wenn Talente sich niemals wiederholen ...«

»... wie kann das Wesen dann dasselbe Talent besitzen wie ich? Das macht mir schon die ganze Zeit zu schaffen. Aber eigentlich stimmt es nicht so ganz, daß Talente sich nie wiederholen. Wer in einer bestimmten Epoche lebt, kann durchaus ein Talent besitzen, das auch ein anderer in einer anderen Epoche sein eigen nennt. Und die Fluchungeheuer – oder Fluchfreunde, wie sie sich selbst nennen – scheinen alle dasselbe Talent des Verfluchens zu besitzen. Aber ich habe noch nie davon gehört, daß sich ein Talent vom Magierkaliber wiederholt hätte. Allerdings gab es schon einige Varianten, die einander sehr ähnlich waren. Manchmal können auch unterschiedliche Talente dieselbe Wirkung haben. Deshalb glaube ich, daß dieses Wesen zwar ein Talent der Illusion besitzt, das dem meinen ähnlich sein dürfte, aber doch einem anderen Mechanismus gehorcht. Auf jeden Fall ist es eine interessante Situation. Ich habe gelernt, seine Illusionen, die die meinen ergänzen, als solche zu identifizieren. Wenn ich meine Illusionen auslöschte, würde Scharnier zu einem bloßen Schatten seiner selbst werden. Ich sehe keinen Sinn darin; deshalb halte ich diese Illusion aufrecht. Ich bin nämlich der Meinung, daß es das Beste sein dürfte, bis wir endlich mehr über unseren Gegner in Erfahrung gebracht haben. Das Ding könnte nämlich argwöhnen, daß ich fortgehen will, sobald ich meine Illusionen plötzlich ausradiere.«

»Ja, du mußt dir deine Illusionen bewahren«, stimmte Gary zu.

»Deshalb sollten wir uns jetzt auch mit den anderen zusammentun und einen Beschluß fassen, was wir als nächstes unternehmen sollen.«

»Wir sollten weiterhin nach dem Philter suchen«, meinte Gary. »Deshalb sind wir gekommen. Das Wesen wird bestimmt davon ausgehen, daß wir nur deshalb bleiben. Haben wir den Philter erst gefunden ...«

»... dann schlägt der Hammer«, ergänzte sie. »Denn dann weiß unser Gegner, daß wir hier fertig sind. Guter Einwand.«

Sie verließen Garys Zimmer und begaben sich in die Gemächer von Iris und Überraschung. Hiatus war auch schon da. »Wie ich höre, habe ich dabei geholfen, irgend etwas zu unterbrechen«, sagte er zu Gary.

»Ich danke dir«, erwiderte Gary aus vollem Herzen. »Die Königin hat es mir erklärt.«

»So, wie ich es gerade Überraschung erklärt habe«, warf Mentia ein.

Das Kind wandte sich an Gary. »Wie kommt es, daß *du* es mir nicht erklärt hast, Lärrer?«

»Lehrer«, berichtigte Gary. »Ich war ...« Da fing er Iris' warnenden Blick auf. Er konnte dem Kind unmöglich erzählen, was er beinahe mit Hanna getrieben hätte. »Ich war gerade dabei, mich anzukleiden.«

»Ach so. Ich dachte, du würdest gerade von Desi geführt.«

»Von Hanna verführt!« platzte es aus Gary heraus. »Ich meine ... ach, egal. Wir befinden uns in einer ernsten Lage. Was sollen wir unternehmen?«

»Darüber hinaus haben wir auch noch die Sache mit der Schnittstelle versiebt«, fuhr Mentia fort. »Eigentlich sollte sie ein Filterelement enthalten, damit das aus Mundania einströmende Wasser nicht verschmutzt hereinkommt. Aber es ist nicht da.«

»Philter?« fragte Gary.

»Filter. Steht genau hier in der technischen Anleitung, wie sie jahrhundertelang entwickelt wurde. Wir haben vergessen, dies in unsere Beschwörung aufzunehmen. Deshalb strömt jetzt schlechtes Wasser ein.«

Gary war entsetzt. »Und deshalb muß der *Geis* des Wasserspeiers weiter existieren! Eigentlich sollte er durch Miteinbeziehung des Filters beendet werden – des magischen Philters. Wie konnten wir diese alles entscheidende Einzelheit übersehen?«

Desi erschien. »Das ist unsere Schuld«, verkündete sie. »Ich bin zutiefst betrübt.«

»Desi die Desolate«, warf Hiatus sarkastisch ein. »Was kümmert es dich schon, daß wir einen Fehler begangen haben?«

»Weil ihr ihn möglicherweise nicht begangen hättet, wärt ihr von Hanna und mir nicht abgelenkt worden«, bemerkte Desi.

»Abgelenkt!« rief Hiatus. »Du hast versucht, mir meine Seele zu rauben!«

»Ich wußte ja nicht, daß sie dir so wichtig war«, erwiderte Desi und warf ihm einen desolaten Blick zu. »Ich habe doch noch nie eine eigene Seele gehabt.« Sie wirkte so niedergeschlagen, daß selbst Gary fast versucht war, sie zu trösten –

und dabei zielte ihr Bemühen noch nicht einmal gegen ihn. »Ich werde alles tun, es wiedergutzumachen.« Sie legte eine Hand an ihr Kleid.

»Das nicht!« fauchte Iris. »Wenn du uns wirklich helfen willst, dann sag uns, wie wir diese Auslassung wettmachen können.«

»Ganz einfach«, meinte Desi. »Ihr könnt den Wasserspeiern auftragen, sich um die einströmenden Flüsse zu kümmern.«

»Aber um dem ein Ende zu setzen, sind wir doch überhaupt gekommen!« protestierte Gary. »Ich bin es leid ...« Dann nahm er sich wieder zusammen. »... mich auf Wasserspeier verlassen zu müssen, wenn etwas eigentlich *automatisch* ablaufen müßte.«

»Für die Wasserspeier tut's mir auch leid«, bemerkte Desi. »Aber die Schnittstelle ist dauerhaft. Die läßt sich nur noch reparieren, indem man sie berichtigt und rekompiliert.«

»Rekompiliert?«

»Das, was ihr gerade getan habt, als ihr eure Rollen als Menschen der Vorzeit gespielt habt. Da habt ihr die Schnittstelle kompiliert und installiert.«

»Und heute haben wir den dreitausendsten Jahrestag dieser Kompilierung«, ergänzte Mentia. »Deshalb können wir sie nun reparieren.«

»Ihr könntet sie rekompilieren«, räumte Desi ein, »aber besonders sinnvoll scheint mir das nicht zu sein.«

»Weshalb nicht?«

»Weil ihr den Filtrierungsfaktor nicht eingebaut habt. Und zwar deshalb nicht, weil ihr den Philter verloren habt. Und da ihr ihn nicht besitzt, könnt ihr die Schnittstelle, wie sie ist, nicht verbessern. Deshalb müssen die äußeren und inneren Filter so bleiben, wie sie sind.«

»Innere Filter?« fragte Iris. »Was ist das denn?«

»Der Philter, der den Wahnsinn auf ein kleines Gebiet beschränkt«, erklärte Desi. »Solange er an Ort und Stelle ist, kann nur gewöhnliche Magie in den Hauptteil von Xanth entweichen.«

»*Deshalb* also dehnt der Wahnsinn sich aus!« rief Hiatus. »Weil der Filter fehlt!«

»Und wie«, fragte Iris in gepreßtem Tonfall, »können wir den inneren Filter reparieren? Müssen wir ihn etwa mit weiteren Wasserspeiern flicken?«

Desi lachte. »Natürlich nicht! Dazu braucht ihr einen örtlichen Filterzauber. Wenn die Schnittstelle erst einmal auf diese Weise geflickt ist, wird sie genauso gut sein, wie sie ursprünglich hätte werden sollen.«

»Nur, daß die Wasserspeier weiterhin für eine Aufgabe verantwortlich sind, die sie eigentlich gar nicht wahrzunehmen brauchten«, warf Gary trocken ein – ein für seine Art ziemlich ungewöhnlicher Vorgang.

»Wen kümmert das schon?« fragte Desi. »Das sind doch bloß Tiere.«

Noch bevor Gary etwas erwidern konnte, warf Iris ein: »Als empfindungsfähige, mitfühlende Menschen haben wir nun mal nicht viel dafür übrig, irgendeine Art – ob menschlich, ob Mischform, ob Tier – unnötigen Qualen auszusetzen. Wir müssen die Schnittstelle reparieren.«

Mentia dachte gerade über etwas anderes nach. »Dieser lokalisierte Filterzauber, der den Wahnsinn in Schach hält – wie haltbar ist der denn?«

»Oh, das ist kein Problem. Der wird so lange halten wie die Magie selbst.«

»Bis die Magie aufhört«, versetzte Iris und ließ einen vielsagenden Blick in die Runde schweifen. Gary begriff, daß sie an die Zeit Ohne Magie dachte: Das war der Zeitpunkt gewesen, da der alte Eindämmungszauber geendet hatte, so daß der Wahnsinn über die Ufer treten und in Xanth alles mögliche Unheil hatte anrichten können. Dies war das letzte, fehlende Stück im Rätsel der Gegenwart – und auch dieses ließ sich durch den Philter beseitigen. Sie mußten diesen Gegenstand *unbedingt* finden!

»Wir müssen den Philter suchen«, entschied Hiatus. »Wir wissen, daß er sich irgendwo hier befinden muß. Könnt ihr uns dabei helfen?«

»Nein«, widersprach Desi. »Es ist unmöglich, den verschollenen Philter ausfindig zu machen.«

»Reden wir doch mal ganz offen darüber«, schlug Iris vor. »Wir sind hierher gekommen, um den Philter zu suchen, und wir haben auch nicht vor zu gehen, bevor wir ihn nicht gefunden haben. Warum behauptest du, daß es unmöglich ist?«

»Du möchtest offen sprechen?« sagte Desi. »Na schön, das kannst du haben. Ihr könnt den Philter nicht finden, weil die Alten, die ihr kürzlich wieder zum Leben erweckt habt, ihn auch schon nicht finden konnten. Sie haben die Schnittstelle mit Hilfe der Wasserspeier und des Zaubers geflickt und die Stadt Scharnier dann zum letztenmal zusammengeklappt, bevor sie sich ins normale Xanth begaben, wo ihre Rasse schon bald durch Vermischung mit anderen ausstarb. Wenn die Alten ihn schon nicht finden konnten, werdet ihr es dreitausend Jahre später auch nicht schaffen.«

»Trotzdem haben wir genau das vor«, erklärte Gary. Nicht nur, daß dies tatsächlich seine feste Absicht war – er wußte inzwischen ja auch, wie gefährlich es werden könnte, auch nur anzudeuten, daß sie vielleicht schon bald wieder aufbrechen könnten. Es war besser, deutlich zu machen, daß sie noch eine Weile hierbleiben würden, so daß das Ding hinter den Illusionen nicht beschloß, sie auf der Stelle zu fressen. »Wenn ihr Illusionen uns nicht helfen wollt, werden wir eben ohne euch weitermachen.«

»Wir werden euch gern bei dem Versuch behilflich sein«, widersprach Desi. »Aber zum Scheitern verurteilt seid ihr trotzdem. Niemand weiß, wo der Philter ist oder ob er überhaupt noch existiert.«

»Er existiert«, versetzte Gary.

Desi richtete einen beunruhigend eindringlichen Blick auf ihn. »Wieso bist du dir so sicher?«

»Weil der Gute Magier Humfrey mir aufgetragen hat, den Philter zu beschaffen. Das hätte er nicht getan, wenn es unmöglich wäre.«

»Wer ist denn dieser Gute Magier?«

»Das weißt du nicht? Ich dachte, das wüßte jeder.«

»Jemand, der als Illusion ans Gebiet des Wahnsinns gefesselt ist, weiß es nicht.«

Gary reagierte verschlagen. »Aber Hannah Barbarin kennt ihr doch, die außerhalb des Wahnsinns lebt? Und auch Desiree Dryade, die dort den größten Teil ihres Lebens zugebracht hat?«

»Diese Abbilder haben wir eurem Geist entnommen.«

»Ihr habt aber behauptet, daß ihr sie *ihrem* Geist entnommen hättet, weil sie gerade an uns dachten.«

»Da haben wir gelogen. Wir können den Wahnsinn nicht verlassen oder überhaupt irgend etwas gewahr werden, was dahinter liegt, wenn nicht durch den Geist jener, die in unser Gebiet kommen.«

»Wie kann eine Illusion lügen?« wollte Hiatus wissen.

»Wir können alles tun, was wir in eurem Geist vorfinden. Die Zauberin Iris kennt sehr viel von Xanth und versteht sich auf Täuschung.«

»Ihr könnt unsere Gedanken lesen?« fragte Gary. »Das glaube ich nicht.«

»Warum nicht?« fragte Desi.

»Wenn ihr das könntet, wüßtet ihr um mein Geheimnis.«

»Wir wissen ja auch um dein Geheimnis.«

»So? Und was für ein Geheimnis soll das sein?«

»Daß du in Wirklichkeit ein Wasserspeier bist, den man in einen Menschen verwandelt hat.«

Gary bemerkte, daß die anderen genauso verblüfft reagierten wie er selbst. »Das habt ihr von Anfang an gewußt? Warum habt ihr denn nichts gesagt?«

»Was spielt das für eine Rolle? Es ist leichter, jemanden zu täuschen, der sich selbst gerade zu täuschen bemüht.«

Iris schürzte die Lippen. »Sie hat recht. Du hast dich darauf konzentriert, Hanna nicht dein wahres Wesen zu offenbaren, während sie sich darauf konzentriert hat, dich zu verführen.«

»Aber dann hätte sie doch wissen müssen, daß ich mich nicht dafür interessiere!« protestierte Gary.

»Sie wußte aber auch, daß du nur wenig Erfahrung mit

der menschlichen Gestalt hast«, warf Desi ein. »Und diese Unwissenheit hat sie schon bald zu ihren Gunsten ausgenutzt. Hätten deine Freunde sich nicht eingemischt, besäße sie inzwischen deine Seele.«

Da hatte Iris recht. Gary war am Boden zerstört. Die Illusionen hatten sie also die ganze Zeit an der Nase herumgeführt!

»Warum wart ihr Illusionen dann so hilfsbereit?« fragte Hiatus. »Warum habt ihr nicht einfach gleich von Anfang an versucht, uns zu verführen?« Er warf einen Blick zu Überraschung hinüber, besorgt wegen des heiklen Themas. Doch das Kind war gelangweilt in Iris' Armen eingeschlafen.

»Das haben wir ja auch versucht«, erklärte Desi. »Aber ihr wart einfach zu sehr mit eurem Auftrag beschäftigt und damit, herauszufinden, was nun eigentlich los war. Deshalb mußten wir euch erst ein wenig einlullen, um die passende Gelegenheit abzuwarten. Wir hätten es ja auch fast geschafft.«

Wieder richtig. »Aber jetzt werdet ihr es nicht mehr schaffen«, wandte Gary ein. »Weil wir nämlich wissen, was ihr wollt, und weil wir euch unsere Seelen nicht geben werden. Ihr könnt euch also genausogut verziehen.«

»Nein. Ihr seid interessante Leute. Die ersten, die seit langer Zeit nach Scharnier gekommen sind. Wir werden weiterhin mit euch in Verbindung bleiben.«

»Mal angenommen, wir möchten das nicht. Was dann?« fragte Hiatus.

»Wir sind Illusionen. Ihr könnt uns nicht daran hindern.«

»Irgend etwas ist daran faul«, meinte Iris. »Früher habt ihr Illusionen ja Gründe gehabt, mit uns in Verbindung zu treten, aber jetzt habt ihr keinen Grund dafür. Ihr wißt, daß ihr unsere Seelen nicht bekommen werdet. Euch ist es egal, ob wir interessant oder langweilig sind. Also müßt ihr *noch* einen Grund haben, euch in unserer Nähe aufzuhalten. Was für ein Grund ist das?«

Achselzuckend antwortete Desi: »Darauf weiß ich keine Antwort.«

»Was immer diese Illusionen erschafft, interessiert sich

offensichtlich für uns«, folgerte Gary. »Deshalb will es uns auch mit ihrer Hilfe ausspionieren. Was ich nur nicht verstehe, ist der Grund für dieses Interesse.«

»Vielleicht kommen wir noch dahinter«, bemerkte Iris. »Das Wesen – oder was immer es sein mag – existiert offensichtlich schon seit langem, weil es Scharnier noch zu jener Zeit kannte, als die Stadt bewohnt war. Es weiß um die Schnittstelle. Was aber könnte sich hier dreitausend Jahre aufhalten, ohne daß ihm der Wahnsinn zusetzte, und sich trotzdem dafür interessieren, was eine kleine Gruppe von Menschen gerade hier anstellt?«

»Ich wüßte da etwas«, meinte Hiatus.

»Nein!« fiel Desi ihm ins Wort.

»Du hast meine Gedanken gelesen«, fuhr Hiatus fort. »Und du möchtest nicht, daß ich meinen Verdacht ausspreche. Er muß also stimmen.«

»Was denn,« fragte Iris. Sie wirkte leicht pikiert.

»Das Ding, das diese Illusionen hervorruft, muß der Philter selbst sein.«

»Der Philter!« wiederholten Iris und Gary erstaunt im Chor.

»Nein!« rief Desi und verschwand.

»Der Philter«, wiederholte Hiatus grimmig. »Erst hat er verhindert, in die Schnittstelle eingebaut zu werden, und jetzt will er nicht gefunden werden. Denn wenn wir ihn erst einmal gefunden haben, können wir die Schnittstelle mit dem eingebauten Philter rekompilieren, die Wasserspeier befreien und den Wahnsinn in Schach halten.«

»Aber der Philter ist doch bloß ein Gegenstand«, wandte Gary ein.

»Nein«, widersprach Mentia. »Hiatus hat recht. Jetzt sehe ich es auch. Der Philter ist ein Dämon.«

»Ein Dämon!« Wieder konnte Gary nur staunen. »Aber ...«

»Was übrigens auch noch etwas anderes erklärt, das mir zu schaffen machte«, fuhr die Dämonin fort. »Nämlich die Fähigkeit der Illusionen, teilweise feststofflich zu werden. Sie haben zwar behauptet, daß es an der Intensität der

Magie läge, aber sie haben es ja auch hier im Palast fertiggebracht, wo ein ganz normaler Magiepegel herrscht. Illusionen können sich nicht verfestigen, Dämonen dagegen schon.« Sie ballte eine riesige Faust und schlug damit fest gegen die Wand.

»Ein Dämon«, wiederholte Iris. »Das klingt durchaus einleuchtend. Wir haben es in Wirklichkeit nicht mit zwei belebten Illusionen zu tun gehabt, sondern mit einem einzigen Dämon, der mal die eine, mal die andere Illusion belebte.« Nach kurzem Nachdenken fuhr sie fort: »Aber Illusionen gibt es hier trotzdem: die Oger beim Zusammenklappen der Gebäude, die Qualität des Essens und die Verzierungen dieses Palastes – diese Äußerlichkeiten stammen nicht von mir.« Sie warf Mentia einen Blick zu. »Kannst du solche Illusionen hervorrufen?«

»Das ist zweifelhaft«, erwiderte Mentia. »Dafür müßte ich meine Substanz ganz schön weit verteilen und ausdünnen.« Sie konzentrierte sich; dann wurde sie um einiges dünner, und eine Gestalt erschien auf der gegenüberliegenden Seite des Raumes. Sie formte sich zu einem Oger aus. Doch dabei blieb sie halb durchsichtig. »Das bin ich«, sagte der Oger. »Durch einen unsichtbaren dünnen Faden meiner Essenz mit dem Rest von mir verbunden. Wie ihr feststellen könnt, ist das keine besonders beeindruckende Sache.« Dann verfestigte sich der Oger, während die weibliche Gestalt verschwand. »Es sei denn, ich nehme alles zusammen und bündle es.« Der Oger nahm wieder weibliche Form an.

»Wie soll denn dann ein einzelner Dämon die umfangreichen, fernen Illusionen der Oger in der Stadt zustande bringen?« wollte Iris wissen.

»Vielleicht mit Hilfe eines Bildschirms«, meinte Hiatus. »Kannst du einen Schirm mit Bildern darauf erschaffen, Mentia?«

»So etwa?« Ein kleiner Hauch der Dämoninnensubstanz kräuselte sich, breitete sich aus und formte sich zu einem senkrechten Schirm. Auf diesem erschienen nun Bilder von Gebäuden und Ogern, die sich zwischen ihnen hin und her bewegten.

»Ja! Genau!« rief Gary. »Das sieht genauso aus wie die Szene, die wir draußen gesehen haben.«

»Aber meine diesbezüglichen Fähigkeiten sind sehr beschränkt«, bemerkte Mentia. »Meine Aufmerksamkeit wird dadurch gespalten. Und was ist mit dem Essen und den Betten und den Kissen hier? Ich kann zwar ein Bett auf einmal nachahmen, aber nicht den Geschmack einer ganzen Mahlzeit verändern.«

Iris sagte nüchtern: »Ich glaube, die dämonische Kunst könnte wahrscheinlich nur einen Teil der Wirkung erklären, die wir hier zu Gesicht bekommen haben. Aber das Ganze muß auch mit einer recht umfangreichen Illusion einhergehen, und außerdem müßte es ein außerordentlich mächtiger Dämon sein.«

»Ein Dämon, wie wir ihn nicht kennen«, stimmte Mentia ihr zu. »bis auf ...«

»... bis auf den Dämon $X(A/N)^{th}$«, hauchte Iris. »Und der würde sich mit so etwas nicht abgeben. Denn er kümmert sich nicht um die Kreaturen Xanths.«

»Außerdem ist er um einiges stärker als dieser Dämon des Wahnsinns«, ergänzte Mentia. »Nein, das ist nicht $X(A/N)^{th}$. Das ist ein Dämon von weitaus geringerem Format. Trotzdem ist er ein größerer Dämon als jeder normale und mit einer bemerkenswerten Kombination von Fähigkeiten.«

»Was am Wahnsinn liegt«, folgerte Gary. »Er hat schon Tausende von Jahren im Wahnsinn zugebracht und ist dadurch immer mächtiger geworden. So hat er die Kunst der Illusion erlernt. Vielleicht besitzt er aber auch die Macht, um uns herum einen Bildschirm mit falschen Illusionen zu errichten. Und Steine so zu polstern, daß sie wie Betten wirken. Und immer eine nachgeahmte Persönlichkeit auf einmal am Laufen zu halten, und zwar so, daß sie hin und wieder sogar ein wenig feststofflich wird.«

»Und unsere Gedanken zu lesen«, ergänzte Iris.

»Was allerdings wahrscheinlich die äußerste Grenze seiner Fähigkeiten markiert«, meinte Mentia. »Seine Macht liegt vor allem im Bereich der Illusion, während er es auf dem Gebiet körperlicher Manifestation nicht einmal mit mir aufnehmen kann. Also erschafft er jede Menge Illusionen, im Rückgriff auf das, was er an Gedanken liest, und untermauert sie mit einem bißchen Feststofflichkeit.«

»Nur, weshalb sollte er unsere Seelen haben wollen?« fragte Hiatus. »Als wir noch glaubten, es lediglich mit Illusionen zu tun zu haben, leuchtete uns ihr Wunsch nach einer Seele ja durchaus ein. Aber Dämonen wollen gar keine Seele haben.«

»Da bin ich mir nicht mehr so sicher«, widersprach Mentia. »Als meine bessere Hälfte sich eine Seele beschaffte, hat sie mich damit richtig vergrault. Doch nun, da ich mit euch zusammen bin – vor allem hier, im Umfeld stärkerer Magie und gesteigerten Wahnsinns –, beginne selbst ich langsam den Wert einer Seele zu erkennen. Ja, ich beneide euch regelrecht um eure Fähigkeit zu lieben und um euer Gewissen. Wenn ich eine Seele hätte, würde ich euch in dieser Hinsicht gleich werden. Und wenn der Philter eine Seele besäße ...«

»... würde er dadurch möglicherweise so viel Persönlichkeit entwickeln, um sich aus der Enge des Gebiets des Wahnsinns zu befreien«, ergänzte Iris den Satz für sie. »Eine Seele würde ihm die Unabhängigkeit verleihen, nach der er sich zweifellos sehnt. Vielleicht begreift er ja gar nicht, was für Folgen ein Gewissen hat; er glaubt lediglich, daß seine Macht sich dadurch erheblich ausweiten ließe.«

»Ist das nicht alles ein bißchen weit hergeholt?« warf Gary ein. »Warum sollte es überhaupt einen Dämon in der Schnittstelle geben?«

»Die Schnittstelle stellt einen äußerst hochentwickelten, komplizierten Zauber dar«, erläuterte Mentia. »Um richtig zu funktionieren, muß sie sämtliche Dinge, die durch sie hindurchkommen, einschätzen und genauso behandeln, wie es ihnen zukommt. Auch Lebenwesen, ja, sogar Menschen. Nur ein Dämon könnte so etwas zuverlässig erledigen. Ein Dämon, der gut genug gedankenlesen kann, um zu erfahren, was die Leute wollen, ohne daß die offen darüber sprechen. Der über Illusion gebietet, um einzelne Aspekte der Schnittstelle erkennbar zu machen, auszuformen und das Gebiet des Wahnsinns einzugrenzen. Mit dieser Aufgabe müssen viele talentierte Dämonen betraut worden sein. Doch einem ist es gelungen, sich davon zu befreien.«

»Aber wir haben doch überhaupt keine Dämonen zitiert, als wir die Schnittstelle kompilierten!«

»Wir haben sie ja auch gar nicht wirklich kompiliert«, hielt Iris entgegen. »Wir haben lediglich noch einmal durchgespielt, was die Alten getan haben. Die wußten, was sie taten, während wir nur eine Pantomime vollführt haben. Die Alten haben möglicherweise Dämonen zitiert und an diese Aufgabe gebunden. Alle bis auf jenen, der sich davonstehlen konnte. Und als sie schließlich erkannten, was geschehen war, da war es auch schon zu spät. Sie konnten die Schnittstelle erst wieder in tausend Jahren rekompilieren. Deshalb mußten sie sie notgedrungen an Ort und Stelle flicken.«

»Und das funktionierte für eine ganze Woche ja auch recht gut«, meinte Mentia. »Bis zur Zeit Ohne Magie, als der innere Zauber sich auflöste. Der Hauptteil der äußeren Schnittstelle muß wohl irgendwelche Regenerationsmechanismen enthalten. Deshalb ist er wahrscheinlich nach der Rückkehr der Magie ebenfalls wieder erschienen, und die Wasserspeier blieben ihrer Aufgabe treu verbunden. Doch der Eingrenzungszauber, der den Wahnsinn in Schach hielt, war aufgelöst, und so manifestierten sich nach und nach die Folgen dieses Verlusts. Jetzt kennen wir endlich die ganze Wahrheit.«

»Jetzt wissen wir aber auch, weshalb uns der Gute Magier hierhergeschickt hat«, verkündete Iris. »Er wollte, daß wir uns damit befassen.«

»Um Xanth vor dem Wahnsinn zu retten«, bekräftigte Hiatus.

»Und uns selbst dabei zu helfen«, ergänzte Gary.

Sie sahen einander an. »Die ganze Sache«, bemerkte Mentia nüchtern, »ist möglicherweise die wichtigste Queste von allen, wichtiger als jede andere, von der wir je geträumt haben mögen.«

»Die wichtigste Queste, die bisher jemals in Xanth unternommen wurde«, fügte Iris hinzu. »Und dabei sind wir so ein bunt zusammengewürfelter Haufen!«

»Und wissen nicht einmal, was wir nun tun sollen«, bemerkte Gary.

Die anderen nickten zustimmend.

13

Zukunft

»Also müssen wir es einfach noch mal versuchen, den Philter zu finden und ihn in eine Schnittstelle einzubauen, die noch zu rekompilieren ist«, schloß Iris. »Damit endet schließlich nicht nur der *Geis* des Wasserspeiers, wir kommen dann auch sicher wieder aus dem Wahnsinn heraus.«

Gary hegte den Verdacht, daß es jetzt um kein Deut einfacher sein würde, den Philter zu finden, als zuvor; und ihn in die Schnittstelle einzubauen, dürfte sogar noch schwieriger werden – immer vorausgesetzt, sie fanden tatsächlich eine Möglichkeit, ihn zu rekompilieren und das ganze nicht nur zu simulieren. Doch er wollte nicht den Miesepeter mimen; deshalb schwieg er lieber.

»Aber wir haben doch schon nach ihm gesucht«, gab Hiatus zu bedenken, »und zwar ohne jeden Erfolg.«

»Ganz im Gegenteil«, widersprach Iris. »Unser Erfolg besteht darin, daß wir hierhergekommen sind. Wir haben schon gewaltige Fortschritte erzielt, was Verständnis und

Weitblick anbelangt. Daraus läßt sich schließen, daß wir auf dem richtigen Weg sind, und genau deshalb müssen wir unsere Suche fortsetzen.«

Dem mußte Gary zustimmen. Doch hatte er selbst auch noch eine Frage. »Wir haben bereits alles abgesucht, was uns dazu eingefallen ist. Wo sollen wir sonst noch nachsehen?«

»Wir haben alles in den Ruinen der Gegenwart abgesucht«, berichtigte ihn Iris. »Jetzt müssen wir auch die Geschichte absuchen. Irgendwo werden wir dann zwangsläufig auf den Philter stoßen.«

»Aber das ist doch wahnsinnig viel!« beschwerte sich Hiatus. »Wie sollen wir das jemals alles abdecken?«

Iris nickte. »Wir werden uns wieder verteilen müssen, um unsere Effizienz zu erhöhen. Wenn fünf Parteien unabhängig voneinander danach suchen ...«

»Das glaube ich nicht«, verneinte Mentia. »Vergiß nicht, daß der Philter von uns weiß und ja auch versucht, uns zu behindern. Wir wissen nicht, wie weit seine Macht reicht, aber ich bin die einzige unter uns, der das Unheil eines Dämons nichts anzuhaben vermag. Es wäre töricht, ihm die Möglichkeit zu geben, uns einzeln in die Zange zu nehmen.«

»Hm, ein guter Einwand«, bestätigte Iris. »Trotzdem müssen wir unsere Suche intensivieren. Und ich wüßte nicht, wie sich das anders bewerkstelligen ließe.«

»Effizienz nützt uns überhaupt nichts, wenn der Philter einen nach dem anderen von uns ausschaltet«, warf Hiatus ein. Nervös ließ er den Blick in die Runde schweifen.

»Ich würde es ja lieber gar nicht aussprechen«, meinte Gary, »aber da ist noch etwas, das es zu bedenken gilt. Der Philter scheint sich nie auf zwei Dinge gleichzeitig konzentrieren zu können. Das sehen wir ja daran, daß Hanna auf Autopilot geschaltet ist, sobald Desi belebt ist, und umgekehrt.«

Iris musterte ihn. »Na schön, dann können du und Hiatus eben nicht gleichzeitig verführt werden. Kannst du damit nicht leben?«

»Wenn wir zusammenbleiben und eine einzige Gruppe

bilden, kann der Philter uns mühelos im Auge behalten. Verteilen wir uns aber auf mehrere Gruppen, kann er immer nur eine zur selben Zeit beobachten. Dann können die anderen unbehelligt weitersuchen.«

»Das ist mal wirklich ein stichhaltiger Einwand!« bemerkte Mentia.

Iris nickte. »Ein sehr guter sogar. Also müssen wir wohl das Risiko eingehen, weil die zusätzlichen Vorteile überwiegen. Angenommen, wir teilen uns in zwei Gruppen auf? Obwohl drei besser wären. Du, Mentia, könntest dich wahrscheinlich auch völlig gefahrlos allein auf die Suche machen.«

»Das könnte ich zwar; aber ich bin nicht so recht davon überzeugt, daß *ihr* euch tatsächlich in Zweiergruppen aufteilen könnt, die hinreichend geschützt sind. Daher halte ich es für das beste, wenn ich wenigstens eine eurer Gruppen begleite.«

Da hatte Gary einen Einfall. »Gayle Wasserspeier – wenn wir für eine Weile damit aufhörten, Wasser aus dem Teich zu trinken, könnte sie dienstfrei nehmen. Vielleicht könnte ich mich ja mit ihr zusammen auf die Suche machen. Da sie eine Wasserspeierin ist, weiß ich, daß ich ihr vertrauen kann. Und wenn ich ihr die Situation schildere, wird sie uns helfen, da bin ich sicher.«

»Außerdem dürfte sie wie kein zweiter eine recht präzise Ahnung davon haben, wo der Philter sich aufhalten mag«, pflichtete Mentia ihm bei. »Schließlich ist sie ja schon seit dreitausend Jahren hier.«

»Aber nur auf der Insel im Teich, in der Abgeschiedenheit«, wandte Iris ein. »Das ist kein besonders geeigneter Ort, um irgend etwas zu beobachten.«

»Höchstens Illusionen«, stimmte Gary ihr bedrückt zu. »Trotzdem – vor dem Dämon ist sie geschützt, weil er ihr keine Seele aus dem Stein ziehen kann, und in seinem natürlichen Zustand braucht sich kein Wasserspeier vor irgendeiner anderen Kreatur zu fürchten. Höchstens vielleicht vor einem Vogel Rokh, denn der könnte einen Wasserspeier wohl hochreißen und aus großer Höhe fallenlassen, bis er in

Stücke bricht – was dieser Philterdämon aber sicher nicht kann.«

Iris tauschte mit den anderen einen Blick. »Klingt ganz vernünftig, sofern Gayle tatsächlich bereit sein sollte, dir bei der Suche zu helfen.« Sie überlegte. »Dann bleiben also vier von uns übrig, um zusammen zwei Gruppen zu bilden. Jede Gruppe sollte mindestens ein starkes Mitglied haben.«

»Niemand von uns ist ...«

»Immer bezogen auf den Umgang mit dem Dämonenphilter«, warf Mentia ein. »Vielleicht sollte ich dich begleiten, Hiatus.«

»Ich werde mein Bestes tun, um dich zu beschützen«, erwiderte Hiatus.

Mentia lächelte still vor sich hin. »Danke.« Gary begriff, daß es sich wohl eher andersherum verhalten dürfte.

»Somit bleiben ich und Überraschung übrig«, schloß Iris. »Ich kann auf der Hut bleiben, während Überraschung über genügend Magie verfügt, falls diese eingesetzt werden muß. So, wo sollen wir uns nun verteilen?«

»Da wir keine Ahnung haben, wo wir suchen sollen, könnten wir vielleicht immer einfach nur der Nase nach gehen«, schlug Hiatus vor.

»Und uns am Abend hier wieder treffen«, stimmte Iris zu. »Mentia – wenn du so freundlich sein würdest, ab und zu mal vorbeizukommen und nachzuschauen, nur um sicherzugehen, daß keine unserer Gruppen in Schwierigkeiten ist? Wir wissen zwar nicht, was der Philter genau vorhat, können uns aber einigermaßen sicher sein, daß er nicht gefunden werden will.«

»Und sollten wir noch mal eine von diesen beiden Illusionen zu Gesicht bekommen«, fuhr Mentia grimmig fort, »dann erinnert euch daran, daß es eben nicht einfach *nur* Illusionen sind. Und schon gar nicht unsere Freunde!«

»Außerdem werden sie versuchen, uns daran zu hindern, den Philter zu finden«, ergänzte Gary. »Und unsere Seelen zu rauben. Es ist also nicht die rechte Zeit, es mit unserer Suche zu übertreiben. Aber wenn wir ihre Aufmerksamkeit für eine Weile fesseln können, kommen die beiden anderen Gruppen sicher etwas ungehindeter durch die Illusionen.«

»Ja«, stimmte Iris zu. »Wenn wir klug genug vorgehen, können wir die Situation sogar für uns nutzen und den Philter ablenken, statt uns von ihm ablenken zu lassen. Aber seid vorsichtig! Denkt daran, daß er unsere Gedanken lesen kann, sobald eine seiner Gestalten sich in der Nähe befindet. Also bemüht euch, nicht an das zu denken, was wir da gerade tun.«

»Was wiederum eine sehr heikle und schwierige Anweisung ist«, meinte Hiatus. »Aber ich kenne eine Möglichkeit, wie man es schaffen kann: Denkt statt dessen daran, daß die Gestalten gekommen sein könnten, um uns zu vernichten.«

»Das dürfte funktionieren«, sagte Iris. »Vielen Dank für diese wunderbare Idee.« Sie blickte sich um. Sie schien genauso nervös zu sein wie alle anderen. Doch das war wohl zwangsläufig so. Wo waren diese beiden Philtergestalten überhaupt? Heckten sie gerade wieder irgendein Unheil aus, oder war der Philter vielleicht damit beschäftigt, sich ein wenig auszuruhen?

Die Gefährten verließen den Palast. Als sie hinaustraten, spürte Gary, wie die Magie kräftiger wurde; in diesem Punkt hatten Hanna und Desi recht gehabt. Doch solange kein Wahnsinnsgewitter vorherrschte, kam er damit ganz gut zurecht.

Er begab sich zum verzauberten Schutzkreis. Dann schwamm er durch den Teich. Auf halber Strecke erschien ihm Hanna. »Was hast du vor, Gary?« fragte sie und schritt neben ihm auf dem Wasser weiter.

Er sah zu ihr auf – und direkt unter ihren gebauschten Rock, die Waden entlang, fast bis zu den Knien hinauf. Er geriet aus dem Schwimmrhythmus. Es hatte einmal eine Zeit gegeben, da wäre ihm eine solche Zurschaustellung gar nicht aufgefallen, von der er nun allerdings argwöhnte, daß sie keineswegs zufällig geschah. Doch er befand sich nun schon zu lange in dieser menschlichen Gestalt und reagierte entsprechend. Erst als er Wasser zu schlucken begann, gelang es ihm, seine klebrigen Augäpfel von dem Anblick zu lösen. Eine Antwort brachte er jedoch nicht heraus, weil er viel zu sehr damit beschäfigt war, Wasser zu spucken.

»Du armes Ding«, sagte Hanna fürsorglich und kauerte neben ihm nieder. »Komm, ich wisch dir das Gesicht ab.« In ihrer Hand erschien ein Taschentuch, mit dem sie ihm die tränenden Augen abtupfte.

Merkwürdigerweise half das sogar. Bald darauf konnte er wieder geradeaus sehen – direkt zwischen ihre leicht gespreizten Knie. Worauf er prompt noch mehr Wasser verschluckte. Nur sehr großes Glück und ein strategisch plazierter Schatten hatten ihn davor bewahrt, ihre Höschen zu erblicken!

»Junge, Junge, du hast aber wirklich Probleme«, bemerkte sie zuckersüß. »Vielleicht solltest du lieber aus dem Teich steigen, bevor du noch absäufst.«

»Geh mir einfach aus dem Weg!« keuchte Gary und setzte sich mit der Inbrunst der Verzweiflung wieder in Bewegung.

Doch das tat sie leider nicht. Sie blieb einfach auf dem Wasser kauern, und sein Gesicht fuhr durch ihr Fleisch, dem finsteren Schatten entgegen. Nur die Tatsache, daß er in der allergrößten Not die Augenlider fest zusammenpreßte, verhinderte, daß ihm die Augäpfel versteinerten. Was natürlich genau die Absicht der Illusion war. Körperlich konnte sie ihm kaum etwas anhaben; sie wollte es vielleicht auch gar nicht, solange noch Hoffnung bestand, Gary die Seele zu rauben; doch konnte sie ihm immerhin bedrohlich genug werden, um ihn in den Wahnsinn zu treiben. Vielleicht glaubte sie ja auch, daß sie leichter an seine Seele herankäme, wenn sie ihn erst einmal um den Verstand gebracht hatte. Und Gary war sich nicht so sicher, ob sie sich tatsächlich darin täuschte.

Und doch wußte er auch, daß sie in Wirklichkeit gar nicht existierte. Sie war nur eine von einem zynischen Dämon erschaffene Animation. Beine und Höschen bedeuteten ihr nichts; die wurden lediglich zur Schau gestellt, um ihm das Leben schwerzumachen. Weshalb nahm er dann alles so ernst? Die Lösung lautete, daß er es doch besser nicht tun sollte! Tatsächlich hatte sie ihm ja gar nichts Kritisches gezeigt – und was immer sie besitzen mochte, war sowieso nicht real. Schließlich hatte er sie ja auch schon splitternackt auf seinem Bett gesehen. Das war natürlich eine gewichtige Einschränkung; denn da hatte sie ja keine Höschen angehabt; deshalb war sein Gehirn auch nicht durchgedreht. Wahrscheinlich hatte sie auch jetzt keine an; denn es war ja sowieso alles nur ein Bluff. Doch wenn man dem Glauben schenkte, was Mentia ihm über solche Dinge erzählt hatte – und was er selbst inzwischen darüber wußte –, könnte ein solcher Anblick ihm tatsächlich noch den Verstand rauben.

Er spürte, wie der Inselabhang sich näherte. Das Wasser wurde seichter; er hatte es geschafft. Also stellte er die Füße auf den Boden und schlug die Augen auf, bereit, aus dem Teich zu waten.

Da stand Hanna – nur in hellblaue Höschen gekleidet!

Gary kippte benommen rücklings ins Wasser. Auf einen solchen Frontalangriff war er ganz und gar nicht vorbereitet. Seine Augen waren nicht in der Lage, zwischen Illusion und Wirklichkeit zu unterscheiden.

Erneut wasserspuckend, wurde Gary klar, daß Hanna nun tatsächlich das Schlimmste erreicht hatte, zumindest aber das Zweitschlimmste. Sie hatte versucht, ihn zu ertränken, doch das war gescheitert. Mühsam kroch er aus dem Teich und hielt den Blick dabei zu Boden gerichtet.

Als er sich schließlich auf der Insel aufrichtete und umblickte, war Hanna verschwunden. Er hatte sie geschlagen! Er wußte, daß er in Zukunft besser damit zurechtkommen würde, sollte sie ihm jemals noch einmal ihre Höschen zeigen, nun, da er begriffen hatte, daß so etwas durchaus möglich war. Und sie wußte es auch. Jeder weitere Schock würde ihn für den Anblick nur noch abstumpfen. Schließlich war er ja auch kein richtiger Menschenmann und daher vermutlich weniger anfällig als beispielsweise Hiatus.

Er begab sich ins Gebäude und spürte, wie sich die Magie um ihn herum verdichtete. Er hoffte, daß er Gayle rasch dazu überreden konnte, sich ihm anzuschließen. Natürlich hatte er den Vorschlag, sie deswegen anzugehen, nicht nur gemacht, um eine dritte Mannschaft zusammenzubekommen, sondern weil der Gedanke ihm behagte, mit ihr zusammensein zu können. Nur zu schade, daß er sich nicht in seiner natürlichen Gestalt befand. Andererseits mußte er einräumen, daß diese menschliche Form sich bisher als durchaus brauchbar erwiesen hatte, trotz des weichen, verwundbaren Fleisches, des Hungers und der Angreifbarkeit durch den Anblick von Höschen.

Da erblickte er die Wasserspeierin. Was für eine wunderschöne Kreatur sie doch war, von ihrem grotesk verzerrten Antlitz bis zu den Reptilienflügeln!

»Hallo, Gayle Wasserspeier«, sagte Gary, plötzlich schüchtern geworden.

Sie schloß den Mund und schnitt damit den Wasserstrahl ab. Dann wandte sie ihm den Kopf zu. »Ach, hallo Gary! Das ist ja schön, dich wiederzusehen, selbst in …« Sie brach ab.

»Schon in Ordnung«, meinte er. »Die anderen wissen schon, daß ich ein Wasserspeier bin, also brauche ich es nicht mehr zu verbergen. Ich wünschte nur, ich hätte meinen natürlichen Körper zurück.«

»Das wünschte ich mir auch«, meinte sie. »Was führt dich zu mir, Gary?«

»Ich … wir suchen den Philter, und da habe ich mich gefragt, ob du … ob du vielleicht Lust hättest … äh …«

Gayle schüttelte traurig den Kopf. »Ich weiß nicht, wo der Philter ist, Gary.«

»… ob du Lust hättest, mir bei der Suche zu helfen. Wir brauchen ihn nämlich. Um den *Geis* zu beenden.«

»Aber ich muß doch hier das Wasser reinigen.«

»Wozu?« fragte er. »Hier gibt's schon seit Jahrtausenden keine Menschen mehr, die davon trinken könnten. Und die Illusionen brauchen kein gereinigtes Wasser. Wir selbst haben es zwar verwendet, aber wir sind ja auch nur zu Besuch und werden nichts mehr davon trinken, solange du fort bist.«

»Aber der *Geis* …«

»… bezieht sich auf Wasser, das aus Mundania nach Xanth einströmt. Was du hier tust, ist lediglich ein Dienst an den Einwohnern der steinernen Stadt Scharnier, die aber schon lange fort sind. Ich denke, da hast du dir eine Pause verdient. Und sollten wir den Philter finden ...«

»So habe ich die Sache noch gar nicht betrachtet«, meinte sie. »Ja, ich schätze, für ein paar Stunden könnte ich ruhig einmal ausspannen.« Sie rührte sich auf ihrem Podest und streckte die wunderschönen Muskeln. »Ja, dann will ich dir bei der Suche helfen, Gary Gar«, erklärte sie. »Aber du sollst wissen, daß ich es vor allem deshalb tue, weil ich dich mag.«

»Und ich habe dich vor allem deshalb gefragt, weil ich dich auch mag«, gestand er.

»Dann komm. Ich trage dich aus der starken Magie hinaus. In deiner jetzigen Gestalt bist du ihr nicht gewachsen, sei mir nicht böse.«

»Ach, du hast ja so recht! Aber wenn ich meine Queste beendet habe, werde ich wieder in meine natürliche Gestalt zurückverwandelt. Das ist auch ein Grund, weshalb ich hoffe, möglichst schnell damit fertig zu werden.«

»Dann will ich meinerseits hoffen, daß ich dir dabei helfen kann.«

Sie kauerte nieder, und er erklomm ihren steinernen Rükken zwischen den Flügeln und ergriff ihre Mähne. Es war die schiere Freude, so dicht bei ihr sein zu dürfen.

Sie erhob sich und sprang den Gang entlang, wobei sie sein geringes Gewicht mühelos trug. Draußen sprang sie in den Teich. Natürlich sank sie sofort zu Boden, doch Gary hielt sich an ihr fest, weil er genau wußte, daß sie schon bald das Ufer erreichen würde, wo er wieder ungehindert atmen konnte.

Und so geschah es auch. »Und wo sollen wir jetzt suchen?« fragte sie, während das Wasser von ihrer glatten Steinhaut perlte. »Nein, steig nicht ab. Ich kann dich jederzeit tragen. Außerdem sind wir auf diese Weise schneller.«

»Ich habe keine Ahnung«, gestand er und war froh, sitzen bleiben zu dürfen. »Ich habe eigentlich nur so weit gedacht, wie es sein mußte, um deine Gesellschaft zu bekommen.«

»Spielt es überhaupt eine Rolle, wo wir suchen?«

»Da ich nicht die leiseste Ahnung habe, wo der Philter sich befinden könnte, ist eine willkürliche, dem Zufall überlassene Suche wahrscheinlich auch nicht schlechter als eine geplante. Die anderen Mitglieder meiner Gruppe gehen auf ganz ähnliche Weise vor. Hast du vielleicht irgendwelche Vorlieben?«

»Eigentlich ja«, antwortete sie scheu.

»Was denn?«

»Ich habe jetzt dreitausend Jahre lang immer wieder gehört, wie die eine oder andere Gedankenbahn vorbeizog, und mich stets gefragt, wo die wohl hinfahren. Ich würde gern einer davon folgen. Meinst du, der Philter könnte vielleicht auch dort sein, wo diese Bahnen leben?«

»Ich weiß es nicht«, erwiderte Gary. »Das ist wohl genauso wahrscheinlich wie jeder andere Ort. Vielleicht sogar noch ein bißchen mehr, weil wir nicht alles bis zur Endstation durchsucht haben. Wir sind lediglich mit der Bahn bis hierher gefahren und dann ausgestiegen.«

»Dann fangen wir die nächste Bahn ab und folgen ihr ins Nest. Dort können wir dann suchen.«

»Wir brauchen ihr nicht zu folgen«, sagte Gary triumphierend mit einem plötzlichen Geistesblitz. »Wir können den Zug selbst nehmen und hinfahren.«

»Oooh, das ist ja wunderbar!« rief sie entzückt.

So begaben sie sich zum Bahnhof. Bald darauf fuhr ein Zug ein. Er trug an seiner breiten Schnauze ein Schild mit der Aufschrift ZUKUNFT.

Gary stieg ab. Seine Kleider waren noch feucht, aber er wußte ja, daß sie schon bald trocknen würden. »Dann begeben wir uns eben in die Zukunft«, sagte er.

Quietschend hielt der Zug. Als niemand ausstieg, ging Gary voran und stieg die Stufen zu einem der Waggons hinauf. Gayle sprang ihm nach.

»Ach, das hatte ich schon ganz vergessen – das sind Sitze für Menschen«, sagte er. »Damit kannst du nichts anfangen. Vielleicht finden wir ja einen Waggon für Wasserspeier.«

Während sie durch den Waggon schritten, setzte der Zug sich wieder in Bewegung. Erst ganz langsam; dann wurde er immer schneller.

Der zweite Waggon war schon viel besser geeignet. Er war

in der Mitte frei, während an den Seiten Sessel standen, die sich drehen ließen, um aus den großflächigen Fenstern blikken zu können. Gary nahm Platz, während Gayle sich gemütlich neben ihn auf den Boden legte.

Draußen hatte die Landschaft sich verändert. Die Steine der Stadt Scharnier waren verschwunden. An ihrer Stelle waren nun Felder, Wälder, Flüsse, Berge und Schluchten in ihrer ganzen Pracht auszumachen. Als Gary zur gegenüberliegenden Seite hinausschaute, stellte er fest, daß die Gleise eine ausladende Kurve bildeten, die sich durch nichts aufhalten ließen. Kam ihnen ein Fluß in den Weg, überquerten sie ihn mit Hilfe einer Brücke; stand da ein Berg, durchbohrten sie ihn mit einem Tunnel; hielten sie auf einen Wald zu, wichen sie diesem nicht aus, sondern schlugen eine schmale Bresche. Was ihren Kurs betraf, waren sie völlig unflexibel.

Gayle war erfreut. »Ach, es ist schon Jahrtausende her, seit ich das letzte Mal eine so schöne Landschaft gesehen habe! Was für eine Freude!«

Gary hatte die Landschaft eigentlich eher als ganz normal empfunden. Doch als er nun wieder hinsah, nahm er sie offensichtlich mit Gayles Augen wahr. Ganz Xanth lag vor ihnen und stand jeglicher Erforschung offen! Plötzlich wäre er am liebsten in die Landschaft hinausgesprungen, um mit Gayle an seiner Seite alles zu durchstreifen.

Doch er befand sich nun mal in seiner Menschengestalt. Wenn er versuchen sollte, aus dem Zug zu springen, würde er sich dabei wahrscheinlich irgend etwas brechen. So war er also zu einem Gefangenen ganz anderer Art geworden, der an einen beschränkten Körper gefesselt blieb.

»Wenn ich mit dieser Sache fertig bin und meinen richtigen Körper wiederhabe, werden wir gemeinsam hier durchstreifen, bis wir alles gesehen haben«, entschied er.

»Abgemacht«, stimmte sie zu.

Da entdeckten sie ein Schild:

WILLKOMMEN IN DER ZUKUNFT

»Wir sind bald am Ziel«, bemerkte Gary.

Dann erblickten sie einige Gebäude aus Gestein, so daß es

den Anschein hatte, als wären sie im Kreis nach Scharnier zurückgefahren. Hatte der Zug es sich etwa mit der Zukunft anders überlegt?

Doch diese Gebäude unterschieden sich auch von jenen, die Gayle und Gary zuvor gesehen hatten: Sie waren schlanker und von merkwürdiger Bauweise. Manche von ihnen waren außerordentlich hochgewachsen, so daß sie mit der Spitze an den Wolken kratzten. Andere gingen mehr in die Breite, besaßen freitragende Zinnen und hervorragende Kanten, als wollten sie um jeden Preis soviel Boden bedekken wie möglich.

Da erblickten sie ein weiteres großes Schild:

AB NUN – GEMISCHTE POPULATION

Der Zug fuhr an einem asphaltierten Feld vorbei, an dem ein Haus mit Spitzkuppel und röhrenförmigem Fundament hockte. Es schien weder Türen noch Fenster zu besitzen.
»Was für ein merkwürdiger Bau«, sagte Gayle.

»Ich wünschte, wir wüßten, was das Haus beherbergt«, erwiderte Gary.

Da erschien Hanna und betrat den Waggon. »Ich will euch gern behilflich sein«, sagte sie. »Das ist das Raumschiff der Gedanken, das euch noch weiter transportieren kann als diese Gedankenbahn. Seine Basis befindet sich hier, in der großen Zukunftsstadt Scharnier.«

Gary war alles andere als erfreut, Hanna zu sehen. »Wir wollen gar nicht weit reisen. Wir versuchen lediglich, deinen Gebieter zu finden, den Philter, und ich bezweifle sehr, daß du uns dabei helfen möchtest.«

»Ihren Gebieter?« fragte Gayle verwundert.

»Wir sind zu dem Schluß gelangt, daß es sich bei dem Philter um einen Dämon handelt, der sich versteckt hält, und daß er zwei belebte Bilder einsetzt, um uns daran zu hindern, ihn zu finden. Hanna die Handmagd ist gar nicht unsere Freundin. Sie hat schon die ganze Zeit versucht, mich von meiner Suche abzulenken.«

»Was hat sie denn getan?« wollte Gayle wissen.

»Als ich vorhin durch den Teich schwamm, um dich aufzusuchen, hat sie mir ihre Höschen gezeigt.«

»Aber das dürfen Menschenmädchen doch nicht!«

»Ganz genau. Ich wäre fast ertrunken. Einem richtigen Menschenmann wäre das wahrscheinlich widerfahren.«

»Nein, ich hätte dich schon gerettet«, widersprach Hanna.

»Um mir meine Seele zu rauben.«

»Na ja, vielleicht hätte sie sich dabei ein wenig gelöst.«

»Dann hat also der Philter die Illusionen erschaffen«, schloß Gayle. »Das wußte ich ja noch gar nicht.«

»Weil wir nicht wollten, daß du es erfährst«, erklärte Hanna.

Gary spürte, wie ein Gedanke plötzlich dicht unterhalb seiner Bewußtseinsoberfläche umherzappelte, bis er es schließlich nach oben geschafft hatte. »Soll das heißen, daß Hanna auch schon mit dir geredet hat, bevor wir vorbeikamen?«

»Nein, es war das Abbild eines Wasserspeiers«, widersprach Gayle. »Ich war einsam und sehnte mich nach Gesellschaft meiner eigenen Art. Aber ich wußte, daß der Wasserspeier nicht echt ist. Deshalb habe ich ja auch darum gebeten, mich von eurer Echtheit überzeugen zu dürfen. Ich war überglücklich, als ich entdeckte, daß du wirklich ein Wasserspeier warst, auch wenn du wie ein Mensch aussahst.«

»Woher *wußtest* du denn, daß er ein Wasserspeier ist?« wollte Hanna wissen.

»Wasserspeier erkennen einander. Sein Körper war wie eine Illusion, aber ich spürte die Wirklichkeit darunter. So wie ich wußte, daß *du* kein Wasserspeier warst, habe ich gemerkt, daß ich es bei Gary nicht mit einem echten Menschenmann zu tun hatte.«

»Und jetzt hilfst du ihm, den Philter zu suchen?«

»Ja.« Gayle richtete den Blick wieder aus dem Fenster. Sie hatte offensichlich das Interesse an der Gestalt verloren.

»Weißt du, was die mit dem Philter machen wollen?«

»Ihn dazu verwenden, um den *Geis* des Wasserspeiers zu beenden.«

»Aber dann wird er zum Gefangenen der Schnittstelle.«

Gayle zuckte die Schultern. »Wir Wasserspeier sind schon Gefangene des *Geis*, seit der Philter sich geweigert hat, seiner Lebensaufgabe nachzukommen. Da wird es langsam Zeit für eine Korrektur.«

Hanna runzelte die Stirn. »Dann bist du also gar keine Freundin des Philters!«

»Ich möchte dem Philter keinen Schaden zufügen«, widersprach Gayle. »Ich bin es nur leid, für etwas geradestehen zu müssen, das eigentlich seine Aufgabe wäre.«

»Genau wie ich«, ergänzte Gary. »Und deshalb ist es Zeit, die Dinge zurechtzurücken.«

»Ich dachte immer, ihr Wasserspeier mögt es, Wasser zu reinigen.«

»So ist es ja auch«, bestätigte Gary. »Aber bisher hatten wir kein bißchen Freizeit. Aber wir möchten auch gern mal frei sein, um ein bißchen umherzuschweifen.«

»Ich habe eine Idee«, sagte Gayle. »Angenommen, dein Gebieter, der Philter, übernimmt es, für die Hälfte der Zeit das Wasser für Xanth zu reinigen, während wir Wasserspeier die zweite Hälfte übernehmen?«

»Nein«, erwiderte Hanna.

»Du möchtest uns nicht auf halber Strecke entgegenkommen?« fragte Gary.

»Nein.«

»Und auf einem Viertel der Strecke?« wollte Gayle wissen.

»Nein.«

»Wie weit *möchtest* du uns denn entgegenkommen?« fragte Gary.

»Überhaupt nicht. Der Philter hat kein Interesse daran, sich ins Joch zu spannen.«

»Findest du das gerecht?« erkundigte sich Gayle.

»Was hat denn Gerechtigkeit damit zu tun?«

»Dämonen haben nun mal kein Gewissen«, warf Gary ein. »Es ist ihnen egal, ob etwas richtig oder falsch ist. Die interessiert nur, was ihnen nützt.«

Gayle war empört. »Soll das heißen, daß ich mich dreitausend Jahre lang treu eingeschränkt und das Wasser des

Teichs von Scharnier gereinigt habe, nur weil mein Gewissen mir auftrug, meinem *Geis* zu gehorchen, während derjenige, für den ich eingesprungen bin, sich nicht im geringsten dafür interessiert hat?«

»Ganz genau«, bestätigte Hanna. »Hast du vielleicht Probleme damit?«

»Jetzt schon«, gestand Gayle. »Ich glaube, ich war ganz schön blöd.«

»Na ja, du bist eben ein Tier und hast eine Seele«, meinte Hanna. »Alle beseelten Kreaturen sind blöd.«

»Warum willst du dann meine Seele haben?« fragte Gary. »Sie würde dich doch genauso blöd machen, oder?«

»Nein, würde sie nicht. Ich bin ein Dämon. Ich weiß es besser.«

Gary und Gayle tauschten einen Blick. »Am liebsten würde ich ihr mal eine Seele geben, damit sie von selbst darauf kommt«, bemerkte er.

»Tu es nicht«, widersprach Gayle. »Dämonen reagieren nicht unbedingt genauso auf Seelen wie andere.«

»Und das hier ist ein sehr abgebrühter Dämon«, bestätigte Gary. »Nein, das ist das Risiko nicht wert. Manche beseelten Leute können ganz schön bösartig werden.«

»Ja, es scheint auch einige heruntergekommene Seelen zu geben«, bestätigte Gayle. »Und höchstwahrscheinlich würde jede Seele, die der Philter bekäme, schon bald genauso herunterkommen. Deshalb darf er unsere nicht kriegen!«

Hannas Augen verengten sich. »So ist das also«, sagte sie grimmig.

»Ich glaube, so war das genau genommen schon immer«, warf Gary ein. »Du hast mitangesehen, wie Gayle dreitausend Jahre lang deine Arbeit getan hat, und es ist dir immer noch gleichgültig. Damit hast du bewiesen, daß du einer Seele nicht würdig bist. Also verschwinde jetzt und laß uns in Ruhe weitersuchen.«

»Ich werde erst dann verschwinden, wenn *ich* es will«, konterte Hanna. »Und im Augenblick will ich nun mal bleiben. Ich werde euch durch die Zukunft führen.«

»Weshalb sollten wir dir irgendwelche Aufmerksamkeit zollen?« forderte Gayle sie heraus. »Wo wir doch genau wissen, daß du uns nur behindern willst?«

»Weil ihr mich nicht ignorieren könnt«, meinte Hanna.

Die beiden Wasserspeier lachten.

Da blieb Gary das Lachen plötzlich in der Kehle stecken, als Hannas Kleid immer durchsichtiger wurde und die verwaschenen Konturen ihres Höschens preisgab. Er versuchte, die Augen zu schließen, doch die versagten ihm den Dienst. Sie hatten sich auf diese Beinahe-Vision geheftet, als wäre es das Guckloch eines Hypnokürbisses.

Kurz darauf bemerkte Gayle, daß er außer Gefecht gesetzt war. Dann wurde ihr auch klar, wodurch. Sie sprang zwischen Gary und Hanna umher und versuchte, Gary den Blick zu versperren. Das ermöglichte es ihm, zu blinzeln und ein bißchen klarer zu sehen. Er hatte geglaubt, daß ihm ein derartiger Anblick in Zukunft nicht mehr soviel würde anhaben können, mußte nun aber erkennen, daß er sich verschätzt hatte. Seine menschlichen Reaktionen waren einfach zu heftig.

Da versteifte Gayle sich plötzlich. Ihr ganzer Leib wurde so starr wie der Stein, aus dem er bestand, so daß sie plötzlich wie eine Statue wirkte. Was war mit ihr geschehen? Der Anblick menschlicher Höschen konnte es ja wohl kaum sein, denn erstens war sie kein Mensch und zweitens weiblichen Geschlechts.

Gary mußte unbedingt feststellen, was Hanna da tat, um Gayle auszuschalten. Aber konnte er es wagen, erneut Gefahr zu laufen, außer Gefecht gesetzt zu werden? Da wurde ihm klar, daß ihm nichts anderes übrigblieb; denn schließlich war es seine Schuld, daß Gayle überhaupt hier war.

Er lugte um sie herum und erblickte das Abbild eines Wasserteichs. Nur, daß dieser ein Loch aufwies. Tatsächlich war es ein Wasserloch.

Oh, nein! Das Loch saugte das Wasser auf und ließ es verschwinden. Das war ja das Schlimme daran: Das Wasser in der Umgebung versuchte das Loch zu füllen, wurde dabei aber verzehrt, bis nichts mehr übrig war. Für einen Wasserspeier war das ein furchtbarer Anblick; denn seine Lebensaufgabe bestand schließlich darin, anderen gutes Wasser zur Verfügung zu stellen. Wo wären denn die Wasserspeier, wenn plötzlich alles Wasser in einem Wasserloch verschwände!

Gary trat zwischen Gayle und das Wasserloch. Da er sich in Menschengestalt befand, konnte ihn die Vision nicht so stark erschrecken wie die Wasserspeierin. Menschen ging meistens ziemlich achtlos mit Wasser um, obwohl sie es genauso brauchten wie alle anderen Lebewesen.

Gayle entspannte sich allmählich. »Ach, das ist furchtbar«, hauchte sie. »Ich kann einfach kein Wasserloch ertragen!«

»So geht's jedem Wasserspeier«, bestätigte Gary.

Das Bild wurde unscharf. Nun erschien Hanna aufs neue, diesmal voll bekleidet. »Na?« erkundigte sie sich. »Reicht's?«

Gary unterdrückte einen wütenden Blick. »Vielleicht sollten wir uns auf einen Waffenstillstand einigen«, schlug er vor. »Wir werden halbwegs höflich mit dir umspringen, wenn du halbwegs höflich zu uns bist.«

»Einverstanden.«

»Aber wir werden unsere Suche nach dem Philter nicht aufgeben.«

»Selbst wenn ihr ihn finden solltet, würdet ihr nicht wissen, was ihr damit anfangen könnt«, bemerkte Hanna. »Also könnt ihr ruhig eure Reise durch die Zukunft genießen.«

»Ja, das können wir wohl«, meinte Gary, der darüber alles andere als erfreut war. Er blickte wieder aus dem Fenster und schaute auf das merkwürdige Gebäude auf dem asphaltierten Feld. »Aber wir haben uns ja gar nicht bewegt!« entfuhr es ihm erstaunt.

»Na ja, ich war eben abgelenkt«, erklärte Hanna. »Ich kann mich nicht auf allzu viele Dinge zugleich konzentrieren. Aber das wird sich ändern, sobald ich erst mal eine Seele habe.«

Gary erinnerte sich daran, wie Hanna und Desi sich stets beim Sprechen und in ihrer Belebtheit abgewechselt hatten, wenn sie zusammen waren. Er verstand das zugrunde liegende Prinzip: Hanna war gerade eben durchgängig aktiv gewesen; deshalb war die äußere Illusion erstarrt. Bedeutete das etwa, daß der Zug und die Landschaft, ja, das ganze Land der Zukunft nur eine einzige gewaltige Illusion waren, die von dem Philter hervorgerufen wurde? Falls dem so sein sollte, wäre dies nur eine weitere Ablenkung von ihrer Suche.

Andererseits ließen Illusionen sich durchschauen. Wenn er und Gayle wachsam blieben, würden sie vielleicht doch noch entdecken, was sie eigentlich suchten. Außerdem hatte die Sache einen weiteren Vorteil: Wenn sie gerade die Aufmerksamkeit des Philters an sich fesselten, blieben die beiden anderen Gruppen solange davon verschont, was ihrer Suchaktion größere Erfolgschancen einräumte. In diesem Sinne erreichten Gary und Gayle möglicherweise sehr viel mehr, als es den Anschein hatte.

»Wie bewegt sich dieses Gebäude denn überhaupt durch den Raum?« erkundigte sich Gary, als der Zug endlich daran vorbeifuhr.

»Seht mal hin.«

Das taten sie. Einen Augenblick später quoll Rauch aus dem Fundament des Gebäudes. Dann erhob es sich in die Luft. Jetzt war deutlich zu erkennen, wie das Feuer aus seinem Unterteil hervorschoß, wie ein Drache mit furchtbaren Verdauungsschwierigkeiten. Auf der Flucht vor diesem Feuer stieg das Gebäude immer höher. Doch das Feuer verfolgte es und versengte ihm den Schwanz. Das Gebäude schoß zum Himmel, gnadenlos vom Feuer verfolgt.

»Und schon ist das Schiff unterwegs nach Alpha Centauria«, verkündete Hanna. »Ihr könnt auch dorthin, wenn ihr wollt.«

»Ein Zentaur namens Alpha?« fragte Gary beeindruckt.

»Eine Zentaurenwelt namens Alpha.«

»Nicht Xanth?«

»Wir befinden uns in der Zukunft«, erwiderte Hanna.

»Da hat die Magie sich auch auf andere Welten ausgeweitet. Jetzt hat jede Art und Rasse ihre eigene Welt. Die Zentauren wissen das zu schätzen; denn sie haben sich ja noch nie besonders gern mit gewöhnlichen Kreaturen abgegeben.«

Davon hatte Gary auch schon gehört. Zentauren waren ziemlich hochnäsige Mischlinge. Doch da fiel ihm noch etwas anderes ein. »In Scharnier gab es ja überhaupt keine Zentauren! Wo waren die denn?«

»Die sind erst erschienen, als Scharnier bereits verlassen war«, erklärte Hanna. »Als ein paar weitere frische Menschen zusammen mit ihren Pferden ins Land gestolpert kamen, tranken sie unwissentlich von einem Liebesquell. Die Zentauren reden nicht gern darüber; sie schämen sich dafür, daß sie zum Teil von Menschen abstammen.«

Auch davon hatte Gary schon gehört. In gewissem Sinne konnte er die Zentauren verstehen. Ihm selbst behagte der Gedanke schließlich auch nicht, daß es irgendwo in seiner Erblinie menschliche Einflüsse gegeben haben sollte, obwohl die Existenz der Seele dies nahelegte. »Haben sie vom Liebesquell von Scharnier getrunken?«

»Natürlich nicht!« versetzte Gayle. »Den habe ich doch gereinigt.«

Hoppla! »Natürlich. Wie konnte ich das nur vergessen! Also war es irgendein ungefilterter Quell.«

»Ja«, bestätigte Hanna. »Die frühen Zentauren sind übrigens tatsächlich nach Scharnier gekommen, und sie haben auch eine Zeitlang dort gelebt. Aber irgendwann zogen sie es vor, den Wahnsinnsgewittern aus dem Weg zu gehen, und wanderten nach Süden auf die Zentaureninsel ab. Das machte aber keinen Unterschied; denn nachdem die Schnittstelle erst installiert worden war, brauchte man im Gebiet des Wahnsinns keine Bewohner mehr.«

»Installiert ohne den Philter«, versetzte Gayle.

»Dessen Fehlen uns Wasserspeier teuer zu stehen kam«, fügte Gary hinzu. »Und nun auch den Rest von Xanth. Arme Desiree!«

»Hiatus wird sich schon um ihren dämlichen Baum kümmern«, meinte Hanna verächtlich.

»Wie denn, wo er mitten im Wahnsinn doch nicht einmal ordentlich Ohren wachsen lassen kann?«

»Aber er kann im Wahnsinn runde Wurzeln wachsen lassen – und die braucht der Baum auch, anstelle seiner Quadratwurzeln. Die Baumnymphe wird ihm sehr dankbar dafür sein.«

»Woher weißt du das alles?« fragte Gary.

»Das hier ist die Zukunft, da ist eben schon alles bekannt.«

»Einschließlich der Art und Weise, wie wir den Philter finden werden?«

»Ihr werdet den Philter niemals finden!«

»Und du wirst uns niemals die Wahrheit darüber sagen«, konterte er.

Sie zuckte die Schultern. »Wir werden sehen.«

Der Zug fuhr in einen Bahnhof ein. »Hier steigt ihr aus«, verkündete Hanna.

»Und was, wenn wir lieber bis zu einer anderen Station weiterfahren würden?«

»Das könnt ihr nicht. Hier ist nämlich Endstation. Weiter kommt ihr nur mit dem Gedankenschiff.«

Gary schaute achselzuckend zu Gayle hinüber. Die Illusionen würden stets das sein, was der Philter bestimmte. Und selbst wenn es einen weiteren Bahnhof geben sollte, wäre dieser wahrscheinlich nur eine weitere Variante derselben Stadt. »Dann suchen wir den Stein eben hier«, stimmte er mürrisch zu.

Sie stiegen aus dem Zug. Die Zukunftsstadt breitete sich um sie aus und erhob sich beeindruckend in die Höhe. Auf der Straße waren viele schmucke Geschäfte mit beleuchteten Auslagen zu erkennen. Ob sich in einem von diesen wohl der Philter befand?

Gary hatte eine gute Idee. »Schauen wir doch mal, ob es hier auch Sanitärläden gibt«, meinte er zu Gayle.

Als sie den Blick über die Straße schweifen ließen, bemerkten sie plötzlich ein ganz besonders hell erleuchtetes Geschäft mit einer Markise, die die Aufschrift trug: ALLES FÜR DEN KLEMPNER. Das war ja fast zu schön, um wahr zu sein, verlangte jedoch eine Überprüfung.

Im Laden gab es viele merkwürdige Gegenstände, die zwar alle etwas mit Wasser zu tun zu haben schienen, ihren Zweck aber nicht sofort preisgaben. »Was ist denn das hier?« wollte Gary wissen.

»Das ist ein Spülkasten«, erklärte Hanna.

»Was spült er denn?«

Hanna stieß ein schmutziges Wort aus.

Kurz darauf begriff Gary, daß sie es wörtlich gemeint hatte. Genau *das* wurde damit tatsächlich weggespült. Verlegen ging er weiter.

Da erblickten sie eine Art emaillierter Wanne mit einer schier unglaublichen Menge von Gegenständen, die man hineingequetscht hatte. »Und was ist das?«

»Die Küchenspüle. Die enthält einfach alles, bis auf sich selbst.«

»Was hat denn dieses Geschäft an Wasserfiltern zu bieten?« fragte er und war gespannt, wie sie reagieren würde. Ob es vielleicht irgendein verworrenes Gesetz der Wahnsinnsmagie gab, das sie dazu zwang, ihm zu zeigen, wonach er verlangte?

Sie zeigte ihm eine Sammlung kleiner Siebe und Einsätze. Es gab Hunderte von Exemplaren. Einer davon könnte womöglich der Philter sein – aber wie sollten sie ihn von den anderen unterscheiden? Und selbst wenn sie den echten bestimmten, was sollten sie dann mit ihm tun? Ein Dämon ließ sich nicht mit bloßer Hand anfassen; der würde einfach verschwinden und anderswo aufs neue erscheinen.

Je mehr Gary darüber nachdachte, um so hoffnungsloser schien ihm seine Queste. Wie konnte der Gute Magier nur glauben, daß er einen Dämon würde einfangen können?

»Du siehst aus, als würdest du so langsam begreifen, daß deine Queste zum Scheitern verurteilt ist«, bemerkte Hanna selbstzufrieden.

Da fiel es Gary wieder ein – sie könnte ja seine Gedanken lesen. Daher hatte sie auch das Bild von Hannah Barbarin bezogen. Selbst wenn er also eine gute Idee hätte, wo der Philter sein könnte, würde sie diese Idee genauso schnell bekommen wie er selbst und würde irgend etwas unternehmen, um ihn daran zu hindern, sie in die Tat umzusetzen.

»Langsam begreifst du«, murmelte Hanna anerkennend.

Er seufzte. Dann wandte er sich an Gayle. »Sie weiß, was ich denke. Und das wiederum bedeutet, daß der Philter es auch weiß. Deshalb sehe ich keine Möglichkeit, ihn zu überraschen. Und wenn ich mich ihm nähern sollte, kann er sich entfernen oder mich ablenken, bevor ich ihn gepackt habe. Ich weiß nicht, was ich tun soll.«

»Aber kann er denn auch *meine* Gedanken lesen?« wollte Gayle wissen.

»Natürlich kann ich das«, warf Hanna ein.

»Was denke ich denn gerade?«

»Warum sollte ich dir erzählen, was du ohnehin schon weißt?«

»Weil ich nicht glaube, daß du Steingedanken lesen kannst«, erwiderte Gayle gelassen. »Du kannst zwar in Garys fleischlichen Schädel eindringen, aber meine Seele und meine Gedanken sind vor dir sicher. Sonst beweise mir doch einfach das Gegenteil.«

Hanna schnitt eine wütende Grimasse. Das war Antwort genug.

»Dann übernimm du die Führung«, sagte Gary erleichtert. »Und solltest du den Philter irgendwo ausfindig machen, pack ihn dir mit Getöse und Gestein!«

Gayle lächelte und offenbarte ihre beachtlichen Zähne. »Das werde ich. Ich glaube, da ist noch eine Abrechnung fällig.«

»Ihr macht euch nur selbst etwas vor«, bemerkte Hanna. »Findet doch den Philter. Ich führe euch überall hin. Ihr braucht es nur zu wünschen.«

»Dann nehmen wir diese Raumschiffgebäude«, entschied Gayle. »Ich möchte gern Alpha Centauria kennenlernen.«

»Wie du willst.« Hanna führte sie von dem Geschäft zum Raumhafen hinüber. Dort wartete bereits das nächste Schiff.

Sie nahmen eine merkwürdige, bewegliche Treppe, die zu einer Tür seitlich am Schiff hinaufführte. Gary war verwundert. Eigentlich schien die ganze Sache kaum etwas mit einem Schiff zu tun zu haben, denn erstens besaß es keine Segel, und zweitens stand es senkrecht auf seinem Heck. Doch hatte er ja schon mitangesehen, wie das andere vor dem Feuer an seinem Heck geflohen war. Es mußte also über einen starken magischen Antrieb verfügen.

»Was ist das für eine Treppe?« fragte Gayle, wobei sie mit den Vorder- und Hinterpranken nervös das Gleichgewicht hielt. Die Treppe stieß ständig knurrige Geräusche aus.

»Man nennt es Grolltreppe«, erklärte Hanna. »Man benutzt sie, obwohl es damit länger dauert, ins Schiff zu kommen und auch wieder heraus. Aber es ist praktischer.«

»Praktischer als was?« fragte Gary.

»Als zu springen.«

Da hatte sie recht. Es war ein ziemlich weiter Weg nach unten.

Hanna betrat das Schiff. Gary wollte ihr gerade folgen, als er hinter sich ein Geräusch vernahm. Erschreckt drehte er sich um und sah, wie Gayle nach den Stufen trat. Die Grolltreppe schien die eine oder andere Stufe verloren zu haben, so daß Gayle nun in Gefahr schwebte, zu stürzen.

Schnell griff er nach ihr und packte sie an einer steinernen Flügelspitze, als ihre Hinterfüße gerade die Treppe durchbrachen. Dann riß er sie ins Innere – doch ihr steinerner Leib wog so viel mehr als der seine, daß es ihm lediglich gelang, sich selbst an sie heranzuziehen.

»Laß los!« rief sie. »Sonst tust du dir auch noch weh!«

»Nicht ohne dich«, widersprach er. Mit der freien Hand bekam er das Geländer zu packen und hielt sich verzweifelt daran fest.

Gayle bewegte sich auf allen vieren vorwärts, in einem höchst empfindlichen Gleichgewicht, doch kurz darauf bewirkte Garys Ziehen, daß sie etwas mehr Halt gewann und sich schließlich wieder auf sicheren Boden schwingen konnte.

»Diese Grolltreppe ist eigentlich nur für Menschen gedacht«, meinte Hanna. »Dein großes Körpergewicht muß sie überlastet haben.« Sie wirkte nicht besonders bestürzt.

»Ich muß vorsichtiger werden«, meine Gayle ein bißchen erschüttert. Auch Gary war geschockt. Wäre Gayle aus dieser Höhe abgestürzt, hätte es sie in Stücke zerschmettern können.

Das Schiffsinnere war halbwegs gemütlich. Es gab eine

Reihe von kleinen Kabinen und Spezialsitze mit dazugehörigem Geschirr. »Das sind Andruckliegen«, erklärte Hanna. »Ihr müßt euch darin anschnallen.«

»Aber die passen mir doch gar nicht«, protestierte Gayle.

»Das könnte zum Problem werden«, räumte Hanna ein. »Vielleicht solltest du dich doch lieber auf dem Deck aufhalten.«

Gary schnallte sich an, während Gayle niederkauerte. »Zu Anfang wird die Beschleunigung sehr kräftig sein. Sie läßt dann aber nach, sobald das Schiff Fluggeschwindigkeit erreicht hat«, erklärte Hanna. »Ihr müßt nur durchhalten, bis es vorbei ist.« Dann verblaßte sie.

Das Schiff erzitterte. Da spürte Gary, wie ihn eine riesige, unsichtbare Hand so heftig herunterdrückte, daß er kaum noch Luft bekam. Er keuchte, spannte die Muskeln an, kämpfte darum, bei Bewußtsein zu bleiben. Irgendwie hatte er das Gefühl, daß der Druck nicht nur nach unten, sondern gleichzeitig nach außen preßte, als wollte ihn irgend etwas aus dem Fenster werfen. Doch es gelang ihm, dies innerlich auszugleichen und seine ganze Kondition in die Waagschale zu werfen. Er mochte im Augenblick zwar nur aus menschlichem Fleisch bestehen, aber von Natur aus war er ein Wasserspeier, den nicht nur körperlich, sondern auch von seiner Persönlichkeit her steinerne Züge auszeichneten.

Nach einer Weile, die wahrscheinlich um einiges kürzer war, als es den Anschein hatte, ließ der Druck schließlich nach, und Gary konnte wieder normal funktionieren. Es war zwar immer noch ein gewisser Druck vorhanden, so daß er im Augenblick vielleicht etwa doppel soviel wog wie normal, doch damit kam er ganz gut zurecht. Er blickte zu Boden – und stellte fest, daß Gayle verschwunden war!

Beunruhigt sah er sich um. Am Boden entdeckte er Krallenspuren. Die führten bis in den hinteren Teil der Kabine, wo sich das Eintrittsloch befand. Und da war auch Gayle, die Zähne in ein Liegenbein geschlagen.

Gary erinnerte sich daran, wie er das Gefühl gehabt hatte, gegen das Fenster gepreßt zu werden. Dieselbe Kraft schien auch Gayle gepackt zu haben, die sich allerdings näher am

Ausstiegsloch als am Fenster befunden hatte. Wäre sie in dieses Loch geglitten, sie wäre mit der vollen Wucht des Abwärtsdrucks in die Tiefe gestürzt – ein Sturz, der noch sehr viel schlimmer geendet wäre als der von der Grolltreppe.

Gary löste seine Gurte und bewegte sich mit trägen, mühsamen Schritten auf sie zu. »Ich hätte nie geglaubt, daß diese Kraft so stark sein könnte«, meinte er.

»Ich auch nicht«, erwiderte Gayle, nachdem sie die Zähne aus dem Bein gelöst hatte. Auch sie kam ganz gut mit diesem verminderten Druck zurecht. »Ich habe wirklich Glück gehabt.«

Gary sah aus dem Fenster. Draußen schossen Sterne, Planeten und Kometen vorbei. »Wir müssen uns sehr schnell bewegen«, meinte er.

»Und wohl sehr weit reisen«, bekräftigte sie.

»Wo ist Hanna?«

»Wahrscheinlich sucht sie gerade eine der anderen Zweiergruppen heim.«

»Dann sind wir im Augenblick also auf Autopilot geschaltet.«

»Müssen wir wohl. Schau mal, die Sterne dort draußen scheinen sich zu wiederholen.«

»Ja«, bestätigte er. »Dann haben wir jetzt vielleicht Gelegenheit zu sprechen, solange Hanna glaubt, daß uns das zusätzliche Gewicht zu schaffen macht. Wahrscheinlich weiß sie gar nicht, wie zäh und widerstandsfähig Wasserspeier in Wirklichkeit sind.«

»Sprechen?«

»Ich glaube nicht, daß deine Mißgeschicke reiner Zufall waren. Schließlich ist alles hier überwiegend Illusion, vergiß das nicht. Wie sollten wir stürzen können, wenn wir uns gar nicht in der Höhe befinden? Warum sollte diese Grolltreppe unter deinem Gewicht nachgeben, wenn sie doch nur ein Abbild war? Mit reinem Eigengewicht kann man keine Illusion zermalmen.«

»Daran habe ich noch gar nicht gedacht«, erwiderte Gayle. »Und die Art und Weise, wie ich auf dieses Loch zugerutscht bin – aber wie sollte ein Sturz Schaden anrichten können, wenn er nur reine Illusion ist?«

»Er *könnte* aber Schaden anrichten – sofern die Illusion eine wirkliche Fallgrube verdeckt. Ich habe gesehen, wie Iris einem Ungeheuer den Garaus machte, indem sie es mit Hilfe einer Illusion dazu brachte, in eine Schlucht zu stürzen. Da der Philter die Illusionen hier kontrolliert, müssen diese Fallen absichtlich gestellt worden sein.«

»Dann gibt es hier also tatsächlich eine Grube«, folgerte Gayle. »Ich habe zwar reagiert, als es so schien, als würde ich stürzen, wußte aber gleichzeitig, daß es nicht ganz echt war. Aber jetzt hege ich den Verdacht, daß es doch wirklich sein könnte.« Sie bewegte sich zur Zugangsluke im Boden und schob eine Tatze hinein. »Hier ist tatsächlich nichts.« Sie überlegte kurz. »Andererseits wußten wir ja, daß hier ein Loch ist, weil wir dadurch in die Kabine eingestiegen sind. Was war dann mit der Grolltreppe, als sie unter meinem Gewicht zusammenbrach? Du bist doch anstandslos hinübergelangt.«

»Vielleicht gibt es ja in der wirklichen Welt an dieser Stelle eine Grube, die mit leichten Brettern abgedeckt ist. Die haben dann zwar mein Gewicht ausgehalten, aber nicht deins.«

Sie nickte. »Ich glaube, du hast recht. Hanna hätte uns bestimmt nicht rein zufällig über diese Stelle geführt. Aber warum wollte der Philter dann ausgrechnet mich loswerden und nicht dich?«

»Weil er weder an deine Seele herankommt noch deine Gedanken lesen kann. Du bietest ihm keinerlei Vorteil, könntest ihm aber gefährlich werden. Vor allem jetzt, da du nach ihm suchst, anstatt wie früher immer nur Wasser zu reinigen.«

Sie nickte erneut. »Du bist sehr klug, Gary. Aber ich muß dir auch mitteilen, daß ich nichts über den Philter weiß, was uns dabei helfen könnte, ihn aufzuspüren oder in unsere Gewalt zu bringen. Während meiner ganzen Zeit in Scharnier habe ich ihn nicht einmal zu Gesicht bekommen.«

»Aber er ist ziemlich schlau. Du mußt irgend etwas wissen

oder können, das dich für ihn zur Gefahr macht. Selbst wenn wir hin hier nicht finden sollten, haben wir doch immerhin etwas für die Queste sehr Bedeutungsvolles in Erfahrung gebracht.«

»Vielleicht«, stimmte sie zweifelnd zu. »Ich werde jedenfalls von nun an sehr vorsichtig sein. Ich habe gar nicht gewußt, wie gefährlich Illusionen werden können.«

»Mir ist noch etwas anderes aufgefallen«, fuhr Gary fort. »Das hier soll doch eigentlich die Zukunft sein, wo es alle möglichen wunderbaren Dinge gibt. Aber in Wirklichkeit haben wir noch nicht besonders viel davon zu Gesicht bekommen. Nur ein paar merkwürdige Bauten, einen Sanitärladen und dann dieses Raumschiff, das ziemliche Ähnlichkeit mit einem Schlafzimmer hat. Es muß doch bestimmt noch mehr geben!«

»Nicht, wenn alles auf die Einbildungskraft des Philters beschränkt ist. Der muß seine Vorstellungen darüber, wie die Zukunft aussehen *könnte*, aus deinem Geist abgelesen und entsprechend umgesetzt haben. Vielleicht stammen einige Ideen auch von deinen Gefährten. Die ganze Sache ist also nur ein Spektakel, um dich für eine Weile abzulenken.«

»Eine Ablenkung«, meinte er nachdenklich. »Ja. Der Philter will nicht, daß wir ihn finden; deshalb lenkt er uns einfach ab. Ich glaube kaum, daß wir ihn auf der Zentaurenwelt finden werden – oder auf irgendeiner anderen Welt.«

»Trotzdem sorgt er sich um irgend etwas, das ich tun könnte«, überlegte sie. »Ich wünschte nur, ich wüßte, was das ist.«

»Sei bloß vorsichtig, bis wir es wissen«, riet Gary. »Und außerdem ...

»Außerdem was?«

Doch plötzlich war Gary zu schüchtern, um zu sagen, was ihm auf dem Herzen lag. Vielleicht erriet sie es ja.

Sie kehrten an ihre Plätze zurück und entspannten sich, warteten darauf, daß die Illusion aus ihrem Autopilotendasein erlöst wurde. Jedenfalls war es gemütlich, einfach nur stumm zusammensein zu können.

14

Vergangenheit

Iris blickte Gary Wasserspeier nach. Die arme Kreatur war so begierig darauf, die Wasserspeierin wiederzusehen, daß es einem schon leid tat. Aber vielleicht würde Gayle ihm ja tatsächlich helfen, und möglicherweise würden sie gemeinsam etwas Nützliches in Erfahrung bringen. In der Zwischenzeit wollte Iris sich ernsthaft auf die Suche machen und sich bemühen, diese Mission entschlossen zu Ende zu führen. Denn sie wußte genau, wie gefährlich es werden konnte, sich länger als unbedingt erforderlich im Gebiet des Wahnsinns aufzuhalten.

Wenn sie sich doch nur entscheiden könnte, wo sie nach dem Dämonenphilter suchen sollte! Genau das war das Problem. Sie wußte, daß alles um sie herum nur Illusion war – teilweise ihre eigene, zu einem großen Teil aber auch die des Dämons. Ihre eigene Illusion hätte sie zwar jederzeit beenden können, doch zog sie es vor, sie aufrechtzuerhalten, bis sie ihre gemeinsame Mission hier erledigt hatten. Die

Illusion des Philters konnte sie zwar als solche erkennen und auch durchdringen, indem sie hineintrat, aber beseitigen konnte Iris sie nicht. Aber würde der Philter seinen Aufenthaltsort wirklich mit tarnender Illusion verbergen – oder würde er genau dort überhaupt keine Illusion aufbauen, um sie in die Irre zu führen? Das wußte sie nicht. Folglich wußte sie aber auch nicht, wo sie anfangen sollte. Sie war sich nur sicher, daß die Illusion nicht offen erkennbar dalag, denn sie hatten die Ruinen ziemlich gründlich durchsucht, bevor sie sie durch weitere Illusionen ergänzten, und da war nun einmal ganz einfach nichts Besonderes gewesen. Dessen war Iris sich völlig sicher, weil sie ja die Fähigkeit besaß, Illusionen als solche zu erkennen, ob es ihre eigenen oder die des Dämons waren. Bevor sie sich selbst ans Werk gemacht hatte, hatte es in den Ruinen der Stadt Scharnier überhaupt keine Illusionen gegeben.

Dann ging Iris die Sache noch einmal im Geiste durch. Der Teich des Wasserspeiers – den hatten sie schon wahrgenommen und von seinem sauberen Wasser getrunken, noch bevor sie von Gayle Wasserspeier auf der Insel des Teiches gewußt hatten. Der Philter mußte die Insel also verborgen haben. Doch wie, wenn nicht durch Illusion? Vielleicht nach Art der Dämonen, indem er um die Insel einen Schutzschirm entstehen ließ? Das wäre dann allerdings keine richtigen Illusion gewesen, sondern nur ein dünner Schleier aus Dämonenstoff, der das Gewünschte verdeckte. Das würde auch erklären, wieso Iris davon hatte getäuscht werden können. Der Philter hatte nicht gewollt, daß sie von der Wasserspeierin erfuhren, obwohl Gayle eigentlich recht harmlos wirkte.

»Wo gehen wir hin, Mutter Iris?« fragte Überraschung fröhlich. Das Kind hatte sich ordentlich ausgeschlafen, worüber die anderen Gruppenmitglieder außerordentlich froh gewesen waren. Nun war Überraschung zu allem bereit. Iris hatte sich schon lange in ihre Rolle als Mutter gefügt, weil diese ihr nun mal beim Nachspielen der Vergangenheit zuteil geworden war – und weil sie selbst eine Tochter großgezogen hatte, so daß sie um die Tücken dieser Aufgabe wußte. Sie empfand es als halbwegs angenehm, diese Rolle noch einmal zu durchleben, und wenn man von ihrer ungezügelten Macht einmal absah, war Überraschung ja auch ein äußerst liebenswürdiges Kind. Die Ungezügeltheit war verschwunden, als sie erst einmal die Beschränktheit ihrer Macht begriffen hatte. Überraschung war keine phänomenal mächtige Magierin, sondern nur eine zeitlich beschränkte Zauberin, die im Laufe der Jahre immer mehr an Macht einbüßen würde. Die Gesetzmäßigkeiten, welche über die persönlichen Talente herrschten, wären dadurch nicht verletzt worden, wenngleich ihre Interpretation eine gewisse Dehnung erfahren hatte.

»Weißt du zufällig, wo wir den Philter finden könnten?« fragte Iris.

»Nein, Mutter«, erwiderte das Kind.

»Kannst du vielleicht irgendeine Magie wirken, die uns hilft, den Philter zu finden? Beispielsweise, dich um die eigene Achse drehen und mit dem Finger in die richtige Richtung zeigen?« Das war das Talent des Soldaten Crombie.

»Na klar.« Überraschung drehte sich um ihre Achse und streckte eine Hand aus.

Iris' Blick folgte der zeigenden Hand. Sie schien auf den Teich zu deuten. Dort waren sie bereits gewesen. Aber es war zweifellos ein gut geeigneter Ort für eine derartige Apparatur.

Sie setzten sich in Bewegung, schlugen dabei die angezeigte Richtung ein. Schon bald standen sie am Ufer des Teiches. »Es dürfte nur schwierig werden, unter Wasser danach zu suchen«, meinte Iris. »Kannst du vielleicht das Wasser für eine Weile aus dem Weg schaffen?«

»Na klar.« Überraschung konzentrierte sich, und das Wasser machte einen Buckel, zappelte ein wenig herum und formte sich zu einer riesigen, schmalzkringelförmigen Blase, die sich aus dem Teichbett erhob. Dort blieb sie schweben und dehnte sich sanft aus.

»Können wir uns wirklich unbeschadet darunter begeben?« wollte Iris wissen.

»Na klar«, erwiderte das Kind. »Glaube ich jedenfalls.«

Iris beschloß, sich darauf zu verlassen. Die Magie des Kindes war zwar ungezügelt, aber zweifellos stark. Inzwischen benutzte das Mädchen sie auch mit größerer Vorsicht und Selbstbeherrschung. Sollten sie den Philter auf diese Weise finden, würde das die geringfügige Verminderung der dem Kind verbliebenen Talente vollauf rechtfertigen.

Sie marschierten ins trockene Bett des Teiches. Dort gab es Kieselsteine und Steinsplitter und Felsabschläge, dazu Mineralbrocken und etwas Geröll. Übrigens auch einige mundanische Münzen. Wie waren die nur hierher gekommen? Von allein konnte sie sich nicht bewegt haben, und freiwillig hatte sie bestimmt auch niemand in den Teich geworfen, denn die Mundanier waren notorisch geizig, was ihr Geld anging. Doch weit und breit war kein Philter zu sehen. »Vielleicht befindet er sich ja auf der Insel«, meinte Iris.

Sie betraten die Insel und begaben sich in das Gebäude. Dort stand das Podest, auf dem die Wasserspeierin zu ruhen pflegte, nur daß Gayle im Augenblick nicht da war. »Sie ist mit Gary gegangen«, sagte Überraschung.

»Na ja, das bedeutet immerhin, daß *sie* nicht der Philter ist«, sagte Iris mit gezwungenem Lächeln. Sie war bis zu diesem Augenblick noch gar nicht auf diesen Gedanken gekommen; um so mehr erleichterte sie diese Erkenntnis. Soweit sie es mitbekommen hatte, war die Wasserspeierin ein recht nettes Wesen. Es wäre grauenhaft gewesen, hätte Überraschung ausgerechnet Gayle als den Dämon ausgemacht. Das hätte durchaus einen Sinn ergeben; schließlich stellte ein Wasserspeier ja tatsächlich eine Art Filter dar, und außerdem war Gayle gerade hier einer eben solchen Tätigkeit nachgegangen.

Sie suchten weiter, doch die Insel war leer. Da war nichts, was auch nur im entferntesten einem Philter glich.

Da fiel Iris wieder ein, was das Problem mit Crombies Talent war: Es zeigte niemals an, wie weit das Gesuchte entfernt war. Folglich hatten sie ihre Zeit hier nur vertan, während der Philter sich in Wirklichkeit wahrscheinlich weit entfernt von dieser Stelle aufhielt.

Also gingen sie weiter und stiegen am gegenüberliegenden Ende des Teiches ans Ufer. Das Wasserschmalzkringel schwebte noch immer in der Luft. »Jetzt kannst du das Wasser wieder herunterholen, Liebes«, sagte Iris.

»In Ordnung.« PLATSCH! Das Wasser klatschte in die Mulde. Das Gespritzte durchnäßte sie beide. »Hoppla«, machte Überraschung. »Ich werde uns abtocknen.« Plötzlich öffnete sich im Boden zu ihren Füßen ein vergitterter Schacht, aus dem heiße Luft aufstieg. Iris spürte, wie ihre Kleidung getrocknet wurde.

»Das ist sehr schön, Liebes«, meinte Iris und preßte ihr Kleid hastig herunter. Leider war der Luftstrom aber so heftig, daß die erwünschte Wirkung zum größten Teil ausblieb. Sie schaffte es gerade noch zu verhindern, daß ihre Höschen bloßgelegt wurden. Gut, daß keine Männer in der Nähe waren! Andererseits wäre das vielleicht auch nicht so schlimm gewesen; denn immerhin befand sie sich ja jetzt wieder in einem dreiundzwanzigjährigen Körper. Man konnte Männer zu manchem bringen, indem man scheinbar zufällig das richtige Material offenlegte. »Aber du solltest dein Talent lieber für Gelegenheiten aufsparen, da sie *wirklich* gebraucht werden.«

»Ach so, ja«, sagte Überraschung niedergeschlagen.

Als sie wieder trocken waren, setzten sie ihren Marsch in die angezeigte Richtung fort. So erreichten sie den Bahnhof. Dort erwartete sie eine Gedankenbahn, die ein Schild mit der Aufschrift VERGANGENHEIT trug.

Iris war erstaunt. »Meinst du, du hast vielleicht auf diese Bahn gezeigt?« wollte sie wissen.

»Vermutlich«, erwiderte das Kind.

»Ich frage mich gerade, ob die Anzeige wörtlich oder bildlich zu nehmen ist.«

»Was?«

»Ob der Philter sich an Bord dieses Zuges befindet, oder ob wir seinen Standort dadurch in Erfahrung bringen können, daß wir über die Vergangenheit nachdenken.«

»Ach so. Dann fahren wir doch lieber mit der Bahn. Das macht Spaß.«

Achselzuckend willigte Iris ein. Diese Möglichkeit schien ihr genausoviel oder ebensowenig erfolgversprechend zu sein wie alle anderen auch.

Sie bestiegen den nächstbesten Wagen und nahmen darin Platz. Dann schauten sie aus dem Fenster, während der Zug sich in Bewegung setzte. Iris wußte, daß dies das Werk des Philterdämons war, weil es nicht ihren eigenen Bemühungen entprang. Der Zug war natürlich eine Illusion; in Wirklichkeit hatten sie sich nur in eine Steinnische begeben und sahen jetzt auf Schirmbilder, die sich dahinter abspielten. Doch Iris wollte Überraschung, die ja noch immer über die unschätzbare Fähigkeit kindlichen Staunens verfügte, nicht die Freude daran nehmen. Iris erinnerte sich daran, wie auch sie diese Freude empfunden hatte – damals, vor siebenundachtzig Jahren, als sie selbst in diesem Alter gewesen war.

Hinter ihnen verschwand die Stadt Scharnier, und sie fuhren durch eine anziehende Landschaft weiter. Es erinnerte Iris an die Reisen ihrer Jugend, und Wehmut überfiel sie, ja, trieb ihr sogar eine Träne ins Auge.

Dann kamen sie an einem See vorbei, auf dem eine in Nebel gehüllte Insel lag. Das erinnerte Iris an die neblige Insel der Illusion, wo sie so lange für sich allein gelebt hatte. Dort hatte sie zwar in jeder Hinsicht ihren Willen bekommen, war dafür aber auch sehr einsam geblieben. Diese Erinnerung war recht schmerzlich.

»Das ist langweilig«, meinte Überraschung, nachdem sie der Landschaft nichts Neues mehr abzugewinnen vermochte.

»Vielleicht liegt es daran, daß deine Vergangenheit kürzer ist als meine«, sagte Iris mit gemischten Gefühlen.

»Stimmt. Ich bin ja erst seit einem Jahr in Xanth«, bestätigte das Kind. »Du dagegen bist schon seit ewigen Zeiten hier. Wie war das eigentlich damals, als du wirklich noch so jung warst, wie du heute aussiehst?«

»Ach, das interessiert dich doch bestimmt nicht!«

»Na ja, langweiliger als das hier kann es auch nicht sein.«

Gut gebrüllt! »Dann will ich es dir erzählen. Aber du brauchst nicht zuzuhören, wenn es dich langweilt.«

»In Ordnung. Vielleicht schlafe ich ja einfach ein.«

Iris begann zu erzählen, erinnerte sich an eine Episode aus ferner, ferner Vergangenheit: damals, als sie zum erstenmal dreiundzwanzig Jahre alt gewesen war und noch über einen sehr viel größeren Vorrat an Unschuld verfügte, als es danach jemals wieder der Fall gewesen war. Während sie sprach, schien es ihr, als würde sie alles noch einmal durchleben, und zwar mit allen ihren frühen, naiven Gefühlen und Stimmungen.

Nachdem Iris sich auf der Insel der Illusion niedergelassen hatte, trieben die Isolation und die Einsamkeit sie beinahe in den Wahnsinn. Dabei war sie sich so sicher gewesen, daß es ihr hier gefallen würde: Hier, wo niemand sie stören oder an ihren Illusionen etwas aussetzen konnte. Hier wurde alles genau so, wie sie es haben wollte, samt einem wunderschönen Palast mit Gärten und Springbrunnen und allem, was dazugehörte. Sie hatte ihre Macht und ihre Kontrolle durch Übung verfeinert und vermehrt, war jede Einzelheit mehrmals durchgegangen, bis sie alles genau richtig gemacht hatte. Doch irgendwie schien die Erregung wieder abzuflauen, nachdem sie alles in sämtlichen aufregenden Einzelheiten erschaffen hatte. Anstatt sich ein ideales Heim zu bauen, hatte sie sich in Wirklichkeit selbst in einem Nichts eingesperrt.

Doch Iris war eine Frau von großer Entschlußkraft. Also unternahm sie etwas dagegen. Sie versorgte sich mit ausreichenden Vorräten und begab sich zum König.

»Bitte, Euer Majestät«, flehte sie, nachdem sie ihre Unzufriedenheit kundgetan hatte, »gebt mir etwas zu tun. Irgend etwas. Ich bin eine Zauberin und kann mich bestimmt irgendwo nützlich machen.«

Der Sturmkönig war huldvoll gewesen. »Iris, die einzige

Möglichkeit, sich selbst zu finden, besteht im Dienst an anderen.«

»Das verstehe ich nicht. Ich habe noch nie etwas für andere getan, wenn ich es nicht mußte.«

»Ganz genau. Und deshalb – weil ich ein barmherziger und nicht völlig stumpfsinniger König bin – gewähre ich dir die Erfüllung deines Wunsches. Ich schicke dich auf eine selbstopfernde, verdeckte Mission in den Untergrund.«

Iris war sich nicht sicher, ob ihr dieser Vorschlag gefiel. »Unter Decken? Damit komme ich schon zurecht. Aber im Untergrund gibt es Kobolde und solche Dinge!«

Der Sturmkönig musterte sie, als wäre sie ein bißchen blöde, womit er nicht ganz daneben lag. »In Xanth gibt es einen unmoralischen, ungesetzlichen, schmutzigen, verabscheuungswürdigen, abstoßenden und ganz allgemein widerlichen Sklavenhandel«, fuhr er fort. »Genaugenommen billige ich ihn nicht besonders und wünsche, daß ihm ein Ende gesetzt werden möge. Deshalb möchte ich, daß du deine Kraft der Illusion dazu einsetzt, diese menschlichen Kakerlaken davon zu überzeugen, daß du – obwohl eine erfahrene, intelligente, erwachsene Frau im gewissen Alter – zugleich ein reifer Pfirsich zu sein scheinst, der nur darauf wartet, gepflückt zu werden.«

»Ein Pfirsich«, wiederholte Iris und umhüllte ihren Leib mit einer riesigen Frucht.

Der König runzelte die Stirn. »Vielleicht habe ich mich nicht deutlich genug ausgedrückt. Dann bitte ich um Verzeihung.« Allerdings sah er Iris dabei nicht besonders reumütig an. »Mit anderen Worten, du wirst dein Aussehen dergestalt verändern, daß du jung, schön, naiv und wie frisch von den Jungferninseln erscheinst.«

Oh. Iris verfügte zwar über eine gewaltige Illusionskraft, doch diese Inseln würden ihr für immer versperrt bleiben. Nicht nach jener Episode vor drei Jahren, als sie ... na, egal.

»Ich ...«

»Das entscheidende Wort dabei lautet *erscheinen*«, gemahnte der König sie streng. »Ich denke, deine Illusionskraft sollte ausreichen, um wenigstens äußerlich einen solchen Schein herzustellen, so groß diese Herausforderung auch sein mag.« Er legte die Stirn in Falten. »Ich muß dich aber auch darauf hinweisen, daß diese Mission sehr riskant ist. Du könntest dabei dein Leben verlieren, deine Liebe oder sogar deine Seele. Bitte hier unterschreiben.« Er breitete ein Stück Pergament vor ihr aus.

Das schien ihr ein ziemlich hoher Preis zu sein, um ihre Einsamkeit erträglicher zu machen. Andererseits wußte sie, daß ihr Opfer keineswegs so groß sein konnte, wie der König befürchtete, weil sie nämlich gar keine Liebe zu verlieren hatte. Deshalb unterschrieb sie das Freistellungsformular.

Nun folgten einige halbwegs langweilige Ereignisse, die sich unbeschadet übergehen ließen. Es genügte die Zusammenfassung, daß Iris' angestrengtes Bemühen um jungfräuliche Illusion schließlich von Erfolg gekrönt war und Piraten sie gefangennahmen, um sie an Sklavenhändler weiterzuverkaufen. Dort fand sie sich in Gesellschaft junger Frauen und Kinder wieder, die alle von ihrem eigenen Schicksal völlig benommen waren. Iris marschierte zusammen mit dem Rest der glücklosen Gefangenen über die Laufplanke durch die Dünen der »Drei Schwestern« bis zur »Schwarzen Heide« und auf den Zentralplatz einer steinernen Ruinenstadt, die von gewundenen, flüsternden Kudzu-Lianen überwuchert war. In der Stadt schien es graue, silbrige, steinerne Wasserspeier jeglicher Größe, Gestalt und Häßlichkeit zu geben, die überall herumhockten. Iris starrte einem der grotesken Steinungeheuer ins Maul, und es bedurfte jeder Unze ihres schwachen und schwindenden Mutes, um nicht vor Furcht und Ekel laut loszuschreien. Diese steinernen Augen schienen ihr die Schleier der Illusion vom Gesicht zu reißen. Wußten die Ungeheuer etwa um ihr Geheimnis?

Sie erblickte den gefürchteten Schmiedeamboß mitten auf der Schwarzen Heide. Sie hatte erfahren, daß alle Sklaven beim Verkauf »auf dem Amboß verheiratet« wurden: Dort erhielten sie neue, dauerhafte Kragen aus Eisen, mit Metallschlaufen, um Ketten hindurchzuführen. Sollte sie selbst erst einmal auf diese Weise gefesselt werden, würde keine einzige ihrer Illusionen sie daraus befreien können. Andererseits konnte sie noch nicht fliehen, und das nicht nur wegen des Eisens an ihrem linken Handgelenk, das sie mit den anderen Mitgliedern ihrer armseligen Gruppe verband. Denn sie hatte noch nicht die Identität des Sklavenmeisters in Erfahrung gebracht. Wenn sie diesen Mann erst einmal entlarvte und dem König davon Mitteilung machte, würde man ihn festnehmen, und die gesamte Sklavenindustrie würde zusammenbrechen. Gelang ihr dies jedoch nicht, würde die Sklaverei sich fortsetzen. Ihr Auftrag war also erst erfüllt, wenn sie in Erfahrung gebracht hatte, woran alle anderen Agenten des Königs bisher gescheitert waren. So war Iris durch ihre Mission ebenso gefesselt wie durch die Ketten selbst.

Sie marschierten an einem massiven Steinquader vorbei. Er wies dunkle Flecken auf: die Überreste zahlloser Enthauptungen von Sklaven, die versucht hatten, sich aufzulehnen; oder die zu schwach oder zu faul gewesen waren, um so hart zu arbeiten, wie man es von ihnen verlangte; oder die einfach nur Pech gehabt hatten. Iris meinte, Mulden im Staub erkennen zu können, wo ihre Köpfe aufgeprallt waren. »Lang lebe Xanth«, flüsterte sie unhörbar, um sich ein kleines bißchen Mut zu machen. Wahrlich, dachte sie, Rache ist das Herz der Gerechtigkeit! Inbrünstig wünschte sie sich, den Tag noch zu erleben, da sich der Sklavenmeister selbst auf diesem grausigen Quader ausstrecken mußte.

Man brachte die Gefangenen zu einem steilen, kahlen Berghang, wo sie mehrere dunkle Höhlen bemerkten. Dann teilte man sie in miteinander verkettete Gruppen von vier bis fünf Personen ein und schob sie unsaft hinein, immer zwei Kettenmannschaften pro Höhle. Schließlich schlossen sich scheppernd Eisenholzgitter und sperrten sie ein. Das also sollte ihr Nachtquartier werden.

Iris entdeckte ein Büschel schmutziges Stroh am Boden und formte daraus eine Matratze. Dann legte sie sich gemeinsam mit ihren Kettengenossinnen darauf, drei Mädchen vor dem Erwachsenenverschwörungsalter. Sie tröstete die weinenden Geschöpfe, so gut sie konnte, und verlieh dem Stroh die Illusion sanfter, warmer Daunen, worauf die Kinder sich beruhigten und einschliefen, ohne zu merken, wo diese plötzliche Bequemlichkeit herrührte. Keine von ihnen wußte, welches Schicksal der morgige Tag bereithalten würde.

Doch Iris wurde weder geköpft noch sofort in die Sklaverei verkauft. Es schien, als wäre sie ein Teil einer Gruppe, die man für eine spätere Gelegenheit in Reserve hielt. Sie wurde nicht einmal mißhandelt; wahrscheinlich, weil dies die zarte, empfindliche Schönheit ihres Illusionsaussehens verdorben hätte. Die Sklavenhändler meinten, sie zu einem hervorragenden Preis verkaufen zu können, sofern sie bei der Vermarktung die gebotene Sorgfalt walten ließen, und so überstürzten sie nichts. Und der Sklavenmeister erschien auch nicht. So nahm das Leben seinen gedämpften Lauf.

Eines Tages saß Iris zusammen mit mehreren anderen Leidensgenossinnen an einem kleinen, kalten grauen Steintisch im dunkelblauen Schatten eines lieblich duftenden Eukalyptusbaumes vor den Küchenhöhlen, die auf den Schwarzheideplatz zeigten. Zusammen mit den an sie geketteten Kindern trank Iris Sodawasser mit einem zarten Schlimonengeschmack. In Wirklichkeit handelte es sich zwar nur um gewöhnliches Wasser, doch die Kinder hatten schon bald gelernt, die Illusionen, die ihnen das Leben ein wenig erträglicher machten, weder preiszugeben noch zu hinterfragen. Iris schuf auch nie irgendwelche offensichtlichen Illusionen, und schon gar nicht, wenn ein Sklaventreiber sich in der Nähe befand oder sie beobachtete, und niemand von ihnen ließ zumindest nach außen einen Zweifel daran, daß ihr Leben eine einzige Qual war. Tatsächlich handelte es sich also um eine richtige Verschwörung des Schweigens.

Die heiße Sonne war gerade aufgegangen, und der Tag ließ jenes goldene Grün aufblitzen, das Iris so sehr genoß; und wenn sie es denn mit Illusionskraft verschönte, gaben doch sämtliche Sklaven vor, es gar nicht wahrgenommen zu haben. »Immer nur den heutigen Tag«, wisperte Iris bei sich. »Kümmere dich immer nur um den heutigen Tag.«

Und sie hoffte dabei, daß sie den Sklavenmeister würde identifizieren können, bevor eine von ihnen verkauft wurde.

Denn obwohl sie es ganz gelassen zu nehmen schien, sich mit Interesse umsah und die roten Steine, die launigen Blautöne und den goldenen Sand des Sklavenlagers studierte, war sie in Wirklichkeit alles andere als entspannt oder glücklich. Nachdem sie erst drei Wochen im Dienste des Königs von Xanth verdeckte Ermittlungen angestellt hatte, wußte sie nur zu genau, daß die Sache mit dem »Untergrund« mehr als wörtlich zu nehmen wäre, sollte irgend etwas schiefgehen. Sie hatte bemerkt, wie die Sklavenhändler sie musterten und gierig darauf hofften, daß sich irgendein Makel an ihr zeigen möge, der sie unverkäuflich machte, nur um sich selbst ihrer bedienen zu dürfen. Manchmal ließen sie Äste oder Steine auf dem Weg liegen, immer wie zufällig, damit Iris im Dunkeln darüber stolpern mochte. Ein Sturz hätte ihr Gesicht verunzieren und ihren Verkaufswert deutlich mindern können. Tatsächlich hatte es einmal sogar funktioniert. Da war sie *wirklich* gestürzt und hatte sich die Wange aufgerissen. Doch sie verdeckte es mit Illusion, so daß die Männer nie davon erfuhren. Seitdem achtete sie stets sorgfältig darauf, die Illusion eines Dunkellichts zu verwenden, dessen Strahlung nur mit Hilfe der Illusion besonderer Kontaktlinsen wahrzunehmen war, um in der Dunkelheit sehen zu können.

Sie hatte jetzt schon Heimweh nach der nebligen Insel der Illusion und dem kühlen grünen Meer, das an den sandigen Strand brandete. Außerdem taten ihr immer noch die Füße von dem Gewaltmarsch zu diesem versteckten Sklavenlager weh, wie auch von dem ständigen Umherlaufen, zu dem sie gezwungen war, um den Sklavenhändlern zu dienen und die Kinder vor Schwierigkeiten zu bewahren. So hatte sie ihren Mangel an Gesellschaft gegen den Mangel an Behaglichkeit eingetauscht. Na ja, nicht völlig – denn sie erinnerte sich an jenen Sommer, da sie die Feuerinsel besucht hatte und dort von Feuerameisenschwärmen angegriffen worden war. Es war ihr zwar gelungen, mit reichlichen Gaben feuchten Sandes das Feuer zu löschen, doch hatten ihre Füße dabei Verbrennungen zweiten, die Beine sogar ersten Grades davongetragen. Wochenlang war sie damals auf ihren von Brandblasen übersäten Sohlen umhergehumpelt, unfähig, den Schmerz vor sich selbst zu verbergen, obwohl sie ihn natürlich mit dreieinhalb Schichten Illusion verdeckt hatte. So schlimm war es mit ihren Füßen diesmal nicht; insgesamt aber war es hier im Sklavenlager zumindest annähernd genauso schlimm, wofür schon die Erschöpfung und die demütigende Situation selbst sorgten.

Iris erhob sich, um noch einen kleinen Schluck Wasser zu holen; denn die Illusion konnte ihren Durst nicht wirklich löschen. Die Kinder folgten ihr im Gleichschritt, weil das die beste Methode war, um zu verhindern, daß die Kette an ihren Beinen zerrte. So humpelten sie über den Schwarzen Platz – wobei die Illusion es so aussehen ließ, als gingen sie – völlig normal – dem schönen ›gotischen‹ Springbrunnen entgegen. Iris wußte zwar nicht, was für eine Kreatur so ein Got war, doch sie mußte ziemlich furchterregend gewesen sein; denn der Springbrunnen war liebevoll mit zahlreichen unliebenswürdigen, gräßlichen, in Gestein gefrorenen Wasserspeiern verziert, die in seiner goldenen Mitte spielten. Bestimmt hatte es eines sehr mächtigen Zaubers bedurft, um solche Kreaturen hier festzusetzen.

Neben dem Springbrunnen flirtete ein narbenübersäter, blaugesichtiger, in Leder und Kettenhemd gekleideter, schmutzig gepanzerter Unmenschensöldner mit einer feurigen, fuchshaarigen, weiblichen, kätzischen Neumenschenkreatur. Sie wirkte recht umgänglich, sprach völlig unbekümmert und benahm sich ganz katzengleich. Iris hatte sie schon öfter gesehen und wußte, daß sie Katka hieß. Wie alle vom Lagerpersonal hatte Katka, wenngleich sie nur spärlich bekleidet war, ein Auge mit dem schwarzen Schal abgedeckt, den sie über ihrem Haar trug. Das war etwas sehr Merkwürdiges, und Iris hätte es auch bestimmt irgendwann beachtet, wäre sie nur jemals in der Stimmung gewesen, darüber nachzudenken. Warum sollte eine Frau lieber ihren Kopf als ihren Oberköper bedecken? Der Sklavenhändler allerdings schien mit dieser Aufmachung durchaus zufrieden zu sein und inspizierte sie genau.

Iris aber konnte nur noch daran denken, in den silbrigblauen kühlen Teich zu springen, um sich von den heilenden Strömen der Flüssigkeit, die den hahnförmigen Mäulern der diamantäugigen, drachenköpfigen Kreaturen mit dem steinernen Antlitz entsprangen, Kopf, Hände und die brennenden Füße abspülen zu lassen. Unfähig, ihrem Verlangen zu widerstehen, beugte sie sich vor und spritzte sich Wasser ins Gesicht.

»He, du da!« schrie der Söldner. »Das ist verboten!«

Hastig füllten Iris und die Kinder ihre Becher und eilten wieder davon. Wie sehr sie sich doch wünschte, daß der Sklavenmeister endlich erscheinen würde, damit sie ihn identifizieren und fliehen konnte, um diesem ganzen schmutzigen Unternehmen ein für allemal ein Ende zu setzen! Doch ob es Schläue sein mochte oder Gleichgültigkeit, er glänzte immer nur durch Abwesenheit.

In dieser Nacht, da ihr sehr heiß war und sie sich ganz erbärmlich fühlte, stöhnte Iris in unruhigen Schlaf und hatte einen Traum:

> Am heißen und feuchten Mittag, in einem Tal der Drachen, wie leblos, mit goldenem Pfeil in meiner Brust, lag ich da;
> um mich herum erhoben sich rauchige Spiegel, und scharlachfarbene Blutstropfen strömten über meine Brust und troffen von ihr ab.
> Allein lag ich auf dem goldenen brennenden Sand.
> Die steilen Schluchten der sieben Teufel blieben stumm; der Kettenhund lag japsend in der Sonne, und ich verbrannte selbst, am Fluß ohne Rückkehr, am Boden liegend.
>
> Ich träumte vom Geschrei eines Säuglings im Licht.
> Der Dämon schlug zu; dort im Sand lag meines Geliebten Leib;
> Dampf stieg aus der Höllenschlucht und ihren heißen Nimmerquellen, das Blut, es strömte kalt herab, heraus und troff davon.

Sie erwachte und fragte sich sofort, was der Traum wohl zu bedeuten hatte. Sie war noch nie von einem Pfeil getroffen worden, schon gar nicht von einem goldenen, noch hatte sie je einen Geliebten gehabt, der so sehr leiden mußte. Und doch wirkte der Traum eher wie eine Erinnerung. Bestimmt hatte er etwas ganz Besonderes zu bedeuten.

Draußen vor dem Höhleneingang vernahm sie ein Donnern. Es regnete heftig, und das Wasser strömte am Boden an ihren Füßen vorüber und in die Tiefen des Berges hinein. Niemand wußte, wie weit die Höhlen sich erstreckten, denn nicht einmal die Sklavenhalter wagten es, sie gänzlich zu erkunden. Nur das Wasser hatte soviel Mut.

Es war Morgen, und das Gewitter schien eine Pause einzulegen. Die Kinder brauchten etwas zu essen. Also führte Iris sie hinaus. Doch sie hatte sich getäuscht. Schon im nächsten Augenblick setzte der Regen wieder ein, und zu ihrem Erstaunen war er eiskalt. Hagel prasselte auf sie nieder, so daß sie sich ducken und in den spärlichen Schutz der Bäume fliehen mußten.

Iris wollte zur Höhle zurückkehren, doch dafür war es schon zu spät. Das Gewitter hatte sich zu einem Wirbelsturm voller kreischender Dämonen entwickelt. Der trieb sie in die Knie, versperrte den Blick auf den Höhleneingang und erfüllte ihren Geist mit Furcht. Die Kinder weinten, doch war es im Gebrüll des Sturmes kaum zu vernehmen. Iris streckte die Hand aus, wollte sie an sich drücken, um sie des armseligen Schutzes teilhaftig werden zu lassen, den sie ihnen zu bieten hatte. Sie erkannte, daß Fracto gekommen sein mußte, die böse Wolke, und daß er nun versuchte, sie alle zu vernichten. Fracto gehörte zu den wenigen Wesen, die sich von Iris' Illusionen nur schwer täuschen ließen. Denn Fracto hatte keine Illusionen – er war einfach nur zerstörerisch.

Von dem schrecklichen Sturm geblendet und betäubt, hielt Iris auf den einzigen erreichbaren Schutz zu: ein gemeiner Zeitbaum. Gemein war er weder vom Aussehen noch von seinem Charakter her, sondern nur in dem Sinne, daß es sich um ein gewöhnliches, unvollkommenes Exemplar handelte, das nur wenig Wirkung auf seine Umgebung auszuüben imstande war. Und so konnten Iris und die Kinder sich an ihm zusammenkauern, ohne eine allzu große, umfassende Zeitverzerrung zu erleiden. So schien es lediglich, als wäre das Gewitter träge geworden, als fielen die Hagelkörner nur schleppend in die Tiefe, als prallten sie langsam vom Boden ab und rollten gemächlich davon. Der heulende Wind heulte tiefer, fast so, als wäre er müde, und zauste das Laubwerk des Baumes.

Iris wußte, daß noch immer Tag herrschte, doch inzwischen begann eine gewaltige Dunkelheit alles einzuhüllen. Das lag teilweise, wie Iris erkannte, an der Dichte der furchtbaren Wolke, aber das konnte nicht alles sein. Die Kinder sahen sich mit furchtsamen Blicken um; selbst die kleine Überraschung wirkte eingeschüchtert. Iris konnte es ihnen nicht verdenken; denn tatsächlich raubte einem dieses Naturereignis den letzten Nerv. Sie wußte, da sie sich niemals in einen solchen Sturm hätte hinausbegeben dürfen, denn einem solchen Wetter war nie zu trauen. Aber wo kam nur die Dunkelheit her?

Da erkannte sie, daß es an dem Zeitbaum liegen mußte. Der bremste das Licht selbst, so daß nicht genug bis zu diesem Punkt durchdrang, wodurch die Dunkelheit ihre Chance bekam. Wenn sie mehr Licht haben wollten, würden sie sich vom Zeitbaum entfernen müssen. Sie konnten hier ohnehin nicht bleiben; denn inzwischen häuften sich die Hagelkörner um ihre Füße, daß die Zehen von tödlicher Kälte ergriffen wurden. Dieser Unterschlupf bot in Wirklichkeit keine Sicherheit.

»K-Kinder«, sagte Iris mit klappernden Zähnen. »Wir m-müssen weiter, bev-vor wir n-noch erf-frieren. Ich m-mache ein L-Licht, um uns z-zum Speisesaal z-zu f-führen.«

Stumpfsinnig nickten sie. Selbst die Sklaverei erschien ihnen noch besser als diese Kälte, die ihnen bis in die Knochen fuhr.

Da geschah etwas halbwegs Gutes: Die Handschelle an Iris' linkem Handgelenk wurde plötzlich stumpf, schrumpfte zusammen und öffnete sich ein Stück. Der

Zeitbaum und die Kälte setzten der Handschelle offenbar mehr zu, als sie aushalten konnte; deshalb ging sie nun auseinander.

»Kinder!« rief Iris. »Die Handschellen gehen auf! Vielleicht können wir sie abstreifen!«

Sie stellten sich im Kreis auf und rissen an der Kette, die sie miteinander verband, bearbeiteten sie mit Stöcken und Steinen, bis die Handschellen sich nach und nach öffneten. Eine nach der anderen bekamen sie auf und streiften sie ab, befreiten die kleinen Hände. Jetzt waren sie nicht mehr körperlich aneinander gefesselt.

Doch gesellschaftlich und praktisch gesehen blieben sie es immer noch. Keiner von ihnen konnte diesen Sturm allein überstehen, und die Kinder würden mit Sicherheit ums Leben kommen, falls sie vor dem Unwetter flohen und in die umgebende Wildnis hinausrannten. Iris selbst ging es auch kaum besser, denn ihre Illusionsmacht konnte an der Grundsituation kaum etwas ändern.

»Kinder, wir sind erst zur Hälfte frei«, verkündete sie. »Wir müssen erst einmal in den Speisesaal und uns aufwärmen, bevor wir auch nur an Flucht denken dürfen. Ich werde Handschellen und Ketten aus Illusion fertigen. Ihr müßt so tun, als wären sie echt, bis sich uns eine gute Fluchtmöglichkeit bietet. Habt ihr mich verstanden?«

Sie nickten. Sie verstanden nur zu gut. Sie wußten genau, daß die Ketten nur ein Teil dessen waren, was sie gefangenhielt. Sonst hätten sie auch schon mit Iris zusammen als Gruppe fliehen können. Die Kinder verstanden ihre Rolle zu spielen. Sie hatten immerhin schon gelernt, in dieser furchtbaren Lage zu überleben.

Natürlich wollte Iris noch gar nicht fliehen; denn sie mußte ja erst noch den Sklavenmeister identifizieren. Aber vielleicht zeigte dieser sich ja noch, bevor sich eine gute Gelegenheit bot, um zusammen mit den Kindern das Weite zu suchen.

Iris erschuf eine helle Illusionslampe und ließ sie voranschweben. Sie wußte selbst nicht mehr so genau, in welcher Richtung der Speisesaal lag, doch würde es überall besser sein als hier. Dann fiel ihr etwas ein, und sie ließ die Lampe sich senken, bis sie dicht über dem mit Hagelkörnern bedeckten Boden schwebte und ihn aufhellte, wobei sie wie eine kleine Sonne gleißte. So brachte sie das umgebende Eis zum Schmelzen, was ihnen wiederum den Weg freimachte. Nur gut, daß die Hagelkörner nicht merkten, daß es sich bei dem Licht um bloße Illusion handelte!

Sie folgten dem Licht, ohne sich allzu viele Gedanken darüber zu machen, wohin es sie eigentlich führte. Um sie herum tobte noch immer der Sturm und verhüllte alles andere, doch die kleine Kugel aus Licht spendete ihnen Trost. Sie schwebte mal hierhin, mal dorthin, vom Wind gezaust, und führte sie einen quälenden, mühseligen Weg entlang. Iris schätzte, daß sie inzwischen schon längst den Speisesaal hätten erreichen müssen, selbst wenn man alle Umwegigkeiten berücksichtigte, doch sagte sie lieber nichts, um die Kinder nicht zu beunruhigen. Sie wagte gar nicht daran zu denken, daß sie sich verirrt haben könnten.

Dann erspähte sie in einiger Entfernung ein mattes Licht. Iris drosselte ihr eigenes Illusionslicht, damit die Sklavenjäger es nicht bemerkten, und stapfte dem echten Licht entgegen, gefolgt von den Kindern. Der Sturm um sie herum wurde immer heftiger, als wollte er sie daran hindern, ihr Ziel zu erreichen. Eine eisige Bö aus Schneeluft schoß Iris in die Lungen, daß ihr Atem darin kristallisierte. Sie ging in die Knie und keuchte.

Doch sie mußte den Kindern ein Beispiel sein, und so legte sie die Hände auf den Boden und kroch auf allen vieren auf das Licht zu, näherte sich langsam den riesigen, schweren Holztüren des Gebäudes. Die Kinder krochen ihr nach.

Da zögerte Iris: Das sah aber gar nicht aus wie der Speisesaal! Es schien ein fremdes unbekanntes Gebäude zu sein. Aber hier draußen konnten sie auch nicht bleiben, und ihre Gliedmaßen waren bereits zu taub, um sie noch einmal woandershin zu tragen. Sie mußten es einfach riskieren.

Während sie sich auf die Beine kämpfte, besserte Iris gleichzeitig ihre Illusion aus. Sie verlieh sich selbst das Aussehen einer Damsell in Not, während die Kinder nun wie süße, kleine Waisenmädchen in noch viel schlimmerer Not aussahen. Tatsächlich entsprach das ja sogar der Wahrheit; deshalb brauchte Iris nur mit leichter Hand ein wenig nachzuhelfen, damit jeder, der an die Tür kommen sollte, sie alle furchtbar betörend und herzzerreißend finden mochte.

Sie beschwor einen Illusionsspiegel herauf, um im Licht seiner Reflexion ihr Dekolleté zu richten, damit es etwas mehr quellenden Busen und einen tiefen Ausschnitt zeigte. Schließlich ballte sie die tauben Hände zu Fäusten und prügelte damit auf die Türklingel ein, ohne daß es ihr jedoch gelang, die darauf verharschte Eisschicht zu durchbrechen. So versuchte sie es statt dessen damit, die Knöchel gegen die Tür zu schlagen, doch die waren ebenfalls zu taub geworden, um auch nur das leiseste Geräusch zu machen. Statt dessen trat sie nun gegen die Tür und schaffte es mit ihrem zarten Damenpantoffel tatsächlich, ein schwaches, feminines Klopfen zustande zu bringen.

Da öffnete sich die Tür endlich knarzend einwärts. Vor ihnen stand eine alte Magd. »Ach, du bist das, Iris!« sagte die Magd. »Was machst du denn hier draußen, mit tauben Knöcheln und vereistem Ausschnitt?«

»Elster!« rief Iris. Denn es schien ihre alte Dämonenzofe zu sein, die sie einst aufgezogen hatte, bis aus Iris eine ziemlich blutarme junge Maid geworden war.

»Dicht dran«, meinte die andere. »Ich wollte nur mal sehen, wie es dir so geht. Du scheinst dich ja in eine interessante Erinnerung eingesponnen zu haben.« Da verschwand sie auch schon wieder.

Iris versuchte sich zu überlegen, was Mentia eigentlich in ihrer Erinnerung zu suchen hatte, doch ihr gefrorener Verstand war dieser Aufgabe nicht so recht gewachsen. Also nutzte sie statt dessen die offenstehende Tür, um einzutreten, gefolgt von Überraschung und den anderen Kindern. Überhaupt – was tat Überraschung eigentlich hier? Die würde doch erst sieben Jahrzehnte später vom Storch abgeliefert werden! Doch es spielte keine Rolle, solange der Bau ihnen nur etwas Wärme versprach.

Als die Kinder alle eingetreten waren, schob Iris die Tür zu und sperrte damit den furchtbaren Sturm aus. Sofort gewannen ihre Gliedmaßen ihre Wärme zurück, und auch die Kinder sahen schon gleich viel besser aus.

Aber was war das nun für ein Gebäude? Würden sie hier überhaupt willkommen sein? Oder war es vielleicht nur der Vorspann zu einem noch viel schlimmeren Unheil?

Iris beschloß, alles auf eine Karte zu setzen. »Das hier sieht mir aus wie ein fremdes Haus«, flüsterte sie den Kindern zu. »Wo die Sklavenjäger nichts zu sagen haben. Ich werde unsere Ketten abstreifen.« Und sofort lösten sich die Illusionshandschellen und -ketten in Luft auf.

Sie vernahmen Fußgetrappel draußen im Gang vor der Tür. Iris schönte noch einmal ihre illusionäre Busenlinie, weil dies ihre beste Verteidigung war. Ein Mann erschien, ein großes Schwert in der Hand. Er blieb stehen und musterte Iris' künstlerisch aufgedonnerte Vorderseite. »Hm, das ist aber interessant«, bemerkte er.

Nun, das sollte es ja auch sein. »Gütiger Herr«, sagte sie wimmernd. »Ich bin eine Damsell in Not, und diesen armen Waisenmädchen geht es nicht besser. Wirst du uns helfen?« Sie atmete tief ein, um ihre damsellhafte Not zu unterstreichen.

»Warum nicht«, meinte er. »Ich bin der Ritter von der Wacht, der dieses Haus vor plündernden Drachen beschützen soll. Habt ihr irgend etwas mit irgendwelchen Drachen zu tun?«

»Nicht, wenn wir es irgendwie vermeiden können, kühner Rittersmann«, erwiderte Iris unterwürfig.

»So macht euch gefälligst nützlich«, erwiderte er sarkastisch. Dann machte er auf dem Absatz kehrt und schritt zu seinem würfelbrettartigen Hof zurück.

Iris zögerte nur einen Zweidrittelaugenblick. »Am nützlichsten können wir uns in der Küche machen«, teilte sie den Kindern mit. »Außerdem dürfte es dort etwas zu essen geben.« Also marschierten sie durch den Gang, dem Geruch frischgebackenen Brotes und gerinnender Molke entgegen. So kamen sie zu einem großen Gewölbe, an dessen Eingang ein Schild mit der Aufschrift TEUFELS KÜCHE hing. Das war zwar nicht gerade muteinflößend, doch was blieb ihnen anderes übrig, als einzutreten?

Was sie auch taten. Drinnen stand ein riesiger Koch in weißer Uniform und einer Mütze, die wie ein in die Höhe geschossenes, riesiges Plundergebäck aussah. Er drehte sich zu ihnen um: »Fort mit euch, Lumpenpack!« sagte er. »Die Mahlzeit ist noch nicht fertig. Ich habe niemanden, der mir zur Hand geht.« Er hob seinen Arm und zeigte ihnen, daß seine Hand tatsächlich viel zu kurz war.

»Aber wir sind doch gekommen, um zu helfen«, versetzte Iris. »Viele kleine Hände verkürzen die Arbeit.«

»In diesem Zustand?« wollte er wissen und starrte sie dabei an. Iris merkte, daß ihr die Illusion entglitten war, so daß sie kein üppiges Wesen mit tiefem Ausschnitt mehr war und die Kinder auch nicht mehr wie engelgleiche Geschöpfe aussahen, sondern wie ziemlich durchgefrorene, verschmierte Lumpengesellen. »Begebt euch gefälligst in die Badewanne und macht euch erst einmal sauber.« Er wies auf einen monströsen Kessel auf dem Feuer. »Ich bin der Dämon Rum; meldet euch wieder bei mir, wenn ihr fertig seid.«

Iris musterte den Kessel. Der war groß genug, daß sie allesamt auf einmal darin Platz gefunden hätten. Ein furchtbarer Gedanke stieg in ihr auf. Hastig unterdrückte sie ihn. »Danke«, antwortete sie und zupfte in aller Ruhe ihren Ausschnitt.

Er blickte genauer hin, was nicht weiter überraschend war; jeder Mann, der bei dieser besonderen Illusion nicht genauer hingesehen hätte, mußte blind sein. »Und eßt gefälligst etwas«, meinte er. »Ihr seht ja halb verhungert aus.« Das war wirklich eine äußerst scharfsinnige Beobachtung!

»Danke«, erwiderte Iris, ließ den Ausschnitt noch eine Spur wachsen und beugte sich ein Stück vor. »Aber was sollen wir denn essen?«

»Von mir aus meinen Hut«, antwortete er und warf ihr das überdimensionierte Gebäck zu. Iris fing es auf und stellte fest, daß es ein einziges, festes Stück voller verschiedenster Beeren war; dazwischen war dampfender, üppiger Teig. Das ganze Teilchen war groß genug, um sie alle satt zu bekommen.

Iris brach die Mütze in viele köstliche Stücke und verteilte sie. Die Kinder schlangen sie hastig herunter, und auch Iris aß wie ein Wolf, wobei sie allerdings eine etwas damenhaftere Illusion vorhielt. So schlugen sie sich alle furchtbar den Bauch mit frischem Teig und gekochten Beeren voll. Doch es war ja auch die richtige Zeit dafür, zumal gleich ein ordentliches Bad folgen sollte.

Der riesige Kessel war ungefähr zur Hälfte mit warmem Wasser gefüllt. Das würde genügen. Iris ließ eine unauffällige Illusionswand entstehen, hinter der die Kinder sich auszogen. Dann hob sie sie einzeln in den Kessel und ließ sie sich einander abschrubben. Nachdem das letzte Kind im Kessel war, stellte Iris sich selbst hinter den Schutzschirm, zog ihre Kleider aus, ließ einen illusionären Badeanzug entstehen und warf sämtliche Kleidungsstücke in den Kessel, um sie zu schrubben, wobei sie ihnen und den Kindern Gesellschaft leistete, die sich mit einer Wasserschlacht vergnügten, in deren Verlauf sie mehr oder weniger ungewollt sauber wurden. So ließ Iris sie gewähren, wobei sie das Geschehen mit der Illusion wabernden Dampfs verhüllte.

Überraschung bekam einen Zauberanfall, wobei sie derart furchtbare Dinge heraufbeschwor, daß die anderen Kinder leidenschaftliche Pust- und Würgegeräusche von sich gaben.

»Frisches Gemüse. Das ist mein Fluch«, sagte sie, während sie die anderen mit Kohlköpfen, Kürbis, Broccoli, Erbsen, Bohnen, süßen und sauren Kartoffeln, Rüben, Tomaten, Rote Beete, Sellerie und anderen widerlichen Gewächsen bewarf. Schon bald verteilten sich Gemüsestücke im ganzen Wasser. Iris überlegte sich, daß diese Kinder wahrscheinlich noch nie im Leben soviel Spaß mit richtigem Gemüse gehabt haben dürften.

Nach einer Weile waren die Truppe und ihre Kleidung richtig sauber, das Wasser dagegen häßlich und schmutzig geworden. Iris hängte die Kleider zum Trocknen ans Feuer, während sie sich selbst und die Kinder in Illusionsuniformen von trostlosem Olivgrün hüllte. In der Küche war es gerade warm genug, um noch gemütlich zu sein.

Dann führte Iris die ganze Truppe zum Dämon Rum. »Wir sind bereit für die Arbeit«, verkündete sie.

»Die habt ihr bereits erledigt«, erwiderte er.

Iris und die Kinder reagierten überrascht. »Tatsächlich?«

»Ihr habt die Suppe gemacht.«

Das verstanden sie immer noch nicht. »Wir haben was?«

»Da hinten im Kessel«, erklärte Rum. »Gemüsesuppe.«

Iris blickte zu dem Kessel hinüber, unter dem das Feuer plötzlich emporzüngelte, um das Wasser zum Kochen zu bringen. »Aber ...«, begann Iris und dachte daran, wie sie sich gerade erst den Schmutz vom Leib gewaschen hatten.

»Würze«, erklärte Rum, als hätte er ihre Gedanken gelesen. »Geheime Zutaten.«

Begreifend nickten die Kinder. Sie würden das Geheimnis wahren. Schon die bloße Vorstellung, nichtsahnende Leute dazu zu verführen, Gemüsebrühe zu verzehren, war urkomisch.

Da sie ihre Arbeit erledigt hatten, stiegen sie die Holztreppe zum Dienstbotenquartier im ersten Stock hinauf. Dort fanden sie ein hübsches Zimmer vor, auf dessen Boden jede Menge Schlafkissen lagen. Natürlich begeisterten die Kinder sich sofort für eine heftige Kissenschlacht, und schon bald flogen die Federn. Iris, die von der Sorge abgelenkt war, wo sie sich befinden mochten und was sie in diesem geheimnisvollen Gebäude noch alles erwarten würde, bemerkte es erst zu spät. »Oh!« rief sie entsetzt. »Ihr habt ja sämtliche Kissen kaputtgemacht!«

Dann hörten sie plötzlich Schritte draußen auf der Treppe. Iris schaffte es gerade noch, hastig eine Illusion zusammenzuzimmern, in der die Kissen noch genauso aussahen wie zuvor, als sich auch schon die Tür öffnete.

Vor ihnen stand der Dämon Rum. In den Händen hielt er ihre gesamte Kleidung. »Die habt ihr vergessen«, sagte er. »Sie ist jetzt trocken.« Mit mildem Interesse musterte er die Gruppe.

Zu spät begriff Iris, daß sie in ihrer Sorge um die Kissen

vergessen hatte, die Illusion ihrer Kleidung aufrechtzuhalten, und so standen sie nun allesamt splitternackt da. »Danke«, sagte sie, nahm das Bündel entgegen und hielt es wie einen Schild vor sich.

»Eine Aufgabe gibt es noch für euch«, fuhr Rum fort. »Ihr müßt die Daunen entfernen, damit die Kissenbezüge gewaschen werden können.« Er blinzelte, als Iris ihre Kissenillusion fahrenließ. »Oh, das habt ihr also schon erledigt. Sehr gut!« Er sammelte die leeren Bezüge ein und brachte sie fort.

Iris atmete auf. Wieviel unverschämtes Glück würden sie wohl noch haben?

15

Liebe

»Und was ist dann passiert?« wollte Überraschung wissen.

Die Frage riß Iris aus ihrer Träumerei. »Ach, das interessiert dich bestimmt nicht«, sagte sie, besorgt, sie könnte gegen die Erwachsenenverschwörung verstoßen. Zerstreut fiel ihr auf, daß der Zug schon wieder durch die Stadt Scharnier fuhr. Er mußte eine Schlaufe gefahren haben.

»O doch!« widersprach Überraschung begeistert.

Alle Kinder waren nur zu begierig darauf, sich an der Verschwörung vorbeizustehlen – was natürlich nicht statthaft war, sonst hätten die Erwachsenen ihre Macht über die Kinder verloren. Vielleicht enthielt ihre Erinnerung aber auch gar nicht allzu viel verbotenes Material, und falls doch, könnte sie sich immer noch mit einer unsichtbaren Ellipse daran vorbeilavieren. Schließlich saßen sie an Bord einer Gedankenbahn, die in die Vergangenheit reiste; da konnte es nicht ausbleiben, daß sie auch Erinnerungen erforschten. »Also gut«, sagte sie mit matter Resigniertheit; denn tatsächlich handelte es sich um eine sehr interessante Erinnerung.

»Kann ich wieder in deiner Erinnerung vorkommen?«

»Aber das war doch lange, bevor du geliefert wurdest!« protestierte Iris.

»Sicher, aber du hattest ja auch Kinder dabei. Deshalb habe ich mich ihnen angeschlossen. Ich verspreche, dir nicht mit irgendwelcher Magie dazwischenzufunken.«

Es hatte Zeiten gegeben, da hätte dieser Anachronismus Iris nachdenklich gemacht. Aber wenn sie jetzt, im körperlichen Alter von dreiundzwanzig, mit Überraschung zusammensein konnte, warum nicht auch dann, als sie *geistig* dreiundzwanzig gewesen war? »Also gut«, wiederholte sie. Schließlich waren Erinnerungen ja immer dann am besten, wenn man sie mit jemandem teilte.

Als Iris am nächsten Morgen erwachte, geschah dies mit einem Gefühl schrecklichen Verlustes. Sie wußte, daß sie wieder von ihrer verlorenen Liebe geträumt hatte, jener, der sie immer nur im Traum begegnet war. Mit einer Spur nachhaltigen Unbehagens flüsterte sie in ihr Kissen: »O große Macht, die du bist, wie lange muß ich diese Einsamkeit noch ertragen?« Doch wie immer bekam sie keine Antwort.

Sie musterte die dahinschmelzende Kerzenuhr und stellte fest, daß es noch sehr früh war. Schnell schlüpfte sie unter ihrem warmen, daunengefüllten Schlafkissen hervor und begann zu zittern, als ihre nackten Füße auf den Platten aus goldgeflecktem Sandstein und himmelblauem Türkis aufsetzten, die das königliche Schachbrettmuster des Bodens bildeten. Gestern war ihr gar nicht aufgefallen, wie elegant dieses Zimmer tatsächlich war. Natürlich war der Boden auch zum größten Teil von den Daunen der Kissenschlacht bedeckt gewesen, und danach hatten sie wieder nach unten gemußt, um in der Küche eine weitere Mahlzeit zuzubereiten, um erst nach Einbruch der Dunkelheit aufs Zimmer zurückzukehren. Deshalb war dies die erste richtige Gelegenheit, den Raum in allen Einzelheiten zu studieren. Iris war beeindruckt. Wem gehörte nur dieses prunkvolle Gebäude? Es konnte sich nicht weit vom Lager der Sklavenjäger befinden; denn wenn sie sich auch im Gewitter verirrt hatten, waren sie doch nur eine vergleichsweise kurze Zeit gegangen. Aber Iris war sich auch sicher, daß sie in der ganzen Umgebung nichts Vergleichbares zu Gesicht bekommen hatte.

Erschöpft von der anstrengenden Arbeit an Kessel und Kissen, lagen die Kinder immer noch glücklich schlummernd zwischen den Decken. Die ganze Sache war auch für sie der wahre Segen – plötzlich wohlgenährt und versorgt zu sein, anstatt zusammengekauert in einer feuchten, dunklen Höhle ihr Dasein fristen zu müssen. Doch Iris besaß ein mißtrauisches Wesen, und so fragte sie sich, ob die Sache nicht einen Haken hatte.

Leise begab sie sich zur Toilette, wo es wunderbare sanitäre Anlagen gab. Als sie die hübschen Baumwoll-Leinen-Vorhänge beiseite schob, welche die runde Badenische verdeckten, entfuhr ihr ein Ausruf des Entzückens. Da war ja ein dampfendes Bad – und schon für sie bereit!

»Aber das kann doch gar nicht für mich gedacht sein!« hauchte sie und hoffte insgeheim sehnlichst, daß sie sich irren möge.

»Natürlich kann es das, meine Liebe«, sagte Elster und erschien neben ihr. »Ich habe dir dein Lieblingsbad mit Zitronenstraucharoma zubereitet. Schließlich kann dir doch niemand zumuten, dich mit einem bloßen Gemüsebrühenbad zufriedenzugeben, oder?«

»Dann warst du es also doch, die ich gestern an der Tür erblickt habe«, meinte Iris.

»Natürlich war ich das, bis ich von einer jüngeren Erinnerung überlagert wurde«, bestätigte Elster und half ihr in das wunderbare Bad. »Manchmal frage ich mich wirklich, auf welche Abenteuer du dich auf deine alten Tage eigentlich noch einlassen willst ...«

Irgendwie klang das ganz vernünftig. »Aber was ist das hier für ein Ort?« wollte Iris wissen, während sie das duftende Wasser genoß. »Warum behandelt man uns so gut?«

»Das kann ich dir nur zum Teil beantworten«, erwiderte Elster. »Das Schlößchen gehört einem jungen Mann von edler Herkunft namens Arte Menia. Und ihr werdet deshalb gut behandelt, weil der Koch dich mag.«

»Aber der Koch weiß ja auch nicht, daß ich eine Zauberin bin«, wandte Iris ein. »Außerdem ist er ein Dämon, also macht er sich nichts aus sterblichen Frauen.«

»Da irrst du dich aber, meine Liebe«, widersprach Elster, während sie Iris den Rücken schrubbte. »Männliche Dämonen sind manchmal ganz schön fasziniert von illusionsverschönerten sterblichen Frauen, während weibliche Dämonen sich daran erfreuen, sterbliche Männer zu verführen. Natürlich ist das für sie fast immer ein belangloses Spiel, da sie sich nur selten dauerhaft binden.«

»Aber Elster, du ...«

»Ich mag zufälligerweise Damselln in Not«, antwortete die Dämonin. »Die führen manchmal ein sehr interessantes Leben.«

Iris war überrascht. Irgendwie hatte sie Elster immer für gegeben und selbstverständlich gehalten; es war ihr überhaupt nicht seltsam vorgekommen, eine Dämonin zur Zofe zu haben. »Dann hast du also auch schon anderen Damselln gedient?«

»Vielen«, bestätigte Elster. »Habe ich denn niemals Rose von Roogna erwähnt?«

»Nein, hast du nicht.«

»Gut. Das wäre auch nicht schicklich gewesen.«

Als sie mit dem Baden fertig war, stand Iris auf und stellte sich vor den lebensgroßen Spiegel. Sie sah entzückend aus. Sie kannte 999 Illusionen, jedenfalls so ungefähr, und so setzte sie Illusionen normalerweise ganz ähnlich ein, wie es Künstler mit ihren Paletten bei Regenbogenfarben taten, damit der Betrachter sich an einem Anblick erfreuen konnte, der dem eines großen Gemäldes an Schönheit nicht nachstand. Tatsächlich betrachtete sie sich selbst als Künstlerin der Illusion. Doch im Augenblick brauchte sie gar keine. Denn hier, im Bad, erblickte Iris sich selbst als jung, gesund und schlank, um jeden Mann zu entzücken.

»Venus aus dem Meer«, murmelte Elster anerkennend. »Eine richtige Schande, so was zu verhüllen.« Trotzdem produzierte sie ein wunderhübsches Paar Höschen und einen BH, dazu ein reichverziertes Kleid.

Da wachte eins der Kinder auf. »Was hast du ihr angezogen?« fragte Überraschung.

»Unterwäsche«, erwiderte Elster schnell. »Und nun komm und nimm ein Bad.«

Das ernüchterte das Kind in Windeseile. Doch da hatte Überraschung eine Idee. »Können wir noch mal eine Gemüseschlacht machen?«

»*Bitte*, heißt das«, erwiderte Elster streng.

»Bitte?« Nun erwachten auch die anderen Kinder.

»Versucht es doch statt dessen lieber mit einer Obstschlacht«, schlug Elster vor und produzierte zahlreiche Seifenriegel in Form von Zitronen, Trauben, Äpfeln, Kirschen und ähnlichem. Einer davon hatte sogar die Form einer kleinen Sprengananas: die Sorte, die sich genau wie eine richtige Ananas verhielt, nur harmloser.

Die Kinder musterten das ganze ein bißchen argwöhnisch, hegten sie doch den Verdacht, daß diese Früchte wohl besser zum Saubermachen geeignet waren als zum Planschen. Da zauberte Elster ein Stück Seife in Gestalt einer riesigen Wassermelone hervor, die einen fürchterlichen Platscher verursachen und alles überfluten würde, was sich inner- und außerhalb der Badewanne befand. Nun fiel die Entscheidung nicht mehr schwer: Die Kinder packten die kleinen Seifenstücke und rollten das große Stück vor sich her. »Wer zuletzt kommt, ist eine verfaulte Eierblume!«

»Ich passe schon auf die Kleinen auf«, erklärte Elster. »Du kannst jetzt Arte Menia aufsuchen.«

»Wen?«

»Den Hausherrn. Er ist gestern abend von einer langen Geschäftsreise zurückgekehrt und hat von eurer Anwesenheit erfahren; deshalb mußt du dich ihm nun vorstellen. Es wäre nicht manierlich, sonst länger in seinem Haus zu bleiben.«

Da hatte sie recht. Iris war gut erzogen und wußte, daß ein solches Fehlverhalten unverzeihlich gewesen wäre. »Wo ist er denn?«

»Unten im Foyer des Büros. Er muß noch einiges an Papierkram aufarbeiten.«

Also raffte Iris ihr elegantes, geborgtes Kleid und trippelte auf spitzen Zehen die Stufen zum Foyer des Büros hinunter. Dort fand sie einen stattlichen jungen Mann vor, der Papiere ordnete.

»Verzeihung«, sagte sie. »Ich bin die Zaub ... Ich bin Iris.« Denn eine instinktive Vorsicht gemahnte sie, das Geheimnis ihrer Identität lieber zu wahren. »Ich bin dein ... Ich bin über Nacht geblieben.« Sie war sich nicht ganz sicher, ob sie als Gast oder als Küchenmagd galt.

Der Mann erhob sich. Er hatte welliges braunes Haar und ein kleines Hinterteil. »Freut mich, dich kennenzulernen, Iris. Ich bin Arte, der Hausherr. Rum hat mir zwar schon erzählt, daß du schön seist, aber dabei hat er schamlos untertrieben.«

Iris errötete, denn im Augenblick verwendete sie gar keine Illusion, weshalb das Kompliment also ihrem tatsächlichen Aussehen galt. So etwas war sehr selten. »Danke«, antwortete sie. »Rum war äußerst gütig. Die Kinder und ich sind im Sturm beinahe erfroren. Da hat er uns zu Essen gegeben, Unterkunft und Arbeit.«

»Ja, er braucht jemanden, der ihm zur Hand geht«, meinte Arte. Seine Augen wiesen die unterschiedlichsten Grautöne auf. »Aber jetzt wirst du nicht mehr arbeiten müssen. Du bist offensichtlich eine feine Dame.« Er nahm ihre Hand in die seine, hob sie, küßte sie. Seine Hand und seine Lippen fühlten sich warm und fest an.

Iris war so begeistert, daß sie beinahe in Ohnmacht gefallen wäre. Was für ein edler Mann er doch war! Sie öffnete den Mund, um etwas Angemessenes zu erwidern, doch alles, was sie hervorbrachte, war ein furchtbar peinliches Kichern.

»Du mußt mit mir zusammen frühstücken«, entschied Arte und führte sie aus dem Arbeitszimmer zum Speisesaal. Dort hieß er sie mit einer ausladenden Geste, ihm gegenüber Platz zu nehmen, damit sie einander in die Augen blicken konnten.

Da erschien Rum. »Was soll es heute morgen sein, Gebieter?« fragte der Dämon.

»Für mich das Übliche und für die Dame etwas, das sich bemüht, ihrer würdig zu sein.«

»Sehr wohl, Herr.« Rum verschwand.

»Aber ich kann ruhig meine eigene ...«, begann Iris.

Arte legte seine feste auf ihre zittriges Hand. »Es würde mir nicht behagen, auch nur für einen Augenblick der exquisiten Freude deiner Gesellschaft entbehren zu müssen, nun, da ich dich kennengelernt habe.« Er lächelte, zeigte dabei seine ebenmäßigen weißen Zähne und ein halbes Grübchen. Völlig benommen, befürchtete Iris schon, gleich dahinzuschmelzen, was wirklich äußerst peinlich gewesen wäre.

Rum erschien mit zwei dampfenden Tellern. »Drachenspiegelei für dich, Gebieter, mit Stachelschweinspeck, und für die Dame eine Kernfrucht.« Er trug auf und verschwand wieder.

Iris betrachtete die Mahlzeit. Sie hatte noch nie von jemandem gehört, der jeden Morgen Dracheneier zu frühstücken pflegte. Schließlich waren sie nicht ganz einfach zu beschaffen. Kein Zweifel allerdings, daß ein Drachenei als das männlichste aller möglichen Frühstücke galt. Und was ihre eigene Mahlzeit betraf – die sah auch sehr gut aus: eine Gruppe blütenähnlicher Kugeln aus schillernden Kreisen und Ellipsen, die um leuchtende Kugeln in ihrer Mitte kreisten. Iris war sich nur nicht sicher, wie sie das essen sollte.

»Steck es einfach in den Mund«, empfahl Arte, als er ihre Zweifel bemerkte. Dann machte er sich über eine stachelige Speckschwarte her.

Immer noch etwas argwöhnisch, nahm Iris eine der Kugeln auf und schob sie sich in den Mund. Und erstarrte – von dem Erlebnis wie betäubt. Denn kaum hatte sie probiert, als der Geschmack förmlich explodierte. Es war die betörendste, wunderbarste Geschmackserfahrung, die sie je kennengelernt hatte. Sie fühlte sich, als würde sie gerade auf exquisiten Düften sanft über ein Rosenfeld schweben.

Nach einer kurzen Ewigkeit (oder einem außerordentlich

langen Augenblick) kehrte sie sanft in ein Annäherungsbild der Wirklichkeit zurück. »Oh«, hauchte sie verzückt. »Was ist denn das?«

»Die Frucht einer Kernspaltungsanlage«, erklärte Arte. »Die Anlage detoniert, wenn man sie aus dem Boden nimmt, und der Fruchtgeschmack explodiert, wenn man sie verzehrt. Es gilt als Delikatesse, die einer Dame würdig ist, wenngleich ich einräume, daß sie einer Dame von solcher Schönheit und Anmut, wie du es bist, niemals wahrhaft gerecht werden kann.«

»Aber das ist mit Abstand die leckerste Frucht, die ich je probiert habe!« warf sie ein. »Mir ist noch nie etwas begegnet, das ihr auch nur im entferntesten nahekäme.«

»Dann hast du bisher unter deinem Stand gespeist.« Er nahm einen Happen von seinem Ei.

Iris musterte den Rest ihres Tellers. Die Früchte waren von unterschiedlicher Farbe: grün, blau, gelb, purpurn und polkagetupft. Sie hatte eine rote verzehrt – die, wie sich herausstellte, ein Rosenaroma gehabt hatte. Welche Überraschungen hatten die anderen Farben wohl noch für sie parat?

Sie versuchte es mit einer gelben. Diesmal entführte die Explosion sie in ein Reich aus Butterblumen, die bis zum Rand mit der lieblichsten, kremigsten Butter gefüllt waren, und duftenden Vanillepflanzen und prickelnden Zitronendrops. Unbedarft hätte Iris schwören können, daß dies der leckerste Geschmack von ganz Xanth sei, hätte sie nicht soeben das Rosenaroma gekostet. Also gab sie es auf, Vergleiche anzustellen, und ließ sich einfach durch dieses kleine Stück Paradies treiben.

Als Arte sein allermännlichstes Ei und Iris die letzte maidenhafte Frucht verzehrt hatten, war sie so angenehm betört, daß alles in warmen Flausch eingepackt zu sein schien.

»Ich muß dir das Anwesen zeigen«, verkündete Arte und stand forsch auf.

Iris versuchte ebenfalls, sich zu erheben, fühlte sich aber so schwach, daß sie beinahe in Ohnmacht gefallen wäre.

Glücklicherweise fing Arte sie noch rechtzeitig mit seinen starken, männlichen Armen auf. »Aber ich sehe, daß du müde bist«, sagte er. »Laß mich dich auf mein Zimmer bringen, dort kannst du dich hinlegen.«

Das schien ihr so vollkommen vernünftig, daß sie es mehr als zufrieden war, sich seiner Führung zu überantworten. Kurz darauf befanden sie sich in seinen Privatgemächern. Die waren sogar noch prunkvoller als jene, die man Iris und den Kindern zugewiesen hatte. Im Raum stand ein kaisergroßes Bett, das auch noch außerordentlich einladend aussah.

Dann küßte er sie. Es war eine Empfindung wie die Kernfrucht, nur noch stärker. Iris' Verstand explodierte im Nichts, und sie vollendete den Ohnmachtsanfall, mit dem sie unten begonnen hatte.

Kurz darauf, vielleicht auch etwas später, kam sie wieder zu sich. Sie fand sich neben Arte auf dem Bett liegend wieder. Keiner von beiden war angekleidet.

»Oh«, machte sie in damsellhaftem Hauchen. »Was ist geschehen?« Denn sie hatte den Eindruck, daß durchaus etwas geschehen sein konnte. Sie wußte genau, daß Frauen über eine bestimmte Macht geboten, die den Männern abging: nämlich auch im Schlaf einen Storch herbeizurufen. War sie etwa so unanständig gewesen, das zu versuchen?

»Du hast etwas über das Herbeirufen des Storchs gesagt«, erwiderte er. »Darum habe ich uns entkleidet. Doch dann schien mir, daß du möglicherweise nicht ganz bei Sinnen seist, deshalb habe ich gewartet.«

»Du meinst, du … wir … haben nicht …?«

»Verzeih mir, falls es dir anders lieber gewesen wäre«, sagte er. »Aber mir fiel wieder ein, daß manche Leute nicht mehr ganz bei Sinnen sind, wenn sie Kernfrüchte zu sich genommen haben.«

Das war ja wohl die Untertreibung der Stunde! Der betörende Genuß der Frucht hatte Iris mindestens zu einem Drittel ihres Verstandes beraubt. Sie hätte erwartet, daß Arte ihren Zustand ausnutzen würde. Doch er hatte es anscheinend nicht getan. Und nun, da sie darüber nachdachte, stellte sie fest, daß ihr Körper ihr dasselbe mitteilte.

Vielleicht wäre sie wütend geworden, hätte er sich anders verhalten. Doch nun, da sie wußte, daß das Gegenteil zutraf, verfiel sie in die entgegengesetzte Stimmung: Nun mochte sie ihn noch mehr. »Dann tun wir es doch jetzt!« schlug sie vor.

»Ich dachte schon, du würdest mich nie fragen«, erwiderte er.

Er legte die Arme um sie, und sie wandte sich ihm zu, einen neuen Kuß erheischend. Sie preßten sich enger aneinander.

Da ging die Tür krachend auf. Eine Kinderschar stürmte ins Zimmer. »Da bist du ja!« rief Überraschung jubelnd.

Iris hatte gerade noch Zeit genug, ihre Leiber mit einer Illusionsdecke zu verbergen. »Was habt ihr denn schon wieder vor?« wollte sie wissen. Sie war nicht sonderlich erfreut über die Störung. Und sie hegte den Verdacht, daß es Arte nicht anders erging.

«Wir haben fertig gebadet, und jetzt haben wir Hunger«, erklärte Überraschung. »Deshalb haben wir dich gesucht. Wer ist denn der Mann da bei dir im Bett?«

Arte musterte die Illusionsdecke. Seine Augen verengten sich merklich. Offensichtlich begriff er gerade, was es mit Iris' Magie auf sich hatte. Doch im Augenblick machte er kein Thema daraus. »Ich bin Arte Menia, der Herr des Hauses. Und wer seid ihr?«

»Das sind die Kinder, mit denen ich unterwegs war«, warf Iris schnell ein. »Es sind unschuldige Engel, die nichts Böses im Sinn haben.«

»Dann sollen sie sich gefälligst zum Frühstück in die Küche begeben«, erwiderte Arte grimmig.

Iris raffte die Illusionsdecke etwas dichter um ihren Leib, während sie sich aufsetzte. »Geht in die Küche. Rum wird euch etwas zu Essen geben«, sagte sie.

»In Ordnung«, erwiderte Überraschung. Die Kinder trippelten hinaus und schlugen lärmend die Tür hinter sich zu.

»So, wo waren wir?« fragte Arte und wandte sich dabei wieder Iris zu.

Sie ließ die Decke verschwinden. »Ich glaube, wir waren gerade dabei, den Storch zu rufen«, erwiderte sie.

»Ja, da hast du wohl recht.« Er hielt inne. »Aber sag mir eins: Wie hast du diese Decke erscheinen lassen, die uns vor einem drastischen Verstoß gegen die Erwachsenenverschwörung gerettet hat?«

Nun mußte sie es ihm sagen. »Das ist mein Talent. Die Decke war nicht echt. Es war eine Illusion. Ich ...«

»Du hast das Talent, Illusionsdecken herzustellen!« rief er. »Wie passend, bei dieser Gelegenheit!«

»Äh, ja«, stimmte sie zu, immer noch ein wenig argwöhnisch. »Und was hast du für ein Talent?«

»Andere von meiner Ehrlichkeit zu überzeugen«, erwiderte er.

»Zu überzeugen?« fragte sie leicht beunruhigt. »Meinst du damit, daß ich das hier gar nicht wirklich tun will, sondern daß deine Magie mich glauben läßt, ich wollte es?«

Er lachte. »Überhaupt nicht! Ich wünschte, ich besäße ein solches Talent. Dann wäre ich sehr viel erfolgreicher, als ich es tatsächlich bin. Nein, überzeugend wirke ich nur, was meine Ernsthaftigkeit betrifft.«

»Ist das nicht dasselbe?«

»Nein, ist es nicht. Ich will es dir vorführen.« Er musterte sie eindringlich. »Wir können zehn Störche auf einmal rufen.«

Iris lachte. »Das ist unmöglich!«

»Das stimmt. Siehst du: Ich konnte dich nicht davon überzeugen, daß es möglich ist. Aber glaubst du mir, daß ich es ganz aufrichtig nur zu gern tun würde?«

Sie überlegte. »Ja, ich glaube dir, daß du das nur zu gern tun würdest.«

»Also glaubst du an meine Ernsthaftigkeit, nicht an das Unmögliche. Und genau das ist der Unterschied.«

Sie nickte. »Jetzt begreife ich. Du kannst mich zwar dazu bringen, an deine Gefühle zu glauben, nicht aber an die Gültigkeit dessen, was du mir vorschlagen magst.«

»Genau. Ich kann dich also dazu bringen zu glauben, daß ich ehrlich sehr gern den Storch mit dir rufen würde, aber nicht daran, daß du ihn *ebenfalls* mit mir gemeinsam rufen möchtest.«

»Das beruhigt mich«, erwiderte sie. »Denn ich möchte tatsächlich ein bißchen die Störche mit dir rufen, und da fände ich es schlimm, wenn es kein echtes Verlangen wäre.« Sie schmiegte sich wieder an Arte und küßte ihn.

»Ich glaube, nach einer Frau wie dir habe ich schon ganz Xanth abgesucht«, sagte er verträumt, »und nun tauchst du ganz unverhofft bei mir zu Hause auf. Ich segne den Sturm, der dich dazu brachte, dich hierher zu verirren!« Seine kundige Hand fuhr ihren Rücken hinab, bis ...

Wieder krachte die Tür auf. Da stand Überraschung. »Ich bin fertig mit dem Frühstück«, verkündete sie, »und bin gleich zurückgeflitzt, um zu sehen, was ihr hier macht!«

Wieder fand Iris nur mit knapper Mühe die Zeit, die Illusionsdecke entstehen zu lassen. Wir machen gar nichts«, antwortete sie verärgert.

»Aber wir würden gern«, fügte Arte hinzu.

»Laßt mal sehen«, erwiderte Überraschung. Es war nicht zu verkennen, daß sie den vagen Verdacht hegte, daß es sich hier um eine Angelegenheit der Erwachsenenverschwörung handeln könnte, und wie alle anderen Kinder auch war sie von einer schier unersättlichen Neugier, was das betraf. Sie kam ins Zimmer und griff nach der Decke.

»Ich würde es wirklich vorziehen, wenn du das nicht tun würdest«, warf Arte ein.

Das Kind hielt inne. »Oh! Entschuldigung.«

Iris erkannte, daß Überraschung nicht zwischen Ernsthaftigkeit und Möglichkeit unterschieden hatte. Sie hatte seinen Wunsch nicht von ihrem getrennt. Das war auch ein Glück; denn wenn sie nach der Decke greifen sollte, würde sie etwas ganz anderes in die Finger bekommen.

Doch das Kind war noch nicht fertig damit, ungewollt Unheil zu stiften. »Was ist denn das?« fragte sie und steuerte auf Artes Kleiderbündel zu.

»Faß das nicht an!« rief der Mann, ernsthaft beunruhigt.

Doch es schien, als hätte er dabei versäumt, sein Talent zu gebrauchen, um Überraschung auch richtig davon zu überzeugen.

»Was soll ich nicht anfassen?« wollte sie wissen. »Das hier?« Sie hob etwas auf, das wie ein winziges rundes Faß an einem Bindfaden aussah. Es mußte aus Artes Tasche gefallen sein, als er sich mit schmeichelhafter Hast entkleidet hatte.

»Ja, das da!« rief Arte und griff danach.

Das Kind wich gerade weit genug zurück, um außerhalb seiner Reichweite zu bleiben. Das war noch so ein natürliches Talent, über das sämtliche Kinder verfügten. Überraschung betrachtete das Schmuckstück. »Warum?«

»Weil es mir gehört!« keuchte Arte. Er sprang so hastig aus dem Bett, daß Iris in aller Eile die Illusion eines um seine Körpermitte gewickelten Handtuchs bewirken mußte, damit es zu keinem furchtbaren Verstoß gegen die Erwachsenenverschwörung kam. Arte grabschte nach dem Gegenstand.

Überraschung wich noch einen Schritt zurück. »Sag schön ›bitte‹«, sagte sie und imitierte dabei die abscheuliche Lektion, die die Erwachsenen im Zusammenhang mit guten Manieren stets zu wiederholen pflegten.

»Du kleines &&&&!« rief Arte – ein ganz zweifelsfreier Verstoß gegen die Erwachsenenverschwörung. Die Luft begann völlig angewidert in einem sich ausdehnenden, schmutzigen Muster zu wabern, und der Gestank von Bimsstein machte sich breit. »Gib das her!«

Überraschung huschte flink beiseite, so daß er gegen die Wand torkelte; dann kam sie zu Iris herübergelaufen. »Macht es Spaß im Bett?« fragte sie unschuldig.

»Wir ... Es sollte gerade Spaß machen«, erwiderte Iris. »Bitte, geh jetzt in die Küche zurück, wir kommen gleich zu euch herunter.« Sie wagte es nicht, den Grund für ihren Wunsch nach Ungestörtheit zu nennen.

Arte prallte von der Wand ab, orientierte sich aufs neue und stürzte wieder auf Überraschung zu. »Gib das her!« wiederholte er einfallslos.

Das Kind duckte sich und sauste an ihm vorbei, die

geschlossene Faust weit hochgereckt. Doch diesmal war Arte besser auf der Hut. Mit einer plötzlichen Drehbewegung zertrat er einen glücklosen Zehnerkäfer, der gerade unter dem Bett hervorgekrochen war, und sprang dem Mädchen hinterher. Dann krachte es ganz laut, als irgend etwas vom Boden emporschnellte und auf dem Bett landete. Doch Überraschung verschwand bereits durch die Tür. »Nichts da, nichts da«, sagte sie mit ausgesprochen schlechten Manieren und schlug ihm die Tür vor der Nase zu.

Arte riß die Tür auf und stürmte ihr nach. Verwundert beobachtete Iris, wie die beiden verschwanden. Diese Episode hatte ihr eine ganz andere Seite des sonst so gelassenen Arte offenbart, und damit meinte sie nicht etwa nur sein Hinterteil, das sie mit der Illusion zu verdecken vergessen hatte. So ein Illusionshandtuch brauchte schließlich nicht vollständig zu sein, um an Ort und Stelle zu haften. Die vordere Hälfte genügte vollauf. Aber weshalb machte der Mann sich nur soviel aus einem dummen, häßlichen kleinen Anhänger, daß er deswegen sogar ein streng verbotenes Wort benutzte und – nur in eine halbe Illusion gekleidet – hinter einem Kind her raste? Um Überraschung machte Iris sich nicht allzu viele Sorgen; denn die Kleine konnte sich ungewöhnlich ausweichend geben, wenn ihr danach war. Iris sorgte sich vielmehr um Arte, dessen Leib sie soeben zu umarmen im Begriff gewesen war. Was hätte für einen Mann betörender sein können, als den Storch zu rufen? Weshalb hatte er das Kind nicht einfach in einem anderen Zimmer damit spielen lassen, um es so lange abzulenken, wie sie brauchten, um ihr Geschäft mit dem Storch zu erledigen?

Sie musterte das Ding, das da auf dem Bett gelandet war. Es war eine Socke. Als Arte Überraschung nachjagte, hatte er mit einem Tritt eine seiner Socken hochgeworfen. Iris nahm sie auf und band sie zerstreut zu einem Knoten. Doch weil sie stark roch, stopfte sie sie lieber unter das Kissen.

Nun, es schien, als wäre ihr Verhältnis für den Augenblick wohl zum Scheitern verurteilt. Sie würde später deswegen noch ein ernstes Wort mit Überraschung wechseln. Doch jetzt blieb ihr nichts anderes übrig, als aufzustehen und sich anzukleiden; denn selbst wenn Arte schon bald wieder zurückkehren sollte, war die Stimmung doch eindeutig zum Teufel. Iris löste die Illusionsdecke auf – und gaffte: Denn darunter lag nichts anderes als der Anhänger!

In wahrhaft furchtbarer Durchtriebenheit hatte Überraschung das Ding tatsächlich hier zurückgelassen, während sie Arte eine Verfolgungsjagd durch das ganze Schloß lieferte. Von ihr würde er den Gegenstand niemals wieder bekommen, weil sie ihn ja gar nicht mehr besaß. Und das alles hatte sie zu allem Überfluß auch noch in voller Absicht getan, sonst hätte sie die kleine Faust nicht so unübersehbar in die Höhe gereckt. Inzwischen war Iris aber selbst schon ziemlich neugierig geworden, was den Anhänger betraf. Sie hob ihn auf. Er war nicht schwer. Es handelte sich dabei schlicht um das winzige Abbild eines Fasses, das mit irgendeinem geistigen Getränk hätte gefüllt sein können. Sie schüttelte es und lauschte, um festzustellen, ob es tatsächlich Flüssigkeit enthielt. Dann rieb sie mit dem Daumen daran, um zu überprüfen, ob es irgendeinen Verschluß gab, mit dem sich das Faß öffnen ließ. Es mußte doch irgend etwas Wertvolles enthalten!

Da erschien plötzlich der Koch vor ihr. »Dämon Rum meldet sich zur Stelle, Gebieter«, sagte er förmlich. Dann schrak er zusammen. »Gebieterin, meine ich. Woher hast du das Amulett?«

»Amulett?« wiederholte sie überrascht. »Meinst du etwa diesen Faßanhänger?«

»Gebieterin, du hast mich gefragt, also muß ich auch antworten. Das ist kein Schmuckanhänger. Es ist das Winzfaß, das zu bewohnen ich verflucht bin, solange ich nicht aktiv für meinen Gebieter Dienst tue. Äh, für meine Gebieterin. Ich muß gehorchen, wem immer es gehört.«

Iris' Überraschung wich langsam dem Durchblick. »Du arbeitest für Arte – weil er dir mit Hilfe dieses Amuletts Befehle erteilt!«

»So ist es. Und nun bist du es, der ich gehorchen muß. Wie lauten deine Anweisungen, Gebieterin?«

»Einfach nur so? Ich muß das Ding nur aufheben und daran reiben, und schon bist du mein Sklave?«

»Genau so, Gebieterin.«

»Dann gefällt dir das Dasein als Küchenchef also nicht?«

»Das Kochen macht mir nichts aus. Ich kann es nur nicht ausstehen, der Sklave eines harten Gebieters sein zu müssen.«

»Warum warst du dann so nett zu mir und den Kindern? Wir hatten das Amulett doch gar nicht.«

»Du fragst mich, also muß ich antworten. Ich war gelangweilt, und du hattest einen interessanten Ausschnitt, ganz zu schweigen von deinen Fähigkeiten als Zauberin der Illusion und deiner Mission, den Sklavenmeister gefangenzunehmen. Und die Kinder versprachen, großes Unheil anzurichten.«

»Das ist aber keine besonders überzeugende Antwort«, meinte Iris. »Wenn du mich erkannt hast, warum hast du Arte nichts davon erzählt?«

»Er hat mich nicht danach gefragt.«

Das klang durchaus vernünftig. »Und du bist zwar verpflichtet zu gehorchen, aber nicht, von dir aus etwas preiszugeben? Hm. Also hast du uns eingelassen und gut behandelt. Trotzdem, du hattest dadurch doch nichts zu gewinnen, oder?«

»Aber ja doch, Gebieterin! Ich hoffte, daß du oder eins der Kinder meine nächste Gebieterin werden würdet.«

»Weshalb? Ist denn nicht jeder Mensch genau so schlimm wie alle anderen, soweit es dich betrifft?«

»Vielleicht. Aber es gibt welche, die sind interessanter als andere, und für manche von ihnen arbeitet es sich auch weniger mühsam. Außerdem ist da noch die moralische Dimension.«

»Was soll denn das heißen? Dämonen scheren sich nicht um Moral, weil sie keine Seele haben.«

»Dämonen sind sehr unterschiedlich. Ich verabscheue zufälligerweise jede Sklaverei, und zwar aus offensichtlichem Grund.«

»Das stimmt!« bestätigte sie, als ihr zugleich etwas anderes einfiel. »Du könntest mir dabei helfen, meinen Auftrag auszuführen. Wo ist der Sklavenmeister?«

»Im Augenblick verfolgt er das Kind gerade durch die Küche.«

»Er verfolgt ...« Sie hielt inne. »Oh, nein! Du meinst ...?«

»Ja, Gebieterin. Arte Menia. Hast du dich nicht schon selbst gefragt, weshalb sein Haus so dicht am Sklavenlager gebaut ist?«

»Aber er ist doch ein so anständiger Mann!«

Rum nahm einen recht merkwürdigen Gesichtsausdruck an. Es schien, als würde irgend etwas in ihm aufwallen, das sich nicht mehr zügeln ließ. Brustkorb, Hals und Kopf blähten sich abwechselnd, als würden sie von innen aufgeblasen. Ob ihm gleich schlecht würde? »Gebieterin«, keuchte er. »Darf ich lachen?«

»Lachen? Wenn du möchtest.«

»Ho ho ho!« lachte er mit fetten Silben. »Anständiger Mann. Ho ho ho!«

»Aber er war doch so nett zu mir«, warf sie verärgert ein.

»Er wußte ja auch nicht, daß du eine Sklavin oder Spionin bist. Er dachte, du wärst nur eine wunderschöne Damsell, die sich verlaufen hat, und er wollte schon den Storch mit dir rufen, bevor du von seinem Beruf erfuhrst. Selbst der bösartigste Mann kann eine Weile Theater spielen.«

Langsam glaubte sie ihm. »Dann ist Arte also für dieses ganze Elend verantwortlich? Er ist wirklich der Herrscher der Sklavenjäger? Die Geißel Xanths?«

»Ganz genau, Gebieterin. Hättest du es herausbekommen, hätte er dich in Ketten geworfen und dich benutzt, um seine Lust zu befriedigen, ganz ohne Rücksicht auf deine Gefühle, bis er es leid gewesen wäre. Dann hätte er dich seinen Gefolgsleuten ausgehändigt, damit sie das gleiche mit dir tun. Doch ihm gefiel die Illusion des Anstands, falls du diesen Ausdruck verzeihen möchtest. Eine willige Damsell bereitet eben mehr Vergnügen als eine unwillige.«

Iris vernahm es mit gemischten Gefühlen. Den Sklavenmeister hatte sie vom Hörensagen her gehaßt, und ihr Auftrag bestand ganz eindeutig darin, ihn gefangenzunehmen und ihm das Handwerk zu legen. Doch der gelassene, stattliche, aufmerksame Arte Menia hatte sie aufrichtig fasziniert. Was sollte sie tun?

Sie gelangte zu dem Schluß, daß sie erst noch mehr Einzelheiten in Erfahrung bringen mußte. »Ich habe dich draußen nicht auf dem Feld gesehen, und auch sonst keine Dämonen. Warum hat Arte dich nicht dazu eingesetzt, Sklaven zusammenzutreiben?«

»Ich bin kein gewalttätiger Dämon, Gebieterin. Was fiese Dinge angeht, tauge ich nicht viel. Deshalb hat er andere Aufgaben für mich gefunden. Ich führe ihm das Haus und besorge Nahrungsmittel und Vorräte, und ich bringe ihn schnell von einem Ort zum anderen, wenn er seinen Geschäften nachgeht. Aber ich brauche nur Blut zu sehen – sofort falle ich in Ohnmacht.«

Ein zimperlicher Dämon? »Es fällt mir schwer, das zu glauben.«

»Kannst du dann wenigstens glauben, daß ich ihn trotzdem dazu bringen konnte, mir Glauben zu schenken? Daß es ihm niemals in den Sinn kam, daß sein Talent der Überzeugungskraft, wenn er es gegen einen Dämon anwandte, von diesem abprallen mußte und ihn statt dessen selbst erwischte, weil es nun mal eines menschlichen Opfers bedurfte? So daß es mir gelang, ihn dazu zu bringen, mir eine vergleichsweise leichte Arbeit aufzuhalsen, anstatt ständig geschunden zu werden?«

Iris nickte. »Ja, das kann ich durchaus glauben. Aber was soll ich jetzt mit dir anfangen? Ich lege keinen Wert auf einen Dämonensklaven.«

»Wickle deine Geschäfte hier ab, und übergib mich dann eurem Sturmkönig. Der wird das Amulett zweifellos in Sicherheit bringen, damit niemand auch nur von seiner Existenz erfährt. Das sollte mir eine ausgedehnte Ruhepause sichern, und genau die wünsche ich mir inständig. Glaubst du mir, daß ich ein fauler Dämon bin?«

»Ja, das will ich dir glauben«, erwiderte sie lächelnd. »Gibt es noch irgend etwas, das ich wissen müßte?«

»Ich dachte schon, du würdest mich nie danach fragen!

Arte Menia kehrt gerade in dieses Zimmer zurück, nachdem es ihm mißlungen ist, das Kind einzufangen oder das Amulett wieder in seine Gewalt zu bringen. Seine Stimmung ist nicht gerade rosig.«

Iris fällte eine schnelle Entscheidung. »Kehr in die Küche zurück und mach dich dort an die Arbeit, als wäre nichts geschehen, damit niemand erfährt, daß dein Gebieter sich in eine Gebieterin verwandelt hat. Ich werde dich rufen, wenn ich deiner bedarf.« Dann legte sie sich auf dem Bett zurück.

»Gebieterin, wenn ich einen Vorschlag machen darf ...«, sagte Rum und blickte beunruhigt drein.

»Ja?«

»Trenne dich niemals von dem Amulett. Behalte es immer am Leib. Denn sollte er es wieder an sich reißen ...«

»Verstanden. Ich werde es die ganze Zeit bei mir behalten, bis wir das alles hinter uns haben.«

»Danke.« Er verblaßte.

Draußen im Gang vernahm Iris das Stampfen von Füßen. Schnell befestigte sie das Amulett an ihrem Kopf, wobei sie mehrere Haarsträhnen darüber- und hindurchflocht, ebenso durch die Halskette, damit es nicht abfallen konnte. Schließlich bedeckte sie alles mit Illusionshaar, damit nichts mehr von dem Amulett zu sehen war. Nur in ihre Illusionsdecke eingehüllt, erwartete sie schließlich Arte.

Der stürmte völlig zerzaust ins Zimmer. »Diese vermaledeite Göre!« rief er. Inzwischen hatte er irgendwo ein richtiges Handtuch aufgetrieben, das er sich um die Hüften gewickelt hatte, doch es drohte herabzurutschen.

»Was regst du dich wegen eines läppischen Anhängers so auf?« erkundigte Iris sich. »Wir wollten doch gerade den Storch rufen.« Tatsächlich hoffte sie noch immer darauf, daß sie es doch tun würden. Aber zunächst mußte sie die Wahrheit aus seinem eigenen Mund erfahren. Sie wollte ihm eine faire Chance geben, sich selbst zu entlasten. Schließlich bestand ja auch die Möglichkeit, daß der Dämon sie angelogen hatte; daß er durch das Amulett nicht wirklich bezwungen wurde. Iris wußte nicht besonders viel über Dämonen, doch ihre Mutter hatte ihr stets eingeschärft, ihnen nicht zu vertrauen, weil sie verschwörerische Absichten gegen unschuldige Maiden hegen konnten. Deshalb schenkte sie Rum in Wirklichkeit weniger Glauben, als sie zuvor behauptet hatte.

»Läppischer Anhänger?« rief er. Doch dann stahl sich ein verschlagener Blick in seine Miene, und er beruhigte sich. »Stimmt eigentlich. Er hat keinen großen Nutzen. Aber er ist von sentimentalem Wert für mich. Mein Großvater hat ihn mir geschenkt.«

»Schön. Ich bin sicher, das Kind wird ihn dir beizeiten zurückgeben. Sie spielt nun einmal gern Streiche, verliert aber schnell das Interesse daran.«

»Dieses Kind koche ich in ...«, begann er, hielt dann aber inne und zwang sich zu einem Lächeln. »Meinst du wirklich? Vielleicht solltest du sie trotzdem bitten, mit diesem törichten Spiel aufzuhören und mir den Anhänger zurückzugeben.«

Iris zuckte die Schultern. »Warum nicht?« Sie ließ ihre Illusionsdecke ein Stück unter die Ziergrenze rutschen. »Sag mal, Arte, was tust du eigentlich beruflich?«

»Ich betreibe Handel«, erwiderte er. »Ich handle mit besonderen Waren. Deshalb muß ich auch soviel reisen, um sie zu beschaffen und bei den Käufern abzuliefern.«

»Wirklich? Was sind denn das für Waren?«

Er hatte immerhin den zweifelhaften Anstand, unbehaglich dreinzuschauen. »Ach, einfach nur Gegenstände, für die es einen Markt gibt. Das interessiert dich bestimmt nicht.«

»Und ob es mich interessiert«, widersprach Iris und ließ die Decke noch ein Stück herabgleiten.

Sein Auge erspähte, was nunmehr sichtbar geworden war, und schickte offensichtlich eine Botschaft in einen anderen Teil seines Körpers. »Ich glaube, wir waren gerade dabei, etwas sehr Interessantes zu tun, als wir so rüde unterbrochen wurden«, meinte er und übte sich in aufpoliertem Charme. Aus irgendeinem Grund fand Iris das allerdings um einiges weniger verführerisch als vorhin.

»Weißt du eigentlich, daß sich unweit von hier ein Sklavenlager befindet?« fragte sie und fing seine Hand mit ihrer eigenen ab, bevor sie das Gebiet erreicht hatte, das vor kurzem noch von der Illusionsdecke verhüllt gewesen war.

Ein halber Schatten huschte über sein Gesicht. »Tatsächlich?«

»Ja.« Sie merkte, daß er ihr auswich, doch bedeutete das noch nicht zwingend, daß er tatsächlich ein Sklavenhändler war. Also trieb sie die Sache weiter, immer noch in der Hoffnung, daß er sich selbst entlasten würde; denn schließlich war und blieb er ein recht ansehnlicher Mann. »Genaugenommen bin ich auch eine von diesen Sklavinnen.«

»Wirklich? Du trägst aber doch gar keine Sklavenfessel.«

Darüber wußte er also Bescheid! »Die Kinder und ich haben uns in einem Sturm verirrt. Es war so kalt, daß unsere Fesseln zerbarsten. Dann sind wir auf der Suche nach Schutz hierher gekommen. Was hältst du davon?«

Seine Augen blieben auf ihren Oberkörper geheftet, während seine Hand – von der ihren gebremst – zitterte, als wäre sie begierig darauf, weiterreisen zu dürfen. »Ich denke, daß es gut ist, daß ihr dieses Haus gefunden habt. Und jetzt machen wir dort weiter, wo wir aufgehört haben!«

Doch sie zierte sich erneut. »Empört es dich denn gar nicht? Daß man Menschen gefangennimmt und in Ketten legt und gegen ihren Willen zu Sklaven macht?«

»Und wie!« bestätigte er. »Und jetzt legen wir uns am besten mal nebeneinander hin und denken an Störche. Jede Menge Störche.«

»In Wirklichkeit«, fuhr Iris gnadenlos fort, »bin ich eine Zauberin im Geheimauftrag, den Sklavenmeister zu ermitteln und seinem schändlichem Tun ein Ende zu setzen.«

Das beunruhigte ihn erkennbar. »Eine Zauberin! Was hast du denn für ein Talent?«

»Illusion.«

»Ach so. Ja. Die Decke.« Doch seine Augen hatten inzwischen einen berechnenden Blick angenommen. Die Nachricht vom Sklavenlager hatte ihn weder überrascht noch beunruhigt, die von Iris' wirklicher Natur und ihrem Auftrag dagegen sehr. »Aber Illusion ist ja nichts Reales. Vielleicht sollte ich dich also lieber einfach festhalten und mit dem Storch weitermachen, ohne mich von irgendwelchen Spezialeffekten ablenken zu lassen.«

»Wie? Gegen meinen Willen?« fragte sie und tat schokkiert.

»Na ja, ich kann dich doch jetzt nicht einfach gehen lassen, nach allem, was du mir gerade erzählt hast«, warf er in vernünftigem Tonfall ein.

»Dann bist du also *tatsächlich* der Sklavenmeister!«

Doch dazu war er zu raffiniert. »Das habe ich nicht behauptet. Komm, vergessen wir diesen Dialog und erzeugen wir lieber noch ein paar Ellipsen.« Er schob sie wieder aufs Bett und bewegte sich auf ihren Oberkörper zu.

Wie könnte sie ihm nur ein eindeutiges Geständnis entlocken? Sie wollte sich ihrer Sache erst absolut sicher sein, bevor sie ihn festnahm. Vielleicht war er ja doch nur ein Vorsteher oder ein Verwandter des wirklichen Sklavenmeisters.

Möglicherweise gab es allerdings einen Weg, wenn er auch riskant war. Iris beschloß, es damit zu versuchen.

Also ließ sie Artes Hand fahren und lehnte sich in ihr Kissen zurück. Sofort überwand er die Trennung zwischen ihren Körpern. Sie griff unter das Kissen. »Ach«, rief sie in gespieltem Erstaunen. »Was ist denn das?«

»Wenn du schon mal den Storch gerufen haben solltest, müßtest du eigentlich wissen, was das ist«, sagte er, während er sie immer enger umschlang. Merkwürdigerweise wirkte er jedoch nicht besonders verärgert.

»Ich meinte dieses Ding hier unter dem Kissen«, sagte sie und holte einen Gegenstand hervor, der wie ein winziges Faß an einer Kette aussah. »Ist das nicht der Anhänger, den das Kind dir weggenommen hat? Sie muß ihn wohl zurückgelassen haben.«

»Das Amulett!« rief Arte und entriß es ihr. »Dann ist es also die ganze Zeit hier gewesen!«

»Amulett?« fragte sie mit soviel Naivität, wie sie aufbringen konnte. »Ich dachte, dein Großvater hätte es dir geschenkt, und es wäre von rein sentimentalem Wert.«

»Sentimental – du wirst schon noch sehen!« entgegnete

er. »Ich zeige es dir.« Er wich ein Stück zurück und rieb an dem Faß.

Der Dämon Rum erschien. »Du hast mich gerufen, Gebieter?«

»Ja. Fessle diese Spionin und leg sie nackt aufs Bett, damit ich endlich ohne Verzögerung mit ihr tun kann, wonach mir der Sinn steht, bevor ich sie wegwerfe.«

»Aber ich dachte, du wärst ein netter Mensch«, sagte Iris. »Weshalb behandelst du mich so?«

»Netter Mensch!« wiederholte Arte höhnisch. »Was für ein törichtes Mädchen du doch bist.«

Drohend kam Rum auf Iris zu. »Aber ich dachte, du magst mich!« rief sie Arte zu. »Du bist auch nicht besser als ein Sklavenjäger!«

»Ho, ho, ho!« lachte Arte. »Und *ob* ich besser als ein bloßer Sklavenjäger bin! Ich bin der *Sklavenmeister!* Wisse also, o törichte Zauberin, daß du mich nicht gefangengenommen hast, sondern zu *meiner* Gefangenen geworden bist, und daß dein letzter Akt hier in Xanth darin bestehen wird, mein Verlangen zu befriedigen, den Storch zu rufen. Und danach lasse ich diese Göre, die versucht hat, das Amulett zu stehlen, in Bier auskochen.«

»Wie kannst du ihm nur bei so etwas helfen?« fragte Iris den Dämon. »Du kamst mir so nett vor, als du mich gestern eingelassen hast.«

»Die ganze Sache tut mir leid«, meinte Rum, während er ihr die Handgelenke und Fußknöchel fesselte und sie fest ans Bett zurrte. »Ich muß jedem gehorchen, der das Amulett in der Hand hält.«

»Aber wie kannst du nur die Kinder mißhandeln?« fragte Iris, an Arte gewandt.

»Dein Gemaule ödet mich an, du armselige Kreatur. Nun halte endlich den Mund, sonst lasse ich dich von dem Dämon knebeln.«

»Dann bleibt mir also doch nichts anderes übrig, als dich gefangenzunehmen und dem König auszuliefern«, erwiderte Iris, die endlich zu einer Entscheidung gefunden hatte. Sie hatte ihm nun wirklich jede erdenkliche Chance gelassen, aber er hatte nur ihre allerschlimmsten Befürchtungen bestätigt. Das Herz tat ihr weh, weil sie tatsächlich im Begriff gestanden hatte, ihn aufrichtig zu mögen, bevor sie schließlich die Wahrheit erfuhr.

»HO HO HO!« rief er noch lauter. »Du – und wer noch?« Und dann, an den Dämon gewandt: »Jetzt geh, sammle diese Gören ein und verbring sie an einen sicheren Ort, bis ich neue Fesseln für sie beschafft habe.« Er kam wieder auf Iris zu, das Amulett in einer Hand.

»Ich glaube nicht«, widersprach der Dämon.

Arte stockte. »Was?«

»Du hast mich schon verstanden, Erbsenhirn«, erwiderte der Dämon. »Ich werde den Kindern überhaupt nichts antun. Ich mag Kinder nämlich.«

»Wie kannst du es wagen!« rief Arte. »Gehorche, du alberner Vorwand von einem bösen Geist, sonst zwinge ich dich noch zu sehr viel Schlimmerem.«

»Das bezweifle ich doch sehr, du schmutziger Vorwand von einem Menschenwesen! Deine Zeit des Unheils ist vorbei!«

Arte drehte dem Dämon den Kopf zu. »So kannst du nicht mit mir sprechen, du verrückter Spuk! Ich bin schließlich dein Gebieter!«

»O doch, kann ich wohl, Einfaltspinsel! Ich habe nämlich jetzt eine Gebieterin, und die gefällt mir sehr viel besser als du.«

Arte musterte erst sein Amulett, dann Iris. »Was ist hier los? So steht das aber nicht im Drehbuch.«

»Wie ich schon sagte«, erklärte Iris, »ich werde dich dem König aushändigen, damit Gerechtigkeit walte. Deine nichtsnutzige Karriere als Sklavenhändler ist beendet.«

»Obwohl du gefesselt daliegst, bereit, grausam mißbraucht zu werden? Ich weiß zwar nicht, was mit dem Dämon los ist, aber du sollst mir noch für deine Arroganz büßen.« Er sprang auf sie zu.

Iris' Fesseln verpufften zu Rauch, als sie behend beiseitesprang. Er stürzte kopfüber auf die Stelle, wo sie sich soeben befunden hatte. Sie dagegen landete auf dem Fußboden.

»Hast du es immer noch nicht begriffen, Tölpel?« fragte der Dämon höhnisch. »Du bist in eine Illusionsfalle gestolpert!«

»Welche Illusion denn?« wollte Arte wissen und wälzte sich herum. »Diese Hexe kann einem doch nur was vorgaukeln!«

»*Ich* bin eine Illusion, du Blödmann«, erwiderte der Dämon. »Und dieses Amulett dort ebenfalls.«

Arte blickte auf den Gegenstand in seiner Hand. Der verlor plötzlich seine Konturen und offenbarte sich schließlich als seine zerknüllte Socke. »Was?«

»Ich habe das Amulett«, erwiderte Iris. Sie faßte sich ans Haar und rieb es an der richtigen Stelle.

Da erschien ein zweiter Dämon. »Du hast mich gerufen, Gebieterin?« Dann machte er vor Schreck einen Satz. »Wie kann es zwei von mir geben?«

»Dein Illusionsbild hat deinen ehemaligen Gebieter mit Schimpfwörtern überhäuft«, versetzte Iris.

»Das ist empörend!« rief Rum. »Ich verlange das Recht, ihn selbst damit zu überhäufen!«

»Tu das ruhig, während du ihn fesselst.« Iris machte sich daran, ihre Kleider anzuziehen.

Rum trat auf Arte zu. »Mir kannst du nichts anhaben!« rief der Mann und krabbelte aus dem Bett.

»Ach, wirklich nicht, du Stinkstiefel?« erkundigte sich der Dämon, während er kräftige Taue herbeizauberte und sie um den Mann wand. »Gebieterin, darf ich ihn in die kochende Suppe tunken, bevor wir ihn zum König schleppen?«

Iris überlegte. »Lieber nicht. Das würde die Suppe verderben.«

»Nur zu wahr«, stimmte Rum ihr bedauernd zu. »Und was ist mit den kleineren Sklavenjägern?«

»Was möchtest du denn mit ihnen machen?« wollte Iris wissen.

»Ihnen ihren Herzenswunsch erfüllen, der meinem innersten Wesen entspricht.«

Das stieß Iris ab. Sie war nicht daran interessiert, die Sklavenjäger zu belohnen, sie wollte sie vielmehr bestraft wissen.

»Diese faulen Nichtsnutze?« fragte Arte. »Ohne meine harte Disziplin würden die sich doch nur um den Verstand saufen!«

Plötzlich begriff Iris. »Ja, gib ihnen von deiner Essenz, Dämon Rum«, sagte sie. »Und sag den Sklaven, sie sollen hierher ins Haus kommen, wo sie Wärme, Nahrung und die Freiheit erwartet.«

»Wird gemacht, Gebieterin«, verkündete Rum und verschwand.

Die Tür ging auf. Überraschung spähte ins Zimmer. »Oh, toll – du hast es gefunden!«

»Ja, danke, Liebes«, erwiderte Iris. »Woher hast du von dem Amulett gewußt?«

»Hier im Haus ging das Gerücht um. Es mußte ja auch so sein, sonst hätte der Kerl den Dämonenkoch nicht an sich binden können. Deshalb habe ich in seinen Kleidern nach dem Amulett gesucht. Aber ich hatte nicht mehr genug Zeit, um das Rätsel selbst zu lösen. Deshalb habe ich es lieber bei dir zurückgelassen, als ich ihn ablenkte.«

Iris umarmte sie. »Du hast genau das Richtige getan, Überraschung. Nicht nur, daß ich uns dadurch retten kann – gleichzeitig legen wir auch den Sklavenjägern das Handwerk.«

Schon bald erschienen die ersten Sklaven vor dem Haus. Rum versorgte sie mit warmen Kleidern und kräftigenden heißen Mahlzeiten. Zunächst reagierten sie furchtsam, dann erstaunt; die meisten von ihnen hatten sich schon längst in ihr Schicksal gefügt und nicht mehr mit einer solchen Rettung gerechnet. Iris versicherte ihnen, daß dies alles keine Einbildung sei und daß sie mit Unterstützung des Dämons jederzeit nach Hause zurückkehren könnten.

Zusammen mit Überraschung machte sie draußen einen Spaziergang. Der Sturm war abgeflaut, und es war halbwegs warm. Da lagen die Sklavenjäger, glückselig über die Landschaft verteilt; neben ihnen halbleere Rumfässer. Es war nicht damit zu rechnen, daß sie sich noch einmal erholen würden, bevor die Soldaten des Königs eintrafen.

»So hatte es ein Ende, und ich hatte mein Abenteuer und zugleich meinen Auftrag erfüllt«, schloß Iris. »Der Sklavenmeister wurde dem Sturmkönig ausgeliefert, und man hat nie wieder von ihm gehört. Seitdem gab es in Xanth keine Sklaverei mehr.«

»Aber du hast mich vom besten Teil der Geschichte ausgeschlossen«, beklagte sich Überraschung. »Ich wollte doch sehen, wie ihr den Storch ruft.«

»Ich weiß, daß du das wolltest, Liebes, aber du weißt auch, daß ich nicht gegen die Erwachsenenverschwörung verstoßen würde, selbst wenn ich mit diesem Ungeheuer tatsächlich den Storch gerufen hätte.«

»Na klar. Aber der Dämon Rum hat Spaß gemacht, vor allem, als er anfing, den Sklavenmeister zu beschimpfen.«

»Ja«, stimmte Iris ihr etwas wehmütig zu. Wenn Arte Menia doch nur wirklich so anständig gewesen wäre, wie er ihr anfangs erschienen war!

»Hast du jemals eine andere Romanze gehabt?«

Ach, die unverblümten Fragen der Kindheit! Doch es war besser, dieses schmerzvolle Thema in aller Ehrlichkeit anzugehen. »Eigentlich nicht«, gestand Iris. »Nicht bis zum Magier Trent, und das war nur unvollkommen.«

»Ja? Warum denn?«

Wieder diese unschuldige Direktheit. »Es war eine reine Zweckheirat. Ich wollte Macht haben, und er brauchte eine Frau. Wir haben einander nicht geliebt. Ich glaube, er hat nie wirklich seine mundanische Frau vergessen können, die gestorben ist.«

»Aber habt ihr denn nicht den Storch gerufen, um Königin Irene zu bekommen?«

»Doch, das haben wir, Liebes. Und ich habe auch gelernt, Trent zu lieben. Er war genau der richtige Mann für mich. Aber er hat sich nie wirklich etwas aus mir gemacht ... nicht, daß ich es ihm verübeln könnte.«

»Warum nicht? Bist du denn nicht schön genug?«

»Vielleicht bin ich das jetzt. Aber als ich Trent heiratete, da war ich schon einundvierzig Jahre alt und ein bißchen heruntergekommen. Natürlich habe ich mit mit Illusion aufgedonnert, aber Trent kannte ja die Wahrheit. Er hat sogar darauf bestanden, daß ich bei allen öffentlichen Auftritten Illusion verwende. Doch er wußte immer, was ich war, körperlich wie geistig. Er hat zwar nie etwas Häßliches zu mir gesagt, aber er hegte auch keine Leidenschaft für mich. Und so kam es zur Doppeltragödie in meinem Leben, daß nämlich der Mann, den ich hätte lieben können, sich als Sklavenhändler entpuppte, während jener, den ich dann tatsächlich liebte, sich nichts aus mir machte – obwohl ich mir vorzumachen versuchte, er täte es doch.«

»Aber jetzt bist du jung – und er auch. Warum tut ihr es dann nicht jetzt?«

»*Was* sollen wir tun?«

»Du weißt schon – all dieses Zeug, von dem ich ja *überhaupt nichts* weiß. Leidenschaft und Störche und der ganze Kram.«

Iris saß verdattert da. Sie war jung, und Trent war es auch. Er war ein Mann, der schöne Frauen liebte; das hatte sie in ihrer fünfzigjährigen Ehe beobachten können. Zwar hatte er es nie weiterverfolgt, weil er ein Mann von skrupulosem Gewissen war, doch sie wußte, daß er es gern getan hätte – ja, wahrscheinlich würde er jetzt auch noch ganz gern …?

»Du hast recht, Liebes. Wenn ich zu meinem Mann zurückkehre – mit dem Wissen, über das ich jetzt verfüge –, werde ich mir die Gelegenheit nicht entgehen lassen. Danke, daß du mich an das Offensichtliche erinnert hast!«

»Gern geschehen. He, guck mal – wir fahren wieder in Scharnier ein.«

Iris blickte nach draußen. Es stimmte. Sie hatten schon wieder eine Schlaufe zurückgelegt. Augenscheinlich fuhr der Zug nirgendwo wirklich hin. Was allerdings bedeutete, daß es sinnlos gewesen war, mit seiner Hilfe den Philter zu suchen. Sie hätten genausogut dort bleiben können, wo sie angefangen hatten.

Und dann, ganz plötzlich, wurde Iris klar, daß sie einen Teil ihrer gemeinsamen Mission ja doch erfüllt hatte: Sie hatte einen klaren, intuitiven Verdacht, wo sich der Philter verstecken könnte.

16

Traum

Hiatus schritt durch die Stadt, halbwegs überzeugt, daß er den Philter nicht finden würde. Doch wenn er irgendwie die Aufmerksamkeit des Philters auf sich lenken könnte, während eine der anderen Gruppen ihn ausfindig machte, würde das schon genügen. Und so bemühte er sich darum, wenigstens zielstrebig auszusehen.

Mentia nahm neben ihm Gestalt an. »Wo gehen wir hin?« fragte sie.

»Irgendwohin«, erwiderte er knapp.

»Da kommt Desi. Vielleicht können wir sie ja fragen.«

Hiatus versuchte zu lachen, aber der Witz war nicht komisch.

Die Illusion trat näher. Sie trug eine trägerlose Bluse und einen kurzen, engen Rock. »Warum hörst du mit diesem sinnlosen Tun nicht auf und läßt dich von mir etwas ablenken?« fragte sie säuselnd.

Hiatus schnitt eine Grimasse. »Ich weiß, daß du eine bloße

Animation des Philters bist und daß du mir nicht dabei helfen wirst, ihn zu finden. Warum verschwindest du nicht einfach?«

»Aber ich könnte doch sehr nett zu dir sein, wenn du mich läßt«, wandte sie ein.

»Die einzige, von der ich mir das wünsche, ist die echte Desiree, nicht irgendeine seelenlose Imitation.«

»Und wenn er eine falsche wollte, der er vertrauen könnte, würde ich das schon erledigen«, ergänzte Mentia und nahm die Gestalt der Dryade an.

Hiatus ließ den Blick von der einen zur anderen schweifen und reagierte beunruhigt. Er konnte sie nicht auseinanderhalten! Angenommen, daß er nun glaubte, mit Mentia zusammenzusein, während es in Wirklichkeit Desi war?

»Ich ...«

»Guter Einwand«, meinte Mentia und nahm wieder ihre gewohnte Gestalt an. »Ich husche mal schnell zu den anderen rüber und sehe nach dem Rechten. Der da darfst du nicht über den Weg trauen.« Sie verschwand.

»Aber ...«, protestierte er.

Da spürte er den Druck ihrer unsichtbaren Hand auf seiner Schulter. Mentia verließ ihn also nicht wirklich, sie tat nur so als ob, um festzustellen, was Desi jetzt unternehmen würde. Das war sehr beruhigend. Doch Hiatus behielt seine bekümmerte Miene bei, damit Desi nichts merkte. Natürlich konnte sie seine Gedanken lesen – aber vielleicht tat sie das im Augenblick ja gerade nicht.

»Ich könnte dir dabei helfen, *ihr* zu helfen«, schlug Desi vor.

»Mentia braucht keine Hilfe.«

»Ich sprach von Desiree. Hat sie nicht Probleme mit ihrem Baum?«

»Ja. Der Wahnsinn verpaßt ihm Quadratwurzeln, aber er braucht runde Wurzeln, um zu gedeihen.«

»Und dein Talent besteht darin, runde Wurzeln wachsen zu lassen.«

»Mein Talent besteht darin, Ohren, Augen, Münder und

Nasen wachsen zu lassen. Aber wenn ich es hier im Wahnsinn versuche, bringt der alles durcheinander.«

»Hier im Wahnsinn besteht dein Talent darin, runde Wurzeln wachsen zu lassen«, wiederholte sie. »Und genau das braucht der Baum der Dryade!«

Verblüfft blieb Hiatus stehen. »Du hast recht! Ich kann ihrem Baum tatsächlich helfen!«

»Und dann wirst du gewiß ihre Liebe gewinnen, um bis in alle Ewigkeit glücklich bei ihr bleiben zu können. Vielleicht solltest du sofort zu ihr gehen, um gleich mit deinem Glück anzufangen.«

»Stimmt!« rief Hiatus.

Da spürte er wieder die unsichtbare Hand an seiner Schulter, die ihn ermahnte.

»Nein«, entschied er schließlich. »Erst, wenn Garys Auftrag hier erledigt ist.«

»Du bist vielleicht ein Blödmann«, meinte Desi. »Ohne deine Hilfe wird der Dryadenbaum absterben, und die Dryade gleich dazu. Und wenn ihr hier erst einmal gescheitert seid – welchen Trost soll es dir noch geben, wenn du bei der Rückkehr ihren abgestorbenen Baum erblickst?«

Ihre Worte zermarterten ihm das Herz, weil er fürchtete, daß sie recht behalten könnte. Andererseits wußte er aber auch, daß Desi ihn nur loswerden wollte. Und das wiederum könnte bedeuten, daß der Philter befürchtete, Hiatus könnte gerade im Begriff stehen, ihn zu entdecken. Also setzte er seinen Marsch fort.

»Vielleicht fällt dir dann ein, die Dämonin beim Wort zu nehmen, was ihr Angebot angeht, Desiree für dich nachzuahmen«, fuhr Desi fort. »Aber sobald ihr das Gebiet des Wahnsinns verlassen habt, nimmt sie wieder ihre alte Gestalt an und benimmt sich völlig verantwortungslos und verrückt. Folglich wird sie sich an keine Abmachung mehr halten. Dann sitzt du aber schön in der Patsche.«

Hiatus ging weiter, ohne zu reagieren, obwohl ihre Worte ihm einmal mehr gnadenlos präzise zu sein schienen.

»Andererseits kannst du einen Teil deines Verlangens durch mich erfüllen«, fügte Desi hinzu. »Dann hast du wenigstens eine Vorstellung davon, wie es mit der echten Desiree hätte werden *können*.«

»Du bist aber nicht sie«, versetzte er, obwohl ihn die bösartige Versuchung durchaus verlockte.

»Aber du brauchst sie doch überhaupt nicht! Dein Problem bestand doch nur darin, daß du nie eine Frau finden konntest, die so schön ist wie sie. Aber jetzt hast du ja eine – ich bin schließlich genauso schön. Schöner sogar, weil ich deiner Erinnerung an sie zu ihrer Blütezeit entspreche.«

Da hatte sie schon wieder recht. Doch er wußte, daß er ihr nicht trauen durfte. Also ging er weiter.

»Wir nähern uns dem Bahnhof«, fuhr Desi fort. Sie wirkte gänzlich unbekümmert. »Vielleicht solltest du einen Zug nehmen.«

»Ich habe bereits eine Gedankenbahn genommen«, erwiderte er. »So sind wir ja hierher gekommen.«

»Stimmt. Aber diese Züge fahren auch an besondere Orte. Deine Freunde reisen gerade durch die Zukunft und die Vergangenheit, ohne irgendwohin zu kommen. Vielleicht findest du ja einen besseren Weg.«

Er wollte den Vorschlag schon verwerfen und sich vom Bahnhof abwenden. Doch dann kam ihm der Gedanke, daß sie es vielleicht ja gerade nur mit einer anderen List versuchte. Sie hatte ihn dazu überreden wollen, Scharnier zu verlassen, was nicht funktioniert hatte; danach hatte sie erneut versucht, ihn zu verführen, und zwar mit Worten. Vielleicht wollte sie ihn jetzt ja nur dazu bringen, sich ihr ein drittes Mal zu verweigern – um auf diese Weise tatsächlich sein derzeitiges Ziel zu verfehlen. Denn der Zug *könnte* ihn immerhin zum Philter bringen. Also setzte Hiatus seinen Marsch in Richtung Bahnhof fort.

»Oh, da fährt gerade ein Zug ein!« verkündete Desi mit scheinbarer Begeisterung. Das war wirklich sehr verdächtig.

Das Schild vorn am Zug trug die Aufschrift TRAUM. War das nun eine Ablenkung, oder könnte der Philter sich vielleicht tatsächlich im Traumreich versteckt halten? Hiatus verfügte über eine gewisse, begrenzte Erfahrung mit großen Zombiekürbissen und wußte, wie merkwürdig es in deren

Innern zuging. Die meisten Kürbisse ließen sich nur über ihre Gucklöcher betreten, wobei der Körper zurückblieb, während der Geist das Traumreich durchstreifte. Manchmal aber war es durchaus möglich auch körperlich einzutreten, wenngleich es sehr gefährlich war. Was für ein Zugang würde dies wohl sein, hier im Gebiet des Wahnsinns? Das Traumreich war ohnehin schon so verwirrend, daß er sich kaum vorstellen konnte, wie eine Steigerung aussehen sollte. Davon abgesehen war der Wahnsinn selbst außerhalb dieser mehr oder weniger kontrollierten Neuschöpfung der uralten Stadt Scharnier schon verrückt genug. Daher könnte es sein, daß dieser Zug ausgerechnet in das verworrenste, verrückteste, wahnsinnigste Reich von allen fuhr. Dieser Gedanke schüchterte ihn ein.

Was andererseits vielleicht genau das war, wozu Desi ihn auch bringen wollte: von diesem furchtbaren Unterfangen abzulassen. Dann aber müßte er eigentlich um so eher weitermachen; denn möglicherweise würde er auf diese Weise den Philter finden. Ohnehin schien es ihm recht naheliegend zu sein, daß der Philter sich dort versteckt hielt, wo die Leute am wenigsten geneigt waren, nach ihm zu suchen.

Also nahm Hiatus seinen Mut zusammen und bestieg die Traumgedankenbahn. Er kletterte die Treppe hinauf, betrat den Wagen und nahm an einem Fenster Platz.

Und Desi kam mit, setzte sich neben ihn. Bedeutete das vielleicht, daß sie immer noch darauf hoffte, ihn ablenken zu können? Oder hatte sie es bereits erfolgreich getan und wollte sich nun vergewissern, daß er es sich nicht noch einmal anders überlegte? Hiatus wußte es nicht. Und um die Sache noch schlimmer zu machen, hatte er Mentias beruhigenden Händedruck schon eine ganze Weile nicht mehr gespürt. Vielleicht war sie also wirklich fortgehuscht, um nach den anderen Gruppen zu sehen. Das war natürlich schon in Ordnung, nur daß er jetzt mit Desi allein zurückgeblieben war, was ihn wirklich beunruhigte.

»Ja, sie ist für eine Weile fort«, verkündete Desi. »Soll ich dich erst küssen, oder möchtest du vorher lieber meine Höschen sehen?«

»Weder noch, du gräßliche Illusion!« sagte er.

»Beides dürfte dir gefallen«, meinte sie, immer noch sehr treffend. »Und es wird mir eine Freude sein, mich dir entgegenkommend zu zeigen.« Sie beugte sich zu ihm herüber, so daß ihr seidiges Haar gegen seine Schulter strich.

»Nein!« rief er und schob sie davon. Seine Hand fuhr wirkungslos durch ihr Abbild. Er hatte für einen Augenblick ganz vergessen, daß sie ja nur ein Trugbild war. »Du bist nur eine Manifestation des Philters, der uns daran hindern will, unser Ziel zu erreichen.«

»Natürlich. Aber können wir nicht trotzdem Freunde sein?«

Das kam ihm wie eine recht merkwürdige List vor. »Warum willst du dich denn mit mir anfreunden?«

»Es wird ziemlich langweilig, so im Laufe der Jahrtausende, und ich bin ans Gebiet des Wahnsinns gefesselt. Natürlich wird es inzwischen immer größer, und mit der Zeit wird es ganz Xanth beherrschen. Dann habe ich alles, was ich mir wünschen kann. Doch das dauert noch seine Zeit, und bis dahin könnte es recht unterhaltsam sein, eine Beziehung zu dir zu haben.«

»Dämonen, die sich langweilen?« fragte er erstaunt.

»Wenn sie keine Gesellschaft ihrer eigenen Art haben ...«

»Warum pflegen denn die anderen Dämonen keinen Verkehr mit dir?« fragte er in der Hoffnung, etwas Nützliches in Erfahrung zu bringen.

»Der Wahnsinn setzt den Dämonen merkwürdig zu, genau wie den Menschen«, erklärte sie. »Vielleicht ist dir ja aufgefallen, wie Mentia sich verändert hat. Dämonen mögen so etwas nicht besonders, deshalb gehen sie dem Wahnsinn aus dem Weg.«

»Und du kannst ihm nicht aus dem Weg gehen?«

»Ich bin eine besondere Dämonin, die an ihre körperliche Komponente gefesselt ist. Und weil die sich im Wahnsinn befindet, kann ich ihn nicht verlassen. Ich habe gelernt, damit zu leben, ja, sogar damit zu gedeihen. Aber isoliert bin ich trotzdem, und das wird mit der Zeit ermüdend.«

Irgend etwas nagte am Außenrand seiner Aufmerksamkeit. »Warum sprichst du so offen mit mir? Du hast doch bisher deine Natur immer versteckt.«

»Es lag auch nicht in meinem Interesse, dir meine Natur zu offenbaren, als du versucht hast, mich aufzuspüren und zu versklaven. Aber nun, da du sie selbst entdeckt hast, gehen wir zur nächsten Stufe über: den Verhandlungen. Möglicherweise können wir einander durchaus Gutes tun.«

Hiatus traute dem Braten nicht. »Wir sind Menschen mit dem Auftrag, Xanth zu helfen. Du bist ein fremdes Ding ohne Interesse am Wohlergehen anderer. Was sollten wir einander da Gutes tun können?«

»Was bist du Xanth denn schon groß schuldig?« lautete ihre Gegenfrage, während sie sich gegenüber von ihm hinsetzte und sich eindringlich vorbeugte. Besonders ihre ziemlich bloße Vorderpartie wirkte sehr eindringlich. Ihre Figur war tatsächlich schöner als die jeder anderen sterblichen Frau, und es gebrach ihr ganz eindeutig an der mädchenhaften Zurückhaltung der echten Desiree. »Was hat Xanth denn jemals für dich getan, außer dich mit etwas zu locken, wonach du dich zwar sehnst, was du aber niemals wirst besitzen können?«

Das war schwer zu beantworten. Hiatus war mit seinem Leben nicht zufrieden gewesen. Daß Desi seine Gedanken lesen konnte, änderte nichts an der Öde, die sein ganzes Leben ausmachte. Xanth hatte tatsächlich wenig für ihn getan. Und trotzdem – es ging schließlich auch um Prinzipien, und wenn diese Mission zu Ende war, würde er sich zu Desirees Dryade gesellen können, um ihren Baum zu retten und vielleicht sogar ihre Liebe zu erringen. Dann wäre alles die Mühe wert gewesen.

»Aber dann wärst du immer noch im Gebiet des Wahnsinns«, erinnerte Desi ihn. »Dort, wo auch ich bin. Ich könnte ihren Baum jederzeit vernichten, wenn ich wollte.«

Das durchfuhr ihn wie ein Schauer; ja, von seinen Fingern stoben sogar kleine Funken hervor. Wenn Desirees Baum zugrundeging, würde auch Desiree zu existieren aufhören, weil sie die Essenz ihres Baumes war. »Dann müssen wir dich eben gefangennehmen und in der Schnittstelle einsperren, damit du es nicht tun kannst.«

Sie machte sofort einen Rückzieher. »Ich habe nicht gesagt, daß ich es tun *werde*, nur, daß ich es *könnte*. Ich habe nichts gegen die Dryade. Aber ich könnte praktisch dafür garantieren, daß du bei ihr sein wirst, indem ich sie und dich in Frieden lasse. Andererseits: Würde mein Wirkungskreis eingeschränkt und der Wahnsinn sich zurückziehen, wäre ihr Baum damit wieder im unverrückten Xanth. Dort würden ihre Wurzeln wieder normale Gestalt annehmen, und die Dryade würde deiner Hilfe nicht mehr bedürfen. Glaubst du etwa, daß sie dir dann noch irgendwelche Aufmerksamkeit schenken würde?«

Das war auch wieder so ein Einwand! Hiatus glaubte, daß er Desirees Liebe zwar gewinnen könnte, solange sie seiner bedurfte, um ihren Baum zu retten, daß seine Chancen ansonsten aber gleich null standen. So bedurfte er ironischerweise ausgerechnet des verbleibenden Wahnsinns, um sich seinen Traum erfüllen zu können.

Dennoch traute er Desi nicht über den Weg. »Wenn du frei bleibst und der Wahnsinn sich weiter ausdehnt, wirst du mich auch nicht mehr brauchen. Dann hast du auch keinen Grund mehr, mich mit Desiree zusammenleben zu lassen. Wir beide sind nur dann vor dir in Sicherheit, wenn der Wahnsinn sich zurückzieht.«

»Das kommt ganz darauf an«, meinte sie und beugte sich vor, bis der obere Teil ihrer Bluse von ihrem Busen abfiel und die hübsch geschwungene Architektur freilegte, so daß Hiatus Schwierigkeiten bekam, ihren Worten seine volle Aufmerksamkeit zu widmen. Jeder Atemzug, den sie tat, raubte ihm förmlich die Luft. »Wenn wir beide aber Geschäftspartner wären, könnten wir es uns auch erlauben, einander zu vertrauen und uns eine beachtliche Menge Gutes anzutun.«

Er war erstaunt. »Du verhandelst mit mir? Was willst du denn unbedingt von mir, außer, daß ich dich in Frieden lassen soll?«

»Wie ich schon sagte, es wird hier doch ziemlich langweilig, und Menschengesellschaft ist immer noch besser als gar keine. Ich könnte dich ganz beachtlich unterhalten, und deine Unterhaltung wäre auch die meine. Glaubst du mir?«

»Nein.« Er hoffte nur, daß dies die richtige Antwort sein mochte. Sein Gehirn funktionierte nicht besonders gut, solange seine Augäpfel an ihrem sanft wogenden Busen geheftet blieben. Doch wußte er auch, daß das, was Dämonen als unterhaltsam empfanden, sich nicht unbedingt mit dem deckte, was die Sterblichen darunter verstanden, mit denen die Dämonen sich einließen.

»Dann versuchen wir es doch einmal so: Es gibt da einen Dienst, den du mir erweisen könntest und den ich sehr hoch schätzen würde. Im Austausch würde ich sehr viel dafür tun.«

Hiatus wurde verschlagen – das hoffte er jedenfalls. »Du meinst, so etwas wie den Dienst, den ich Desirees Baum erweisen könnte, damit sie mich braucht und mag?«

»Ja. Wenn ich dich bräuchte, könnte ich mich ja so verstellen, als würde ich dich mögen – auf eine Weise, die du völlig überzeugend und ganz bestimmt genußvoll finden würdest.« Sie atmete schon wieder durch, was das Gesagte mehr als deutlich unterstrich. »Ich bin nämlich ein sehr praktisch veranlagtes Wesen.«

»Was für einen Dienst?« fragte er geradeheraus.

»Mich zu bewegen.«

Hiatus starrte sie verständnislos an. »*Was* soll ich tun?«

»Meine körperliche Komponente von einem Ort an einen anderen bewegen. Damit ich reisen kann. Damit ich nicht länger auf das Gebiet des Wahnsinns beschränkt bleibe und meinen Einfluß sofort bis ins normale Xanth ausdehnen kann.«

»Aber um das tun zu können, müßte ich dich doch erst einmal ausfindig machen!« wandte er ein. Denn er erinnerte sich daran, daß sie – so betörend ihre Zwillingshalbkugeln auch sein mochten – ja nicht der Philter war. Sie war lediglich eine Projektion, die ihn blenden sollte, indem sie ihm die Augäpfel garkochte.

»Ja. Deshalb wirst du wohl auch einsehen, daß ich dir nie gestatten werde, mich zu finden – es sei denn, wir haben eine Abmachung, die mir deine Zuverlässigkeit garantiert. Im Augenblick können wir einander nicht trauen. Doch sollte sich das ändern, wären wir vielleicht in der Lage, einander darin zu unterstützen, unseren jeweiligen Traum wahrzumachen.«

Hiatus reagierte schon wieder erstaunt. »Du kannst meine Gedanken lesen. Du weißt, daß ich dich nicht besonders mag, so verlockend du deine Illusionsform auch gestalten magst. Und ich bin mir sicher, daß du keinerlei Gefühle für mich hegst, abgesehen von der Verärgerung wegen der Umständlichkeit, dich überhaupt mit mir abgeben zu müssen. Wie sollten wir da jemals einander trauen können?«

»Wenn du wüßtest, daß nur ich allein dein Glück mit Desiree garantieren könnte – und wenn ich wiederum wüßte, daß nur du es mir ermöglichen könntest, ungehindert umherzureisen –, wären wir durch nüchternes Selbstinteresse aneinander gebunden. Das könnte doch eine für beide Seiten äußerst gewinnträchtige Verbindung werden.«

»Aber damit würde ich die Interessen Xanths verraten«, protestierte er. Seine Augen waren in seinem Kopf verschmolzen und gafften unentwegt auf ihren wahrhaft ernstzunehmenden Busen.

»Das hängt davon ab, wie man es betrachtet«, erwiderte sie und blickte an sich herab, als wollte sie sich davon überzeugen, daß ihre falschen Hypnokürbisse noch funktionstüchtig waren. »Da der Wahnsinn sich mit der Zeit über ganz Xanth ausbreiten wird, zusammen mit meiner Macht, würdest du lediglich das Tempo der Veränderung beschleunigen, nicht aber ihr Wesen beeinflussen. Und dabei würde dir selbst ein außerordentlicher Profit zuteil. Ja, wenn du Wert auf offizielle Macht in Xanth legst – wenn du König werden wolltest, zum Beispiel –, ließe sich das einrichten. Ich habe für so was nichts übrig, denn meine Macht drückt sich auf andere Weise aus.«

»König werden?« An so etwas hatte Hiatus noch nie gedacht. »Nein, mein Talent besitzt kein Magierkaliber. Außerdem bin ich eine Art Unperson, wie mein Name ja schon besagt. Meine Schwester Lacuna war genauso, bis sie sich in der Vergangenheit verheiratete. Ich bin nicht zur Größe geboren. Ich möchte nur mein Glück mit Desiree finden.«

»Um mal eine Erinnerung aus deinem Geist zu zitieren: Manche sind zur Größe geboren«, sagte Desi ernst, und ihr Atem ging immer tiefer. »Andere erreichen sie. Wiederum anderen wird die Größe aufgedr ...«

»Hallo«, sagte Mentia und erschien plötzlich. »Ich hoffe, ich störe.« Sie musterte Desis Dekolleté, das sich prompt vernebelte. Dann verblaßte die Illusionsfrau und verschwand.

»Wo warst du?« wollte Hiatus wissen und versuchte dabei, seine Augäpfel aus ihrer festgefressenen Position zu rücken. »Sie hat mich mit wunderbaren Versprechungen verführt.«

»Und mit heißem Fleisch«, bemerkte die Dämonin. Sie blickte ihm ins Gesicht. »Tatsächlich, deine Augen sind schon richtig korrodiert. Bist du denn so unwissend, daß du nicht wenigstens einmal pro Minute die Augenlider zugeschlagen hast? Hier ist ein wenig Schmieröl.« Sie holte eine Ölkanne hervor und drückte einen Tropfen von der Flüssigkeit auf jeden Augapfel, um schließlich Hiatus' Lider zu massieren, damit das Öl sich verteilte.

Endlich lösten seine Augen sich wieder aus ihren Kuhlen. »Sie ... sie hat mir ein Geschäft vorgeschlagen«, sagte er.

»Was könnte sie dir schon bieten, was ich nicht auch zu bieten hätte? Rein theoretisch gesprochen, natürlich, denn ich habe ja ebensowenig Interesse an dir wie sie.«

Er dachte darüber nach. »Wahrscheinlich gar nichts. Aber es wirkte durchaus überzeugend.«

»Na ja, das liegt eben daran, daß ihr sterblichen Männer gar nicht dazu in der Lage seid, gleichzeitig zu gucken und vernünftig zu denken.«

»Oh, das würde ich aber nicht behaupten!«

Sie nahm Desirees Gestalt an, komplett mit Desis offener Bluse. Dann beugte sie sich vor und atmete durch. »Red doch mal vernünftig mit mir.«

»Ich, äh, bäh ...«, stammelte er gaffend.

Ihre Bluse schloß sich wieder. Hiatus' Augen lösten sich

wieder, gerade rechtzeitig, bevor sie ein weiteres Mal korrodierten. »Überzeugt«, sagte er schließlich.

»Die anderen Mannschaften machen weiter«, meldete Mentia. »Sie haben aber nichts gefunden. Deshalb bin ich auf eigene Faust ein wenig losgezogen, konnte den Philter aber auch nicht orten. Der ist wirklich gut versteckt.«

»Aber er muß fürchten, daß wir ihn finden könnten«, erwiderte Hiatus, »weil er eine Menge Anstrengungen unternimmt, unsere Suche zu unterbinden.«

»Ja. Und die beiden, die er meiner Meinung nach am meisten fürchtet, sind Gayle Wasserspeier und du. Denn mit euch hat er sich die größte Mühe gemacht, euch entweder zu vernichten oder auf seine Seite zu bringen. Iris und Überraschung dagegen hat er ignoriert. Also müßt ihr auch den Schlüssel zu seinem Versteck besitzen.«

»Falls ich den haben sollte, weiß ich nicht, was das sein soll«, erwiderte er.

»Möglicherweise ist es irgend etwas, das zu tun oder zu sehen dir bestimmt ist. Vielleicht stößt du ja ganz zufällig auf das Versteck des Philters, und das weiß er. Deshalb versucht er verzweifelt, dich abzulenken oder zu korrumpieren, bevor das geschehen kann.«

Hiatus zuckte die Schultern. »Möglich. Aber sie hat mir Angst eingejagt. Sie hat gesagt, sie könnte Desirees Baum zerstören.«

»Da hat sie gelogen. Wie sollte eine Illusion einem Baum etwas anhaben?«

»In Wirklichkeit ist sie ein Dämon! Und Dämonen können …«

»Nun beruhige dich mal, törichter Geist! Ich bin auch eine Dämonin. Ich könnte ebenfalls einem Baum Schaden zufügen. Aber warum sollte ich mir die Mühe machen? Da wäre doch nur furchtbar viel Arbeit für nichts. Der Philter ist auch ein Dämon, aber von einer anderen Art. Es scheint, als wäre er zum größten Teil an seine körperliche Basis gebunden, und als bliebe ihm wenig anderes übrig. Deshalb verwendet er eine Illusionsvariante, die äußerst dünn gestreckt ist, mit nur minimaler Substanz, um bei Bedarf gerade noch fühlbar zu sein. Wenn sie dich also küßt, sind nur ihre Lippen feststofflich, und wenn ihre Hand dich berührt, ist nur die Haut ihrer Finger zu spüren. Da könnte sie niemals einem Baum etwas anhaben, der von seiner Dryade beschützt wird.«

»Das stimmt«, meinte er, ihrem Gedankengang folgend. »Dann hat diese Hündin mich doch glatt angelogen!«

»Deshalb habe ich dir ja gesagt, du sollst ihr nicht trauen.« Sie schaute aus dem Fenster. »He, ich glaube, wir kommen tatsächlich irgendwohin.«

Er folgte ihrem Blick. »Das sieht ja aus wie ein Riesenkürbis!«

»Die Einfahrt ins Traumreich«, stimmte sie zu. »Das wird interessant.«

»Interessant? Wieso?«

»Weil Dämonen nicht träumen. Ich weiß gar nicht, was ich in einem Traum zu erwarten habe.«

»Ein Traum im Wahnsinn ist furchterregend«, erwiderte er. »Da ist euch Dämonen nichts entgangen, dem ihr nachzutrauern braucht!«

»Nun, wir werden ja sehen.« Sie erhob sich, als der Zug knarzend zum Halten kam. »Bringen wir es hinter uns.«

Hiatus folgte ihr ins Freie. Ein Weg führte direkt zu dem monströsen Kürbis. Das Ding war so groß, daß der ganze Zug ohne weiteres hätte hineinfahren können; aber wahrscheinlich war er zu schlau dazu. Auf einem Schild über den Eingang stand: LASSET ALLE HOFFNUNG FAHREN, DIE IHR HIER EINTRETET.

»Ob das klug ist?« fragte er nervös.

»Wenn der Philter nicht möchte, daß wir hierhergehen, sollten wir es höchstwahrscheinlich tun«, meinte Mentia. »Außerdem bin ich neugierig.«

»Dir hat auch noch keine Nachtmähre einen Alptraum gebracht«, versetzte er.

»Stimmt. Ich bin sicher, daß es faszinierend sein muß.«

Er begriff, daß sie es wohl auf die harte Tour würde lernen müssen. Sie hatte noch niemals geträumt; deshalb fürchtete sie sich nicht davor, genau wie kleine Drachen, die noch nie einem Oger begegnet waren, keine Furcht kannten. Jedes

Menschenkind war zu klug, als daß es eine Nachtmähre in Versuchung führen würde, doch Dämonen wußten es eben nicht besser.

Sie betraten das riesige Guckloch. Bei einem normalen Kürbis bannte das Guckloch das Auge des Betrachters und ließ ihn nicht mehr los, ganz ähnlich, wie Desis entblößter Busen Hiatus' Augen hatte erstarren lassen. Bei einem solchen Riesenkürbis aber war dieser Effekt nur sehr gering, weil statt dessen gleich der ganze Körper erfaßt wurde.

Plötzlich fanden sie sich in einem seltsamen Raum wieder. An der Wand hing ein Bild mit dem Porträt eines Mannes, den Hiatus nicht erkannte. Er wandte den Blick ab; dann sah er noch einmal hin – und schon hatte das Porträt sich verändert. Er begriff, daß er sich geirrt haben mußte. Deshalb sah er noch einmal fort, um es schließlich ein drittes Mal zu betrachten. Schon wieder eine Veränderung!

Da war auch ein Fenster, aus dem er auf unablässig herabströmenden Regen schauen konnte. Er wandte den Blick ab und sah erneut hin, doch der Regen veränderte sich nicht. Andererseits wußte er genau, daß es vorhin draußen vor dem Kürbis überhaupt nicht geregnet hatte. Wieder so etwas Seltsames!

Unmittelbar vor ihm stand eine merkwürdige Maschine mit einem Brett voller Buchstaben; dicht darüber befand sich ein Bildschirm. »Oh, nein!« hauchte er, und ein Furchtschauer durchfuhr ihn. »Dieses Gerät kenne ich von Beschreibungen her. Das ist Com-Puter, die böse Maschine. Sie verändert die Wirklichkeit in ihrer Umgebung, so daß niemand ihr entkommt.«

»Was für ein seltsamer Ort«, bemerkte Mentia.

»Ich glaube, wir sollten uns besser verziehen, bevor Puter noch aufwacht und anfängt, sich an unseren Wirklichkeiten zu schaffen zu machen«, meinte Hiatus.

»Ach, Unsinn«, widersprach sie. »So eine blöde Maschine kann einem Dämon doch nichts anhaben!«

»Da wäre ich mir nicht so sicher. Ich will jedenfalls gehen.« Hiatus machte kehrt und wollte den Kürbis sofort wieder verlassen – bis er feststellen mußte, daß hinter ihm eine feste Zimmerwand stand. Die Szene hatte ihn eingeschlossen! »Äh, das heißt, vielleicht kannst du ja gehen«, meinte er.

»Natürlich.« Doch sie blieb neben ihm stehen.

»Nun geh schon!« drängte er sie nervös. »Verblasse! Verzisch dich! Dann kannst du wenigstens noch die anderen warnen, den Kürbis nicht zu betreten.«

»Ich kann nicht«, sagte sie in erkennbarer Beunruhigung. »Ich versuche gerade zu verblassen, aber es funktioniert nicht!«

»Das habe ich befürchtet. Dann sitzt du auch in der Falle. Wir kommen hier nicht mehr heraus, es sei denn, wir finden irgendeine Lösung – und das ist möglicherweise nicht gerade leicht. Im Traumreich gelten keine gewöhnlichen Gesetze.«

»Du meinst, das hier ist ein Traum? In einem dämlichen Raum eingesperrt zu sein und mich nicht benehmen zu können wie die Dämonin, die ich doch bin? Das macht aber gar keinen Spaß!«

»Alpträume sind auch kein Spaß. Ich wollte dich ja warnen.«

»Na schön, dann prügle ich mir eben einfach den Weg frei.« Sie schritt zur Wand hinüber, formte eine dreifach vergrößerte Faust und schlug kräftig zu.

Die riesige Faust prallte wirkungslos von der Wand ab. »Aauuu!« rief sie und steckte sich die Faust in den Mund, den sie zu diesem Zweck beträchtlich vergrößerte. »Mmmph-aummmmph-jaummmph!«

»Wie war das?«

Mit einem schlabbrigen Knall zog sie die Faust wieder hervor. »Diese blöde Wand hat mir wehgetan!«

»Aber Dämonen kennen doch keinen Schmerz«, erinnerte er sie.

Sie musterte ihre riesige Hand, die rot anlief und pochte. »In Alpträumen anscheinend doch.«

»Ich vermute, daß du im Augenblick den menschlichen Beschränkungen unterliegst. Vielleicht gab es ja noch einen anderen Weg hinaus.«

Er machte kehrt, um das Bild, das Fenster und die böse Maschine zu mustern. Com-Puter schlief zum Glück weiter. Hiatus trat vorsichtig nach links, an der Maschine vorbei.

Da erschien ein Wort vor ihm: BODEN.

Hiatus starrte es an. »Das weiß ich doch selbst, daß das der Boden ist«, meinte er. »Wozu brauche ich denn eine Schrift, die mir das mitteilt?«

Mentias Hand hatte wieder ihre gewöhnliche Größe angenommen, obwohl sie immer noch wund zu sein schien. »Vielleicht hält der Boden ja nicht viel von deiner Intelligenz.«

Irritiert trat Hiatus einen weiteren Schritt vor. Dabei landete sein Fuß auf einem Läufer. Wieder erschien ein Wort: LÄUFER.

Nun experimentierte er ein wenig. Was immer er berührte, ließ ein Wort aufscheinen: GEMÄLDE, FENSTER, SCHREIBTISCH, WAND, TÜR. Es war wirklich merkwürdig. Er versuchte, die Tür zu öffnen, doch sie rührte sich nicht vom Fleck.

Sie machten die Feststellung, daß Mentias Bewegungen keine magischen Wörter hervorbrachten. Tatsächlich schien sie auf diese Szene keinerlei Wirkung ausüben zu können. Sie ignorierte Mentia gänzlich, während sie die Dämonin zugleich gefangenhielt.

Auf dem Schreibtisch Com-Puters lag ein Briefumschlag, doch Hiatus bekam ihn nicht auf, obwohl er zu gern festgestellt hätte, was für ein Schreiben er enthielt. Außerdem fand er einen kleinen Zettel mit geheimnisvollen Namen und Zahlen darauf.

Von der Seite ertönte Geklingel. Hiatus blickte hin und stellte fest, daß das Geräusch hinter der Tür zum nächsten Raum herüberschallte. Jene, die er nicht öffnen konnte.

»Schau an die Decke«, sagte Mentia.

Er tat es. Da waren weitere Wörter. Eins davon war OFFEN. Also griff er hinauf und berührte das Wort. Es löste sich sofort ab.

Langsam überkam ihn eine Ahnung. Er trug das leuchtende weiße Wort zur Tür hinüber. Und tatsächlich – als er die Tür damit berührte, erlosch das Wort, und die Tür ging auf. Dahinter lag ein kleiner Raum mit einer weiteren Tür, die ins Freie zu führen schien, sowie einer zweiten, die in ein weiteres Zimmer führte. Doch inzwischen war das Geklingel verstummt.

Die Zeit verstrich. Sie erkundeten drei Zimmer dieses merkwürdigen Hauses, einschließlich der Küche, wo es eine große weiße Lebensmittelkiste gab, die innen ganz kalt war und ein belegtes Brot enthielt. Hiatus aß das Brot und kehrte ins zweite Zimmer zurück. Das Klingeln setzte wieder ein, und er stellte fest, daß es aus einem Gerät an der Wand stammte.

»Ich weiß, was das ist«, meinte Mentia. »Das ist ein mundanisches Fon. Ich habe davon gehört. Die können sprechen.«

»Sprechen?«

»Dazu verwendet man das lose Dingsbums«, erklärte sie.

Also nahm Hiatus das lose Dingsbums, das an einer Schnur hing, die mit der Kiste verbunden war. Er hielt es ans Ohr. »Hallo, Dug!« sagte das Dingsbums.

»Ich bin nicht Dug, ich bin Hiatus«, antwortete er.

»Oh. Tut mir leid. Habe ich mich wohl verwählt.«

»Dug?« wiederholte Mentia. »War das nicht der Name des mundanischen Jünglings, der Xanth besucht hat? Meine bessere Hälfte war dazu gezwungen, ihm eine potentielle Gefährtin zu sein, wurde aber dann doch nicht dazu auserkoren. Aber die mundanische Seite hat sie nie zu Gesicht bekommen.«

Hiatus hatte von dem Spiel gehört. Er erkannte, daß diese Wissensquelle ihm möglicherweise dabei helfen könnte, ins Freie zu gelangen. »Vielleicht ist das hier schon die richtige Nummer, nur eben die falsche Person. Ich glaube, ich gehöre nicht hierhin.«

»Ach, nein?« fragte die Stimme. »Wer bist du denn?«

»Ich bin Hiatus. Und wer bist du?«

»Ich bin Edsel, Dugs bester Freund. Dug ist nicht da, sagst du?«

»Edsel«, wiederholte Mentia. »Das ist einer der Namen auf diesem Zettel. Also muß das hier auch Dugs Haus sein.«

»Im Augenblick ist Dug nicht da«, teilte Hiatus dem Dingsbums mit. »Aber vielleicht kommt er ja bald wieder.«

»Na schön«, antwortete Edsel. »Sag ihm, daß ich angerufen habe.« Dann ertönte ein Klicken und danach summende Stille.

Hiatus legte das Dingsbums wieder auf das Gerät an der Wand. Wenigstens hatte er etwas in Erfahrung gebracht.

Im Zuge weiterer Experimente erfuhr er, daß Dugs Freundin Pia ihm gerade den Laufpaß gegeben hatte; deshalb hatte er sich auf einen Handel mit Edsel eingelassen: Pia im Austausch gegen Eds Motorrad. Hiatus hatte zwar keine Ahnung, was ein Motorrad war, doch der Handel gab ihm Gelegenheit, es mit dem Spiel *Gefährten von Xanth* zu versuchen, und er fand, daß das Spiel sicher ein angenehmerer Ort sein dürfte als diese merkwürdige mundanische Traumszene. Ein flacher Gegenstand erschien vor seiner Tür. Mentia bekam heraus, wie er in den Computer zu schieben war, weil sie ein wenig Erfahrung mit dem richtigen Spiel besaß. Daraufhin erschien auf dem Schirm ein Bild, in das sie eintraten.

Worauf sie sich in einer Höhle wiederfanden. Grundy Golem war ebenfalls dort. Er machte vor Schreck einen Satz. »Hiatus! Was tust du denn hier?«

»Ich suche den Philter.«

»Wovon redest du überhaupt? Weißt du denn nicht, daß dies hier der Einstieg in das Computerspiel *Gefährten von Xanth* ist? Das ist für Einheimische nicht zugelassen.« Da erblickte der Golem auch Mentia. »Und was machst du hier, Metria? Du bist noch nicht als Gefährtin ausgewählt worden.«

»Ich bin ja auch nicht Metria«, erwiderte die Dämonin.

»Na, du siehst aber genauso aus.«

»Hast du mich etwa schon über irgendein blödes Wort stolpern hören?«

»Nein, aber ...«

»Ich bin Mentia, ihre schlimmere Hälfte. Sie hat etwas

ganz Widerliches getan, da habe ich mich von ihr getrennt. Ich bin ein kleines bißchen verrückt.«

»Verrückt wirkst du eigentlich auch nicht.«

»Das liegt daran, daß diese ganze Szene verrückt ist. Wenn meine Umgebung verrückt wird, werde ich geradezu pervers vernünftig.«

»Na ja, wenn du Hiatus' Gefährtin bist, dann schaff ihn schnell von dieser Bühne, bevor noch ein richtiger Spieler vorbeikommt.«

Mentia entschloß sich zur Verschlagenheit. »Sag uns einfach, wo der Philter ist, dann gehen wir.«

Grundy schüttelte den kleinen Kopf. »Ich weiß nichts von einem Philter. Wozu dient er denn?«

»Zur Wasserreinigung«, erklärte Hiatus.

»Dann muß er hinter dem Eimer liegen. Sucht ihn dort.«

»Wo ist denn dieser Eimer?«

»Immer den verzauberten Weg lang.« Der Golem zeigte auf eine Tür in der Höhlenwand, die sich inzwischen geöffnet hatte.

Sie traten hinaus und folgten dem Weg bis zum Dorf Isthmus, in dessen Bucht ein böses Zensurschiff ankerte. Die Leute dort waren gruffig, ihre Unterhaltung mit Bliepern gepfeffert. Also begaben sie sich wieder aufs freie Land – und hatten schon bald den Eimer gefunden. Doch als Hiatus ihn aufheben wollte, schoß er in die Luft und flog in Richtung Horizont davon.

»Was ist denn hier los?« wollte Hiatus wissen. Er fühlte sich schon genauso gereizt wie die Dörfler.

»Ach, jetzt erinnere ich mich«, sagte Mentia. »Du kannst nichts erreichen, bevor du nicht über den Eimer hinausgelangst. Und wie du das schaffst, mußt du erst herausbekommen. Das ist eine der Herausforderungen des Spiels.«

»Und wie komme ich über ihn hinaus?«

»Das darf ich dir eigentlich nicht verraten. Das sollst du nämlich selbst herausbekommen.«

»Aber ich nehme doch gar nicht an diesem dämlichen Spiel teil!« warf Hiatus ein. »Ich versuche doch bloß, den Philter zu finden.«

»Stimmt ja, das hatte ich schon ganz vergessen.« Sie blickte nachdenklich drein. »Vielleicht kann *ich* ja den Eimer fragen.«

»Du kannst mit dem Eimer reden?«

»Ja. Aber das ist ein arroganter Bursche, der uns nicht helfen wird.«

»Warum willst du ihn dann überhaupt irgendwas fragen?«

»Weil ich wirklich lästig werden kann, wenn ich mich anstrenge.«

Hiatus konnte ihrer Logik zwar nicht folgen, protestierte aber auch nicht. So folgten sie dem Pfad, bis sie den Eimer wieder eingeholt hatten. Hiatus wartete, während Mentia auf ihn zuschwebte.

»Hör zu, Eimerschnauze«, sagte sie. »Ich bin eine verrückte Dämonin. Es gibt nur eins, das mir noch besser gefällt, als dich zu belästigen: den Philter zu suchen. Aber da wir nicht wissen, wo der Philter ist, werde ich dich jetzt wohl bis in alle Ewigkeit piesacken.«

»Mich piesackst du nicht, du Störenfriedin«, erwiderte der Eimer. »Du kannst mich nicht aufheben, und dein dämlich aussehender Freund weiß nicht, wie er über mich hinausgelangt. Deshalb kann ich dir nur ins Gesicht lachen.«

»Meinem Gesicht wirst du allerdings nicht begegnen«, versetzte Mentia. »Und du kannst auch nicht vor mir abhauen, weil ich nicht die Spielerin bin, und du mußt dich ja hier für das Spiel bereithalten.« Sie nestelte an ihrem Kleid.

»Was soll denn das?« fragte der Eimer höhnisch. »Willst du etwa meinen Bodensatz küssen, Dämonin?«

»Nicht ganz.« Sie hob ihren Rocksaum und baute sich neben dem Eimer auf.

»Wirst du mir etwa dein Höschen zeigen? Mich bringst du damit nicht aus der Fassung, Dämonin. Ich bin schließlich kein Menschenmann.«

»Wir werden sehen.« Sie raffte ihren Rock und kauerte sich über den Eimer. Hiatus schlug sich die Hände vors

Gesicht, gerade noch rechtzeitig, um ihre Höschen nicht zu erblicken.

»He!« rief der Eimer verschreckt. »Das kannst du doch nicht machen!«

»Nicht? Auf jeden Fall werde ich mir damit sehr große Mühe geben.« Dann vernahm man das Rascheln von Höschen, die in die Tiefe fuhren.

»IIIEEEEHH!« kreischte der Eimer. »Also gut, hör sofort mit dieser Eselei auf! Ich verrate dir auch, wo du den Philter findest.«

»Ich glaube«, erwiderte sie, »ich schaue mir lieber mal an, wie du überschwappst.«

»Hör endlich mit diesem Unfug auf!« schrie der Eimer verzweifelt. »Du bist eine Dämonin! Der Philter ist ein Dämon. Du weißt doch wohl, wie man einen Dämon ruft.«

Sie hielt inne. »Ja, das weiß ich schon«, stimmte sie zu. »Dämonen lassen sich beschwören. Also schön, dann erspare ich dir meine Bemühungen, wenn auch nur ungern.« Sie richtete sich auf und ließ ihre Kleider erneut Form annehmen.

Hiatus ging auf sie zu – worauf sich der Eimer sofort erhob und davonsegelte. Doch das spielte keine Rolle. »Wir können den Philter beschwören?« fragte er.

»Ja. Jeder Dämon läßt sich beschwören. Du mußt nur seinen wahren Namen kennen.«

»Und wie lautet der wahre Name des Philters?«

Sie zuckte die Schultern. »Ich habe den Philter nie persönlich kennengelernt. Der wahre Name ist das intimste Gut eines Dämons. Vielleicht hat ja eine der anderen Gruppen den Namen in Erfahrung gebracht.«

Hiatus nickte. »Ich denke, wir haben immerhin etwas erreicht. Dann laß uns von hier verschwinden und uns wieder mit den anderen treffen.«

Sie sah sich um. »Gern. Wie kommt man denn aus einem Traum?«

Ihm fiel ein, daß Dämonen ja nicht träumten; deshalb konnte sie das auch nicht wissen. Genaugenommen war er sich selbst auch nicht so sicher. Meistens endeten seine

Träume, sobald er erwachte. Aber wie sollte er aus diesem hier erwachen? »Manchmal wird so ein Traum beängstigend, dann erwacht der Träumende vor Furcht«, erklärte er. »Da ich ja hier der Sterbliche bin, muß ich auch der Träumende sein. Wenn ich erwache, dürften wir beide wieder frei sein.«

»Soll ich eine Grimasse schneiden, um dir einen Schrekken einzujagen?« fragte sie und verzerrte ihr Gesicht mit beiden Händen.

»Nein! Ich weiß ja, wer du bist, deshalb fürchte ich mich auch nicht.«

»Vielleicht, wenn ich dir mein Höschen zeige.« Sie griff nach dem Saum ihres Rocks.

»Tu das nicht! Dann verliere ich vielleicht die Fassung, erwache aber möglicherweise nicht davon.«

»Wie wäre es dann damit, von einer steilen Klippe zu springen.«

»Nein, dabei käme ich nur ums Leben.«

»In einem Traum?«

Er überlegte es sich noch einmal. »Du hast recht ... Wenn man in einem Traum fällt, wacht man vor Schreck auf, ohne dabei umzukommen. Also schön. Springen wir von einer Klippe.«

Sie gingen weiter, bis sie am Wegesrand eine Klippe gefunden hatten, die sich über einer Talschlucht erhob. »Jagt dir das Angst ein?« fragte Mentia.

»Und ob!« Hiatus wich vom Rand des Abgrunds zurück. »Ich glaube nicht, daß ich den Mut habe zu springen.«

»Kein Problem.« Sie schlang die Arme um ihn, riß ihn hoch und schleuderte ihn über die Kante.

»IIIEEEEHH!« schrie er im Sturzflug.

»Interessant«, bemerkte die Dämonin und erschien neben ihm. »Genau das hat der Eimer auch gesagt, als er mein fahles Hinterteil musterte.«

»Nur daß der Eimer nicht im Begriff war, vor Angst zu sterben«, keuchte er und versuchte, nach ihr zu grabschen, um seinen Sturz zu bremsen.

Doch sie wich ihm aus. »Nein. Der war nur im Begriff, vor

Ekel zu sterben. Ich habe dir doch schon gesagt, daß ich ganz schön lästig werden kann, wenn ich mich anstrenge.«

»Stimmt!« Er griff wieder nach ihr, doch einmal mehr fuhren seine klammernden Hände kontaktlos durch ihr Abbild.

Der felsübersäte Boden raste auf ihn zu. Hiatus genoß einen weiteren Augenblick schieren Entsetzens, dann prallte er auf ...

... und fand sich in der Nähe des Palastes der Stadt Scharnier auf dem Boden sitzend wieder. Er war erwacht und und unversehrt.

»Es hat funktioniert!« sagte Mentia erfreut. »Irgendwann müssen wir das noch mal machen. Träume sind unheimlich spaßig!«

17

Geschirr

Gary und Gayle fuhren in der Gedankenbahn zurück zum Bahnhof von Scharnier. Als sie ausstiegen, wurden sie bereits von Hiatus und Mentia erwartet. Aus der entgegengesetzten Richtung fuhr gerade ein weiterer Zug ein, und schon bald gesellten sich Iris und Überraschung ebenfalls zu ihnen. Gemeinsam begaben sie sich zum Palast zurück, wobei sie ihre Beobachtungen verglichen. Offensichtlich war eins der Paare in die Vergangenheit gereist, hatte sich dort aber einfach nur an irgendwelche Dinge erinnert. Ein weiteres war ins Traumreich gereist, während Gary und Gayle natürlich die Zukunft besucht hatten. Doch keiner von ihnen hatten den Philter gefunden.

»Aber der Philter scheint entschlossen zu sein, Gayle umzubringen«, berichtete Gary. »Wir sind schließlich umgekehrt, weil es zu gefährlich wurde und weil wir nichts in Erfahrung bringen konnten.«

Die Dämonin Mentia nickte. »Es ist klar, daß Gayle irgend etwas weiß, das wir brauchen.«

»Ich weiß aber nicht, was das sein könnte«, protestierte Gayle. »Ich bin dreitausend Jahren nirgendwo gewesen.«

»Und Desi hat versucht, mich zu verführen, meinen Auftrag aufzugeben«, berichtete Hiatus. »Körperlich und gefühlsmäßig. Sie hat mir alles geboten – Desiree, die Königswürde von Xanth, wonach mein Herz begehrte. Sie hat mir sogar etwas gezeigt, nämlich ihr ...«

Er hielt inne, von Feinfühligkeit schier überwältigt. Tatsächlich hatte Gary schon eine recht genaue Ahnung, was Desi ihm gezeigt haben dürfte – abgeleitet davon, was Hanna alles unternommen hatte. Der Philter schien ja immer verzweifelter zu werden.

»Dann mußt du wohl auch irgend etwas sehr Wichtiges wissen«, bemerkte Iris.

»Oder er war im Begriff, es herauszubekommen«, meinte Mentia. »Und ich glaube, wir haben es auch geschafft.«

»Wir haben möglicherweise ebenfalls etwas in Erfahrung gebracht«, warf Iris ein. »Nur leider nicht genug.«

Sie traten in den Palast. »Gehen wir es doch mal durch«, schlug Metia vor. »Wir haben vielleicht mehr in Erfahrung gebracht, als wir glauben.«

Da erschien Desi. »Oh, ihr müßt ja furchtbar müde sein nach euren langen Reisen«, meinte sie fürsorglich. »Und hungrig. Bett und Buffet erwarten euch.«

»Jetzt bin ich mir sogar völlig sicher«, meinte Mentia zufrieden. »Beachtet sie einfach nicht, und setzt die Besprechung fort. Was weißt du denn genau, Iris?«

»Ich glaube, ich habe herausbekommen, wo sich der Philter befindet«, berichtete Iris.

»Das wird euch nicht viel nützen«, warf Desi ein. »Körperlich ist er nur ein Gegenstand, und er wird keinen Handschlag für euch tun.«

»Wo ist er denn?« wollte Gary wissen.

»Im Zentrum der Magie«, erklärte Iris. »Ganz genau in der Mitte. Deshalb fahren die Gedankenbahnen auch immer im Kreis um ihn herum. Sie kommen nicht über den Wirkungsradius des Philters hinaus. Und ich glaube auch, daß er die allerstärkste Magie braucht, um seine mächtigen Illusionen und Effekte zu erzielen. Von sich aus ist er nämlich nicht so stark. Er wird lediglich von diesem dichten Feld getragen, das ihn zu einem Überdämon macht. Er muß sich im Mittelpunkt des Brennpunktkreises befinden.«

»Aber da bin ich doch gewesen«, wandte Gayle ein. »Du glaubst doch wohl nicht, daß ich ...«

»Nein, meine Liebe«, beruhigte Iris sie. »Du bist keine Dänonin. Mentia hätte dich sofort als solche erkannt. Und eine Illusion bist du auch nicht; das hätte ich mit Sicherheit gemerkt. Und daß du *tatsächlich* eine Wasserspeierin bist, weiß Gary nur zu gut. Als Gruppe sind wir also hervorragend qualifiziert, um dein wahres Wesen zu erfassen, was möglicherweise ja auch kein Zweifel ist. Du bist von einer wahrhaft schönen Unschuld. Andererseits ist dein Standort zugleich der des Philters. Ich habe den starken Verdacht, daß er sich seit dreitausend Jahren unter den Kacheln versteckt hält, auf denen du normalerweise ruhst.«

»Unter mir?« rief Gayle erstaunt. »Ich schätze, das könnte wohl stimmen, denn ich habe oft mit seinen Illusionen gesprochen. Aber nie hätte ich vermutet, daß er so nahe ist!«

»Das ist doch albern«, warf Desi ein. »Selbst wenn ihr den Philter finden solltet, könntet ihr nicht auf ihn einwirken. Ihr habt dafür nicht den ...«

»Den was?« fragte Mentia hellhörig.

»Nichts.«

»Was hast du herausgefunden, Mentia?« wollte Gary wissen.

»Daß wir den Philter herbeizitieren können«, erwiderte die Dämonin gelassen. »Er ist nämlich ein Dämon.«

»Den Philter könnt ihr nicht herbeirufen«, widersprach Desi. »Er kann sich nämlich nicht bewegen.«

»Ich habe von magischem Herbeizitieren gesprochen, nicht vom Herbeirufen«, versetzte Mentia. »Das bedeutet, Macht über ihn auszuüben. Wir können ihn in die Schnittstelle zitieren. Dazu brauchen wir uns ihm nur weit genug zu nähern, damit unsere Beschwörung ihre volle Wirkung entfaltet – und außerdem müssen wir seinen wahren Namen kennen.«

»Oh, den kenne ich«, warf Gayle ein. »Er lautet ...«

Da ertönte plötzlich ein ohrenbetäubender Lärm, in dem das Gesagte unterging. Dann nahm Mentia die Gestalt eines großen goldenen Klumpens an, worauf der Lärm verstummte.

»Was hast du gemacht?« fragte Gary überrascht.

»Sie ist zu einem Klumpen goldenen Schweigens geworden«, erklärte Iris. »Damit neutralisiert sie Desi, die sich in ein Störgeräusch verwandelt hatte. Gayle, was wolltest du gerade sagen ...?«

»Sein Name ist Fil«, fuhr Gayle fort. »Fil Philter. Daran erinnere ich mich noch aus der Zeit der ersten Arbeiten an der Schnittstelle. Ich wußte nur nicht, daß es wichtig sein könnte.«

»Aber der Philter wußte es!« meinte Gary. »Deshalb hat er auch versucht, dich umzubringen, sobald du dich mit mir eingelassen hast.«

»Damit wäre das Bild ja wohl vollständig«, sagte Iris. »Nun wissen wir, wie wir dreitausendjähriges Unrecht endlich berichtigen können, und wie wir der Ausbreitung des Wahnsinns Einhalt gebieten können und die Wasserspeier befreien. Wir brauchen uns nur noch in die Mitte des magischen Kreises zu begeben, um Fil in die Schnittstelle zu zitieren, dann ist unsere Queste beendet.«

»Dann tun wir es doch!« entgegnete Gary.

Mentia erschien wieder in ihrer gewohnten Form. »Das ist möglicherweise ein wenig kniffig«, meinte sie. »Desi ist zwar für den Moment verschwunden, ebenso ihr Lärm, aber der Philter wird immer noch durch die Magie des Wahnsinns verstärkt und zu einem mächtigen Dämon gemacht, der viel stärker ist als ich. Und er ist wild entschlossen, uns nicht zu erlauben, ihn in die Schnittstelle zu zitieren. Erst hat er versucht, uns daran zu hindern, sein Geheimnis in Erfahrung zu bringen, und nun wird er versuchen, uns an der Durchführung unseres Plans zu hindern.«

»Aber nun, da wir wissen, wo er ist und was wir tun müssen, wird er uns nicht aufhalten können«, warf Gary ein.

Iris schüttelte den Kopf. »Der Philter verfügt über mächtige Illusionen. Es wird schwierig werden, sie zu durchstoßen.«

»Aber wir wissen immerhin, daß es Illusionen sind«, ließ Gary nicht locker. »Dann brauchen wir uns doch nur vorzutasten und aufzupassen, daß wir nicht in irgendwelche Löcher stolpern.«

»Illusionen, die noch dazu von dämonischen Kräften gestützt werden«, widersprach Mentia nüchtern. »Ich bin derselben Ansicht: Das ist eine sehr mächtige Kombination. Wir sollten uns auf jeden Fall äußerst vorsichtig organisieren.«

»Ich kann wohl einige der Illusionen erkennen und vielleicht auch konterkarieren«, meldete Iris sich wieder zu Wort. »Überraschung könnte mich dabei in gewissem Umfang unterstützen. Aber was die dämonische Seite der Angelegenheit angeht ..«

»Die werde ich schon ausmachen«, beruhigte Mentia sie. »Und in gewissem Maße kontern, sofern mich nicht ihre volle Wucht treffen sollte. Hiatus kann mir dabei helfen. Das bedeutet wiederum, daß die Wasserspeier uns führen müssen, sobald wir es mit Illusionen und Dämonien zu tun bekommen.«

»Einverstanden«, erklärte Gayle. »Ich kenne ja den Weg.«

»Aber ..«, warf Gary ein, weil er immer noch nicht begriff, was die ganze Aufregung überhaupt sollte.

»Gehen wir«, entschied Iris grimmig. »Bevor der Philter noch mehr Zeit gewinnt, seine Verteidigung durchzuorganisieren.«

»Allerdings fehlt da noch etwas«, fügte Mentia hinzu. »Irgend etwas, das wir brauchen. Desi ist nicht gerade die schlaueste aller Illusionen, und sie hätte es uns beinahe verraten. Aber wir wissen immer noch nicht, was es ist.«

»Vielleicht finden wir es ja unterwegs«, sagte Iris. »Indem wir einem Zickzackmuster folgen und auf alles achten, das irgendwie ungewöhnlich erscheint.«

»Hier, inmitten des Wahnsinns, ist doch so gut wie alles ungewöhnlich!« wandte Hiatus ein.

»Das stimmt«, bestätigte Mentia. »Trotzdem könnte es

auch hier irgend etwas geben, das anders ist. Wenn wir es entdecken sollten, halten wir damit möglicherweise den Schlüssel zum Sieg in der Hand.«

Die ganze Sache schien Gary zwar ziemlich unsinnig, doch er begriff, daß es keinen Zweck hatte, weitere Einwände vorzubringen. Entweder würden sie dieses geheimnisvolle Ding finden – oder eben nicht.

Und so verließen sie den Palast. Gayle schritt voran, dicht an ihrer Seite Gary. Und ihm wurde dabei plötzlich nur zu klar, weshalb sie die Sache so ernst genommen hatte.

Denn die Stadt Scharnier war völlig verwandelt. Sie war inzwischen zu einer Ebene geworden, die von einer Erdfalte bedeckt wurde. In gewisser Weise sah es ganz hübsch aus. Doch Gary erkannte, daß der Philter, wenn er der Stadt schon das Aussehen einer Ebene verleihen konnte, auch zu ganz anderen Visionen fähig sein mußte – und das bedeutete Unheil.

Überraschung stieß einen Schrei aus. Da erblickte Gary ein furchtbares Insekt, das sie verfolgte. Es war ein Nickelfüßler – jene Insektenart, die mit ihren Scheren münzgroße Stücke aus lebendigem Fleisch zu schneiden pflegten. Ihm folgte ein zweiter Nickelfüßler, und hinter diesem kamen weitere, die allesamt auf die Gefährten zuhielten. Bald war der ganze Boden mit diesen Wesen bedeckt – *das* war es auch, was auf den ersten Blick wie eine Erdfalte ausgesehen hatte. Gary erkannte, daß er zwar in seiner natürlichen Gestalt vor ihnen gefeit sein mochte, nicht aber jetzt, als Mensch. Es war also unmöglich, dieses Gebiet zu durchqueren.

»Illusion«, sagte Iris angespannt. »Einfach ignorieren.«

»Nein«, widersprach Mentia. »Einige davon könnten echt sein und sich nur zwischen den anderen verstecken.«

Iris verzog das Gesicht. »Du hast recht. Was für eine raffinierte List! Ich werde sie alle abfackeln.«

Das war wirklich raffiniert! Was, wenn die Gefährten ihren Mut zusammengenommen hätten und durch den illusionären Schwarm gestapft wären, nur um dabei von den wenigen echten Exemplaren aufgefressen zu werden, die sie nicht als solche erkannt hatten?

»Du kannst die Illusionen einfach auslöschen?« fragte Gary in banger Hoffnung.

»Nein, das kann ich nicht«, erwiderte Iris. »Ich kann nur meinen eigenen Illusionen ein Ende setzen, nicht aber fremden. Das war bisher auch nie ein Problem, weil sämtliche Illusionen ohnehin meine eigenen waren. Das hier dagegen ist eine neue und sehr viel schwierigere Situation.«

Da loderte auch schon ihr Feuer auf. Ein illusionärer Blitz schlug ein, versprühte feurige Flammenfontänen, und schon züngelten die Flammen aus dem versengten Boden. Die illusionären Nickelfüßler quiekten und schnatterten, als sie zu brennen anfingen. Sie flohen vor der Feuersbrunst, die sich dadurch noch viel schneller ausbreitete, als sie es aus eigener Kraft gekonnt hätte.

»Dann kann man mit Illusionsfeuer tatsächlich Illusionsinsekten verbrennen«, murmelte Hiatus beeindruckt.

»Ja«, bestätigte Iris. »Ich kann zwar die Effekte des Gegners nicht beseitigen, der Philter meine aber auch nicht. Und wenn sie aufeinandertreffen, nimmt die Natur eben ihren Lauf.«

Vor ihnen öffnete sich eine Schneise, dort, wo das Feuer die Nickelfüßler verschlungen hatte. Die Gefährten machten sich auf den Weg. Doch da erblickte Gary einen Nickelfüßler, der nicht verkohlt aussah. Das mußte eins der wenigen echten Exemplare sein.

Das Wesen huschte auf sie zu. Doch Gayle machte einen Satz nach vorn und zerstampfte es einfach mit ihren massiven Steintatzen. Das Ding wurde platt ins Erdreich gedrückt und rührte sich nicht mehr.

Doch da war schon die nächste Gefahr im Anmarsch. In der Ferne ragte ein Berg in die Höhe, von dem ein großer Fluß herabströmte und sich in die Ebene ergoß. Er entzog dem Feuer die Nahrung, bis es zischelnd und flackernd erlosch.

Vorsichtig gingen sie weiter, wohl wissend, daß die Illusion auch Fallgruben im Boden verbergen konnte. Gary stolperte gegen irgend etwas und merkte, daß es sich um einen der großen Scharniersteine handelte, die von der Illusion der Nichtigkeit verborgen wurde. Zusammen mit Gayle ertastete er den Boden mit den Zehen, um sich zu vergewissern, daß er auch fest war.

Doch das Wasser stieg nun immer höher. Schon reichte es ihnen bis zu den Knöcheln, so daß ihre Füße in dem braunen Strudel nicht mehr auszumachen waren. Es mochten sich weitere Nickelfüßler darin verborgen halten, bereit, sich sofort auf sie zu stürzen. Ein sicheres Vorankommen war also wieder unmöglich geworden.

Da erschuf Iris einen illusionären Deichweg, der sich dicht über das Wasser zu erstrecken schien, so daß die Gefährten ihre Füße wieder zu sehen bekamen. Der Fluß war nicht dazu in der Lage, die Wassermassen schneller herabströmen zu lassen, als der Deichweg sich erhob, weil es eben sehr viel mehr Illusionswasser brauchte, um die Ebene damit zu überfluten, als Illusionssand für den Weg erforderlich war.

Bis das Gewitter einsetzte. »Das sieht mir nach Fracto aus«, brummte Iris.

Sie hatte recht. Die Wolke hatte an der Seite ein riesiges, zottiges Gesicht, mit geblähten Wangen und zornigen feuchten Augen. Der Mund klaffte auf, und ein Blitz fuhr hervor, gefolgt von einer eisigen Windbö. »Was macht Fracto denn in einer Illusion?« wollte Überraschung wissen.

»Wo immer ein übles Lüftchen weht, ist Fracto gleich zur Stelle«, erläuterte Mentia. »Ihm ist es ganz egal, wo das sein mag. Er hat einen Riecher für Unheil wie kein zweiter.«

Der Wind fuhr über die Wasseroberfläche und peitschte Wellen auf. Sie wurden immer riesiger und hämmerten schließlich auch gegen den Deichweg. Schon kurz darauf hatten sie eine Bresche hineingeschlagen, und riesige Löcher klafften. Das Wasser schoß hindurch und fraß an den verbliebenen Kanten, spülte den Sand davon.

»Das kann ich kontern«, verkündete Mentia. Sie löste sich auf und formte sich zu zwei Türmen, die mit vielen dünnen Seilen verschnürt waren und ein Lattengerüst stützten. Es war eine Hängebrücke über die erste große Unterbrechung des Deichwegs.

Gary setzte den Fuß darauf und stellte fest, daß sie ihm Halt bot. Weil die Dämonin keine Illusionen benutzte, verwendete sie statt dessen ihre eigene Substanz, die – zumindest für eine Weile – genau so hart und fest werden konnte, wie sie es wünschte. So überquerte Gary die Brücke, gefolgt von den anderen. Gayle lief seitlich an der Brücke vorbei, weil ihr Gewicht eine beträchtliche zusätzliche Last gewesen wäre und sie sich ohnehin nicht vor Nickelfüßlern zu fürchten brauchte.

Sie vernahmen ein schmerzerfülltes Quieken. Gayle hob einen Vorderfuß aus dem rauschenden Wasser. An einer Zehe hing ein Nickelfüßler. Er hatte sich offensichtlich einen Zahn ausgebissen. Schlaff stürzte er ins Wasser, ohne daß es spritzte. Um ein Haar hätte Gary ein wenig Mitgefühl für ihn empfunden.

Doch noch während die anderen sich mitten auf der Hängebrücke befanden, erschien plötzlich etwas Riesiges im Wasser. Es sah aus wie jenes mundanische Fabelwesen, der Wal, so riesig, daß niemand es glauben mochte. Das Untier hielt unaufhaltsam auf die Brücke zu, drohte sie zum Einsturz zu bringen. Natürlich war es nur eine Illusion, doch wirkte sie so echt, daß Gary furchtbar erschrak. Im Eilschritt erreichte er den festen Boden des vor ihm liegenden Deichwegs und verwünschte sich seiner Torheit wegen.

Der Wal krachte gegen den nächstbesten Brückenturm – und der begann umzukippen. Dieser Wal war ja echt!

Überraschung stieß einen Schrei aus. Gary kehrte um, stürmte auf die umstürzende Brücke zu und fing sie gerade noch rechtzeitig auf, bevor sie ins Wasser stürzte. Dabei fiel er selbst ins Wasser. Da ließ sich nichts mehr machen; nun würde er sich eben durchkämpfen müssen, so gut er konnte. Das Wasser war nur hüfthoch und bestand allein aus Illusion, so daß Gary in Wirklichkeit rannte, obwohl es eher wie ein Waten aussah.

Da durchzuckte ein Schmerz seinen Fuß. Ein Nickelfüßler! Nein, einen halben Augenblick später merkte er, daß es nur eine gewöhnliche Schürfung war. Er hatte sich an einem verborgenen Stein gestoßen. Überraschung im Arm, schaffte er es schließlich bis zum Inselteil des Deichwegs.

Kaum waren sie in Sicherheit, als Gary das Mädchen auch schon absetzte und sich umdrehte, um nachzusehen, was dort hinten los war. Die Brücke war eingestürzt und löste sich auf, doch ein Teil von ihr formte sich zu einem riesigen Gummiseil, dessen Ende um Iris geschlungen war. Das Seil zog sich zusammen und katapultierte Iris förmlich auf die Insel. Mentia hatte sie gerettet!

Hiatus aber drohte in den Wellen zu ertrinken. »Oh, ich möchte meine Magie einsetzen, um ihm zu helfen!« sagte Überraschung.

»Daß du es bloß nicht wagst!« verwies Iris das Kind. »Die Magie mußt du für die Beschwörung aufsparen.«

Deshalb war Überraschung auch bisher, magisch gesehen, so farblos geblieben! Das leuchtete Gary ein. Zwar verfügte sie immer noch über eine sehr mächtige und vielseitige Magie, doch könnte es durchaus sein, daß sie alles davon brauchen würden, wenn es zur Endabrechnung mit dem dämonischen Philter kam. Deshalb übte sie sich in schmerzlicher Zurückhaltung und lernte ganz nebenbei die Selbstbeherrschung. Mit Sicherheit würde sie ein sehr viel verträglicheres Kind werden, wenn sie erst einmal zu ihrer Familie zurückgekehrt war.

Dann erhob Hiatus sich im Wasser. Er blickte verblüfft drein. »Er hat mich erwischt!« rief er.

Das Gummiseil öffnete einen Mund. »Du Blödmann, das ist doch Gayle Wasserspeier!« rief es ihm zu.

Hiatus blickte auf die geschmeidige Steinschulter hinab. »Ach so. Danke.« Er sah etwas verlegen aus.

Nun kam die Sonne heraus, riesiger und heißer, als sie es im gewöhnlichen Xanth jemals war. Gary erkannte, daß es sich hierbei wahrscheinlich ebenfalls um eine Illusion handelte. Sie prallte auf das Wasser nieder und erhitzte es so stark, daß es zu kochen und schleunigst zu verdampfen anfing. Die starke Strahlung machte Gary nichts aus; andererseits war *er* ja auch keine Illusion. Sie beobachteten, wie ihre Sandinsel immer größer wurde, je weiter das Wasser zurückweichen mußte. Schon bald war die ganze Ebene wieder ausgetrocknet. Falls noch irgendwelche Nickelfüßler vorhanden sein sollten, waren sie inzwischen wahrscheinlich seekrank geworden.

Da fiel Gary etwas ein. »Wie konnte ein Illusionswal denn eine richtige Brücke umstoßen?«

Mentia erschien wieder in ihrer üblichen Gestalt. »Vergiß nicht, daß der Philter ein Dämon ist. Er verfügt über dämonische Kräfte. Nicht besonders große körperliche Kraft, weil sein wirklicher Körper sich woanders befindet, aber genug, um in gewissen Fällen feststofflich zu werden. Also hat er nur den oberen Teil des Wals verfestigt und damit gegen die Spitze des Turms gedrückt, der dann durch die Magie der Hebelkraft umstürzte.«

Inzwischen hatte Gary es eingesehen: Der Philter war wirklich ein formidabler Gegner, mit seiner Kombination aus Illusion und Feststofflichkeit! Es war zwar sehr viel vom einen und nur sehr wenig vom anderen, doch immerhin tat es seine Wirkung.

Aber zusammen mit der Ebene erschien auch schon eine weitere Gefahr. Es sah so aus, als würde ein großer Teppich über den Boden gleiten. Doch je näher er kam, um so größer wurde er, bis Gary erkannte, daß es sich um eine riesige Tierherde handelte. Die Tiere donnerten der ehemaligen Insel entgegen.

»Flundern«, meinte Mentia mit einem Blick auf die heranstürmende Masse. »Wenn die uns überrennen sollten, trampeln sie uns platt wie die Flundern.«

»Nein, das ist nur Illusion«, widersprach Iris.

Da bildete sich auch schon ihre Gegenillusion aus: ein weiteres Feuer. Es fuhr über die Ebene auf die Flundertrampler zu und sah furchtbar heiß aus. Die Tiere erblickten das Feuer und erschraken. Sofort machten die vordersten kehrt, um zu fliehen. Doch der hintere Teil der Herde hatte die Gefahr noch nicht bemerkt und stürmte weiterhin vorwärts.

Das spielte jedoch keine Rolle mehr. Die wilde Herde war gebremst, und so konnten die Gefährten ein weiteres Stück in Richtung des magischen Kreises vordringen.

Doch nun formte sich eine neue Klasse von Illusionen aus. Die Umgebung wurde ausgesprochen angenehm bewaldet, und unmittelbar vor ihnen lag plötzlich ein Schloß. »Oh, das ist ja Schloß Roogna«, bemerkte Iris überrascht.

»Der Philter kann unsere Gedanken lesen«, ermahnte Hiatus sie. »Alles, woran sich jeder einzelne von uns zu erinnern vermag, kann er erscheinen machen.«

»Und alles davon ist gefährlich«, ergänzte Mentia. »Wegen der wirklichen Gefahren, die sich dahinter verbergen.«

»Das weiß ich auch«, erwiderte Iris etwas spitz. »Ich versuche gerade nur zu ergründen, was es mit dieser List auf sich hat. Warum sollte der Philter uns mit etwas Gefahrlosem kommen?«

»Die Gefahren haben wir bisher immer gekontert«, erklärte Gary. »Deshalb versucht er es jetzt mit einer anderen Taktik.«

»Sofern er uns nicht einfach nur in eine bestimmte Richtung lenken will«, warf Mentia ein. »Fort von dem, was wir nicht finden sollen. Vergeßt nicht, daß wir außer dem Philter selbst ja noch etwas anderes suchen.«

Vor dem Schloß erschien eine Gestalt und kam auf sie zu; eine junge Frau, die etwas Schweres trug. »Und das ist Elektra, die Frau meines Enkels«, verkündete Iris. »Ein wunderbares Mädchen.«

»Was trägt sie denn da?« wollte Überraschung wissen.

»Das kann ich auch nicht so genau erkennen«, erwiderte Iris. »Aber es ist ohnehin alles nur Illusion.«

Sie warteten ab, während die Frau sich ihnen näherte. Gary stellte fest, daß sie nicht besonders eindrucksvoll oder schön aussah, aber wie eine recht nette Person wirkte. Ihr Haar war zu einem praktischen Zopf geflochten, und sie trug Blue Jeans.

»Die sieht ja gar nicht wie eine Prinzessin aus«, meinte Überraschung.

Iris lächelte. »Sie hat sich auch nie wie eine benommen. Sie lief immer ziemlich abgerissen herum. Hätte ich das Sagen gehabt, ich hätte dafür gesorgt, daß Prinz Dolph die Prinzessin Nada Naga heiratet, ein wirklich außergewöhnliches Geschöpf. Aber Elektra erfüllt ihre Aufgabe gut, und ich weiß inzwischen, daß ich mich geirrt habe. Ihr magisches Talent der Elektrizität reicht zwar nicht im entferntesten an das Zauberinnenkaliber heran, doch das macht sie dadurch wett, daß sie sich immer sehr nett und zuverlässig gibt. Sie hat mir Zwillingsurenkel geschenkt, und ich würde sie um nichts auf der Welt gegen eine andere eintauschen wollen.«

Elektra stellte sich vor ihnen auf, immer noch ihren Gegenstand in den Händen. Der war schwarz, mit rotweißen Knöpfen auf der Oberseite. »Kann mir vielleicht jemand dabei helfen, meine Batterie zu tragen?« fragte sie. »Ich habe sie zwar aufgeladen, aber sie ist sehr schwer.«

»Gewiß doch, Prinzessin«, erwiderte Hiatus und wollte vortreten.

»Nichts da!« befahl Mentia und streckte den Arm aus, um ihn zurückzuhalten. »In dieser Batterie ist Dämonensubstanz.«

»Dann nimmst du meine Batterie also nicht?« fragte Elektra und schaute dabei extrem unschuldig drein.

»Du bist eine feindliche Illusion«, versetzte Iris grimmig. »Dir trauen wir nicht.«

»Dann müßt ihr eben die andere Sache annehmen, die ich für euch bereithalte«, erwiderte Elektra und stellte die Batterie ab. »Attacke!« Und schon fuhr sie Fangzähne aus und stürzte sich auf Überraschung.

Doch Gayle war schneller und fing sie mit einem Satz ab. Die Wasserspeierin stieß die Frau beiseite, so daß das Kind nicht berührt wurde. Elektras Abbild löste sich in einer gereizten Wolke auf.

»Ach, danke«, antwortete Überraschung. Sie wirkte seltsam unbekümmert. Vielleicht hatte sie den Angriff für eine harmlose Illusion gehalten. Nun trat sie vor, um die Batterie zu untersuchen.

Mentia formte sich zu einem glänzenden Metallschild und sprang zwischen das Kind die Batterie. In diesem Augenblick explodierte die Batterie auch schon. Metallsplitter schossen umher. Einige prallten von dem Schild ab. Auch Gary wurde von einem Splitter getroffen, doch der konnte ihm nichts anhaben, weil er nur aus Illusion bestand. Andererseits war nicht zu verkennen, daß die gegen den Schild prasselnden Splitter durchaus Substanz besaßen, denn es schepperte laut bei jedem Aufprall.

Iris ging vor Überraschung in die Knie. »Alles in Ordnung, Liebes?« erkundigte sie sich.

»Na klar.« Doch mittlerweile wirkte das Kind ziemlich erschüttert. »Warum hat die nette Dame versucht, mir wehzutun?«

»Weil du inzwischen offensichtlich zur größten Freiheitsbedrohung des Philters geworden bist«, erklärte Mentia und nahm wieder ihre vertraute Gestalt an. »Wir anderen stellten so lange eine Gefahr dar, wie wir noch damit beschäftigt waren, den Philter zu suchen und unter Kontrolle zu bringen. Aber inzwischen wissen wir das, deshalb interessiert er sich nicht mehr für uns. Wir brauchen deine Magie für die Beschwörung, und so versucht er, dich als erste zu erledigen.«

»Woher weißt du das?« fragte Gary überrascht.

»Weil der Philter ein kalter, logisch denkender Dämon ist, der nicht viel körperliche Substanz und Energie zu verschwenden hat. Er würde Überraschung nicht körperlich angreifen, würde er sie nicht fürchten.«

Die anderen nickten. Wieder einmal hatte die Dämonin sich als vernünftigstes Mitglied der ganzen Gruppe erwiesen.

»Wir müssen uns vor allem um ihren Schutz kümmern«, entschied Iris.

»Ich werde sie tragen«, verkündete Gayle. Sie ging vor dem Kind nieder, und Überraschung erklomm den steinernen Rücken und hielt sich an dem Steinfell fest. »Das macht Spaß!« rief sie. »Ein Wasserritt!«

»Ein Wasserritt«, bestätigte Gary, obwohl er dabei innerlich zusammenzuckte. Sie mußten das Kind beschützen und bei Laune halten, so gut sie nur konnten.

Schon entwickelte sich etwas Neues. Eine Gruppe von Kreaturen kam aus dem Schloß auf sie zu.

»Zentauren!« rief Iris. »Hütet euch vor ihrer Bogenkunst.«

»Aber wenn die Pfeile doch nur Illusion sind ..«, begann Gary.

»Alles, was auf Überraschung zukommt, wird schon keine Illusion sein«, verneinte Mentia. »Genausowenig wie die Batteriestücke, die in ihre Richtung schossen.«

»Dann sollten wir besser ausweichen«, meinte Gary, der ihren Einwand gelten lassen mußte. »Eine Flucht ist fast unmöglich, wenn wir nicht mal den richtigen Boden erkennen können.«

»Ich kann die Illusionen des Philters zwar nicht beseitigen, aber durchschauen«, erwiderte Iris. »Es gibt eine Allee durch die Stadt. Dort entlang!« Sie deutete auf das dichteste Stück des Obstgartens, der das Schloß umgab. »Diesen Weg können wir einigermaßen unbeschadet nehmen.«

»Und außerdem sieht er völlig unbegehbar aus«, ergänzte Mentia. »Was wiederum ein Hinweis darauf ist, daß der Philter uns dort am allerwenigsten haben will.«

Sie suchten immer noch nach etwas, von dem sie nicht so genau wußten, was es sein konnte. Gary behielt seine Zweifel lieber für sich, da auch er keinen besseren Vorschlag hatte. Vielleicht waren in diesem Gebiet des Wahnsinns die verrücktesten Ideen ja zugleich die angebrachtesten.

Also lief Gary weiter, und die anderen folgten ihm. Es sah zwar so aus, als würden sie direkt auf ein Dickicht aus Nadelkakteen zuhalten, doch in Wirklichkeit war nichts dergleichen vorhanden. Das erinnerte Gary an Desirees magischen Weg, der für alle unsichtbar blieb, die ihn nicht gerade beschritten. Dieser Weg hier blieb dagegen auch dann unsichtbar, als sie ihn benutzten.

Die Zentauren änderten ihre Richtung und hielten weiterhin auf sie zu. Mehrere von ihnen legten schon ihre Pfeile an, während sie herangaloppiert kamen. Mentia formte sich zu einem weiteren Schild, diesmal mit Beinen, und lief dicht hinter Gayle und Überraschung her, um sie zu schützen. Doch bei dem Tempo, das die Zentauren vorhielten, würden sie den schützenden Schild schon bald umzingelt haben.

»Wir können diese Illusionen nicht abhängen«, meinte Hiatus schnaufend.

»Hier steht eine echte Scharniersäule aus Stein«, keuchte Iris und zeigte nach links. »Geht dahinter in Deckung.«

Gary schlug einen Haken und hielt auf etwas zu, das wie eine Schlammpfütze aussah – und prallte prompt seitlich von der Steinsäule ab. Aua! Doch dann hatte er ihre Kante entdeckt und wies die anderen mit Gesten an, ihm zu folgen. Sie huschten dahinter und drängten sich in ihren Schutz; hinter ihnen befand sich der durch Illusion unsichtbar gewordene Stein.

Mentia formte sich zu einer Metallröhre mit Rädern. »Was ist das denn?« fragte Gary.

»Eine Kanone«, erklärte ein Mund an der Röhre. »Wenn die Zentauren erscheinen, hältst du diese Flamme an mein Hinterteil.« Eine dünne Fackel erschien.

Gary nahm sie entgegen. Als die Zentauren um die Ecke gerast kamen, führte er die Flamme ans Hinterteil der Kanone. Ein gedämpfter Knall ertönte, und Rauch schoß aus dem Mund hervor. Eine große Kugel fuhr zwischen die Zentauren und warf sie nieder.

»Das ist also eine Kanone«, meinte Hiatus beeindruckt.

Die verbliebenen Kreaturen gingen ihrerseits hinter anderen Steinscharnieren in Deckung. Die Steine sahen zwar aus wie Bäume, doch Iris konnte sie genau bestimmen. Die Kanone konnte die Zentauren hinter diesen Säulen nicht erreichen.

»Aber ihre Pfeile erreichen uns dafür auch nicht«, sagte Gary mit einer Spur von Genugtuung.

Da kam ein Pfeil um die Ecke gesegelt und verfehlte ihn nur um Haaresbreite. Er prallte gegen einen Steinvorsprung und stürzte unter Todesrasseln zu Boden.

»Einer dieser Zentauren kann um die Ecke schießen«, bemerkte Hiatus ehrfürchtig.

»Diese ständigen Spezialeffekte des Wahnsinns strapazieren meine Einbildungskraft«, sagte Mentia, nahm ihre gewöhnliche Gestalt an und preßte den ballonförmigen Kopf zusammen. Doch es blieben Streckfalten auf ihrer Stirn.

Immer mehr Pfeile sausten um die Ecke und schlugen ringsum ein. Doch nur einer davon war echt. Er traf Gayle an der Schulter und zersplitterte. Trotzdem war das eine sehr beunruhigende Angelegenheit, denn die Pfeile hagelten jetzt so dicht und schnell, daß die Gefährten immer erst feststellen konnten, welcher davon echt war, wenn er bereits ein Ziel getroffen hatte. Einer der Pfeile fuhr Iris voll durch die Nase – und obwohl er nur aus Illusion bestand, zeitigte er doch seine Wirkung.

»Ach, ich verliere ja meinen Witz!« rief Iris, während ein Schauer weißlich glühender Funken aus ihrem Kopf stob. »Ich bin es einfach nicht gewöhnt, meine eigene Medizin zu schmecken zu bekommen!« Vergeblich griff sie nach den Funken.

»Ich helfe dir«, erbot Überraschung sich eilfertig. Sie begann zu schielen. Die Funken dehnten sich aus, bis sie so groß waren wie Steinquader; sie lagen durcheinandergewürfelt da, wobei ihr Leuchten das Gelände erhellte. »Hoppla .. Das ist schiefgegangen.«

»Warte – die können wir auch so gebrauchen«, warf Mentia ein. »Stapelt sie vor uns aufeinander, um einen geistigen Schutzraum zu schaffen.« Sie packte einen großen Quader und legte ihn unmittelbar vor Überraschung auf den Boden.

Gary ergriff einen weiteren Stein und stellte ihn neben den ersten; dann gesellte sich auch Hiatus zu ihnen. Schon bald hatten sie eine Mauer errichtet, die so hoch war wie sie selbst, und die Pfeile drangen nicht mehr zu ihnen durch.

»Warum sind einige heller als die anderen?« wollte Hiatus wissen und deutete auf das unregelmäßige Leuchten der Mauer.

Gary zuckte die Schultern. »Es sind wohl ein paar stumpfsinnige Witze darunter.«

»Vielen Dank!« warf Iris ätzend ein.

»Ich habe eine etwas ernstere Frage«, unterbrach Mentia. »Warum ist Überraschungs Talent nach hinten losgegangen? Sie hat doch versucht, die Witzfetzen einzusammeln. Stattdessen wurden sie größer.«

»Sie ist eben noch ein Kind«, erklärte Gary. »Sie hat die Sache noch nicht ganz unter Kontrolle.«

»Hab' ich wohl«, widersprach Überraschung. »Nur nicht am Anfang, als wir in den Wahnsinn kamen. Aber inzwischen kann ich das berücksichtigen. Irgend etwas hat mir dazwischengefunkt.«

»Bist du dir ganz sicher, Liebes?« fragte Iris. Sie hatte ihren Witz wieder beisammen. Zwar nicht im Kopf, sondern direkt vor ihr und gut organisiert als Mauer; auf jeden Fall aber wirkte sie wieder völlig in Ordnung. »Könnte es nicht auch sein, daß du durch die ganze Aufregung ein bißchen durcheinander geraten bist?«

»Nein«, erwiderte das Kind mit Bestimmtheit. »Irgend etwas hat sich eingemischt.«

»Der Philter?« wollte Mentia wissen. »Wenn der tatsächlich deine Magie verändern kann, stehen wir vor einer noch größeren Herausforderung, als wir geglaubt haben.«

»Nein, er kann zwar meine Gedanken lesen, sie aber nicht verändern – und auch nicht mein Talent«, sagte Überraschung.

»Wir brauchen doch nicht wegen so einer Kleinigkeit auf dem armen Kind herumzuhacken«, meldete Hiatus sich zu Wort. »Sie tut doch nur ihr Bestes.«

»Du glaubst mir nicht«, antwortete Überraschung in vorwurfsvollem Tonfall.

»Das ist es nicht«, erwiderte Hiatus leicht benommen. »Es ist nur, daß ...«

»Du denkst, ich bin zu jung, um zu wissen, was los ist!«

»Bitte, Liebes, jetzt reg dich doch nicht auf«, mischte Iris sich bestürzt ein.

»Und du auch! Ihr denkt alle, daß ich verstört bin.«

»Na ja, jung bist du schon«, meinte Gary. »Aber das ist ja kein Makel.«

»Na, euch werde ich's zeigen!« empörte sich Überraschung. »Ich mach' mich jetzt alt!«

»Nein! Vergeude nicht deine Magie!« rief Mentia, doch ihre Stimme der Vernunft kam zu spät.

Überraschung hatte bereits zu schielen begonnen. Plötzlich war sie zu einer ausgewachsenen Frau geworden. Zum Glück machten ihre Kleider das Wachstum mit. Nun sah sie aus wie eine anziehende Dame von etwa Dreißig, wenn auch auf irgendeine undefinierbare Weise unfertig. »Jetzt bin ich erwachsen«, verkündete sie. »Ich entschuldige mich für mein kindisches Verhalten. Aber ich kann euch versichern, daß irgendeine Kraft außerhalb von mir – oder gar der Philter selbst – meinen Versuch der Magie verfremdet hat. Ich hatte ursprünglich vor, die Witzfetzen magnetisch in meinen Händen zu bündeln. Statt dessen haben sie sich ausgedehnt und verfestigt.«

»Oh, du bist wirklich hübsch, aber du brauchst noch das gewisse Etwas«, bemerkte Iris. Sie griff in eine Tasche und holte etwas hervor.

»Was ist das?« fragte Überraschung.

»Make-up. Das ist eine geheime Illusion, die von Mädchen benutzt wird und von der die Jungen nichts wissen. Sie bewirkt, daß Mädchen, die zu jung sind, älter aussehen, während zu alte Frauen sich damit ein jüngeres Aussehen verleihen.« Sie bestrich Überraschungs reif gewordenes Gesicht mit Puder und Farbstäben, und tatsächlich – schon kurz darauf kam die Frau in ihr viel besser zur Geltung.

Die anderen wechselten einen beinahe vollständigen Blick miteinander. Überraschung wirkte jetzt tatsächlich wie eine glaubwürdige Zeugin.

»Was hat diese Verzerrung bewirkt?« erkundigte sich Mentia.

»Ich habe keine Ahnung. Aber ich kann mich danach orientieren, wenn ihr wollt.«

»Vielleicht solltest du das tatsächlich tun, denn es dürfte von größter Wichtigkeit für uns sein zu erfahren, was da Einfluß auf uns nimmt.«

Plötzlich begriff Gary, worauf Mentia hinauswollte. Dieses rätselhafte Ding, das sie möglicherweise noch brauchten, um ihre Aufgabe zu erfüllen, und das der Philter vor ihnen zu verbergen trachtete, befand sich vielleicht ganz in der Nähe. Doch die Dämonin ließ Vorsicht walten – für den Fall, daß es sich hierbei doch nur um eine falsche, vom Philter ausgelegte Fährte handeln könnte.

Überraschung stellte die Augen über Kreuz, genau, wie sie es als Kind getan hatte. »Ach, da ist ja eine Schachtel Umkehrholz in Pulverform!« meinte sie überrascht. »Vor langer Zeit hat jemand eine Mischung hergestellt, die zu gleichen Teilen aus magischem Staub und zermahlenem Umkehrholz bestand, und sie in einem Tiegel versiegelt. Jetzt, an die dreitausend Jahre später, wird das Siegel allmählich undicht. Deshalb hat es mein Talent beeinträchtigt. Es hat es allerdings nicht umgekehrt, sondern nur verzerrt, weil die Mischung eben merkwürdige magische Eigenschaften hat.«

»Weshalb sollte jemand eine solche Mischung herstellen?« fragte Mentia, und in ihren Augen leuchtete dämonische Erregung.

»Ich vermute, daß es für irgendeinen ganz besonderen Zweck war«, antwortete Überraschung.

Ein weiterer Pfeilhagel kam auf sie zu. Diese Exemplare glühten an der Spitze. Eins davon schlug am Ende der Witzmauer ein und setzte sie in Brand. »Brandpfeile«, bemerkte Iris beunruhigt.

Gayle trat vor die Mauer, schritt von der anderen Seite darauf zu, packte den Pfeilschaft mit steinernen Zähnen und riß ihn heraus. Der Brand erlosch.

Nun explodierte Feuer. Der Himmel jenseits der Mauer erstrahlte von komplizierten stummen Lichterscheinungen. Wunderschöne rote, blaue, grüne und gelbe Lichtbahnen schossen wild umher.

»Kannst du uns zu diesem Tempel führen?« fragte Mentia. »Oder mir genau sagen, wo er ist, damit ich ihn holen kann?«

»Ich kann euch dorthin bringen«, erwiderte Überraschung.

»Du solltest deine Magie nicht auf irgendeine blöde Mischung vergeuden«, protestierte Hiatus.

»Ich denke aber, das könnte durchaus wichtig sein«, widersprach Mentia. »Schau doch nur, welche Anstrengungen der Philter unternimmt, uns davon abzulenken.«

Hiatus nickte. »Das sehe ich ein. Er will nicht, daß wir uns dieses Tiegels bemächtigen.«

»Wir halten hier die Stellung«, schlug Gary vor. »Geht ihr beide den Tiegel holen.«

Das Feuerwerk wurde so gleißend hell, daß die ganze Landschaft samt Himmel dem Betrachter schier die Augen verbrannten. Nun ertönte auch ein Geräusch, eine Art dröhnendes Stöhnen, wie von einem heftigen Nordwind, der mit einer Zehe in den Fleischwolf geraten war. Kein Zweifel, der Philter war in Aufruhr – oder wollte die Gefährten dies glauben machen.

Mentia formte sich zu einer undurchdringlichen, aber durchsichtigen Platte. Dann wickelte sie sich um Überraschung, die hinter dem Scharnierstein hervortrat und im scheinbaren Wald verschwand.

»Lenken wir den Philter ab«, schlug Hiatus vor. Er betastete den Boden auf der Suche nach werfbaren Gegenständen. Offensichtlich fand er auch etwas, obwohl es unter der Illusionsschicht unsichtbar blieb.

Gary und Iris taten es ihm gleich, während Gayle den Boden beschnüffelte. Bald darauf hatten sie eine Anzahl wurffähiger Steine gesammelt. Die schleuderten sie in die Richtung des Feuerwerks. Gary bezweifelte zwar, daß sie damit viel würden bewirken können, doch keine anderthalb Augenblicke später krachte es, während am Himmel ein ganzer Abschnitt erlosch. Anscheinend hatten sie nun doch eine Quelle der Illusion getroffen.

Da verblaßten die Farben. Ein glucksendes Geräusch ertönte. Dann kam ein gedrungener Vogel auf die Mauer zugewatschelt.

»Was ist das denn?« fragte Hiatus.

»Sieht aus wie eine Henne«, meinte Iris.

»Haben Hennen denn Schuppen?« wollte Gayle wissen.

Irgend etwas daran kam ihm vertraut vor. Gary zermarterte sein Gedächtnis, suchte nach Erinnerungen an eine solche Kreatur. Dann hatte er es: »Das ist keine Henne, das ist ein Drachenhahn!« rief er. »Haltet euch von ihm fern!«

»Warum denn?« fragte ihn Hiatus.

Da sperrte der Drachenhahn den Schnabel auf, und ein Flammenstoß züngelte gegen die Mauer.

»Danke. Jetzt weiß ich, warum«, warf Hiatus ein.

Zum Glück war die Mauer solide und der größte Teil des

Drachenfeuers nur Illusion, so daß nicht allzuviel durchdrang.

Da kehrten Mentia und Überraschung zurück. Überraschung hielt einen gläsernen Tiegel in der Hand, der zu ungefähr einem Viertel mit einem grauen Pulver gefüllt war. »Der Deckel war locker«, sagte sie. »Ich habe ihn wieder festgeschraubt. Jetzt leckt nichts mehr. Aber ich habe schon geglaubt, wir würden nie mehr an ihn herankommen. Die Illusionen waren fürchterlich.«

»Dann wollte der Philter uns also wirklich daran hindern, an diesen Tiegel heranzukommen?« fragte Gary.

»Das wollte er«, bestätigte Mentia. »Aber er verfügte nur über Illusion und ein kleines bißchen Substanz, und das hat nicht genügt, um uns aufzuhalten.«

»Aber wir wissen immer noch nicht, weshalb er den Tiegel fürchtet.«

»Ich kann es mir denken«, bemerkte Überraschung.

»Dann solltest du jetzt aber auch wieder dein natürliches Alter annehmen«, sagte Mentia. »Wir wollen doch nicht, daß du in deinem jetzigen Alter festhängst.«

»Das wäre gräßlich«, bestätigte Überraschung. Sie stellte die Augen über Kreuz; dann blickte sie überrascht drein. »Sie haben das Zeug für die ursprüngliche Beschwörung der Schnittstelle benutzt! Es ist die Hauptzutat. Es ermöglicht der Beschwörung, das Wesen der existierenden Magie zu verändern.«

»Du meinst ...?« fragte Mentia. Ihre Augen wurde so riesig, daß sie wie ein Insekt aussah.

»Ja. Damit wird es uns möglich sein, den Philter in die Schnittstelle einzubinden, ohne ihn anderweitig zu stören. Eigentlich hätte alles verbraucht werden müssen; deshalb hat man den Tiegel fortgeworfen. Sie haben nicht gemerkt, daß er gar nicht leer war. Daß etwas übrig war, das eigentlich dazu hätte verwendet werden sollen, den Philter zu binden.«

»Aber warum ...?«

»Weil der Philter eine Illusion erschuf, die den Tiegel leer aussehen ließ. Um die Tatsache zu verschleiern, daß er sich um die Einbindung in die Schnittstelle gedrückt hatte. Sie glaubten, sie hätten ihre Arbeit ordentlich ausgeführt. Als sie den Tiegel beseitigt hatten, verdeckte der Philter ihn mit Illusion, damit man ihn nicht wiederfand; danach ließ der Irrtum sich nicht mehr berichtigen. So hat er sich eine dreitausendjährige Pause verschafft – zu Lasten Xanths.«

»Der wir jetzt ein Ende setzen werden«, ergänzte Gary.

Überraschung schielte aufs neue. Plötzlich war sie wieder klein geworden. Doch im Gesicht trug sie immer noch das Make-up, was ihr ein gespenstisch reifes Aussehen verlieh.

»Das hast du gut gemacht, Liebes«, bemerkte Iris.

Die Miene des Kindes umwölkte sich. »Aber ich habe schon wieder etwas von meiner Magie verbraucht. All diese Dinge werde ich jetzt nie wieder tun können.« Eine Träne strömte ihr aus dem Auge.

»Aber es war immerhin für eine gute Sache«, sagte Iris tröstend. »Und wenn du jetzt vielleicht noch meinen Witz zurückverwandeln könntest, damit ich ihn wieder an mich nehme …«

»Ach so, ja. Das kann ich jetzt wieder, da der Tiegel ja erneut verschlossen ist.« Das Kind schielte wieder, und die Witzblöcke lösten sich in weißlichen Fleckchen auf, die sofort zurück in Iris' Kopf schwirrten.

»Das fühlt sich schon viel besser an«, bemerkte Iris dankbar. »Ich werde versuchen, ihn nicht wieder zu verlieren.«

Nun stapften sie weiter durch die angehäuften Illusionen, konterten sie eine um die andere und machten Fortschritte. Als ein ganzes Heer von Ogern auf sie zugestampft kam, erschuf Iris eine Truppe Riesen, die sich ihnen in den Weg stellte. Das führte zu einem derart furchtbaren Blutbad, daß die Gefährten hastig davonliefen. Als Flugdrachen erschienen, ließ Iris Landdrachen entstehen, die sie bekämpften, was zu einer weiteren grauenhaften Schlacht führte. Kamen stinkende Harpyien herbeigeflogen, um ihre explodierenden Eier abzuwerfen, eilten stinkende Kobolde mit Schleudern herbei, die die Eier mit Steinen beschossen, so daß sie noch vor dem Sturz explodierten. Auf diese Weise wurden alle möglichen Ungeheuer mit anderen bekämpft, und die Vernichtung war unaufhörlich.

Die Gefährten folgten einem Pfad nach dem anderen, bis sie endlich den Nullmagiekreis erreicht hatten. Hier ließen die Effekte nach; aber sie wußten ja, daß das Schlimmste noch vor ihnen lag. Denn nun würden sie es mit dem Philter im Herzen der stärksten und verrücktesten Magie überhaupt zu tun bekommen.

Zu seiner Überraschung stellte Gary fest, daß es inzwischen Nacht geworden war. Die Schlagersterne waren herausgekommen: helle, raufende Felsbrocken am Himmel, die zur Musik der Sphären und Kuben aufeinander einprügelten.

Sie wateten und schwammen durch den Teich und gelangten schließlich auf die Zentralinsel. Hier herrschte Licht, das von dem großen Mittelkegel intensiver Magie herrührte, der, wie die Gefährten nun wußten, das Versteck des Philters mit einem Teil von Xanths mächtigster Magie durchflutete. Er schimmerte in scheinbarer Bösartigkeit. Es war ein geistig wie körperlich einschüchternder Anblick.

»Aber ich kann euch helfen, ihn zu handhaben«, bemerkte Gayle. »Ich bin an die Intensität gewöhnt. Ihr braucht nur meinen Pelz anzufassen.«

Das taten sie, und es war tatsächlich eine große Hilfe. Als Gruppe betraten sie den Eingang zu dem Podest, auf dem die Wasserspeierin dreitausend Jahre lang gehockt hatte. Natürlich war das Podest jetzt leer, schimmerte aber von der Andeutung einer Illusion.

Im nächsten Augenblick gelangte die Illusion über das Stadium der Andeutung hinaus. Die Kopie der Kriegermaid Hannah erschien. »Ihr glaubt also, ihr hättet gewonnen!« spuckte sie ihnen ins Gesicht. Die Spucke vollzog gespenstische Windungen in der Luft, bevor sie im Kanal um das Podest landete. »Aber ihr habt überhaupt nicht den Mut, mich zu zügeln!«

Mentia wandte sich an Überraschung. »Wir können dich zwar unterstützen, aber du bist diejenige, die den Philter aufnehmen und festhalten muß. Schaffst du das?«

Das Kind wirkte bedrückt. »Ich kann die Magie wirken, die ich brauche. Aber Mut ist keine Magie, oder?«

»Nein, Liebes«, bestätigte Iris. »Das ist eine Charaktereigenschaft.«

»Ich bin zu jung, um besonders viel Charakter zu haben«, bemerkte Überraschung, und eine Träne bildete sich in ihrem Auge.

»Ich habe gelernt, meine verhunzte Magie auf neue, andere Weise einzusetzen«, warf Hiatus ein. »Vielleicht kannst du es mit deiner genauso machen, um zu erreichen, was du möchtest.«

»Ach, das geht? Wie denn?«

»Hm, kannst du dich wieder nach dem orientieren, was du getan hast, um den Tiegel mit der Zaubermischung zu suchen?«

»Nein. Ich kann keine Magie zweimal machen.«

»Aber du kannst eine ähnliche Magie herstellen. Angenommen, du könntest Dinge sichtbar machen, so daß ...«

»Na klar!« Überraschung kreuzte die Augen.

Plötzlich war der Raum übersät mit Gegenständen. Gary ließ den Blick über sie schweifen und versuchte, sie zu bestimmen. Das alles sah ziemlich nach Müll aus.

»Talente!« kommentierte Mentia. »Das alles sind individuelle Talente, die nun sichtbar geworden sind!«

»Sie hat das Talent, die Talente anderer zu schauen«, erklärte Iris. »Sie hat uns *allen* dieses Talent geschenkt!«

»Tut mir leid«, warf Überraschung ein. »Die Magie ist hier so kräftig, daß alles viel stärker wurde, als ich erwartet habe.«

»Und sie hat die Fähigkeit, Talente als individuelle Wesen zu sehen«, ergänzte Hiatus. »Schau mal – du siehst wie eine Illusion aus, Iris.«

»Und du siehst aus wie ein Haufen gedrehter Wurzeln«, konterte Iris. »Aber du hast schon recht. Gary sieht aus wie ein furchtbarer steinerner Wasserspeier, der von reinem Wasser umgeben ist.«

»Du bist schön«, sagte Gayle zu Gary.

»Aber wir dürfen uns jetzt nicht von unserem Vorhaben abbringen lassen«, versetzte Mentia ernüchternd. »Ich würde ja nur zu gern alle diese Talente einsammeln und jedes einzelne davon bestimmen. Dieses hier, zum Beispiel.« Sie nahm eine Kugel aus wirbelnden Wasauchimmer auf – und verpuffte in psychedelischem Rauch. Gary wurde plötzlich seekrank vom Zuschauen, und er bemerkte, wie auch Überraschung durchzudrehen schien. Sogar Gayle wirkte schrecklich nervös. Hiatus wedelte mit wahnwitzigen Bewegungen mit den Armen.

»Laß das!« fauchte Iris. »Du machst uns ja alle ganz verrückt!«

Die Kugel fiel zu Boden. Mentias vertraute Gestalt formte sich wieder aus. »Das war das Talent – Leute verrückt zu machen.«

»Was tun denn bloß diese ganzen freien Talente hier?« fragte Hiatus verwundert.

Mentia nahm wieder Vernunft an. »Das ist hier wohl die mächtigste Magie in ganz Xanth – wegen der Bündelung«, erklärte sie. »Wenn die Leute verblassen und von der Bildoberfläche verschwinden, könnte es sein, daß ihre Talente ohne Wirtskörper zurückbleiben. Folglich müssen diese Talente der stärksten Magie nachströmen. Denn es besteht kein Zweifel, daß Magie stets Magie anzieht. Und deshalb versammeln sie sich hier.«

»Das leuchtet ein«, meinte Iris. »Aber uns Problem ist damit noch nicht gelöst. Wir brauchen Mut für Überraschung.«

»Vielleicht ja auch nur eine entsprechende Variante«, bemerkte Gary. »Laß doch mal Charaktereigenschaften sichtbar werden.«

»Na klar«, sagte Überraschung und stellte die Augen über kreuz.

Die Talente verschwanden. Nun erschienen neue Gegenstände, die sich ähnlich wie zuvor wahllos über den Raum verteilten. Da waren Steinbrocken, Matschklumpen, Schleimpfützen, Teile der Anatomie, Holzsplitter und Dinge, die bei übelkeiterregender genauerer Betrachtung wahrscheinlich zerdrückten Insekten geglichen hätten. Das sollten Charaktereigenschaften sein?

»Manche Leute haben ein starkes Rückgrat«, bemerkte

Mentia mit einem Blick auf die Bruchstücke einer menschlichen Wirbelsäule. »Andere nicht.« Sie betrachtete einen Schleimklecks. »Aber wo ist denn hier Mut?«

»Mal sehen«, sagte das Kind und blickte sich um. »Ah – hier ist es, was ich brauche.« Gary schaute hin und sah ein Stück Bindfaden, das am Rand des Kanals lag. Er hob es auf. »Das hier? Das liegt doch nur so herum.«

»Das ist nichts«, warf Hanna verächtlich ein. »Ihr braucht ihm keine Aufmerksamkeit zu schenken.«

»Aber schau mal, was darauf steht«, versetzte Überraschung.

Gary sah hin. Auf einer Seite des Fadens war das Wort MUT abgedruckt. Das war es, wovon Hanna behauptet hatte, daß es dem Kind fehle. Anscheinend glich es einem Talent.

Also brachte Gary es dem Mädchen. Überraschung legte den Faden auf den kleinen Arm, worauf dieser prompt darin verschwand. »Jetzt habe ich jede Menge Mut«, verkündetete sie zuversichtlich.

»Mist, schon wieder versagt«, murrte Hanna.

»Ich finde, sie gibt viel zu früh auf«, murmelte Gayle. Gary mußte ihr zustimmen. Der Philter war genauso schwer zu fassen und so trügerisch wie jeder andere Dämon.

»Jetzt sind wir also endlich bereit, dem Philter die Zügel anzulegen«, verkündete Iris. »Wie ich die Sache in Anbetracht unserer Vision der ursprünglichen Beschwörung der Schnittstelle sehe, muß Überraschung ihre Magie dazu verwenden, den Dämon aufzuheben, während wir anderen die Worte des Zaubers aussprechen müssen. Dann geben wir die Mischung aus dem Tiegel hinzu ...«

»Ich kann mich aber nicht an die Worte erinnern«, warf Hiatus ein. »Außerdem können wir uns nicht darauf verlassen, daß die Vision des Philters diesen Teil exakt wiedergegeben hat. Wie sollen wir die richtigen Worte in Erfahrung bringen?«

»Er hat recht«, bestätigte Mentia. »Wenn man einen Dämon beschwört, muß das Ritual perfekt sein, sonst kehrt er sich gegen den Beschwörenden und vernichtet ihn. Deshalb verhält Hanna sich auch so nachgiebig. Sie rechnet damit, daß wir einfach weitermachen – in dem vermeintlichen Glauben, wir seien schon bereit, obwohl es gar nicht stimmt. Es muß irgendein Zauberbuch oder so etwas geben, in dem genau steht, wie wir vorgehen müssen.«

»Das hört ja überhaupt nicht auf!« rief Iris.

»Es geht schon seit dreitausend Jahren so«, warf Gayle ein. »Und wenn wir es nicht richtig machen, wird es noch weitere dreitausend Jahre dauern.«

»Einwand stattgegeben«, bemerkte Mentia. »Überraschung, kannst du eine Magie herstellen, durch die alles erscheint, was wir für die Beschwörung brauchen? Damit uns nichts Wesentliches entgeht?«

»Na klar.« Die Augen stellten sich über Kreuz.

Nichts geschah.

»Äh ...«, begann Iris.

»Ich habe es aber getan, wirklich!« beteuerte Überraschung.

»Aber der Philter verdeckt es mit Illusion!« Mentia begriff. »Iris, wenn du die Illusion durchschauen kannst ...«

»Ja.« Iris' Augen nahmen einen abwesenden Ausdruck an. Sie drehte sich im Kreis. »Ja«, wiederholte sie. »Sie leuchten unter dicken Schichten von Illusion. Ein kleines Buch und ein ... Gewirr aus Riemen.«

»Riemen?« wiederholte Mentia. »Was haben Riemen denn damit zu tun, den Philter zu bändigen?« Plötzlich zuckte sie vor Schreck zusammen. »Ein Geschirr! Wir brauchen ein Geschirr! Natürlich! Die meisten Dämonen werden zwar nur für Eilaufträge beschworen, aber diesen hier wollen wir ja in die Schnittstelle einbinden. Ein magisches Geschirr wird ihn dort festhalten.«

»Wo sind denn das Buch und das Geschirr?« wollte Gary wissen.

»Nicht weit von hier«, erwiderte Iris. »Die Leute früher müssen die Gegenstände fallengelassen haben, nachdem sie glaubten, sie hätten ihren Auftrag erledigt, und seitdem hat niemand sie mehr angerührt.« Sie begab sich ans Ende des Raumes, stieß die Hand in die scheinbare Wand und holte ein mit einem Riemen verschnürtes Buch hervor. Dann begab sie sich an die gegenüberliegende Seite, griff an die Decke und entnahm einer verborgenen Nische ein Riemengewirr. »Jetzt haben wir alles. Nun können wir uns an die Arbeit machen.«

Hiatus nahm ihr das Buch ab und schlug es auf. Laut las er die Anweisungen vor. Sie waren überraschend einfach. Sie brauchten lediglich den Philter zu nehmen, ihm das Geschirr anzulegen, das Gemisch über ihn zu geben und die Worte zu sprechen: »Fil Eingabe Schnittstelle – rekompilieren.« Um den Philter anschließend an einem sicheren Ort zu verstauen und schließlich wieder zu verschwinden.

»Gary muß die Formel sprechen«, sagte Mentia. »Das ist seine Aufgabe.«

»Aber das hätte doch jeder gekonnt«, sagte Hiatus und hob den Blick. »Warum hat der Gute Magier dann *uns* geschickt?«

»Das hätte keineswegs jeder gekonnt«, widersprach Mentia. »Dich haben wir gebraucht, Hiatus, um hierherzufinden. Du hast Desiree befragt, die uns zu Jethro Riese führte, der uns wiederum den Hinweis gab, uns hierher zu begeben. Iris brauchten wir, um der gewaltigen Illusion die Stirn bieten zu können. Gary mußte die Geschichte entziffern, die die alten Steine zu erzählen hatten. Und Gayle hat uns den wahren Namen des Philters genannt. Ich wurde gebraucht, um etwas gegen das Dämonische auszurichten. Und Überraschung war erforderlich, um unterwegs alle möglichen Arten von Magie auszuführen – und wir werden sie auch jetzt noch brauchen, um es mit einem widerspenstigen Dämon aufzunehmen. Wir sind die einzigen, die das vollbringen können.«

Plötzlich erschien alles sehr einleuchtend. »Dann tun wir es doch«, entschied Gary. »Wenn der Philter sich hier in diesem Bau befindet, kann ich ihn auch aufspüren.« Er berührte den Stein und las ihn. »Hier gibt es eine künstliche Ritze.« Er befühlte das Steinpodest und entdeckte eine lokkere Platte. Er öffnete sie und legte eine flache Scheibe und einen Ring mit einem darübergespannten Netz frei, die sich dahinter in einer tiefen Höhlung verbargen.

Die Gefährten betrachteten sie genauer. »Das ist schon alles?« fragte Hiatus schließlich. »Dieses Teesieb?«

Da erschien Hanna. »Natürlich nicht«, versetzte sie streng. »Der Philter stellt in Wirklichkeit eine riesige Masse unergründlicher Komplexitäten dar, die alle viel zu tief im Stein vergraben sind, als daß ihr sie jemals in euren Zugriff bringen könntet. Das hier ist nur ein Köder.«

»So wird es wohl sein«, erwiderte Gary lächelnd.

»Und ein Dämon dazu«, meinte Mentia. »Er wird jeden verbrennen, der ihn ungeschützt berührt. Überraschung, mach deine Hände unverletzlich und hol ihn raus.«

Das Kind begann zu schielen. Die Hände glühten auf. Der Philter nahm die Gestalt eines Nickelfüßlers an, um die Gefährten zu erschrecken. Da nahm Überraschung allen Mut zusammen, griff in die Höhlung und holte den kleinen Gegenstand hervor. Er wirkte sehr unscheinbar nach all den phänomenalen Auftritten, die er ihnen bisher geliefert hatte.

Hiatus nahm das Geschirr auf und trug es zu dem Philter. Ein kurzes Zischen, und hastig riß er die Finger fort – der Philter hatte ihn verbrannt! Deshalb nahm Überraschung ihm das Geschirr mit der freien Hand ab und legte es über den Philter, worauf die Riemen ihn umschlangen und sich von selbst festzurrten. »Ooh«, machte Hanna mit schmerzerfüllter Miene.

Dann baute Gary sich vor dem angeschirrten Philter auf. Er nahm den Tiegel mit der Zaubermischung und schraubte ihn auf.

Hanna sah ihn wütend an. »Wenn du diese Mischung über ihn ausschüttest, vernichte ich dich«, sagte sie heftig, und aus ihren Augen schossen gefährlich glitzernde Strahlen.

Gary war eingeschüchtert. Dann aber gemahnte er sich, daß die ganze Sache nur ein Bluff sein konnte. Er schraubte weiter an dem Deckel.

Hanna verwandelte sich in einen Basilisken. Sie machte einen Satz auf Gary zu, um ihn zu zwingen, ihr ins Auge zu blicken. Gary befiel das nackte Entsetzen. Er wußte nicht, ob dieser unheilvolle Blick ihn in seiner Menschengestalt versteinern lassen würde, was jeder Zukunft mit Gayle ein Ende gesetzt hätte. Dennoch zwang er seinen zitternden Arm, das Pulver über den angeschirrten Philter zu schütten.

Hanna erschien aufs neue in ihrer üblichen Verkleidung als Menschenfrau. »Schau dir das hier mal an!« rief sie und hob den Rock.

Doch dagegen hatte Gary sich inzwischen gestählt. »Fil«, sagte er.

»Nicht!« schrie Hanna. Offensichtlich litt sie Höllenqualen.

»Eingabe«, fuhr Gary fort.

»Du vernichtest mich!« sagte Hanna und wirkte völlig niedergeschlagen.

»Schnittstelle«, sagte Gary und fühlte sich schuldig, obwohl er doch genau wußte, daß sie nur eine Illusion war, dazu erschaffen, ihm zu gefallen.

»Ich flehe dich an!« rief sie. »Du kannst alles haben, was du willst! Reichtümer, Macht, schöne Frauen ...«

Schon wollte Gary schnaubend erwidern, daß er ein Wasserspeier sei, der nichts dergleichen benötigte. Dann aber wurde ihm klar, daß es nur eine weitere Falle war: Er durfte nichts anderes sagen als die Worte der Zauberformel, sonst war die Beschwörung gescheitert, und es war durchaus möglich, daß die Formel sich nie mehr wiederholen ließ. Der Philter war immer noch raffiniert und durchtrieben.

»Rekompilieren«, schloß Gary.

Hanna löste sich in Rauch auf, wobei sie einen herzzerreißenden, verzweifelten Schrei ausstieß. Die ganze Szene verschwand plötzlich in einem furchtbaren Blitz. Dann erschien ein Abbild der Dunkelheit, von nadelkopfgroßen Lichtpunkten durchbohrt. Einer davon dehnte sich zu einer großen, gleißenden Kugel aus; daneben entstand eine kleinere, dunkle Kugel, auf der eine Landkarte von Xanth mit einer Krone darauf zu erkennen war. Es war das Mineralreich, wie Gary erkannte. Die Karte ließ einen Baum sprießen, der ebenfalls eine Krone trug und Bäume gleicher Art hervorbrachte, die schließlich ganz Xanth bedeckten. Dies war das Pflanzenreich. Nun tauchte ein Tier auf. Es schien sich aus allen anderen Tieren zusammenzusetzen und trug eine Krone; aus diesem Wesen bildeten sich viele verschiedene Arten weiterer Tiere, welche die Lücken zwischen den Bäumen füllten. Dies war das Tierreich. Endlich erschienen Menschen auf der Bildfläche und bauten ihre Dörfer, sorgten für die Entstehungen von Mischformen, bis die steinerne Stadt Scharnier entstand, aus der zwei unsichtbare Schleier entsprangen: draußen die Schnittstelle und im Innern die Grenze des Wahnsinns – und das war es auch schon!

Die Szenen verblaßten. Die sechs Gefährten standen nun zwischen den Ruinen auf einem Teich; um sie herum war nichts als Ödland. Ihre Vision des Wahnsinns war verschwunden. Dennoch fühlte Gary sich dadurch nicht etwa beschwingt. Der Philter war ein wildgewordener Dämon gewesen, selbstsüchtig und manchmal auch gefährlich. Aber er hatte ihnen einen beachtlichen Kampf geliefert und sie dabei beinahe besiegt. Er hatte ihnen einen wichtigen Ausschnitt der phänomenalen Geschichte Xanths gezeigt. Hanna und Desi – waren sie wirklich nur geistlose Phantasieprodukte gewesen? Nun waren sämtliche Illusionen des Philters verschwunden. Gary wünschte sich, es hätte anders kommen können.

»Leg ihn zurück in die Nische, und laßt uns nach Hause zurückkehren«, meinte Mentia. »Wir sind hier fertig.«

Gayle beschnüffelte das Wasser. »Es ist sauber«, sagte sie. »Der *Geis* des Wasserspeiers ist aufgehoben.«

»Das bedeutet, daß wir nun frei sind und tun können, was wir möchten«, erwiderte Gary und wechselte einen vielsagenden Blick mit ihr. Langsam fühlte er sich besser. »Sobald ich wieder meine wahre Gestalt zurückerlangt habe.«

»Ja«, antwortete sie gehorsam.

18

Rückkehr

Sie kehrten auf demselben Weg zurück, den sie gekommen waren, durch die verödeten Ruinen der Stadt Scharnier bis zum Wald. Gary ließ unentwegt den Blick schweifen. Er hoffte, vielleicht wenigstens noch ein letztes Mal einen winzigen Ausschnitt der einstigen Pracht dieser versunkenen Stadt zu Gesicht zu bekommen. Doch dieses wunderbare Bild war endgültig dahin.

»Der Philter mag ja ein selbstsüchtiger Dämon gewesen sein«, warf Iris ein, »aber eine wunderschöne Vision hat er trotzdem geschaffen.«

»Es tut mir fast leid, daß wir ihn anschirren mußten«, meinte Hiatus. »Er hatte eine Menge Persönlichkeit ... für so einen schlichten Gegenstand.«

»Er war ein Dämon unter den Dämonen«, bemerkte Mentia. »Jetzt, da ich nicht mehr gegen ihn kämpfe, vermag ich ihn durchaus zu bewundern.«

Die anderen nickten zustimmend. Sie hatten getan, was

von ihnen gefordert worden war, doch der Sieg hinterließ einen schalen Geschmack im Mund. Gary war erleichtert zu erfahren, daß er nicht der einzige war, der ihrem besiegten und in Fesseln gelegten Gegner Respekt zollen mußte.

Sie folgten Jethros Fußabdrücken, bis sie den gestürzten Riesen erreichten. Der hatte sich inzwischen aufgesetzt. »Ich nehme an, ihr habt etwas erreicht«, sagte er. »Der Wahnsinn fühlt sich verändert an.«

»Er wird gerade wieder gezügelt«, erklärte Mentia. »Er wird sich langsam wieder hinter seine frühere Grenze zurückziehen und dort bleiben.«

»Das ist eine gute Nachricht«, meinte der Riese. »Dann werde ich wohl eines Tages ganz aufstehen und versuchen, wieder ins eigentliche Xanth zurückzustolpern.«

Sie wünschten ihm alles Gute und setzten die Reise fort.

Als nächstes kamen sie zu Desiree Dryade und ihrem Baum. Beide befanden sich zwar noch in einem kläglichen Zustand, doch Desiree wirkte um einiges fröhlicher als zuvor.

Hiatus trat auf sie zu. »Ich kann deinem Baum helfen«, verkündete er.

»Ich weiß.«

»Das weißt du?«

»Ich hatte einen merkwürdigen Traum von dir, wie du dich in einer fremdartigen, uralten Stadt aufgehalten hast«, erklärte sie. »Und in meinem Traum nannte ich mich selbst Desi, und ich …« Sie hielt inne und blickte keusch-gequält drein. »Ich denke, du bist wohl doch ein netteres Wesen, als ich zuvor glaubte. Zuverlässig und treu. Falls du gern hierbleiben möchtest …«

»Laß mich zuerst mal deinen Baum wiederherstellen«, unterbrach er sie. Er beugte sich vor und konzentrierte sich, worauf dem Baum runde Wurzeln sprossen, welche die Quadratwurzeln verdrängten. Fast im gleichen Augenblick hellte der Baum sich auf; die Blätter glätteten sich und wurden wieder grün, und die Wurzeln waren funktionstüchtig.

Je mehr der Baum sich erholte, um so mehr galt dies auch für Desiree. Sie verwandelte sich vom Hageren zum

Unscheinbaren und schließlich zum Strahlenden. Als Hiatus sich nach seinem Zauber erhob, hatte Desiree sich bereits in die schönste Frau verwandelt, die man sich nur denken konnte. Und als er sich zu ihr umdrehte, kam sie in seine Umarmung und küßte ihn. Kleine rote Herzchen stoben plötzlich durch die Luft und lösten sich auf, färbten alles um die beiden herum in Rosa.

»Hiatus hat nun seinen Lohn empfangen«, bemerkte Mentia. »Und ich glaube, der gefällt ihm mindestens so gut wie alles andere, was der Philter ihm angeboten hat.«

Die anderen pflichteten ihr bei. Dann gingen sie weiter – wohl wissend, daß ihnen hier niemand nachtrauern würde.

Sie stießen wieder zu Richard und Janet und erklärten ihnen, daß der Wahnsinn sich jetzt zwar zurückziehen, dies aber noch eine Weile dauern würde. Die beiden waren es zufrieden. »Und ich denke mir, daß Hiatus und Desiree wohl heiraten werden«, warf Iris ein. »Da werdet ihr sie doch bestimmt besuchen wollen.«

Sie schauten auf Schloß Zombie vorbei und berichteten Millie dem Gespenst von der erfolgreichen Mission ihres Sohnes. Millie reagierte entsprechend glücklich.

Eine Weile später hatten sie die Wohnstätte des Golems erreicht. Sofort nahm Überraschung wieder Golemgröße an und sprang ihrer Mutter in die Arme.

»Aber ist sie auch ...?« erkundigte Grundy sich vorsichtig.

Iris blickte ihn ernst an. »Ich weiß ja, daß du es sehr bedauern wirst, aber Überraschung hat die Entdeckung gemacht, daß sie jedes magische Talent nur ein einziges Mal verwenden kann. Sie ist entschlossen, keine Magie mehr zu vergeuden. Deshalb wird sie sich in Zukunft sehr beherrschen. Tatsächlich dürfte sie jetzt wohl zu einem furchtbar normalen Kind werden, von Notfällen abgesehen.«

Grundy überlegte. »Keine wildgewordene Magie mehr? Keine unbeherrschten Effekte? Das ist ja wirklich bedauerlich.« Aber irgendwie wirkte er alles andere als unglücklich.

Rapunzel nahm normale menschliche Größe an und führte das Kind wieder zu ihnen. Überraschung verpaßte jedem eine winzige Umarmung. »Danke für das großartige Abenteuer«, sagte sie zu Gary. »Das müssen wir irgendwann noch mal machen.« Dann brach sie in beinahe unanständiges Gekicher aus. Kein Zweifel – sie war wieder ganz normal geworden.

»Das erinnert mich an etwas«, warf Iris ein. »Überraschung wird euch eine phantastische Geschichte erzählen. Ihr werdet Schwierigkeiten haben, sie zu glauben. Aber ihr müßt es unbedingt versuchen, denn es ist die Wahrheit.«

Nun begaben sie sich zum Teich der Gehirnkoralle und versprachen dem Pfiffer nichts anderes, als ihm am Schluß einen Pfifferling zu geben. Als sie sich dem Teich genähert hatten, kam der Magier Trent heraus, um sie zu empfangen.

»Als ich das erste Mal dreiundzwanzig war, ist meine Liebschaft ziemlich schiefgelaufen«, sagte Iris. Sie sah sehr entschieden und weiblich und anziehend aus, was irgendwie merkwürdig war, weil sie dazu überhaupt keine Illusion benutzte. Es war nicht zu verkennen, daß sie eine schwerwiegende Entscheidung getroffen hatte. »Diesmal werde ich dafür sorgen, daß alles gut verläuft.« Dann schlang sie die Arme um Trent und schubste ihn in den Teich. Ohne jedes Planschen versanken sie in den Fluten und küßten sich schon beim Untertauchen.

»Ach, die Torheiten der Jugend«, bemerkte Mentia. »Gut, daß wir, die wir viele Jahrhunderte zählen, nicht mehr so sind.« Doch wirkte sie dabei irgendwie wehmütig.

»Bist du wirklich so unzufrieden mit der Situation deiner besseren Hälfte?« erkundigte sich Gary.

»Nachdem ich mitangesehen habe, wie sehr ihr lebenden Leute die Liebe genießt, zweifle ich so langsam daran«, gestand die Dämonin.

»Warum gehst du dann nicht zurück und versuchst es einfach mal?« wollte Gayle wissen.

Mentia zuckte die Schultern, die daraufhin seitlich an ihrem Körper herabfuhren, ganz so merkwürdig und verrückt wie früher. »Vielleicht tue ich das. Aber hört mal, ihr illustren Tierchen – solltet ihr jemals wieder auf ein so verrücktes Abenteuer ausziehen ...«

»... dann werden wir nicht vergessen, dich dazu einzuladen«, versicherte Gary.

»Danke.« Die Dämonin verschwand.

Nun kam der Magier Trent wieder aus dem Teich. Sein Haar war zerzaust und das ganze Gesicht mit Kußabdrücken übersät. »Ich glaube, ich habe meine Frau früher nicht so recht zu würdigen gewußt«, bemerkte er. »Die Jugend ist doch etwas Faszinierendes. Ich habe einen ganz neuen Horizont der Gefühle und Erfahrungen entdeckt, der sich da vor mir auftut, und bin äußerst interessiert daran, ihn zu erforschen. Aber vorher muß ich noch etwas erledigen.« Er machte eine Geste –, und plötzlich fand Gary sich in seinem natürlichen Körper als Wasserspeier wieder.

»Ach, endlich!« rief Gayle. »Jetzt können wir es tun.«

»Jetzt können wir es tun«, pflichtete Gary ihr bei. Es bedurfte keiner langen Diskussion, was genau das sein könnte. Manche Dinge erklärten sich eben von selbst. »Danke, Magier Trent!«

»Eine schöne Zeit wünsche ich euch noch«, sagte der Magier, als sich auch schon eine Frauenhand aus dem Wasser erhob, um ihn zurückzuziehen. »Ich bin mir jedenfalls sicher, daß *mir* eine solche bevorsteht!«

Gary und Gayle begaben sich zu Schloß Roogna, das sie beide noch nie gesehen hatten. Unterwegs begegneten sie einer militanten Frau. »Du da, Wasserspeier!« rief die Frau. »Mit dir habe ich noch ein Hühnchen zu rupfen!«

Es war Hannah Barbarin. Konnte es denn möglich sein ...?«

»Ich hatte einen furchtbar blöden, heftigen Traum. Den hat mir bestimmt so eine Nachtmähre mit der Gerte eingebleut«, verkündete Hannah. »Du warst in Menschengestalt, und ich – bäh!«

Es war also doch möglich. »Ich bin mir ganz sicher, daß du niemals eine verführerische Handmagd sein könntest«, versetzte Gary.

»Darauf kannst du Gift nehmen! So etwas wird nie geschehen.« Sie stampfte davon. Dann blieb sie plötzlich stehen, als wäre ihr etwas eingefallen, doch Gary und Gayle waren bereits weitergesprungen.

Endlich erreichten sie Schloß Roogna. Prinzessin Elektra trat heraus, um sie zu empfangen. Gary erkannte sie daran, daß sie Blue Jeans und Zöpfe trug und auf unschuldige Weise unprinzessinnenhaft aussah. »Nicht zu glauben, was ich geträumt habe!« sagte sie.

»Wir glauben es schon«, erwiderten Gary und Gayle im Chor.

»Aber so etwas würde ich im wirklichen Leben niemals tun. Ich habe doch nicht mal eine Batterie, die ich aufladen könnte.«

»Natürlich nicht.«

»Und dem magischen Webteppich zufolge wurde Xanth vor dem Wahnsinn gerettet, und der *Geis* der Wasserspeier fand sein Ende.

»Ja«, bestätigte Gary.

»Und außerdem hat Wira eine Nachricht vom Guten Magier geschickt«, fuhr Elektra fort. »Eure Plätze sind bereit.« Sie stockte. »Aber findet ihr wirklich … Ich meine, irgendwie scheint mir das doch eine ziemlich schäbige Belohnung für solche Heldentaten zu sein.

»Es ist genau das, was wir wollen«, versicherte Gary ihr.

Und so nahmen Gary und Gayle Wasserspeier ihre Plätze ein, um sich für die nächsten hundert Jahre behaglich einzurichten: In parallelen Dachecken des Schlosses Roogna, wo sie reines Regenwasser auf den Boden spien. Die allergrößte Ehre, die es für einen Wasserspeier gab.

ENDE